中印经典和当代作品
互译出版项目

CHINA-INDIA TRANSLATION PROJECT

献 牛

Godan

【印】普列姆昌德◎著

任 婧◎译

中国大百科全书出版社

图书在版编目（CIP）数据

献牛 /（印）普列姆昌德著；任婧译. -- 北京：
中国大百科全书出版社，2023.6
（中印经典和当代作品互译出版项目）
ISBN 978-7-5202-1341-7

Ⅰ.①献… Ⅱ.①普… ②任… Ⅲ.①长篇小说—印
度—现代 Ⅳ.①I351.45

中国国家版本馆CIP数据核字（2023）第096121号

审　　校	姜景奎	
责任编辑	闫运利	
封面设计	许润泽　叶少勇	
责任印制	魏　婷	
出版发行	中国大百科全书出版社	
地　　址	北京阜成门北大街17号	邮政编码　100037
电　　话	010-88390636	
网　　址	http://www.ecph.com.cn	
印　　刷	中煤（北京）印务有限公司	
开　　本	710 毫米 × 1000 毫米　1/16	
印　　张	34	
字　　数	455千字	
印　　次	2023 年 8 月第 1 版　2023 年 8 月第 1 次印刷	
书　　号	ISBN 978-7-5202-1341-7	
定　　价	128.00 元	

中印经典和当代作品互译出版项目
中方专家组

主　编	薛克翘　刘　建　姜景奎
执行主编	姜景奎
特约编审	黎跃进　阿妮达·夏尔马（印度）
	邓　兵　B.R. 狄伯杰（印度）
	石海军　苏林达尔·古马尔（印度）

总序：印度经典的汉译

一、概念界定

何谓经典？经，"织也"，本义为织物的纵线，与"纬"相对，后被引申为典范之作。典，在甲骨文中上面是"册"字，下面是"大"字，本义为重要的文献，例如传说中五帝留下的文献即为"五典"①。《尔雅·释言》中有"典，经也"一说，可见早在战国到西汉初，"经""典"二字已经成为近义词，"经典"也被用作一个双音节词。

先秦诸子的著作中有不少以"经"为名，例如《老子》中有《道经》和《德经》，故也名为《道德经》，《墨子》中亦有《墨经》。汉罢黜百家之后，"经"或者"经典"日益成为儒家权威著作的代称。例如《白虎通》有"五经何谓？谓《易》《尚书》《诗》《礼》《春秋》也"一说，《汉书·孙宝传》有"周公上圣，召公大贤。尚犹有不相说，著于经典，两不相损"一说。然而，由印度传来的佛教打破了儒家对这一术语的垄断。自汉译《四十二章经》以来，"经"便逐

---

① "典，五帝之书也。"——《说文》

渐成为梵语词 sutra 的标准对应汉译，"经典"也被用以翻译"佛法"（dharma）[①]。随着佛教在中国的传播和发展，类似以"经典"指称佛教权威著作的说法也多了起来。[②] 到了近代，随着西学的传入，"经典"不再局限于儒释道三教，而是用以泛指权威、影响力持久的著作。

来自印度的佛教虽然影响了汉语"经典"一词的语义沿革，但这又可以反过来帮助界定何为印度经典。汉译佛经具体作品的名称多以 sutra 对应"经"，但在一般表述中，"佛经"往往也囊括经、律（vinaya）、论（abhidharma）三藏。例如法显译《摩诃僧祇律》（*Mahasanghika-vinaya*）、玄奘译《瑜伽师地论》（*Yogacarabhumi-sastra*），均被收录在"大藏经"之中，其工作也统称为"译经"。来华译经的西域及印度学者多为佛教徒，故多以佛教典籍为"经典"。不过也有一些非佛教徒印度学者将非佛教著作翻译为汉语，亦多冠以"经"之名，其中不乏相对世俗、与具体宗教义理不太相关的作品，例如《婆罗门天文经》《婆罗门算经》《啰嚩拏说救疗小儿疾病经》（*Ravankumaratantra*）等。如此，仅就译名对应来说，古代汉语所说的"经典"可与 sutra、vinaya、abhidharma、sastra、tantra 等梵语词对应，这也基本囊括了印度古代大多数经典之作。

然而，古代中印文化交流也有一定的局限性，若以现在对经典的理解以及对印度了解的实际情况来看，吠陀、梵书、森林书、奥义书、往世书等古代宗教文献，两大史诗、古典梵语文学著作等文学作品，以及与语法、天文、法律、政治、艺术等相关的专门论著都是印度经典不可或缺的部分。从语言来看，除梵语外，巴利语、波罗克利特语、阿波布朗舍语等古代语言，伯勒杰语、阿沃提语等中世纪语言，印地语、孟加拉语、乌尔都语等现代语言，以及殖民时期被引入印度并在印度生根发芽的英语都在不同的历史时期承载了印度经典的传承。

---

①"又睹诸佛，圣主师子，演说经典，微妙第一。"——《妙法莲华经》卷一《序品》（T09, no. 262, c18-19）

②"佛涅槃后，世界空虚，惟是经典，与众生俱。"——白居易《苏州重玄寺法华院石壁经碑》

二、古代中国对印度经典的汉译

经典翻译，是将他者文明的经典之作译为自己的语言，以资了解、学习，乃至融合、吸纳。这一文化行为首先需要一个作为不同于自己的"他者"客体具有足以令主体倾慕的经典之作，然后需要主体"有意识"地开展翻译工作。印度文明在宗教、哲学、医学、天文等方面的经典之作具有较高的知识水平，在不同时代对中国社会各阶层产生了独特的吸引力。中印文明很早就有了互通记录，有着甚深渊源，在商品贸易、神话传说、天文历法等方面已有学者尝试考证。[①] 随着张骞出使西域，佛教传法僧远来东土，中印之间逐渐建立起"自觉"的往来，古代中国对印度经典的汉译也在汉代以佛经翻译的形式得以展开。

1. 佛教经典汉译

毫无争议，自已佚的《浮屠经》[②] 以来，佛教经典汉译在古代中国对印度经典的翻译中占有主流地位。译经人既有佛教僧人，也有在家居士，既有本土学者，也有西域、印度的传法僧人。仅以《大唐开元释教录》以及《贞元新定释教目录》的统计为例，从东汉永平十年至唐贞元十六年，这 734 年间，先后有 185 名重要的译师翻译了佛经 2 412 部 7 352 卷（见表 1），成为人类历史上少有的翻译壮举。

---

① 季羡林：《中印文化交流史》（北京：新华出版社，1993 年）及薛克翘：《中国印度文化交流史》（北京：昆仑出版社，2008 年）中部分内容均介绍了相关观点。
② 学术界关于第一部汉译佛经的认定，历来观点不一。不少学者认为，《四十二章经》是第一部汉译佛经；但有学者经过考证发现，西汉哀帝元寿元年（公元前 2 年）大月氏使臣伊存口授的《浮屠经》应该是第一部，可惜原本失佚，后世知之甚少。目前，学术界基本倾向于认为《浮屠经》为第一部汉译佛经，并已意识到《浮屠经》在中国佛教史及学术史上的重要地位。参见方广锠：《〈浮屠经〉考》，《法音》，1998 年第 6 期。

表 1　东汉至唐代汉译佛经规模^①

朝代	年代	历时	重要译师人数	部数	卷数
东汉	永平十年至延康元年	154 年	12	292	395
魏	黄初元年至咸熙二年	46 年	5	12	18
吴	黄武元年至天纪四年	59 年	5	189	417
西晋	泰始元年至建兴四年	52 年	12	333	590
东晋	建武元年至元熙二年	104 年	16	168	468
前秦	皇始元年至太初九年	45 年	6	15	197
后秦	白雀元年至永和三年	34 年	5	94	624
西秦	建义元年至永弘四年	47 年	1	56	110
前凉	永宁元年至咸安六年	76 年	1	4	6
北凉	永安元年至承和七年	39 年	9	82	311
南朝宋	永初元年至升明三年	60 年	22	465	717
南齐	建元元年至中兴二年	24 年	7	12	33
南朝梁	天监元年至太平二年	56 年	8	46	201
北朝魏	皇始元年至东魏武定八年	155 年	12	83	274
北齐	天保元年至承光元年	28 年	2	8	52
北周	闵帝元年至大定元年	25 年	4	14	29
南朝陈	永定元年至祯明三年	33 年	3	40	133
隋	开皇元年至义宁二年	38 年	9	64	301
唐^②	武德元年至贞元十六年	183 年	46	435	2 476

自东汉以后约 6 个世纪中，大量佛教经典被译为汉语，其历程与佛教在中国的传播历程基本同步。在这一过程中，涌现出许多重要译师，仅译经 50 部或 100 卷以上的译师就有 16 人（见表 2），其中又以鸠摩罗什、真谛、玄奘、义净、不空做出的贡献最为卓越，故此他们被称为"汉传佛教五大译师"。他们的生平事迹和具体贡献在许多佛教典籍中均有叙述，此不赘述。

---

① 本表主要依据《大唐开元释教录》整理而成，其中唐代的数据引用的是《贞元新定释教目录》。
② 唐代数据至德宗贞元十六年（800）为止，并不完整。但考虑到贞元年后，大规模译经基本停止，故此数据亦有相当高的参考价值，至贞元十六年，唐代已经译经 435 部2 476 卷，足以确立其在中国译经史上的地位。

表 2　译经 50 部或 100 卷以上的译师

时代	朝代	人名	译经部数	译经卷数
三国西晋	吴	支谦	88	118
	西晋	竺法护	175	354
东晋十六国	东晋	竺昙无兰	61	63
		瞿昙僧伽提婆	5	118
		佛陀跋陀罗	13	125
	北凉	昙无谶	19	131
	后秦	鸠摩罗什	74	384
南北朝	宋	求那跋陀罗	52	134
	陈	真谛	38	118
	北魏	菩提留支	30	101
隋唐	隋	阇那崛多	39	192
	唐	玄奘	76	1 347
		实叉难陀	19	107
		义净	68	239
		菩提流志	53	110
		不空	111	143

自唐德宗之后，译经事业由于政局等多方面因素影响而受阻，此后又经历了唐武宗和后周世宗两次灭佛，佛教在中国的发展受到冲击。直到 982 年，随着天竺僧人天灾息和施护的到访，北宋朝廷才重开译经院，此时距唐德宗年间已有约 200 年，天灾息等僧人不得不借助朝廷的力量重新召集各地梵学僧，培养本土翻译人才。在此后的约半个世纪中，他们总计译出 500 余卷佛经。此后，汉地虽有零星译经，却再也不复早年盛况，古代中国对印度经典的汉译逐渐落下帷幕。

2. 非佛教经典汉译

佛教经典汉译占据了古代中国对古代印度经典汉译的主流，除此之外，其他一些印度经典也被译为汉语。这些文献大致可以分为两类。一类是在翻译佛教经典的过程中无意之中被译为汉语的，尤其是佛教文献中所穿插的印度民间故事等。[①] 一类是在翻译佛教经典之外，有意翻译的非佛教经典，例如婆罗门教哲学、天文学、医学著作等。尽管数量无法与佛教经典相提并论，但这些非佛教经典的翻译在一定程度上体现了古代中华文明对古代印度文明的关注开始逐渐由佛教辐射到印度文明的其他领域。不过从译者的宗教信仰以及对经典的选择来看，这类汉译大部分是佛教经典翻译的附属产品。

3. 其他哲学经典汉译

佛教自产生以来，与印度其他思潮之间既有争论，也有共通之处。因而在佛教经典的汉译过程中，中国人也逐渐接触到古代印度的其他哲学。有关这些哲学派别的基本介绍散见于包括佛经、梵语工具书、僧人传记等作品中，例如《百论疏》对吠陀、吠陀支、数论、胜论、瑜伽论，甚至与论释天文、地理、算术、兵法、音乐法、医法的各种学派相关的记载、注释和批判也可以在这些作品中找到。[②] 很有可能出于佛教对数论派和胜论派知识的尊重，以及辨析外道与佛法差别的需要等原因，真谛和玄奘才分别译出了数论派的《金七十论》和胜论派的《胜宗十句义论》。[③] 这两部经典的汉译在一定程度上拓宽了中国知识界对印度哲学的视野，但其翻译在很大程度上受到了佛教对其他哲学派别好恶的影响，依然是在佛教经典汉译的主导思路下完成的。

4. 非哲学经典汉译

除宗教哲学经典外，古代印度的天文学、数学、医学在人类科

[①] 新文化运动以来，这一领域已有多部论著问世，此不赘述。
[②] 宫静：《谈汉文佛经中的印度哲学史料——兼谈印度哲学对中国思想的影响》，《南亚研究》，1985 年第 4 期，第 52~59 页。
[③] 《金七十论》译自数论派的主要经典《数论颂》（*Samkhya-karika*），相传为三四世纪自在黑（Isvarakrsna）所作。《胜宗十句义论》的梵文原本已佚，从内容看属于胜论派较早的经典著作。参见黄心川：《印度数论哲学述评——汉译〈金七十论〉与梵文〈数论颂〉对比研究》，《南亚研究》，1983 年第 3 期，第 1~11 页。

学史上也具有重要地位，其中一些著作也被译为汉语。古代印度天文学经典多以佛教经典的形式由传法僧译出。[①] 隋唐时期，天文学著作汉译逐渐出现了由非佛教徒印度天文学家主导的潮流。据《隋书》记载，印度天文著作有《婆罗门天文经》《婆罗门揭伽仙人天文说》《婆罗门天文》。[②] 瞿昙氏（Gautama）、迦叶氏（Kasyapa）和拘摩罗氏（Kumara）三个印度天文学家氏族曾先后任职于唐代天文机构太史阁，其中瞿昙氏的瞿昙悉达翻译了印度天文学经典 *Navagraha-siddhanta*，即《九执历》。[③] 此外，印度的医学、数学、艺术经典也因其实用价值通过不同渠道被介绍到中国，其中一些著作或部分或完整地被译为汉语。

5. 落幕与影响

中国古代的印度经典汉译在唐代达到巅峰，此后逐渐走向低谷，无论是数量还是质量都难以达到唐代的水平。造成这一现象的原因主要有两个方面：一方面，唐代中后期，阿拉伯帝国的崛起以及唐朝与吐蕃关系的恶化阻断了中印之间两条重要的陆路通道——西域道和吐蕃道，之后五代十国以及宋代时期，这两条通道均未能恢复，只有南海道保持畅通。[④] 另一方面，中国宗教哲学的发展和印度佛教的密教化这两种趋势决定了中国对印度佛教经典的需求逐渐下降。在近千年的历程中，佛教由一个依附于黄老信仰的外来宗教逐渐在汉地生根发芽，成为汉地宗教生活不可缺少的一部分，其作为"中国佛教"的独立性日益增强。甚至权威如玄奘，也不能将沿袭至那烂陀寺戒贤大师

---

① 例如安世高译《佛说摩邓女经》、支谦等译《摩登伽经》、竺法护译《舍头谏太子二十八宿经》等。

②《隋书·经籍志》，北京：中华书局，1982 年，第 1019 页。

③ 参见 P.C.Bagchi, *India and China: A Thousand Years of Cultural Relations*. 1981, Calcutta, Saraswat Library, p.212. 此后，依然有传法僧翻译佛教天文学著作的记载，具体参见郭书兰：《印度与东西方古国在天文学上的相互影响》，《南亚研究》，1990 年第 1 期，第 32~39 页。

④ 菩提迦耶出土的多件北宋时期前往印度朝圣的僧人所留下的碑铭证明，宋代依然有僧人前往印度朝圣，且人数不少。法国汉学家沙畹（E. Chavannes）、荷兰汉学家施古德（G. Schlegel）、印度学者师觉月（P. C. Bagchi）等国外学者在这方面均有讨论，具体参见周达甫：《改正法国汉家沙畹对印度出土汉文碑的误释》，《历史研究》，1957 年第 6 期，第 79~82 页。

的"五种姓说"完全嵌入汉地佛教的信仰之中。汉地"伪经"的层出不穷也从某种角度反映了佛教的中国本土化进程。不空等人在中国传播密教虽然形成了风靡一时的"唐密",但未能持久。究其根本在于汉地佛教的发展受到本土儒家信仰的影响,很难与融合了婆罗门教信仰的佛教密宗契合。此外,本土儒家、道家也在吸纳佛教哲学的基础上有了新的变革。至宋代,三教合一的趋势逐渐显现,源自印度但已本土化的佛教与儒家、道家的融合进一步加深,致使对印度经典的诉求越来越少。由此,义理上的因素使得中国的知识分子不再追求印度佛教的哲学思想;再者,随着佛教在印度的衰落,以及中国佛教自身朝圣体系的建立和完善,前往印度朝圣也失去了意义。

古代中国对古代印度经典的汉译始于佛教,也终于佛教。尽管如此,以佛教经典为主的古代印度经典汉译已经在中国历史上烙下了深刻的印记,其影响是持久和多方面的。在这一过程中,译师们开创的汉译传统给后人翻译印度经典留下了巨大财富:

其一,汉译古代印度经典除早期借助西域地方语言外,主要翻译对象都是梵语经典,本土学者和外来学者编写了不少梵汉工具书。

其二,一套与古代印度宗教哲学术语对应的意译和音译相结合的汉译体系得以建立。由于佛教经典的流传,很多术语已经成为汉语的常用语,广为人知。

其三,除术语对应外,梵语作品译为汉语需要克服语法结构、文学体裁等方面的限制,其实践在一定程度上影响了汉语的一些表达法。[1] 如此等等都为后人继续翻译印度经典提供了便利之处。

更为重要的是,历史上重要的译师摸索出一套大规模翻译经典的方式方法,他们的努力对于后继的翻译工作来说具有很高的参考价值。经过早期的翻译实践,鸠摩罗什译经时便开始确立了译、论、证几道基本程序,并辅之以梵本、胡本对勘和汉字训诂,经总勘方

---

[1] 例如汉语中常见的"所 + 动词"构成的被动句就可能源自对佛经的翻译。参见朱庆之《汉译佛典中的'所 V'式被动句及其来源》(载《古汉语研究》,1995 年第 1 期,第 29~31、45 页)及其他相关著述。

定稿。在后秦朝廷的支持下，鸠摩罗什建立了大规模译场，改变了以往个人翻译的工作方式，配合翻译方法上的完善，大大提高了译经的效率和质量。唐代译场规模更大，翻译实践进一步细化，后世记载的翻译职司包括译主、证义、证文、度语、笔受、缀文、参译、刊定、润文、梵呗等10余种之多。

此外，先人还摸索出一套翻译人才的培养模式，隋代译师彦琮曾以"八备"总结了译师需具备的一系列条件，具体内容为：

> 一诚心受法，志在益人；二将践胜场，先牢戒足；三文诠三藏，义贯五乘；四傍涉文史，工缀典词，不过鲁拙；五襟抱平恕，器量虚融，不好专执，耽于道术，淡于名利，不欲高衒；六要识梵言；七不坠彼学；八博阅苍雅，粗谙篆隶，不昧此文。[1]

这八备之中，既有对译者宗教信仰、个人品行的要求，也有对梵语、汉语表达的语言技能以及对佛教义理的知识掌握等方面的要求，今天看来，依然有很大的借鉴意义。

三、近现代中国对印度经典的汉译

佛教在印度的衰落及消亡使中印失去了最为核心的交流主题。中国对印度经典的汉译停留在以梵语为主要媒介、以佛教经典为主要对象的时代，自11世纪末[2]至20世纪初，这一停滞状态持续了数个世纪之久。19世纪中后期，印度士兵和商人随着欧洲殖民者的战舰再次来到中国，中印之间的交往以一种并不和谐的方式得以恢复。中印孱弱的国力和早已经深藏故纸堆的人文交往传统都不足以阻挡西方诸国强势的物质力量和文化力量，中印人文交往便在这新的格局中，借助西方列强构建起来的"全球化"体系开始复苏。

---

① 《释氏要览》卷2，T54, no. 2127, b21-29。
② 宋神宗元丰五年（1082）废置译经院，佛教经典汉译由此不再。

由于缺乏对印度现代语言和文化的了解，早期对印度经典的译介在语言工具和主题设置两个层面均在一定程度上受制于西方的话语体系。20世纪上半叶中国对泰戈尔作品的译介便是明证。1913年，泰戈尔自己译为英语的诗集《吉檀迦利》以英语文学作品的身份获得诺贝尔文学奖，这在当时的世界文坛引起了轩然大波，对当时正在探索民族出路的中国知识分子来说同样具有很大的震撼力和吸引力。陈独秀在1915年10月15日出版的《青年杂志》上刊载了自己译自《吉檀迦利》的四首《赞歌》，为此后持续了近一个世纪并且至今依然生机勃勃的泰戈尔著作汉译工程拉开了序幕。据刘安武统计，至1949年中华人民共和国成立止，"我国翻译介绍了印度文学作品40种左右（不包括发表在报刊上的散篇）。这40种中占一半的是泰戈尔的作品"。[①] 泰戈尔在中国受到格外关注固然始于西方学术界对他的重视，但他的影响如此之大亦在于他的作品恰好满足了当时中国在文学思想领域的需求。首先，从语言文学来看，泰戈尔的主要创作语言是本土的孟加拉语，而非印度古典梵语。这引起了当时正致力于推广白话文的中国知识分子的广泛关注，并被视为白话文替代古文的成功榜样。[②] 此外，泰戈尔的文学创作，尤其他的散文诗为当时正在摸索之中的汉语诗歌提供了一个重要的参考对象。其次，从思想上来说，泰戈尔的思想与当时作为亚洲国家"先锋"的日本截然相反，为当时正在探索民族出路的中国知识分子提供了另一个标杆。于是，泰戈尔意外地成为中印之间自佛教之后的又一重大交流主题。尽管中国知识分子对其思想和实践的评价并不一致，许多学者依然扎实地以此为契机重启了中国翻译印度经典的进程。当时中国尚未建立起印度现代语言人才培养机制，因此早期对泰戈尔作

---

① 刘安武：《汉译印度文学》，《中国翻译》，1991年第6期，第44~46页。
② 胡适向青年听众强调泰戈尔对孟加拉语文学的贡献时说："泰戈尔为印度最伟大之人物，自十二岁起，即以阪格耳（孟加拉）之方言为诗，求文学革命之成功，历五十年而不改其志。今阪格耳之方言，已经泰氏之努力，而成为世界的文学，其革命的精神，实有足为吾青年取法者，故吾人对于其他方面纵不满足于泰戈尔，而于文学革命一段，亦当取法于泰戈尔。"（载《晨报》，1924年5月11日）

品的汉译多转译自英语。凭借译者深厚的文学功底，不少经典译作得以诞生，尤其是冰心、郑振铎等人翻译的泰戈尔诗歌，时至今日依然在中国广为流传。

与泰戈尔一同被引介到中国的还有诸多印度民间故事文学作品。[①]如前文所述，古代翻译印度经典时就有不少印度民间故事被介绍到中国，但多以佛教经典为载体。[②]近现代以来，印度民间文学以非宗教作品的形式被重新介绍过来。这在很大程度上是因为"中国缺少创作儿童文学的传统"[③]，印度丰富的民间文学正好满足了中国读者的需求。与此同时，印度民间文学与中国文学之间的关系也日益进入中国学者的视野，"中印文学比较研究"这一新的研究领域开始初露端倪。其研究领域最广为人知的课题之一便是《西游记》中孙悟空形象与《罗摩衍那》中哈奴曼形象的渊源。当时许多新文化运动的大家都参与其中，鲁迅、叶德均认为孙悟空形象源于本土神话形象"无支祁"，胡适、陈寅恪、郑振铎则认为孙悟空形象源于哈奴曼。[④]

自西方语言转译印度经典的尝试为增进对印度的认知、重燃中国知识界和民众对印度文化的兴趣起到了积极作用，许多掌握西方语言的汉语作家投身其中，其翻译作品受到读者喜爱。然而，转译的不足也显而易见，因此，对印度经典的系统汉译需要建立一支如古代梵汉翻译团队一样的专业人才队伍。

1942 年，出于抗战需要，民国政府在云南呈贡建立了国立东方语文专科学校，设有印度语科，开始培养现代印度语言人才。1946年，季羡林自德国学成回国，在北京大学创设东语系；1948 年，金克木加盟东语系。1949 年，国立东方语文专科学校并入北京大学东

---

① 参见刘安武：《汉译印度文学》，《中国翻译》，1991 年第 6 期，第 44~46 页。
② 参见薛克翘：《中国印度文化交流史》，北京：昆仑出版社，2008 年，第 261~265 页。
③ 刘安武：《汉译印度文学》，《中国翻译》，1991 年第 6 期，第 44~46 页。
④ 参见鲁迅：《中国小说史略》，《鲁迅全集》第 9 卷，北京：人民文学出版社，1981年；鲁迅：《中国小说的历史的变迁》，《鲁迅全集》第 9 卷，北京：人民文学出版社，1981年；胡适：《〈西游记〉考证》，《胡适文存》第 2 集第 4 卷，上海：亚东图书馆，1924 年；陈寅恪：《〈西游记〉玄奘弟子故事之演变》，《金明馆丛稿二编》，上海：上海古籍出版社，1982 年；郑振铎《〈西游记〉的演化》，《郑振铎全集》第 4 卷，石家庄：花山文艺出版社，1998 年；叶德均：《无支祁传说考》，《戏曲小说丛考》，北京：中华书局，1999 年。

语系。东语系开设梵语－巴利语、印地语、乌尔都语三科印度语言专业，并很快培养出第二代印度语言专业队伍。随之，印度经典得以从原文翻译。第一代学者季羡林、金克木领衔的梵语团队翻译了印度大史诗《罗摩衍那》及以迦梨陀娑为代表的印度古典梵语文学作家的许多作品，如《沙恭达罗》《优哩婆湿》《云使》《伐致呵利三百咏》等，并启动了《摩诃婆罗多》等经典作品的翻译；旅居印度的徐梵澄翻译了《五十奥义书》[①]及奥罗宾多创作、注释的诸多哲学著作。季羡林、金克木的弟子黄宝生等延续师尊开创的传统，完成了《摩诃婆罗多》、奥义书[②]、《摩奴法论》、古典梵语文论、故事文学作品等一系列著作的翻译。与此同时，由第二代学者刘安武领衔的近现代印度语言团队译介了大量的印地语、乌尔都语、孟加拉语等语言的文学作品，其中尤以对印地语/乌尔都语作家普列姆昌德和孟加拉语作家泰戈尔的作品的汉译最为突出。[③]殷洪元对印度现代语言语法著作的翻译以及金鼎汉对中世纪印度教经典《罗摩功行之湖》的翻译也开拓了新的领域。巫白慧等学者陆续将包括"吠檀多"在内的诸多婆罗门教哲学经典译为汉语。[④]文献资料是学术研究的基础，这一系列经典汉译成果打破了古代中国对古代印度经典汉译中存在的"佛教主导"的局限，增加了现代视角，并以经典文献为契机，首次较为全面系统地介绍了印度文明，奠定了现代中国印度学研究的基础。由这两代学者编订的《印度古代文学史》《梵语文学史》和

---

① 参见徐梵澄译：《五十奥义书》，北京：中国社会科学出版社，1995年。
② 参见黄宝生译：《奥义书》，北京：商务印书馆，2010年。
③ 刘安武自印地语译出的普列姆昌德作品（集）有《新婚》（贵阳：贵州人民出版社，1982年）、《如意树》（上海：上海译文出版社，1983年）、《普列姆昌德短篇小说选》（北京：人民文学出版社，1984年）、《割草的女人：普列姆昌德短篇小说新集》（长沙：湖南人民出版社，1985年）等，加之其他学者的译介，普列姆昌德的重要作品几乎全被译为汉语。此后，刘安武又主持编译出版了24卷本《泰戈尔全集》（石家庄：河北教育出版社，2000年），泰戈尔的主要作品均被收录其中。
④ 其中重要的译著成果包括巫白慧译《圣教论》（乔荼波陀著，北京：商务印书馆，1999年）、姚卫群译《古印度六派哲学经典》（节译六派哲学经典，北京：商务印书馆，2003年）、孙晶译《示教千则》（商羯罗著，北京：商务印书馆，2012年）等。

《印度印地语文学史》等著作成为中国现代印度学研究的必读文献。①

由于印度文化的独特之处及其在历史上形成的巨大影响力，以现代学术研究的方式开展的印度经典汉译所产生的影响进一步辐射了包括语言、文学、哲学、历史、考古等多个学科领域，并形成了一些跨学科研究领域：

其一，中印文化比较研究。由胡适等老一辈学者开创的中印文学比较研究取得了新的进展，其中一部分研究形成了中印文化交流史这一新的学术研究领域；另一部分研究成为东方文学研究领域最重要的组成部分，东南亚、西亚等区域文学研究也受益于印度文学研究的开展和所取得的成就。此外，从具体作品到文艺理论的印度文学译介也从整体上进一步拓展了比较文学研究的视野。

其二，佛教研究。现代中国对印度经典汉译的范围不再局限于传统的汉语系佛教传统经典，在许多领域都取得了新的突破。在佛教文献来源方面，开拓了对巴利语系和藏语系佛教的研究。② 由于梵语人才的培养，中国学者得以恢复梵汉对勘的学术传统。③ 对非佛教宗教思想典籍的译介也使得对佛教的认识跳出了佛教自身的范畴，对其与其他宗教思想之间的互动与联系有了更加全面的认识。

其三，语言学研究。对梵语及相关语言的研究推动了梵汉对音，以及对古汉语句法的研究。一些接受了梵语教育的汉语言学学者结合古代语料，尤其是汉译佛经，对古汉语的语音、句法等做出研究。

---

① 单就印度文学翻译而言，据不完全统计，1950—2005年，中国翻译印度文学作品（以书计）约400余种，其中中印关系交好的1950—1962年约有70种，关系不好的1962—1976年仅有4种，关系改善后的1976—2005年则有300余种。不过，2005年之后，除黄宝生、薛克翘等少数学者仍笔耕不辍外，其他前辈学人逐渐"离席"，这类汉译工作进入某种冬眠期。

② 相关成果包括郭良鋆译《佛本生故事选》（与黄宝生合译，北京：人民文学出版社，1985年）、《经集：巴利语佛教经典》（北京：中国社会科学出版社，1998年），以及段晴等译《汉译巴利三藏·经藏·长部》（上海：中西书局，2012年）等。

③ 自2010年以来，黄宝生主持对勘出版了《入菩提行论》（北京：中国社会科学出版社，2011年）、《入楞伽经》（北京：中国社会科学出版社，2011年）、《维摩诘经》（北京：中国社会科学出版社，2011年）等佛经的梵汉对勘本，叶少勇以梵藏汉三语对勘出版了《中论颂》（上海：中西书局，2011年）。

四、现状和汉译例解

尽管取得了上述成就，但由于印度文明积累深厚、经典众多，目前亟待翻译的印度经典还有很多。其中，以梵语创作的经典包括四部吠陀本集、梵书、森林书、往世书、《诃利世系》《利论》《牧童歌》等；以南印度语言创作的经典包括桑伽姆文学、《脚镯记》《玛妮梅格莱》《大往世书》《甘班罗摩衍那》等；以波罗克利特语创作的经典包括《波摩传》等；以中世纪北印度地方语言创作的经典包括《地王颂》《赫米尔王颂》《阿底·格兰特》《苏尔诗海》《莲花公主》，以及格比尔、米拉巴伊等人的作品等；以现代印度语言创作的经典包括帕勒登杜、杰辛格尔·普拉萨德、般吉姆·钱德拉·查特吉、萨拉特·钱德拉·查特吉、拉默金德尔·修格尔、默哈德维·沃尔马、阿格叶等著名现当代文学家的作品以及迦姆达普拉沙德·古鲁、提兰德尔·沃尔马等人的语言学著作等。此外，20世纪以来，一些印度思想家、政治家、文学家以英语创作的作品也可列入印度现代经典之列，目前中国仅对圣雄甘地、贾瓦哈拉尔·尼赫鲁、辨喜、纳拉扬、安纳德、拉贾·拉奥、奈都夫人等人的个别作品有所译介，大量作品仍然处于有待翻译的名单之中。

这些经典汉译的背后离不开相关学者的努力。进入21世纪以来，中国大致有两支队伍从事印度经典汉译工作。第一支是自20世纪四五十年代以来成型的印度语言专业队伍，其人员构成以高等院校和研究机构从业人员为主，兼有相关外事机构从业人员，他们均接受过系统、专业的印度语言训练。第二支是20世纪初译介包括泰戈尔作品在内的印度文学作品的作家和出版业者，80年代改革开放以来，越来越多接受过英语教育的人或全职或兼职地参与到印度作品的汉译工作之中。相比第一支队伍，这支队伍的人员构成较为复杂，水平也参差不齐，但在市场经济的推动下，一些能够成为市场热点的著作往往很快就翻译过来，例如两位与印度相关的诺贝尔文学奖得主——泰戈尔和奈保尔的作品一版再版，四位印度裔布克奖得主——萨尔曼·拉什迪、阿兰达蒂·罗伊、基兰·德塞、阿拉文德·阿迪加的作品也先后译出；此外，由于瑜伽的普及，包括克里希那穆提在内的一些现代宗教家的论著也借由英语转译为汉语。一方面，随着市场化改革的需求，第二支队伍日益蓬勃发展，但其翻译质量往往难以保障。另一方面，由于现行科研体制对从事翻译和研究的人员不利，第一支队伍也面临着诸多问题。如何在接下来的实践中取长补短，或者说既要尊重市场机制的要求，又要以学术传统克服市场失灵的状况，这也是需要进一步思考的问题。

应该说，印度经典汉译主要依靠第一支队伍，原文经典翻译比通过其他语言转译更为重要。20 世纪 80 年代以来，这支队伍勤勤恳恳，笔耕不辍，为印度经典汉译做出了巨大贡献，取得了丰硕成果。然而，就现状看，除黄宝生、薛克翘等极少数学人外，这支队伍的第一代和第二代学人已然"离席"，后辈学人虽然已经加入进来，但毕竟年轻，经验不足，加之现行科研体制自身问题的牵制，后续汉译工作亟需动力。好在已有些年轻人在这方面产生了兴趣，其汉译意识很强，对印度梵文原典和中世纪及现当代原典的汉译工作的理解也令人刮目。可以预见，印度经典汉译将会迎来又一个高潮，汉译印度经典的水平也将有新的提升。

从某种角度说，在前文罗列的种种有待翻译的印度经典中，印度中世纪经典尤为重要。中世纪时，随着传统婆罗门教开始融合包括佛教、耆那教等在内的异端信仰与民间的大众化宗教传统，加之伊斯兰教的进入，印度进入了一个新的"百家争鸣"时代。这一时期留下了许多经典之作，它们对后世印度的宗教、社会、文化均产生了重要影响。长期以来，中国对印度中世纪经典的译介几乎一片空白，仅有一部《罗摩功行之湖》和零星的介绍。近年来，笔者组织团队着手翻译印度中世纪经典《苏尔诗海》，并初步总结了以下心得：

第一，经典汉译并非简单的语言转换，除需要精通相关语言外，还需要译者具备与印度文化相关的背景知识，以便能够精准地理解原文含义。例如，在一首描写女子优雅体态的艳情诗中，作者直接以隐喻的修辞手法描述了包括莲花、大象、狮子、湖泊等在内的一系列自然景象和动植物，若不熟悉印度古代文学中一些固定的比喻意象，则很难把握这首诗的含义。[1] 由于审美标准不同，被古代印度诗人视为美丽的"象腿"在当今语境中已经成为足以令女子不悦的比喻。此类审美视角需要辅之以例如《沙恭达罗》中豆扇陀国王对沙恭达罗丰乳肥臀之态的称赞才能理解。

第二，古代中国对古代印度经典汉译的传统在很大程度上为现代翻译经典提供了以资借鉴的便利，譬如许多专有词在汉语中已有完全对应的词可供选择，省去了译者的诸多麻烦。但是，这也要求译者了解相关传统，并能将其中的一些内容为己所用；同时，还应避免由于古代中国对古代印度经典翻译在视角、理解上的偏差所带来的问题。例如，triguna 这一数论哲学的基本概念已由真谛在《金七十论》中译为"三德"，后来的《薄伽梵歌》等哲学经典的汉译也已沿用，新译经典中便不宜音译为"三古纳"之类的新词。此外，由于受佛教信仰的影响，一些读者在看到"三德"时往往容易将之与佛教中所说的法身德、般若德、解脱德等其他概念联系起来，对此需要给出注释加以说明以免误解。

第三，现代中国对现代印度经典的汉译虽然已经取得了不俗的成绩，但由于时间、人员等条件的限制，在翻译体例、内容理解等方面依然存在不少可改进之处。

笔者以《苏尔诗海》中黑天的名号为例予以说明。黑天是印度教大神毗湿奴最重要的化身之一，梵语经典中通常称之为 Krsna，字面义为"黑"，汉语之所以译为"黑天"，很可能是因为汉译佛经将婆罗门教诸神（deva）译为"天"，固在 Krsna 的汉语译名"黑"之后加上了"天"，大约与 Brahma 被译为"梵天"、Indra 被译为"帝释天"，以及 Sri 被译为"吉祥天"等相当。后世对相关经典文献的介绍都沿用了这一名称。然而，若实际对照各类经典，可以发

---

① 参见姜景奎等：《〈苏尔诗海〉六首译赏》，载《北大南亚东南亚研究》（第一卷），北京：中国青年出版社，2013年，第261~262页。

现毗湿奴名号繁多。①中世纪印度语言继承并发扬了这一传统，在伯勒杰语《苏尔诗海》中，黑天的名号有数十种之多，其中仅字面义为"黑"的常见名号就有四个，分别是 Krsna、Syama、Kanha、Kanhaiya。这四个名号之中只有 Krsna 是标准的梵语词，且使用最少，只用于黑天摄政马图拉之后人们对他的尊称；其他三个均为伯勒杰语词，多用于父母家人、玩伴女友对童年和少年黑天的称呼。因此，汉译中如果仅使用天神意义的"黑天"一名就违背了《苏尔诗海》所描述的黑天的成长情境。为此，结合不同名号的使用情况以及北印度农村生活的实际情况，笔者重新翻译了其他三个名号，即将多用于牧女和同伴对少年黑天称呼的 Syama 译为"黑子"，多用于父母和其他长辈对童年黑天称呼的 Kanha 和 Kanhaiya 分别译为"黑黑"和"黑儿"。此外，还有一些名号或表明黑天世俗身份，或描述黑天体态，或宣扬黑天神迹，笔者也重新进行了翻译，例如：nanda-namdana"难陀子"、madhava"摩图裔"等称呼说明了黑天的家族、家庭身份，kesau"美发者"、srimukha"妙口"等以黑天身体的某一部分代指黑天，giridhara"托山者"、manamohana"迷心者"等以黑天在其神迹故事中的表现代指黑天，等等。

结合以上几方面的思考，《苏尔诗海》汉译实际上兼具深入而系统的研究性质，包括四部分。第一，校对后的原文。到目前为止，印度出版了多个《苏尔诗海》版本，各版本虽大同小异，但仍有差异，笔者团队搜集到影响较大的几个主要版本，并进行核对比较，最后确定一种相对科学的原文进行翻译研究。第二，对译。从经典性和文献性出发，尽可能忠实于原文，在体例选择上尽量保持诗词的形态，在内容上尽量逐字对应，特殊情况则以注释说明。第三，释译。从文献性和思想性出发，尽可能客观地阐明原文所表现的文献内容和宗教思想。该部分为散文体，其中补充了原文省略的内容并清楚地展现出情节的发展、人物的心理变化以及作品的思想内涵。

① 参见葛维钧：《毗湿奴及其一千名号》（载《南亚研究》，2005 年第 1 期，第 48~53 页）及相关著述。

第四，注释。给出有关字词及行文的一些背景知识，例如神话传说故事、民间信仰、生活习俗、哲学思想等，以及翻译中需要说明的其他问题。

试以下述例解说明：

【原文】略①

【对译】

此众得乐自彼时

听闻诃利② 你之信，当时即刻便昏厥。

自隐蔽处蛇③ 出现，欣喜尽情吸空气。

鹿④ 心本已忘奔跃，复又撒开四蹄跑。

群鸟大会高高坐，鹦鹉⑤ 言称林中王。

杜鹃⑥ 偕同自家族，咕咕欢呼唱庆歌。

自山洞中狮子⑦ 出，尾巴翘到头顶上。

自密林中象王⑧ 来，周身上下傲慢增。

如若想要施救治，莫亨⑨ 现今别耽搁。

苏尔言，

如若罗陀⑩ 再这般，一众敌人大欢喜。

【释译】

黑天离开牛村很久了，养父难陀、养母耶雪达以及全村的牧人牧女都非常思念他，希望他能回来看看。牧女们对黑天的思念尤为强烈，其中又以罗陀最甚。罗陀是黑天的恋人，两人青梅竹马，两

---

① 由于原文字体涉及较为复杂的排版问题，这里仅呈现该首诗的对译、释译和注释三部分，原文略。本诗为《苏尔诗海》（天城体推广协会版本）第 4 760 首，参见 Dhirendra Varma, *Sursagar Sara Satika*, Sahitya Bhavan Private Ltd., 1986, No. 181, p.334.

② 诃利，原文 Hari，"大神"之义，黑天的名号之一。

③ 此处以蛇代指罗陀的发辫，意在形容发辫柔软纤长、乌黑发亮。

④ 此处以鹿的眼睛代指罗陀的眼睛，意在形容眼睛大而有神、灵动美丽。

⑤ 此处以鹦鹉的鼻子代指罗陀的鼻子，意在形容鼻子又挺又尖、美妙可爱。

⑥ 此处以杜鹃的声音代指罗陀的声音，意在形容声音甜美悠扬、清脆嘹亮。

⑦ 此处以狮子的腰代指罗陀的腰，意在形容腰身纤细柔顺、婀娜灵活。

⑧ 此处以大象的腿代指罗陀的腿，意在形容腿脚步态从容、端庄稳重。

⑨ 莫亨（原文 mohana），黑天的名号之一。

⑩ 罗陀（原文 Radha），黑天最主要的恋人。

小无猜，曾经你欢我爱，形影不离。可是，黑天自离开后就再也没有回来过，甚至连信也没有寄过一封。伤离别，罗陀时刻处于煎熬中。为了教育信奉无形瑜伽之道的乌陀，也为了看望牧区故人，黑天派乌陀来到牛村，表面上让他传授无形瑜伽之道，实则置他于崇尚有形之道的牛村人中间，让他迷途知返。乌陀的到来，打乱了牛村人的生活。一者，牛村人沉浸在思念黑天的离情别绪之中，乌陀破坏了气氛，于表面的宁静之中注入了不宁静。二者，牛村人本以为乌陀会带来黑天给予牛村的好消息，但适得其反，乌陀申明自己是为传授无形的瑜伽之道而来，甚至说是黑天派他来传授的，牛村人对此不解、迷茫。他们崇尚有形，膜拜黑天，难道黑天完全抛弃了他们？他们陷入了更深一层的痛苦之中。三者，对牧区女来说，与黑天离别本就艰难，但心中一直抱有再次见面再次恋爱的期望，乌陀的到来打消了她们的念头，从精神上摧毁了她们。其中，罗陀尤甚，她所遭受的打击要比别人更甚。由此，出现了本诗开头提及的罗陀晕厥以及晕厥之后乌陀"看到"的情况，具体内容是乌陀向黑天口述的：

乌陀对黑天说道："黑天啊，你的恋人罗陀非常思念你，她忍受离别之苦，渴望与你相见。可是，你却让我去向她传授无形的瑜伽之道。唉，她一听到是你让我去的，当即就昏了过去，倒在地上，不省人事。唉，真是凄凉啊！这边罗陀昏迷不醒，那边动物界却出现了一派喜气景象：黑蛇从洞里出来了，它高兴地尽情享受空气；此前，罗陀的又黑又亮的长发辫曾使它羞于见人，认为自己形体丑陋，不得不躲藏起来。已经忘记奔跑的小鹿出来了，它撒开四蹄，愉悦地到处奔跳；此前，罗陀那明亮有神的大眼睛曾使它羞于见人，认为自己的眼睛丑陋，不敢出来乱逛。鹦鹉出来了，它参加群鸟大会，坐在高高的枝丫上，声称自己是林中之王；此前，罗陀又尖又挺的鼻子曾使它羞于见人，认为自己的鼻子丑陋，躲藏起来。杜鹃鸟出来了，它和同族一起，咕咕叫个不停，欢庆胜利；此前，罗陀那甜美悠扬的声音曾使它感到拘束，认为自己的声音难听，不敢开口。狮子从山洞中出来了，他得意扬扬，悠闲自在，尾巴翘到了头顶上；此前，罗陀纤细柔软的腰肢曾使它羞于见人，认为自己的腰肢粗笨僵硬，不敢示人，躲进山洞。大象从茂密的森林里出来了，它一步一昂头，傲慢自大，目中无人，盛气凛然；此前，罗陀稳重美丽的妙腿曾使它自惭形秽，认为自己的腿丑陋不堪，羞于展露，躲进森林。唉，黑天啊，你快救救罗陀吧，如果再不行动，稍后想要施救就来不及了……"

"此众得乐自彼时"是本诗的标题，意思是罗陀晕倒之时，即是众动物高兴之时。它们羞于与罗陀相比，虽然视罗陀为敌，却不敢直面罗陀，纷纷逃遁躲藏。听说罗陀遭到黑天抛弃，晕厥不醒，它们自然高兴，便迫不及待地恢复了原来的自由生活。"如若罗陀再这般，一众敌人大欢喜"，是诗外音，是苏尔达斯的总结性话语。在这首诗里，苏尔达斯主要展现了罗陀的美，但整首诗中没有出现任何对罗陀的溢美之词，没有提到罗陀的名字，更没有提到她的发辫、眼睛、鼻子、声音、腰肢和腿等，甚至没有提到蛇、鹿、鹦鹉、杜鹃鸟、狮子和大象的相关部位，仅以这些动物对罗陀晕厥不醒后的反应进行阐释，这就给听者和读者留下了巨大的想象空间，似形似景，情景交融。这种手法似乎是印度特有的，其审美视角值得深入研究。

上述例解仅为笔者及笔者团队对于印度中世纪经典汉译的一己之见，希望能开拓印度经典汉译与研究的新视角、新路子，以期印度经典在中国能得到更为深入系统的翻译与研究。

五、中印经典及当代作品互译出版项目

2013 年初，笔者与时任中国大百科全书出版社社长龚莉女士、副总编辑马汝军先生和社科分社社长滕振微先生合作，提出了"中印经典和当代作品互译出版项目"的动议。该动议得到相关单位的

积极回应。2013 年 5 月李克强总理访印期间，国家新闻出版广电总局和印度外交部签署合作文件，决定启动"中印经典和当代作品互译出版项目"，并写入两国发表的联合声明（第 17 条）。2014 年 9 月，习近平主席访问印度，该项目再次被写入两国发表的联合声明（第 11 条）。该项目成为中印两国的重大文化交流项目之一。双方商定，双方各翻译对方的 25 种图书，以 5 年为期。2016 年 5 月，国家新闻出版广电总局印发"关于实施《"十三五"国家重点图书、音像、电子出版物出版规划》的通知"，该项目被列入"'十三五'国家重点图书出版规划"。在此期间，笔者与薛克翘先生商量组织翻译团队事宜。我们掰着指头算，资深的老辈学人几乎都不能相扰，后辈学人又大多刚刚走上工作岗位，有的还在求学，翻译资质存疑。我俩怎一个愁字了得！然，事情得做，学人得培养。我们决定抓住机遇，大胆启用后辈学人，为国家培养出一支新的汉译团队。因此，除薛克翘、刘建、邓兵等少数几位前辈学人外，我们的翻译成员绝大多数在 40 岁左右，有的还不过 30 岁。两三年的实践证明，我们的决定完全正确。新生代学人知识全面，学习能力强，执行能力更强。从已完成待出版的成果看，薛克翘先生对审读过的一本书的评价最能说明问题："字里行间，均见功夫。"译文质量是本项目的重中之重。除薛克翘、刘建和笔者外，我们邀请了黎跃进教授、石海军研究员和邓兵教授作为特约编审，约请了尼赫鲁大学的狄伯杰（B. R. Deepak）教授以及德里大学的阿妮达·夏尔马（Anita Sharma）教授和苏林达尔·古马尔（Surinder Kumar）先生作为印方顾问，对译文质量进行全面把关。译者完成翻译后，译稿首先交予编审审校，如遇大问题时向印方顾问咨询，之后返予译者修改。如有必要，修改稿还需经过编审二次审校，译者再次修改。这以后，稿件才会交予出版社编辑进行审读，发现问题再行修改……我们认为，唯如此，译文质量才能得到保障，译者团队才能得到锻炼。

本项目是中印两国的重大文化交流项目之一。因此，印度方面也有相应团队，负责汉译印的工作，由上文提及的狄伯杰教授领衔，由印度国家图书托拉斯负责实施。需要指出的是，双方翻译的作品并非译者自选，而是由双方专家通过充分沟通磋商确定。汉译作品的选定过程是这样的，笔者先拟定了 50 多种印度图书，这些书抑或是中世纪以来有重要影响的经典巨著，比如《苏尔诗海》《格比尔双行诗集》和《献牛》等，抑或是印度独立以后获得过印度国家级奖项的作家之名作，如默哈德维·沃尔马、毗什摩·萨赫尼、古勒扎尔的代表作等。而后，笔者请相熟的印度学者从中圈定出 30 种。之后，国家新闻出版广电总局的相关领导、中国大百科全书出版社的龚莉社长和滕振微先生以及笔者本人专赴印度，与印方专家组进行面对面的交流探讨，最终确定了 25 种汉译印度图书名录。印度团队的印译中国图书名录的选定过程与此类似。具体的汉译书单如下表：

序号	书名	作者	备注
1	苏尔诗海 *Sursagar*	苏尔达斯 Surdas	诗歌
2	格比尔双行诗集 *Kabir Dohavali*	格比尔达斯 Kabirdas	诗歌
3	献牛 *Godan*	普列姆昌德 Premchand	长篇小说
4	帕勒登杜戏剧 *Bharatendu Natakavali*	帕勒登杜 Bharatendu	戏剧
5	普拉萨德作品集 *Prasad Rachna Sanchayan*	杰辛格尔·普拉萨德 Jaishankar Prasad	戏剧、诗歌、短篇小说
6	鹿眼女 *Mriganayani*	沃林达温拉尔·沃尔马 Vrindavanalal Verma	长篇小说
7	献灯 *Deepdan*	拉默古马尔·沃尔马 Ramkumar Verma	独幕剧
8	灯焰 *Dipshikha*	默哈德维·沃尔马 Mahadevi Verma	诗歌
9	谢克尔传 *Shekhar: Ek Jeevani*	阿格叶耶 Ajneya	长篇小说
10	黑暗 *Tamas*	毗什摩·萨赫尼 Bhisham Sahni	长篇小说
11	肮脏的边区 *Maila Anchal*	帕尼什瓦尔·那特·雷奴 Phanishwar Nath Renu	长篇小说
12	幽闭的黑屋 *Andhere Band Kamare*	莫亨·拉盖什 Mohan Rakesh	长篇小说

序号	书名	作者	备注
13	宫廷曲调 *Raag Darbari*	室利拉尔·修格勒 Shrilal Shukla	长篇小说
14	鸟 *Parinde*	尼尔莫勒·沃尔马 Nirmal Verma	短篇小说
15	班迪 *Aapka Banti*	曼奴·彭达利 Mannu Bhandari	长篇小说
16	一街五十七巷 *Ek Sadak Sattavan Galiyan*	格姆雷什瓦尔 Kamleshwar	长篇小说
17	被抵押的罗库 *Rehan par Ragghu*	加西纳特·辛格 Kashinath Singh	长篇小说
18	印度与中国 *India and China*	师觉月 P. C. Bagchi	学术著作
19	向导 *Guide*	纳拉扬 R. K. Narayan	长篇小说
20	烟 *Dhuan*	古勒扎尔 Gulzar	短篇小说、诗歌
21	那时候 *Sei Samaya*	苏尼尔·贡戈巴泰 Sunil Gangopadhyaya	长篇小说
22	一个婆罗门的葬礼 *Samskara*	阿南特穆尔蒂 U. R. Ananthamurthy	短篇小说
23	芥民 *Chemmeen*	比莱 T. S. Pillai	长篇小说
24	印地语文学史 *Hindi Sahitya ka Itihas*	罗摩金德尔·修格勒 Ramchandra Shukla	学术著作
25	棋王奇着 *The Chessmaster and His Moves*	拉贾·拉奥 Raja Rao	长篇小说

　　毫无疑问，这些作品均是印度中世纪以后的经典之作，基本上代表了印度现当代文学水准，尤其反映出印地语文学的概貌。我们以为，通过这些文字，中国读者可以大体了解印度现当代文学的基本情况。

　　就本项目而言，笔者在这里需要表达由衷谢意：

　　首先，感谢原国家新闻出版广电总局的相关领导，没有他们的认可，本项目不可能正式立项。其次，感谢中国大百科全书的前社长龚莉女士、前副总编辑马汝军先生和前社科分社社长滕振微先生，没有他们的奔走，本项目不可能成立。再次，感谢中国大百科全书出版社社长刘国辉先生及诸位编辑大德，没有他们的付出，本项目不可能实施。感谢另两位主编薛克翘先生和刘建先生，两位前辈不仅担当主编、审校工作，还是主要译者；他们是榜样，也是力量。十分感谢黎跃进和邓兵两位教授，两位是特邀编审，邓兵教授也是译者，他们认真负责的精神令人起敬。感谢印度尼赫鲁大学的狄伯杰教授以及德里大学的阿妮达·夏尔马教授和苏林达尔·古马尔先生，他们的付出为本项目的实施提供了某种保障。特别感谢石海军研究员，他是特邀编审之一，可惜天不假年，他于2017年5月13日凌晨突然辞世，享年仅55岁，天地恸哭，是中国印度文学研究的一大损失！最后，感谢翻译团队的诸位译者，他们是新时代的精英，是中国印度研究领域的后起之秀，他们的成就由读者面前的文字可见一斑。

祝福诸位，祝福所有为本项目的立项和实施有所付出的先生大德们！

自《浮屠经》以来，汉译印度经典已有两千多年的历史。这一人类历史上少有的浩大文化工程背后既有对科学技术的追求，也有对宗教信仰的热忱；既有统治者的意志，也有普通民众的需求。印度经典汉译一方面极大地丰富了中华文化，另一方面也保存和传播了印度文化；既形成了自己的学术传统，又推动了许多相关领域研究的发展。时至今日，在中印关系具有特殊意义的大背景下，继续推进对印度经典的汉译在两国关系层面有助于加深两国之间的认知和了解，构建更为均衡、更为深厚的国际关系，在学术研究层面也有助于推动相关领域研究的继续发展。

姜景奎

北京燕尚园

2017年12月31日

2019年12月25日修订

译者前言

　　虽然印地语文学的历史可以追溯至公元十世纪前后，但是很长一段时间以来，相比起诗歌的一枝独秀，出现在读者面前的印地语小说"大都是一些荒诞的侦探小说、志怪小说和言情小说，没有什么社会意义"①。直到普列姆昌德着眼现实社会，将小说创作建立于批判现实主义的基础之上，印地语小说的发展才进入一个新阶段。

一、关于作者

　　印度著名现代小说家普列姆昌德原名滕伯德·拉伊（Dhanapat Rai），1880年出生于贝拿勒斯附近拉莫希村一个普通印度教家庭中，1936年10月逝世于勒克瑙。1903~1905年在乌尔都语周刊《人类之声》上连载的长篇小说《圣地的秘密》标志着普列姆昌德正式创作生涯的开始。此后的三十多年中，他一直秉承批判现实主义的创作风格，以乌尔都语和印地语陆续创作和发表了十二部长篇小说、约

---

　　① 刘安武:《印度印地语文学史》，北京：人民文学出版社，1987年，第268页。

三百篇短篇小说。这些小说涉及印度社会的方方面面，反映了各种各样的社会问题，塑造了许多属于不同地位和阶层、不同时代和国家的人物形象，但是作者最擅长也是其创作当中被认为是最成功的作品多是表现农村和下层人民生活的作品。普列姆昌德被誉为印度的"小说之王"，对印度现代文学，尤其是印地语小说的发展做出了非常重要的贡献。他的作品在题材、思想性和艺术性等方面都可以说代表了印地语小说创作的最高成就。除小说外，普列姆昌德还写过一些剧本、电影故事、散文、评论、儿童文学作品，并且翻译过一些外国文学作品。

普列姆昌德生活在印度民族觉醒、民族运动蓬勃发展的时代。在民族主义的大氛围中，普列姆昌德始终关注国家的局势变化，以维护民族和社会底层受压迫人民的利益为自己创作的根本动力。在思想上，普列姆昌德最初受到圣社和辨喜的影响，此后受到郭克莱和拉纳德的社会改良思想以及提拉克的斗争思想影响。后来，这两种思想在甘地的思想中得到协调和统一。俄国十月革命的胜利深深震撼了普列姆昌德，此时，他的思想中，两种矛盾倾向并存，即苏联的暴力革命和甘地主义并存。随后发生的杰利扬瓦拉公园惨案（Jallianwala Bagh Massacre）证明了暴力的无用，而甘地则在昌帕兰和凯拉县显示出了非暴力的力量，再加上受托尔斯泰净化心灵理论的影响，普列姆昌德最终放弃了暴力之路，完全接受了甘地的思想。这种思想对普列姆昌德的一生产生了不可磨灭的影响。创作晚期，普列姆昌德也在一定程度上受到马克思社会主义思想的影响。

1932年，普列姆昌德发表了一部以民族运动为背景的长篇小说《圣洁的土地》，此后开始集中于《献牛》的创作。其间为了维持《天鹅》和《觉醒》两个刊物，作者不得不到孟买的一家电影制片厂工作，加上疾病的缠绕，整个创作进行得极为缓慢。至1934年，除少数篇章外，《献牛》大体完成。1935年，从孟买回到拉莫希村后，普列姆昌德继续完成了小说的剩余部分。1936年6月，《献牛》正式出版。不幸的是发表的喜悦未能减轻作者的病痛，其后不到四个月，普列姆昌德逝世。《献牛》是普列姆昌德留给世界文学界的最后一件献礼，因此不少评论家将其喻为作者本身的"献牛礼"。

二、关于《献牛》

《献牛》是一部围绕20世纪30年代印度农村及立足其中的农民的生活展开的长篇小说。在这部作品中，作者通过巧妙的情节安排和众多人物形象的精彩塑造，描绘了一幅幅生动的农村生活图画，揭示了当时印度社会生活中错综复杂的矛盾。因此，《献牛》被誉为描述"印度农民生活的大诗（mahakavya）"。

小说共分为三十六章，其中二十三章以农村为背景，十章以城市为背景，剩余三章交替在城市与农村之间。

从结构上来说，小说由两个平行画面、两组平行人物及两条平行线索构成。两个画面即城市和农村两个生活画面，两组平行人物即以霍利为代表的农民和以地主、资本家、编辑等为代表的城市居民。两条线索主要指农民霍利一生的悲惨遭遇和城市居民们的种种生活，后者的整体性并不明显。城市和农村两个部分之间主要有三方面的联系，即戈博尔从农村移居城市、地主在城市的居住和在农村的影响以及肯纳在农村附近开设糖厂。但是，这三方面的联系并不十分强烈，因此，仅就情节发展而言，小说的两个部分均可被看成独立单元。然而，从总体上来看，这两个部分有主有次，交错展开，又相互呼应，表达出作者的社会思想。

从创作思想来说，普列姆昌德主张文学作品"在内容上要反映这个时代的痛苦和严酷的现实；你的祖国正处在水深火热之中，听一听你那无助的姐妹，被欺压的兄弟在焚尸堆上发出的呻吟吧"①。同时，普列姆昌德认为"现实主义对于提醒社会注意其不良的制度是非常有用的"②。因此，他的作品多以现实生活为基础，以剖析现实社会中活生生的人和事物为基本内容。可以说，展示和揭露各种丑恶的社会现象是其作品的一大特色。秉承这种思想，普列姆昌德在《献牛》中以农民霍利悲惨的一生为主要内容，向读者展现了英国殖民主义统治下印度广大封建农村的一个缩影以及普通农民的真实生活写照，揭露和批判了当时社会上形形色色的压迫者和剥削者的狡猾手段和残酷本质。

从写作手法上来说，现实主义的表现手法在《献牛》中显得尤为突出，这也是《献牛》被公认为超越作者早期作品的表现之一。通常认为，在《献牛》中，没有奇怪的巧合或偶遇，没有戏剧性或无法预料性的事件，也没有谋杀或自杀，所有人物的心理和行为都是合乎常情的。它是一部与作者本身的实际生活联系更为紧密的作品，普列姆昌德一生与困苦的不断斗争在主人公霍利的身上得到充分体现。因此，在某种程度上，这部作品具有某种自传性因素。

从语言上来说，普列姆昌德十分注意根据场景需要进行词语和句法的变换。例如，在描写农民的对话中，作者大多使用质朴的阿沃提方言（Awadhi），无论句法还是词汇都显得比较简单。比喻和隐喻的运用更是具有地方特色。然而，在描写生活在勒克瑙的受过教育之人的对话时，作者大多使用纯正而规范的印地语，不仅句子长度较前者长，并且句法也相对复杂，有时候甚至在句中插入一些英语单词，以符合城市人物的语言习惯。

---

① 阿姆利特·拉耶著，王晓丹、薛克翘译：《普列姆昌德传》，北京：北京师范学院出版社，1989年，第294页。
② 普列姆昌德著，唐仁虎、刘安武译：《普列姆昌德论文学》，南宁：漓江出版社，1987年，第42页。

三、关于译文

《献牛》自问世后被译成数十种语言在世界各地出版，产生了广泛的社会影响，在印度本土也陆续出现了多种印刷版本。这些版本，除分段以及少许词语的拼写方面略有偏差，其余内容大致相同。

本译文依据的是苏米德拉出版社（Sumitra Prakashan）2014年出版的平装版本。遗憾的是，该版本存在一些印刷方面的疏漏，译者经与其他版本校对，已在译文中直接更正，此等问题，文中并未以注释说明。

诚然，一千个读者眼中便有一千个哈姆雷特。本书旨在尽可能忠实地将原作用中文呈现于读者面前，至于如何评判，各位读者心中自有定夺。译时匆匆，本书中不如人意之处在所难免，敬祈广大读者批评指正。

任婧

广州 金碧

2022 年 10 月

目　录 |

001 ｜　总序：印度经典的汉译

001 ｜　译者前言

001 ｜　第一章

011 ｜　第二章

018 ｜　第三章

033 ｜　第四章

060 ｜　第五章

069 ｜　第六章

100 ｜　第七章

136 ｜　第八章

146 ｜　第九章

157 ｜　第十章

167 ｜　第十一章

178 ｜　第十二章

189 ｜　第十三章

203 ｜　第十四章

214 ｜　第十五章

231 | 第十六章

243 | 第十七章

260 | 第十八章

275 | 第十九章

281 | 第二十章

299 | 第二十一章

317 | 第二十二章

336 | 第二十三章

353 | 第二十四章

366 | 第二十五章

375 | 第二十六章

383 | 第二十七章

399 | 第二十八章

410 | 第二十九章

424 | 第三十章

439 | 第三十一章

453 | 第三十二章

458 | 第三十三章

475 | 第三十四章

483 | 第三十五章

495 | 第三十六章

504 | 后　记

第一章

霍利拉姆把用水拌的饲料喂给两头牛之后，对他的妻子滕妮娅说："叫戈博尔去甘蔗地里松松土吧！我不知道什么时候才能回来。把手杖递给我！"

滕妮娅的两只手上沾满牛粪。搓完几个牛粪饼，她走过来，说道："哎呀，吃点早饭呗！哪儿有这么着急？"

霍利蹙起布满皱纹的额头，说道："你光顾着吃早饭。我在担心，去晚了就见不到东家。万一他开始沐浴、敬神，我得坐着等好几个小时。"

"所以我才说，吃点早饭嘛！何况，今天不去也没什么关系，前天刚刚去过。"

"伙计，对于自己不了解的事，你为什么非要横插一脚？把手杖递给我，管好你自己的事！到今天为止，我们还能保住自己的性命，这正是经常去拜见东家的好处。要不然，现在都不知道死到哪儿去啦。村子里有这么多人，谁没有失去过土地租佃权，谁没有收到过政府没收财产的命令？既然生活在别人脚下，被人掐住脖子，那么只有学会巴结奉承，日子才能过得平安。"

滕妮娅没有这么圆滑世故。在她看来，我们种地主家的田，他收我们家的地租。为什么要巴结他，给他的脚底挠痒痒？尽管在这二十年的婚姻生活中，她深切地体会到，无论你如何精打细算，如何省吃俭用，无论你一点一点地从牙缝里抠钱，还是很难清偿地租。然而，她不肯服输，夫妻间经常为了这个问题发生争吵。她总共生了六个孩子，只有三个活到现在：一个儿子，戈博尔大约十六岁；两个女儿，索娜十二岁，卢巴八岁。另外三个小时候就夭折了。今天，她依旧会在心里默默地念叨，如果当时有药吃，他们一定能活下来，但是她连一个特拉①的药都买不起。她现在多大？虽然年龄只有三十六岁，但是头发已经斑白，脸上爬满皱纹，身体趋向衰老，美丽的麦色皮肤变得黢黑，眼睛也不如以前明亮。这都是因为整天操心肚子的问题，从来没有享受过生活的幸福。这种长久的衰老给她的自尊蒙上一层冷漠的色彩。那些人，自己家里都没有食物填饱肚子，为什么要这样巴结别人？她心里总想与这种环境抗争，不过，挨过几顿骂，吃过几次亏之后，她好歹认清了现实。

她说不过霍利，只能依言去把他的手杖、短衬衫、鞋子、头巾和烟草拿过来，用力地扔在他面前。

霍利不满地瞪了她一眼，说道："你把这五件行头拿来，我是要去老丈人家吗②？那里又没有年轻的小姨子或者弟媳，穿成这样去给谁看？"

霍利黢黑、干瘪的脸上浮现出一丝甜美的笑意。滕妮娅害羞地说："像你这样英俊时髦的小伙子，小姨子和弟媳看到准会迷得七荤八素。"

霍利小小翼翼地把那件破旧的短衬衫叠起来，放在床上，然后

① 特拉，原文为 dhela，印度旧币制的一种钱币，一个特拉相当于半个拜沙。
② 按照印度农村习俗，去老丈人家拜访时必须备齐这五种行头。

说："难道你认为我老啦？现在还不到四十岁哩！男人六十岁才正当年。"

"去照照镜子吧！像你这样的男人，六十岁就显老咯。想要找点牛奶、酥油当作油烟抹在眼睛上都找不到，还想宝刀不老！看到你的模样，我更加焦虑，天神啊，老年的日子该怎么过？难道去别人家讨饭吗？"

霍利短暂的甜蜜在现实的烈火中彻底焚毁。他拄着手杖说道："我们怕是活不到六十岁，滕妮娅，在那之前就该走啦。"

滕妮娅鄙夷地说："好啦，算了吧，别讲些不吉利的话！跟你说点好听的，你却开始诅咒人。"

霍利把手杖扛在肩上，走出家门。滕妮娅站在门口，久久地凝望着他的背影。他这些绝望的话语给滕妮娅受伤的心灵带来恐怖的震颤。她仿佛在用女性的所有修行和誓愿来守护自己的丈夫。祝福成堆成堆地从她心底涌出，仿佛想将霍利深深埋藏。灾难深不见底的海洋中，丈夫安康就是那根稻草，抓住它，她才能到达对岸。这些随口胡言的话语，尽管只是贴近现实，但却对她造成剧烈的冲击，仿佛想要从她手中夺走那根救命的稻草。况且，由于贴近现实，它们之中蕴藏着痛苦的力量。听到别人喊独眼龙时，瞎了一只眼睛的人所感受的痛苦，双目健全的人怎么可能体会得到呢？

霍利迈步向前走去。看到小路两旁绿油油的甘蔗苗波荡起伏，他在心里暗暗说："如果天神适时地降下雨水，保佑甘蔗顺利生长，那么，我一定能买头母牛。本地的母牛不产奶，生下的小牛也不顶用，最多帮油贩榨榨油。不，要买西边的母牛①。只要好生照料它，不管别的，光牛奶每天就能有四五赛尔②。戈博尔总是馋牛奶。他这

---

① 西边的母牛，原文为pacha' in gay，根据小说的故事设定，霍利所在的位置属于印度北方邦，而北方邦往西旁遮普地区的母牛品种好，产奶量高，故此推测，这里说的西边的母牛应指旁遮普地区生长的母牛。

② 赛尔，原文为ser，印度旧时的重量单位，一赛尔约等于一千克。

个年纪不吃吃喝喝，还要等到什么时候？喝上一整年牛奶，他看起来就像模像样的。小牛犊也会长成强壮的耕牛。一对耕牛的价格不会少于两百卢比。再说，母牛还能为家里增光添彩。要是每天清晨都能看到自家的母牛，还有什么可说的。不知道这个愿望什么时候才能实现，不知道那样美好的日子什么时候才能到来？"

与其他有家室的庄稼汉一样，长久以来，霍利心中一直存蓄着对母牛的渴望。这是他人生的最高梦想、最大愿望。像靠银行的利息享受生活、买田置地、建造豪宅这样的宏大愿望，他小小的心里怎么能够容纳得下？

三月①的太阳掠过芒果树丛，用自己的万丈金光照亮漫天红霞，缓缓地向上升腾。空气慢慢变得炎热。在两边田里干活的农民看到他，纷纷向他问好，恭敬地邀请他过来吸水烟，但是，霍利哪里有这般空闲？受到这样的尊敬，心中对荣耀的渴望在他干枯憔悴的脸上留下一抹骄傲的光辉。经常拜访东家就有这样的好处，所有人都尊敬他，否则谁搭理他呢？一个在五比卡②田地上耕作的农民能有什么身份地位？这份尊荣可不小，连那些拥有三四副犁具的大爷在他面前都得低头哈腰。

如今，他离开田间的小路，来到一块洼地。那个地方，由于下雨积水，总是很潮湿，每逢三月便长出一片绿油油的青草。邻近村庄的牛常到这里吃草。此时，这里的空气中弥漫着一丝清新和凉意。霍利用力地吸了几口气。他打算在这里坐一小会儿。整天都在热浪里干活，热都快要热死。许多农民想租用这块洼地，并且开出很好的价钱，然而，拉易老爷清清楚楚地表示，这块土地留给牲畜吃草，什么价格也不租。愿神保佑拉易老爷，换作某个自私自利的地主，

---

① 三月，原文为jeth，指印历三月，大约相当于公历五月至六月，属于印度的夏季，天气炎热。另，本书中提及的月份，如无特殊说明，均指印历月份，而非公历月份。

② 比卡，原文为bigha，印度的地积单位，一比卡相当于八分之五英亩。

肯定会说，让那些牛见鬼去吧，既然能够赚到钱，为什么不赚？不过，迄今为止，拉易老爷一直恪守古老的礼法。不照顾仆从的东家，他还算个人吗？

忽然间，他看见珀拉牵着他的母牛朝这边走来。珀拉是隔壁村子的牧人，做点牛奶和黄油的生意。如果出价不错的话，他也时不时把牛卖给农民。看到他的牛，霍利心里充满渴望。倘若珀拉把前面这头牛给他，那还有什么说的！钱早晚都会付清的。他知道家里没有钱。到目前为止，地租没能缴清，向高利贷者比塞瑟尔借的钱也没还完，现在那笔钱的利息正以每卢比一个安那的比率上涨。然而，贫困当中产生的那种得过且过、目光短浅的想法以及任凭如何催讨、打骂也毫无畏惧的无耻之心在鼓动他。多年以来搅得他内心不得安宁的愿望也在动摇他。他走到珀拉身边说："你好哇，老哥，最近过得么样？听说，这回你从集市上新买了母牛？"

珀拉猜透了霍利的心事，冷淡地回答："是啊，买了两头小牛和两头母牛。以前的母牛都不产奶啦。不给老主顾供奶，日子还怎么过呀？"

霍利把手放在前面那头母牛背上，说道："看起来挺能产奶的。多少钱买的？"

珀拉神气活现地说："大爷，现在市场上价格猛涨，买它得花八十卢比呢，真叫人生气！这两头小牛，每头也要三十卢比。不过，顾客们一个卢比却想买八赛尔牛奶。"

"老哥，你们真有魄力！不过，买来的货色确实不错，附近的几个村子里，哪家都找不出这样的母牛。"

珀拉愈发得意忘形。他说："拉易老爷要出一百卢比买这头牛，小牛也愿意出五十卢比，但我没同意。如果天神保佑，让它生下小牛，我就可以白赚一百卢比。"

"老哥，这有什么好怀疑的！东家哪里会花钱买？如果你当作礼物送给他，他倒是乐意接受。你们真有胆量，凭运气就敢将大把大把的钱数出去。我真希望，长长久久地看着这头牛。你的生活太幸运啦，能够尽心照顾这些牛，我们连牛粪都摸不着。一个成家立业的庄稼汉，家里却没有一头母牛，这是多么丢脸的事啊！时间一年一年过去，我们始终没有瞧见牛奶什么样。媳妇儿一遍遍地说：'为什么不跟珀拉老哥讲讲？'我告诉她：'等见着面，我就跟他讲。'她非常喜欢你的好性情，总说：'我没见过这样有礼貌的男人，跟你说话的时候，眼睛一直望着下方，从不抬头。'"

珀拉已经有点忘乎所以，这些溢美之词如同满满一杯好酒，更加令他陶醉其中，无法自拔。他说："男子汉大丈夫都会把别人的老婆孩子当作自己的老婆孩子对待。盯着女人看的恶棍，就该把他用乱枪射死。"

"老哥，你说的这番话值十万卢比。正人君子都会顾及别人的名声。"

"丈夫死了，妻子就没有依靠，同样地，妻子死了，丈夫就如同斩断手脚一般。大爷，我家算是彻底毁了，连个端茶倒水的人都没有。"

去年，珀拉的妻子因为中暑去世。这件事霍利知道，但是他没想到，年近五十、衰老体虚的珀拉心中还藏着这样的柔情。因为渴望妻子，他的双眼盈满泪水。霍利找到一个窍门。他那讲求现实的农民头脑活跃起来。

"老话讲得一点也不假，家无妻子变鬼窝。你为什么不再娶一房？"

"大爷，我正在找呢，但是没有这么快找到合适的人选。就算要花五十、一百卢比，我也乐意。听天由命吧！"

"现在，我也帮你留意一下。如果天神愿意，家里很快就能兴旺起来。"

"好吧，老哥，那就当作我要脱离苦海啦。家里天神赐予的食物很多，每天都有四赛尔牛奶。不过，这有什么用呢？"

"我老丈人家有一个女人。三四年前，她的丈夫抛下她去加尔各答了。可怜的她只好干苦活儿，勉强度日。她没有孩子，相貌谈吐都不错，简直就是一位女神。"

珀拉皱成一团的脸仿佛舒展开来。希望的甘露多么甜美！他说："现在，我就指望你啦，大爷！改天有空的话，我们一起去看看！"

"我安排好再跟你说。太心急反而会误事。"

"等你乐意的时候再去吧！我哪有心急？你要是想要这头花牛，就牵走吧！"

"大哥，我配不上这头牛。我也不愿意让你吃亏。损害朋友的利益不是我该做的事。以前日子怎么过，以后也一样过。"

"你说这样的话，好像我跟你不是一家人似的。你把牛牵走吧，想给多少钱就给多少钱。它待在你家和在待我家一样。我花八十卢比买来的，你也给八十卢比呗。牵走吧！"

"但是大哥，你要明白，我没有现钱。"

"兄弟，谁问你要现钱啦？"

霍利信心倍增。这头母牛卖八十卢比并不贵。体型如此匀称，一天两回可以挤出六七赛尔的牛奶，性情如此温顺，孩童也能上前挤奶。以后要是再生几只小牛犊，每只还能卖到一百卢比。即便绑在门口，亦可光耀门楣。他现在还有四百卢比的外债，但是，依他之见，借在某种程度上就等于免费。倘若珀拉订亲成功，一两年内他是不会来讨债的。即使没有成功，霍利又有什么坏处呢？大不了珀拉一回回地上门催讨、发脾气、骂人，反正霍利不会为此感到羞愧。这种做派他早已习惯。农民的生活就有这点福气。他在欺骗珀拉，这种行为不符合他的道德准则。如今，对他而言，借债的时候写不写欠条都没有差别。旱涝灾害让他心生畏惧，神明的恐怖形相常常浮现在他面前，但是，按照他的处事原则，这种欺骗算不得欺骗，只是谋取私利的手段，不是什么恶事。这种欺骗的事他一天到晚都在干。家里明明有几个卢比，他却在地主的面前发誓，连一个巴依①都没有。把苎麻稍稍打湿、往棉花里掺点棉籽，在他的处事原则中都是合情合理的，其中不仅有私利可图，还带点玩笑的成分。老不正经本来就很可笑，让这样不正经的老头儿付出点代价，绝不是什么罪过。

珀拉将拴牛的绳子放到霍利手上，说道："大爷，牵走吧！记得那什么事儿！生小牛的时候，每天能产六赛尔奶。走吧，我送你到家门口。她不认得你，或许路上会惹点麻烦。现在，我跟你说实话，东家出价九十卢比，不过，他家哪里缺母牛啊！大概是想从我这儿买去巴结官员吧。那些达官贵人哪儿会照顾母牛？他们就知道吸人血。它有奶的时候，养着它，没有奶了，转手就卖给别人。谁知道它会落到什么人手里。钱不是一切，兄弟，人总得顾及自己的良心。在你家里，它准会过得舒舒服服的。你不可能自己吃饱睡觉，让它饿着肚子。我们照顾它，亲近它，爱抚它，它也会祝福我们。兄弟，该怎么跟你说呢，现在家里连一捆草料也没有。钱都花在集市上了。原本想着，问放债人借点钱买草料，但是先前借的债还没有还清，他直接拒绝了我。这么多牛，我拿什么喂啊？真是愁死人啦！就算每头只喂一小把，加起来也得消耗整整一满②。只有神明来拯救我，我才能渡过这个难关。"

霍利同情地说："你以前怎么不跟我讲？我刚刚卖了一车草料。"

珀拉拍着额头说："干嘛要对大家哭诉自己的不幸，所以我才没说。没有人愿意分担你的痛苦，他们只会嘲笑你。那些不产奶的母牛，我倒不操心，喂点树叶什么的就能活下来。但是它现在一天不

① 巴依，原文为pa'i，印度旧币制的一种硬币，一个巴依相当于三分之一个拜沙。
② 满，原文为man，印度重量单位，一满合四十赛尔，约等于四十公斤。

喂草料都不行。如果可能的话，给我十几二十卢比买草料吧。"

农民都极端自私，这点毋庸置疑。他们好不容易才从腰包里掏出一个拜沙行贿；讨价还价的时候非常精明；为了减免一个巴依的利息，可以在放债人面前苦苦哀求数个小时；只要不是全心全意地相信你，任凭你如何哄骗，他们也不会上当。然而，他们竭尽一生与大自然建立稳定的合作关系。树上结了果子，人们把它吃掉；田里长了粮食，供世人享用；奶牛的乳房涨乳汁，它自己不喝，喝奶的是别人；云朵降下雨露，大地得到滋润，心满意足。在这一片和谐中，卑劣的私利哪有占有一席之地？霍利是一个农民，没有学过别人家着火、自己烘手取暖的道理。

一听说珀拉的悲惨遭遇，他内心的想法就改变了。他把拴牛的绳子塞回珀拉手里，说道："大哥，我没有钱。不过，草料还剩下一些，我拿给你。走，去扛回家呗！你打算卖牛买草料，我却牵走你的牛。难道我的手不会因此断掉？"

珀拉哽咽地说："你的耕牛不会饿死吗？你也没有很多草料啊！"

"不会的，大哥，这一回草长得很好。"

"我不该无缘无故跟你说草料的事。"

"你要是不讲，事后我知道了，也会非常生气，你竟然把我当成外人。兄弟有需要的时候，兄弟不帮忙，那怎么行！"

"那你把这头牛牵走吧！"

"现在不行，大哥，以后再来牵吧！"

"那草料的钱，就用牛奶抵吧。"

霍利忧伤地说："钱……这跟钱有什么关系呀，大哥？要是我去你家吃一两顿饭，你还会问我要钱？"

"但是，你的耕牛会不会饿死？"

"天神总会想到办法。马上到四月了，我可以种点迦勒维草①。"

"不过，那头母牛是你的啦！哪天高兴，就来把它牵走吧。"

"这个时候把你的母牛牵走是一种罪过，就像一位老哥把要拍卖的耕牛牵走一样。"

倘若霍利有仔细分析的能力，他就会高高兴兴地把牛牵走。既然珀拉没有索要现钱，那就表明，他并没有真的打算卖牛买草料，说这话另有其意。然而，霍利现在的境况，就像一匹马听到树叶沙沙作响，便不由自主地停在原地，任你如何鞭打，再也不愿迈开脚步。趁人之危夺取钱财是一种罪过，这种观念从一出生起就已成为霍利灵魂不可分割的部分。

珀拉激动得结结巴巴地说："那我差个人去搬草料？"

霍利回答："现在我要去拉易老爷家，一会儿就回家。等到那时，你再差人来吧。"

珀拉眼里充满泪水。他说："你拯救了我，霍利兄弟！我现在知道，在这个世界上，我不是一个人。我也有好朋友。"过了片刻，他又说："忘了那件事吧！"

霍利继续往前走，内心十分欢喜。他心里激起一股奇异的热情。有什么关系呢，送掉几满草料，那个可怜人就不必因为身处困境而被迫卖掉自己的母牛。等到我有办法，就去把那头母牛牵回来。愿神保佑，让我找到一个女人。那样的话，什么问题都迎刃而解啦。

他转过身看到，那头花母牛一边用尾巴驱赶苍蝇，一边晃着脑袋，摇摇摆摆、慢慢吞吞地踱着步向前走，如同一群仆从簇拥着的女王。若是有一天，那头如意神牛拴在他家门口，该有多么吉祥啊！

---

① 迦勒维草，原文为 kadavi，为印度黍类植物，其黍穗割下来之后可以用作牲畜的饲料。

第二章

赛姆里村和贝拉里村都是奥德省①的村庄。地区的名字没有提及的必要。霍利住在贝拉里村，拉易老爷阿摩尔巴尔·辛格住在赛姆里村。两个村子之间的距离只有五英里。在上一次坚持真理的斗争中，拉易老爷声名大噪。他放弃议员的身份，去蹲了大狱。从那以后，他田庄内的佃农都对他崇敬有加。这并不意味着他对田庄内的佃农有什么特殊优待，或者他规定的罚款和徭役比较轻，而是这一切恶名都可以推到管事人的头上。拉易老爷的名望没有沾染一丝污迹。可怜的他也是现行制度的奴隶。律法怎么规定，事就怎么办。拉易老爷的绅士作风没能对它产生任何影响。因此，收入和权力分毫没有减少，他的威望却似乎越来越高。他总是笑嘻嘻地跟佃农说话。这有什么损失呢？狮子的任务是捕猎，倘若它能够说些甜言蜜语代替嘶吼咆哮，那么，它坐在家里就可以得到心仪的猎物，不需要在森林里四处徘徊寻找猎物。

---

① 奥德省，原文为 Avadh Prant，是英属印度的一个省份，存在于1902~1947年，其辖区范围位于现在印度的北方邦，在1902年设立之前，辖区属于莫卧儿帝国时期的奥德土邦。

尽管拉易老爷是个民族主义者，不过，他跟那些政府官员也维持着友好的关系。同时，他照样收取各种礼物和果篮，他的仆从照样收取佣金和回扣。他热爱文学和音乐，喜欢戏剧，是个优秀的演说家、作家和射击手。他的妻子至今已经去世十年，不过，他没有再婚，每天在说说笑笑中轻松愉快地度过自己的鳏居生活。

霍利来到拉易老爷家门口，看到那里正在大张旗鼓地准备三月十胜节①的折弓庆典②。有的地方在搭戏台，有的地方在修凉棚，有的地方在造招待客人的草屋，有的地方在建卖东西的摊档。阳光非常猛烈，但是拉易老爷自己也在干活。在继承遗产的同时，他也从父亲那里承袭了对罗摩③的信仰。他把折弓仪式的内容改编成戏剧，让它变成一种高尚的娱乐。趁着这个时机，他邀请了自己的亲朋好友、达官贵人共襄盛举。田庄里人声鼎沸、热闹非凡。拉易老爷的家族十分庞大。现在大约有一百五十位老爷一起吃饭，包括许多叔叔伯伯，十几位堂兄弟，好几位亲兄弟，还有二十几位远方兄弟。其中

① 十胜节，原文为Dashahara，印度有两个十胜节，一为印度教徒庆祝恒河女神下凡的节日，通常在印历三月白半月的第十天庆祝，也被称作恒河十胜节（Ganga-Dashahra）；二为印度教徒庆祝罗摩战胜十首王罗波那的节日，通常在印历七月白半月的第十天庆祝。此处按照日期，应指恒河十胜节。

② 折弓庆典，原文为Dhanush Yajna，从字面上来说，Dhanush指弓箭，Yajna指祭祀仪式；从源头上来说，这个庆典源自罗摩信仰传统中，悉多自选夫婿、罗摩折弓娶妻的故事。

③ 罗摩，原文为Rama，是印度史诗《罗摩衍那》的主角，也是印度教毗湿奴大神的第七个化身，消灭十首魔王罗波那。中世纪，随着印度教改革运动——帕克蒂运动的兴起，宗教与文学紧密联系，帕克蒂大师们通过文学创作来宣扬自己的宗教哲学思想，帕克蒂文学成为十三世纪前后至十七世纪前后印度文学中的主流。以罗摩的事迹为内容写诗的诗人中，最著名的是杜勒西达斯。他以史诗《罗摩衍那》为蓝本，用印地语改作的《罗摩功行之湖》在北印度家喻户晓。正是在这些帕克蒂大师的推动下，印度的罗摩崇拜得到极大的发展。如今，人们不仅会在节庆时上演有关罗摩功行的本事剧，不少印度教徒见面时也会以"罗摩罗摩"表达相互间的问候。

一位叔叔是罗陀①最虔诚的崇拜者，常年住在沃林达林②。他创作了许多充满虔诚情味的诗歌，时不时印刷出来送给友人品评。还有一位叔叔虔信罗摩，正在用波斯语翻译《罗摩衍那》。他们都靠这个田庄养老，没有人需要自己工作。

霍利站在凉棚里，正琢磨该如何通报自己来到的消息，忽然间，拉易老爷出现在那里，一看到他就说："哎呀，你来啦，霍利！我正打算差人去喊你哩。瞧，这一回你必须扮演遮那竭国王③的园丁，知道没？等遮那竭的女儿④去庙里敬神的时候，你就捧着花束站在旁边，然后把花束献给她。别搞错啦！听着，你去敦促佃农们，所有人必须带着节日的贺礼过来。你跟我来屋里，有些话要对你讲。"

拉易老爷在前面朝屋子走去，霍利跟在后面。走到一棵大树旁边，他停下来，坐在树荫下的一张椅子上，然后示意霍利坐在地上，说道："你明白我说什么吗？管事自然会办好他分内的事，但是佃农愿意听自己人的话，不愿听管事的话。为了操办这场庆典，我必须在几天内筹到两万卢比。该怎么办，我不知道。你或许会想，东家为什么要向我这样的穷人哭诉自己的不幸？那我要谁说自己的心里话呢？不知道为什么，我很信任你。我认为你不会在心里嘲笑我。

---

① 罗陀，原文为 Radha，是印度教大神毗湿奴大神的化身——黑天青少年时期最重要的伴侣，时常与黑天幽会、调情，共享爱情的乐趣。有关黑天青少年时期和牧区女子调情的故事在大史诗《摩诃婆罗多》《诃利世系》《薄伽梵往世书》等印度教经典中都有记载，但罗陀作为牧区众女子的代表却是12世纪的胜天（Jayadeva）创作的《牧童歌》中第一次出现的。后来又经过维德亚伯迪、苏尔达斯等许多诗人多次创造，罗陀这个人物逐渐变得鲜明丰满。十六世纪以后，随着毗湿奴教派内部分支的发展，罗陀与黑天的关系成为宗教大师和学者关注的一个焦点。尽管大部分的黑天教派都接受传统观点，将罗陀视作黑天的伴侣，但这并不影响少数支派将罗陀尊为无上女神，顶礼膜拜。

② 沃林达林，原文为 Vrindavan，字面意思为众林，是印度北方邦马图拉附近的一座城镇，在印度神话里指黑天童年和少年时期与罗陀及众牧女嬉戏和玩耍的树林，著名的圆圈舞本事即发生在此处。现镇里建有超过四千所供奉黑天的庙宇，是黑天和罗陀信仰的圣城。

③ 遮那竭国王，原文为 Raja Janak，按照印度神话传统，指弥提罗国的国王，悉多的父亲。

④ 遮那竭的女儿，原文为 Janaki，该词源自 Janak，用元音三合的方式指示亲子关系，字面意思为遮那竭的女儿，即悉多。

就算你要笑，我也能包容。我无法容忍那些跟我一样的人笑话我，因为他们的笑中包含嫉妒、嘲讽和怨恨。况且，他们为什么不笑？当他们处境悲惨、遭受灾难或者自甘堕落的时候，我也会笑，还要敞开心扉、拍着巴掌笑！财富和同情是敌人。我们也慷慨布施，也遵守宗教。不过，你知道为什么吗？无非是想打败跟自己一样的那些人，让他们感到羞愧。我们的施舍和宗教是一种新型的自私自利，纯粹的自私自利。倘若我们当中，有人收到法院的判决，有人被没收财产，有人因为欠缴土地税而被抓去坐牢，有人年幼的儿子夭折，有人家的寡妇逃跑，有人家里失火，有人被妓女玩弄于股掌之上，或者被自己的佃农殴打，那么他的所有亲朋好友都会嘲笑他，大家幸灾乐祸，欢天喜地，如同得到全世界的财宝一般，但是一见面，我们又满怀爱意，仿佛愿意为了对方赴汤蹈火、流血牺牲。哎呀，抛开别的事不说，多亏这个田庄，我的这些叔伯兄弟、姑表兄弟、舅表兄弟、姨表兄弟才能整天作诗、赌博、喝酒、玩女人，享受快乐的人生，但是他们也嫉恨我。要是我今天死了，他们准会兴高采烈地庆祝一番。没有人把我的痛苦当作痛苦。在他们眼中，我没有权利感受痛苦。我如果哭泣，那是在讽刺痛苦；如果生病，那是在享福；如果为了避免家里争吵选择不结婚，那是低贱的私心；如果结婚，那是沉溺奢靡的生活；如果不喝酒，那是吝啬；如果喝酒，那是在喝下人的血；如果不玩女人，那是不解风情；如果玩女人，那又不知道会说什么。这些人为了让我沉醉在骄奢淫逸之中，没有少使诡计，而且现在也不见消停。他们盼望着，我变成一个瞎子，他们就可以尽情地掠夺我，而我应该做的是，看见也装没看见，知晓一切也装大傻子。"

为了提提神继续谈下去，拉易老爷嚼了两个槟榔包。随后，他凝视着霍利的脸，仿佛想要读懂他内心的思绪。

霍利鼓起勇气说："我原本以为，这种事只会发生在我们这些穷人当中。如今看起来，大人物当中这种事也不少啊！"

拉易老爷嘴里塞满槟榔包，说道："你把我当作大人物？我们的名声虽大，目光却很短浅。穷人嫉妒或者憎恨某人，多半是因为私利或者肚子。这样的嫉妒和仇恨，我认为情有可原。如果有人从我们嘴里抢粮食，那么将手指伸进他的喉咙把东西掏出来就是我们的天职。我们要能放任不管，那我们就是神，不是人。大人物的嫉妒和憎恨仅仅是为了自己的快乐。我们是这样伟大的人物，所以能够在卑劣及狡诈中找到无私和至上的欢愉。我们已经上升到神圣的级别，所以我们觉得别人的哭泣十分可笑。你别以为，这种成就很渺小。这么大的家族，随时都有人会生病。大人物嘛，生的都是大病，生小病的算什么大人物？普通发个烧，请给我们精神失常的药；长个普通的小脓包，就会装成痈疽，现在赶紧发电报去请外科医生，默默无名的、寻常的、声名远播的，统统请来，还要遣人去德里请全国最好的西医，去加尔各答请有名的印医。此外，去神庙里敬拜杜尔迦、请占星师卜卦算命、让巫师念咒祈祷也必不可少。为了将这位贵人从阎摩王①手里解救出来，众人奔忙不休。印医和西医都在等待这个机会，他什么时候头疼，家里的金子就会如雨点般哗哗落下。这些钱正是从你和你的兄弟们那里用尖刀征收来的。令我感到惊奇的是，你们的哀怨之火为什么没有把我们烧成灰烬？不，这没有什么好惊奇的。要不了多久，我们就会化为灰烬，疼痛也不会持续太长时间。我们正在一点一点地化为灰烬。为了躲避这场灾难，我们向警察、官员、法院和律师寻求庇护，像貌美的女人一样，成为众人手中的玩物。世人都认为，我们过得非常幸福。我们有田庄，

---

① 阎摩王，原文为 Yamaraja，早期的"吠陀"文献中，阎摩是光辉的太阳神之子、祖先之王，居住在充满欢乐的宫殿中。随着因果报应、业轮回的宗教哲学理论的发展，经过"史诗"和"往世书"编纂者的改造和刻画，阎摩脱离原本的天神形象，逐步演化掌管死亡及审判亡灵的神明。佛教吸收了印度教的阎摩形象和多重地狱体系，公元前后将其带入中国，与中国文化元素结合，形成了如今家喻户晓的阎罗王。

有豪宅，有汽车，有仆从，有钱放债，有情妇，什么也不缺。然而，假如一个人的灵魂里没有力量、没有尊严，那他连个人都算不上。有的人因为害怕仇敌夜不能寐；有的人遭逢苦难，笑话他的人一大堆，为他哭的人却一个都没有；有的人的小辫子踩在别人脚下；有的人沉醉在奢靡享乐中忘却自我；有的人在官员面前溜须拍马，对自己的下人却剥削压榨。我不能说他们过得幸福，他们是世间最不幸的人。老爷们来打猎或者巡视，我们的责任就是形影不离地跟在后面。他们要是皱起眉头，我们吓得魂都丢了。为了取悦他们，我们有什么不能做的？我要跟你抱怨这些，你或许根本不会相信。送礼啊、贿赂啊，这都是值得庆幸的事，我们甚至愿意磕头下跪。好吃懒做将我们变成残废，我们毫不信赖自己的男子汉气概，只有在官员面前摇尾乞怜，成为他们的宠儿以及在他们的帮助下威慑恐吓自己的佃户才是我们努力奋斗的事业。手下人的巴结奉承又让我们变得傲慢狂妄、暴躁易怒，高雅、谦逊、服务精神从我们的身体里彻底消失。我时常在想，倘若政府把我们的田庄夺走，让我们学会自己动手，勤劳谋生，那可真是对我们做了一件大大的好事，不过，确定的是，现在政府不会保护我们，因为它从我们这里得不到什么利益。各种迹象表明，我们这个阶层很快就会灭亡。我已经准备好迎接那一天。希望神灵让那一天早点到来！那将会是我们获得解脱的日子。我们是环境的受害者。这种环境正在毁灭我们，只要财富的枷锁依旧捆在我们脚上，只要这个诅咒依旧笼罩在我们头顶，我们就无法达到人性的那个高度，实现人生的终极目标。"

拉易老爷拿出放槟榔的盒子，掏出几个槟榔包塞进嘴里。他正准备接着往下说的时候，一个仆人跑过来说："老爷，那些服劳役的农民不肯干活儿啦。他们说，只要没有吃的，我们就不干活。我威胁他们，他们扔下活儿就走了。"

拉易老爷皱紧眉头，愤怒地瞪大眼睛说："走，我要好好教训教训这些恶棍。从来都没有给过饭吃，今天干嘛搞这种新花样？跟往常一样，工钱按照每天一个安那计算。单凭这些工钱，他们也得干活儿，无论他们愿不愿意。"

随后，他望着霍利说："你现在走吧，霍利，自个儿准备去吧！记住我刚刚说的话。我期盼着，从你的村子里至少筹到五百卢比呢。"

拉易老爷气冲冲地走了。霍利心想，这个人刚刚还在高谈阔论，满口道德仁义，突然又发这么大的脾气。太阳升至头顶，树木经受不住炽烈阳光的照射，纷纷收回自己伸展的枝叶。天空中覆盖着一层土色的灰尘，面前的大地仿佛在瑟瑟发抖。

霍利拿起自己的手杖，朝家走去。节日的礼钱从何而来，这件事一直困扰着他。

第三章

霍利走到村子附近，发现戈博尔仍然在田里给甘蔗松土，两个女儿也跟着他一起干活。热浪肆虐横行，卷起阵阵旋风，地面仿佛在燃烧。大自然好像往空气里掺入了一团烈火。他们如今怎么还在田里？难道为了干活连命都不要啦？他朝田里走去，离得很远就开始大叫："戈博尔，干嘛还不回家？打算一直干下去吗？中午都快过去啦，你知不知道啊？"

一看到霍利，三个人立刻扛起锄头，走到他身旁。戈博尔是个皮肤黝黑、个子高挑、身材瘦削的青年。他看上去对干农活儿并不感兴趣，脸上尽是不满和反叛的神情，没有一丝喜悦。他之所以认认真真地干活，不过是想要显示，他不在意吃吃喝喝。大女儿索娜是个腼腆的姑娘，皮肤黝黑，体型匀称，机灵快活。她将身上的红色粗布纱丽从膝头挽起，扎在腰间。在她轻盈的身体上，那件纱丽似乎成为一种负担，同时也让她浑身散发出成熟女性的魅力。小卢巴是个五六岁的小女娃①，身上脏兮兮的，头发乱糟糟，宛若鸟巢，腰上绑着一小片腰布，非常大胆，又爱哭。

卢巴抱着霍利的大腿说："爸爸！你瞧，我一个土块都没有放过。姐姐说，到树底下坐着去。爸爸，要是不把硬块敲碎，土地怎么变得平整？"

霍利把她抱进怀里，亲热地说："丫头，你干得漂亮！走，回家去！"这段时间，戈博尔一直压抑着自己的反叛情绪，如今，他再也按捺不住说："这就是你为什么每天都去讨好东家？欠下的地租没有还清，他的狗腿子就跑过来大骂一顿，还强迫我们无偿劳动，赠送节礼。那你干嘛要去跟他请安问好？"

此时，霍利的心里萌生出同样的情绪，不过，他必须压制儿子的反叛思想。他说："如果不去请安问好，那我们要去哪里生活？既然天神让我们当奴隶，我们又有什么办法？多亏这样请安问好，我们在门口盖间小茅棚，别人也不敢说什么。库雷在门口立个木桩，管事就收他两卢比的罚款。我们从水塘挖回多少泥巴，管事一句话都没有说。别人要挖，必须送礼才行。为了实现自己的利益，我才去请安问好，又不是天生爱走路，也不是请安问好能带来多大的幸福。你得站几个小时，然后下人才去通报东家。有时候他会出来，有时候就让人告知一声，他没空。"

戈博尔讽刺道："想必在大人物面前唯唯诺诺、随声附和能得到某种快乐。要不然，人们干嘛都去竞选议员呢？"

"等事情落到头上，你就会明白啦，孩子，现在想说什么就说什么呗！以前我的想法跟你一样，但是现在，我明白，我们的脖子压在别人脚下，傲慢固执是活不下去的。"

朝父亲发泄完自己的怒火，戈博尔稍稍平静下来，默默地走开。

---

① 本书第一章提到滕妮娅有三个孩子，最小的女儿卢巴八岁，此处又称五六岁，疑似笔误。

索娜看见卢巴坐在父亲怀里，不由得心生嫉妒。她责骂卢巴道："为什么不从爸爸怀里下来自己走？你的脚断了吗？"

卢巴双手搂着父亲脖子，傲慢地说："就不下来，你滚一边去！爸爸，姐姐每天都嘲笑我，说我是银子，她是金子①。给我取个别的名字吧！"

看到索娜假装生气，霍利故意说："索妮娅②，你干嘛嘲笑她呀？金子是用来看的，生活得靠银子维持。没有银子，银钱从哪里来呀？你说说看！"

索娜辩解道："没有金子的话，金币从哪里来？鼻环从哪里来？项链用什么做？"

戈博尔也加入这场有趣的争论。他对卢巴说："你告诉她，金子就像干枯的树叶一样，黄澄澄的，银子光亮四射，如同太阳。"

索娜说："结婚的时候，大家都穿黄色的纱丽，没有人穿光亮的纱丽。"

卢巴敌不过这个论证。在它面前，戈博尔和霍利的理由都站不住脚。她惊慌失措地看着霍利。

霍利想出一套新的说辞。他说："金子是有钱人的，银子才属于我们穷人。这就像我们把大麦叫做国王，把小麦叫做皮匠，还不是因为小麦是富人吃的，大麦是我们吃的。"

索娜无法反驳这套有力的说辞。她承认自己败北，说道："你们都站在一边，要不然，我非让卢巴哭着求饶。"

卢巴一边晃动手指，一边叫："哎呀，罗摩啊，索娜是个皮匠！哎呀，罗摩啊，索娜是个皮匠！"

因为这场胜利，她心里十分欢喜，再也不能乖乖地待在父亲怀

---

① 从字面意思来看，两个小姑娘的名字，卢巴（Rupa）意为银子，索娜（Sona）意为金子。此处，索娜正是借用两人名字的本义来嘲笑卢巴。
② 索妮娅，原文为 Soniya，为索娜的昵称。

里。她跳到地上，一蹦一跳地连声念叨："卢巴是国王，索娜是皮匠！卢巴是国王，索娜是皮匠！"

他们回到家时，滕妮娅站在门口望眼欲穿。她生气地说："戈博尔，今天怎么搞到这么晚？不能这样拼命干活啊！"

接着，她恼火地对丈夫说："你从东家那儿发财回来，也到地里去啦？那块地难道会自己跑掉？"

大门旁边有一口水井。霍利和戈博尔把水一罐一罐地往头上浇，顺便帮卢巴洗了个澡，然后进去吃饭。大麦做的面饼，却跟小麦饼一样洁白、光滑。兵豆糊，里面放了生芒果。卢巴乖乖坐下，开始在父亲的盘子里吃饭[①]。索娜用嫉妒的眼神望着她，仿佛在说："真棒啊，小宝贝！"

滕妮娅问："今天跟东家谈什么啦？"

霍利灌下一小罐水说："就谈了一下收税的事，还能有啥？我们以为大人物过得很幸福，但是说实在话，他们比我们还要痛苦。我们操心的是如何填饱肚子，他们整天困在千千万万的忧心事中。"

拉易老爷讲的内容，有一些霍利已经记不清楚，只剩下一个模模糊糊的概要留在他的记忆中。

戈博尔讽刺道："那他为什么不把自己的田庄送给我们？我们倒是很乐意把自己的农田、耕牛、犁具、锄头送给他。他肯交换吗？这就是个骗局，想要谋取不义之财。真正受苦受难的人，不会买十几辆汽车，不会住在如宫殿一般的豪宅里，不会吃甜点和小圆饼，也不会沉迷于歌舞节目。天天愉快地享受生活，过得跟国王一样幸福，还说自己很痛苦！"

霍利烦躁地说："小子，现在谁跟你吵架？有人会不要自己的财产？他凭什么要舍弃？我们干农活儿，能得到什么？一天连一个安

---

① 此处，卢巴在父亲的盘子里吃饭，实际上是说父女两人在同一个盘子里吃饭。作者以此表明父女关系的亲密以及霍利对小女儿的宠爱。

那的工钱都赚不到。那些一个月领十卢比的仆人，吃的穿的都比我们好，但是我们仍旧不愿意舍弃自己的田地。如果丢掉农田，我们还能干什么？要去哪里找个活计？再说，我们还得顾及体面。干农活是件体面的事，卖苦力可不是。你要知道，地主的处境也是一样。他们身上也有千百件麻烦事，你得给官员送礼，向他们请安问好，还得讨好他们手下的人。如果没有按时缴纳税款，就会被抓去监禁，或者被没收财产。我们总不用去坐牢，顶多骂几句就完事了。"

戈博尔反驳道："这都是空话。我们吃不上饭，身上连件完好的衣服都没有，整天辛勤劳动，辫子上的汗水一直淌到脚后跟，即便这样，还是没有办法过日子。他们呢，坐在铺着软垫的沙发上，有仆从数百，上千人任凭他们差遣。钱虽然没有存多少，但是各种幸福享之不尽。人挣了钱，还能干什么呢？"

"那你认为，我们和他是一样的咯！"

"神创造的人都是平等的呀！"

"孩子，话不能这样说。从神的殿堂里出来的时候，人就有高低贵贱之分。钱财要通过苦修才能获得。他们前世干了许多好事，所以才能享受快乐。我们没有积什么德，凭什么享受？"

"这些都是安慰人说的话。神创造的人都是平等的。不过，在这里，谁手里有棍子，就可以欺压穷人，成为大人物。"

"这是你的误解。现在，东家还每天花四个小时敬神祈祷呢。"

"他虔诚敬神，布施行善，都是靠什么实现的？"

"靠他自己。"

"不，靠的是农民和工人。得来的那些不义之财如何消耗？因此，他必须布施，必须敬神。假如饿着肚皮，光着身子，还想着敬神，那我倒要好好瞧瞧。如果有人给我提供一日两餐，我愿意一天二十四小时念诵神的名字。他要是去甘蔗地里翻一天土，包管什么虔诚都忘得精光。"

霍利辩不过他，只好说："小子，你现在跟谁说话呢，这么放肆！你竟然敢插足天神的本事①！"

下午，戈博尔拿着锄头准备出门。霍利说："等一下，孩子，我也去！你去拿点草料出来摆好。我答应珀拉送一点给他。那个可怜人最近手头挺紧的。"

戈博尔鄙夷地看了他一眼说："我们家没有草料可以拿出去卖呀。"

"小子，我不是拿去卖，是打算送给他。他处境艰难，我们得帮帮他。"

"他从来没有给过我们一头母牛。"

"他要给，但是我没有要。"

滕妮娅摇摇晃晃地走过来，说道："他才不会给呢，还给你这个人！他连涂在眼睛上那一小捧牛奶都不愿意给，还给你母牛。"

霍利发誓说："不，我以我的青春起誓，他确实要把自己那头旁遮普母牛给我。他最近缺钱，买不起草料，想卖掉一头牛来买草料。我心想，人家处境困难，我怎么还能把他的牛牵走呢？给他点草料吧，等手头有点钱，再去牵牛，一点一点总能付清。那头牛要八十卢比呢，不过，真让人移不开眼睛。"

戈博尔讽刺道："你这高尚的道德总会让你倒大霉的。事情非常简单。母牛要卖八十卢比，我们先给他二十卢比的草料，他把牛给我们。剩余六十卢比，我们慢慢还。"

霍利神秘地微微一笑，说道："我想到一条妙计，可以不花一分钱，把牛搞到手。只要珀拉的婚事定下来，就没问题啦！送去这几满草料，只不过是为了建立自己的优势。"

戈博尔轻蔑地说："那你现在是不是准备到处给人说媒？"

---

① 本事，原文为 lila，此处指印度教大神在人世间的所行之事，例如，黑天本事（Krishna lila）意思是大神毗湿奴的化身之一黑天在人间游乐的故事。

滕妮娅用敏锐的目光望着霍利说："现在他就只剩下这一件事可以做。我们的草料谁都不给。我们又没有欠这个什么珀拉的钱。"

霍利为自己辩白说："如果因为我的努力，别人成了家，这有什么不好呢？"

戈博尔拿起水烟，去找火点烟了。他不喜欢这种争论。

滕妮娅摇摇头说："帮他成家的人才不会牵走一头八十卢比的奶牛就闭嘴哩。他正好大捞一笔。"

霍利哄劝她说："这个我知道，但是你也看看他的善意。他每次见到我，都会赞美你，说你是吉祥天女，能干又贤惠。"

滕妮娅的脸上闪过一丝柔情。她心里很高兴，却装作一副满不在乎的样子说："我又不贪求他赞美我，他留着赞美他自己吧！"

霍利满怀爱意地笑着说："我跟他讲过，'老哥，滕妮娅从不低三下四、委曲求全，她一说话就是骂人'，但是他却回答，'她不是普通的妇人，而是吉祥天女'。事实上，他的老婆嘴巴非常厉害，可怜的他吓得到处乱窜。他还说，'要是哪天一大早看到你老婆，那天一定会有进账'。我说，'你或许有进账，可是我天天看见她，从来没有赚到钱呀！'"

"你自己命不好，我能怎么办？"

"他又开始数落自己的老婆——有人上门乞讨，她不但不给施舍，反而拿起扫帚把人打跑。她财迷心窍，连一粒盐都要去别人家讨要。"

"我不愿意说死者的坏话。不过，她每次见到我，也是一副气鼓鼓的样子。"

"珀拉的忍耐力极好，才能跟她一起过日子。换作别人，早就服毒自杀了。珀拉应该比我大十岁，但是每次碰面，都是他先跟我打招呼。"

"那他有没有说，哪天看到你老婆，会怎么样？"

"那一天，神明总会在某个地方给他送点财喜。"

"儿媳妇一样很贪吃。上一回她们还赊了两个卢比的香瓜。只要能赊到账，她们才不会操心，是不是要还钱。"

"唉，珀拉跟你哭诉什么呀？"

戈博尔走过来，说道："珀拉伯伯来啦！有一两满草料，都给他吧，然后再出门去给他说媒。"

滕妮娅开导他说："人坐在门口，也不给他支张床，还在那里嘀嘀咕咕的。你该学点待人处事的礼节。把水罐拿过去装满水，让人洗洗手，洗洗脸，给人家倒点果汁饮料。人只有处境困难的时候，才会向别人伸手。"

霍利说："不用倒果汁，他又不是什么客人。"

滕妮娅勃然大怒，说道："还要怎样才算客人？又不是天天到你家来。人家冒着大太阳，从那么远赶来，肯定会感觉口渴。卢比娅[1]，看看盒子里还有没有烟草。都怪戈博尔，怎么可能还有剩余。你赶紧跑去女财主的店里买一个拜沙的烟草回来！"

珀拉今天受到的款待和尊敬，可能这一辈子都没有享受过。戈博尔摆好小床，索娜端来果汁，卢巴给水烟填满烟草。滕妮娅站在门口，迫不及待地想亲耳听他赞美自己。

珀拉手里拿着水烟，说道："你要知道，好女人嫁进家里，等于吉祥天女亲自驾临。她知道，应该如何礼敬和招待大人物及普通人。"

滕妮娅的心头荡漾着一种喜悦。在这些言辞中，她那因操劳、失望和贫穷而饱受创伤的灵魂感受到一丝温柔、宁静的触动。

霍利拿着珀拉的筐子进去装草料，滕妮娅跟在他后面。霍利说："不知道他从哪里搞来一个这么大的筐子。大概是向卖爆米花的人要

---

① 卢比娅是卢巴的昵称。

的吧。一整满草料都不一定装得满。要给他两筐的话，至少得送出去两满。"

滕妮娅此时心花怒放。她看着霍利，目光中饱含谴责的意味。她说："要么就不要邀请别人来吃饭，既然请来了，就得让人家吃饱。他又不是来找你要花瓣的，干嘛提个小竹篮来。要给就给三筐吧！那个大好人为什么不把儿子们喊来呢？自己怎么搬呀？真是要命。"

"三筐，我可给不了！"

"难道你打算只给一筐就把人打发走？跟戈博尔说说，把咱家的筐子装满，帮他一起送过去。"

"戈博尔要去甘蔗地里松土。"

"一天不松土，甘蔗不会枯死。"

"他自己应该喊个人一起来。神明保佑，他有两个儿子呢。"

"可能不在家，去市场上卖牛奶了吧。"

"这真是太好笑啦，东西送给他，还要帮他运回家，咱自己装，也叫儿子装，还得送他一个搬运工。"

"行啦，伙计，你们都别去。我去送。帮助老人没有什么好害臊的。"

"给他三筐，咱家的牛吃什么？"

"这些你在开口之前都应该想清楚。要不然，你跟戈博尔两个人一起去吧。"

"做人情就得做得像人情，不必把自己家都抬起来送给别人。"

"如果来的是地主的手下，你准保会自己顶着草料送过去。你的儿子、女儿都得去。到了那边，还得给人劈一两满木柴。"

"地主的事情另当别论。"

"当然，他拿着木棍让你干活，对吧？"

"我们没有种他的田？"

"田是种了，难道没有交租子吗？"

"好啦，伙计，别烦我啦！我们两个一起去。我为什么要答应送他草料？真是要么就连路都不走，一走就开跑。"

三个筐子都装满草料。戈博尔十分愤恨。对于父亲做的买卖，他没有任何信心。他知道，无论父亲去哪里，家里总会遭受一些损失。但滕妮娅非常欢喜。至于霍利，他一直在道义和私利之间摇摆不定。

霍利和戈博尔合力把一个筐子搬出去。珀拉立刻把手巾弄成一个垫子放在头顶说："我现在先把这一筐扛走，等下再来扛另外一筐。"

霍利说："不是一筐，刚刚还装了两筐。你不用回来啦，我和戈博尔一人扛一筐，跟你一起送过去。"

珀拉惊呆了。他觉得霍利就是他的亲兄弟，不，比亲兄弟还要亲。他心里涌现出一种喜悦和满足的感觉，这种感觉仿佛让他的整个生命焕然一新。

三个人扛着草料出发。途中，他们聊起天来。

珀拉问："十胜节快到啦。东家家里怕是会很热闹吧？"

"是啊，帐篷已经搭好了。这一回，我要参演一个本事剧。拉易老爷说，'你必须扮演遮那竭国王的园丁。'"

"东家对你很满意呀！"

"那是他的仁慈。"

过了片刻，珀拉又问："筹到送节礼的钱了吗？既然要扮园丁，节礼恐怕逃不掉吧。"

霍利擦了擦脸上的汗珠说："大哥，那个都快愁死我啦。粮食放在打谷场上过完秤，地主拿走自己那一份，放债人拿走自己那一份，最后留给我的粮食只有五赛尔。这些草料还是我半夜搬回去偷偷藏好的，否则一根都不会剩下。虽然地主只有一位，但是放债人有三位，还有女财主、蒙格鲁和达呾丁大爷。他们的债，我都没还清。

地主的钱只还了一半，后面又向女财主借了一些钱维持生活。我想方设法节省开销，却发现一点用都没有。我们生下来就是为了流血流汗，让那些大人物过得富足。我们还的利息已经相当于本金的两倍，可是本金却一分不少地欠着。人们都说，在红白喜事、朝圣斋戒上，你得省着点花钱。不过，没有人教教我该怎么做啊。拉易老爷的儿子结婚，花了两万卢比，没有人对他说什么。蒙格鲁为老爹操办丧事，花了五千卢比，也没有人敢过问。同样地，每个人都有自己的体面啊！"

珀拉同情地说："兄弟，你怎么能跟大人物一样办事啊？"

"我们也是人。"

"有谁会说，你我是人呢？我们哪里有做人的资格？只有那些有钱、有权利、有学问的人才配当人。我们就是耕牛，生下来就是为了耕地。况且，大家不愿意互相照顾，更别说团结在一起。如果农民都不去抢占其他人的田地，那么地租怎么可能上涨？人与人的爱早就从这个世界上消失了。"

对老年人来说，没有什么话题比过去的福乐、现在的痛苦和未来的毁灭更有趣味。两个朋友互相哭诉自己的遭遇。珀拉讲述他儿子的恶劣行径，霍利抱怨自己的兄弟。走到一口水井旁边时，他们放下头上的重担，坐在地上喝水。戈博尔问小铺老板要来一个小陶罐和一个大陶罐，开始装水。

珀拉怜悯地问："分家的时候，你一定很难过吧。那两个弟弟，你把他们当作孩子一样抚养长大。"

霍利用悲伤的语气说："大哥，你别问啦，真想找个地方淹死。我这一辈子什么罪都受过。为了他们，我耗费了自己的整个青春，他们却成为我的敌人。争吵的根源是什么？是我老婆为什么不去田里耕地。你问问看，家里不需要有人照顾吗？银钱来往、物品归置、家务料理，这些谁来做？何况她在家里又不是闲来无事，清扫、做饭、洗碗、照顾孩子，这不是什么轻松的工作啊！索帕的老婆是否可以操持家务，希拉的老婆有没有这种本事？分家以后，那两家人每天就做一顿饭，没有分家的时候，一天吃四顿都觉得饿。他们要是现在还能一天吃四顿，我倒要好好瞧瞧！为了管好这个家，戈博尔他娘吃了多少苦，只有我知道。可怜的她整天穿着弟媳的破旧衣裳过日子，自己可能饿着肚子睡觉，对待弟媳就连早点也格外留心。她自己身上连根装饰的纱线都没有，但却让人给弟媳打了好几副首饰。金的说不上，银的倒不少。她们还心生嫉妒，说她凭什么当家？分家挺好，我避免了不少麻烦。"

珀拉喝完一小罐水，说道："兄弟，这种状况家家户户都一样。兄弟之间的事算什么，我在家连跟儿子都处不好。之所以处不好，是因为看到他们的恶劣行径，我无法闭紧嘴巴，什么都不说。你可以赌博，可以抽大麻，可以吸印度麻，但是钱从谁家出？要想花钱，首先得去赚，但是他们谁都不愿意挣钱，花起钱来倒是大手大脚，毫不吝啬。老大迦姆达拿着货品去市场，结果钱不见了一半。你问他吧，一句回话也没有。小儿子瞻吉，整天疯疯癫癫地跟朋友一起玩乐团，天一黑就抱着鼓啊铙啊坐在那里。我不是说交朋友不好，唱歌奏乐也没有错。不过，这些都是闲暇时候的活动，而不是家里的事一件不干，二十四小时沉迷在那个爱好里。所有事都落到我头上，用水搅拌饲料的是我，给母牛挤奶的是我，拿着牛奶去市场上卖的还是我。这种家庭生活真叫人进退两难，就像鸡肋①，食之无味，弃之可惜。还有一个女儿褚妮娅，她的命也不好。你来参加过她的婚礼。多么好的人家啊！她的丈夫在孟买开了一间牛奶铺。那段时间，孟买的印度教徒和穆斯林起了冲突。有人拿刀捅了他的肚子，她的家就这样毁于一旦。她一个人在那边生活不下去，于是，我就

---

① 此处原文为sone ki hamsiya，字面意思为黄金的镰刀，喻指使人进退为难的事物，为方便读者理解，此处转译为中国生活中常用的相同意象——鸡肋。

让人把她接回来，想给她再安排一门亲事，但是她不同意。两个嫂子日日夜夜都在折磨她。家里天天上演《摩诃婆罗多》里的战斗大戏。她因为遭受苦难才回到家来，结果在这里也不得安宁。"

他们互相倾吐自己的遭遇，不知不觉就到达了目的地。珀拉的村子虽然不大，但是百花盛开，呈现出一片欣欣向荣的景象。住在这里的大部分都是牧人。跟农民比起来，他们的境况不差。珀拉是村里的头人。他家门口有一个巨大的食槽，十几头奶牛、水牛站在旁边吃饲料。走廊上摆着一张大板凳，或许十个人都抬不起来。一个钩子上挂着小鼓，另一个上面挂着铙。壁橱上放着一本用布包起来的书，大概是《罗摩衍那》。两个儿媳妇坐在门前制作牛粪饼，褚妮娅站在门槛上。她的两个眼睛红通通的，鼻头也红红的，似乎刚刚哭过。她丰满、健康、匀称的身体里仿佛翻滚着阵阵青春的浪潮。她的脸盘又圆又大，面颊微微鼓起，眼睛不大，向内凹陷，额头不宽，然而，她那隆起的胸膛和丰腴的身体十分吸引眼球。身上穿的那件粉红色纱丽更是为她增添了许多光彩。

一看到珀拉，她立刻飞奔过来，帮他卸下头上的筐子。珀拉接过戈博尔和霍利的筐子，对褚妮娅说："先去装一个水烟，然后弄点果汁。家里没水的话，就拿个大罐子来，我去装。你认识霍利叔叔吧？"

他又对霍利说："没有主妇的家，简直不成家。老话说得好，'犅牛耕田，儿媳管家'。矮小的牛能耕什么田，儿媳妇能管什么家？自从他们的妈妈离世，这个家就慢慢走向衰落。儿媳妇可以揉面，但是怎么懂得操持家务？当然，她们很会动嘴皮子。那两个小子肯定去哪里赌博了。这些人都是懒骨头，不愿意干活儿。只要我活着，就得为他们卖命。等到我死了，他们只能哀叹自己命苦。女儿也一样。要她做点小事，她就嘟嘟囔囔的。我倒是可以容忍，丈夫不可能忍。"

褚妮娅一只手拿着装好的水烟，另一只手拿着一小罐果汁，飞快地走过来，然后又拿着绳子和大罐子去打水。戈博尔伸出手，想从她手里把水罐拿过去。他难为情地说："你待着吧，我去打水。"

褚妮娅没有把水罐交给他。走到水井边，她微笑着说："你是我们的客人。你会说，他们家连一小罐水都不给喝。"

"这算哪门子的客人？我是你的邻居。"

"一年到头也见不到一次面的邻居，就是客人。"

"要是天天来，体面可就保不住啦！"

褚妮娅面带微笑，斜着眼睛含情脉脉地看着他说："那种体面，我正在给你呀！一个月来一回的话，给你喝点凉水；半个月来一回的话，让你抽会儿水烟；一个礼拜来一次的话，只给你一张坐垫；要是天天来，什么也得不到。"

"面都不让见？"

"想见面的话，得好好拜神。"

说着说着，她仿佛想起什么早已忘怀的事情，脸上露出忧伤的神情。她是一个寡妇。以前，她的丈夫像卫士一样守护在她的妇道门口，所以她无需担心。现在，那扇大门没有人守卫，因此，她常常将它关闭。有时候，因为厌倦家里的寂静，她会敞开门扉，不过，只要看到有人走过来，她就会立刻惊惶不安地把门关上。

戈博尔把罐子装满水，提出来。众人喝完果汁，又躺着抽了一袋水烟。珀拉说："明天你来把牛牵回去吧，戈博尔！它现在正在吃东西。"

戈博尔的视线落在那头母牛身上，心里不知不觉生出一股眷恋。那头牛长得如此好看，体态如此匀称，这是他完全没有想象到的。

霍利压抑住心中的渴望，说道："我会跟你买的，干嘛这么着急？"

"你不着急，我着急。你在门口看到它，就会想起那件事。"

"大哥，那件事我一直很上心。"

"那么，明天让戈博尔来牵走吧！"

父子两人把自己的筐子顶在头上，向前走去。两个人喜气洋洋，好似刚刚完成婚礼返回家中。霍利欢喜是因为自己多年积存的心愿即将实现，而且不用花钱。戈博尔则是因为得到了比牛还要珍贵的事物。他的心中萌生出一个愿望。

他瞅准时机回头望了一眼。褚妮娅依旧站在门口，如同那个疯狂的希望一样，激动、惊慌、不安。

第四章

霍利整晚都没有睡着。他把自己的竹床摆在楝树下，反反复复地望向天上的繁星。要给母牛挖个食槽。它的食槽还是跟耕牛分开比较好。如今，晚上可以让它待在外面，但是到雨季的时候，就得给它换个地方。养在外面，人们总会看到，说不定还有人会施点妖法，让母牛不再产奶。它不让人伸手触碰她的乳房，搞不好会踢人。不，养在外面不好。再说，谁允许你在外面挖个食槽？管事老爷肯定会张口索要礼物。为了这么一点琐事，告到拉易老爷那里也不合适。在管事老爷面前，谁会听我说话呢？要是跟拉易老爷说点什么的话，管事先生就会变成我的仇敌。住在水里非要与鳄鱼为敌，真是愚蠢至极！还是拴在家里。院子虽然小一点，但是足够搭个棚子。现在，她就快生第一胎了。到时候，每天至少能产五赛尔牛奶。戈博尔需要一赛尔。卢比每次看到牛奶都馋得跟什么似的，现在想喝多少，就喝多少。时不时地还可以拿几赛尔送给东家。管事老爷也得孝敬。还要还珀拉的债。我为什么要用亲事欺骗他？欺骗信任自己的人是十分卑劣的行为。因为信任，他将八十卢比的奶牛交给我。

如果不是他，这里没有任何人会放心地拿出哪怕一个拜沙。卖苎麻什么钱都赚不到吗？即使只付二十五卢比，多少也能安抚珀拉。我就不该告诉滕妮娅。自己悄悄地把牛牵回来，那时，她肯定会大吃一惊，然后开始追问，这是谁的牛？从哪儿牵来的？等到她不耐烦的时候，我再告诉她。可是，我的肚子里憋不住话。偶尔多赚几个拜沙，都瞒不住她。这也是好事。她操心家里的事，如果她知道我有钱，就会过来撒娇。戈博尔有点懒，要不然，我可以尽心尽力地侍奉母牛。懒一点倒没有什么，他这个年纪，谁不偷懒呢？我也曾经在父亲面前闲逛。可怜他老人家从傍晚时分就要开始铡草料。有时候，他在门口扫地，或者在田里施肥，我却躺着呼呼大睡。有时候他会叫醒我，我就大发脾气，甚至威胁说，我要离家出走。男孩子在父母面前不享受一点生活的幸福，等到责任落在他们头上，还能享受什么？父亲去世以后，难道我没有担负起这个家庭？全村人都说，霍利会把家底败光的，然而，担子一落到头上，我立刻改头换面，人们看到都十分惊讶。索帕和希拉非要分开，否则，今天这个家肯定有另一番景象。以前三副犁具同时开工，如今，它们只能各犁各的地。一切都是时代的变迁。滕妮娅有什么错？可怜她自从嫁进这个家，从来没有舒舒服服地坐着歇息。她一下花轿，就承担起所有家务，侍奉母亲真是无微不至。一个为了这个家牺牲自我的人，叫弟媳们做点家务，这有什么不对吗？毕竟她也需要休息。可是，命中注定享福的人，才有福享。过去，她为小叔子卖命，现在为自己的孩子拼死拼活。假若她不是这样纯朴、宽容、真挚，今天，那个耀武扬威、神气活现的索帕和希拉肯定在某个地方讨饭。人多么自私啊！你为他拼命，他却变成你一生的敌人。

霍利又望向东方，黎明即将到来。戈博尔怎么可能起床？不，临睡前他说过，'大清早天不亮，我就去牵牛'。要不要挖食槽呢？不过，牛还没有来到家门口，挖食槽是不对的。万一珀拉变卦，或者因为某些缘故不肯给牛，那么，全村人都会拍着巴掌笑话我，就他还去牵牛哩！那小子这么快就挖食槽，仿佛万事俱备，只差这一步。珀拉固然是一家之主，但孩子们长大成年，父亲的话还有多少分量？如果迦姆达和瞻吉不满意、发脾气，珀拉是否还能按照自己的心意把牛给我？绝不可能！

忽然间，戈博尔从梦中惊醒，赶忙爬起来。他揉揉眼睛，说道："哎呀！天都亮啦！爸爸，你挖好食槽了吗？"

霍利骄傲地看着戈博尔匀称的身体和宽阔的胸膛，心里暗想，如果他能喝到牛奶，那该长得多么健壮啊！他说："没有，现在还没有挖。我是想，万一没弄到手，岂不是白白遭人羞辱？"

戈博尔生气地皱着眉头、瞪大眼睛说："为什么会弄不到？"

"要是他食言变卦呢？"

"管他变卦不变卦，这头牛他非给咱们不可。"

戈博尔没有再多说什么，直接扛着棍子走出家门。看着他离去的背影，霍利的心总算安定下来。如今，儿子已经满十七岁了，婚事不应该再耽搁下去。然而，婚事要如何操办呢？钱连个影子都见不着。自从兄弟三人分家，家族的名声就一落千丈。老爷们来相看儿子，但是看到家里的状况，脸色变得很难看，头也不回地走了。有几个人同意成婚，不过要钱。女孩的聘礼要两三百卢比，此外还有其他许多花销，完成之后才能结婚。这么多钱从哪里来？成堆的粮食都在打谷场上称量完毕，最后剩下的连吃饱肚子都不够。婚要怎么结？再加上索娜现在也到了适婚年龄。儿子不结婚不打紧，女孩要是嫁不出去，就会成为整个宗族的笑柄。首先得为索娜安排婚事，然后再考虑戈博尔的。

一个人走过来，跟霍利打招呼，问道："大爷，你家还有竹子卖吗？"

霍利看到，班索尔种姓^①的德姆利站在面前。他身材矮小，皮肤黝黑，体型肥胖，脸宽，胡须浓密，眼睛红通通的，腰间插着一把砍竹子的短刀。他每年都会来一两次，买一些竹子，砍回去做竹帘、椅子、圆凳、竹篮等物件。

霍利心里很高兴，有希望得到一笔收入。他把那位焦特利^②带进去看自己的三大片竹林，一番讨价还价之后，按照一百根竹子二十五卢比计算，预先收取了五十根的定金。随后，两个人返回霍利家中。霍利请他抽水烟，吃早点，接着神秘兮兮地说道："我的竹子从来少于三十卢比不卖，不过，你是自己家里的人，跟你还讨什么价呢？你那个结了婚的儿子，从外地回来了吗？"

焦特利抽了一口水烟，一边咳嗽一边说："大爷，那个孩子都快把我折腾死啦！年轻的媳妇坐在家里，他却跟族里另一个姑娘跑去外地找乐子。最后，媳妇也跟别人跑了。大爷，那是个贱骨头，对谁都没有真心。我劝过她多少回，你想吃什么就吃，想穿什么就穿，只是千万别给我丢脸。不过，谁肯听我讲话呢？天神什么都可以赐给女人，就是不能赐她美貌，否则，她就不受任何人管束。竹林大概也各归各家了吧？"

霍利抬头望向天空，仿佛想要飞入那片无垠的空间。他说："该分的都分啦，焦特利。我把他们当作孩子一样抚养长大，现在，他们说要平分，不过，侵吞兄弟的份额向来不符合我做人的原则。一手从你这里拿到钱，另一手就会分给两个弟弟。人生苦短，何必要花招骗人呢？我要跟他们说，一百根竹子买二十卢比，他们知道什么呀？你又不会去告状。在我眼里，你跟自己的亲兄弟一样。"

无论我们在实践中如何滥用"兄弟"这个词的意思，它中间包

---

① 班索尔种姓，原文为Bansor，指以制作竹筐为生的种姓。
② 焦特利，原文为Caudhari，即前文提到的"班索尔种姓的德姆利"，其全名为德姆利·焦特利。

含的神圣情感从来不会因为我们的亵渎而变得污浊。

霍利委婉地提出这个方案，然后凝望着焦特利的脸，似乎想要辨别他到底接不接受。他的脸上浮现出一种故作谦恭的虚伪神情，如同傲慢的乞丐行乞时露出的表情一样。

焦特利找到对付霍利的窍门，立刻趁势追击："咱们是多年的老兄弟啦。大爷，事情这样就挺好，不过，诚实人做生意也会有点贪念。不是二十卢比，我会说十五卢比，不过，你得卖我二十卢比。"

霍利不满地说："你这焦特利真是胡作非为。其他地方二十卢比能买到这样好的竹子？"

"这样又如何，比这更好的竹子，十个卢比就能买到。当然，你得再往西走十柯斯①的路。出这个价格不是因为竹子好，而是因为离城里近。人们都会想，去那么远的地方得花费许多时间，有这些时间，几个卢比的活儿早就干完了。"

生意谈定了。焦特利脱下短褂，搭在屋檐上，开始砍竹子。

适逢给甘蔗浇水的时节，希拉的妻子拿着早饭赶往水井边。看到焦特利在砍竹子，她隔着面纱说："谁在砍竹子呀？不许在这里砍。"

焦特利停下手里的活，说道："竹子我买啦，十五卢比一百根，已经付过定金啦！不是白砍的。"

希拉的妻子在自己家里是主事的。正是由于她的抗议，兄弟们才决定分家。战胜滕妮娅以后，她变得愈发蛮横、大胆。希拉时不时会动手揍她，最近一次打得十分厉害，导致她几天下不了床。然而，她无论如何都不会放弃手中的权力。尽管希拉生气的时候会揍她，平时却对她言听计从。他就像一匹马，虽然偶尔会踢自己的主人，但是在她面前仍然百依百顺。

---

① 柯斯，原文为kos，印度旧时的长度单位，一柯斯约等于两英里。

她把装早点的篮子从头上拿下来，说道："十五卢比，我们的竹子不买。"

焦特利认为，跟女人谈论这种问题有违他的处事原则。于是，他说："去把你的男人喊来！要说什么，由他来说。"

希拉的妻子名叫布妮，只生了两个孩子，但是看上去十分衰老。尽管她想通过梳妆打扮来掩盖时间的伤痕，然而，家里连吃饭都没有着落，哪里有钱让她打扮？这种贫穷和无奈烤干了她与生俱来的似水柔情，让她变得尖酸又冷酷，如同干旱、硬实的土地，锄头碰上去也会立刻弹开。

她走到焦特利身边，试图抓住他的手，说道："干嘛要喊男人来？要说什么，不能跟我说吗？我告诉你，不准砍我的竹子。"

焦特利把手抽回来，布妮又反复伸手去抓。两个人之间的拉扯持续了整整一分钟。最后，焦特利用力地向后推了她一把。布妮受到撞击跌倒在地，不过，她又挣扎着站起来，从脚上脱下鞋子，对着焦特利的头、脸和背部一顿乱打。一个班索尔种姓的人也敢推她？真是对她莫大的侮辱。她一边打一边哭。焦特利推完她——对女人用完暴力——吃了大亏。除了站着挨打之外，没有任何灵药能够助他脱离这场灾难。

听到布妮的哭声，霍利赶忙跑来。布妮看到他，哭喊得更加大声。霍利以为，焦特利动手打了布妮。他的血液开始沸腾，汩汩热血突破分家的高堤，喷涌而出，试图吞没一切。他用力地踹了焦特利一脚，说道："焦特利，你不想倒霉的话，赶紧从这儿滚蛋！不然，你死定了！你以为你是什么东西？竟敢对我家的女人动手。"

焦特利不停地发誓，为自己辩白。尽管布妮用鞋底打伤他，不过，他从心底觉得自己有错，所以什么也没说。霍利的这一脚来得莫名其妙，他肿胀的脸颊上不由得泪水纵横。他哪里碰到过那个女人。难道他这么粗鲁无礼，会对霍利大爷家的女眷动手？

霍利并不相信他的话，说道："焦特利，别骗我！你什么都没有说，我的弟媳会无缘无故地哭？要是仗着几个臭钱狂妄自大，那我就好好教训你一顿，消除你那种狂妄。虽然我们分了家，那又怎么样，流的还是一样的血。谁要敢斜眼乱瞄，我就把他的眼珠挖出来。"

布妮原本就爱吵闹。此刻，她声嘶力竭地大喊："你没有把我推到吗？用你儿子发誓！"

希拉得到焦特利和布妮娅在打架的消息，焦特利推了布妮娅一把，布妮娅用鞋底揍了焦特利一顿。他立刻扔下皮水桶，操起赶牲口的尖棍，奔向事发地。他的暴脾气在村里人尽皆知。他个子不高，但是体魄强健，瞪着一双像贝壳一样的眼睛，脖子上青筋怒张。不过，他生气的对象不是焦特利，而是布妮娅。她为什么要跟焦特利打架？为什么要让他颜面扫地？跟班索尔种姓的人吵架、打架，对她有什么好处？她应该把消息告诉希拉，希拉会做出正确的选择。她为什么要跟他打架？如果他有办法，一定会把布妮娅关在家里。倘若她揭开面纱，跟某位长者说话，他真是无法容忍。他自己有多么暴躁莽撞，就有多么希望布妮娅保持平和娴静。既然兄长以十五卢比的价格谈定生意，她凭什么中间横插一脚。

他一来就抓住布妮娅的手，把她拽到一边，开始用脚踹她："贱货，你这是成心丢我的脸！你跟这种下贱的人打架，丢的是谁的脸？你说！（又踢了一脚）我在那里等着吃早饭，你却在这里跟别人打架。真不要脸！既然你这样恬不知耻，我还不如挖个洞把你埋了。"

布妮娅一边哀叹，一边咒骂："你不得好死！祝你得霍乱，得瘟疫，得流感！愿迦梨女神一口把你吞下！愿神保佑，让你得麻风病，手脚全部断掉，再也站不起来！"

希拉一直站在那里听她咒骂，但是最后这一句让他大动肝火。

霍乱、瘟疫等这些都不会遭受特别的苦楚。这边得病，那边就告别这个世界。然而，麻风病这个东西，死得痛苦，活着又遭罪。他心焦气躁，咬紧牙关，扑向布妮娅，抓住她的长头发，一边把她的头往地上掼，一边说："手脚都断掉站不起来的话，我就带着你一起走向灭亡。凭你，还能养育我的孩子？还能操持这么大一个家？你肯定会再找一个男人，躲我躲得远远的。"

看到布妮娅的惨状，焦特利不禁对她心生怜悯。他宽宏大量地劝说希拉："希拉大爷，现在让她走吧，够啦！发生什么啦，不过就是嫂子打了我一顿。我也不会少两块肉。值得庆幸的是，神明让我看到这样一天。"

希拉斥责焦特利道："你闭嘴，焦特利！要是惹我发火，你就糟糕啦！一个女人这样冲动暴躁，今天跟你打架，明天就会跟别人打架。你是个好人，笑笑就不再追究，别人可不会容忍这些。万一他动手，我们还能保住多少体面，你说说！"

这种想法再次点燃他的怒火。他快步上前，霍利跑过来抓住他，把他往后面拽。霍利说："哎呀，算啦，算啦！世人都瞧见，你是个大勇士。难道你要把她磨成粉，和水喝下去吗？"

如今，希拉依旧非常尊敬大哥，不敢正面顶撞他。他虽然很想用力把他的手甩开，但是他不能做这么无礼的事情。他望向焦特利，说道："干嘛还站在那里眼巴巴地看着？砍你的竹子去！我同意啦，十五卢比一百根，就这样！"

布妮娅刚刚还在哭泣，现在突然蹭的一下站起来，拍着自己的脑袋说："你非要往家里放火，我该怎么办！我真倒霉，嫁给你这么个无情的混蛋！你竟然往家里放火！"

她把装早点的篮子丢在那里，径自朝家走去。希拉大声咆哮："这是往哪儿去啊？滚到井边去，不然我弄死你！"

布妮娅停下脚步。她不愿意这出戏剧上演第二幕，于是，静悄悄地拎起篮子，哭哭啼啼地往水井的方向走去。希拉跟在她后面。

霍利说："今后不要再打她啦！这样只会让女人变得不顾廉耻。"

滕妮娅来到门口，大声吆喝："你站在那里看什么把戏呢？你这样教训人，有人听你说话？你忘记了，那一天这个女人掩着面纱骂你老流氓。新嫁人的媳妇就跟别的男人打架，还不该挨骂吗？"

霍利走到门口，调皮地说："要是我这样揍你呢？"

"难道你从来没打过我，用得着心怀打人的愿望？"

"要是我这样残暴地打你，你早就离家出走了。布妮娅挺能忍呐。"

"哎哟！你还真是仁慈的人呢！到现在，你打的疤痕还留在那里呢。希拉打她，也宠爱她。你只会打人，不会宠人。只有我这样的人，才会跟你一起过日子。"

"行啦，算了吧，别拼命夸赞自己。你一生气就跑回娘家。我得讨好你、巴结你好几个月，你才肯回来。"

"大爷，你是自己的日子不好过，才跑过来哄我，不是因为宠爱我。"

"正因如此，我才在所有人面前表扬你。"

在婚姻生活的黎明，玫瑰色的爱恋带着令人沉醉的魔力冉冉升起，用自己甜美的金色光芒染亮心灵的整片天空。时至正午，酷热来袭，时不时还刮起龙卷风，大地开始颤栗。爱恋的金色护盾渐渐褪去，现实赤裸裸地站在面前。紧随其后来到的是舒适安逸的黄昏，恬静而安宁。我们如同疲倦的旅人一般，自己讲述一天的旅程，也淡漠地聆听对方的故事，仿佛我们坐在高高的峰顶，下面人世的嘈杂与喧嚣无法波及我们。

滕妮娅眼里充满情味。她说："行啦，行啦，你最会夸人啦！稍微有一点事情不顺心，你就要责怪人。"

霍利带着甜蜜的埋怨说道："嘻，滕妮娅，你这样说对我不公平，我不喜欢。你去问问珀拉，关于你，我都对他说了什么？"

滕妮娅转移话题，说道："你看，戈博尔回来是牵着牛，还是两手空空？"

焦特利大汗淋漓地走过来，说道："大爷，你去数数竹子吧。明天我推着车子过来把它们运走。"

霍利觉得没有必要清数竹子，焦特利不是那样的人。即便他多砍几根，又怎么样呢？每天都有人来白砍竹子。每逢办喜事的日子，为了搭建凉棚，人们过来一砍就是十几根。

焦特利掏出七个半卢比，放在霍利手上。霍利数完一遍，说道："再给一点。算起来还差两个半卢比呢。"

焦特利不客气地说："不是讲定十五卢比吗？"

"不是十五卢比，是二十卢比。"

"希拉大爷在你面前说十五卢比。你吩咐的话，我去把他喊来。"

"之前谈的是二十卢比呀，焦特利。现在，你赢啦，想怎么说就怎么说。原本还差两个半卢比，你就给两个卢比吧。"

然而，焦特利不是初出茅庐、未经世事的人。如今，他害怕什么人？霍利的嘴给封得牢牢的，不好开口。他能说什么呢？还得忍气吞声。最后，他只能说："这样做不好，焦特利！扣下我两个卢比，你也变不成国王。"

焦特利用刻薄的语气说："扣下弟弟那么一点钱，你就能变成国王？为了两个半卢比，你不惜出卖自己的良心，怎么好意思教训我？现在，如果我揭穿那个阴谋，你怕是连头都不敢抬起来。"

霍利仿佛被人用数百只鞋子猛抽了一顿。焦特利把钱扔在前面的地上，扬长而去，他却十分懊恼，在楝树下坐了很久。他今天才知道，他有多么自私，多么贪婪。假如焦特利把那两个半卢比给他，他心里肯定会乐开花。他还会赞扬自己的诡智，轻而易举就可以白赚两个半卢比。非要吃一次亏，我们才会谨慎行事。

滕妮娅先前已经进屋。当她走出来的时候，看到地上放着一堆钱。她数了数，说道："其余的钱到哪儿去啦，不是该有十个卢比吗？"

霍利板着面孔说："希拉十五卢比就卖出去啦，我有什么办法？"

"希拉卖五个卢比都行。这个价格，我们不卖。"

"当时，他们在那边打架。我在中间能说什么？"

霍利把自己的失败藏在心里，如同一个人偷偷爬上树去摘芒果，不小心从树上摔落，赶忙站起来掸干净身上的灰土，生怕被别人看见。倘若取得胜利，您可以大肆吹嘘自己的阴谋诡计，胜利之下，一切都有情可原。但失败的耻辱只能自己咽下。

滕妮娅开始斥责丈夫。这么好的机会她难得碰上。霍利比她聪明，今天主动权却掌握在她手里。她摆摆手说："可不是嘛，弟弟说十五卢比，你怎么好反对？哎呀，罗摩啊！亲爱的弟弟是不是会不高兴呀？再加上，当时发生了那么大的祸事，有人拿着小刀架在亲爱的弟媳脖子上，你要怎么开口？那个时候，就算有人抢走你的一切，你也不会在意。"

霍利默默地听着，甚至没有轻声反驳一句。他心里异常烦躁，怒不可遏，血液沸腾，两眼冒火，咬牙切齿，不过，他没有说话，安静地拿起锄头，打算去甘蔗地里松土。

滕妮娅一把夺过锄头说："现在还是大清早吗，干嘛拿着锄头去松土？太阳神都爬到脑门儿上啦！去洗漱一下，饭已经准备好了。"

霍利憋着一肚子火，说道："我不饿。"

滕妮娅往火上浇油说："当然，怎么会饿呢！弟弟给你吃甜米团子了吧！愿神保佑，大家都能拥有这样孝敬的好弟弟！"

霍利气急败坏，再也压制不住心中的怒火。他说："你今天是诚心讨打。"

滕妮娅假装恭顺，演戏似的说："那有什么办法？你这样宠爱我，把我都宠坏啦。"

"你就不想让我待在家里是吧？"

"家是你的，主事人是你，我算老几，还能把你赶出家门？"

霍利今天无论如何都战胜不了滕妮娅，他的脑子好像不太管用。他没有什么盾牌可以抵挡这些讽刺的利箭。他缓缓地放下锄头，拿起毛巾去洗澡。不到半个小时，他就洗完回到家，然而，戈博尔到现在还没有回来。一个人怎么吃饭？这小子在那里睡觉吧。珀拉那个妖娆多姿的姑娘，是叫褚妮娅吧。说不定，戈博尔正跟她一起寻开心呢。昨天也紧紧跟在她后面。就算珀拉不给牛，他干嘛不回来？莫非想在那里赖着不走？

滕妮娅说："干嘛站在那里？戈博尔傍晚才会回来。"

霍利没有继续说下去，生怕滕妮娅再多说什么。

吃完饭，他在楝树的荫影里躺下。

卢巴哭着跑过来。她光着身子，围着一小片腰布，披着蓬乱的头发，趴在霍利胸前。她的姐姐索娜说："等牛来了，它的牛粪我来搓。"对此，卢巴无法忍受。索娜难道是什么地方的女王吗，所有的牛粪都自己搓？卢巴哪一点比她差？索娜会做面饼，难道卢巴不会擦洗器皿？索娜会打水，难道卢巴没有拿着绳子去井边？索娜装满一罐水神气活现地走了，收绳子、拿绳子的活都得卢巴来干。牛粪应该两个人一起搓。索娜去田里松土，难道卢巴没有去喂山羊？那么，索娜为什么一个人搓牛粪饼？这种不公平的事情，卢巴怎么忍受？

她的单纯让霍利着迷。他说："不，牛粪你来搓。要是索娜靠近母牛，你就把她赶跑。"

卢巴搂着父亲的脖子，说道："牛奶也由我来挤。"

"当然，当然，你不挤的话，谁来挤？"

"它是我的牛。"

"是的，完完全全属于你。"

卢巴欢天喜地地跑过去，把自己的胜利消息告诉战败的索娜，"奶牛是我的，它的奶由我挤，它的牛粪由我搓，你什么也得不到。"

索娜按年龄算个少女，外表看上去像女青年，在理智方面就是个小女孩，仿佛她的青春不断地把她往前推，她的童年却把她向后拽。她在某些事情上十分机灵，甚至可以教训那些大学毕业的姑娘，在某些事情上又非常幼稚任性，连婴孩都不如。她的脸长长的，干干的，总是露出喜色，下巴向下伸展，眼睛里带着一种满足的色彩，头发上没有抹油，眼睛上没有涂油烟，身上没有配首饰，仿佛家庭的重负把她的青春压得矮了一截。

她在卢巴头上推了一下说："滚，搓你的牛粪饼去！你挤牛奶，我来喝。"

"我把装牛奶的桶锁起来。"

"我撬开锁，把牛奶拿出来。"

说完，她朝果园走去。芒果将近成熟。一阵风吹来，几个果子掉在地上，在热浪的烘烤下变得又干又黄。然而，一群孩子以为它们是自然掉落的，跑过去把果园围得水泄不通。卢巴跟在姐姐后面。索娜干什么，卢巴也一定会跟着干。大人谈论索娜的婚事，却没有人提到她的，因此，她主动要求结婚，还绘声绘色地描述，她的新郎长什么样，该拿什么东西来下聘，会如何对待她，买什么东西给她吃，送什么衣服给她穿。倘若听到这些，恐怕没有一个男孩会同意跟她结婚。

日近黄昏。霍利无精打采的，感到十分倦怠，无法去给甘蔗松土。他把耕牛拴在食槽旁边，喂了一些饲料，接着装满一袋水烟自己抽起来。尽管今年的收成都在打谷场上过完称，他的债款还有大约三百卢比，利息也涨到将近一百卢比。五年以前，他向蒙格鲁老爷借来六十卢比买牛，现在已经还了六十卢比，但是那六十卢比的本金依旧分文不少。他又向婆罗门老爷达咀丁借来三十卢比种土豆。结果，土豆被小偷挖走了，那三十卢比经过三年的时间变成一百卢比。女财主杜拉利是个寡妇，在村子里开了个铺子，卖盐、油和烟草。分家的时候，霍利被迫向她借来四十卢比交给弟弟。这笔债大概也涨到一百卢比，因为一个卢比要收一个安那的利息。地租现在欠缴二十五卢比，而且还要想办法筹集十胜节送礼的钱。卖竹子的钱来得正是时候，恰好可以解决送礼的问题，不过，谁知道呢！这边刚到手一个特拉，那边村里的人就开始大声喧哗，放债的人立刻从四面八方赶来抢钱。无论如何，这五个卢比要用来送节礼。然而，现在头上还压着两件人生大事，戈博尔和索娜的婚事。就算拼命节省，至少也要花三百卢比。这三百卢要向谁家借？他多么希望，自己一个拜沙都不用向别人借，即使借了别人的钱，也要一个巴依一个巴依全部还清。然而，历经千辛万苦，他还是没能摆脱债务。倘若利息按照这种方式不断增长，总有一天他的家产会给拍卖得干干净净，他的妻子儿女终会落到无家可归、到处乞讨的境地。每当霍利忙完工作，闲下来抽水烟的时候，这种忧虑宛如一堵黑色的高墙，将他四周团团围住，他找不到任何一条出路可以逃走。如果说有什么令他满意的地方，那就是这种灾难不单只落在他一个人头上。几乎所有农民的处境都一样，并且大部分人的状况比他还要糟糕。索帕和希拉跟他分家已经整整三年，如今，他们两个人都背负着四百卢比的债务。金古里有两副犁具耕地，欠的债却超过一千卢比。纪亚文大爷的家，连乞丐上门都讨不到施舍，但是债款依旧没有着落。这里，谁能幸免？

忽然间，索娜和卢巴跑到他身边，异口同声地说："哥哥牵着牛回来啦！牛走在前面，哥哥跟在后边。"

首先看到戈博尔回来的人是卢巴，因此，传递这个好消息的尊荣理应归她所有。索娜竟然要分一杯羹，她如何能够忍受这个？

她向前迈了一步，说道："我先看到的！当时我就开始往回跑。姐姐后来才看到。"

　　索娜不能接受这种说法。她说："你哪里认出了大哥？你只不过说，有一头母牛正在跑过来。我说，是哥哥回来了。"

　　两个人又往果园跑去，为了迎接母牛。

　　滕妮娅和霍利两个人开始安排拴牛的地方。霍利说："走吧，赶紧去挖食槽。"

　　滕妮娅的脸上闪耀着青春的光芒。她说："不，我们先在盘子里调点面粉和糖浆。可怜它冒着大太阳走过来，应该很口渴。你去挖食槽吧，我来调。"

　　"家里有一个铃铛，你去找找，待会儿绑在它脖子上。"

　　"索娜去哪儿啦？你去女财主的店里买点黑线，这头牛被许多人用恶意的目光看过①。"

　　"今天，我终于实现了心里最大的夙愿。"

　　滕妮娅希望压抑住心中的狂喜。但愿这样巨大的财富不会给他们带来新的苦难，这种疑虑让她沮丧的心灵不停地颤抖。她望向天空，说道："只有确定它的到来是件好事，我们才能享受这份快乐。其中的吉凶祸福恐怕唯有神明知道。"

　　她甚至想要蒙骗神明，想要让神明看到，因为这头牛的到来，他们并没有那么欢喜，以免神明心生嫉妒，降下某种新的灾难，升高盛放幸福的托盘，重新恢复天平的平衡。

　　她正在搅拌面粉，戈博尔牵着母牛，带着一群热闹欢腾的孩子来到门口。霍利跑过去抱住母牛的脖子。滕妮娅放下面粉，匆匆忙忙地撕下一条旧纱丽的黑边，绑在母牛的脖子上。

　　霍利用虔诚的目光激动地凝视着母牛，仿佛女神显灵，莅临家

_____

　　① 这是印度民间的一种迷信，认为如果被人用恶意的目光看过，就会生病甚至死亡。绑上黑线可以起到驱灾辟邪的作用。

中。今天，神明让他看到这个吉祥的日子，他的家因为母牛的到来而变得神圣。这是多么好的福运啊！不知道是谁修来的功德。

滕妮娅惊慌地说："你干嘛站着呀？到院子里挖食槽去！"

"院子里哪有地方？"

"很多地方。"

"我去外面挖。"

"别发疯啦！明明很清楚村子里什么情况，你还假装不知道。"

"哎呀，巴掌大的院子，牛拴在哪里呀？"

"对于自己不了解的事情，你就不要横插一脚。全世界的知识，你又不是都学过。"

霍利确实激动得有点忘乎所以。对他而言，母牛不仅是虔敬和尊崇的对象，也是活生生的财富。他希望，通过它光耀自己的门楣，增添家族的荣光。他希望，人们看到门口拴着的母牛之后会来问："这是谁的家呀？"旁人会说："霍利大爷的家。"到那时，有女儿的人家自然会感叹他家的富足。拴在院子里，谁能看到？滕妮娅对此表示担忧。她恨不得用七层布帘把牛遮盖起来。如果母牛可以一天二十四小时呆在房间里，或许她根本不会允许它出来。虽然过去每一件事霍利都占上风，他坚持自己的立场，迫使滕妮娅不得不向他屈服，但是今天，在滕妮娅面前，霍利一句话都说不上来。滕妮娅已经做好战斗的准备。戈博尔、索娜和卢巴，全家都站在霍利那边，但是滕妮娅独自就可以打败他们所有人。今天，她心里萌发出一种奇异的自信，而霍利产生出一种奇异的顺从心理。

然而，谁能阻止世人看热闹？母牛又不是坐着轿子来的。村里出了这么大的事情，人们怎么可能不来凑凑热闹？无论谁听到这个消息，都立刻抛下手里的活儿跑过来围观。这不是普普通通的本地牛。霍利花了八十卢比从珀拉家买回来的。霍利怎么可能拿得出八十卢比，大概就是五六十卢比买来的吧。在村子的历史上，花五六十卢比买头母牛也是空前无二的事情。耕牛嘛，有花五六十卢比买的，也有花一百卢比买的，但是农民怎么舍得花这么大一笔钱买一头母牛？只有牧人才有这个胆量，数这么一大把钱出去。母牛是什么，是女神的化身。前来围观和欣赏的人排成一条长龙，霍利跑来跑去，忙着招呼大家。他从来没有这样彬彬有礼，这样欢天喜地。

七十岁的老婆罗门达咀丁大爷拄着拐杖来了。他用没有牙齿的嘴说："霍利，你在哪儿呀？我来看看你的母牛！听说，它非常漂亮。"

霍利连忙跑过来向他行礼，因为骄傲，心里涌起一阵欢欣和喜悦。他非常尊敬地把婆罗门老爷带到院子里。大老爷用老年人那历经世事的眼睛打量着母牛，看看牛角，看看乳房，又看看臀部，他那隐藏在浓密的白眉毛下方的眼睛里充满青春的狂热。他说："没什么毛病，孩子，毛发和旋纹都挺好。神灵保佑，你就会走大运，此般好兆头，哇！饲料不能少喂，这样生下的小牛每头才能值一百卢比。"

霍利沉浸在欢乐的海洋中，说道："多亏您的祝福，老爷！"

达咀丁吐出咀嚼的烟叶，说道："不是我的祝福，孩子，是神的慈恩。这一切都是恩主仁慈。给的现钱？"

霍利开始吹牛皮说大话。尽管在自己的债主面前，他也不愿放过这个得来不易的炫富良机。既然戴上一顶廉价的新帽子，我们就开始耀武扬威，既然坐了一小会儿汽车，我们就以为自己飞上蓝天，那么，得到这么大一笔财富，他为什么不能骄傲自大？他说："珀拉可没有这么好心，大老爷。数的现钱，分文不差。"

在自己的债主面前这样吹嘘，霍利真是愚蠢至极。不过，达咀丁的脸上没有显露出一丝一毫不满的痕迹。这句话里有多少真实的成分，瞒不过他那双洞穿世事的的眼睛。那双眼里蕴藏的不是光芒，而是人生的阅历。

他高兴地说："没有关系，孩子，没有关系。老天爷会保佑你幸福美满的。这头奶牛每天能产五赛尔牛奶，还不算小牛吃的。"

滕妮娅马上否认："哎呀，没有，大爷，哪儿有这么多奶？这头牛都老啦。再说，每天的饲料要去哪儿弄啊？"

达咀丁意味深长地看着她，对她的谨慎和机警表示赞同，仿佛在说："家里的主妇就该如此行事，夸口吹牛是男人的事，让他吹呗！"随后，他神秘兮兮地说："我可告诉你，别拴在外面。"

滕妮娅用胜利的目光望向丈夫，仿佛在说，瞧，现在得听我的话吧！

她跟达咀丁说："不，大老爷，怎么会拴在外面呢？如果神灵保佑，再多给三头母牛，这个院子也拴得下。"

全村人都来围观母牛。缺席的只有索帕和希拉，霍利的亲弟弟。如今，霍利心里对弟弟仍然留有一丝柔情。倘若他们两个来看看，表示欢喜，那么他们的心愿也能实现。黄昏降临。两个人拿着皮水桶回家，途中路过霍利家门口，但是什么都没有进去问。

霍利战战兢兢地对滕妮娅说："索帕没有来，希拉也没有来。难道没有听说？"

滕妮娅说："这里谁还会去喊他们来？"

"你不明事理，随时准备战斗。既然神灵让我们看到这样吉祥的日子，我们就应该低着头谨慎行事。不论好话坏话，人都渴望从自己的亲人嘴里听到，而非从外人嘴里。即便自己的兄弟有十万个缺点，他们也是自己的兄弟。大家为了自己的份额打架，但是血脉不会因此分家。应该把他们两个人喊过来看看，不然他们会讲，买了牛回来，也不跟我们说。"

滕尼娅皱着鼻子说："我跟你说过一百遍、一千遍，不要当着我的面称赞你的弟弟。听到他们的名字，我心里就冒火。整个村子的人都听说了，难道他们没听说？住得也没有那么远啊。全村人都过来看牛，不过，他们的脚上刚画了曼海蒂①，怎么好来呢？你家买了头母牛，他们心里肯定很嫉妒，肺都气炸了。"

点灯时分来临。滕尼娅走过去发现，瓶子里没有煤油。她拿起瓶子，去买煤油。要是有钱的话，可以打发卢巴去买，不过，他们需要赊账。她得察言观色，说些好听的、奉承的话，那样才能赊到煤油。

霍利把卢巴唤到身边，满怀爱意地让她坐在自己怀里，说道："你去看一看，希拉叔叔回来没有？再去瞧索帕叔叔。你就说，爸爸叫你们过去。他们不肯来的话，你就抓着他们的手，把他们拽过来。"

卢巴撒娇地说："小婶婶会骂我。"

"干嘛要去找婶婶？不过，索帕的媳妇儿很疼爱你吧？"

"索帕叔叔总戏弄我……我不说啦。"

"说说，他说什么？"

"他戏弄我。"

"说什么戏弄你呀？"

"他说，他要给我抓一只老鼠，让我拿去烤着吃。"

霍利心里十分欢喜。

"你没有说，你先吃，我再吃。"

"妈妈不准我去。她说，不要老去那些人家。"

"你是妈妈的闺女，还是爸爸的？"

卢巴搂住他的脖子，说道："妈妈的！"接着，她哈哈大笑起来。

"那你从我怀里下去。今天，你用自己的盘子吃饭。"

---

① 曼海蒂，原文为menadi，同mehandi，字面意思为桃金娘。印度妇女常把桃金娘的叶子研磨成红色的粉末或者捣成糊状，用来染指甲、手掌和脚掌，或者在手部描画各种花纹。初画时，不能随意触碰，洗净后留下红印。

家里只有一个金属盘子，那是霍利吃饭的专属餐具。为了得到使用金属盘子的荣耀，卢巴每天跟爸爸在同一个盘子里吃饭。她怎么能舍弃这种荣耀？于是，她跳起来说："好吧，是你的！"

"那么，你是听我的话，还是听妈妈的？"

"你的！"

"那快去把希拉叔叔和索帕叔叔拽来。"

"万一妈妈发脾气呢？"

"谁会去告诉妈妈？"

卢巴蹦蹦跳跳地朝希拉家走去。仇恨的幻网只能困住大大的鱼。小鱼嘛，要么根本不会陷入罗网，要么立刻就可以脱身。对它们而言，这张致命的罗网不过是一种玩具，没什么可怕的。霍利不跟弟弟们说话，但是卢巴常常往来于两家之间。孩子们有什么仇恨呢？

然而，卢巴还没有走出家门，就碰到藤尼娅拿着油回来。她问："天都黑了，你还要去哪里？走，回家！"

卢巴无法阻挡诱惑，想要取悦母亲。

藤尼娅呵斥道："走，回家！没有必要去喊任何人来。"

她牵着卢巴的手回到家里，对霍利说："我跟你说过一千遍，不要打发我的孩子去别人家。要是有人做了什么坏事，我能把你吞到肚子里？如果你那么爱他们，为什么不自己去？看样子，现在你还没受够罪。"

霍利正在弄食槽，双手沾满泥巴。他假装自己什么也不知道，说道："伙计，干嘛发这么大脾气？你像瞎眼的狗一样，对着空气乱吠，这我可不喜欢。"

藤尼娅要把油倒进煤油灯里。此刻，她不希望事情闹大。卢巴也去找孩子们玩耍了。

晚上九点多钟，食槽终于挖完，槽里也放好水拌的饲料和榨油剩下的渣子①。母牛垂头丧气地趴着，如同新媳妇刚到公婆家，根本不去食槽旁边吃食。霍利和戈博尔吃饱饭，每人拿着半个饼子走过来，但是它连闻都不闻一下。不过，这并不是什么新奇事。很多时候，动物离开自己家也会感到痛苦。

霍利坐在外面的小床上抽水烟，又想起两个弟弟。不，今天这种吉祥的场合，他不能忽视自己的弟弟。得到这笔财富之后，他的心胸变得宽阔。跟弟弟们分了家，那又如何？他们又不是他的敌人。如果这头母牛早三年来到他家，那么，大家对它享有平等的权利。倘若母牛明天产出奶水，难道他不给弟弟家里送点牛奶或者酸奶吗？这不是他的为人之道啊！弟弟对他不怀好意，难道他也要以同样的方式对待他们？自己造的业，自己品尝果。

他把椰子壳做的烟斗靠着床脚摆放好，然后朝希拉家走去。索帕的家也在那边。两个人躺在自家门口。天很黑，他们之中没有一个人看到霍利。两个人正在聊天。霍利停下脚步，开始偷听他们说话。听到别人谈论自己，有谁会主动回避？

希拉说："没分家的时候，连头山羊都不买，现在倒买回一头旁遮普母牛。我没见过，有人靠夺取兄弟的财产发家致富的。"

索帕说："希拉，这话你说得不公平啊！大哥把每一个拜沙都算得明明白白的。你说他把以前挣来的钱偷偷藏了起来，这话我不能赞同。"

"不管你赞不赞同，这就是以前赚来的钱。"

"你不应该胡乱指责别人。"

"行吧，这些钱从哪里来的？他去哪里发的大财？他的田地跟我们一样多，收成也跟我们一样。那为什么我们连买块裹尸布的钱都没有，他家却可以买一头母牛？"

---

① 榨油剩下的渣子，原文为khali，可以用来做牲畜的饲料。

"大概是赊来的吧。"

"珀拉可不是个会赊账的人。"

"不管怎样，牛是挺漂亮的。戈博尔牵着它回家的时候，我在半路偷看了一眼。"

"不义之财怎么得到，就会怎么失去。但愿神灵保佑，不要让那头母牛在他家待太长时间。"

霍利再也听不下去了。他原本已经忘记过去发生的事情，心里装着满满的爱意和热诚来到弟弟身边。这个打击仿佛在他心上剜了一个大洞，那些深情厚谊不管怎么努力都无法留在里面。即便用破布条堵住那个洞，这股激流依旧势不可挡。他的心里怒火翻涌，恨不得立刻冲过去狠狠回击，但是他怕把事情闹大，所以一句话也没有说。只要他品性清白，谁也拿他没有办法。就算在神灵面前，他仍旧是无辜的。至于其他人，他并不在意。他转身回到家里，点燃水烟抽了起来。然而，那些尖酸的话语就像毒药一样，不断在他的血管里蔓延。他尝试入睡，但是睡不着。他走到耕牛旁边，轻轻地抚摩它们，毒性依旧没有缓解。他又装满一袋烟，但是什么味道也抽不出来。毒药仿佛侵袭了他的意识，让它失去平衡，偏向一边，如同酒醉的时候一样。奔涌的大水，倘若只朝一个方向流动，速度必然会越来越快，他的思绪正是如此。在这样癫狂的状态下，他走进屋里。门是开着的。院子的一边，滕妮娅躺在一张凉席上，索娜正为她按摩身体。卢巴每日天黑就会睡觉，今天却站在母牛旁边，抚摩它的嘴。霍利走过去，解开木桩上的绳子，牵着牛往门口走。此刻，他下定决心，要把牛送回珀拉家里。背负着这么大的污名，如今，他无法再让母牛留在家里。无论如何都不行。

滕妮娅问："大半夜的，牵着牛去哪里呀？"

霍利往前迈了一步说："牵到珀拉家，我要把它还回去。"

滕妮娅大吃一惊，站起来走到他面前说："为什么要还回去？牵过来难道就是为了还回去？"

"嗯，还回去才能过得安生。"

"为什么？怎么回事？盼了这么久才盼来的，现在却要还回去？难道珀拉来要钱啦？"

"没有，珀拉什么时候来过这里。"

"那发生什么事啦？"

"问了又能怎么样呢？"

滕妮娅飞奔过去，从他手里夺过拴牛的绳子。她机智聪敏，仿佛摸透了其中的内情。她说："你要是害怕弟弟的话，就去跪倒在他们脚下，苦苦哀求吧！我谁也不怕！如果谁看到我们过得富足，心生嫉妒，那就嫉妒吧，我不在意。"

霍利用温和的语气说："夫人，你慢慢讲话！如果有人听到，会说，他们深更半夜还在吵架。我亲耳听到的内容，你怎么会知道？他们在那里议论，说我分家的时候欺瞒弟弟，私藏了一笔钱，现在才把它拿出来。"

"是希拉说的吧？"

"全村人都在说！我干嘛要污蔑希拉？"

"不是全村人都在说，只有希拉一个人在说。我现在就去问问，你们爹去世以后到底留下几个卢比？为了这两个混蛋，我们白白浪费大好的光阴，毁掉自己的整个人生。我们抚养他们长大，现在，他们各个健壮如牛，却说我们不老实。我跟你说，如果牛离开咱们家，你就要倒大霉啦！我们存了钱，藏了钱，就埋在田地中间。我要公开宣称，我藏了一满罐金币。希拉、索帕和世人愿意怎么办，就怎么办。我们为什么不能存钱？两个壮汉没有结婚吗？没有把新娘接到咱们家吗？"

霍利惊慌失措。滕妮娅从他手中抢走拴牛的绳子，把牛重新拴回木桩上，然后径自朝门口走去。霍利想抓住她，但是她已经出去了。他抱着头，原地坐下。他不愿意尝试在外面拦她，跟她大闹一场。滕妮娅的火爆脾气他是了解的。一旦生气，她就会变成泼妇，任凭你怎么打，怎么砍，她都不会听话。希拉也是一样暴躁，万一动起手来，那可真是世界末日降临。不，希拉不至于愚蠢。我为什么要点燃这把火？他开始生自己的气。假如当初把事情放在心里，怎么会引起这种纠纷？忽然间，他耳边传来滕妮娅尖锐、刺耳的声音，还有希拉的怒吼。紧接着，布妮娅尖锐的叫喊声钻进耳朵。他突然想起戈博尔，赶忙跑出去，朝戈博尔的床看了一眼。戈博尔不在那里。糟糕！戈博尔也到那边去了。现在，大事不妙。戈博尔年纪轻轻，冒冒失失地不知道会干些什么，不过，霍利怎么好去那边？希拉会说，"您自己不吭声，倒会打发这个妖妇来干架。"吵闹声愈演愈烈。整个村子的人都从梦中惊醒，还以为哪里着火了。人们纷纷从床上爬起来，跑到这里灭火。

这么长时间，霍利一直耐着性子坐在家里。然而，他再也待不下去。他对滕妮娅异常愤怒，她为什么要跑去打架？天知道人们在自己家里会怎么议论别人。只要他不当面说，你就应该视作他什么也没说。霍利的农民天性是不喜欢打架的。听到几句难听的话，忍耐宽恕总比互相敌视、打架斗殴要强得多。但凡哪里有人打架，警察一定会赶到现场，你就等着被抓起来关进监狱，到时候还得四处求人，吃官司，受法院折磨，种地的事情也彻底完蛋。他对希拉没有任何办法，但是可以强行把滕妮娅拖回家。她顶多责骂几句，生几天气，总不至于要去警察局。他走到希拉门口，站在最远的那堵墙后面，如同一个将军，进入战场之前，希望好好了解周遭的情势。己方倘若即将取得胜利，那么什么话都不用说，倘若就快战败，那么他会立刻投入战斗。霍利看到，那里已经聚集了几十个人。婆罗门老爷达咀丁、巴泰西沃里老爷、两位头人，这些在村里掌权的人物都抵达现场。滕妮娅渐渐落于下风。她的激进和暴怒使得舆论对她不利。她不擅长运用战术，一生气起来尽说一些尖刻、刺耳的话。结果，人们的同情心离她越来越远。

她咆哮道："看到我们，你干嘛怨恨？看到我们，你干嘛妒忌？我们辛辛苦苦把你抚养长大，这就是你的回报？要不是我们养你，你今天还不知道在哪里讨饭，头顶上连片树荫都不会有！"

霍利认为，这些话说得太过苛刻。抚养弟弟是他的责任。他们那份财产都在他的手上，怎么能不养育他们呢？不然的话，在这个世上还有脸出门见人吗？

希拉回应道："我们可不领情。在你家，我们像狗一样，吃一丁点儿东西，却要干一整天的活。不知道，我们是怎么熬过童年和青年的。每天从早到晚都得替你捡干牛粪，即便如此，你不骂个痛快，绝不会给我们饭吃。落到你这样的女罗刹手里，我们的人生真是凄惨。"

滕妮娅愈发激动："讲话注意点儿，要不然，我把你舌头扯下来！你老婆才是女罗刹！你有什么了不起，你这个天杀的混蛋、寄生虫、忘恩负义的家伙！"

达咀丁打断她的话，说道："滕妮娅，为什么要说这么刻薄、伤人的话呀？女人应当宽容和忍耐。他就是个粗鲁愚笨的家伙，你干嘛要理会他？"

管账人①巴泰西沃里老爷随声附和道："你要就事论事，不该骂人。小时候，你的确养育过他，但是你怎么忘记，他的财产掌握在你手里。"

滕妮娅认为，这些人全部联合起来，想要欺辱她。她已经做好大战四方的准备，说道："行啦，大爷，算了吧！我对大家非常了解，毕竟在这个村子里住了二十年。你们每一个人的底细，我都知道得

---

① 管账人，原文为patavari，又译为帕底瓦里，指农村中计算土地、农产品和租税的政府官员。

清清楚楚。我在骂人，他在撒花，是吗？"

女财主杜拉利火上浇油地说："可真是个厚脸皮的女人！居然跟男人吵架！只有霍利这样的男人才能跟她过日子。换作别的男人，一天也相处不来。"

倘若希拉这个时候态度稍微温和一些，他就能取得胜利。然而，听到那些骂人的话，他火冒三丈，大发雷霆。看见其他人都站在他这边，他变得更加勇猛无畏，扯着嗓子大喊："赶紧从我家滚出去，要不然，我用鞋子跟你说话，把你的头发拽下来！老妖婆，竟然敢骂人！仗着有个儿子，耀武扬威的！揍……"

情势发生逆转。霍利的血液开始沸腾，如同火花落在弹药库上。他走上前，说道："好啊，够啦，现在闭嘴吧，希拉！我再也听不下去啦！我能跟这个女人说什么？我只要被别人瞧不起，都是因为这个女人。天知道，她为什么就是不能安安静静地待着。"

来自四面八方的斥责像连珠炮一样不停地打在希拉身上。达咀丁骂他无耻，巴泰西沃里说他是混蛋，金古里辛格给他安上恶魔的名号，女财主杜拉利称他是不肖子。一番狠毒的言辞让滕妮娅落于下风，另一番尖刻的话语将希拉置于险境。在此基础上，霍利审慎克己的语句完成了剩余的最后一击。

希拉勉强保持镇定。全村人都在反对他。现在只有闭紧嘴巴，他才能好过。尽管处于盛怒之下，这点理智他还是有的。

滕妮娅受到很大的鼓舞，对霍利说："竖起耳朵听我说！你为两个弟弟拼死拼活。这就是兄弟，这样的兄弟我宁可不要见面。他现在还要用鞋子打我。给他吃的喝的……"

霍利呵斥道："你怎么又开始唠叨！不回家吗？"

滕妮娅坐在地上，悲伤地说："等挨完他的鞋底板，再回家。我倒要看看他有多大胆，戈博尔在哪里？现在不发挥发挥作用，还想等到什么时候？孩子，你看着，他要用鞋子揍你妈妈！"

如此一阵哀嚎，她不仅让自己的，也同时让霍利的怒火燃烧得更加旺盛。倘若对着火苗吹气，火焰会迅速升腾而起。希拉仿佛承认自己失败，开始向后退去。布妮抓住他的手，把他往家里拽。忽然间，滕妮娅像母狮子一样猛扑过去，用力地推了希拉一把。希拉咚的一声摔倒在地上。滕妮娅说："要去哪里呀？用鞋子打我啊，用鞋子打我！我倒要看看，你有多大的胆子！"

霍利跑过去抓住她的手，边拖边拽，强行把她带回家。

第五章

那个时候，戈博尔吃完饭就去牧人居住的村子。今天，他跟褚妮娅说了许多话。当他牵着牛回家时，褚妮娅一直陪他走到半路。戈博尔一个人怎么把牛赶回家？跟陌生人走在一起，它自然会闹别扭、惹麻烦。走了一段路之后，褚妮娅意味深长地看着戈博尔说："今后，你还会偶尔来我家吧？"

一天以前，戈博尔仍是一个未经男女之事的毛头小子。村子里有许多年轻姑娘，然而，她们要么是他的姐妹，要么是他的嫂嫂。跟姐妹们怎么能打情骂俏，嫂嫂们虽然时不时对他说点俏皮话，但那只是单纯的开玩笑。在她们眼里，他的青春之花才刚刚绽放。只要没有结果，朝树上扔石块纯属徒劳。因为没有从任何一方得到过鼓励，他的童贞一直紧紧跟随着他。褚妮娅那痛失一切欢愉的内心，由于受到嫂嫂们的讽刺和嘲笑，变得愈发贪婪，迫切渴望得到他的童贞。而在那个毛头小子的身体里，青春宛如一只熟睡的野兽，听到一点风吹草动，立刻惊醒。

戈博尔毫不掩饰地说起风流话："如果乞丐有希望从某家得到施

舍，那么他会日日夜夜站在那位大爷门口。"

褚妮娅嘲讽道："那还不如说，你也是个利己主义者。"

戈博尔的血脉开始贲张。他说："如果一个人饿着肚子向你伸手，那你应该谅解他。"

褚妮娅潜入更深的水里①，说道："乞丐不走上十户人家，怎么能够填饱肚子？我不跟这样的乞丐交往。这样的人大街小巷随处可见。再说，乞丐能给别人什么？祝福！祝福又不能填饱肚子。"

戈博尔反应迟钝，没能理解褚妮娅的用意。褚妮娅从小就给顾客家里送牛奶。嫁到公婆家以后，她还是得把牛奶送到顾客家去。最近，卖酸奶的担子也落到她身上。她跟各种各样的男人打过交道。这样不仅可以赚到几个卢比，还可以享受片刻的欢愉。然而，这种欢愉就像借来的东西，里面没有长久的羁绊，没有全心的奉献，没有独占的权利。她想要一种爱情，让她甘愿不计生死，付出自己的一切。她想要的不仅是萤火虫的闪烁微光，而是明灯的持久光亮。她是好人家的女儿，那些风流浪子的调情不可能碾压她对家庭的职责和忠诚。

对爱情的渴望令戈博尔变得容光焕发。他说："乞丐如果从一家人那里就能得到饱腹的食物，为什么还要去别的人家？"

褚妮娅用同情的目光看着他。多么单纯的人啊，什么事都不懂。

"单从一家人那里，乞丐怎么可能得到足够的东西？他顶多得到一小撮粮食。你要想得到一切，就得先付出自己的全部。"

"我有什么呢，褚妮娅？"

"你什么也没有？我倒是认为，对我来说，你拥有的东西连那些大富豪都没有呢。你不用向我乞讨，你可以把我买回家。"

戈博尔用惊奇的目光凝望着她。

———————

① 潜入更深的水里，原文为aur gahare pani main utari，字面意思是进入更深的水里，实际指进一步试探戈博尔。

褚妮娅继续说："你知道要付出什么代价吗？你得永永远远属于我一个人。以后，我要是看到你向别人伸手，准会把你撵出家门。"

戈博尔仿佛在黑暗中摸索到自己期盼已久的东西。一种奇妙的、混合着恐惧的喜悦令他激动万分，浑身的汗毛都竖立起来。不过，这怎么可能？如果跟褚妮娅在一起，他如何能够带着情妇住在家里？宗族的人定会找他的麻烦，村里的人也会到处嚷嚷。所有人都会变成他的敌人，妈妈也不会准许她进家门。然而，她一个女人都无所畏惧，他一个大老爷们为什么要担忧害怕？大不了，人们把他赶出去。那他就单独过呗！像褚妮娅一样的女人，村里哪有第二个？她说的话多么有道理。难道她不知道，我配不上她？但是，她还是爱慕我，愿意成为我的女人。即使村里的人把我们撵出去，难道这个世界上就没有别的村子？况且，为什么要离开村子？玛咀丁跟那个遮玛尔女人^①姘居，有人管他吗？达咀丁恨得咬牙切齿，最后还不是得忍下来。玛咀丁肯定费了很多功夫，才保全自己的宗教。如今，沐浴敬神以前，他仍旧连口水也不喝。他两顿饭都亲自动手，而且现在不是只做一个人的饭，达咀丁又跟他坐在一起进餐。金古里辛格跟一个婆罗门女人厮混在一起，有人对他做过什么吗？他原来有多少尊严和威望，现在丝毫没有减少，甚至还有所增加。先前，他还到处找事做，如今，却用那个婆罗门女人的钱当起放债人。他原本只有地主的派头，现在还耍起放债人的威风。然而，戈博尔转念一想，褚妮娅不会是在开玩笑吧？首先，必须确定她这边的想法。

他问："褚娜，你是在说心里话，还是仅仅在诱惑我？我已然属于你，但是你也愿意成为我的人吗？"

"我怎么知道你已经属于我？"

①

① 遮玛尔女人，原文为 Camarin，指遮玛尔种姓的女子，遮玛尔种姓指在印度社会中，从事皮匠、鞋匠、清洁工等职业的种姓。

"即使你想要我的命，我也愿意给你。我就是这样深爱着你①。"

"深爱的意义，你可知道？"

"那你解释解释！"

"深爱意味着，两个人相依相伴，共同生活。一旦结为夫妻，就得在一起过一辈子，无论世人说什么，无论是父母兄弟，还是亲朋好友，你都得舍弃。嘴巴上说愿意为爱而死的人，我见过很多。他们就像黑蜂一样，采撷完鲜花的蜜汁，立刻飞走。你不会也想跟他们一样，飞得远远的吧？"

戈博尔一只手抓着拴牛的绳子，另一只手握着褚妮娅的手。那种感觉仿佛把手放在电线上一般。他的整个身体因为青春的第一次接触而不停地颤抖。多么娇柔、多么软嫩、多么迷人的手腕啊！

褚妮娅没有推开他的手，仿佛两个人的这次接触对她没有任何意义。不过，片刻之后，她用严肃的语气说道："你要记住，今天，是你握住我的手。"

"褚娜，我会牢牢记住的，至死不忘。"

褚妮娅并不相信他的话，微笑着说："戈博尔，大家都会这样讲，并且是用比这个更加甜美、更加动人的话语。如果你心里藏着什么不好的念头，请你告诉我，我会当心一点。我从不把心交给这样的人，只是跟他们维持说说笑笑的关系。我在集市上卖了许多年牛奶，老爷、放债人、地主、律师、管事、官员一个接着一个朝我献殷勤，试图勾引我。有的人把手按在胸口上说，'褚妮娅，不要折磨我。'有的人用多情的、迷醉的目光盯着我，仿佛因为爱情早已失去理智，有的人向我炫富，有的人送我首饰。他们所有人都甘愿为我做牛做马，一辈子，不，连同下一辈子，但是我非常清楚他们的德性。所

---

① 在印地语当中，jaan dena有两层意思：第一层为字面意思，献出生命；第二层为引申意，即非常喜爱，极其热爱。此处，在戈博尔与褚妮娅的对话中，实际上同时包含了两层意思，有一语双关的味道。

有人都像黑蜂一样，采完花蜜就飞走。我也诱惑他们，斜着眼睛看他们，跟他们眉来眼去，对着他们微笑。他们把我当成傻瓜，我也愚弄他们。假如我死了，他们不会掉一滴眼泪。假如他们死了，我会说，好啊，恶棍死啦！我要成为谁的女人，就会一辈子都属于他。幸福也好，痛苦也罢，富裕也好，贫穷也罢，我都要跟他在一起。我不是娼妇，到处跟别人说说笑笑。我不贪求钱财，也不渴望华衣美饰，只是想跟一个品行端庄的好人在一起，希望他能把我当作自己的亲人，我也自然会把他当作自己的家人。有一个婆罗门老爷，额上点着许多吉祥符志，每天都会来买半赛尔牛奶。一天，他的老婆受邀去别处参加宴会。这个我怎么会知道，所以跟往常一样，拿着牛奶走进屋内，站在那里叫唤，'夫人！夫人！'没有人回话。正在这时，我看见婆罗门老爷关上外面的大门，朝屋内走来。我知道，他道德败坏，于是边骂边问，'你为什么关上大门？难道夫人去别的地方啦？家里怎么这么安静？'

"他说，'她去参加一个宴会了。'接着，又朝我走近两步。

"我说，'你要买牛奶，就赶紧买。不买的话，我就走啦！'他说，'褚妮娅，我的女王，你今天不能离开这里！你每天往我心口上捅完刀子就跑掉，今天休想逃出我的手心。'跟你说实话，戈博尔，我当时非常害怕，汗毛都竖起来了。"

戈博尔激愤地说："我要看到这个王八蛋，非挖个地洞把他活埋了！我一定要弄死他。到时候，你指给我看看！"

"听着，教训这样的人，有我一个就够啦。当时，我的心怦怦乱跳。要是这个家伙做了什么坏事，我该怎么办？没有人会听到我的呼喊，不过，我暗暗下定决心，如果他敢触碰我的身体，我就用那个沉甸甸的牛奶桶狠命砸他的脑袋。大不了损失四五赛尔牛奶，定要让那个混球牢牢记住。于是，我鼓足勇气说，'婆罗门老爷，不要让自己进退两难。我是牧人的女儿，我可以叫人把你的胡子一根一根拔光。难道你的经书里写着，你可以把别人的媳妇和女儿关在自己家里，尽情侮辱？因此，你才点着吉祥符志，到处招摇撞骗？'他双手合十，扑倒在我脚边，请求道，'褚妮娅，我的女王，满足一个爱人的心，对你有什么坏处呢？你时不时也要同情一下可怜的人，要不然，神灵会问，'我赐予你这般美貌，你却不肯用它帮助一个婆罗门？那时，你该如何回答？'他又说，'我是一个婆罗门，每天接受各种钱财的施舍，今天，你就把美貌当作财宝施舍给我吧！'"

"我想考验一下他的心，故意说，'我要五十卢比。'讲真的，戈博尔，他立刻跑进房间里，拿出五张十卢比的钞票放在我手里。当我把钱扔在地下，朝大门走去的时候，他抓住我的手。我早有准备，抢起大桶朝他脸上砸过去。他从头到脚湿得透透的，还受了很严重的伤。他抱着头坐在地上，唉声叹气。我看到，他当时也做不了什么，于是，又在他背上踢了两脚，打开大门扬长而去。"

戈博尔哈哈大笑，说道："干得好！给他洗了个牛奶澡！吉祥符志都给冲没咯！干嘛不把他的胡子拔掉呢？"

"第二天，我又去了他家。他的老婆回来了。他坐在客厅里，头上帮着绷带。我说，'婆罗门老爷，你吩咐的话，我就把你昨天的所作所为说出来。'他双手合十，开始讨饶。我说，'你承认自己的错误，我就放过你。'他一边磕头一边说，'褚娜，现在我的脸面掌握在你的手上。你要知道，那位夫人不会放过我的。'我不由得可怜起他来。"

戈博尔不喜欢她的仁慈，说道："你这是做什么？为什么不去告诉他老婆？她肯定会用鞋底揍他。你不应该同情这种伪君子。明天，你把他那副嘴脸指给我瞧瞧，看我怎么修理他！"

褚妮娅看着他那年轻的、没有发育成熟的模样，说道："你打不过他，他特别健壮。他可是天天吃白食呢^①！"

戈博尔怎么能忍受别人这样蔑视他的青春？他吹嘘道："长得胖有什么了不起？我这里全是钢筋铁骨，每天都做三百个俯卧撑呢。我是没有牛奶和酸奶喝，要不然，现在胸肌肯定特别饱满。"

说完，他刻意挺起胸脯，展示给褚妮娅看。

褚妮娅安心地看着他，说道："好，什么时候我指给你看。不过，那里的人都一个样，你打算修理谁？不知道男人这是什么习性，无论在什么地方瞧见年轻貌美的女人，就目不转睛地盯着看，激动得直拍胸脯。那些被称作大人物的家伙，都是彻头彻尾的色鬼。不过，我算上什么美人……"

戈博尔反驳道："你！看到你，我就想把你放在心里。"

褚妮娅用拳头轻轻在他背上捶了一下，说道："你也跟其他男人一样，尽说些甜言蜜语讨好我。我是什么样，我自己清楚。然而，这些人找年轻姑娘，不过是想要暂时消遣解闷，没有别的什么目的。至于那些将要陪伴自己度过一生的人，他们还是要看她们的品性。我听说过，也亲眼瞧见过，最近在一些大家庭里上演的美妙大戏。我婆家所在的那个街区里，有一个名叫格卜杜的克什米尔人，非常富有。他家每天都要定五赛尔牛奶。他有三个女儿，大约二十多岁，长得一个比一个漂亮。三姐妹都在知名大学读过书，其中一个或许在大学教书，一个月能挣三百卢比。她们都会弹奏西塔尔琴和簧风琴，也会跳舞，会唱歌，但是她们都没有结婚。天知道，是她们看不上任何男人，还是男人看不上她们。有一回，我问大姐，她笑着说，'我们不想招惹这种麻烦。'不过，她们私底下经常寻欢作乐。我总是看到好几个男人围在她们身边。那个大姐，老穿着西式服装，骑着马跟男人们一起游玩。她们的事迹在城里非常有名。格卜杜大

① 此处意指婆罗门经常靠接受别人的施舍生活。

爷整天低着头，仿佛脸都给她们丢光了。对于女儿，他责骂过，也规劝过，但是她们公开表明，'你没有权力过问我们的事。我们是自己心灵的主人，我们想怎么做，就怎么做。'可怜那位老爷能对自己年轻的女儿说什么呢？又不能打，不能骂，也不能把她们关起来。不过，兄弟，谁会去议论大人物的事情呢？他们做什么，都是正确的。他们也惧怕宗族和五老会。我不明白，人的心意为什么每天都在改变？难道人连母牛和山羊都不如吗？不过，我没有说什么人的坏话，你让心变成什么样，它就会变成什么样。我见过一些人，他们吃完家常便饭之后，时不时需要换换口味，来点甜食和油炸的薄饼。我还见过一些人，他们看到家里的粗茶淡饭就难受。也有一些可怜的女人，她们迷恋自己的家常便饭，对甜点和薄饼没有任何兴趣。你瞧瞧我那两个嫂嫂！我的哥哥不瞎不驼，算是十中挑一的好青年，但是偏偏讨不到嫂嫂的欢心。她们想要那种男人，那种会每天给她们订做金手镯、买昂贵的纱丽以及各种美食的男人。我也非常喜欢手镯、纱丽和甜点，但是如果要我为了这些东西出卖自己的尊严，那么还是愿神保佑，让我远离它们。跟着一个人，粗茶淡饭，简衣素服，相伴一生，这就是我的愿望。多数情况下，都是男人把女人带坏的。男人东张西望、左顾右盼，女人也学着眉来眼去、眉目传情。男人跟在别的女人后面跑，女人肯定也跟着别的男人跑。男人讨厌女人放荡，女人一样讨厌男人风流。这个你得知道。当初，我跟我的丈夫说得清清楚楚，如果他到处浪荡，那么我想做什么，就做什么。如果你希望，自己随心所欲，并且通过打骂，威吓、控制女人，这绝不可能办到。你明目张胆地做，她偷偷摸摸地干。你要是惹女人生气，自己也得不到幸福。"

对戈博尔来说，这些话展现的是一个全新的世界。他全神贯注地聆听，时不时下意识地停下脚步，醒悟过来之后又继续前行。以前，褚妮娅的美貌令他倾心。今日，她那些充满学识和阅历的话语以及对自我贞操的夸赞让他更为着迷。假若得到这样一个美貌、才德、学识兼备的宝藏，实乃人生之大幸。那么，他为什么要害怕五老会和宗族的人？

褚妮娅发现，她已经对戈博尔产生深远的影响，故意把手放在胸前，扯开话题说："哎呀，这就到你家村子啦！你太胡闹啦，也不叫我回去。"

说完，她转身往回走。

戈博尔请求道："干嘛不去我家坐一小会儿呢？让妈妈瞧瞧你。"

褚妮娅害羞地避开他的眼睛，说道："不能这样随随便便去你家。我觉得很奇怪，我怎么能走到这么远的地方来？好啦，说说，下回什么时候过来？晚上我家有很好的音乐表演。来嘛，我在后院等你。"

"要是没见着你呢？"

"那你回家去。"

"那我以后不会再来。"

"我一定会来，不来的话，我会告诉你。"

"那你承诺，你会来。"

"我不许诺。"

"那我也不来。"

"我不在乎。"

褚妮娅朝他竖起大拇指[①]，径自离去。第一次见面，两个人已经牢牢把控住对方。褚妮娅知道，他会来，怎么可能不来呢？戈博尔知道，会见着她的，怎么可能见不着呢？

当他一个人赶着母牛走在路上的时候，他感觉自己仿佛从天堂落入凡尘。

---

① 竖起大拇指，原文为angutha dikhana，字面意思为向某人展示大拇指，具有嘲讽、戏谑和挑衅之意。

第六章

三月阴郁、闷热的黄昏，赛姆里村的大街小巷洒过水后变得清凉宜人。帐篷的四周点缀着一盆盆鲜花和绿植，电风扇呼呼直吹。拉易老爷可以自己在举办活动的地方发电。他的警卫穿着黄色的制服，缠着蓝色的头巾，在人们面前神气活现地来回走动。仆人们穿着亮色的印式衬衫，缠着藏红花色的头巾，恭敬地招待各位宾客和要员。正在那时，一辆汽车开到大门口停下来，里面下来三位大人物。身穿粗布衬衫，脚踏凉鞋的那位名叫翁迦尔纳特，是位婆罗门学者，在《闪电日报》担任主编，名望甚高。他日日忧思国家大事，看上去十分消瘦、憔悴。第二位先生穿着西服，是个律师，不过，由于律师的生意经营不善，他改行做了保险公司的经纪人，同时也替地主向放债人和银行申请贷款，这远比做律师挣得多。他的名字是斯亚姆比哈利·邓卡。第三位绅士穿着丝质紧身上衣和紧腿裤，比·梅诃达先生，是大学哲学系的教授。这三位先生都是拉易老爷的同窗，受邀来参加这个吉祥的节日庆典。今天，整个田庄的佃农都会过来，送上节日的礼金。晚上，这里会举行折弓的仪式，客人们也能享受到一场盛大的宴会。霍利送上五个卢比当作节礼。今天，他穿着玫瑰色的短裤，缠着玫瑰色的头巾，套着及膝的围裤，手上拿着一把小锄头，脸上涂着散粉，扮演遮那竭国王的园丁。他得意洋洋，仿佛多亏他的勤劳，整个节日庆典才得以办成。

拉易老爷出来迎接客人。他是个身材魁梧、体格健壮、容光焕发、额头高耸、皮肤白皙的男人，搭配身上那条浅黄红色的丝绸披巾，显得十分得体。

婆罗门翁迦尔纳特先生问："这一次打算表演什么戏剧呀？这里，我只对那个感兴趣。"

拉易老爷请三位绅士坐在自己帐篷前面的椅子上，说道："首先是折弓仪式，接着会上演一出滑稽剧。没有找到什么好剧本。有一些太长啦，五个小时都演不完，有一些又太过深奥，或许这里没有人能够理解它的意思。最后，我自己写了一出滑稽剧，两个小时可以演完。"

翁迦尔纳特十分怀疑拉易老爷的写作能力。在他看来，天才只有在贫困之中方能闪耀，如同明灯，只能在黑暗之中展现自己的光芒。带着轻蔑的表情，翁迦尔纳特把脸转向一边，甚至没有打算隐藏自己的神情。

邓卡先生本来不想参与这种没有意义的对话，然而，他又想向拉易老爷表明，他对这个问题有发言的权利。他说："如果你的演员足够优秀，那么演什么剧本都是好的。最好的剧本落入差劲的演员手里也会搞砸。只要受过专业训练的女演员不上台，我们的戏剧艺术就不可能得到提高。最近，您在议会中提出的一些质疑，惹得人们议论纷纷。我可以断言，任何议会成员的历史都没有您那么敞亮。"

哲学教授梅诃达先生忍受不了这种溢美之词。他确实想反驳一下，但只是从理论的角度。他花费多年功夫撰写的著作，最近终于完成。他原本期待这本书能引起巨大的轰动，但是实际的影响不足预期的百分之一。这令他非常苦恼。他说："兄弟，我赞同质疑。我希望，我们的人生与我们的原则相吻合。您同情农民，想要给予他们各种各样的关照，想要抢夺地主的权利，然而，您又称他们是社会的诅咒，毕竟您是地主，是与成千上万其他地主一模一样的地主。如果在您的观念中，人们应当给予农民关照，那么，您应当首先从自己做起——给佃农写借条的时候不要收礼物，不要强迫他们无偿劳动，停止增收地租，舍弃农民放牧的草地。有一些人，他们整天空谈共产主义，生活却过得像权贵一样奢侈糜烂、自私自利。对于这类人，我没有丝毫同情和怜悯。"

拉易老爷备受打击，律师先生展露愁容，主编先生仿佛也受到羞辱。他本人是集体主义的崇拜者，不过，他不愿意直接在家里放把火。

邓卡为拉易老爷辩白道："我知道，拉易老爷对自己的佃农有多好，如果所有地主都能像他一样，这个问题根本就不会存在。"

梅诃达抢起铁锤，发动第二轮进攻。他说："我承认，您善待自己的佃农，然而问题是，这种行为当中有没有自私自利的成分？其中的一个原因难道不是，慢火煮饭更香？用红糖杀人比用毒药杀人更容易获得成功。我只知道，我们要么是共产主义者，要么不是。是的话，请按照共产主义的标准行事；不是的话，以后莫要胡言乱语。我反对虚伪的人生。如果你喜欢吃肉，那就敞开来吃；如果觉得吃肉不好，那就不要吃。这个我可以理解。然而，一边觉得吃肉好，一边却要偷偷摸摸地吃，这个我无法理解。我将这种行为称作懦弱，称作欺骗，两者实际上是一样的。"

拉易老爷是个举止文雅的人，习惯以沉稳、宽容的心态去忍耐别人的侮辱和攻击。他有些迟疑地说："您的想法完全正确，梅诃达先生。您知道，我有多么敬佩您的坦诚，但是您忘记，跟其他行程一样，思考的旅途中也有一些驿站，您不可能越过一个直接去往下一个。人类的历史就是一个直观的例证。在我成长的环境里，国王就是神灵，地主就是神灵的大臣。我已故的父亲对待佃农极其仁慈，每逢霜冻和干旱，他都会减免佃农的地租，有时候是一半，有时候是全部。他从自己的谷仓里拿出粮食分给农民吃，卖掉家里的首饰帮助村里的姑娘们筹办婚礼。然而，只有他的臣民称他为主人，说他是圣人，把他当作神明一样顶礼膜拜的时候，他才会这么做。看顾臣民是他永恒的天职，不过，倘若有人打着权利的名号，他就连一点小钱都不愿意给他。我正是生长在那样的环境里。令我感到骄傲的是，我不论在行为上怎么表现，但在思想上早已超越父亲。我认识到，只要农民没有以捍卫权利的方式获得这些关照，单靠仁慈和善意绝不可能改善他们的境况。倘若说有人自愿放弃自己的利益，那是非常罕见的例外。我自己虽然秉持善心，但却无法舍弃自己的利益。我倒是希望，政府通过管控和政策强迫我们这个阶层舍弃自己的利益。您或许会将我这种想法称作懦弱，我却称之为无奈。我赞同，任何人都没有权利依靠别人的劳动养肥自己。依靠他人生活是一件非常可耻的事情。工作是人类的天职。现行的社会体制下，少数人寻欢作乐，多数人受苦受累，这种制度根本不会给人带来幸福。资本和教育，我认为教育也是资本的一种形式，这两种东西的堡垒越早坍塌越好。那些人连填饱肚子的面饼都没有，他们的官员和雇主却赚到千千万万卢比，这真是又可笑又无耻。这个体制让我们这些地主变得多么贪图享乐，多么道德败坏，多么依赖他人，多么恬不知耻，这些我都知道，然而，我不是因为上述理由反对这个体制。我要说的是，即便从个人利益的角度来看，我也不能支持这个体制。为了维护自己的尊荣和体面，我们不得不扼杀自己的灵魂，甚至连一点自尊都没有留下。我们迫不得已才去掠夺自己的佃农。假如我们不向官员们赠送那些贵重的礼物，他们就会认为，我们想要造反；倘若我们不摆摆阔气，又会有人说我们吝啬。只要感受到进步运动的气息，我们就吓得浑身发抖，连忙跑到官员们那里苦苦哀求，'请保护我们！'我们既不相信自己，也没有勇气和胆量。我们的境况就跟那些幼童一样，必须有人用勺子喂牛奶喝才能长大，外表看起来胖乎乎的，内心却非常软弱、无力、依赖他人。"

梅诃达拍着巴掌说："说得好！说得好！您的舌头多么能言善辩，要是脑子里有这一半的智慧就好啦！遗憾的是，您明明什么都知道，却没有把自己的思想贯彻到行为当中。"

翁迦尔纳特说："孤掌难鸣啊，梅诃达先生！我们得跟随时代的步伐，也得推动它向前迈进。不仅做坏事需要团伙协作，做好事也需要精诚合作。既然您千千万万的弟兄每个月仅靠八个卢比维持生活，您为什么要赚八百卢比呢？"

拉易老爷表面上装作非常遗憾，实际上心里满意至极。他带着这种表情望向主编先生，说道："不要评论别人的私事，主编先生！我们现在讨论的是社会体制。"

梅诃达先生仍旧那般冷冰冰地说："不，不，我没有觉得那有什么不好。社会是由个人组成的。忘记个人，我们无法探讨任何体制。我之所以拿这么多工资，是因为我不相信这种体制。"

主编先生甚为惊讶，说道："好啊，那么您是现行体制的支持者咯？"

"我支持的是这种理论——世人总会有高低贵贱之分，而且应该有高低贵贱之分。试图消除这种差距或许就是导致人类灭亡的原因。"

角力的对手发生变更。拉易老爷站在场边。主编先生走下竞技场："现在二十世纪，您依旧赞同高低贵贱之分吗？"

"是的，我赞同，而且非常坚定地赞同。您支持的思想也不是什么新鲜东西。许久以前，自从人类萌生私有的观念，那种思想就已经诞生。佛陀、柏拉图和耶稣都是社会平等思想的创始人。希腊、罗马和亚述文明都尝试过实践这种思想，但是它违背自然规律，不可能长久地存在。"

"听完您的话，我感到很惊奇。"

"惊奇是无知的别名。"

"如果您愿意就这个主题写一些文章，那么我会非常感激您。"

"先生，我没有那么笨。您出个好价钱，我肯定写。"

"您奉行的理论是，民众的财富可以公开掠夺。"

"我跟您的差别是，我赞同什么，就怎么行事，而你们这些人赞同的是这样，所作所为又是另一个样。您可以用一种不公平的方式平分财富，但是，你们没有能力去平分智慧、美德、美貌、才华以及力量。高低贵贱的区分并不仅仅在于财富。我看到许多大富翁跪倒在行乞者面前，您或许也见过。许多伟大的帝王匍匐在美人的门槛上苦苦哀求。难道这不是社会的不平等吗？您或许会列举俄国的例子。那里，除了工厂老板变成国家的公职人员之外，又有什么不同？过去是知识分子统治世界，现在仍旧如此，将来亦是如此。"

槟榔包装在小盘子里端上来了。拉易老爷一边将槟榔包和小豆蔻分给客人，一边说："如果知识分子能够摆脱自私自利的束缚，那么，我们接受他的统治也没有什么不妥。社会主义的理想正是这样。我们之所以在苦行僧和圣人面前低头致敬，是因为他们具有牺牲的力量。同样地，我们愿意将权利交托在知识分子手中，愿意尊敬他，接受他的领导，但是，财富无论如何都不能交给他。知识分子的权利和尊荣会随着个人的死亡而消逝，然而，财富在他死后可以更加猖獗地传播毒素。没有知识分子，任何社会都无法运行。我们只是想把这只蝎子的毒钩折断。"

另一辆汽车开到门口，肯纳先生从车里下来。他是一家银行的经理，也是糖厂的董事长。两位女士随他一同前来。拉易老爷亲自打开车门，请她们下车。穿着土布纱丽，表情严肃，思想深邃的那位女士是肯纳先生的妻子，美丽的肯纳夫人。另一位女士穿着高跟鞋，俏美的面容上嵌着一抹微笑，那是玛尔蒂小姐。她从英国学医归来，目前正在执业行医，常常出入地主们的豪宅。她是新时代的活化身。身体虽然柔弱，但是活泼伶俐。她没有什么顾虑，也不会显露羞怯。她擅长化妆，善于言谈，深谙男人的心理，将享乐视作人生的真谛，精通引诱和魅惑的艺术。她没有灵魂，只有逢场作戏，没有心灵，只有卖弄风情。她残酷地压抑自己内心的情感，仿佛里面不存在任何期盼和愿望。

她跟梅诃达先生握了握手，说道："说实话，光看脸就能看得出，您是一位哲学家。您在那本新作中把那些唯心主义者批判得体无完肤。读书的时候，我好几次都想动手跟您大打一架。哲学家的同情心难道都消失不见啦？"

梅诃达有点难为情。他至今未婚，每回遇到新时代的妙龄女郎，总是四处求援。跟男人们在一起的时候，他可以侃侃而谈，但是只要有个女人过来，他就立刻闭紧嘴巴，仿佛智慧也给全部锁住，甚至不记得要礼貌地对待女性。

肯纳先生问："女士，哲学家的脸上有什么特殊的标记？"

玛尔蒂同情地望向梅诃达，说道："梅诃达先生，您不见怪的话，我才说。"

肯纳先生是玛尔蒂小姐的众多崇拜者之一。玛尔蒂小姐去的地方，肯纳先生必定会到场。他就像一只黑蜂一样，整天盘旋在她周围。他每时每刻都在盼望，跟玛尔蒂多说几句话，多看玛尔蒂几眼。

肯纳先生挤眉弄眼地说："哲学家不会对任何事情见怪。他们生性如此。"

"那么，请听我说，哲学家总是死气沉沉的，每次见到他，他都沉浸在自己的思绪里。他凝望着您，但是他并没有看见您；您跟他说话，他什么也听不到，仿佛正翱翔在虚空之中。"

大家都哈哈大笑起来。梅诃达先生羞愧得无地自容。

"在牛津大学的时候，我有一个哲学教授叫哈斯本德①……"

肯纳插嘴道："名字真奇特。"

"是啊，况且，他是一个单身汉……"

"梅诃达先生也是一个单身汉……"

"这个毛病，哲学家都有。"

现在，梅诃达逮住机会，说道："您也得了这个毛病吧？"

"我发过誓，以后绝对不嫁给哲学家，这类人都对结婚感到恐慌。哈斯本德先生看到女人就往家里躲。他的学生当中有许多年轻姑娘。如果她们中间有谁去他的办公室问一些问题，他就会吓得手足无措，仿佛来的是一头狮子。我们经常逗弄他，可怜他相当正直和质朴。他的收入高达数千英镑，不过，我经常看到他穿同一件西服。他有一个寡妇妹妹，帮他管理家中的一切事务。哈斯本德先生倒是不用操心吃饭的问题。由于害怕见人，他总是关上房间的大门，在里面读读写写。每到吃饭的时间，他的妹妹就会从里面的门进去，走到他身边，替他合上书本，那时他才知道，吃饭的时间到了。晚饭的时间也是固定的。他的妹妹会熄灭房间的灯。一天，妹妹想替他合上书本，但是他用两只手牢牢按着，两兄妹开始比拼力气。最后，妹妹推着他那个带有小轮的椅子，才把他弄到饭厅里。"

拉易老爷说："不过，梅诃达先生性格开朗、平易近人。要不然，他怎么会来凑这个热闹？"

"那您当不成哲学家咯。操心自己的事都让我们头疼不已，一个人如果把操心天下事的重担压在自己身上，他怎么可能过得愉快？"

那时候，主编先生正在向肯纳夫人倾诉自己的经济困难："夫人，

---

① 哈斯本德，原文为hasabend，即英语husband的印地语转写，意思是丈夫。

您要知道，主编的人生就是一声漫长的哀号，听到之后，人们非但不会心生怜悯，反而会用双手捂住耳朵。可怜他给自己挣不到什么好处，也替别人做不了什么好事。民众对他寄予厚望，认为每次举行运动的时候，他都应该站在最前列，坐牢、挨打、家中的所有财产被没收充公，这些都是他的天职。然而，他的困难，没有人关注。他应该能处理一切问题。他应当通晓每一种学问，精通每一门技艺，但是他没有生活的权利。您最近都没有写东西。原本我能侥幸得到些许为您服务的机会，您为什么要把它从我这里夺走呢？"

肯纳夫人热爱写诗。由于这层关系，主编先生常常跟她见面。然而，因为忙于家务，最近很长一段日子，她都没能写出点东西。事实上，只有主编先生一个人鼓励她，把她看作诗人。她真正的诗才少得可怜。

"怎么写呢，什么灵感也没有。您为什么从来不叫玛尔蒂小姐写东西？"

主编先生带着鄙夷地神情说："她的时间很宝贵呢，美丽的夫人！只有那些心中有苦痛，有爱恋，有深厚的情感，有思想的人才懂写作。那些把财富和享乐当作人生目标的人，要如何进行写作？"

美丽的肯纳夫人带着嫉妒的味道开玩笑说："您要是能劝动她写点文章，那么您的名望和报纸的销量都能翻倍。勒克瑙里没有一个花花公子不愿成为您的订户。"

"如果财富是我的人生理想，那么今天我就不至于沦落到这种境况。我也懂得赚钱的技巧。如今，只要我愿意，随时都能赚来几十万卢比，但是我从来没有把钱财当回事儿。我的人生目标是为文学服务，永远不会更改。"

"至少把我的名字写入您的订户之中。"

"您的名字应该写在赞助者之列，而非订户。"

"赞助者还是应该找那些贵妇人。您只要稍微奉承一下她们，您的报纸准会变成挣钱的东西。"

"我的女王就是您！我认为，在您面前，没有人配得上贵妇人这个称号。那些仁慈、聪慧的女子才是我的女王。况且，我讨厌奉承别人。"

肯纳夫人揶揄道："但是您在奉承我，主编先生。"

主编先生用崇敬的语气严肃地说："夫人，这不是奉承，而是内心情感的真实表达。"

拉易老爷呼唤道："主编先生，到这边来一下！玛尔蒂小姐有些话想跟您说。"

主编先生的傲慢与自负骤然消失。他摆出一副谦虚和恭顺的模样走过来。玛尔蒂用善意的目光望着他说："我刚刚说，这个世界上我最害怕的事情就是跟主编打交道。只要您愿意，瞬间就可以把一个人毁掉。有一回，秘书长先生对我说，'要是我能把这个该死的翁迦尔纳特关进监牢，那可真是太幸运啦！'"

翁迦尔纳特气得浓密的胡子都竖了起来。他的眼睛里闪耀着骄傲的光芒。他本来是个性情温和的人，然而，听到别人的挑衅，他那男子汉大丈夫的英勇气概就会兴奋起来。他坚定地说："非常感谢您的善意。议会里总算有人提到我的名字，不管以什么形式。请您对秘书长先生说，翁迦尔纳特不是一个害怕威胁的人。只有生命的旅程走到终点，他的笔才会停下来休息。他有责任从根源上铲除那些专制暴虐、肆意妄为的行为。"

玛尔蒂小姐进一步挑衅道："不过，我不理解您的这种做法。如果您只要稍微客气一点，就能得到官员们的帮助，那您为什么要避开他们呢？如果您少在自己的批评中放火和投毒，那么我承诺，我会想办法让您从政府得到足够的帮助。您已经找过人民群众。您向他们呼吁，说好话取悦他们，向他们倾吐自己的困难，但是没有任何结果。现在，请尝试一下求助官员。倘若到第三个月，您还没有买到汽车，没有受邀参加政府的宴会，那么您想怎么咒骂我，就怎么咒骂。过去那些权贵和民族主义者不搭理您，往后他们会经常在您家门口转悠。"

翁迦尔纳特傲慢地说："这我可办不到，女士！过去，我一直努力捍卫自己崇高和神圣的原则，以后我也愿意终生守护它。贪慕财富的人比比皆是，而我信奉的是原则。"

"我把这个称作妄自尊大。"

"随您的便。"

"您不关心钱财？"

"不以破坏原则为代价。"

"那您的报纸中为什么有那么多外国商品的广告？我从来没有在其他报纸中看到这么多外国广告。您倒是装成理想主义者和坚持原则的人，但是您为了自己的利益把国家的钱送往国外，您没有感到一丝遗憾和痛心吗？无论您有什么道理，都不能为这种做法辩白。"

翁迦尔纳特确实无法做出任何回应。拉易老爷看到他无言以对、羞愧难当的模样，出面帮他打圆场："您究竟要他怎么样？这边吃不开，那边又挨打，报纸还怎么办下去？"

玛尔蒂小姐没有学过手下留情。

"报纸办不下去就关门大吉。您没有权利为了办自己的报纸给外国商品做宣传。倘若您被逼无奈，那就请丢弃原则那一套骗局。我看到所谓有原则的报纸就生气，真想放一把火把它烧掉。言行不能保持一致的人，无论他是什么，都不是坚持原则的人。"

梅诃达高兴起来。不久前，他自己也阐述过这种思想。他发现，这个年轻的美女拥有思考的力量，不仅仅是一只花蝴蝶。他不再感到局促。

"这些话我刚刚还在说。言行不一致就是虚伪，就是欺骗。"

玛尔蒂满脸欢喜地说："那么在这个问题上，你我的看法是一样的。我也可以宣称自己是哲学家咯！"

肯纳舌头发痒，很想发言。他说："您浑身上下都浸透着哲学的味道。"

玛尔蒂"拉紧缰绳"，制止他乱讲话："行啦，您也精通哲学。我还以为，您老早之前就把自己的哲学扔进恒河里了呢。要不然，您就不会成为这么多银行和公司的董事啦。"

拉易老爷维护肯纳道："难道您认为，哲学家都应该安贫乐道？"

"当然！哲学家如若无法战胜愚昧和贪妄，怎么能成为哲学家？"

"照此说来，梅诃达先生或许也不是哲学家。"

梅诃达仿佛挽起袖子准备打架。他说："拉易老爷，我从来没有宣称自己是哲学家！我只是知道，铁匠使用的器具，金匠不会用。难道你希望，洋槐或者棕榈生长的环境里，芒果树也能开花结果？对我而言，钱只是舒适便利的别名，通过它，我可以让自己的生活过得有意义。之于我，钱不是发财致富的东西，仅仅是一种工具。如果您能设法弄到一种工具，让我的生活富有意义，那我一点都不想要钱。"

翁迦尔纳特是个集体主义者。他如何接受这种将个人放在首要地位的说法。

"这样一来，每个工人都可以说，为了工作的便利，他每个月需要一千卢比。"

"如果您认为，没有那个工人，您的工作就无法进行，那么您只好给他这种便利。如果那项工作，其他工人只要一点点工资就能干，那么您就没有任何理由去讨好第一个工人。"

"如果工人手里有权力的话，工人也会跟哲学家一样，将女人和美酒视作必要的舒适便利。"

"请您相信，我不会嫉妒他们。"

"既然您认为，要把生活过得有意义的话，女人是必不可少的，那么您为什么不结婚？"

梅诃达毫不犹疑地说："因为在我看来，自由的享乐不会阻碍灵魂的进步。结婚会把灵魂和生活关进牢笼里。"

肯纳对此表示赞同，说道："约束和禁制都是过去的原则。新的原则就是自由的享乐。"

玛尔蒂抓住他的小辫子，说道："那么，您现在应该准备跟肯纳太太离婚。"

"离婚法案大概通过了吧。"

"或许，您会成为第一个运用它的人。"

肯纳夫人恶狠狠地望向玛尔蒂，生气得板起面孔，仿佛在说："肯纳尽可以跟你寻欢作乐，我才不在乎。"

玛尔蒂望着梅诃达说："梅诃达先生，您对这个问题有什么看法？"

梅诃达的表情变得严肃起来。每当他就某个问题发表自己的意见，他都仿佛要将自己的所有灵魂投入其中。

"我认为，婚姻是一种社会契约，破坏这种契约的权利，男人没有，女人也没有。订立契约之前，您是自由自在的，契约达成以后，您的手脚就会被捆住。"

"这么说，您反对离婚，对吧？"

"绝对反对。"

"那自由享乐的原则呢？"

"那个只适用于没有结婚的人。"

"如果大家都希望自己的灵魂得到充分的发展，那么谁还会结婚，又为什么要结婚？"

"因为大家都想要自由，但是很少有人能摆脱贪欲的诱惑。"

"您认为哪一种生活比较好，婚姻生活还是未婚的生活？"

"从社会角度来说，婚姻生活比较好；但是从个人角度来看，未婚生活比较好。"

折弓仪式的表演即将开始。节目的安排如下：十点到下午一点，折弓仪式；下午一点到三点，滑稽剧。仆人们开始准备饭食。客人们安排住在不同的帐篷中。肯纳一家预留了两个房间。陆陆续续还有许多其他客人到场。大家纷纷回到自己的房间，换好衣服，聚集在餐厅。这里没有什么接触与不可接触①的区分。所有种姓、所有阶层的人都坐在一起进餐。只有主编先生不跟大家在一起，独自在房间里吃水果②。还有肯纳夫人，因为头疼不想吃饭。餐厅里宾客的人数不少于二十五位。餐桌上有酒有肉。为了这个节日，拉易老爷特意让人酿造了上等的好酒。虽然酿的时候打着做药酒的旗号，但实际上就是纯粹的酒。肉也有多种做法，油炸肉丸、烤肉串以及肉炒饭。公鸡、母鸡、山羊、小鹿、鹧鸪、孔雀，应有尽有，无论是谁，喜欢什么，就吃什么。

宴会开始。玛尔蒂小姐问："主编先生去哪里啦？拉易老爷，您差个人去把他抓过来呗！"

拉易老爷说："他是毗湿奴教派的信徒，干嘛非要把他喊到这里来，玷污那个可怜人的宗教？他是个笃信宗教的人。"

"哎呀，其他的都不要紧，今天必须得看场好戏。"

忽然间，她看见一位绅士，立刻呼唤道："米尔扎·库尔谢德，您也在这儿呢！这个任务交给您，试试您有多大能耐！"

米尔扎·库尔谢德是一个皮肤白皙的人，长着棕色的胡子，蓝色的眼睛，身体健壮，头发剃得精光。他穿着讲究的紧身上衣和窄腿裤，头上戴着一顶帽子。他是议会成员，不过，大部分时间他都

---

① 接触与不可接触，原文为chuta-chata，按照印度教的规定，上层种姓的人不能与下层种姓的贫苦群众或者贱民接触，更不能同台吃饭，如果接触，则触犯教规。
② 吃水果，原文为phalahara，按照印度教规定，印度教徒在斋戒期间须以水果做成的食物为食。

在打呼噜，只有选举的时候异常警醒。他支持民族主义者，时常把票投给他们。他是伊斯兰教苏菲派信徒，曾两次到麦加朝圣，但是他很爱喝酒。他总说，"既然我们从来不遵从真神的任何一条命令，又为什么要为宗教牺牲生命？"他是一个爱开玩笑、无忧无虑的人，起初在巴士拉做承包商，赚到数十万卢比。后来，他遭遇不幸，勾搭上一个英国女人，给人告到法院，差点关进监牢。法院勒令他二十小时之内离开国境。他舍弃了那里的一切，只随身带了五万卢比就匆匆逃跑。他在孟买有代理人，原本想跟他们对对账，多少拿回一些钱，用来熬过余生。然而，代理人设下圈套，把他那五万卢比也骗走了。他失望沮丧地离开那里，前往勒克瑙，在火车上遇到一位苦行僧。那位圣人用甜言蜜语哄他，把他的手表、戒指和钞票全部骗走。可怜他到勒克瑙的时候，身上除了衣服，什么都没有。他跟拉易老爷是旧识。在拉易老爷和其他一些朋友的帮助下，他开了一家鞋店。如今，那家鞋店是勒克瑙生意最兴隆的鞋店，日均销售额可以达到四五百卢比。短短一段时日，他已博取人们的充分信任，甚至打败一位极其富有的穆斯林大地主，成功进入议会。

他坐在自己的位置上，说道："不，我不玷污任何人的宗教。这个任务还得您亲自完成。只有您给他灌酒，那才有乐趣。这是对您的美貌和魅力的考验。"

四面八方传来人们的附和声："是啊，是啊，玛尔蒂小姐，今天展示一下您的本领呗！"

玛尔蒂向米尔扎叫阵："给点奖励吗？"

"一袋钱，一百卢比！"

"嘿！才一百卢比！为了一百卢比去破坏别人价值十万卢比的宗教！"

"行吧，您自己说说要多少？"

"一千，分文不少！"

"好啊，同意！"

"不行，您拿过来，放在梅诃达先生手里。"

米尔扎先生立刻从口袋里掏出一张一百卢比的钞票，一边展示给大家看，一边说："兄弟们！这件事关乎我们所有男人的尊严。如果玛尔蒂小姐的要求得不到满足，我们将羞愧得无地自容，再也没有脸面出来见人。如果我身边有钱，我愿意为玛尔蒂小姐的千娇百媚献上十万卢比。有一个古代诗人，为自己爱人的一颗黑痣，牺牲了撒马尔罕和布哈拉省。今天，这里考验的是你们所有先生的勇气和爱美之心。无论谁身边有钱，请像真正的勇士一样拿出来。为了增长见识，为了爱人的娇媚，为了自己的尊荣，请你们不要退后。先生们！钱会花出去，但是名声永远留存！这样的好戏，就算花十万卢比，也是值得的。瞧瞧，勒克瑙的花魁要如何用美色对一个伊斯兰教的修道人施展咒法！"

演讲完毕，米尔扎立刻动手搜索每一个人的口袋。他首先搜的是肯纳先生，从他口袋里掏出五个卢比。

米尔扎板着面孔说："棒啊，肯纳先生，真棒！真是徒有虚名！身为这么多家公司的董事，收入有几十万卢比，可是您的口袋里竟然只有五个卢比！真该死！梅诃达先生在哪里？您去找一下肯纳太太，至少得跟她收一百卢比来。"

肯纳难为情地说："嘿呀，她身边一个拜沙也没有。谁知道您会在这里搜钱呀！"

"哎，您别出声！我们要试试自己的运气。"

"行吧，我去问她要。"

"不，您就待在这里别动！梅诃达先生，您是哲学家，也是心理学的大师。您瞧，您可别让人家笑话您啊！"

梅诃达喝得醉醺醺的。在那种迷醉的状态下，他的哲学随风飘散，幽默感却变得极其活跃。他快步走到肯纳夫人身边，不到五分钟，就耷拉着脑袋回来了。

米尔扎问："哎呀，怎么两手空空？"

拉易老爷笑着说："法官家的老鼠也很精明。"

米尔扎说："真神保佑，肯纳的运气真好！"

梅诃达哈哈大笑起来，从口袋里掏出五张一百卢比的钞票。

米尔扎跑过去拥抱他。

四周传来人们叫嚷的声音："有本事，不愧是行家！谁说不是呢，毕竟是个哲学家！"

米尔扎把钞票贴在眼睛上，说道："梅诃达兄弟，从今往后，我就是您的学生。说说看，您施展了什么魔法？"

梅诃达用红通通的眼睛盯着他，神气活现地说道："哎呀，没什么。这哪里算什么大任务呢？我不过就是走到门口问她，'我能进来吗？'她说，'是您呀，梅诃达先生，进来吧！'我进到屋里，对她说，'那边人们在玩桥牌。玛尔蒂小姐输了五百卢比，正打算卖掉自己的戒指呢。那个戒指的价值不会少于一千卢比。您也见过的，正是那个！如果您身边有钱的话，不妨拿出五百卢比，买下那个一千卢比的东西。此等良机失不再来。假如玛尔蒂小姐这个时候不拿出钱来，那可真叫她蒙混过关啦！事后谁还会给钱呢？她把戒指拿出来，或许就是认为，谁会把五百卢比带在身边？'她微微一笑，立刻从钱袋里掏出五张钞票递给我，然后对我说，'我不带点钱就不出家门。天知道，什么时候会有什么需要呢？'"

肯纳愤懑地说："如果我们的大学教授都是这副模样，那么只有神灵才能护佑我们的大学！"

库尔谢德往他的伤口上撒盐。他说："哎呀，这哪里算什么大钱，居然让您这样愁眉苦脸。愿真神保佑我不说假话，这就是您一天的收入。您就当自己生了一天病呗！况且，这笔钱会落到玛尔蒂小姐手里。医治您心疼的良药，只有玛尔蒂小姐有。"

玛尔蒂踢了他一脚，说道："当心点，米尔扎，挑逗自己人内讧可不好啊！"

米尔扎讨好地说道："小姐，我认错，自己揪自己的耳朵！"

现在开始搜邓卡先生，好不容易掏出十个卢比。从梅诃达先生的口袋里只找到八个安那。数位绅士主动交出一两个卢比。全部数目加起来，还差三百卢比。这个差额，拉易老爷大大方方地补足了。

主编先生吃完干果和水果，正准备躺下稍作休息，拉易老爷走过来说："玛尔蒂小姐在想念您哩！"

他欢喜地说："玛尔蒂小姐在想我？那可真是太幸运啦！"于是，他跟拉易老爷一起回到餐厅。

那时候，仆人们已经收拾完餐桌。玛尔蒂走上前来迎接他。

主编先生表现出谦恭的模样，说道："您请坐，别客气！我又不是什么大人物。"

玛尔蒂用崇敬的语气说："您或许认为，这是一种客套，我却认为，我是在增添自己的荣耀。即便您认为自己不是什么大人物，我这样做是想让您颜面有光。然而，此处聚集着这么多位绅士，他们都非常了解您为国家、为文学作出的贡献。您在这个方面所做的重要工作，尽管目前人们还没有认识到它的价值，不过，这个时代不会很遥远——要我说，这个时代已经来临——每个城市都有以您的名字命名的街道和俱乐部，市政大厅里也会悬挂您的照片。此时此刻，人们多少有些觉悟，这都是您不懈努力的恩典。听到这个消息，您或许会很高兴。如今，您在国内有许多追随者，他们迫不及待地想在您的农村改革运动中为您分担重任，那些正直的人特别希望建立一个农村改革协会，促使这项事业有组织地进行下去，而您自然是这个协会的主席。"

翁迦尔纳特生平第一次在上流社会中获得这样的尊重。尽管他时常在公众集会中发表演讲，也担任不少协会的秘书长或副秘书长，但迄今为止，知识分子的群体一直看不起他。不管怎样努力，他都无法融入那些人，因此，他经常在公众集会中指责他们消极无为、自私自利，并且在自己的报纸上对他们挨个进行抨击。他笔锋犀利，措辞尖刻，桀骜不驯，言论偏激，而忘记直陈事实，所以，人们都认为，他是空口说白话。而今天，他在那个群体中受到这样的尊重。今天，《自治》《独立的印度》和《鞭子》的主编都在哪里？赶紧过来看看，准保你们会感到心满意足。今天，肯定是神灵垂怜于他。努力从来不会白费，这是仙人们的名言。如今，他在自己眼里也变得崇高。他带着感恩之心，激动地说道："小姐，您过誉啦！无论我为人民做过什么，我始终将为人民服务视作自己的责任。在我看来，这种尊重不是针对个人，而是针对那个我愿意为之献出生命的目标。然而，我卑微地恳求您，将主席的位置交给某个有影响力的人，我没有信心担任这个职位。我是一个服务者，只想为大家服务。"

玛尔蒂小姐无论如何都不能接受他的请求。她说，婆罗门先生必须担任协会主席。城里找不到第二个像他一样有影响力的人。他的笔杆子里有魔力，舌头上有魔力，人格也有魔力，他怎么能说没有影响力？财富和影响力交融的那个时代已经过去，当前是才华等同于影响力的时代。主编先生必须得接受这个职位。玛尔蒂小姐会担任秘书长。这个协会已经获得一千卢比的捐款，如今，有待向全城和全省募捐。筹集四五十万卢比不是什么难事。

一丝醉意爬上翁迦尔纳特心头。他心中涌起的那种颤栗的感觉逐渐演变成一种庄严的责任感。他说："玛尔蒂小姐，您要知道，这是一份责任重大的工作，您必须付出许多时间。我可以向您保证，您以后会经常看到，我是第一个到达协会大楼的人。"

米尔扎谄媚道："即便是您最大的敌人，他也不能说，您在履行自己职责这个方面比别人落后。"

玛尔蒂小姐发现，酒精已经开始产生作用。于是，她更加严肃地说：“如果我们都不明白这项事业的伟大，那么这个协会不可能成立，您也不可能当上协会的主席。假若我们选某位权贵或者地主当协会的主席，那么我们可以筹集到许多钱财，可以打着服务的旗号，实现自己的利益，然而，这不是我们的目标。我们唯一的目标就是为人民服务。实现这个目标最有效的工具就是您的报纸。我们决定，在各个城镇和乡村发行您的报纸，很快您的订户数量就会到两万人次。省里所有市政委员会和区行政委员会的主席都是我们的朋友。许多主席今天也莅临这里。倘若每位主席订下五百份，总数就是两万五千份，这个您可以确信无疑。更何况，拉易老爷和米尔扎先生建议，就此问题向议会提交一个议案，即由政府出面，每个村庄订阅一份《闪电日报》，或者领取一些年度补助。我们完全可以相信，这项议案一定会通过。”

翁迦尔纳特仿佛醉酒一般，摇头晃脑地说：“或许，我们应该派代表去拜见省督。”

米尔扎·库尔谢德说：“当然，当然！”

“我们要告诉他，作为唯一一份宣传农村改革的报纸，《闪电日报》的存在竟然没有得到承认。对于任何一个文明的政府来说，这都是莫大的耻辱和污点。”

米尔扎·库尔谢德说：“当然，当然！”

“我没有感到骄傲。现在还不是骄傲的时候，不过，我敢断言，在农村建设方面，《闪电日报》做了多少努力……”

梅诃达先生更正道：“不，阁下，请说多少苦行……”

“非常感谢梅诃达先生。是的，必须称它为苦行，非常严酷的苦行。《闪电日报》进行的苦行，不仅在全省，就算在全国历史上也是前所未见的。”

米尔扎·库尔谢德说：“当然，当然！”

玛尔蒂小姐又递过去一杯酒，说道：“我们协会也决定，只要议会的席位有空缺，就将您推举为候选人。您只需要接受，剩下的所有工作自然有人会做。您不用操心花销的问题，也不用管宣传和游说。"

翁迦尔纳特眼里的光芒成倍增加。他带着骄傲的神情谦恭地说："我就是你们的服务者，你们想怎么使唤我，就怎么使唤我。"

"我们对您只有这样一个希望。迄今为止，我们一直在假神面前苦苦哀求，但是什么用也没有，什么东西也没有得到。如今，我们在您这里找到了真正的领路人，真正的导师。在这样吉祥、欢喜的日子，我们应该同心同德，彻底抛弃自己的傲慢，抛弃自己的自负。从今天起，我们当中没有婆罗门，没有首陀罗，没有印度教徒，没有穆斯林，没有人高贵，也没有人低贱。我们都是同一个母亲的孩子，是在同一个怀抱中玩耍，在同一个盘子里吃饭的兄弟。那些信仰宗教歧视的人，那些崇拜分立主义和宗教偏执的人，在我们的协会中没有任何立足之地。倘若一个协会的主席是像尊敬的翁迦尔纳特先生一样心胸宽广的人，那么这个协会当中就不可能存在高低贵贱的区分、饮食的禁忌以及种姓的差别。如果哪位大人物不信仰团结统一和民族主义，那么请他赶紧从这里离开。"

拉易老爷提出质疑："在我看来，团结一致的意思不是所有人放弃饮食禁忌的思想。我不喝酒，难道我就必须离开这个协会？"

玛尔蒂毫不留情地说："毫无疑问，必须离开。您要留在这个协会，就不能在任何方面与别人有所不同。"

梅诃达试探着说："我怀疑，我们的主席自己都不相信饮食方面的统一。"

翁迦尔纳特的脸色发白。这个混蛋为什么乱吹管簧乐，做事真是不合时宜。可不能让这个混蛋把陈年旧账翻出来清算，要不然，这整个幸运就会像梦境一样化为虚有。

玛尔蒂小姐用好奇的目光打量着他，坚定地说："您的怀疑毫无依据，梅诃达先生。难道您认为，这样一位民族团结的虔诚崇拜者，这样一位胸怀宽广的男人，这样一位才华横溢的诗人，会赞同这种毫无意义、令人羞耻的歧视与禁忌？这样的怀疑是对他民族主义情怀的侮辱。"

翁迦尔纳特容光焕发，脸上闪耀着喜悦和满足的光芒。

玛尔蒂用同样的语气说："这更是对他男性情感的侮辱。拒绝从一位美女手上接过酒杯的男人，算什么有教养的男人？这是对女性的侮辱，而至于那些女性，男性都渴望她们的目光化作利箭刺穿自己的心灵，为了她们的万种风情，最伟大的帝王也甘愿献出生命。拿来吧，酒瓶和酒杯，让我们喝上一巡。在这样伟大的时刻，任何形式的怀疑，任何形式的抗议，都不亚于叛国。首先，让我们共饮此杯，祝愿我们的主席幸福安康！"

冰块、酒和苏打水事先早已准备妥当。玛尔蒂亲手将一个盛满红色毒药的酒杯递给翁迦尔纳特，然后用她特有的充满魔力的目光望着他。他的虔诚信仰，他的种姓优越感，统统在神不知鬼不觉之中消失殆尽。他暗暗在心里说："一切思想和行为都是环境的附属品。假如你现在很穷，看到汽车扬起尘土，你就会非常气愤，想要用石头把它砸碎，可是，你心里难道不渴望拥有一辆车吗？只有环境才是一切的主宰，别无其他。父辈祖辈不喝酒，那就不喝呗！他们什么时候得到过这样的良机？他们靠经书为生，要从哪里搞酒？假如喝酒，他们还能到哪里去？更何况，他们也没有坐过火车，没有喝过水龙头里流出来的水，认为学习英语等同于犯罪。时代变得多快呀！倘若你没有紧跟时代的步伐，它就会将你甩在后面，独自前行。从女人这么柔软的手中，即便接过的是毒药，你也应该把它喝下。那些伟大的君主所期盼的福运，今天就摆在他面前。难道他能一脚把它踢开吗？"

他接过酒杯，低下头表达自己的谢意，然后一饮而尽。那时候，他的眼里充满骄傲的色彩。他看着大家，仿佛在说，现在你们总该相信我吧。难道你们认为，我就是个愚蠢、糊涂的婆罗门学者。现在，你们没有胆量叫我妄自尊大的伪君子吧？

餐厅里喧闹不休，一阵阵狂笑仿佛在魔盒里封存已久，瞬间喷涌而出。"太棒啦，小姐！还能说什么呢！有本事，玛尔蒂小姐，有本事！打破啦，打破盐税法①啦，捣毁宗教的堡垒啦，打碎教规的陶罐啦！"

一杯酒刚刚下肚，翁迦尔纳特的诗才就转化为夸夸其谈的欲望。他笑着说："我把自己积攒的宗教财富交到玛尔蒂小姐那双柔润的手中。我相信，她会恰如其分地保护他。为了她这双莲足的恩赏，像这样的宗教，我可以牺牲一千个。"

大笑的声音在整个餐厅里回荡。

主编先生喜笑颜开，双目微微下垂。他斟满第二杯酒，说道："这一回，为玛尔蒂小姐的安康干杯！你们大家喝啊，为她祝福！"

人们再一次饮尽自己的杯中酒。

正在那时，米尔扎·库尔谢德拿来一个花环，套在主编先生的脖子上，说道："品德高洁的人啊，您卑微的仆人我刚刚作了一首诗②，赞颂尊敬的主人您的无限荣光。如果大家允许的话，我就来念念。"

四周传来人们赞同的声音："好啊，好啊，您一定要念！"

翁迦尔纳特经常喝大麻饮料③，他的神经对它非常习惯。然而，这是他第一次喝酒。大麻的醉意如同梦境一般，来得极其缓慢，那

---

① 1930年，印度殖民当局制定《食盐专营法》，大幅度提高食盐的价格和税收，引起人民的强烈不满。甘地毅然领导了"食盐进军"运动，带领信徒徒步到遥远的海边煮盐，公开违抗殖民政府对食盐的垄断，打破了盐税法。这里只是用作比喻。

② 诗，原文为kasida，指波斯语的一种诗体，一般不少于十五行，题材以颂扬或贬责为主。

③ 大麻饮料，原文为bhang，指用大麻制成的一种麻醉品。

种感觉就像头上笼罩着一层薄云。他的意识还能保持清醒。他自己知道，这个时候，他的话语变得优美而动听，想象力变得十分强大。然而，酒精带来的醉意如同狮子一般，迅速地将他扑倒，捉住他不放。他想说的是一回事，从嘴里吐出来的又是另一回事。紧接着，这种意识也渐渐消失。自己说了什么，做了什么，他一点都不记得。这不是浪漫、奇妙的梦境，而是清醒时的天旋地转，在这种旋转中，所有现实的具象都变得虚无缥缈。

不知道他的脑海中如何萌生这种想法，认为朗诵诗歌是一种非常不合适的行为。他用手使劲地拍桌子，说道："不行，绝对不行！这里卜（不）许念诗，卜（不）许念！我是主席！这是我的命令！我先（现）在就可以解散这个协会，先（现）在就可以解散。我可以把你们全部赶出去。谁也卜（不）能拿我怎么样！我是主席，别人不是！ ①"

米尔扎双手合十，说道："老爷，这首诗歌是赞颂您的呀。"

主编先生用红通通、但没有一丝光泽的眼睛望着他说："你为什么要赞恸（颂）我？为什么？你说，为什么要赞恸（颂）我？我卜（不）是谁的仆人，卜（不）是任何老爷的走狗，不吃任何家伙的嗟来之食。本人是一个编辑，是《闪电日报》的主编。我在报纸上赞恸（颂）所有人。小姐，我卜（不）会赞恸（颂）你。我卜（不）是什么大人物。我是所有人的奴隶。我是您脚上的尘土。玛尔蒂小姐是我们的吉祥天女，我们的文艺女神，我们的罗陀……"

说着说着，他向玛尔蒂的双足鞠躬致敬，不料想，一时失去平衡，脸朝下扑倒在地。米尔扎·库尔谢德跑过去，把他扶起来，随后把周围的椅子挪开，让他躺在那里。米尔扎把嘴凑近他的耳

---

① 本段中，为了表现翁迦尔纳特酒醉时口齿不清的状态，原文用了许多模糊音处理的方法，比如，故意将nahin（不）写成na'in，将abhi（现在）写成abi。此处译者采用类似的处理方式，以还原原著的意象。下文亦同。

边，说道："只有大神是真实存在的[①]。如果您吩咐的话，我们会替您出殡。"

拉易老爷说："等着瞧吧，他明天会发多么大的脾气。他会在报纸上把你们一个个痛骂一顿，骂得你们终生难忘。他就是一个坏蛋，对谁都没有动过恻隐之心。不过，在写作方面，确实没有人能够与他媲美。这么愚蠢的一个人，怎么会写出这么好的文章，这个问题着实令人费解。"

许多人把主编先生扶起来，将他送回自己的房间，让他躺在床上。那时，外面的大帐篷里正在上演折弓仪式的节目。仆人过来喊了他们好几次。一些官员也来帐篷里。正当众人准备移步过去的时候，忽然间，一个阿富汗人来到他们面前。他白皮肤，高个子，胡须浓密，胸膛宽阔，眼睛里充满无畏与激情，上身穿着宽松下垂的衬衣和金线绣边的马甲，下半身套着阔腿裤，脑袋上戴着便帽，缠着头巾，肩膀上挎着皮包，背着步枪，腰上还挂着宝剑。他不知道从哪里跳出来，大声吼叫道："注意！谁也不准离开这里！我的同伴遭遇抢劫。这里的头头，他抢劫了我的人。他的债由你们来偿还，必须分文不差，都还清咯！你们的头头在哪里，喊他出来！"

拉易老爷走到他面前，气鼓鼓地说："什么抢劫！怎么抢劫？这是你们这些人才会干的事儿。这里没有谁抢劫谁。说清楚，到底怎么回事？"

阿富汗人瞪大眼睛，用力地把枪托掷向地面，说道："还问我们什么抢劫，怎么抢劫？就是你抢的，你的人抢的。我们是这座房子的主人。我们的房子里有二十五个年轻小伙子。我们的人收了税钱拿回来，统共一千卢比。你把那些钱抢走了，还在这里说，什么抢劫？我会告诉你，钱是怎么抢的。我们的二十五个小伙子马上就来

---

① 只有大神是真实存在的，原文为 rama rama satta hai，指其他都是虚幻的，印度教徒常在为死者送葬是念诵这一句话，用来安慰生者。

第六章　　093

啦。我们要抢劫你的村子。哪个混蛋都不敢做什么，不敢做什么！"

肯纳看到阿富汗人满脸怒容，悄悄地站起来，准备逃跑。

阿富汗人的那个头头大声呵斥道："你要去哪里？谁都不能走！要不然，我把你们统统杀掉！我现在就要开枪啦！你们拿我们一点办法也没有。我们不怕你们的警察。警察看到我们所有人也会逃跑。我们有自己的领事。我们给他写封信，就能去见总督大人。我们不准任何人离开这里。你们抢了我们一千卢比。不把钱还给我们，我们不会留下任何活口。你们这些人抢劫别人的东西，还在这里跟自己的情人喝酒。"

玛尔蒂小姐正打算避开他的视线溜出房间，他突然像苍鹰一样猛扑过来，站在她面前，说道："你赶紧让这帮恶棍交出我们的东西，要不然，我们把你扛回自己家，找点乐子。你这姿色，我挺喜欢。要么现在把一千卢比还给我们，要么你就得跟我一起走。我不会放过你的。我爱上你啦，我的心和灵魂都要破碎啦。我们在这个地方有二十五个小伙子。在这个地区，我们有五百个小伙子在干活。我是部族的领袖。我们的部族里有一万名士兵。我们甚至有能力跟喀布尔的富人开战。英国政府每年要求我们缴纳两万卢比的税款。如果你们不把钱还给我们，我们定会抢劫你们的村子，抓走你的爱人。对我们来说，杀人是件挺有趣的事。我们会让你们鲜血流成小河。"

现场弥满着恐怖的气息。玛尔蒂小姐忘记自己的巧言善辩。肯纳先生的腿肚子不停地颤抖。可怜他因为害怕受伤，常年住在只有一层楼的平房里。对他来说，爬楼梯的危险不亚于上绞刑架。夏季，他也因为害怕躲在房间里睡觉。拉易老爷有地主的威严。他认为，待在自己的村子里，却要畏惧一个阿富汗人，这是极其可笑的事。不过，他能拿那把步枪怎么办？他只要稍稍嘟哝一下，表达些许不满，那人就会开枪。这些家伙都是野蛮人，瞄准射击非常精准，如若不是他们手里有枪，拉易老爷倒也愿意跟他们较量一番。难就难在，这帮恶棍不允许任何人出去。要不然，转瞬之间，全村的人都会聚集过来，把这个团伙狠狠地暴揍一顿。

最后，他鼓起勇气，冒着生命危险，说道："我跟您说过，我们不是小偷和强盗。我是这里的议会成员，这位女士是勒克瑙的知名医生。这里聚集的都是高贵的、值得尊敬的人。我们完全不知道谁抢劫了您的人？您还是去警察局报案吧！"

那个阿富汗人的首领气得直跺脚。他突然改换姿势，将步枪从肩头卸下，端在手上，大声咆哮："别啰啰嗦嗦的！议会成员，我们也照这样踩在脚下（用脚在地下摩擦了一下）。我们手上有劲，心志坚定，除了真神安拉，我们谁都不怕。你不把钱还给我们，我们（用枪指了指拉易老爷）现在就杀掉你！"

看见枪管指向自己，拉易老爷赶紧弯着腰走到桌子旁边。真是陷入一场奇怪的灾难！那个恶棍无缘无故地声称，"你们抢了我们的钱"，谁的话也不听，什么状况也搞不清楚，什么人都不允许离去。所有仆从和警卫都在入迷地观赏折弓仪式的表演。况且，地主家的仆人总是那么懒惰，干活偷懒乃是常事，只要不喊上十遍，肯定不会回答，更何况，此时他们正专心致志地做着一件吉祥的事呢。对他们来说，折弓仪式的表演不仅仅是一场好戏，亦是神的功行。只要有一个人来到这边，警卫就能得到消息，瞬间消灭这个阿富汗首领的威风，将他的胡子一根一根地揪下来。这个人多么暴躁啊！毕竟他们都是刽子手，死亦无惧，生亦无欢。

拉易老爷用英语对米尔扎先生说："现在应该怎么办？"

米尔扎先生惊恐地望着他，说道："我能说什么，现在脑子都不管用。我今天把手枪留在家里没有带来，要不然，一定让他吃点苦头。"

肯纳哭丧着脸说："要不您给点钱，好歹先解除这场灾难。"

拉易老爷望向玛尔蒂，问道："小姐，您有什么建议？"

玛尔蒂脸上泛着红晕，说道：“能怎么办呢？我受到这么大的侮辱，你们却坐在旁边围观。在场有二十个男人，一个粗鲁的阿富汗人这样侮辱我，你们的血液却一点都没有热起来。你们就这样爱惜自己的生命？为什么没有一个人跑出去大声呼救？为什么你们不扑上去，从他手里把枪夺走？他会开枪？让他开呗！可能会有一两个人牺牲？那就牺牲吧！”

　　然而，人们不像玛尔蒂小姐一样，把死亡想得那样简单。倘若真的有人再敢鼓起勇气逃跑，惹得阿富汗人勃然大怒，朝他们开个五枪十枪，这里所有人都会死掉。警察顶多判他绞刑，一定能判吗？他可是一个大部族的首领。判他绞刑之前，政府也得再三思量。有人会从上面施压。在政治面前，谁会过问正义？搞不好我们反而会吃官司，受到警察处罚，这并不奇怪。大家刚刚多么愉快地说说笑笑，现在本来应该在欣赏戏剧。这个恶魔来到这里，给大家带来这场新的灾难，看样子，不杀死一两个人，他不会善罢甘休。

　　肯纳批评玛尔蒂：“小姐，您这样谴责我们，仿佛保护自己的生命是一种罪过。凡是生物都热爱生命，我们也不例外，这不是什么可耻的事。您把我们的生命看得如此轻贱，知道这个，我觉得很难过。只不过是一千卢比的问题。假如您有富余的一千卢比，为什么不给他，让他滚蛋呢？让您受到侮辱的正是您自己啊，我们有什么过错？”

　　拉易老爷恼怒地说：“如果他敢对小姐动手，就算今天会痛苦地死在这里，我也会上去教训他。毕竟，他也是个人。”

　　米尔扎先生摇摇头，怀疑地说：“拉易老爷，您现在还不了解这些人的脾性。他要是开枪，就不会留下活口。他们的枪法十分精准。”

　　可怜的邓卡先生原本是来解决即将到来的选举中可能出现的一些问题。他一直梦想着，自己可以赚到几千甚至上万卢比，然后荣归故里。没料想，此刻生命也陷入危境之中。他说："最简单的办法就是刚刚肯纳先生说的那个。不过是一千卢比的事，钱又是现成的，你们为什么还要想这么多呢？"

玛尔蒂小姐用充满鄙夷的目光望向邓卡。

"你们竟然这么懦弱，以前我倒是没想到。"

"我也没想到，您这么爱惜自己的钱财，况且，那还是白白得来的。"

"既然你们可以眼巴巴地看着我受人欺辱，那么，你们大概也可以看着别人侮辱自己家的女眷。"

"那么，您大概也会毫不犹豫地为了钱牺牲自己家的男人吧。"

这么长时间以来，那个首领一直愤怒地听着这些人说自己听不懂的英语。忽然间，他大声吼道："现在，我不会再容忍你们啦！我站在这里这么久，你们什么回复也不给。（从口袋里掏出哨子）我再给你们一点时间，如果你们还不还钱，我就吹响哨子，把我们的五十个小伙子喊来。就这样！"

接下来，他眼里闪耀着爱慕的光芒，望向玛尔蒂说：

"你跟我一起走吧，心肝宝贝！我愿为你献身，愿将自己的生命供奉在你脚边。爱慕你的人有那么多，可是没有一个人真心爱你。我会让你看看，真爱是什么？只要你给个眼神，我可以立刻用这把匕首刺穿自己的胸膛。"

米尔扎苦苦哀求道："小姐，看在真神的份儿上，把钱交给这个卑鄙的家伙吧！"

肯纳双手合十恳求道："玛尔蒂小姐，请您可怜可怜我们吧！"

拉易老爷挺直身躯，说道："绝对不能给！今天该发生什么，就让它发生吧！要么我们自己死掉，要么就得给这帮恶霸一个教训，让他们永世难忘。"

邓卡责备拉易老爷："闯入狮子的巢穴可不是什么勇敢的行为。

我认为那是愚蠢。"

然而，玛尔蒂小姐的心情有些不同。那个首领的眼里闪烁着渴望和爱慕的光芒，这让她安心不少。如今，她从这场灾难中享受到调情的乐趣。长期生活在这些高尚的人当中，她的心灵早就渴望享受那个男人野蛮的爱情。文明的爱情软弱无力、缺乏生机，这个她感受过。今天，她飞快地奔跑，只为那些粗野的、没有教养的阿富汗人带来的疯狂爱情，这就像人们享受完高雅的音乐会，狂奔去看发情的大象打架。

她走到首领面前，毫不犹豫地说："你拿不到钱的。"

首领伸出手，对她说："那我要把你抢走。"

"你不可能从这么多人当中把我带走。"

"就算有一千个人，我也可以把你从他们中间带走。"

"你会没命的。"

"为了自己的爱人，我可以任由别人把我身上的肉一块一块地扯下来。"

他抓住玛尔蒂的手，把她拉到自己身边。就在那个时候，霍利踏入房间。他装扮成遮那竭国王园丁的模样，他的表演让全村人笑得前仰后合。他琢磨着，东家怎么到现在还没有来？他该来瞧瞧，乡下人多么擅长表演这件事啊。他的朋友们也该来看看。可是，要怎么喊东家来呢？他一直在寻找机会，一得空闲，他便跑到这里来，然而，看到这里的景象，他吓得惊慌失措，呆呆地站在原地。所有人都沉默不语，浑身瑟瑟发抖，胆怯地望着那个阿富汗人的首领，首领把玛尔蒂拉向自己身边。霍利用他天生的机智推测出事情大概的状况。那时，拉易老爷呼唤道："霍利，赶紧跑去叫警卫，赶紧跑！"

霍利正准备转过身，首领举着枪来到他面前，呵斥道："蠢猪，想要跑去哪里？我一枪打死你！"

霍利是个乡野农夫。看到红色的头巾①，他吓得魂飞魄散的，但是，他却敢拿着棍子冲向发情的公牛。他不懦弱，懂得打人，也不惧怕死亡，然而，在警察的阴谋诡计面前，他什么招也使不出来。谁愿意戴着镣铐，被关进监牢？贿赂的钱从哪里来？老婆孩子要托付给谁？不过，既然受到东家的鼓舞，他还需要害怕谁？那个时候，就连死神的嘴里，他也可以跳进去。

他扑过去抱住那个阿富汗人首领的腰，用脚使劲一踢，首领仰面朝天倒在地上，开始用普什图语骂脏话。霍利骑在他胸上，用力地抓住他的胡子，拼命拉扯。胡子在他手里，那个首领立刻脱下他的便帽，扔在一边，然后竭尽全力，挣扎着站了起来。哎呀！他是梅诃达先生！哇！

人们从四面八方走过来，把梅诃达团团围住。有人与他拥抱，有人轻轻地拍着他的背。然而，梅诃达先生脸上没有笑容，也没有骄傲，只是静静地站着，仿佛什么也没有发生。

玛尔蒂假装生气地说道："这种乔装改扮的本领，您是从哪里学来的？我的心现在还怦怦跳个不停呢！"

梅诃达微笑着说："不过是想试试这些上等人的胆量。若有得罪之处，还请您原谅！"

---

① 此处，霍利害怕看到红色的头巾，是因为印度警察大都包着红色的头巾。

第七章

当这场大戏结束的时候，另一边舞台上的折弓节目也表演完毕，大家正在准备那场社会滑稽剧。然而，这些绅士对它不是特别感兴趣，只有梅诃达先生去观看，并且从头看到尾。他享受到很大的乐趣，中间还时不时鼓掌欢呼，要求"再来一段，再来一段"，给予演员们莫大的鼓励。在这部滑稽剧中，拉易老爷讽刺了一个爱打官司的农村地主。虽然名义上是一部滑稽剧，但其中充满悲悯的情味。男主人公事事都提及法律条款，他之所以起诉妻子，只是因为她准备饭食稍微迟了一些。还有律师的阿谀奉承，农村证人的狡诈与欺骗，起初迅速答应作证，等到法庭传唤的时候，却要当事人百般哄劝，又提出各种要求，愚弄当事人。看到这些场景，人们笑得前仰后合。最美妙的场景是，律师让证人背诵他们的证词，证人一遍遍地遗忘，律师大发脾气，男主人公用乡下话向证人们解释，最后开庭时，证人更换了证词。这些多么生动，多么真实，梅诃达先生忍不住跳起来。戏剧落幕之后，他还主动去跟男主角拥抱，并且宣称，要送给所有演员每人一块奖章。他的心里对拉易老爷涌起一股崇拜之情。拉易老爷正在后台指导戏剧的表演。梅诃达跑过去抱住他，陶醉地说："您的目光居然如此锐利，这是我没有预想到的。"

第二天，吃完早饭，捕猎的节目拉开帷幕。人们打算在河岸边的花园里准备饭食，畅快地玩一玩水上游戏，等到黄昏再回家。他们要好好地享受乡村生活的快乐。那些有重要工作的客人已经离开，只剩下一些跟拉易老爷关系亲密的人。肯纳太太头疼，没能同去，主编先生对这群人感到愤恨。此刻，他正在专注地思考，想要写一系列抨击他们的文章，给他们一点教训。这些人都是狡诈的恶棍，平日大手大脚地挥霍赚来的不义之财，还摆出一副耀武扬威、自高自大的样子。世间发生什么事，他们哪里知道？他的邻居有谁亡故，他们哪里在乎？他们只晓得寻欢作乐，满足自己的私欲。这个梅诃达，装作哲学家的模样四处徘徊，一门心思想要将生活过得圆满。一个月挣一千卢比，你有什么资格让生活过得圆满或者充实？一个人整天操心，诸如儿子的婚事如何安排，如何为生病的妻子延请名医，这个月的房租由谁家出，他怎么能够将生活过得圆满？你就像一头挣脱缰绳的公牛，跑到别人的田里大吃大喝，还认为世界上所有人都很幸福。只有等到革命爆发，有人对你说，"小子，去田里耕地"，你才会睁开双眼。到那时，你再看看，你的生活如何过得圆满。还有那个玛尔蒂，顶多跑过几个码头，见过一点世面，就敢装作小姐的模样到处招摇。她不肯结婚，因为结婚会束缚人生，人生受到束缚就无法全面发展。行啦，你得抢劫世人，自由自在地享乐，这样人生才能全面发展。请你打破所有禁锢，枪毙宗教和社会，别让生活的责任靠近，只要你的人生能够圆满。还有什么比这个更容易呢？跟父母合不来，那就把他们赶走，千万别结婚，这是束缚，万一有孩子，这是虚幻的羁绊。不过，你为什么要缴税？法律也是一种禁锢，为什么不打破它呢？为什么不避开它呢？还不是你知道，只要稍稍违抗法律，自己就会镣铐加身。总之，去粉碎那些妨碍你追求享乐的禁锢吧！你可以把草绳当作蛇，狠狠地揍它一顿，假装自己有万夫不当之勇。干嘛要去找真蛇呢？搞不好它咝咝吐信子，扑过来咬你一口，你身上就会感到一阵一阵的疼痛。看到它来，就赶快夹着尾巴逃跑。这才是你的完美人生。

八点中，狩猎团队出发。肯纳从来没有打过猎，他一听到枪响就吓得浑身发抖。然而，玛尔蒂小姐打算去，他怎么能留在原地？邓卡先生到现在还没有找到一个合适的机会讨论选举的问题。或许到那边，他能找到机会。拉易老爷许久没有去过自己的田庄，想去看看那边的状况。时不时去庄园走动，不仅可以与佃农维持联系，还可以巩固自己的威望，管事和手下的人也会保持警醒。米尔扎·库尔谢德热爱寻找人生的新体验，尤其是这样需要展示勇气的活动。玛尔蒂小姐怎么能落单？她需要一群风流雅趣的男人。只有梅诃达先生一个人怀着真诚的热情去打猎。拉易老爷原本希望，所有食材、厨师、运水工、仆从，大家一同前往，但是梅诃达先生反对。

肯纳说："到那边究竟要不要吃饭，还是打算饿死？"

梅诃达回答："为什么不吃饭，但是今天我们亲自动手，完成所有的事情。大家应该看看，没有仆从，我们能不能活下来。玛尔蒂小姐煮饭，我们吃。村子里总能找到大锅、罐子和叶盘①，也不会缺柴火。我们是去打猎啊！"

玛尔蒂责备道："抱歉！您昨晚那么用力地抓住我的手腕，到现在还疼呢。"

"活儿由我们来干，您只需要指点指点。"

米尔扎·库尔谢德说："哎呀，你们就在旁边看看热闹吧，我自会安排好一切。这算什么事啊！在树林里找锅碗瓢盆，那可真是愚

---

① 叶盘，原文为pattal，指用叶子连缀做成的盘子，用来装食物。

蠢。猎几头鹿，烤熟，吃掉，然后在树荫底下呼呼大睡一觉。"

这个提议得到大家的认同。他们开了两辆汽车。一辆由玛尔蒂小姐开，另一辆拉易老爷亲自驾驶。大约走了二十多英里，他们开始进入山区。道路两侧群山高耸入云，连绵起伏，疾驰而过。道路也变得迂回曲折。他们向上攀爬一段距离后，面前突然出现一个斜坡，汽车飞快地向下驶去。远远地可以看到一条小河，如病人一般，柔弱无力，纹丝不动。在高岸一处浓密的树荫下，汽车停下来，人们纷纷下车。有人提议，大家两两组队，各自打猎，十二点回到这里集合。玛尔蒂准备跟梅诃达一起去。肯纳无可奈何，只能压抑住内心的愿望。他来时的盘算仿佛彻底破灭。假若知道，玛尔蒂会欺骗他，他还不如回家去。不过，跟拉易老爷组队，虽然不那么有趣，但是也不坏。他有许多事情需要跟他讨论。剩下库尔谢德和邓卡，他们自然组成一队。三个小分队各自朝一个方向出发。

跟梅诃达一起在石头小路上走过一段距离之后，玛尔蒂说："你一直往前走，让人稍微休息一下嘛！"

梅诃达笑着说："现在我们还没走一英里呢，这就累啦？"

"不累，但是为什么不休息一下呢？"

"只要没有捕到猎物，我们就没有休息的权利。"

"我不是来打猎的。"

梅诃达故意装作什么也不知道，对她说："行吧，这个我倒是不清楚。那么您来干什么呢？"

"现在，我该怎么跟你说？"

他们看到一群小鹿在吃草。两个人躲在一块岩石后面。梅诃达瞄准目标，开了一枪，但是没有射中，鹿群逃走了。玛尔蒂问："现在怎么办？"

"不怎么办，走吧，再去寻找别的猎物。"

两个人默默地走了一段路。接着，玛尔蒂停下脚步说："天气太热，我感觉不大舒服。来吧，到这棵树下坐一会儿吧。"

"现在还不行。你要是想坐的话就坐吧，我不坐。"

"你太狠心啦！我说实话。"

"只要没有捕到猎物，我就不可能坐下来休息。"

"那你打算把我弄死。算啦，说说看，你昨晚为什么那样折磨我？你真是气死我啦！还记得，你对我说过什么吗？你随我一起走吧，心肝宝贝！我以前不知道，你竟然这样淘气。行吧，说实话，那时候你真打算带我走吗？"

梅诃达没有回答，仿佛没有听见她的问话。

两个人继续往前走了一段距离。一方面，三月的阳光炽烈，另一方面，石头小路不好走。玛尔蒂累得瘫坐在地上。

梅诃达站着说："也好，你先休息一会儿吧。我等下再回到这里。"

"你要把我一个人留下，自己往前走？"

"我知道，你能保护好自己。"

"你怎么知道？"

"这是新时代女性的标志。她们不想要男人的保护，只希望跟男人并肩前行。"

玛尔蒂难为情地说："梅诃达，你就是个痴傻的哲学家，真的！"

面前的大树上栖息着一只孔雀。梅诃达瞄准目标，开了一枪。孔雀飞走了。

玛尔蒂高兴地说："太好啦！我的诅咒奏效啦！"

梅诃达把枪扛在肩上说："你不是诅咒我，而是诅咒你自己。如果逮到猎物，我可以给你十分钟的休息时间。现在，你得马上站起来往前走。"

玛尔蒂站起来，抓住梅诃达的手说道："哲学家或许没有心。你做得好，没有结婚，要不然，你会害死那个可怜的女人。不过，我不会轻易放弃。你不能抛下我自行离开。"

梅诃达用力挣脱她的手，继续向前走去。

玛尔蒂眼泪汪汪地说："我说，你别走！要不然，我一头撞死在这块石头上！"

梅诃达迈开脚步，迅速向前走。玛尔蒂一直盯着他的背影。等他走出二十步，玛尔蒂恼怒地跳起来，跑上前追赶他。独自休息没有任何乐趣。

赶到梅诃达身边，玛尔蒂说："我以前不知道，你竟然像禽兽一样冷漠无情。"

"我要是逮到小鹿，就把它的皮子送给你。"

"叫你的皮子见鬼去吧！我现在不想跟你讲话。"

"万一我们什么也没有猎到，别人却满载而归，我会感到非常羞愧。"

途中，一条宽阔的河流挡住他们的去路。它仿佛在打哈欠似的，中间露出的岩石看起来像它的牙齿。水流十分湍急，浪花欢腾雀跃。正午，太阳升至顶点，干渴的阳光在水里愉快地嬉戏。

玛尔蒂欢喜地问："现在得回去啦。"

"为什么？过河去对岸呀！那边或许能够打到猎物。"

"水流多急呀！我会给冲走的。"

"也好。你在这边坐着，我自己去。"

"嗯，您去吧！我不想自己找死。"

梅诃达踏入水中，小心翼翼地探出脚，一步一步缓缓挪动。他越往前走，河水越深，甚至漫过他的胸部。

玛尔蒂焦躁不安起来。因为担忧，她心神不宁。她从来没有这样惊慌失措过。于是，她高声呼喊："水很深啊！站住，我也来。"

"不，不，你会滑倒的。水流很急。"

"不要紧，我来啦！别往前走，当心！"

玛尔蒂挽起纱丽，走进水里。然而，还没有走出十个腕尺①的距离，水位就已升至她的腰部。

　　梅诃达万分着急，一边挥舞着两只手，叫她回去，一边说："玛尔蒂，你别过来啦！这里的水会淹过你的脖子。"

　　玛尔蒂又往前迈了一步，说道："让它淹呗！如果你希望我死，那么我就死在你身边。"

　　玛尔蒂站在浸没肚子的水里。水流的速度非常快，看样子，她很快就会招架不住。梅诃达迫于无奈，只能往回走，用一只手抓住玛尔蒂。

　　玛尔蒂那双迷人的眼睛里充满怒火。她说："我再也不想看到像你这样铁石心肠的男人。简直就是一块石头。哎，今天你就竭尽所能地折磨我吧，总有一天，我会报复你的！"

　　玛尔蒂似乎站不住脚。她扶着步枪，紧紧地靠着梅诃达。

　　梅诃达安慰她说："你不能站在这里。我把你扛在肩上吧。"

　　玛尔蒂蹙紧眉头，不悦地说："渡过这条河有这么必要吗？"

　　梅诃达没有回答。他歪着头，夹着步枪，用两只手举起玛尔蒂，让她坐在自己肩膀上。

　　玛尔蒂隐藏住内心的激动，说道："万一有人看到呢？"

　　"大概会觉得很不雅吧。"

　　向前走了两步，她用哀怨的语气说道："好吧，你说说，如果我在这条河里淹死，你会感到难过吗？我觉得，你一点都不会难过。"

　　梅诃达备受打击地说："你认为，我不是人吗？"

　　"我确实是这么认为的，为什么要瞒着你呢？"

　　"玛尔蒂，你说的是真的？"

　　"你以为是什么？"

_____

　　① 腕尺，原文为hath，印度旧时长度单位，指示肘部到中指尖的长度，约18~22英寸。

"我……以后再告诉你吧。"

水没过梅诃达的脖子。倘若再往前跨一步的话，水搞不好会淹没他的头顶。玛尔蒂的心开始怦怦乱跳。她说："梅诃达，看在神的份儿上，别再往前走啦，要不然，我就得跳进水里淹死。"

处于那样的危机中，玛尔蒂想起天神，那个她经常开玩笑嘲讽的天神。她很清楚，世上并不存在什么神明能够赶来拯救他们。不过，心灵需要的依靠和力量，还可以去哪里找寻？

水开始变浅。玛尔蒂高兴地说："现在，你放我下来吧。"

"不，不，安安静静地坐着。万一前面有低洼的地方呢？"

"你也许认为，她多么自私啊！"

"那就给我一点报酬吧。"

玛尔蒂心里漾起一丝欢喜。

"你想要什么报酬？"

"这样吧，以后你如果在生活中碰到类似场合，就喊我来帮忙。"

他们到达对岸。玛尔蒂坐在沙滩上，拧干自己的纱丽，甩掉鞋子里的水，洗净手和脸。然而，梅诃达的那些话语带着神秘的意味一直在她面前跳舞。

她很享受这种感觉，说道："我会永远记得这一天。"

梅诃达问："你刚刚很害怕？"

"起初是挺害怕的，但是后来我相信，你可以保护我们两个。"

梅诃达骄傲地望着玛尔蒂——因为劳累，他的脸上微微泛起红晕，但也掩盖不了那夺目的容光。

"听到你这么说，我真是太高兴啦，玛尔蒂，你能理解吗？"

"你什么时候告诉过我？恰恰相反，你就知道拽着我来树林到处乱转，等下返回的时候，还得渡过那条河。你把我们的生命置于什么样的危险之中！我要跟你待在一起，恐怕一天也相处不了。"

梅诃达微微一笑。他非常清楚，这些话在暗示什么。

"你觉得我那么坏。如果我说，我爱慕你，你会跟我结婚吗？"

"谁要跟你这样冷酷无情的人结婚？你肯定会日日夜夜折磨我，最后把我弄死。"

她用温柔的眼神凝望着他，仿佛在说："你应该知道这句话的意思，你又不是那么蠢笨的人。"

梅诃达仿佛突然醒悟过来，说道："玛尔蒂，你说的是实话。我的确不懂如何取悦年轻貌美的女子。没有哪个女人能够装出一副爱慕我的样子。我可以直达她们内心深处，一探究竟，接着便会对她们失去兴趣。"

玛尔蒂开始颤抖。这些话语多么真实！

她问："好吧，你说说看，什么样的爱情才能让你满意？"

"只有一个要求，那就是心里怎么想，嘴上就怎么说。对我来说，貌美肤白、风姿妩媚、身段婀娜，这些并没有人们想的那么重要。我只想要能够满足灵魂的盛宴。我不需要刺激的、耗费心神的事物。"

玛尔蒂撅着嘴巴，对着天空长叹一口气，说道："没有人能战胜你。你就是个老奸巨猾的家伙。行吧，说说呗，你对我有什么看法？"

梅诃达淘气地微微一笑，说道："你无所不能，聪明伶俐，明白事理，才华横溢，仁慈悲悯，灵巧活泼，自尊自爱，乐于牺牲，但是不懂爱情。"

玛尔蒂用犀利的目光盯着他，说道："你撒谎，彻头彻尾地撒谎！你口口声声称，自己能够直达女人内心深处，我觉得这句话一点意义也没有。"

两个人沿着河岸边散步。时间已经到了十二点，不过，玛尔蒂现在既不想休息，也不愿回去。今天的交谈中，她体会到一种全新的快乐。她曾经用一个微笑、一个眼神、一句挑逗的话语玩弄过多少学者和领导，最后将他们抛弃。她不能把人生的根基建筑在这样松软的沙墙上。今天，她终于觅得一片坚固、牢靠、如石头般硬实的土地。那片土地，锄头敲上去都会溅起火花，它的坚固越来越令她着迷。

耳边突然传来砰的一声枪响。一只赤嘴潜鸭掠过水面。梅诃达瞄准它开了一枪。潜鸭受了伤，挣扎着向前滑行一段距离之后，坠入河里，随着波浪顺水漂流。

"现在怎么办？"

"我去把它捡回来。它能漂到哪里？"

说着说着，他开始在沙地里跑动起来，顺势把枪搁在河岸边，扑通一下跳进水里，朝着水流的方向游过去。然而，他竭尽全力地游了半英里远，也没能找到潜鸭的踪迹。潜鸭虽然死去，但它仿佛仍旧在飞翔。

忽然间，他发现，一位姑娘从岸边的一座茅草屋里走出来。她看到潜鸭在水里漂流，于是把纱丽挽到大腿上，钻进水里。转瞬之间，她一把抓住潜鸭，然后一边给梅诃达看，一边说："老爷，快上岸吧，你的鸭子在这里。"

看到姑娘的灵巧和勇气，梅诃达着了迷。他立刻划动双手，游向河岸，不到两分钟，就游到姑娘身边。

那个姑娘皮肤黝黑，而且颜色很深，衣服又肮脏又难看，每只手上戴着两个粗糙的玻璃镯子，这是唯一的饰品，头发一缕一缕的，乱成一团。容貌没有任何一个部分可以称得上美丽或者漂亮。然而，那种清新、纯净的环境使她深黑的肤色充满独特的魅力，养育在大自然的怀抱里，她的身体自由生长，显得如此优美、匀称、结实。若要描绘一幅青春的图景，没有什么形象比她更美。她的健康和强壮仿佛往梅诃达的心里注满力量和激情。

梅诃达感恩地对她说："你来得正好，要不然，我不知道还得游多远。"

姑娘喜悦地说:"我看见你游泳,所以赶忙跑过来。你是来打猎的吧?"

"是啊,是来打猎的,不过,中午都过去了,才打到这一只飞鸟。"

"你要是想打豹子,我可以带你去它的老巢。它每天晚上都会过来喝水,有时候中午也会来。"

接着,她低下头,有些迟疑地说:"你得把它的皮子给我。走,到我家门口去吧!那里有一片菩提树荫。你打算在太阳底下站到什么时候?衣服也湿哒哒的。"

她的纱丽也湿透了,紧紧地贴在身上。梅诃达望着她说:"你的衣服也湿啦!"

她满不在乎地说:"嘿,我有什么关系,我是乡下人,整天顶着太阳站在水里,可你根本没法忍受。"

姑娘多么懂事,尽管乡野之气十足。

"你要皮子干什么?"

"我爹爹可以拿到市场上去卖。这是我们的营生。"

"如果我在这里过中午,你有东西吃吗?"

姑娘难为情地说:"我们家哪有适合你吃的东西?你要是愿意吃玉米饼,那倒还有几块。我可以把鸭弄给你吃。你想怎么做,请告诉我。还有一点牛奶。有一回,豹子围住我们的母牛,结果被牛用尖角赶跑了。从那以后,豹子就十分怕它。"

"可我不是一个人。跟我一起来的,还有一位女士。"

"她是你的妻子吧。"

"不,我现在还没有妻子,只是一个熟人。"

"那我跑过去把她喊来。你快去树荫下面坐着休息。"

"不,不,我自己去叫。"

"你已经很累啦。住在城里的人，怎么适合待在树林里？我可是乡下人。她应该站在河岸边吧。"

梅诃达正想说些什么，她却像一阵风似的跑得不见踪影。梅诃达继续往前走，在菩提树荫里坐下。他心里对这种无拘无束的生活感到热爱。眼前的山脉绵延不绝，宛若哲学奥义一般，玄妙莫测，无穷无尽。它仿佛在延续某种知识，仿佛透过它直观的巍峨形态，灵魂正在窥探那种知识，那种光明，那种深不可测的奥秘。远方高耸入云的山峰上，有一座小小的神庙。在那片深不可测的奥秘中，它像智慧一样，立得高远，却若隐若现，如同一只小鸟，拼死赶到那里，想要落脚栖息，却找不到合适的地方。

梅诃达沉浸在这种思绪中的时候，姑娘带着玛尔蒂小姐回来了。她像林间的野花一样在阳光下盛情绽放，另一位女士却如瓶中的鲜花一般在太阳底下枯萎凋零，毫无生气。

玛尔蒂苦恼地说："你倒是挺享受这片菩提树荫的，是吧？我在这里都快饿死啦！"

姑娘提着两个大大的陶罐走过来，说道："你先在这里坐会儿吧，我现在跑去打水，再烧火做饭。如果你们愿意吃我做的东西，我马上就给你们烤饼子，要不然，你们就自己烤。当然，我家里没有小麦粉，这里连家店铺都没有，不然我可以去买。"

玛尔蒂在生梅诃达的气。她说："你干嘛跑这里来待着？"

梅诃达揶揄她说："总得有一天，享受享受生活的快乐。你瞧，玉米面饼多么美味。"

"我可吃不下玉米面饼，就算勉强咽下去，也消化不了。我真是后悔至极，当初跟你一起来。你叫我一路狂奔，累得半死，现在又把我带到这个地方来，狠命折磨。"

梅诃达早已把湿衣服脱下来，只穿着一条蓝色短裤坐在那里。他看到姑娘提着大陶罐走来，连忙从她手中夺过罐子，前往井边汲水。钻研哲学的同时，他也非常注意保护自己的身体健康。提着两个大陶罐行走的时候，他结实的手臂、宽阔的胸膛以及肌肉发达的大腿，如同希腊雕像的肢体一般健美，时刻在彰显他的男子气概。姑娘用爱慕的眼光含情脉脉地看着他汲水。如今，他不再是她同情的对象，而是她虔诚敬拜的对象。

水井很深，大约有六十腕尺。陶罐很重，尽管梅诃达经常锻炼，不过，一罐水还没拉上来，他就已经疲累无力。姑娘赶紧跑过来，从他手里抢过绳索，说道："你拉不动的，去小床上坐着吧，我来拉。"

梅诃达无法忍受别人这样侮辱他的男子气概。他又从她手里夺过绳索，拼尽全力，瞬间就把第二个罐子拉了上来。他两只手提着两个大陶罐走回来，站在茅屋门前。姑娘立刻生火，烧掉那只潜鸭的羽毛，用小刀将它切成肉块，然后点燃炉灶，把肉放上去炖，又把小锅放在另一个炉头上煮牛奶。

玛尔蒂蹙紧眉头，苦恼地躺在床上，望着眼前这个景象，仿佛有人准备给她动手术。

梅诃达站在茅屋门口，用充满爱意的眼神看着姑娘熟练地操持家务，说道："给我安排点任务呗，我能做点什么？"

姑娘假意责备道："你什么也不用做，去那位小姐身边坐着吧！可怜她饿坏了，等牛奶热好，拿去给她喝吧。"

她从一个小陶罐里倒出面粉，开始和面。梅诃达注视着她娇俏的身体。姑娘也一边忙着手上的活儿，一边时不时斜着眼睛瞟他几下。

玛尔蒂呼唤梅诃达："你干嘛站在哪里？我的头疼得厉害，半边脑袋仿佛疼得要裂开，要掉下来啦！"

梅诃达走过来，说道："你大概是中暑啦。"

"我怎么知道，你把我带到这个地方来，想要弄死我。"

"你没有随身带点药吗？"

"难道我是来给病人看病的吗，还随着带着药？我是有一个药箱，放在赛姆里村啦。哎哟！头都要裂开啦！"

梅诃达靠近她的头部，坐在地上，开始用双手轻柔地为她按摩。玛尔蒂闭上眼睛。

姑娘双手沾满面粉，头发散乱，眼睛被烟尘熏得通红，噙满泪水，整个身体浸渍在汗水中，清晰地显露出她丰满、挺立的胸部轮廓。她走过来，站在旁边，看见玛尔蒂双眼紧闭，问道："小姐怎么啦？"

梅诃达说："头疼得厉害。"

"整个头都疼吗，还是半边疼？"

"她说半边疼。"

"左边还是右边？"

"左边。"

"我马上去找点药来。回头研磨一下，敷在头上，很快就会好的。"

"这么大的太阳，你要去哪里？"

姑娘没有听他说，飞快地朝一个方向跑出去，隐没在群山之间。大约过了半个小时，梅诃达看见，她在攀爬一座高山。远远望去，她看起来像一个洋娃娃。梅诃达心想，这个乡野姑娘身上，服务的精神多么强烈，实践的知识多么丰富！在热浪的袭击和阳光的炙烤下，她依然轻轻松松就能爬上高山。

玛尔蒂睁开眼睛，四处张望。她说："那个黑不溜秋的姑娘去哪里啦？她真是黑得非比寻常，像乌檀木一样。你差她跟拉易老爷说一声，请他派辆车子过来。这样的酷暑，我都快要热死啦！"

"她去采药了。她说，那种药很快就缓解偏头疼。"

"她的药，她自己留着用吧，我不用。你居然看上了这个野姑娘，多么轻浮啊！你们俩可真是天生一对。"

梅诃达毫不犹豫地讲出严酷的事实。

"她身上具有的一些特质，如果你也有的话，那么你就是真正的女神。"

"她的优点，她慢慢享受，我没有意愿要成为女神。"

"如果你希望的话，我去把车子开过来，但是能不能开到这里，我说不准。"

"为什么不差那个黑不溜秋的姑娘去？"

"她去采药了，待会还得烧饭。"

"这么说，今天，您是她的客人。或许还打算，晚上在这里过夜？夜间也能打到好猎物。"

她的嘲讽激怒了梅诃达。梅诃达气鼓鼓地说："我心里确实对这个姑娘充满爱慕和敬仰，但是那种感情十分圣洁，如果我看向她的时候怀着丝毫邪恶的欲念，那就让我的眼睛瞎掉！即便为了自己的挚友，我也不会在如此强烈的阳光和热浪中爬上那座高山。她明明知道，我们只是短暂的过客。为了任意一个穷苦的女人，她都会这样热心地奔忙。关于人道主义和博爱，我只能写写文章，只能做做演讲，而她却在用实际行动表达爱与牺牲。做比说要难得多。这个想必你也明白。"

玛尔蒂带着嘲弄的语气说："行啦，行啦，她是女神。我承认。她的胸部高高隆起，臀部丰盈圆润，成为女神还需要什么别的条件？"

梅诃达感到头晕目眩。他立刻站起来，穿上晒干的衣服，扛起步枪，准备离开。玛尔蒂大发脾气，说道："你不能把我一个人丢在这里，自己走掉。"

"那么，谁去呢？"

"你的那位女神！"

梅诃达手足无措地站在原地。他生平第一次感受到，女人若想战胜男人，是件多么容易的事。

她，那个黑不溜秋的姑娘，手里拿着一束药草，气喘吁吁地跑回来。来到近旁，看到梅诃达准备去什么地方，她说："我找到这种药草，现在去研磨一下给小姐敷上。不过，你打算去哪里？肉应该煮好啦，我马上去烤饼子。吃几块呗！小姐也喝点牛奶。等天凉快一点再走吧。"

她落落大方地解开梅诃达紧身长衫的扣子。梅诃达拼命按捺住自己。他心里非常想亲吻那个乡野姑娘的脚。

玛尔蒂说："留着你自己的药吧。我们的汽车停在河岸边的榕树下，那里应该还有其他人。你去跟他们说，把车子开到这里来。赶紧跑过去吧！"

姑娘可怜兮兮地看着梅诃达。她花费这么大的气力把药草采来，玛尔蒂却对她没有丝毫尊重。这个乡野姑娘的草药对她不一定奏效，这没什么关系，就算为了满足她的心意，玛尔蒂稍微敷一点，又能怎么样呢？

她把药草放在地上，问道："那样的话，炉子会冷掉的，小姐！你吩咐的话，我马上就去烙饼。老爷吃点东西，你喝点牛奶，两个人都好好休息一下。到那时，我再去喊人把汽车开过来。"

她走进茅屋，点燃已经熄灭的炉火。她发现，肉已经煮熟，还有点烧焦的样子。她匆匆忙忙地烙起饼子。牛奶很烫，晾凉之后，她把它装进一个小碗里端给玛尔蒂。玛尔蒂板着脸看着那只丑陋的小碗，却舍不得倒掉里面的牛奶。梅诃达坐在茅屋门口，用一个盘子盛着肉和面饼，大口吃起来。姑娘站在一旁，给他扇扇子。

玛尔蒂对姑娘说："让他自己吃吧！又不会跑到哪里去。你赶紧去喊人把车子开过来。"

姑娘用疑惑的眼神望了玛尔蒂一眼，她到底想要什么？她是什么意思？她在玛尔蒂脸上没有看到丝毫病人应有的柔顺、感恩和恳切，取而代之的是高傲和癫狂的光彩。那个乡野姑娘善于观察别人的心思。她说："我不是谁的仆人，小姐！你高贵，那也是在自己家高贵。我并没有向你讨要什么东西。我不会去叫车子。"

玛尔蒂斥责道："好啊！你打定主意要对我蛮不讲理。你说，你住在谁的田庄上？"

"这是拉易老爷的庄子。"

"那我就让那个拉易老爷亲手用鞭子抽你。"

"如果抽我能让你感觉快乐，那你就抽吧，小姐！我又不是什么千金小姐，还需要派遣部队过来。"

梅诃达刚吞下几口饭食，就听到玛尔蒂讲的这些话。食物卡在喉咙里咽不下去。他急匆匆地洗干净手，说道："她不用去，我去！"

玛尔蒂也站起来说："她必须得去！"

梅诃达用英语说："侮辱她并不会提升他人对你的尊重，玛尔蒂。"

玛尔蒂呵斥道："男人就喜欢这样的丫头，无论她是否品性高尚，只要她愿意满心欢喜地跑过来侍奉他们，同时，还赞叹自己命好，'瞧，那个男人喊我做事啦！'她就是女神，是力量，是财富。我原本以为，至少你没有这种大男子主义。不过，从内心来看，从天性来看，你也是那种没有开化的野蛮人。"

梅诃达是心理学的大师，他正在探寻玛尔蒂内心的秘密。这样奇特的嫉妒的范例，他从来没有遇到过。那个年轻貌美的女郎，平日性情温和，豁达大方，笑容满面，心中的妒火竟然燃烧得如此炽烈。

他说："无论你说什么，我也不愿让她去。如果以这样的方式回报她的服务和仁善，那么我自己都会瞧不起自己。"

梅诃达的语气如此严厉，玛尔蒂只好慢慢地站起来，准备动身。

她恼火地说："好啊，我自己去，你膜拜完她的双脚再赶上来吧！"

玛尔蒂刚向前走两三步，梅诃达就对姑娘说："妹妹，现在请允许我离开。你的这份仁爱，你的这种无私奉献，我将永远牢记。"

姑娘双手合十，眼泪汪汪地向他鞠躬道别，然后走进茅屋里。

第二个小队由拉易老爷和肯纳组成。拉易老爷与往常一样，穿着丝绸衬衣，挂着丝绸披巾。但是肯纳却刻意换上一身打猎装，或许那是他为了今天这个场合特别定制的，因为肯纳整天忙着猎捕佃农，哪里有那么多闲暇时光去猎捕动物。肯纳是个矮小、瘦弱、俊美的男人，麦色的皮肤，大大的眼睛，脸上有几个出天花留下的斑痕，说起话来巧舌如簧。

走了一段时间，肯纳忽然提到梅诃达先生，从昨天开始，梅诃达就像罗睺^①一样盘桓在他的脑海里。

他说："这个梅诃达还真是个怪人。我觉得他有些矫揉造作。"

拉易老爷非常尊敬梅诃达先生，认为他是一个真诚、正直、坦率的人，然而，他跟肯纳在生意上有一些银钱往来，再加上他生性爱好和平，所以不可能直接驳斥肯纳。他说："我嘛，只不过用他来逗逗乐子。我从来不跟他争论，即便想要争个高下，又哪里有他那么丰富的学识？不过，假如一个从未踏足生活领域，没有任何生活阅历的人，非要就生活问题发表什么新理论，那么，我实在觉得他很好笑。每个月高高兴兴地赚一千卢比，没有妻室，没有儿女，没有忧虑，没有羁绊，他不高谈哲学，谁来高谈哲学？他自己随心所欲、无拘无束地过日子，却做着春秋美梦，想让生活变得圆满。跟这种人，有什么好争论的？"

---

① 罗睺，原文为Rahu，根据印度神话传统，罗睺本是阿修罗，搅乳海时因窃饮甘露被毗湿奴大神用神盘腰斩，但其头部因受甘露之惠得以永生，他迁怒于告密者——日神和月神，遂在天上追着日月啃咬，形成日食和月食。该词后引申代指危险的人物或事物。

"我听说，品行也不是很端正。"

"整天肆意妄为，怎么可能养成良好的品行？生活在社会当中，就该履行社会的职责，遵守社会的礼法，那时候，他自然就能明白。"

"玛尔蒂不知道看上了他什么，对他这么着迷？"

"我认为，她只是想让你心生嫉妒。"

"她干嘛要让我心生嫉妒？小可怜！我不过把她当作玩物。"

"别这么说，肯纳先生，你还是非常喜欢玛尔蒂小姐的。"

"这个罪名，我同样可以安在您头上。"

"我确确实实把她视作玩物，您却把她当成膜拜的对象。"

肯纳哈哈大笑起来，尽管没有什么好笑的事情。

"如果献上一小罐水就能得到神的恩赏，那有什么坏处？"

这一回，轮到拉易老爷哈哈大笑，尽管没有什么理由。

"这么说，您并不了解那位女士。您越崇拜她，她躲您躲得越远，相反，您跑得离她越远，她越是想要跑到您身边来。"

"那么，她应该跑到您身边来。"

"我身边！肯纳先生，说实话，我跟那个声色犬马的世界没有任何交集。我所有的智慧，所有的力量，全部都消耗在这片田庄的管理上。家里那么多人，统统沉醉在各自的爱好中，有人热衷拜神，有人耽于酒色，有人迷恋这个，有人喜欢那个。喂饱这些不劳而获的巨蟒就是我的任务和职责。我的许多地主兄弟，整天纵情享乐，这个我知道。他们贪图一时热闹，甚至不惜倾家荡产，背负沉重的债务，每天都会收到法院催缴的判决。他们借别人的钱，从来不知道归还，恶名传遍四方。我认为，过这样的人生，还不如趁早死掉。不知道，受到前生什么善业的影响，我的灵魂中还留存着些许良知，将我与国家和社会紧紧联系在一起。坚持真理运动爆发的时候，我的所有兄弟都在灯红酒绿中醉生梦死，我却按捺不住自己的冲动。

我坐过牢，遭受过数十万卢比的损失，那笔罚款至今仍未缴清，但是我不后悔，一点也不后悔。我为此感到骄傲。在我看来，一个人不为国家及社会的福祉努力或者牺牲，他就算不上一个人。难道我喜欢榨取毫无生气的农民的血汗，喜欢积累财富满足家人的贪欲？可是我有什么办法？成长和生活在这样的体制下，我尽管对它厌恶至极，却无法割舍对它的迷恋，日日夜夜都在苦思冥想，无论如何都得维持自己的体面和尊严，不能抹杀自己的灵魂。这样的人，别说玛尔蒂小姐，随便什么小姐，他都不会追求。倘若他追求的话，那么我认为，他正走向毁灭。当然，寻寻开心找点乐子又是另外一回事。"

肯纳先生也是个勇敢的人，在斗争中向来走在前列。他坐过两次牢，不受任何人压迫，也不懂得向任何人屈服。他平时不穿土布衣服，常常喝法国酒，但是必要的时候，可以承受巨大的苦难。蹲监狱的时候，他一滴酒也没有沾过，虽然住在上等牢房里，能够享受到各种舒适和便利，但是他却甘愿吃下等牢房的伙食。正如赶赴战场的车子没有油就无法启动，他的生活里必须添加一些风流声色的元素。他说："您可以成为遁世的圣人，我就不行啦。我认为，不会享乐的人，就不能以饱满的热情投入战斗。不爱慕曼妙女郎的人，他对国家的爱，我也无法相信。"

拉易老爷笑着说："您这是在挖苦我呢。"

"不是挖苦，是千真万确的事实。"

"也许吧。"

"您钻进自己心里探索一番，就明白啦。"

"深入探索过啦，我向您保证，不论那里面有多少坏念头，都没有对女色的贪慕。"

"那样的话，我还真是挺同情您的。您如此痛苦、沮丧和忧虑，唯一的原因竟然是您的自我克制和压抑。我嘛，一定要继续演完这出大戏，即便它以悲剧收场。她戏弄我，让我看到，她不在意我，然而，我不是没有勇气的男人。迄今为止，我还没有摸透她的脾性，还不能决定，应该瞄准哪里攻击。等哪天找到这个秘诀，胜利就唾手可得。"

"不过，你也许找不到那个窍门。梅诃达可能会把你打败。"

一只小鹿跟其他几只鹿一起吃草，鹿角很长，通体漆黑。拉易老爷瞄准目标。肯纳拦住他，说道："朋友，干嘛要杀生呢？可怜它还在吃草，让它吃吧。阳光太毒啦，来，找个地方坐会儿吧。我还有些话要跟您说。"

拉易老爷开了一枪，但是小鹿跑掉了。他说："碰到一只猎物，却没打中。"

"避免了一次杀生。"

"好吧，说说，您要讲什么？"

"您的田庄里种植甘蔗吗？"

"种了很多。"

"那您为什么不加入我们的糖厂？现在，那里的股份卖得如火如荼。您不用买多，一千股怎么样？"

"想得真好！我上哪里搞这么多钱？"

"这么赫赫有名的地主，您还缺钱呢！五万卢比总该有吧。现在只需要支付总金额的百分之二十五。"

"不，兄弟，我现在手头一点钱都没有。"

"需要多少钱，跟我借就行啦！银行是您的。当然，您现在还没有买人寿保险吧。来我公司好好投个保呗！您可以轻轻松松地每个月拿出一两百卢比，到时候一次性返还给您的累计总额将会达到四五万卢比。为儿女筹谋，您不可能找到比这个更好的方法。您看看我们的规章条例，我们完全按照合作制的原则经营。除去办公室的开销和员工的薪金，连一个巴依的利润都不会随便落入什么人的口袋。您或许会感到惊讶，按照这种政策，公司如何维持运转？我劝您也开始做点投机的生意。现在这些千万富翁，全部都是靠投机买卖起家的。棉花、白糖、小麦、橡胶，随便您做哪种生意，分分钟就能赚到数十万卢比。事情是有点复杂。许多人吃亏上当，不过，那些都是蠢笨无用之人。对于像您这样经验丰富、学识渊博、思虑周全、有远见的人来说，没有什么生意的利润比这个更高。市场价格的起落不是偶然的事件。这也是门科学。只要您仔细研究，怎么可能上当受骗？"

拉易老爷不信任公司，有一两回跟公司打交道的时候，他还有过不愉快的经历。然而，他亲眼目睹肯纳先生在他面前飞黄腾达，非常认可他的工作能力。十年以前，他只是银行的小职员，凭借自己坚忍不拔的毅力、孜孜不倦的努力以及出众的才华，如今，他在城里处处受人敬仰。他的建议不能忽视。在这个方面，倘若肯纳愿意成为他的引路人，他肯定能大获成功。这样好的机会怎么能放弃？他开始向肯纳咨询各种问题。

忽然间，一个乡下人提着一个大篮子出现在他们面前，篮子里装着一些植物的根茎、枝叶和果实。

肯纳问："哎，卖什么的？"

乡下人惊慌失措，深怕自己会被抓去无偿劳动。他说："老爷，没什么。这里就是一些草和树叶。"

"你拿这些东西做什么？"

"拿来卖，老爷。这些都是药草。"

"说说，都是什么药草？"

乡下人把自己盛药的篮子打开给他看。全部都是普普通通的东西，住在树林里的人会把它们挖出来带到城里，以两三个安那的价格卖给开药铺的人。比方说，龙葵、磨盘草、夜香牛、见霜黄、曼陀罗的种子、牛角瓜的花、水黄皮、相思子，等等。他把每样药草都拿给他们看，并且用背得滚瓜烂熟的词句向他们解释它们的药性。老爷，这是龙葵，如果发烧、消化不良、脾脏肿大、心悸、心绞痛、咳嗽，服一剂就能好转。这是曼陀罗的种子，老爷，如果患上风湿症、谵妄……

肯纳询问价格，他说八个安那。肯纳扔过去一个卢比，吩咐他把药草送到他们停车的地方。那个穷苦的可怜人得到的收入是他开口要价的两倍[①]，高兴得一边说着吉祥话，一边走了。

拉易老爷问："您买这些杂草树叶干什么？"

肯纳笑着说："用它们来造金币。我是个炼金术士。这个您或许不知道吧。"

"那么朋友，这个秘诀也教教我吧！"

"当然，当然，乐意至极。不过，您得向我拜师。先进献一又四分之一赛尔的甜米团子，那时我才告诉你。事情是这样的，我平时跟各种各样的人打交道。其中，有一些人非常喜爱药草。他们要是知道，这是某位苦行僧给的药草，准会巴结您，奉承您，在您面前苦苦哀求，如果您把这个东西送给他，他会永远感激您。倘若用这一个卢比能够让十几二十个傻瓜承念您的恩情，那有什么不好呢？利用小小的恩情，可以成就大大的事业。"

拉易老爷好奇地问："但是您怎么记得这些药草的属性？"

肯纳哈哈大笑，说道："拉易老爷，您真会说笑话。无论您说哪种药草有什么属性，那都取决于您的聪明才智。健康嘛，有一半来自信仰。您见过的那些达官贵人、学士名流，都是盲从的人。我认识一位植物学的教授，他连见霜黄的名字都不知道。我的精神导师总是狠命地嘲笑这些人。您大概还没有见过他。下次您过来，我介绍您跟他认识。自从他在我家花园小住，人们从早到晚排着长长的

---

① 按照印度的旧币制，一个卢比相当于十六个安那，故而说是两倍。

队伍等候觐见他。他根本不沾染世俗的虚幻之物，每天只喝一次牛奶。这样圣人和学者，我至今从未见过。不知道，他曾经在喜马拉雅山上苦修了多少年，完完全全是一个得道的高人。您一定要接受他的开悟。我相信，您的所有困难都会烟消云散。他只要看您一眼，就能将您的过去和未来说得明明白白。他总是笑容可掬，一看到他，心里也会充满喜悦。奇怪的是，他自己是这样伟大的一位圣人，却将离弃尘俗、出家苦修、寺院神庙、宗派支流统统称为骗人的把戏，说它们是歪门邪道。他常说，你要打破传统习俗的束缚，成为一个真正的人，放弃成神的念想，成为神之后，你就不再是一个人。"

拉易老爷心中对此表示怀疑。一般来说，权贵豪门都信仰圣人，他也不例外。苦痛之人扪心自问时获得的那份安宁，是他长久渴望的东西。遭受经济困难感到沮丧绝望的时候，他多想离开尘世，找个僻静孤寂的地方寻求解脱。他跟所有普通人一样，将俗世的羁绊视作灵魂升华的阻碍，打破这些束缚是他的人生理想。然而，想要打破束缚，不离弃尘俗和出家苦修，还有其他方法吗？

"不过，既然他说出家修行是骗人的把戏，自己为什么还要这么做？"

"老爷，他什么时候出家修行啦？他是说，人应该做事做到生命的尽头。思想自由才是他传道的真谛。"

"我不太理解。思想自由指的是什么意思？"

"我也不太理解，下回过来，跟他谈谈吧。他说爱是人生的真理。他的解释如此美妙，让人着迷。"

"您带玛尔蒂与他见过面吗？"

"您在开玩笑吧。玛尔蒂跟他见什么面……"

话还没说完，他突然听到，面前的灌木丛里传来沙沙的声音。他惊恐万分，在求生欲的刺激下，迅速躲到拉易老爷身后。一只豹子从灌木丛里钻出来，缓缓地走向他们前方。

拉易老爷举起枪，正打算瞄准目标，肯纳说："您这是干什么呢？惹火它对我们没有什么好处啊！万一它掉头回来呢！"

　　"怎么可能掉头回来，马上就要死在那里啦！"

　　"那先让我爬上那个小土坡。我并不那么喜欢打猎。"

　　"那您为什么来打猎？"

　　"倒霉呗，还有什么？"

　　拉易老爷放下枪。

　　"大好的猎物跑啦。这样好的机会难得遇见。"

　　"我不能继续待在这里。真是个危险的地方。"

　　"请允许我打一个猎物。空手回去多丢脸呀！"

　　"请您行行好，先送我去停车的地方，然后，随便您想打豹子还是别的什么猛兽！"

　　"肯纳先生，您就是个胆小鬼，真的！"

　　"莫名其妙把自己的生命置于危险之中不是勇敢。"

　　"行啦，您高兴回去，就回去吧。"

　　"一个人？"

　　"路上很安全。"

　　"不行！您得跟我一起走。"

　　拉易老爷苦劝良久，但是肯纳一点都不愿让步。因为害怕，他的脸色变得十分苍白。那个时候，就算灌木丛里跳出一只松鼠，他也会惊声尖叫，跌落在地。他浑身上下不停地颤抖，汗水浸透了他的衣衫。拉易老爷一筹莫展，只好无奈地送他回去。

　　两个人走了很远，肯纳的意识才恢复清醒。

　　他说："我不害怕危险，但是白白以身犯险是愚蠢的。"

　　"哎呀，还是走吧！万一看到豹子，又要吓得命都没啦！"

　　"我认为，人类兽性未除的时代，打猎是一种本能。自那时起，文明已经大踏步地向前发展。"

"我要向玛尔蒂小姐揭穿您的秘密。"

"我不认为，信奉非暴力主义是什么丢脸的事情。"

"好啊，这就是您的非暴力主义！棒极啦！"

肯纳骄傲地说："是的，这就是我的非暴力主义。您整天念叨佛陀和商羯罗的名字，并且以此为傲，同时，你却滥杀动物。该感到羞愧的人是您，不是我。"

两个人又默默地走了一段距离。肯纳说："您打算什么时候过来？我希望，您今天就能将保险单填好，还有糖厂入股的表格。这两份表格，我手头都有现成的。"

拉易老爷忧心忡忡地说："容我再考虑一下。"

"这里没有什么考虑的必要。"

第三个小分队由米尔扎·库尔谢德和邓卡先生组成。对米尔扎·库尔谢德来说，过去和未来如同一张白纸。他活在当下，既不为过去懊悔，也不为将来担忧。无论什么出现在眼前，他都全心全意地投入其中。在朋友的圈子里，他是幽默的化身。在议会的成员中，他热情洋溢，无人能及。他要认准什么问题，便会一直纠缠不放，直到把部长弄哭。他不懂得向别人妥协，时不时地，还行戏谑嘲讽之事。对他来说，人生就是活在今天，不问明天。他的性情暴躁易怒，随时随地都摩拳擦掌，准备打架。在温和谦逊的人面前，他毕恭毕敬，甘愿跪拜行礼，倘若有人对他耀武扬威，他也不会手下留情。他不记得自己借来多少钱，也不记得借给别人多少钱。他喜好写诗和喝酒。对他来说，女人只是玩物。很久以前，他就已经宣布，自己不会再对女人动心。

邓卡先生是个刁滑奸诈、诡计多端的人。在洽谈生意、解决纠纷、制造障碍、敲骨吸髓、坑害他人、夹着尾巴逃窜这些方面，他是资深的行家。只要您吩咐，他可以在沙地里划船，在石头上种铁线草。替地主们向高利贷者借款、开办新公司，抓住选举的时机，支持他们成为候选人，这就是他的营生。尤其在举行选举的时候，他的运气好到闪闪发光。随便支持一个势头强盛的候选人，全心全意地替他做事，最终总能赚到一两万卢比。倘若国大党有优势，他就是国大党候选人的助力；倘若宗教党派占上风，他就为印度教大会办差。然而，他有充分的理由来支持自己这种见风使舵的行为，所以没有人能够指责他。城里所有达官贵人都跟他交好。尽管人们心里不喜欢他这种做法，不过，他的性情那么温和，谁也没有办法当面说他什么。

米尔扎·库尔谢德用手帕拭去额头上的汗水说："今天不是一个适合打猎的日子，本该举办一场赛诗会。"

律师表示赞同，说道："是啊，就在那个花园里，该有多么惬意。"

过了一小会儿，邓卡先生把话引到正题上来。

"这一次的选举中，可能出现不少新花样。您要应付它们，不会太容易。"

米尔扎不感兴趣地说："这一次，我不参选。"

邓卡问："为什么？"

"谁愿意到处胡扯一些不知所谓的东西？有什么好处？如今，我不再虔诚信仰这种民主。为了一点点小事，大家得争论好几个月。当然，用来蒙骗百姓的话，这不失为一个好幌子。相比之下，最好还是由一个人主事，无论他是印度人也好，英国人也罢，这个我们不讨论。一个引擎可以轻松愉快地拉着火车跑数千英里，一万个人联合起来也拉不了这么快。看过所有这些把戏，我对议会十分不满。假如我有能力，真想放把火把议会烧掉。我们称之为民主的那个东西，实际上只是大商人和大地主的王国，别无其他。选举中，唯有那些有钱人才能取得胜利。凭借钱的力量，他们可以享受到一切便利。那些声名远播的婆罗门学者、毛拉、作家、演说家，他们用自己的舌头和笔杆子，随心所欲地把民众引到他们希望的方向，一个个地全都跪在财神的脚下顶礼膜拜。我已经下定决心，今后不再参与选举，还要大肆鼓吹反对民主的言论。"

米尔扎先生引用《古兰经》的经文来证明，古代帝王的理想多么崇高，我们今日难以望其项背。他们的光芒如此璀璨，让我们眼花缭乱。帝王没有权利将国库内的任何一点小钱挪为私用。他得依靠抄写书籍、缝补衣物、教授孩童读书来养活自己。米尔扎列举了一长串理想君主的名单。一边是这些顾念臣民的帝王，一边是今天这些每个月要拿五六七八千卢比的部长和官员。到底是抢劫还是民主？

他们看见一群小鹿在吃草。米尔扎的脸上闪耀着狩猎的兴奋。他举起枪，瞄准目标，开了一枪。一只黑色的小鹿应声倒地。"射中啦！"伴随着狂喜的声音，米尔扎飞快地跑过去，像孩童一样，一边蹦，一边跳，一边鼓掌。

附近的一棵大树上，一个人正在砍伐木柴。他也立刻从树上跳下来，随米尔扎一同奔跑。子弹射中小鹿的脖子，它的腿在不停地抽搐，两眼呆滞无神。

樵夫用悲悯的眼神望着小鹿，说道："好壮实的一头小鹿，重量不少于一满。您吩咐的话，我扛起来给您送过去？"

米尔扎什么话也没有说，呆呆地望着小鹿僵滞而充满哀怨和痛苦的眼睛。就在一分钟之前，它体内还有旺盛的生命力，只要树叶稍稍作响，就会竖起耳朵警惕起来，蹦蹦跳跳地跑开。刚刚，它还跟自己的亲朋好友一起吃着神灵栽种的青草，现在却躺在这里，一动不动。即使你把它的皮子剥掉，把它砍成肉块，把它剁成肉丁，它也不会知道。它活泼贪玩的生命中承载的魅力与欢乐，怎么会留存在这具死气沉沉的尸体里？多么健美的身躯，多么可爱的眼睛，多么迷人的姿态。曾经，它的跳跃可以激起心中幸福的浪潮，伴随着它的欢腾，我们的心灵也在雀跃。它浑身精力充沛，散发着生命的气息，如同花朵吐露阵阵芬芳。可是现在呢？看到它的样子，真让人痛心。

樵夫问："老爷，要送到哪里去？给我几个拜沙呗。"

米尔扎先生仿佛从禅定中惊醒，说道："行，扛起来吧。你上哪儿去？"

"老爷，随您吩咐！"

"不，你想扛去哪里，就扛去哪里吧。我送给你！"

樵夫惊奇地望着米尔扎，简直无法相信自己的耳朵。

"哎呀，不行啊，老爷！贵人打到的猎物，我怎么能吃呢？"

"不，不，我跟你说，你把它扛走吧，这是我心甘情愿给你的。你家离这里多远？"

"大概半柯斯吧，老爷！"

"那我跟你一起走。我想看看，你的妻子儿女过得怎么样？"

"老爷，这样的话，我更不能接受啦！您从大老远赶来，顶着这么毒辣的太阳打猎，我怎么能扛走呢？"

"扛走，扛走，别磨叽！我知道，你是个好人。"

樵夫战战兢兢地、不时地用疑惑的眼神观察米尔扎老爷的脸色，生怕他大发脾气，然后扛起小鹿。忽然间，他又放下小鹿，站在原地说："我明白啦，老爷，这头鹿不是您杀的。"

米尔扎先生笑着说："行啦，行啦，你什么都知道。现在，扛起它，回家去！"

米尔扎先生并没有那么恪守宗教规定。自十年前起，他就没有做过五时礼拜，尽管他仍然坚持两个月斋戒一天，什么也不吃，什么也不喝。然而，看到樵夫认为，他们不能吃那头鹿①，并且为此感到心满意足时，他不愿意扫他的兴。

樵夫卸下心里的负担，轻松愉悦地将鹿扛在自己肩膀上，朝家的方向走去。迄今为止，邓卡一直漠不关心地站在那边的大树底下，为什么要冒着大太阳跑到小鹿那边去，给自己平添不少麻烦？他完全不知道，那边发生了什么事。不过，当他看到樵夫往反方向走的时候，立刻走上前对米尔扎说："阁下，您往那边是要去哪里呀？难道迷路了吗？"

米尔扎仿佛做错事似的，歉疚地笑着说："我把猎物送给这个穷苦人啦，现在想去他家看看。您也一起去呗！"

邓卡惊奇地看着米尔扎，说道："您的头脑可还清醒？"

"不好说。我自己也不知道。"

"为什么把猎物送给他？"

"因为他得到猎物，会比你我都要高兴。"

邓卡不高兴地说："走吧！本以为我们可以好好享受一顿烤鹿肉，这下大好的兴致都给您败光啦。算啦，拉易老爷和梅诃达总打到一点猎物。不要紧。关于这次选举，我还有一些事想恳求您。您不想参选，没关系，随您所愿，但是您有没有想过，从那些参加竞选的人身上捞一笔好价钱？我只希望，您千万不要把自己不参选的秘密透露给别人。请您行行好，帮我这点忙。科瓦扎·哲玛尔·达希尔将参与这个选区的竞选。富豪们的选票百分之百会投给他，官员们也都帮他的忙。然而，您在民众当中颇有威信，这点让他们倍感压力。如果您愿意的话，只要向他们表明，您为他们着想，愿意退出选举，就可以从他们那里得到一两万卢比……要不然，请允许我为您代劳。在这件事上，您不需要做任何事，安安心心地坐着就行。

———————————

① 根据伊斯兰教的规定，穆斯林宰杀动物时，必须以利刃屠宰，方可食用。这里，米尔扎是用枪杀的鹿，所以樵夫认为他不能食用。

我会以您的名义发表一份声明，当天傍晚，您就可以从我这里拿到一万卢比的现金。"

米尔扎鄙视地看了他一眼，说道："我唾弃这种钱，也唾弃你。"

邓卡先生丝毫没有感到不高兴，甚至连眉头都没有皱一下。

"您愿意怎么唾弃我都可以，但是唾弃钱会对您造成损失。"

"在我看来，拿这种钱是不道德的。"

"您并没有那么严格遵守教规。"

"把抢来的钱视作不义之财，这个不需要遵守教规。"

"那么，就这件事来说，您不可能改变自己的决定？"

"绝不可能。"

"好吧，先不管这件事。担任保险公司的董事，您总不会反对吧？公司的股份，您连一股都不需要认购。您只要贡献自己的名字。"

"不行，这件事我也不同意。我曾经做过几个公司的董事，几个公司的经营代理人，几个公司的董事长。那时候，财富自动找上门来，多得无法形容。我知道，依靠财富，人们可以添置许多东西，让自己过得舒适和体面。不过，我也知道，财富会让人变得多么自私，多么贪图享乐，多么虚伪，多么无耻。"

律师先生不敢再提出任何新的方案。对于米尔扎先生的智慧和威望，他抱有的信心大大减少。对他而言，钱财就是一切，这种冲着财富女神拳打脚踢的人，他无法与其友好相处。

樵夫把鹿扛在肩上，疾步地向前走。米尔扎也迈开脚步，但是肥胖的邓卡落在后面。

他大声呼喊："哎，米尔扎先生，听我说，您简直是在跑步啊！"

米尔扎没有停下脚步，边走边回答："那个穷苦人扛着重物还走得这么快。难道我们两手空空，还不能跟他走得一样快吗？"

樵夫卸下小鹿，放在一个树桩上，开始歇息。

米尔扎先生走过来，问道："怎么，累啦？"

樵夫有些害臊地说："挺沉的，老爷。"

"拿给我，我来扛一段路。"

樵夫忍不住笑了。在体型上，米尔扎比他高大得多，肥胖得多，他一个骨瘦如柴的人却在这件事情上笑话他。米尔扎感受到莫大的屈辱，仿佛给人狠狠地抽了一鞭子。

"你为什么笑？难道你认为我扛不动它？"

樵夫讨饶似的说："老爷，您是大人物。扛重物嘛，是我们这些苦力干的活儿。"

"我的个头有你两个大。"

"老爷，这有什么关系呢？"

米尔扎先生无法容忍别人继续羞辱自己的男子气概。他走上前，把鹿扛到脖子上，再次启程。然而，最多不过走了五十来步，他就感觉脖子快要断裂，双腿瑟瑟发抖，两眼冒着金星。他鼓足勇气，又向前迈进二十来步。怎么这么倒霉？这头鹿的尸体里仿佛注满了铅块。要是把它放在邓卡先生脖子上，那可有意思啦！他胖得就像一只皮口袋，鼓鼓囊囊的，也让我们看看他的笑话嘛！不过，这个死沉的东西怎么拿下来？那两个人肯定会在心里说，他当初非要逞英雄，这才走了五十步就开始呻吟。

樵夫嘲弄地说："老爷，您说说，感觉怎么样呀？很轻，对吧？"

米尔扎感觉身上背负的重量似乎有所减轻，说道："你扛着它走了多远，我也可以走多远。"

"老爷，脖子会疼好几天呢！"

"难道你以为，我这是虚胖？"

"不，老爷，现在不这么觉得。但是，别再劳烦您啦，那里有块石头，您把鹿拿下来，放在上面吧！"

"我现在扛着它，还可以走这么远。"

"但是，这样不好，我两手空空地走路，您却背着这么重的东西。"

米尔扎先生把鹿卸下来，放在石头上。律师先生也赶到那里。

米尔扎给他设了个圈套："先生，现在您也该扛着它走一段路。"

如今，在律师先生的眼里，米尔扎无足轻重。他说："不好意思！我没有宣称自己是个大力士。"

"不是很重，真的！"

"哎呀，拉倒吧！"

"如果您能扛着它走一百步，我承诺，无论您在我面前提出什么要求，我都接受。"

"我不上这个当。"

"我的真主啊！我没有骗您！随便您指定哪个选区，我立刻参选，您一声令下，我马上退出。随便哪个公司的董事、委员、会计、推销员，但凡您开口，我都可以当。您只需要扛着它走一百步。我嘛，喜欢跟那些抓住机会，什么都肯干的人做朋友。"

邓卡的心里掀起一丝丝涟漪。米尔扎是个信守承诺的人，这点毋庸置疑。这样的小鹿能重到什么程度？毕竟米尔扎扛着它走了这么远，看起来也不是很累。倘若拒绝的话，天赐的良机就会从手中溜走。它总归不是什么庞然大物，顶多二十、二十五赛尔。大不了脖子疼几天呗！只要口袋里有钱，生点小病也是幸福的事情。

"就一百步！"

"是的，就一百步！我来数数！"

"好好瞧着，不许反悔！"

"我瞧不起那些出尔反尔的人。"

邓卡重新系紧鞋带，脱下外套递给樵夫，卷起裤脚，用手帕擦干净脸，然后望着小鹿，仿佛准备跟艰难困苦作斗争。接着，他尝试把小鹿抬起来，放在脖子上。使过两三次劲，好不容易把小鹿扛在脖子上，但是脖子无法抬起来。腰也伸不直，还开始喘粗气，正当死鹿快要摔到地上时，米尔扎扶了他一把，让他往前走。

邓卡卖力地跨出第一步，仿佛他的脚陷在沼泽里一样。米尔扎鼓励道："太棒啦！我的勇士，不错，不错！"

邓卡迈出第二步，看样子，脖子快要断掉。

"你赢啦！真棒！加油，小伙子！"

邓卡又向前迈了两步。眼睛瞪得老大。

"得啦，再使一次劲，朋友！一百步的条件作废！五十步就行啦！"

律师先生的状况非常糟糕。那头死去的小鹿变得像狮子一样，紧紧抓住他，吸食他的心头血。所有力气皆已耗尽，只有贪欲支撑着他，如同铁梁支撑着屋顶一般。两万五千卢比的赌注，一本万利的买卖，成败事关重大。然而，最终，他的房梁不再管用，贪欲也失去了依靠。他眼前一片漆黑，脑袋里天旋地转，脖子上还扛着那个猎物，就跌倒在石子地上。

米尔扎立刻把他扶起来，一边用自己的手帕为他扇风，一边轻轻地拍打他的背部。

"朋友，你确实挺卖力的，不过，运气不好啊！"

邓卡哼哧哼哧地喘得厉害。他长叹一口气说："您今天可是要了我的命。那家伙的重量不少于两满。"

米尔扎笑着说："不过，兄弟，我也扛着它走了这么远。"

律师先生开始奉承他："您提出的要求，我必须完成。您要看热闹。现在，热闹看完，得履行自己的诺言啦。"

"您什么时候完成约定的条件啦？"

"我拼命努力过啦。"

"这可没有证明！"

樵夫再次扛起小鹿，飞快地往前走。他想让他们瞧瞧，你们这些人扛着它走了十步就哼哧哼哧地喘粗气，别以为，这样就能追上我。我虽然瘦弱，但是在这个领域远远超过你们。当然，你们可以随心所欲地在白纸上胡写乱画，诬告别人。

他们遇到一条河，里面水很少。河对岸的山冈上，有一个五六户人家组成的小村庄。几个男孩在罗望子树下玩耍。一看见樵夫，他们全都跑过来迎接他，并且开始向他发问："爸爸，这是谁打死的？怎么打死的？在哪里打死的？子弹是怎么打中的？打中哪里啦？为什么打死这只？为什么不多打几只？"樵夫一边嗯嗯啊啊地应付他们，一边走到罗望子树旁，放下小鹿，然后跑到附近的一个茅屋里去为两位贵客拿小床。他的四个儿女担负起看护猎物的责任，试图将其他孩子赶走。

最小的男孩说："这是我们家的。"

他的姐姐，大约十四五岁的样子，望着客人的方向，责骂弟弟道："别出声，要不然让卫兵把你抓走！"

米尔扎逗弄那个小男孩："不是你的，是我的。"

男孩坐在小鹿身上，证明自己的所有权，说道："爸爸拿回来的！"

姐姐教他说："弟弟，你说，是你的。"

这些孩子的母亲正在摘树叶喂羊。看到新来的两位贵人，她立刻把面纱稍稍向下拉，感到十分难为情，她的纱丽多么肮脏，多么破旧，多么短小。她这副打扮，怎么能出现在客人面前？但是不去的话，也行不通，得端点水给他们喝。

现在还不到中午，不过，米尔扎先生已经决定，留在这个村子里吃午饭。他把村子里的人都召集起来，弄了一些酒，烤熟了鹿肉，又从邻近的市场上买回酥油和细面粉，邀请全村人共享午宴。男女老少都饱食一顿。男人们畅饮酒水，喝得醉醺醺的，一直欢歌到黄昏。孩子、醉酒的男人，老人、年轻人，无论跟哪一群人在一起，米尔扎均能变成他们的样子，跟他们打成一片。短短一段时间，他和村里所有人都熟络起来，仿佛他就住在这里。男孩们爬在他身上，有的人把他那顶带线球的帽子戴在自己头上，有的人把他那杆来复枪扛在肩膀上，神气活现地走来走去，有的人解开他的手表戴在自己腕上。米尔扎自己呢，他喝了很多土酒，摇摇晃晃地跟那些乡野村夫一起放声高歌。

日落西山，他们离开这里的时候，村子里的男男女女一直把他们送到很远的地方。有些人还忍不住哭起来。或许，这些穷苦人生平第一次碰到如此幸运的事，一个猎人设宴款待他们。他肯定是个贵族老爷，要不然，谁会如此慷慨大方？以后怎么可能再见到他？

走过一段路，米尔扎转过身往后望了一眼，说道："这些可怜人多么高兴啊！但愿我的人生中天天都有这样的机会。今天真是个吉祥的日子。"

邓卡不满地说："也许对您来说是个吉祥的日子，对我来说，却是倒霉的一天。我们没有做任何有意义的事情，整整一天，就在大山里、树林里到处乱逛，最后灰头土脸地踏上归途。"

米尔扎冷冰冰地说："我可不同情你。"

等到他们两人回到榕树下，另外两个小分队早已返回。梅诃达奔拉着脑袋。玛尔蒂远离大家，一个人垂头丧气地坐着，这倒是件新鲜事。拉易老爷和肯纳两个人饥火烧肠，谁都没有开口说话。律师先生心里十分痛苦，因为米尔扎不守信用。只有米尔扎先生满心欢喜，而且是非同一般地欢喜。

第八章

随着母牛的到来，霍利家的光景与以往大不相同。滕妮娅简直控制不住自己心中满溢的骄傲，无时无刻都在谈论母牛的事情。

草料短缺。甘蔗地里种着一些未成熟的印度黍，现在只好把它割下来铡碎喂牛。他们的眼睛一直盯着天空，祈盼下一场大雨，青草赶紧长出来。可是，四月过去一半，雨连一滴都没有下。

忽然有一天，乌云骤起，降下四月的第一场甘霖。农民纷纷带着犁具，准备出门播种秋物。这时，拉易老爷的管事派人来通知，只要不把剩余的地租缴清，谁都不准去田里耕地。这对农民来说，正如晴天霹雳一般。拉易老爷从来没有做过如此冷酷无情的事，现在怎么会下达这样的命令？又没有人打算抛弃村子逃跑。倘若不能耕田，钱从哪里来？还是得耕地挣钱啊！大家聚在一起，去找管事哭诉。管事的名字叫诺卡拉姆，是个婆罗门学者。他人不坏，但这是东家的命令。他怎么敢违背？不久前的那天，拉易老爷还跟霍利说过那么仁慈、那么公道的话，今天就这样欺压佃农！霍利原本准备去找东家，不过转念一想，既然他已经对管事下达命令，怎么可能撤回？他为什么要带头当恶人？既然其他人都不发言，他为什么要往火坑里跳？落到大家头上的难题，他也一起承担呗。

农民骚动起来。所有人都跑去找村里的放债人借钱。近日，村里的高利贷者蒙格鲁老爷发了大财。今年，他从大麻生意中获得不少利润，在小麦和亚麻上也没有少赚。婆罗门老爷达咀丁和女财主杜拉利同样在放债。最大的放债人是金古里辛格。他是城里一个财大气粗的高利贷者的代理人。他手下有好几个人，游荡在邻近的村子里，把钱借给有需要的人。除他们之外，村里还有一些上不了台面的小高利贷者，他们一个卢比收两个安那的利息，借钱的时候不用写欠条。村民们对放债有一种特殊的喜好，只要谁攒到十几、二十个卢比，就会开始放高利贷。曾经一度，霍利也是高利贷者。因为那件事的影响，人们至今仍然认为，霍利身边藏着不少钱。那些钱究竟藏在哪里？分家的时候没有拿出来，霍利又不朝圣、斋戒、大摆宴席，钱都用到哪去啦？就算鞋子穿破了，他的脚上总会留下鞋子磨出的老茧。

有人直奔这位尊神，有人瞅准那位。有人同意一个卢比一个安那的利息，有人接受两个安那。霍利的自尊心没有完全泯灭。他拖欠那些人的钱仍未还清，怎么还有脸面去找他们？除了金古里辛格，他想不到其他人。他放款之前都会让借款人立下可靠的借据，并且赠送礼物、缴纳佣金和撰写文书的费用，此外，还会先预扣一年的利息。借据上写着二十五卢比，到手的最多只有十七卢比，但是在这种困难的时期，又能怎么办呢？拉易老爷逼迫至此，要不然，此时此刻，干嘛非要向别人伸手呢？

金古里辛格坐在那里用土牙刷①刷牙。他是个又矮又胖、头顶光秃、皮肤黝黑、鼻子细长、胡须浓密的人，长得跟小丑一模一样，

---

① 土牙刷，原文为datun，指印度乡村常用的一种用树枝做成的牙刷。

平时也很爱开玩笑。他把这个村子当成自己的岳家，将男人们认作舅子或者岳父，将女人们认作姨子或者妻嫂。男孩们时常在路上嘲弄他："婆罗门老爷！向您致敬！"金古里辛格立刻向他们祝福："愿你们的眼睛瞎掉，膝盖断掉，愿你们得羊痫风，愿你们家里着火！"等等。孩子们从来不会对这种"祝福"感到厌烦。不过，在银钱往来方面，他非常冷酷，连一个巴依的利息也不肯放过，不拿到约定数额的还款，他绝对不会离开别人家的大门。

霍利先向他问安，然后开始讲述自己的不幸遭遇。

金古里辛格笑着说："你原先存下的钱都用到哪里去啦？"

"老爷，如果原先存了钱，干嘛不彻底摆脱高利贷者，难道有人喜欢付利息？"

"不管要给多少利息，反正就是不把藏着的钱拿出来。这就是你们的做法。"

"大老爷，哪里有藏什么钱？吃饭的钱都没有。儿子长大啦，亲事还没有着落。大女儿也到了谈婚论嫁的年龄。要是有钱，准备藏到什么时候用啊？"

自从金古里辛格在他家门口看到那头母牛，就一直想把它据为己有。母牛匀称的身段和强壮的体魄仿佛在说，它一天至少能产五赛尔牛奶。他心里暗暗盘算，应该给霍利制造一点麻烦，好把那头母牛抢过来。今天，好机会来啦！

他说："好吧，兄弟，你什么钱都没有，现在我同意借给你。你需要多少，就拿去吧！不过，为了你好，我跟你说，你要是有什么首饰之类的，可以拿来作个抵押，再把钱拿走。要是写借据的话，利息会变多，以后容易陷入困境。"

霍利发誓，家里连一根可以当作首饰的纱线都没有。滕妮娅手上的镯子也是镀银的。

金古里辛格故意往脸上涂抹一层同情的色彩，说道："还有一个办法，刚刚买回家的那头母牛，你可以把它卖给我。利息、借据，这些麻烦事一概免除，找几个人过来，他们说什么价，我就出什么价。我知道，你是自己喜欢才买回来的，不乐意把它卖出去，但是总得解决眼下这个危机啊！"

霍利起初觉得这个提议很可笑，甚至不愿意静下心来仔细考虑。不过，这位财主为他分析事情的利弊得失，又使出高利贷者极其厉害的手段，最后，他也开始在心里盘算起这件事。老爷说得对，等往后手头有钱，牛可以再买。写三十卢比的借据，拿到的只有二十五卢比，假如三年没还清，就会涨成整整一百卢比。过去的经验告诉他，债务如同那种客人，一旦来了，便不会再走。

他说："我回家问问大家的意见再说吧。"

"不需要问意见，你告诉他们，借钱只会毁掉自己，什么好处也没有。"

"我明白，老爷，我马上就来回话。"

然而，回到家，他一提出这个建议，大家就哭哭啼啼地吵嚷起来。滕妮娅没有怎么大声叫喊，两个姑娘却闹得天翻地覆。不能把我们的牛卖掉，随便你去哪里借钱都行。索娜甚至说，"那倒不如把我卖掉，比卖牛挣得多。"霍利陷入两难，不知所措。

两个姑娘确实非常喜爱那头母牛。卢巴常常抱着它的脖子，不给它吃饭，自己也不肯进食。母牛怀着多少爱意舔舐她的小手，又用饱含着多少深情的目光注视她！她的小牛会有多么好看！她早已为它取好名字——摩吒鲁。她想跟它一起睡觉。因为这头牛，两姐妹数次发生争吵。索娜说，它更喜欢我，卢巴说，更喜欢我。这个问题至今没有形成定论。两个人的说法都有道理，不分对错。

霍利好说歹说，把事情的前后始末都解释了一遍，最终，勉勉强强说服滕妮娅。从朋友那里借来一头母牛，现在又把它卖出去，这原本是一种非常卑劣的行径，但是，处于危难之中，人的道德都会沦丧，这还算什么大事？若非如此，人类为什么要惧怕灾难？戈博尔也没有特别反对。他最近沉迷于其他事情。霍利决定，晚上趁两个姑娘睡着，把母牛牵到金古里辛格那里交给他。

白天好不容易过去。夜幕降临。两个姑娘不到八点就吃饱饭，睡觉去了。戈博尔不想看到这种悲惨的画面，跑去别的地方。他怎么能眼睁睁地看着母牛离开？怎么能抑制住自己的眼泪？霍利表面上故作坚强，内心却十分不安。假如此时有人肯借他二十五个卢比，就算以后要他还五十个卢比，他也愿意，不过，这样的英雄好汉根本不存在。他走过去，站在母牛面前，看上去，她乌黑的眼睛里仿佛充满泪水，她好像在说，"才短短几天，你心里就对我感到厌烦了吗？你答应过，一辈子都不会把我卖掉。这是你的承诺。我从来没有对你抱怨过任何事情。不管你给我吃什么粗劣简单的食物，我都心满意足地吃下。你说说！"

滕妮娅说："女儿都睡着了。怎么现在还不把它牵走？既然要卖，就赶紧卖吧。"

霍利用颤抖的声音说："我下不去手，滕妮娅！你没看见它的脸吗？留着吧，我去借高利贷。老天保佑的话，欠的钱都能还清，三四百卢又算什么？只要甘蔗长得好。"

滕妮娅满怀爱意地、骄傲地望着他，说道："那是自然！我们吃尽苦头才买回这头牛，你却要把它卖掉！明天去借钱吧！别的账可以还清，这笔账也一样可以还清。"

院子里十分闷热。风停了，树叶纹丝不动。天上云层密布，但是丝毫没有下雨的迹象。霍利打算把牛拴在外面。滕妮娅拦住他，"你要牵到哪里去？"然而，霍利不理会她的话，说道："外面空气比较流通，拴在那里，她会稍微舒服一点。毕竟她也是有灵魂的。"拴好牛之后，他便动身去看望自己的二弟索帕。最近几个月以来，索帕一直在犯气喘病。没有办法买药，吃喝没有着落，他还得拼命干活。因此，他的状况一天不如一天。索帕是个善于忍耐的男人，遇到吵嘴打架的事，总是躲得老远。他从来不在意别人，只管做好自己的事。霍利非常喜欢他，他也很尊敬霍利。两兄弟开始谈论钱的问题。拉易老爷的这个新命令成为他们议论的焦点。

临近十一点，霍利回到家中。正当他准备进屋的时候，脑海里突然闪过一个念头，好像有个人站在母牛旁边，于是问道："谁站在哪里？"

希拉说："是我，大哥！我来你家火塘借点火。"

希拉来他家火塘借火，从这点小事中，霍利感受到弟弟跟自己不可分割的亲密关系。村子里还有其他火塘，随便哪一个都能取火。希拉偏偏来他家的火塘借火，正是把他当作自己人。全村人都来这个火塘取火，因为这是村里烧得最旺的火塘，然而，希拉过来却是另外一回事。足以见得那天吵完架，希拉的心里没有留下什么坏念头。他虽然暴躁易怒，但是心地纯良。

他慈爱地问："有烟吗？要不要我去拿点过来？"

"不，大哥，我有烟。"

"今天，索帕的状况很糟糕。"

"他不肯吃药，能怎么办呢？按照他的想法，印医、西医，所有医生都不高明。神灵所拥有的智慧，全部都分给了他和他的家人。"

霍利担忧地说："这就是他的毛病，身边的人谁也瞧不起。至于烦躁嘛，生病的时候，大家都这样。你还记不记得，你患流感的时候拿起药就扔。我抓住你的两只手，你嫂嫂把药塞进你嘴里。为了这件事，你骂过她千千万万遍。"

"是啊，大哥，这件事怎么可能忘记？要不是你为我做了这么多，我怎么可能忍住不跟你打架呢？"

霍利感觉，希拉的声音似乎有些哽咽。他也激动得说不出话来。

"弟弟，吵嘴打架是人生中不可避免的事。自己的亲人不会因为这个变成外人。但凡家里有几个人，就会发生争吵。要是一个人，没有任何亲人，他要跟谁吵，跟谁打呢？"

两兄弟一起抽水烟。之后，希拉返回自己家中，霍利走进屋里吃饭。

滕妮娅生气地说："瞧瞧你那乖儿子干的好事！三更半夜的，他还没在外面逛够！我全知道。所有事情，我都打听得清清楚楚。珀拉有个女儿，那个不知检点的寡妇，褚妮娅，对吧！他就跟她厮混在一起。"

霍利对此也早有耳闻，但是他不肯相信。可怜戈博尔哪里懂得这种事情。

他说："谁跟你说的？"

滕妮娅怒意更盛，吼道："或许只有你蒙在鼓里，到处都在议论这件事。他是个蠢货，她却经验丰富，见过许多世面。她把他玩弄于鼓掌之上，他还以为她真心喜爱他。你劝劝他吧，要不然，万一发生什么不好的事，你就再也没有脸面出门见人。"

霍利心里还挺高兴。他开玩笑地说："褚妮娅的言行举止都不赖嘛，干脆跟她订亲吧！这么划算的媳妇儿要到哪里去找呀？"

滕妮娅感觉这个玩笑如同一支利箭插向她的心窝。她说："褚妮娅要敢进这个家的门，我非烧烂这个贱妇的嘴巴。既然她是戈博尔心爱的女人，那么随便戈博尔把她带到哪里去过日子。"

"要是戈博尔把她带回这个家呢？"

"那这两个女儿要嫁给谁？以后宗族里谁还愿意理你，别人恐怕连站在你家门口都不乐意。"

"他怎么会管这些？"

"我才不会这样放过这个混小子。我拼死拼活把他养大，褚妮娅却想来称王称霸。我非烧焦这个婊子的嘴巴！"

忽然间，戈博尔跑回家，慌慌张张地说："爸爸，母牛怎么啦？

给黑蛇咬了吗？它倒在地上，痛苦地抽搐。"

霍利已经进到厨房里吃饭。他丢下面前的餐盘，一边迅速地跑出去，一边说："你在瞎说什么不吉利的话？我刚刚才看过它，好好地躺在地上呢。"

他们三个人走到外面，拿着油灯仔细瞧看。母牛口里不断吐出白沫，两眼呆滞无神，肚子鼓得高高的，四条腿伸得笔直。滕妮娅捶头痛哭。霍利跑去找婆罗门学者达咀丁。村子里属他最会给牲畜看病。婆罗门老爷正准备睡觉，听到这个消息，赶忙跑过来。没过多久，全村人都聚集在霍利家。有人给母牛喂了什么东西吃，症状非常明确，显然喂的是毒药，但是村里哪有这种行下毒之事的歹人？这种不幸的事件村子里从来没有发生过。然而，什么样的外人会来村子里下毒？霍利没有跟任何人结仇，要不然还有个对象可以怀疑。霍利确实跟人有些口角，不过，那都是兄弟们之间的争吵。最难过的人是希拉。他还威胁说，无论谁做出这等伤天害理之事，一旦落到他手里，一定会给他弄死。他虽然暴躁易怒，但是干不出这种卑劣的事。

直到半夜，人群才渐渐散去。他们都同情霍利的遭遇，痛骂那个毒死母牛的凶手。倘若他此刻给人抓到，定然性命不保。在这种情况下，谁还敢把牲畜拴在外面？迄今为止，所有牲畜晚上都拴在外面过夜，没有什么可担心的，但是现在，新的灾难降临到村民头上。难道这头牛仅仅让人百看不厌吗？它值得大家膜拜。它每天至少能产五赛尔牛奶，生下的小牛每头可以卖一百卢比。它刚来到霍利家没多久，就遭遇这种飞来横祸。

等所有人各自回家以后，滕妮娅开始咒骂霍利："我劝过你千百万回，你却只按自己的想法做事。当你松开母牛往院子外面走，我就不停地跟你讲，别把它牵出去。我们的运气不好，不知道什么时候会发生什么，可是你不听，认为它很热。现在，它彻底凉快了，你也心满意足了吧。当初，财主老爷想买它，如果卖给他，至少我们可以卸掉一个包袱，他也会对我们心怀感激。怎么会遭受这样的损失？坏事发生之前，人都会失去理智。这些日子，它一直快快乐乐地拴在家里，没有发热，也没有受寒。它很快就跟大家熟络起来，根本不像从外面买回来的。孩子们玩它的牛角，它连头都不晃一下。无论你往食槽里放什么，它都吃得干干净净。它是吉祥天女，怎么能待在倒霉的人家里？"索娜和卢巴听到外面的喧闹声，从梦中惊醒，失声痛哭起来。照顾它的任务大部分时间落在她们两人身上。它已经成为她们的伙伴。两姐妹吃饱饭，总会把烙饼撕成小块，亲手喂给它吃。她那么温顺地伸出舌头去吃，一旦吃不到她们手里的东西，就会站在那里盯着她们看。真是不幸啊！

　　戈博尔和两个姑娘哭完都睡着了。霍利也躺在床上。滕妮娅走过来，在他床头放了一小罐水。霍利缓缓地说："你肚子里藏不住话，听到点什么风声，就在村子里敲锣打鼓，到处宣扬。"

　　滕妮娅反驳道："好好说说，我到底宣扬了什么事情，让你这样污蔑我？"

　　"好啊，你在怀疑谁？"

　　"我没有怀疑谁。应该是外面的人吧。"

　　"会不会跟别人讲？"

　　"我不讲，村里人难道会给我打首饰？"

　　"如果你跟别人讲，我打死你！"

　　"打死我，你就没有好日子过。你再也找不到第二个老婆。只要我活着，天天为你操持家事。哪天我死了，你肯定会抱着头嚎啕大哭。现在，我浑身都是毛病，等到那时，你又要哭个不停。"

　　"我怀疑是希拉。"

　　"乱讲，胡说八道！希拉不至于这么卑劣，他只是说话不好听。"

　　"我亲眼瞧见的。真的，我对你发誓。"

"你亲眼瞧见？什么时候？"

"那个时候啊，我看完索帕回来，他站在母牛的食槽旁边。我问，'什么人？'他说，'是我，希拉，我来火塘里借点火。'他跟我聊了一会儿天，还让我抽水烟。他离开以后，我走进屋里，接着，戈博尔就在那边叫唤。看样子情况是，我把牛拴好，去往索帕家，他正好那个时候喂牛吃毒药。或许，刚刚他是来看看，牛死了没有。"

滕妮娅长叹一口气，说道："竟然有这样的兄弟，坑害哥哥时连一点犹豫也没有。哎！希拉的心肠这么坏，亏得我把这个混蛋东西抚养长大。"

"行啦，去睡吧！别忘啦，绝对不能跟别人提起。"

"什么？天一亮，我要是不把这个混账抓到警察局去，我就不是我爹的亲闺女！这种刽子手配称兄弟！这是兄弟该做的事！他是仇人，真正的仇人，打死仇人不是罪过，放掉仇人才是。"

霍利威胁她说："滕妮娅，我可告诉你，这样会招来祸事。"

滕妮娅激动地说："要来的不是祸事，是天大的灾难。不把这个混蛋送进监狱，我决不罢休！我要让他蹲三年大牢，受三年折磨，三年！等他从牢里出来，教族自会判罚他的杀生大罪，他必须得朝圣，必须得大摆宴席。那个混蛋不要抱着这种幻想，我要你把手放在儿子头上，以儿子之名起誓，出面指证他。"

她走进屋里，关上房门。霍利躺在外面，不停地咒骂自己。既然自己肚子里憋不住话，滕妮娅为什么要藏着不说呢？现在，这个妖妇不会善罢甘休。她只要执拗起来，什么人的话都不会听。今天，他犯下了人生中最大的错误。

寂静的黑暗笼罩四方。两头耕牛脖子上的铃铛时不时发出响声。十步开外，死去的母牛躺在地上，霍利陷入深深的懊悔，辗转反侧。眼前一片漆黑，看不到一丝光亮的痕迹。

第九章

清晨，霍利家里闹得人仰马翻。霍利在责打滕妮娅，滕妮娅在咒骂他。两个女儿抱着父亲的脚大声叫喊，戈博尔试图救出母亲。他一次又一次地抓住霍利的手，把他往后推，然而，只要滕妮娅的嘴里吐出几句骂人的话，霍利立刻抽回自己的手，对她拳打脚踢。盛怒之下，一把年纪的他仿佛使出自己身体里积攒的某种神秘力量。全村人都骚动起来。人们纷纷打着劝架的幌子来看热闹。索帕挂着拐杖来了。达咽丁呵斥道："霍利，这是在干什么，你疯了吗？居然有人这样对家里的吉祥天女动手。你原来没有这个毛病啊。难道给希拉传染啦？"

霍利向他鞠躬致敬，说道："大老爷，你现在别说话！我今天不改掉她这个坏习惯，决不罢休。我越是退让，她越是放肆。"

滕妮娅两眼含着泪水，愤怒地说："大老爷，你来做个证人。我今天一定要把他和他那个刽子手的弟弟送进监狱。他的弟弟给母牛下毒，把它杀死了。我刚刚打算去警察局报案，这个天杀的家伙就来揍我。为了他，我毁了自己的一生，他却这样报答我。"

霍利咬牙切齿、吹胡子瞪眼地说："又说那件事！你亲眼看见希拉下毒吗？"

"你发誓，你没有看见，希拉站在食槽旁边。"

"是的，我没有看到，我发誓。"

"你摸着儿子的额头发誓！"

霍利把颤抖的手放在戈博尔额头上，用颤抖的声音说："我以儿子起誓，我没有看到，希拉站在食槽旁边。"

滕妮娅朝地下吐了一口唾沫，说道："呸！你撒谎！你自己跟我说，希拉像小偷一样站在食槽旁边。现在，为了帮弟弟辩白，又在撒谎。呸！如果儿子伤到哪怕一根毫毛，我就放火把你家房子烧掉，把你整个家都烧掉。天神啊，一个人竟然能这样厚颜无耻地抵赖自己亲口说过的话。"

霍利跺着脚说："滕妮娅，别惹我发火，不然，你没好果子吃。"

"你刚刚就在打我，继续打呗！你要是你爸爸的儿子，今天，不打死我，就别停手。你这个罪人，把我打得鼻青脸肿，还不满意。打我的时候，你以为自己是个大英雄，可是在兄弟们面前，吓得一句话也不敢说。真是个大罪人、刽子手！"

然后，她开始哭哭啼啼地诉说自己的不幸。自从来到这个家，她什么苦难没有遭受过。她如何省吃俭用，如何衣不蔽体，如何把每一个拜沙当作命根子一样积攒起来，如何喂饱全家人，自己只喝点凉水睡觉。今天，她的所有牺牲就得到这样的回报。天神坐在旁边看着这种不公平的事情，迟迟不赶来保护她。曾经，为了保护象王和黑公主，他急匆匆地从天国[①]赶来。今天为何仍在梦中沉睡？

舆论开始向滕妮娅倾斜。如今，没有人怀疑，是希拉给牛下的毒。大家也充分相信，霍利发的誓全是假的。戈博尔因为父亲用自

---

① 天国，原文为baikuntha，通vaikuntha，由vi+kuntha三合而来，字面意思为离钝地，指毗湿奴的天国，一说坐落于北海，一说坐落于须弥山的东峰。

己的名义胡乱发誓，担心此举会招来恶果，所以也反对霍利。再加上达咀丁一顿臭骂，霍利彻底落败。他一言不发地向外走去。最终，事实获得胜利。

达咀丁问索帕："你知不知道，发生什么事啦？"

索帕躺在地上回答："我嘛，大老爷，八天没有出过门。霍利大哥时不时过来看我，给我带点东西，这样生活才得以维持。昨天晚上，他也来找过我。谁做了什么，我一概不知。当然，昨天傍晚，希拉来我家借了一把小锄头。他说，要挖一种药草。打那以后，我就没有再见过他。"

得到这样的佐证，滕妮娅趁势说："婆罗门老爷，那就是他干的事。他从索帕家借来小锄头，挖了一种草药，喂给母牛吃。自从那天晚上吵完架，他就一直怀恨在心。"

达咀丁说："如果这件事情得到证实，他就犯了杀生大罪。不管警察会不会做什么，宗教一定会惩罚他。卢比娅，去把希拉喊来。你告诉他，婆罗门大爷叫他来。要是他没有毒死牛，就端着恒河水，到祭坛前面发个誓。"

滕妮娅说："大老爷，他的誓言不可信。他会立刻发誓。霍利这个整天装作笃信宗教的人，他发的誓都是假的，希拉的誓言怎么值得相信？"

此刻，戈博尔说："随他胡乱发个假誓呗！让家族走向终点，老人们长命百岁！年轻人活着干什么？"

没过多久，卢巴回来说："叔叔不在家，婆罗门老爷！婶婶说，他去别的地方了。"

达咀丁捋着长长的胡子，说道："你没有问问，他去哪里啦？或许藏在家里呢。索娜，你去看看，他有没有躲在里面？"

滕妮娅阻拦道："别让她去，大爷！希拉满脑子害人的念头，不知道会干出什么事。"

达咀丁只好亲自拄着拐杖去找希拉。他带回一个消息，希拉确实到别的地方去了。布妮娅说，他走的时候，随身带着水罐、绳索和手杖，这些东西。布妮娅也问过他，你去哪里呀？但是他没说。他以前在壁龛里放了五个卢比。现在，钱不在那里，或许，也给他拿走了吧。

滕妮娅冷冷地说："大概没脸见人，逃到什么地方去了吧。"

索帕说："他能逃到哪里去？不会是去恒河沐浴了吧？"

滕妮娅对此表示怀疑。她说："去恒河沐浴，为什么要拿钱？最近又没有什么节日。"

这种怀疑没有遭到任何人的驳斥。观点非常强硬。

今天，霍利家没有烧饭，也没有人给耕牛投喂饲料。这件事引起全村人的轰动。人们三三两两聚在一起，谈论这个话题。希拉肯定逃到什么地方去了。他发现，事情败露，现在得去坐牢，还得背上杀生的罪名，不如干脆逃跑。布妮娅一个人在哭泣，平日说什么他都不听，现在又不知道跑去哪里。

假若说事情还有什么缺憾，那么，黄昏时分地区警察局长的到来正好将其补满。村里的巡警依照自己的职责，向上报告了这件事情，警官老爷什么时候玩忽职守过？如今，村民们也应该侍奉招待他，履行自己的责任。达咀丁、金古里辛格、诺凯拉姆和他的四个手下、高利贷者蒙格鲁老爷、巴泰西沃里老爷统统赶来，毕恭毕敬地站在局长面前。霍利受召而来。这是他生平第一次来到警察局长面前，心里十分害怕，就像要上绞刑架一样。责打滕妮娅的时候，他周身的肢体都很兴奋，可是在警察局长面前，他如同乌龟一样，拼命往里收缩。局长用批判的目光上下打量他，直到看穿他的心底。关于洞察人心，他受过很好的训练。他虽然对书本上的心理学一窍不通，但是实践中的心理学，他是行家。毫无疑问，他清晨起床的时候遇见了一位贵人①。霍利的面容表明，对付他，只要威胁恐吓就已足够。

局长问："你怀疑谁干的？"

霍利用手摸了摸地面，恭恭敬敬地说："我没有怀疑任何人，老爷，母牛是自己病死的。年纪大啦。"

滕妮娅也赶了过来，站在人群后面。她马上反驳道："牛是你弟弟希拉害死的。老爷没有这么糊涂，你说什么，他就信什么。他是来这里调查的。"

局长问："这女人是谁？"

"老爷，她是霍利的老婆！"人们争先恐后地回答，都想得到与局长交谈的荣幸。尽管大家同时开口，不过，他们都认定，第一个说话的人是自己，并且为此感到心满意足。

"那把她喊过来，我先记录她的供词。那个希拉在哪里？"

那几个有名望的人异口同声地说："老爷，他今天早上到别的地方去了。"

"我要搜查他的家。"

搜查！霍利吓得吐不出气。警察要去搜查他弟弟希拉的家，希拉又不在家。只要霍利活着，只要他在旁边看着，就不能允许他们搜查。现在，他要跟滕妮娅断绝关系。她愿意去哪里就去哪里。既然她故意来让他丢脸，她怎么能继续住在他家？等到她东奔西跑，到处碰壁的时候，她就知道自己的过错。

村里那几个有名望的人开始交头接耳，商讨如何避免这场灾祸。

达咀丁摇摇光秃秃的头说："这都是捞钱的手段。试问，希拉家能藏什么东西？"

巴泰西沃里身材高大，虽然个子高，但是一点也不笨。他把自

---

① 这是印度民间的一种迷信。人们认为，如果清晨起来遇见运气好的人，那么这一天里他都会有好运气，否则相反。

己那张又黑又长的脸拉得愈发长，说道："他为什么来的？既然来了，不送点东西，什么时候会走？"

金古里辛格把霍利叫到身旁，贴着他的耳朵说："能拿出什么，都拿出来，要不然，你脱不了身。"

如今，局长有些不悦，大声说道："我要去搜查希拉的家！"

霍利吓得面无血色，仿佛周身的血液都已干涸。搜查他的家，搜查他弟弟的家，都是一样的，没有什么区别。希拉确实跟他分了家，不过，全世界人都知道，他是他的兄弟，但是此刻，他一点办法也没有。倘若他身边有钱，这个时候，就可以拿出五十卢比，放在局长脚边，对他说："老爷，现在我的体面掌握在您的手里。"然而，他手头连买包毒药吃的钱都没有。即便滕妮娅身边有几个卢比，那个妖妇怎么肯拿出来？他低着头，像被判处死刑的罪犯一样，深刻地体验着遭受侮辱的剧烈悲痛，一言不发地站在原地。

达咀丁提醒霍利："现在，光这样站着可不行。赶紧想办法筹钱吧！"

霍利愁苦地说："老爷，现在我还能求谁呀？以前欠的债还压在头上，现在能问谁要？不过，求求您，救救我，帮忙渡过这次危机吧！只要我活着，每一个铜板都会还清的。就算我死了，还有戈博尔。"

头人们开始商议，应该送给局长多少钱？达咀丁提议，送五十卢比。金古里辛格推断，少于一百卢比解决不了问题。诺凯拉姆也支持送一百卢比。对于霍利来说，一百卢比和五十卢比根本没有什么差别。只要能够避免眼前的搜查危机，无论需要供奉多少，他都乐意。火葬的时候，到底是用一满木材，还是十满木材，难道死者会在意？

然而，这种不公正的事情，巴泰西沃里看不下去。又不是犯了抢劫或者杀人的大罪，只是搜查而已。顶多给他二十卢比。

头人们责难道："那你去跟局长谈。我们站在一边。谁愿意挨骂呢？"

霍利把头放在巴泰西沃里脚上，哀求道："大哥，你救救我吧！只要我活着，我愿意给你当牛做马。"

局长竭尽自己宽阔的胸膛和更加肥大的肚子里蕴藏的所有力量，大声地说："希拉家在哪里？我要搜查他的家。"

巴泰西沃里走上前，贴着局长的耳朵说："大人，搜查完又能怎么样呢？他的哥哥愿意为您效劳。"

两个人稍稍远离人群，走到一边开始密谈。

"他是个什么样的人？"

"穷困潦倒，大人！吃饭都没有着落。"

"真的？"

"是的，大人，我无比忠诚地对您说。"

"哎呀，难道连五十卢比也指望不上吗？"

"老爷，这是不可能的事。他要是能走十英里，请您把它当作一千英里。五十卢比，他五十辈子也拿不出来，即便有哪位放债人愿意帮忙。"

局长思索了一分钟，然后说："那么，找他的麻烦有什么好处？那些自己都活不下去的人，我从来不找他们的麻烦。"

巴泰西沃里发现，自己有点用力过猛，连忙说："不，大人，别这样做，要不然，我们怎么办？我们身边，哪里还有别的什么一亩三分田啊？"

"先生，你可是田庄的管账人，这说的是什么话？"

"每当有这样好的机会，托您的福，我们才能得到点好处。要不然，谁愿意搭理一个管账人呀？"

"好，去吧，让他给三十卢比，二十卢比给我，十卢比给你。"

"有四个头人呢，也请考虑考虑他们。"

"好吧，那就平分吧！抓紧点，我在这里耽搁很久啦！"

巴泰西沃里跟金古里商量。金古里招了招手，把霍利叫到身边，带着他回到自己家，数了三十卢比交给他，摆出恩人的派头，居高临下地对他说："今天你得给我写个借据。看在你的面子上，我才直接把钱给你，因为你是个老实人。"

霍利接过钱，用汗巾的一角包住它，欢天喜地朝警察局长走去。

忽然间，滕妮娅冲出来，跑到他面前，用力一扯，从他手里抢过汗巾。上面的结原本就没有系紧，经过拉扯，一下就松开了，所有钱都撒落在地上。她如同母蛇咝咝吐信一般，喘着粗气说："讲讲，你要把这些钱拿到哪里去？要想过得安生的话，赶紧把这些钱还掉，不然，我可警告你！家里的人日日夜夜拼死拼活，仍旧没有饭吃，没有衣服穿，你却拿着一大把钱去挽救你的面子！你的面子可真大！一个人，家里穷得连隔夜的粮食都没有，还要顾及体面！局长要搜查，随便他爱搜哪里，搜哪里。一百卢比的母牛已经不在了，还要多花这笔冤枉钱。太棒啦，你的体面！"

霍利压抑住心中的怒火。所有人都仿佛受到惊吓，瑟瑟发抖。头人们低下头。局长的脸色有些难看，他这一生从来没有遭受过这样的侮辱。

霍利一动不动地站着。这是滕妮娅生平第一次在大庭广众之下将他击败，让他摔得仰面朝天。如今，他要如何抬起头来？

然而，局长不是这么轻易认输的人。他恼怒地说："我认为，是这个恶婆子为了陷害希拉，自己给母牛下的毒。"

滕妮娅摆摆手，说道："对呀，毒是我下的。那是自己家的母牛，我把它害死，怎么不去害死别人家的牲畜呢？你的调查得出这个结论，那你就这么写咯！再给我戴个手铐呗！你的正义和你的聪明才智，我已经看清。坑害穷人是一回事，明辨是非又是另外一回事。"

霍利气得两眼冒火，朝滕妮娅猛冲过去，然而，戈博尔走过来，站在他面前，愤怒地说："行啦，爸爸，过分啦！退回去，不然我可告诉你，你以后再也看不到我。我不会对你动手。我不是这样的不孝子。不过，我可以找根绳子在这里吊死。"

霍利往后退，滕妮娅大胆无畏说："你走开，戈博尔，我倒要看看，他能拿我怎么样？警察局长在旁边坐着呢！让我瞧瞧他的胆量。警察要搜兄弟的家，他觉得颜面尽失，在全村人面前践踏、踢打自己的老婆，倒不认为自己丢脸！这就是英雄好汉的该干的事。要真是英雄，去跟其他男人打架啊！抓住他的胳膊，狠狠地揍一顿，这样的人可以称作英雄。你或许以为，我供她吃，供她穿。从今天开始，你自己管自己的家吧！你好好看着，我如何让你难受，如何继续住在这个村子里，而且比你吃得好，比你穿得好！你要愿意，就好好看着。"

霍利承认自己失败。他意识到，在女人面前，男人多么软弱无力，多么无可奈何。

头人们把钱捡起来，示意局长离开那里。滕妮娅再一次发动进攻："谁家的钱，拿去还给谁。我们不用问任何人借钱。谁需要送钱，便去向他拿。即使我被告上法庭，我也不会送一个铜板。先前，我们想借五十个卢比缴清欠下的地租，没有人肯借，今天却夯不啷当拿出这么一大笔钱。我全都明白。你们打算在这里把钱分掉，大家都能得到好处。这些刽子手是村子的头人，专吸穷人血汗的家伙。他们通过收取利息、加倍还债①、强迫送礼、索要贿赂这些手段掠夺穷人。治理这些，需要仁政。通过坐牢，坐不出仁政。仁政只有通过道德和正义才能施行。"

头人们觉得自己颜面尽失。警察局长也感到非常难堪。为了维

---

① 加倍还债，原文为dedhi-sava'i，旧时印度的一种借贷方式，dedhi本义为一又二分之一，以此种方式借贷，归还时以所借钱（粮）的一倍半归还，如借款一百卢比，归还时需给一百五十卢比；sava'i本义为一又四分之一，以此种方式借贷，归还时需给所借钱（粮）的一又四分之一倍，同样以一百卢比举例，归还时需给一百二十五卢比。

护自己的尊严，他朝希拉家走去。

途中，局长承认："那个女人真是勇敢！"

巴泰西沃里说："大人，什么勇敢啊，就是一个泼妇。这样的女人应该枪毙。"

"她把你们搅得心烦气闷，不得安宁。本来每个人可以捞到几个卢比。"

"大人您的十五卢比也泡汤啦！"

"我的怎么可能泡汤？她不给，村里的头人会给，不是十五卢比，是整整五十卢比！你们赶紧安排一下！"

巴泰西沃里笑着说："大人真会开玩笑。"

达咀丁说："大人物都有这个特点。到哪里还能见到这么有福运的人？"

局长严厉地说："这些奉承话以后再说。现在赶紧给我拿五十卢比来，现金。你们要明白，倘若拒绝的话，我就去搜查你们四个人的家。很有可能，你们故意设下这个骗局，陷害希拉和霍利，趁机敲诈他们五十、一百卢比。"

到目前为止，头人们还以为，局长在开玩笑。

金古里辛格挤眉弄眼地说："管账人先生，拿五十卢比出来呗！"

诺凯拉姆支持他的说法："管账人先生的地盘。他理应好好款待您。"

他们走到婆罗门学者达咀丁家的议事棚。局长先生坐在一张床上，说道："你们怎么决定的？是准备拿出钱来，还是甘愿让人搜查？"

达咀丁提出抗议："但是，大人……"

"我不想听什么但是可是！"

金古里辛格鼓起勇气说："老爷，这显然……"

"我给你们十五分钟。如果这段时间之内，五十卢比没有拿过来，那么，我就派人搜查你们四个人的家。你们知道甘达辛格吧？落在他手里的人，绝不可能有活路。"

巴泰西沃里怒气冲冲地说："你要有权力搜，就搜呗！这真是太好笑啦，犯事的是谁，抓的又是谁。"

"我当了二十五年的警察局长，你知道吗？"

"但是从来出现过这样独断专行、胡作非为的事情。"

"你是从来没有见过什么叫独断专行、胡作非为。你想的话，我给你看看？我可以让你们每个人都蹲五年大牢。这对我来说是轻而易举的事。用一个抢劫的罪名，我就能把你们全村人都送到黑水监狱①去。别抱着这种幻想。"

四位老爷走进议事棚，开始商讨这个问题。

接下来发生了什么事，没有人知道。当然，大家都看见，警察局长欢天喜地，四位老爷神情沮丧，仿佛脸上给人狠狠地揍了一顿。

局长骑着马离开村子，四位头人跟在后面奔跑。等到马儿走出很远，四位老爷才回来，那副模样就像为某位亲人举行完葬礼，刚刚从火葬场赶回来一样。

忽然间，达咀丁说："要是我的诅咒不应验，我就不再见人。"

诺凯拉姆表示赞同："我从来没有见过，有人靠这种钱发财。"

巴泰西沃里预言道："谋取不义之财的人不会有什么好下场。"

金古里辛格今天怀疑起神灵的公平正义。神灵不知道在哪里，明明看到这种横行霸道的事情，却出面不惩罚罪人。

此时此刻，真该为这些老爷们绘一幅肖像画。

---

① 黑水监狱，原文为kala pani，字面意思为黑色的水，在印度语境中通常指海洋。根据印度古代经典，黑水以外是地狱的所在，因此印度教教徒跨越黑水是一种重罪。一旦犯下这种罪过，他们将永远失去自己的种姓，沦为贱民。此外，英国人在殖民统治期间在印度安达曼和尼科巴群岛建立了一座名为"黑水"的监狱，专门收押流放孤岛的政治要犯。

第十章

日子一天天过去，希拉仍然不知所踪。霍利竭尽所能寻遍各处，最后，还是以失败告终。农活也需要他操心。孤孤单单的一个人能干什么呢？如今，相比起自己家的农活，他更担心布妮娅的农活。布妮娅现在独自生活，变得愈发恶毒和暴躁。霍利得说好话奉承她才能过下去。希拉在的时候，总能压制布妮娅。自从他离家出走，再也没有谁可以管住布妮娅。

霍利的田是和希拉共同承佃的。布妮娅孤苦无依，干嘛要跟她搞得关系那么紧张呢？布妮娅也了解他的脾性，经常利用他的宽厚仁善剥削他。幸好，管事先生向布妮娅催讨剩余的地租时，态度并不强硬，讲几句话好话，稍微巴结一下，就让步了。否则，霍利准备借钱把自己家的欠租和她家的欠租一同还清。五月，村民们都在热热闹闹地准备插秧，因此，霍利雇不到人手帮忙，无法在自己家的田里插秧。然而，布妮娅的田里怎么能不插秧？霍利一天到晚都在卖力地为她插秧。如今，霍利是她的守护者。倘若布妮娅遭遇任何麻烦，大家都会笑话她。结果就是，秋季作物丰收的时候，霍利得到的粮食非常少，而布妮娅的粮仓却连摆放稻谷的地方都没有。

自从那天起，霍利和滕妮娅之间经常发生龃龉，他也不跟戈博尔讲话。母子俩仿佛联合起来抵制他似的。他在自己家里反而变成外人。他如今的悲惨境遇，就与那些脚踏两只船的人一样。村里的人如今也不像以前那样尊敬他。滕妮娅凭借自己的勇气，不仅在妇女当中独占鳌头，在男人当中也颇具影响力。一连好几个月，这件事在附近几个田庄广泛流传，甚至还蒙上一层超凡的色彩——"她名叫滕妮娅，是雪山神女的忠实信徒。警察局长刚给她的丈夫戴上手铐，她就开始念想雪山神女。雪山神女显灵，于是她体内产生了一股神奇的力量。她用力一扯，扯断了丈夫的手铐，又抓住局长的胡子，连根拔起，最后干脆坐在他的胸前。直到局长苦苦哀求，她才放过他。"这几天，人们纷纷前来拜见滕妮娅。如今，那件事情已经过去许久，但是村民们对滕妮娅的敬重却与日俱增。她具有惊人的勇气，如遇必要，她甚至能够超越男人。

渐渐地，滕妮娅也发生了改变。看见霍利在布妮娅田里干活，她什么也没有说。这不是因为她对霍利没有感情，而是因为现在她也开始同情布妮娅。希拉离家出走足以满足她的报复心理。

在此期间，霍利发烧了。正是疟疾盛行的季节，霍利不幸中招。他已经很多年没有发过烧，这一回似乎要把之前欠的债统统还清。他在床上躺了整整一个月。这场病虽然蹂躏的是霍利，但是也打败了滕妮娅。当丈夫奄奄一息的时候，她怎么可能还对他怀有敌意？在这种状况下，她连敌人都不会憎恨，何况那是她的丈夫。就算他有千万般不好，她却跟他一起生活了二十五年，享福跟他一起，遭罪也跟他一起。如今，无论他是好是坏，都是她的亲人。那个该死的家伙当着大家的面责打我，在全村人跟前侮辱我。不过，从那以后，他有多么愧疚，甚至不敢正眼看我，吃饭的时候，也一直低着头，吃饱就立刻站起来，生怕我会说些什么。

等到霍利痊愈，夫妻之间又恢复了往昔的和谐。

一天，滕妮娅说："你为什么生这么大的气？我也很生你的气，但是我不会对你动手。"

霍利难为情地说："滕妮娅，现在不要讨论这个。我那是一时鬼迷心窍。为此我感到多么痛苦，只有我自己知道。"

"要是我一气之下跳河自尽呢？"

"难道我坐着为你哭丧吗？我的尸体会跟你的一起放在柴火堆上。"

"好啦，别说啦，不要讲些不三不四的话。"

"母牛走了就走了，它还给我惹来一个新麻烦。操心布妮娅的事情快要搞死我了。"

"所以人们都说，愿神保佑，不要当家里的老大。弟弟们没有人嘲笑，家族的兴衰荣辱都落在老大头上。"

十一月的一天，突然下起冬雨。天上乌云密布，铺开一层黑影笼罩着大地。寒冬的夜晚又下着大雨，四周弥漫着死亡一般的沉寂。到处漆黑一团，什么也看不清。霍利吃饱饭，去到布妮娅的玉米地，躺在田埂上的小茅棚里。他原本想着，忘记寒冷好好睡一觉，可是，毛毯破旧不堪，短褂褴褛无法蔽体，稻草也在寒风的阵阵袭击下变得潮湿。眼前敌人众多，他不敢入睡。今天，他没有买烟草，要不然还可以解解闷。他带了一些干牛粪饼来烧火，不过，在寒冷之中，火也灭了。他蜷缩起冻得开裂的双脚，让它们贴近肚子，又将双手夹在两腿中间，把脸藏在毛毯里，试图用自己暖热的呼吸温暖自己。这件短褂已经做了五年。在某种程度上来说，这件衣服是滕妮娅强逼他做的，那时，他刚从喀布尔人手里买回一块布料。为了这件衣服，他忍受了多少折磨，挨了多少骂。这条毛毯是他出生以前的旧物。小时候，他经常盖着它，跟父亲一起睡觉；长大以后，他抱着戈博尔，裹着这条毛毯挨过寒冬；年迈的今天，那条毛毯仍旧是他的伙伴，然而如今，它不再是咀嚼食物的牙齿，而是给他带来痛苦的牙齿。

霍利的人生中从来没有一天，缴完地租，还清高利贷者的债，家里的钱粮仍有富余。如今，他无缘无故陷入这种新的麻烦中。他若是不帮布妮娅，世人会笑话；若是帮忙的话，又担心大家说闲话。他们会认为，他在抢劫布妮娅，把她的收成尽数搬回自己家里。他不但得不到别人的感恩，反而会背负骂名。与此同时，珀拉提醒过他许多次，要他赶紧安排一门亲事，自己现在过不下去了。索帕也数次跟他讲，布妮娅对他有一些不好的看法。这样不行。无论是哭是笑，他都得帮忙料理布妮娅的家事。

迄今为止，滕妮娅心中的怨恨还没有完全消除。时至今日，霍利的心里依旧感到十分懊恼。我不应该当着大家的面责打她。一个陪伴我生活了二十五年的女人，我动手打她，而且是在全村人面前打她，真是卑劣至极，但是滕妮娅也不留余力地败坏我的名声，让我丢脸；在我面前经过的时候刻意回避，仿佛从来不认识我似的；想要跟我说什么，就打发索娜或者卢巴来说。我看到，她的纱丽破了，但是昨天，她只跟我说了索娜的纱丽，完全没有提到自己的纱丽。索娜的纱丽打几个补丁还能凑合一两个月。她的纱丽补丁摞补丁，完全变成一块破布缝缀的被单。而我，做过什么让她高兴的事？对她说几句贴心话，就会自贬身份吗？或许，她会变得有些傲慢，说几句讽刺挖苦的话，难道这会伤害到我吗？然而，我年纪大了，人也糊涂了。要说的话，正是这场突如其来的大病令她心软，要不然，天知道，她要绷着脸生气生到什么时候。

今天，他们两人促膝长谈，如同饿汉饱食一顿大餐。滕妮娅讲出自己心底的话语，霍利满心欢喜，激动得说不出话来。他真想把头放在她的脚上，对她说，"我打了你，现在，我向你致敬，向你赔罪，你想怎么打我，想怎么骂我，都随你。"

忽然间，他听到草棚前面传来手镯碰撞的声音。他竖起耳朵仔细聆听。是的，确实有。或许是管账人的女儿，或许是婆罗门大爷的妻子。大概是来摘豌豆的。不知道这些人的心念为什么如此龌龊？他们穿得比全村人好，吃得比全村人好，家里藏着成千上万的卢比；他们放贷，要求别人加倍还债，索要贿赂，收取酬金，搞出各种各样的花样盘剥压榨我们，竟然还要存心如此不良。有其父必有其子。他们自己不来，打发妻子来。如果我现在起来，抓个现行，他们还有什么脸面？下等人，不过是名义上的下等人，而那些上等人，心思更为卑贱。可是，他不能去抓女人的手，只好闭着眼睛自认倒霉。摘吧，兄弟，随便你想摘多少。你就当作，我不在这里。大人物不顾及自己的体面，小人物却得维护他们的尊严。

然而，这不是她们，是滕妮娅。她在呼唤我。

滕妮娅喊道："睡着了没有？"

霍利立刻起身，走到草棚外面。今天，看样子这位女神很高兴，是来给他赐福的。与此同时，这样云雨交加、天寒地冻的深夜，她的到来难免让人疑心。一定有事发生。

他说："冷得睡不着吗？外面这么凉，你怎么来啦？家里一切都还好吧？"

"当然，一切都好。"

"干嘛不打发戈博尔来喊我？"

滕妮娅没有回答。她钻进草棚，坐在稻草上，说道："戈博尔把我们的老脸都丢光了，还管他做什么。我们担心害怕的事情，终归还是发生啦。"

"发生什么啦？他跟谁打架啦？"

"我怎么知道，他干了什么？你去问问那个妖妇吧！"

"问哪个妖妇？你在说什么？莫不是发疯了？"

"是啊，怎么可能不发疯？家里发生这样的事，我可真是无比开心，无比荣幸！"

一束长长的光线射进霍利心里。

"为什么不说清楚一点？你在说哪个妖妇？"

"那个褚妮娅呗，还能有谁！"

"难道褚妮娅到家里来啦？"

"不然还能去哪里？还用问！"

"戈博尔不在家吗？"

"戈博尔不见人影。天知道他跑到哪里去了？她怀了五个月的身孕。"

霍利这下全明白了。尽管看见戈博尔经常往牧人住的村子跑，他心里曾经有过猜疑，不过，他没有想到，戈博尔如此放荡顽劣。少年们有些风流韵事，没什么新奇的。看到蓝天中一缕棉絮随风飘舞，人们大都一笑置之，然而，这缕棉絮终将遮盖整片天空，将前进的道路变得阴暗难行，这点恐怕连神灵也无法预测。他是个单纯的农村小伙子呀，霍利一直把他当作孩子。霍利不操心吃饭问题，不惧怕五老会，褚妮娅如何住在家里，他也不在意。他担忧的是戈博尔。儿子害羞、不懂事、自尊心强，千万别做出什么愚昧无知的事情。

他焦急地问："褚妮娅没有说，戈博尔去哪啦？或许走之前跟她说过些什么？"

滕妮娅烦躁地说："你这个人真蠢。他的心上人坐在家里，他能跑到哪儿去？大概躲在什么地方吧。他又不是吃奶的娃娃，还能丢了不成？我倒是担心这个不要脸的褚妮娅，我能拿她怎么办呢？反正我不允许她待在家里，哪怕片刻都不行。接回母牛的那天，他们俩就开始眉来眼去。假如没有怀孕，现在事情也不会败露，但是有了身孕，褚妮娅心里慌乱不安。她叫戈博尔私奔，戈博尔一直拖延，带着一个女人能去哪里，他没有想出任何办法。最终，直到今天，她纠缠不休，扬言'带我离开这里吧，不然我就自杀'，戈博尔只好说，'你去我家住吧，没有人会说什么，我会劝妈妈接受你。'于是，这个蠢货跟着他一起往家里走。他在前面走着走着，突然不知道溜到哪里去了。她站在原地不停地呼唤他的名字。等到晚上，他还没有回来，所以她自作主张跑到我们家来了。我跟她说，'自己作的孽，自己承担后果。你这个妖妇毁了我的儿子。'从那时起，她就坐在地上哇哇大哭，不肯起身。她说，'我哪有脸回自己家？'天神啊，生下这样的孩子，还不如断子绝孙。马上天亮，全村人都会叫嚷起来。我真想，毒死拉倒！我跟你说，我不会让她留在家里。戈博尔要留，就让他自己留！我家没有地方给这种淫荡的女人住。如果你要在中间多嘴，那么不是我走，就是你走！"

霍利说："你做得不对。你根本不应该让她进门。"

"劝了半天，一点用也没有。她不肯离开，坐在门口一动不动。"

"行，走吧，我倒要看看，她怎么赖着不起来。不行的话，我就把她拖到外面去。"

"该死的珀拉什么都看到了，但是一句话也不说。老子也这样厚颜无耻。"

"他怎么知道，那两个人在背后偷偷摸摸地干什么？"

"怎么会不知道？戈博尔从早到晚围着他家转，难道他眼睛瞎了吗？他应该想想，这个人为什么天天往这里跑。"

"走吧，我去问问褚妮娅。"

两个人离开草棚，朝村子走去。霍利说："现在已经是半夜了吧。"

滕妮娅说："是啊，那还用说，不过，人们睡得多熟啊！如果有个小偷过来，可以把全村人偷个遍。"

"小偷不会来这样的村子。他们都去富人家。"

滕妮娅停下脚步，抓住霍利的手，说道："当心，别大声讲话！

要不然，全村人都会给你吵醒，这件事就流传出去啦。"

霍利用严厉的语气说："我倒是不在意这个。我要抓着她的手，把她拽到村子外面去。既然事情总有一天会公开，为什么不在今天公开呢？她为什么来我家？找戈博尔去！跟戈博尔一起干坏事的时候，有没有问过我们的意见？"

滕妮娅再次抓住他的手，慢慢地说："你要是抓住她的手，她会大声尖叫。"

"那就叫呗！"

"可是，这三更半夜的，到处乌漆麻黑，一点声音都没有，她能去哪里呢？你想想看。"

"去找她的亲人。我们家哪有她待的地方？"

"当然，可是，这三更半夜的，把人从家里赶出去是不太合适。何况，她还怀着孕，万一受到惊吓，那就糟糕啦！她这副模样，我们也不能对她做什么。"

"她是死是活，跟我们有什么关系？随便她想去哪里都行。我们干嘛要丢自己的脸？我也要把戈博尔赶出去！"

滕妮娅非常担忧地说："如果要丢脸，现在已经丢啦。只要我们活着，这个耻辱就无法洗清。戈博尔把一切搞得乱七八糟的。"

"不是戈博尔，把一切弄砸的是她。戈博尔只是个孩子，不幸中了她的圈套。"

"不管是谁，现在就是一团糟。"

两个人走到家门前。忽然间，滕妮娅用手抱着霍利的脖子，说道："等等，你跟我发誓，绝不会对她动手。她自己一直在那里哭。要怪就怪命不好，否则怎么会遇到这样的日子？"

霍利热泪盈眶。滕妮娅的母爱宛若一盏明灯，即使在这一片黑暗之中，也把他布满忧思、苍老憔悴的面孔照得透亮。过往的青春仿佛在两个人心中重新苏醒。在这逝去的青春里，霍利似乎看到二十五年前闯入他生命的、那个内心柔软的姑娘。她的拥抱里包含多么深厚的慈爱，它将所有耻辱、所有阻碍、所有根深蒂固的传统全都纳入自身当中。

两个人走到门口，透过门缝向内张望。灯台上的油灯亮着，昏暗的灯光下，褚妮娅把头放在膝盖上，面朝大门，在黑暗中寻觅那种幸福，那种片刻前显现迷人身影、转瞬即逝的幸福。她遭遇不幸，受到冷嘲热讽的伤害，因为生活的种种打击苦闷哀愁，四处寻觅可以栖身的树影，结果，她找到一个房子，本以为在它的庇护下，可以过上安全、幸福的生活。然而，这个房子带着所有幸福和欢乐，如同阿拉丁的宫殿一般，消失得无影无踪。未来就像一个可怕的恶魔，站在那里想要将她一口吞下。

忽然间，大门打开。看到霍利走过来，她吓得浑身发抖，哆哆嗦嗦地站起来，跪倒在霍利脚边，哭哭啼啼地说："大爷，现在除了你家，我没有其他地方可以去。你打我也好，砍我也好，但是求求你别把我赶出家门！"

霍利弯下腰，用手轻轻地抚摸她的背，慈爱地说："别害怕，孩子，别害怕！你有住的地方，你有家，你有我们。安安心心地住在这里。你是珀拉的女儿，也是我的女儿。只要我们活着，你就不需要操心任何事。只要我们在，谁都不能斜着眼睛看你。就算要请客赎罪，我们也会看着办的，你放心吧。"

褚妮娅得到安慰，更加紧紧地抱着霍利的脚，说道："大爷，现在你就是我的爸爸，还有大娘，你就是我的妈妈。我无依无靠，请你们收留我，要不然，我的爸爸和哥哥定会把我生吞活剥了。"

如今，滕妮娅无法阻挡自己心里强烈的慈悲之情。她说："你去家里坐着，我来招呼你的爸爸和哥哥！这个世界又不是他们的王国，顶多把以前买给你的首饰要回去。脱下来丢给他们呗！"

就在刚刚不久前，滕妮娅怒气冲冲地咒骂褚妮娅是荡妇、贱婢、婊子，不知道说了一些什么难听的话，还用扫帚打她，要把她赶出家门。如今，褚妮娅听到这些充满慈爱、宽容和慰藉的话语，立刻松开霍利的脚，跑过来抱住滕妮娅的脚。那个贞洁的妇人，那个除了霍利，从来不认真打量其他男人的滕妮娅，抱住这个罪孽深重的姑娘，为她擦拭眼泪，用温柔的言辞抚平她心中的伤痛，如同一只小鸟把自己的孩子藏护在翅膀底下。

霍利示意滕妮娅给褚妮娅弄点吃的喝的，然后向褚妮娅询问道："孩子，你知不知道，戈博尔去哪里啦？"

褚妮娅一边抽泣一边说："他什么都没有跟我说。因为我，你们……"说着说着，她的声音淹没在泪水之中。

霍利无法隐藏自己的着急与不安。

"你今天看到他的时候，他是不是有点难过？"

"说起话来倒是笑嘻嘻的。他心里什么状况，只有神灵知道。"

"你心里怎么想的，他是藏在村子里，还是到外面去啦？"

"我怀疑，他跑到外面去了。"

"我心里也是这么想，干的是什么蠢事！我们又不是他的敌人。事情既然已经发生，不论好坏，总得想个办法解决。他就这样逃跑，让我们承受灾难和痛苦。"

滕妮娅牵着褚妮娅的手，一边领着她往屋里走，一边说："真是个胆小鬼！决定跟谁在一起，就应该好好照顾她，而不是丢了脸，自己跑得飞快。现在等他回来，我一定不让他进家门。"

霍利躺在那里的稻草上。戈博尔究竟去了哪里？这个问题如同一只小鸟，不断地在他心灵的天空盘旋。

第十一章

如此不寻常的事件势必在村里引起一阵骚动，并且这场骚动持续了数月之久。褚妮娅的两个哥哥时常拿着棍子四处搜寻戈博尔。珀拉立誓，今后不再与褚妮娅见面，也不在这个村里露面。他过去与霍利谈论过的婚事，目前也无法进行下去。如今，他打算收回母牛的钱，而且只要现钱，倘若霍利拖延赖账，他就向法院提起诉讼，让他们拍卖霍利的房子。村里的人已经把霍利逐出种姓。没有人会抽他的水烟，或者喝他家的水。有人曾经提出，不让他家到公共水井打水，但是大家都见过滕妮娅凶悍泼辣的模样，因此，没有人敢站出来。

滕妮娅对所有人说过，谁要阻止她打水，她就跟他拼命。这种宣战让众人勇气尽失。最痛苦的人是褚妮娅，正是因为她，事情才发展到如此混乱的境地，再加上戈博尔始终杳无音讯，于是这种痛苦变得愈发难忍。她终日羞愧地躲在家里，生怕一出门，人们的非议会像箭雨一样从四面八方袭来，让她性命难保。她整天忙家务，只要逮到机会便大哭一场。她时时刻刻都战战兢兢地生活，唯恐滕妮娅说些什么。她独自承担起所有的家务，不过，她不能烧饭，因为没有人愿意吃她做的食物。村里但凡有几个人聚在一起，就会开始指责她。

有一天，滕妮娅正从集市回家，途中遇见婆罗门学者达咀丁。滕妮娅低下头，本想避开他悄悄溜走。然而，学者先生只要逮到嘲讽别人的机会，就绝对不会错过。

他挖苦道："滕妮娅，有没有得到戈博尔的消息？他真是个不肖子，丢光了家族的脸。"

这种感觉一直萦绕在滕妮娅心里。

她沮丧地说："老爷啊，倒霉的时候，人的脑袋就不灵光了。我还能说什么呢？"

达咀丁说："你不该把这个坏女人藏在家里。如果牛奶里落进了苍蝇，人们一定会先把它捞出来丢掉，然后才喝奶。你想想，你们家如今遭受大家的耻笑，名声多么恶劣！只要那个荡妇不待在家里，就什么事儿也没有。年轻人总会犯这样的错。你不请街坊邻里吃顿饭，不好好招待婆罗门，怎么能获得救赎？不把她留在家里，不就什么事儿也没有嘛！就算霍利疯了，你怎么也上当受骗？"

达咀丁的儿子玛咀丁和一个遮玛尔种姓的女子搞不正当的男女关系。这件事在村里人尽皆知，但是他依旧涂抹符志，念诵经文，宣扬神的功行，主持宗教仪式。他的名声和威望丝毫没有受损。他只需要通过日常的沐浴和祈祷就能够清除自己的罪行。滕妮娅知道，收留褚妮娅会招来这些灾祸。然而，她不知道自己为何会心生怜悯，不然的话，那天晚上将褚妮娅赶出去，如今又怎会遭受这些耻笑。不过，除了河流和水井，那时恐怕没有任何其他地方可以让她停歇。她怎能用一条性命……不止一条，而是两条性命……作为代价去维护自己的尊严？更何况，褚妮娅肚子里的孩子是滕妮娅的心头肉。她怎能因为害怕别人的耻笑就要了孩子的命！再加上，褚妮娅的温顺和可怜让她放下了所有的防备。每当她怒气冲冲地从外面回来，褚妮娅都会立刻端来一杯水，放在她面前，并为她按摩双脚，她的怒火也就渐渐平息下来。由于羞耻和痛苦，这个可怜的人一直压抑着自己，人们为何还要去欺压她，为何要去谋杀一个死人呢？

她用严厉的语气说："老爷，我们没有那么珍视家族的威望，不会为了它去谋害一条生命。虽然还没有举行过仪式，但我的儿子确实已经跟她结了婚。我如何开口把她赶走？尽管大人物经常干这种事儿，但是没有人敢对他们说三道四，所以他们不会染上任何污点。换作小人物干了这种事，他们一定会变得声名狼藉，有失体面。或许，在大人物看来，自己的面子比别人的性命珍贵，不过，我们没有那么珍视自己的体面。"

达咀丁向来不是一个服输的人。他是这个村里的那罗陀仙人①。搬弄口舌、挑拨是非正是他的主要事业。他自己从不偷窃，因为那需要冒着生命的危险，但是分赃的时候，他必定会到场，绝对不会让自己吃亏。迄今为止，他连一分钱的地租也没有付给地主，只要法院来没收他的财产，他就跑去投井，弄得诺凯拉姆束手无策。然而，事后他却放高利贷，把钱借给佃农。如果某位妇女需要打造首饰，达咀丁乐意为其效劳。说亲保媒的过程中，他总能名利双收，获得极大的愉悦。有人生病时，他既可以诊治开方，也可以施法祛邪，一切全凭病人所愿。与此同时，他八面玲珑，擅长交际，在年轻人面前装作年轻人，在孩子面前装作孩子，在老人面前装成老人。他是小偷的朋友，也与商人交好。在村子里，没有任何人信任他，不过，他的声音里的确具有某种吸引力，人们尽管一次次地上当受骗，最终仍旧会来寻求他的庇护。

他摇头晃脑地说："你说得对，滕妮娅！品行高尚之人确实应当

---

① 那罗陀仙人，印度神话中在天上传递信息且爱搬弄是非的仙人。

遵守这样的道德准则，但也不能违背风俗习惯呀！"

就这样，有一天，巴泰西沃里嘲弄了霍利。他虔信宗教，在村里赫赫有名。每逢满月的日子，他都会去聆听毗湿奴大神的功行故事。然而，作为村里的管账人，他也时常利用职务之便让人白白替他耕田，白白替他灌溉。他还挑唆佃农斗殴，从中获取好处。整个村子的人看到他都会发抖。通过十个卢比、五个卢比地向穷人放债，他积累了万贯家财。他不断地从农民那里掠夺应季的果蔬，赠送给法院及警局的官员。为此，他的美名传遍整片地区。倘若说有人不受他的控制，那就是最近来过这里的警察局长甘达辛格。他也是一位大善人。热病盛行的日子里，他将政府的奎宁片分发给村民，借此为自己赢得赞誉。只要有病人恢复健康，必定会上门向他问安。他经常为村民调解一些大大小小的纠纷。有人举办婚礼，他也会出借自己的轿子、毡毯以及待客的物品，帮助人们解决困难。但凡遇到这样的机会，他都不会错过，正所谓得人钱财，替人消灾。

他说："霍利，你干嘛招惹这样的麻烦？"

霍利转过身，问道："老爷，你说什么啦？我没有听到。"

巴泰西沃里从后面赶上来，跟他并排走在一起，然后说："我说，你干嘛跟滕妮娅一样犯傻？干嘛不把褚妮娅送回她爹家去，白白遭别人耻笑。天知道她怀的是谁的孩子，你还让她留在家里。现在，你的两个女儿也快要嫁人了，你想想，怎样才能渡过这难关？"

霍利听着这些好话歹话，不由得心生厌烦。

他不悦地说："这些我都知道，老爷！您倒是说说，我能怎么办？我要是把褚妮娅撵出去，珀拉会收留她吗？如果他同意，我今天就把她送到他家去。如果您能说服他，我这辈子都会感念您的恩情。不过，那边他的两个儿子可是随时准备拼命的。我又怎能把她撵出去呢？她找了一个没用的男人，招惹她之后又背叛了她。我也把她赶走的话，这种状况下，她就算想去做苦力也做不成啊！万一她跳河寻了短见，这算是谁的罪过？至于女儿们的婚礼，老天爷自有安排。时候到了，总会有条出路。至今为止，我们宗族里还没有女孩嫁不出去呢。我才不会因为害怕族人的闲言碎语就去杀人。"

霍利是个性情温和的人。他总是低着头走路，也能包容许多事情。除了希拉，村里没有任何人想与他为敌。然而，大家如何能够容忍这么大的祸事！再瞧瞧他的固执，任凭别人如何劝说，他也不听。他们夫妻俩仿佛在挑衅整个村庄，看看有谁能拿他怎么办。于是，村里的人也要让他们知道，破坏社会道德的人是不能安然入睡的。

那天晚上，为了讨论这件事，村里管事的人开了一个会。

达咀丁说："我不习惯批评别人。世界上什么样的坏事没有？这跟自己有什么关系？可是，那个该死的滕妮娅却下定决心要跟我作对。她占了兄弟们的便宜，手里攒了不少钱，现在除了歪门邪道，还能想起什么？出身低贱的人，一旦填饱肚子，就会走上邪路。因此，经书有云，踢打低贱之徒，乃为善也。"

巴泰西沃里吸了一口水烟，说道："他们就有这毛病，看见几个钱就翻脸不认人。今天，霍利自高自大，对我傲慢无礼，弄得我只能败兴而归。真不知道他把自己当作什么人。你们想想，这种不道德的行为会为村子带来什么后果？看到褚妮娅，其他寡妇会不会受到鼓舞？今天这种事发生在珀拉家里，明天也会发生在你我家中。社会的运转需要依靠恐惧的力量。现在，社会的约束力渐渐消失，你们且瞧着，世上将会发生何等灾祸。"

金古里辛格有两个妻子。第一个妻子早已离世，留下五个孩子。那时候，尽管年纪已有四十五岁左右，他仍旧结了第二次婚。后来，第二个妻子久无所出，他又娶了第三个女人。如今，他年满五十，家里却坐着两位年轻的妻子。关于她们两人，各种各样的流言蜚语在村里不断蔓延。然而，由于害怕这位地主老爷，就算逮着机会，也没有任何人敢说些什么。在丈夫的庇护下，她们的一切行为都合理合法。只有没有靠山的人才会遭受灾难。地主老爷对自己的妻子管束得十分严格。令他格外骄傲的是，其他人甚至连他妻子的面纱都没有见过。然而，在面纱遮蔽的背后发生了什么，他又知道多少呢？

金古里辛格说："这样的女人就该被砍头。霍利把这个荡妇留在家里，给社会种下了一颗毒瘤。允许这样的人待在村里会让整个村子道德败坏。我们应该向拉易老爷报告这件事，必须清清楚楚、明明白白地说出来。如果这种违背道德的行为继续在村里肆虐，那么谁都保全不了自己的面子。"

地主的代理人、婆罗门学者诺凯拉姆出身世家。他的祖父曾在某位国王时期官拜宰相。然而，他却专注修行，把自己的一切都敬献给神灵。他父亲的一生也是在念诵罗摩的名号中度过的。诺凯拉姆继承了这种虔敬方式。他每天一大早便坐下来敬拜祈祷、念诵经文、书写罗摩的名号，直到十点。不过，只要一从神灵面前站起来，他的人性就会冲破这种束缚，消失殆尽。他的心思、话语及行为也随之变得十分狠毒。金古里辛格的提议是对他的权力的一种藐视。

诺凯拉姆生气地瞪着那双深陷在浮肿脸颊上的眼睛，说道："这件事干嘛要问拉易老爷？我想怎么处理就能怎么处理。罚他一百卢比吧。他自己会逃离村子的。这样的话，我势必要向法院提起诉讼，没收他耕种的土地。"

巴泰西沃里问："他的租钱都付清了？"

金古里辛格附和道："是啊，他还问我借了三十卢比去付租钱呢。"

诺凯拉姆傲慢地说："不过，目前还没有给他收条。有什么可以证明他付清了租钱？"

他们一致决定，要罚霍利一百卢比。现在，只需要找一天把村民们聚集起来，假装让他们同意这项决定。这件事情本来或许会推迟一些日子。然而，当天晚上，褚妮娅的孩子出生了。于是，第二天，村里就召开了长老会。霍利和滕妮娅两人被喊去聆听自己命运的审判。议事棚里人声鼎沸，挤得连插脚的地方都没有。长老会判定，处罚霍利一百卢比现金以及三十满粮食。

滕妮娅当着众人的面哽咽地说："长老们啊，你们要知道，折磨穷人是不会得到幸福的。我们是活不下去了，天知道，以后还能不能在这个村子里待下去。可是，我一定要诅咒你们！我之所以受到这么重的惩罚，只是因为我让自己的儿媳妇留在家里，没有把她赶出家门，任凭她在街上乞讨？这公平吗，嗯？"

巴泰西沃里说："她是个娼妇，不是你的儿媳妇。"

霍利斥责滕妮娅："你说什么话，滕妮娅！长老会中自有神明。他的裁决，我们必须恭顺地接受。如果神希望我们离开村子，我们还有什么办法？长老们啊，我们所拥有的一切都在打谷场上。我们连一颗粮食都没有拿进家里。你们想要多少，就拿多少。如果全部都要，那就都拿走吧。神明会替我们做主，还不够的话，你们把我们的两头牛也拉走吧。"

滕妮娅咬牙切齿地说："我一颗粮食也不交，一分钱罚款也不给。谁有本事，就来问我要！真是好笑！你们或许打算，以罚款为借口，夺走我的全部家产，换成礼物去贿赂别人，然后再卖掉我的园子，舒心愉悦地挥霍一番。只要滕妮娅还活着，你们的贪欲就只能烂在自己心里。我们不需要留在这个宗族里。留在这里，我们永远不可能获得自由。现在我们吃的是自己的血汗钱，以后我们仍靠自己的血汗钱过活。"

霍利在她面前双手合十，说道："滕妮娅，我求求你，别说话啦！我们都是为宗族服务的人，想要脱离它绝无可能。宗族的惩罚，你就俯首接受吧。与其自以为是地活着惹人非议，还不如找根绳子吊死。如果我们今天死了，自有同族的人会替我们举行火葬。只有宗族愿意放了我们，我们才能渡过难关。长老们啊，除了打谷场上的粮食之外，我若还藏有其他任何财物，就让我再也见不到自己年轻的儿子！我绝对不会欺骗宗族。假如长老们可怜我的孩子，就请照顾照顾他们吧，否则，我也只能遵从你们的命令。"

滕妮娅愤怒地从那里走开。霍利来来回回地从打谷场把粮食背到金古里辛格的棚子里堆起来，一直忙到夜里八九点钟。二十满大麦、五满小麦、五满豌豆，还有一些鹰嘴豆和油菜籽。霍利一个人要背负两个家庭的重担。这些粮食都是滕妮娅的劳动所得。褚妮娅操持所有家事，滕妮娅与两个女儿一起做农活。他们两人本来打算，用小麦和油菜籽抵偿一部分地租，可能的话，还能偿付一点利息。大麦留下来自己吃，这样勉勉强强可以对付五六个月。到那时，黍米、玉米、粗黍和稻子就成熟了。如今，这个希望彻底破灭。粮食尽数丧失，一百卢比的负担又落到头上。吃饭的问题没有着落，戈博尔音讯全无，天知道他的状况如何。既然这么胆小，当初为何要做这样的事？不过，注定要发生的事，谁又能够逃避呢？宗族多么可怕，让人自己扛着粮食送过去，就像亲手挖掘自己的坟墓一样。地主、高利贷者和政府，谁有这么威风？孩子们明天吃什么，这个问题令人苦心焦思。然而，宗族的威慑如同恶魔一般，凌驾在人们头顶上发号施令。他完全无法想象离开宗族以后的生活。结婚、剃胎头、扎耳孔、出生、死亡，一切都在宗族的掌控之中。宗族像树木一样，扎根于他的生活之中，它的筋脉刺穿他的每一个毛孔。脱离宗族，他的生活将会变得混乱不堪——完全毁灭。

当打谷场上只剩下一两满大麦的时候，滕妮娅跑过去抓住霍利的手，说道："行啦，留点儿吧。扛过去的粮食已经足够维护宗族的体面啦！你是打算给孩子留点儿，还是全部白白投入宗族的火坑里？真是被你打败了，我竟然命中注定要跟你这样的笨蛋在一起！"

霍利抽回自己的手，一边继续把剩余的粮食装进篮子里，一边说："这是不可能的，滕妮娅！避开长老们的眼睛，即使偷藏一颗粮食对我来说也是罪大恶极的。我要把所有粮食都扛过去堆在那里。之后，如果长老们心生怜悯，自然会分一些给我的孩子们。不然的话，我们只能听天由命啦。"

滕妮娅焦急地说："他们不是长老，而是罗刹，十足十的罗刹！他们就想侵吞我们的土地，剥夺我们的粮食。惩罚不过是借口。我一直在劝你，你却不肯睁开眼看看，还指望这些恶魔会可怜我们，还幻想他们会拿出十几满粮食分给你。别痴心妄想啦！"

然而，霍利依旧不肯听劝，自顾自地把篮子顶在头上。这时，滕妮娅使出全身力气，用双手抓住篮子说："就算你要我的命，我也不会让你把它扛走。我们拼死拼活地劳作，起早贪黑地浇水、看守，难道就是为了让长老们神气活现地享福，而我们的孩子却吃不到粮食，饱受折磨？活儿并不是你一个人干的，我跟两个女儿也很辛苦。我可告诉你，赶紧把篮子放下，不然我就跟你一刀两断。"

霍利陷入沉思。滕妮娅的话句句在理。他有什么权力掠夺孩子们的劳动所得去偿付罚金？他是一家之主，所以他应该养活他们，而不是侵吞他们挣来的粮食去维护自己在宗族的体面。篮子从他手中滑落。霍利说："你说得对，滕妮娅！我没有权力挪用别人分内的东西。剩下的这些你都拿走吧，我去跟长老们解释。"

滕妮娅把装满粮食的篮子提进家里，然后跟两个女儿一起唱吉祥曲，欢庆孙子的诞生。滕妮娅故意放声高歌，好让整个村子都听到。在今天这样喜庆的场合，宗族里却没有任何一位妇女到场，这在村里是头一遭。褚妮娅曾让人从产房里带话，说没有必要歌唱吉祥曲。然而滕妮娅怎么会听呢？既然宗族不关心她，那么她也不顾忌宗族。

就在那时，霍利正在把自己的房子以八十卢比的价格抵押给金古里辛格。除此之外，他想不到其他方法来筹措罚金。油菜籽、小麦和豌豆抵偿了二十卢比，剩余的部分只能靠抵押屋宅。诺凯拉姆本想让他卖掉耕牛，不过，巴泰西沃里和达咀丁对此表示反对。倘若卖掉耕牛，霍利以后怎样耕田？宗族虽然想从他的收成中捞取钱财，但并不希望他逃离村子。如此一来，耕牛算保住了。

霍利写完抵押书，夜里十一点才回到家。滕妮娅问："你在那里干什么，搞到这么晚？"

霍利冲她撒气说道"干什么？给那个混小子还债呗。那个倒霉鬼闯了祸，自己跑了，留下个烂摊子给我收拾。我只能以八十卢比的价格把屋子抵押出去。干什么！现在，我又可以跟大家一起抽水烟了①。宗族原谅了我们的罪过。"

滕妮娅生气地咬着嘴唇说："不跟别人一起抽水烟，对我们来说有什么损失？莫非几个月不抽水烟，我们就变得低贱啦？我说，你怎么这么愚蠢？在我面前装得十分聪明，在外面怎么把嘴巴闭得紧紧的？祖上遗留的家产早被败光，原来还剩下一座房子。今天，你连它也送给别人了。照这样，明天再把这三四比卡②土地也抵押出去，然后到街上去要饭吧！我问你，你嘴里是不是没有舌头，所以不能问问那些长老，他们整天到处惩罚别人，算是哪门子大圣人？看到他们的嘴脸都是一种罪过！"

霍利斥责道："住嘴，别这样盛气凌人地说话！你现在还没有上过宗族的当，要不然就不会说出这些话。"

滕妮娅的情绪十分激动："我究竟犯了什么错，为什么要害怕宗族？我是偷了谁的东西，还是侵吞了谁的财产？收留一个女人不是

---

① 在印度农村，村民有聚在一起吸水烟的习惯，但是大家绝对不会跟被宗族逐出种姓的人一起吸。因此，印地语中有 hukka band karana 的表达，意为关闭水烟，即逐出种姓。此处 hukka khulana 字面意思为水烟开放，即宗族恢复了霍利的种姓，霍利又可以像往常一样，跟其他人聚在一起吸水烟。

② 比卡，原文为 bigha，印度的地积单位，一比卡相当于 0.6 英亩。

什么罪过，留下之后又把她赶出去才是造孽呢。人太老实确实不好，老实的结果就是连狗也开始欺负他。今天大家可能在那里称赞你，如何保住了宗族的颜面吧。跟你这样的男人一起生活，我真是倒霉透顶。跟着你，连块干面饼都吃不着。"

"是我倒在你爸脚下苦苦求来的吗？是他非要把你跟我绑在一起。"

"是他脑筋不开窍，我还能说什么呢？天知道他看中你哪点。你又算不上什么俊俏的美男子！"

争论演变成玩笑。他们的确损失了八十卢比，但却得到了珍贵无比的孙子。谁也不能把他抢走。倘若戈博尔也回到家中的话，即使住在一间茅屋里，滕妮娅仍会感到幸福。

霍利问："孩子长得像谁？"

滕妮娅喜悦地回答："跟戈博尔长得一模一样！真的！"

"结实吗？"

"嗯，非常结实！"

第十二章

那天晚上，戈博尔跟褚妮娅走在一起的时候不停地发抖，仿佛很丢脸似的。乡亲们只要一看到褚妮娅，必然会在村里掀起一阵骚动。戈博尔在脑海里想象，人们将如何从四方八方涌来，指着他们说三道四，滕妮娅又会如何责骂他们。想着想着，他的腿就再也无法向前迈进。他倒是不惧怕霍利。霍利只会咆哮一阵子，很快便能恢复平静。滕妮娅才令人害怕，她会服毒自杀，会放火烧家。不行，此刻，他不能跟褚妮娅一起回家。

万一滕妮娅不让她进家门，还拿着扫把跑来揍她，这个可怜的女人要到哪里去呢？她不能回自己家。万一她去投井或者上吊自杀，又该怎么办？他长长地吁了一口气，现在可以投靠谁呢？不过，母亲不是那么无情的人。生起气来，她顶多也就责骂几句，不会跑来揍她的。只要褚妮娅伏在她的脚边痛哭，她必定会心生怜悯。那时，他就自己去外面躲一躲。等到这场祸乱平息，他再找一天悄悄回来，乞求母亲原谅。倘若在此期间，他能够找到一份工作，能够带几个卢比回家，那么滕妮娅就不会唠叨了。

褚妮娅说："我的心怦怦乱跳。之前哪儿知道，你会给我惹来这么大的麻烦。天知道，我是在怎样糟糕的时刻遇见你的。当初你要是没有来牵牛，这一切也就不会发生。你先往前走走，该怎么解释就怎么解释。我随后就到。"

戈博尔说："不，不，你先过去，然后跟他们说，我在市场上卖完东西，准备回家。可是现在天已经黑了，我要怎么回去呢？等到那时候，我就到了。"

褚妮娅担忧地说："你妈妈总爱发脾气，我怕她怕得要命。万一她揍我，我该怎么办？"

戈博尔宽慰道："妈妈不是这样的人。她连一耳光都没有打过我们，怎么会打你呢？即使她要骂人，也只会骂我，不会说你的。"

他们走到村子附近。戈博尔停下脚步，说道："你去吧！"

褚妮娅恳求道："你别耽搁太久。"

"不会，不会，马上就来！你去吧。"

"不知道为什么，我心里七上八下的。你真让人生气！"

"你干嘛这么害怕？我马上就来。"

"还不如逃到别的地方去。"

"自己有家，干嘛要逃到别的地方去？你净瞎担心。"

"你很快会回来，对吧？"

"是的，是的，马上就来。"

"你不会在骗我吧？把我送回家，自己却跑去别的地方。"

"我没有这么卑鄙，褚娜！既然跟你在一起，我就会负责到底。"

褚妮娅朝家走去。戈博尔踌躇不前，原地站了一会儿。忽然间，盘旋在脑海中的良心的谴责在他面前显露出恐怖的形态。万一妈妈真的跑来揍她，那该怎么办？他的双脚如同粘在地上一样，无法继续前行。他和家之间只隔着一个小小的芒果园。褚妮娅黑色的背影渐行渐远。他的感官变得十分敏锐。他的耳朵听到一丝轻微的声响，仿佛妈妈在责骂褚妮娅。他的心里产生了一种奇特的感觉，仿佛有人在用铡刀砍他的头。身体里的血液好像都已干涸。没过多久，他又似乎看见，滕妮娅走出家门，去往别的地方。她大概是去找爸爸吧。他吃饱之后就去看护豌豆了。戈博尔朝向豌豆田走去。他踩着麦田一路飞奔，仿佛褚妮娅在后面追着他似的。那是父亲的小棚子。他停下来，蹑手蹑脚地走到棚子后面坐下。他的猜测是对的。他刚到地方就听见滕妮娅说话的声音。哎呀，糟糕！妈妈如此冷酷，竟然对一个不幸的女人毫无怜悯之心！倘若我走上前去斥责她，说她没有资格跟褚妮娅讲话，那么她的自尊心会受到伤害。好啊！爸爸也在发脾气，真是欺软怕硬！我平时敬重他们，结果却是这样。现在爸爸也站在妈妈那边。要是他们动手打滕妮娅的话，我可忍受不了。老天爷，现在只能靠你啦！当初，我可不知道自己会陷入这样的混乱中。褚妮娅会在心里把我当成一个多么狡猾、懦弱和卑鄙的人。他们怎么能打她？怎么能把她赶出家门？难道我不是家里的一分子吗？假如今天有人敢对她动手，我一定会大动干戈。为人父母者必须要守护自己的孩子。如果他们连慈爱之心都没有，又怎么算得上父母！

霍利一走出棚子，戈博尔就蹑手蹑脚地跟在后面。然而，看到门口的灯光之后，他立刻停下脚步。他无法踏入那片光线之中。黑暗中，戈博尔紧贴墙壁站着，心里十分害怕。哎！这些人一直在责骂可怜、无辜的褚妮娅，他却无能为力。他没想到，自己玩乐时扔下的一个火星会把整片打谷场烧成灰烬。现在，他没有勇气走上前去坦白，这个火星是我扔的。这场地震中，他内心的支柱全部崩坏，如同一座房屋轰然倒塌。他扭头向后走。现在，他还有什么脸去见褚妮娅！

他走了一百步，像士兵逃离战场一样。他想起曾经对褚妮娅许诺过的爱情和婚姻，想起两人幽会时的甜蜜回忆。那时，他疯狂地喘着气，目光沉醉而迷离，仿佛想要把自己的生命奉献在她的脚下。褚妮娅宛若一只痛失伴侣的雌鸟，原本缩在自己的小巢中孤独度日。那里没有雄鸟的热烈追求，没有充满激情的喜悦，没有雏鸟甜美的叫声，甚至没有捕鸟人的猎网和陷阱。戈博尔闯入她孤独的巢穴，天知道有没有给她带来过些许愉悦，但确确实实为她招惹了不少麻烦。他抑制住自己的情绪，像逃跑的士兵听见同伴的鼓励一样，转身返回。

他来到门口，发现大门紧紧锁闭。光线从门缝里透出来。他通过门缝偷偷向内张望。滕妮娅和褚妮娅坐着，霍利站在一旁。褚妮娅抽泣的声音隐隐传来，滕妮娅安慰她道："孩子，去屋里坐吧。我来对付你爸和你的兄弟。只要我们活着，你就没有什么可担心的事。只要我们在，谁也不能斜着眼睛瞧你。"戈博尔感动得说不出话来。如果自己有能力，他一定要给爸爸妈妈很多钱，并且对他们说，你们现在不用操心，舒舒服服地坐着享福吧，想做多少善事，尽管去做吧。如今，对于褚妮娅，他没有什么好忧虑的，之前想给她找个容身之所，现在也找到了。褚妮娅定会认为他是个骗子，随便她怎么想吧。等到他赚得一大笔钱，能够堵住全村人的嘴，能够让父母把他看作家族的荣耀而非家门的耻辱时，他才要回家。

心中的伤痛有多深，它的推动作用就有多大。这一次蒙受的羞辱搅乱了戈博尔的内心，那颗一直潜藏其中的宝石随之显露出来。今天，他第一次意识到自己的责任，还有决心。迄今为止，他都认为少劳动、多吃饭是自己的特权。他从来没有想过，自己对家人也有责任。今天，父母的大度和宽容仿佛在他心里投下了一道亮光。滕妮娅和褚妮娅走向屋里时，他就动身前往霍利看守豌豆的小棚子，然后坐在那里谋划未来。

他曾听人说过，在城里当掘土工人一天可以赚五六个安那。假如他一天能赚六个安那，那么花掉一个安那养活自己，剩余的五个安那就可以存起来。照这样计算，一个月能存十卢比，一年就有一百二十五卢比①。等到他拿着装有一百二十五卢比的钱袋回家，谁还敢在他面前说三道四？恐怕那个达咀丁和巴泰西沃里②也会赶来巴结奉承他。褚妮娅更会感到骄傲。只要他这样赚几年钱，家里就能彻底摆脱贫困。以前，全家人加在一起都赚不到一百二十五卢比，如今他一个人就可以赚到这么多。人们或许会议论，他在外面做苦工。让他们说呗！做苦工又不是什么罪过。况且，他也不是永远只赚六安那，以后技艺娴熟，工钱自然就会变多。待到那时候，他要跟父亲说，您安心坐在家里敬神吧！整日忙农活除了白白消耗生命之外，还能得到什么？首先，他要买回一头每日能产四五赛尔牛奶的旁遮普奶牛，然后告诉父亲，您就好好服侍奶牛女神③吧！这样，您今生能享福，来世也能得到好报。

什么？每天只花一个安那，他不可能舒舒服服地过日子？干嘛非要找个房子，他可以在别人家的门廊里栖身，何况还有成百上千座寺庙以及福舍④呢。再说，他去别人家做工，主人还会不给他地方住吗？至于面粉，一个卢比可以买到十赛尔，一个安那也能换来两个半巴沃⑤。不过，一个安那的面粉吃不了多久。还有木柴、豆子、盐、蔬菜，这些东西要从哪儿弄？一天吃两顿的话，至少需要一赛尔面粉。哎，吃饭的事儿不必多想。吃一把鹰嘴豆能填饱肚子，吃

① 此处，戈博尔的计算有误。按照一天五个卢比计算，一个月只能存下约150安那（约9.4卢比），不足十卢比，一年大约能够存下114卢比，亦不足125卢比。

② 巴泰西沃里，原文为Patesuri，音译应为巴泰苏里，为巴泰西沃里（Pateshwari）的音变形式。为避免人物混淆，此处依旧翻译为巴泰西沃里。

③ 奶牛女神，原文为gay mata，其中gay指奶牛、母牛，mata字面意思为母亲，也可以用来表示对女性的尊称。在印度，母牛具有神圣的地位。印度教经典中，母牛被奉为宇宙的象征、万物的母亲和食物之源，宰杀母牛之罪等同于谋杀婆罗门。

④ 福舍，原文为dharmsale，指专门为印度教朝圣徒所准备的客栈，通常免费，但是条件比较简陋。

⑤ 巴沃，原文为pav，印度旧时的重量单位，一巴沃等于四分之一赛尔，约等于250克。

哈尔瓦①和油炸薄饼也是一样。这取决于能挣多少钱。只要吃半赛尔面粉，他就能愉快地工作一整天。再到处捡些干牛粪饼，木柴的问题也解决了。偶尔还可以花一个拜沙买点豆子，或者买些土豆，煮熟之后制成土豆泥。他来这里是要过日子，而不是享清福。在叶盘上和面，用牛粪生火烤面饼，把土豆煮熟压成土豆泥，饱食一顿，然后沉沉睡去。在家的时候，一天只能吃一顿炒三角豆②，哪有两顿面饼吃。到了城里，他依旧可以这样度日。

他心里产生一丝疑虑。万一挣不到钱，他该怎么办？不过，怎么会挣不到钱？只要他拼命干活，许多人都会雇他。人们喜欢的是勤劳工作，而不是外表。这里同样会遭遇旱灾和霜冻，甘蔗上会爬白蚁，大麦会生锈病，芥子里会长紫胶虫。倘若晚上能够找到活儿干，他也不会放弃。白天出去做工，晚上可以到什么地方看门。就算一晚只能挣到两个安那，好歹也是一笔收入。等到回家时，他不但要给所有人买纱丽，而且一定要为褚妮娅打一对手镯，为父亲买一块头巾。

幻想着这些美好的图景，戈博尔睡着了。然而，天寒地冻，他如何能够睡得安稳。好不容易熬过一夜，第二天清晨，他便起身踏上前往勒克瑙的路途。路程只有二十柯斯，黄昏就可以到达目的地。村里没有人到那里去，他也不会留下自己的地址，否则父亲第二天就会追赶过去。他有些后悔，当初为什么没有清清楚楚地告诉褚妮娅，你现在先回家，我出去挣点儿钱，过些日子就回来。不过，那样的话，她哪肯乖乖回家。她会说，我要跟你一起出去。拖着她，他还能去哪里？

新的一天开始了。昨天晚上什么也没吃，戈博尔渐渐感觉到饥

---

① 哈尔瓦，原文为haluva，指用粗面粉、绿豆、胡萝卜、糖和酥油等做成的一种甜食。

② 炒三角豆，原文为cabena，指印度穷人吃的一种粗粮。

饿，双脚也开始打颤。他想找个地方坐下休息。不往肚子里塞点东西，他实在是走不动了。然而，他身边连一个拜沙也没有。路边正好有一片枣树林。他摘了些枣子哄骗肚皮，接着又继续向前走。经过一个村庄时，熬制红糖的香气阵阵袭来。他再也按捺不住，径直走进红糖作坊，借了水罐和绳索，装满一罐水，坐下来用手舀水喝。这时，一个农民说："哎呀，兄弟，干嘛一个人喝白水？过来吃点糖吧！现在我们还能自己压榨甘蔗，自己熬糖。明年这里要开办糖厂，所有甘蔗还没收割就卖光了。如果人们用土红糖的价格可以买到细白糖，谁还会来买我们的土红糖呢？"他把一些红糖块装在杯子里递给戈博尔。戈博尔一边吃红糖，一边喝水。那人又问要不要吸水烟，戈博尔假装现在不吸。老头高兴地说："兄弟，做得好！一旦染上烟瘾，这辈子都戒不掉。"

蒸汽机车加入煤和水之后，速度飞快提升。时值冬日，不知道什么时候就到了中午。戈博尔在一个地方看到，一个年轻的女子坐在树下，对丈夫进行坚持真理运动①。丈夫站在前面不停地劝说她。几个路人站在一旁看热闹。戈博尔也停住脚步。人生的戏剧中，还有什么比夫妻闹别扭更有趣呢？

女子愤怒地盯着丈夫说："我不去，不去，不去！"

丈夫仿佛在下最后通牒："你不去？"

"不去！"

"不去？"

"不去！"

丈夫抓住她的头发，开始拖拽起来。女子在地上打滚。

丈夫无奈认输，说道："我再讲一次，起来，走吧！"

女子固执地回答："我七辈子也不到你家去！你就把我剁成肉

---

① 坚持真理运动，原文为satyagrah，字面意思为坚持真理，此处指圣雄甘地领导的不合作运动，主张用非暴力手段进行消极抵抗。

块吧！"

"我要砍断你的脖子！"

"那你会被判处绞刑。"

丈夫松开她的头发，双手抱着头坐在地上。他已将自己的男子气概发挥到极致，如今在她面前，他再也没有任何办法。

过了片刻，他又站起来，一脸挫败地说："你究竟想怎么样？"

女子也站起来，坚决地说："我希望你能放过我。"

"你说说看，到底怎么回事？"

"为什么有人责骂我的爸爸和兄弟？"

"谁骂你的爸爸和兄弟？"

"回你家问问去！"

"你去的话，我就问问！"

"你能问什么？不过是些虚假的安慰。快去用你妈妈的裙子蒙住脸睡觉吧！她是你的妈妈，又不是我的什么人。你去听她的责骂，我为什么要听呢？我吃一个面饼，干的却是四个面饼的活儿。我干嘛还要忍受别人的威吓？我连你的一个铜戒指都没有见到过！"

两人争吵的过程中，路人在一旁享受看戏的乐趣。然而，这场戏剧丝毫没有快要结束的迹象。倘若继续看下去，他们恐怕无法按时到达目的地。于是，人们纷纷离去。戈博尔十分厌恶丈夫的残暴，但是他不能当着众人的面说出来。等到人群散尽，他才说："兄弟，你们两夫妻的事儿，本来我不该多嘴，但这样冷酷无情也是不好的。"

丈夫瞪着小贝壳似的眼睛说："你是谁？"

戈博尔无畏地说："我是谁不重要。不过，没有人喜欢看到这样不合理的事情。"

男人摇摇头说："看得出来，你还没有结婚，所以才会这样心疼她！"

"即使以后结婚，我也不会抓住妻子的头发随意拖拽。"

"行，你走自己的路吧！我的妻子，我打也好，杀也好，你是什么人，胆敢多嘴！赶紧滚，别杵在这儿！"

戈博尔的热血更加沸腾。他为什么要走？马路是政府的，又不是谁家私有的。只要他愿意，他就可以一直站在那里。谁也没有权利把他赶走。

男人抿着嘴唇说："你还不走？非要我动手？"

戈博尔把毛巾系在腰间，做好打架的准备，然后说："你来啊！我想走的时候才会走。"

"看样子，你非要被打成残废才会滚蛋！"

"天知道，谁会打断谁的手脚？"

"你不滚？"

"不！"

男人挥动拳头扑向戈博尔。那一刻，女子抓住男人的围裤，一边将他拽向自己，一边对戈博尔说："你干嘛非要跟别人打架，不去赶自己的路？这里有什么热闹可看的？吵架也是我们自己的事。有时候他打我，有时候我骂他，跟你有什么关系？"

受到这样的指责，戈博尔悻悻离开。他在心里暗自嘀咕："这个女人活该挨揍！"

戈博尔向前走去，女子责骂丈夫道："你为什么总要跟别人打架？他说了什么难听的话刺伤了你？你要做坏事，世人才会说你不好。不过，他看起来像是好人家的孩子，跟我们属于同一个宗族。你怎么不撮合撮合他和你妹妹？"

丈夫怀疑地说："他现在还单身吗？"

"干嘛不去问问？"

男人快跑了十步，一边朝戈博尔大声呼喊，一边挥手示意让他停下。戈博尔想，这个男人又被鬼迷住了心窍，所以才这样挑衅。

真是不挨揍就不肯罢休。在自己的村子里，狗也变成了狮子。让他放马过来呗！

然而，男人口中说出的并不是挑衅的话语，而是友善的邀请。他向戈博尔询问家乡、姓名和种姓，戈博尔一一作答。那个男人名叫柯德易。

柯德易微笑着说："我们俩差点打起来。等你走后，我一想，你说得对。我不应该对你发火。家里有田产吗？"

戈博尔说，他家有五比卡祖传的田地，还有一副耕地的犁具。

"兄弟！我对你说的那些乱七八糟的话，请你原谅。人在生气的时候就容易冲动。我的妻子如同吉祥天女一般贤德聪慧，可是，有时候像被鬼怪迷住了心窍似的不可理喻。你说说看，我对妈妈能有什么办法？生我的人是她，养我的人也是她。一旦事情发生，我要说什么也只能对自己的妻子说。我可以约束她。你仔细想想，我没有信口开河。是的，我不该抓住她的头发拖拽她。不过女人嘛，不受点教训就不服管束。她希望，我和妈妈分家。跟生养自己的亲妈分家？她走也好，留也罢，反正我不可能这样做。"

戈博尔也改变了自己的立场，说道："兄弟，尊重母亲是所有人必须遵守的准则。谁能够偿还母亲的恩情呢？"

柯德易邀请他去自己家。无论如何努力，他今天都无法到达勒克瑙。再赶几柯斯路，暮色就会降临。他必须得找个地方过夜。戈博尔打趣地说："你老婆同意了吗？"

"不同意又能怎样？"

"挨了她一顿臭骂，我怪不好意思的。"

"她自己也感到懊悔。走吧，去劝劝我妈吧。我没办法说些什么。她也应该想想，为什么要责骂媳妇的爸爸和兄弟。我也有一个妹妹。四天之后，她就要出嫁了。如果她的婆婆责骂我们，她能听得下去吗？过错不完全是媳妇的，妈妈也有错。我很不喜欢，她每件事都偏袒自己的女儿。媳妇比较好的一点是，她一生气就从家里跑出来，从不跟我妈妈对骂。"

戈博尔本来就需要找个地方过夜，所以他跟着柯德易走了。两人回到女子刚刚坐着的地方。现在，她变回家庭主妇的模样，稍稍放下面纱遮住脸，看上去十分娇羞。

柯德易微笑着说："他起初还不肯来呢。他说，挨了那样一顿骂，怎么还能来咱家？"

女子透过面纱看着戈博尔说："挨这几句骂就害怕啦？以后娶了老婆，准备逃到哪里去？"

村子就在附近。这哪里是什么村庄，不过是个小村落。里面只有十几座屋子，其中一半是瓦房，另一半是茅草房。到家以后，柯德易搬出一张棕床，将粗线毯铺在上面，接着又吩咐家人准备甜饮，自己也往水烟里塞满烟丝。顷刻之间，女子端着一小罐甜饮走过来，故意将一滴水溅在戈博尔身上，仿佛在向他赔罪。如今，他即将成为小姑子的丈夫，为何不逗弄一下他呢？

第十三章

天还没亮，戈博尔就起床与柯德易告别。大家已经知道，他结过婚，所以没有人跟他谈论婚事。他温和的性格得到全家人的喜爱。劝告柯德易母亲的时候，为了维护她作为母亲的尊严，戈博尔尽挑些好听的话来说。这令她十分欢喜，连连给他祝福。

"伯母，您是伟大的、值得崇敬的人。母亲的恩情，儿子百世、千世，乃至万世也偿还不清……"

受到这样的顶礼膜拜，老太太激动得说不出话来。接下来，无论戈博尔说什么，她都认为是吉祥的。医生只要治愈过病人一次，往后即使他手上拿着毒药，病人也会欣然咽下。戈博尔继续说："像今天这样，媳妇儿生气地从家里跑出去，丢脸的是谁？谁认识您的媳妇儿？她是谁的女儿，谁的孙女，谁知道呢！或许，她的爸爸就是个割草的人……"

老太太笃定地说："是个割草的，孩子，他确确实实是个割草的！早上看到他，你会倒霉一整天。"

戈博尔说："那么，谁会笑话这样的人！遭人耻笑的是您和您的家人啊。要问的话，人们会问，她是谁家的媳妇儿？毕竟，她现在还是个小姑娘，幼稚、不懂事。低贱的父母如何能够生养出优秀的女儿？您得教那只老鹦鹉念诵罗摩的名字①。一个劲儿地搂他，他什么也学不到，只有用发自内心的爱才能教会他。鞭打责骂是可以的，不过，不要对他太过粗暴。否则，他不会有什么损失，您却会被人瞧不起。"

戈博尔离开的时候，老太太将红糖和粗粮炒制后磨成的细粉混合在一起，给他路上充饥。

村里还有其他一些人也进城找活儿干。他们一路说说笑笑，不知不觉间走了很远。不到九点，他们已经抵达阿米那巴德市场②。戈博尔十分诧异，城里这么多人都是从哪儿来的？真是人山人海！

那天，市场上至少站着四五百个工人。泥瓦匠、木工、铁匠、掘土工、棕绷床工人、编篮工、石匠，全部聚在一起。看到拥挤的人群，戈博尔变得灰心丧气。这么多工人，哪能都找到工作。何况，他手里什么工具也没有。别人如何知道，他能干什么活儿？没有工具，谁会搭理他？找到活计的工人离开。有些人失望沮丧地准备回家。市场上剩下的大多是无人问津的老弱工人。戈博尔也在他们当中。不过，今天他有东西吃，所以并不担忧。

忽然，米尔扎·库尔谢德来到工人中间大声说："干一天活挣六个安那，愿意的跟我来！所有人都可以得到六个安那。五点钟收工！"

除了几个泥瓦匠和木匠，全部工人都愿意跟他走。四百个老弱残兵集结成一支浩浩荡荡的大军。米尔扎肩上扛着一根粗木棍，走在队伍前方。后面，饥饿的工人排成一个长队，像绵羊一样。

---

① 此处戈博尔的意思是，柯德易的母亲得教教她的亲家，从根源解决媳妇儿不懂礼仪的问题。
② 阿米那巴德市场是勒克瑙最古老的市场之一。

一个老头问米尔扎："老爷，我们要干什么活儿呀？"

米尔扎老爷的回答让所有人大吃一惊。所谓的活儿不过是玩一种叫卡巴迪的游戏①。这是个什么样的人，为了玩卡巴迪游戏，竟然愿意每天支付六安那的工钱。该不会精神错乱了吧！钱挣得太多，人就容易发疯。书读得太多也会令人陷入癫狂。有些人开始怀疑，莫非这是个玩笑！就算他把我们从这儿带到家里，然后说，没有活儿干，谁又能对他怎么样呢！不管他是要玩卡巴迪，还是捉迷藏或者打木块，都得先付工钱。我们怎么能够相信这种疯疯癫癫的人？

戈博尔志忑地问："老爷，我们没有吃的。如果有点钱的话，就能买点东西吃。"

米尔扎立刻将六个安那放在他手里，并且鼓励众人说："工钱待会儿就发给大家。不用为这件事担心！"

米尔扎老爷在城外置办了一小块土地。到达目的地之后，工人们发现，那里早已围成一个大院子，中间只有一间小草棚，里面有几把椅子和一张桌子。桌上摆着几本书。草棚上爬满藤蔓，看上去十分美丽。院子里，一边栽种着芒果、柠檬和番石榴的幼苗，一边种着一些花，其余大部分都是没有开垦过的荒地。米尔扎让大家排成一列，逐一分发工钱。现在，没有人再怀疑他的疯癫。

戈博尔先前已经领过工钱，所以米尔扎招呼他过来，将浇灌幼苗的工作指派给他。这样，他就无法参与卡巴迪游戏，心里闷闷不乐。本来可以把这些老头举起来摔在地下，不过没有关系，卡巴迪游戏他玩过许多次，工钱也全部到手了。

时隔多年，天降好运，这些老头今天终于可以玩卡巴迪游戏。他们之中大多数人都记不清，自己是否玩过这个游戏。他们整日在

---

① 卡巴迪游戏起源于南亚，类似中国民间的"老鹰抓小鸡"游戏。该游戏由两支队伍竞争，每队10~12人。比赛过程中，进攻方选手们需要在一个呼吸过程里面连续高喊"卡巴迪，卡巴迪"，通过攻入对方场地界线，尽可能多地接触对方防守队员而不被逮住并且平安返回己方半场才能得分。

城市里吃苦受累，晚上八九点钟才回到家里，随便吃些简单粗劣的饭食之后，赶紧躺在床上休息。第二天清晨，同样的循环再次往复。生活枯燥乏味，没有欢乐，日复一日，如出一辙。今天得到这样的机会，老头也重新焕发了青春。半截子入土的老头，瘦骨嶙峋，头童齿豁，把围裤挽在大腿上打着拍子跳来跳去，仿佛衰老的骨头里又充满年轻人的活力。很快，他们划定好边界线，挑出两位队长，接着开始选择队员。临近十二点，游戏正式开始。冬天，阳光不再炽烈，正是进行这种游戏的理想季节。

院子门口，米尔扎先生正把票卖给前来看热闹的人。他总是一门心思想怪招，比如这次把从富人身上挣来的钱分发给穷人。这次的老人卡巴迪游戏，他从很多天以前就开始着手宣传，张贴了大幅的海报，还广发通知。这次的游戏独辟蹊径，绝对前所未有。谁想要看看，印度的老人如今多么强壮，快来吧，来一饱眼福吧！没看到这场游戏的人一定追悔莫及！如此良机，失不再来！门票的价格从两安那到十卢比不等。不到三点，整个院子挤满了人。汽车和四轮敞篷马车排成长龙。观众至少有两千人。那里为有钱人准备了椅子和长凳。普通百姓只能坐在光溜溜的土地上。

玛尔蒂小姐、梅诃达、肯纳、邓卡和拉易老爷都到场了。

游戏开始。米尔扎对梅诃达说："来吧，博士先生，我们俩比试比试吧。"

玛尔蒂小姐说："只有哲学家才配跟哲学家组队比试呢。"

米尔扎捋着胡子神气活现地说："那么，您认为，我不是哲学家？虽然没有一长串头衔，但我也是个哲学家。您可以考考我，梅诃达先生！"

玛尔蒂问道："好吧，那您说说，您是唯心主义者还是唯物主义者？"

"我两者都是。"

"这怎么可能？"

"非常容易，见机行事。"

"您没有自己的判断？"

"对于某些事情，人们至今都无法断言，并且以后也不会作出任何决断，我该如何进行判定？人们熬瞎眼睛，啃遍万卷书才得出的结论，我随随便便就能获悉。您也许会说，哲学家除了谈谈理论之外还能干什么？"

梅诃达博士突然解开上衣的纽扣，说："走吧，我跟您比试比试。不管别人怎么想，我承认，您是位哲学家。"

米尔扎问肯纳："要我帮您找个对手吗？"

玛尔蒂兴奋地催促："对啊，对啊，一定要拉上他，让他跟邓卡先生比比。"

肯纳难为情地说："不行不行，不好意思！"

米尔扎又问拉易老爷："要帮您找个对手吗？"

拉易老爷说："我的对手是翁迦尔纳特，不过，他今天没有出现。"

米尔扎和梅诃达也赤裸着上半身，只穿一条短裤就走进游戏场。一个站在这边，一个在另一边。游戏开始。

因为这场老年人的游戏，人们大声欢笑、鼓掌、咒骂、叫喊、下赌注。妙啊！瞧瞧那个老头儿！他多么神气威风，仿佛非要击败所有人才肯罢休。好极啦！另一边，他的哥哥也出现了。两个人摆开架式，打斗得多么激烈！老迈的骨头里如今充满生命力。他们喝过的酥油比我们喝过的水还多。人们常说，印度越来越富有。或许是吧。然而，我们却发现，如今年轻人的勇气和胆量很难与这些老人相比。那边的老头儿牢牢抓住这边的老头儿。那个可怜的人多么用力地挣扎试逃脱，但却始终没有成功。天啊！三个人缠住一个人！就这样，人们饶有兴致地观看，他们所有的注意力都集中在游戏场上。全部人都沉浸在游戏者的打斗、跳跃、捕捉以及他们的胜负角逐中。有时候，四周响起一阵哄笑，有时候，看到不公或耍奸的行为，人们便大声呼喊"住手，住手"，引起一片喧嚣。有些人甚至怒气冲冲地跑向边界线。不过，少数买了高价票坐在凉棚下的绅士并没有从这场游戏中获得特别的乐趣。他们正在谈论比游戏更重要的事情。

肯纳喝完姜汁汽水，点燃一支雪茄，对拉易老爷说："我跟您说过，低于这个利息，银行无论如何也不会同意。对您，我才给出这种优惠，因为您是自己人。"

拉易老爷把笑容隐藏在胡子底下，说道："按照您的政策，自己人就活该受骗挨宰。"

"您为何这样说……"

"我说的都是事实。对苏利耶普勒达浦·辛格，您只收七分利，对我，您却要收九分，还要我感恩戴德。不是吗？"

肯纳哈哈大笑起来，仿佛这句话有什么可笑之处。

"按照同样的条件，我也可以收您同样的利息。他把财产抵押给了我们，那些财产或许再也不会回到他的手上。"

"我倒是愿意抵押自己的财产。拿出闲置的财产比支付九分的利息好得多。我在杰克森路的房子，您让人收走吧。您还可以从中获取佣金。"

"那栋房子不太容易进行抵押。您也知道，那个地方离市区有多远。哎，也行吧，我试试看！您对它估价多少？"

拉易老爷张口要十二万五千卢比，因为房子周围还附带十五比卡土地。

肯纳诧异万分，说道："拉易老爷，您还在做十五年前的美梦呢！您应该知道，这里的地产价格已经下跌了百分之五十。"

拉易老爷不满地说："不对，十五年前它的价格是十五万卢比。"

"我会去寻找买家。不过，我要跟您收取五个点的佣金。"

"跟别人恐怕得收十个点吧？您要这么多钱干什么呢？"

"您想给多少就给多少。现在总该满意了吧。糖厂的股份，您至今还没认购。目前所剩无几了，日后您会后悔的。您也还没有投保。您就是有个坏习惯，喜欢找借口拒绝别人。对自己有利的事情都这样百般推辞，别人还能从您这里获得什么好处呢！因此，人们常说，领地制度令人变得非常愚蠢。假如我有能力，我会把大地主的领地全部没收。"

邓卡先生试图向玛尔蒂小姐张开罗网。玛尔蒂曾清楚地表示，她不想参与选举，自找麻烦。然而，邓卡不是这么轻易认输的人。他走过来，将手肘撑在桌上，说道："您再考虑考虑那件事呗。听我说，这样的良机，您以后可能再也不会遇到。跟您竞争，旃达夫人一点机会都没有。我只是希望，具有一定生活阅历、为人民做过一些事情的人能够进入议会。有些女人，她们除享乐外一无所知，总是把人民当作自家汽车的汽油，做过最有价值的服务就是设宴款待那些地方官员和部长。对她们而言，议会里没有合适的位置。新议会中，大多数权力都将掌握在代表们手里，我不希望，那些不够资格的人得到权力。"

为了摆脱他的纠缠，玛尔蒂说："先生，我哪儿有几万卢比可以花在选举上？而旃达夫人连几十万都能负担得起。我每年还得从她那儿赚个几百上千卢比，得罪了她，这些钱也得不到了。"

"您先说说，您愿不愿意参加选举？"

"愿意倒是愿意，除非不用花钱。"

"那么，这些由我负责。您不用花钱。"

"不行，请您原谅，我不想失败后被人瞧不起。只要旃达夫人打开钱包，金币就会一块接一块地扑向一张张选票。到那时，恐怕您也会把票投给她。"

"在您看来，只要有钱，就可以赢得选举。"

"不是，人也是一个因素。不过，除了坐过一次牢，我还从事过其他什么公益事业？说实话，那次我也是为了自己的利益才去坐牢的，就像拉易老爷和肯纳先生一样。当今这种新文明的基础是财富，在财富面前，学问、服务、家族、种姓都微不足道。历史上某些动荡时期内确实出现过财富被看轻的现象，但那都只是例外。讲讲我自己的亲身经历吧。假如某个穷困的女人来到诊所，等待数个小时我也不会搭理她。但是，某个女人乘坐小汽车来看病的话，我会立刻到大门口迎接她，把她当作活神仙一样，尽心尽力地服侍。我和旃达夫人之间不会有任何竞争关系。按照议会现在的模样，旃达夫人更适合它。"

游戏场内，梅诃达的队伍明显处于下风。超过半数的参与者都被打败了。梅诃达一生中从未玩过卡巴迪游戏，米尔扎却是行家。梅诃达的假期通常是在练习表演中度过的，他的表演甚至能让最优秀的演员感到惊讶。而米尔扎全部的兴趣都在摔跤场上，包括场内的大力士和淑女。

玛尔蒂的注意力也集中在那里。她站起来，对拉易老爷说："梅诃达的队伍输得好惨！"

此前，拉易老爷一直在跟肯纳讨论保险的事。他早已对这个话题感到厌烦。玛尔蒂就像把他从牢笼中解放出来一样。

他站起来说："是啊，输得挺惨的。米尔扎是个厉害的选手。"

"梅诃达心里怎么会生出这样奇怪的念头，白白在众人面前丢脸。"

"这有什么丢脸的？随便玩玩而已。"

"梅诃达那边的人，只要一出来，就会被打败。"

过了片刻，玛尔蒂又问："这种游戏难道没有中场休息吗？"

肯纳想打趣一下她，说道："他非要去跟米尔扎比试。在他看来，这也是哲学。"

"我在问，这种游戏里没有中场休息吗？"

肯纳再次嘲讽地说："现在游戏快要结束了。等到米尔扎抓住梅诃达往地上摔，梅诃达认输求饶的时候才有趣呢。"

"我在问拉易老爷，没问你！"

拉易老爷回答："这种游戏的中场休息？人都是一个接一个轮流上场的。"

"好吧，梅诃达这边又有一个人输了。"

肯纳说："您继续往下看！照这样，所有人都会输的，最后，梅诃达先生也会被打败。"

玛尔蒂有些生气："您连下场试试的胆量都没有。"

"我从不玩乡下人的游戏。我打网球。"

"网球我也赢过您好几百回呢。"

"我什么时候说过要赢你？"

"你要敢说，我随时接受挑战。"

玛尔蒂骂了他一顿，然后坐回自己的座位上。没有人同情梅诃达。没有人提出立刻终止这个游戏。梅诃达也是个奇怪的笨蛋，干嘛不耍点手段，非要在这里展现自己的公平正义。等下落败而归，周围可不得响起掌声一片！现在，他这边大概只剩下二十个人，不过，观众们多么高兴啊！

随着游戏接近尾声，人们渐渐失去耐心，一起冲向边界线，将用绳索圈成的围栏彻底摧毁。维持秩序的志愿服务者试图阻止人群，但是面对那种汹涌澎湃的激情，他们束手无策。终于，狂涛巨浪剩下最后一滴水珠，梅诃达成为他这边仅存的选手。如今，他必须扮演一个哑巴①。一切希望都寄托在他身上。倘若他能够全身而退，回到属于己方的场地，那么他的队伍还能保留下来，否则的话，他只能带着失败的羞愧和耻辱退下阵来。回到自己的场地之前，他能够触碰到多少个对方选手，让他们"死去"，自己这边就可以有多少个选手"复活"。

所有人的眼睛都盯着梅诃达。梅诃达开始走动。人们从四面八方涌来，将边界线团团围住，屏息凝神，专心致志。梅诃达不慌不忙地走向敌人。他每走一步，都会引起人们的反应，有人歪着脖子，有人俯身向前。气氛变得极其热烈，水银到达沸点。梅诃达闯入敌人的阵营。敌人步步后退。他们的组织如此严密，梅诃达始终没能抓住或触碰到其中任何一个。人们原本期待，梅诃达至少可以救活自己这边几个选手，但是现在，他们渐渐感到失望。

忽然，米尔扎纵身一跃，抱住梅诃达的腰。梅诃达奋力挣脱，将米尔扎拽向分界线。人们几近疯狂。现在，场上已经无法分清，到底谁是选手，谁是观众。所有人都乱糟糟地挤在一起。米尔扎和梅诃达之间正在上演一场激烈的摔跤比赛。米尔扎那边的数个老头冲向梅诃达，将他紧紧抱住。梅诃达静静地躺在地上。如果他挣扎着继续向前拖拽两只手掌的距离，那么他的五十位队员可以全部复活。不过，他连一英寸也移动不了。米尔扎骑在他的脖子上。梅诃达的脸涨得通红，眼睛变得像深红色的瓢虫一样。汗水不断滴落，米尔扎将自己肥胖的身体重重地压在他的背上。

玛尔蒂走到近旁，激动地说："米尔扎·库尔谢德，这不公平！游戏不分胜负！"

库尔谢德肘击了一下梅诃达的颈部，说："他不认输，我绝不放

---

① 根据卡巴迪游戏的规则，某一方的最后一个人到对方场地时，无需继续屏息高喊"卡巴迪"。这里用扮演哑巴的说法既突出卡巴迪游戏的规则，又与上文叙述梅诃达喜欢表演的内容相呼应。

手。为什么不肯认输呢？"

玛尔蒂向前迈了一步：说："您不能这样强迫对手认输。"

米尔扎使劲压了压梅诃达的背，说："毫无疑问，我可以！您跟他说说，只要他认输，我立刻站起来。"

梅诃达再次尝试挣扎起身，但是米尔扎牢牢摁住他的脖子。

玛尔蒂抓住米尔扎的手，一边试图把他拉开，一边说："这不是游戏，是打击报复！"

"就是打击报复！"

"您不放手？"

那一刻仿佛发生了一场地震。米尔扎老爷摔在地上，梅诃达飞快地跑向分界线，数千的人像疯子一样，将帽子、头巾和手杖抛向天空。局势究竟是怎样逆转过来的，没有人知晓。

米尔扎上前一把抱住梅诃达，两人拥抱着走向凉棚。每个人都在说，博士赢了。每个人都为这场突然转败为胜的游戏感到诧异。大家都在赞扬梅诃达的勇气和毅力。

米尔扎老爷事先让人给工人买了橙子。他们每人分到一个，然后就被打发走了。凉棚里为客人们准备了茶水。梅诃达和米尔扎在同一张桌子旁面对面坐下。玛尔蒂坐在梅诃达身边。

梅诃达说："我今天有一种全新的体悟。女人的同情心可以将失败变为胜利。"

米尔扎望向玛尔蒂，说："好吧！原来是这么一回事！我还一直觉得奇怪，您怎么突然就爬起来了。"

玛尔蒂羞得满脸通红，说："米尔扎先生！我今天才知道，您真是个残暴的人。"

"都是他的错。他怎么不肯认输呢？"

"就算您要我的命，我也绝不认输。"

朋友们闲聊了一会儿。彼此间表达过感谢和祝福之后，客人陆续离开。玛尔蒂还要去看病人，所以她也走了。只剩下梅诃达和米尔扎留在那里。他们需要洗个澡。浑身沾满尘土，那么脏的衣服如何继续穿下去？戈博尔把水提来，两位朋友开始洗澡。

米尔扎问："什么时候举办婚礼？"

梅诃达惊讶地问："谁的婚礼？"

"您的！"

"我的婚礼！我跟谁结婚？"

"哇！您还装傻充愣呢，好像这事儿也是可以隐瞒的。"

"不，不，我说的是实话，我完全不知情。我要举办婚礼了吗？"

"难道您认为，玛尔蒂小姐会一直充当您的玩伴？"

梅诃达严肃地说："您的想法大错特错，米尔扎先生！玛尔蒂小姐美丽漂亮、乐观开朗、知书达理、博学多才，此外还有许多优点。不过，我希望在自己的终生伴侣身上看到的那些特质，她却没有，或许也不会拥有。在我看来，女人是忠贞和奉献的化身，她们默默顺从，毫无怨言，甘愿牺牲自我，成为丈夫灵魂的一个部分。与这样的女子结合，我的身体虽然是男性的，但是灵魂却是女性的。您会说，男人为何不能放弃自我？为何要对女人寄予这种希望？因为男人没有那种能力。如果他放弃自我，周围的一切都会变得虚无。他将坠入一个深洞，幻想自己与最高神灵融为一体。男人是热情活跃、傲慢自大的生物。他们把自己当作知识的化身，想象自己能够直接与神灵会合。女人却像大地一样，刚毅沉着、平和宁静、坚韧不拔。如果男人拥有女人的品德，他可以成为圣雄。如果女人具有男人的特点，她会变成一个荡妇。能够吸引男人的女人，必须在各个方面都是女人。迄今为止，玛尔蒂还没有引起我的注意。我要怎样跟您解释，我对女人的看法。我将世界上一切美丽事物的化身称作女人。我希望，即使我打她，她也不会产生报复的情感；即使我在她眼前爱恋其他女子，她也不会心怀妒恨。倘若能够得到这样的女人，我一定会拜倒在她脚下，向她献出自己。"

米尔扎摇摇头，说道："你也许在这个世界上找不到这样的女人。"

梅诃达肯定地说："别说一个，上千个都能找到，否则，这个世界将失去光彩。"

"请举个例子！"

"比方说，肯纳太太！"

"不过，肯纳……"

"肯纳真是可悲，明明得到一颗钻石，却把它当作碎玻璃。您想想，她多么爱肯纳，为他付出了多少。可是，肯纳贪恋美色，心里恐怕连一点位置也没有留给她。假如今天肯纳遭遇灾难，她一定会为他牺牲自己。即使他现在眼睛瞎了或者染上麻风病，她的忠贞也不会有丝毫改变。肯纳却不懂得尊重她，不过，您等着瞧吧，这个肯纳总有一天会拜倒在她脚下。我不喜欢懂得跟我辩论爱因斯坦理论的女人，也不需要她帮我校阅作品。我想要的女人，她必须能够通过自己的爱和奉献将我的生活变得神圣而光明。"

库尔谢德仿佛想起什么遗忘的事情，一边用手捋着胡须，一边说："梅诃达先生，您的想法非常正确！如果遇到这样的女人，我也愿意跟她结婚。不过，我对此不抱任何希望。"

梅诃达笑着说："我一直在寻找，您也找找看吧。说不定哪天就交好运了呢！"

"我敢打包票，玛尔蒂小姐可不会放过您！"

"对这样的女人，我只会跟她在一起消遣消遣，不会论及嫁娶。婚姻是全心交付。"

"如果婚姻是全心交付，那么爱情呢？"

"爱情只有到达全心交付的境界，才会变成婚姻，在那之前都是放荡调情。”

梅诃达穿好衣服，准备离开。黄昏降临。米尔扎临走的时候发现，戈博尔还在给树浇水。

米尔扎高兴地说：“走吧，现在可以收工了。明天还来吗？”

戈博尔胆怯地说：“老爷，我想找个活儿干。”

“你想干活儿的话，我可以留下你。”

“老爷，工钱多少？”

“你想要多少？”

“我怎么好开口要？您想给多少就给多少吧！”

“我给你十五卢比，但是你得卖力干活儿。”

戈博尔不怕辛苦。只要能够赚钱，他愿意每天劳作二十四个小时。工钱有十五卢比，真是天大的好事。他甚至可以为之拼上自己的性命。

他说：“如果有间小屋的话，我可以住在这里。”

“有，有，我给你安排住的地方。你可以睡在这间茅屋的一个角落里。”

戈博尔感觉自己找到了天堂。

第十四章

　　霍利的收成已经全部充当罚款缴纳出去。二月勉强对付过去了，可是熬到三月，家里连一粒粮食也没有剩下。五张嘴巴等着吃饭，家里却颗粒无存。一天就算吃不上两顿饭，一顿总是要吃的。即使不能完全填饱肚子，半饱还是要满足的。不吃饭，人能活几天！向谁借点粮食吗？他必须躲避村子里所有的借债人。去做工吗，谁会雇佣他？三月里，自己有成堆的活要干。甘蔗也需要浇水。不过，肚子空空，如何卖力干活？

　　黄昏降临。小孙子在哇哇大哭。母亲没有吃饭，奶水从何而来？索娜了解家里的状况，可是卢巴知道什么！她一遍又一遍地叫嚷着要吃面饼。白天尚且可以吃些生芒果哄骗自己，现在却需要一些有分量的东西。霍利去找过杜拉利夫人借粮食，但是她关闭商店，到市场上去了。蒙格鲁先生不仅断然拒绝帮忙，还指责他说："你还来借呢！三年里，半分钱利息都没给过，单凭这个我会借给你？等下辈子吧！你心术不正，如今才沦落到这样的境地。这种不道德的行为，连神都看不下去。怎么管事老爷一骂人，你就一声不吭地把钱交出去了。我的钱就不是钱？还有你老婆，总是摆出一副自以为是的样子。"

从那里回来之后，霍利一直泫然欲泣、满脸沮丧地坐着。恰逢此刻，布妮①前来借火。她走到厨房门口，看到里面漆黑一片，于是说道："嫂子，今天怎么不做饭呀？到时间了呢！"

自从戈博尔离家出走，布妮不仅跟滕妮娅和好如初，而且对霍利充满感激。现在，她也常咒骂希拉："这个凶手，杀了牛就逃跑。脸都被他丢光了，怎么还敢回家来？就算他回来，我也不会让他进门。杀牛的时候，他也不感到害臊！要是警察把他绑起来，关进监狱，那该有多好！"

滕妮娅找不到任何借口，只能说："怎么做饭，家里什么粮食都没有。你大哥只顾喂饱宗族人的肚子，哪管孩子们的死活！现在，宗族的人却连看都不看我们一眼。"

布妮娅家今年的收成很好。她承认，这都是霍利努力的结果。希拉在的时候，她家从来没有这么富裕过。

她说："干嘛不从我家要点粮食？那不也是大哥挣来的嘛！等幸福的日子来到，我们再打架，眼下的苦难大家必须团结在一起熬过去。难道我是那种不知好歹的蠢货吗？如果不是大哥照顾，我现在还不知道要去哪里找个依靠呢！"

布妮娅带着索娜转身离去。没过多久，她搬来两个装满粮食的大筐，放在院子里。筐里装的大麦不少于两满。滕妮娅还没来得及说话，她又扭头回去，没过多久就提来了一个盛满兵豆的大篮子。她放下篮子，说道："走吧，我去烧火。"

滕妮娅看到，大麦上还搁着一个小篮子，里面也装着几赛尔面粉。今天是她人生中第一次认输。由于爱和感激，她眼里含着泪珠

---

① 布妮，原文为Punni，是霍利的弟妹布妮娅（Puniya）的昵称。

说："你把粮食全拿来了，家里还剩什么？难道它们还能自己跑掉？"

院子中，孩子躺在小床上啼哭。布妮娅将他抱在怀里，怜爱地说："嫂子，托您的福，现在粮食有很多，大麦十五满，小麦十满，豌豆十五满。这对您有什么可隐瞒的？这些足够两家人填饱肚子。再过两三个月，又可以收玉米啦！以后的日子，就听天由命吧！"

褚妮娅走过来，用纱丽的末端触碰婶婶的脚。布妮娅向她祝福。索娜去生火，卢巴拿起水罐去打水。一度停下的车子又重新启程[①]。先前，由于受到阻滞，水流咆哮着奔腾而泄，形成了一个个的漩涡和一团团的泡沫。如今，随着障碍消失，它们伴同平静而甜美的声音，开始在一股平和、徐缓的甘露中飘浮。

布妮娅说："哥哥干啥这么着急交罚款呀？"

滕妮娅回答："不然怎么能在宗族里讨那些人喜欢？"

"嫂子，您别不高兴，我跟您说件事呗？"

"说吧，我有什么不高兴的。"

"还是不说了吧，您可别生气啦。"

"我答应你，我什么也不会说的，你说吧。"

"您原本不该把褚妮娅留在家里的。"

"那时候，我有什么办法呢？她都打算投河自杀了。"

"您可以把她安置在我家呀！那样的话，别人就不会说闲话了。"

"你今天倒是这么说的。如果那天把她送去，你肯定会拿起扫把将她赶出来。"

"戈博尔结个婚，要付出这么大的代价。"

"疯子，谁能逃避命中注定的事？现在弄成这样，我们还是无法脱身！珀拉不断地催讨母牛的钱。当初给牛的时候，他求我们为他安排一门亲事。如今，他却说，他不需要结婚，让我们把钱还他。

---

① 此处作者用一度停下的车子来比喻霍利家里由于缺少粮食而被迫停顿的生活，如今布妮娅送来了粮食，家里的生活又得以重新启动。

他的两个儿子拿着棍子到处逛荡。我们家哪有人可以跟他打架？自从那头倒霉的母牛来到家里，一切都完蛋了！"

聊了一些别的事情之后，布妮娅取好火种就离开了。霍利在旁边看着这一切。接着，他走进屋里说："布妮娅倒是个真诚坦率的人。"

"希拉也是光明磊落的吧？"

滕妮娅虽然收下了粮食，心里却感觉万分羞耻和屈辱。时运不济，如今她也不得不干这种丢脸的事。

"你从来都不领别人的情，这就是你的缺点。"

"为什么要领情？难道我的男人没有拼命为她料理家事？再说，我也没有白白接受施舍，她的每一颗粮食我都会还回去的。"

尽管布妮娅知晓大嫂内心的想法，她仍旧一直在报答霍利的恩情。每当霍利家的粮食快要吃完时，她就会送来一两满。

雨季来临，不过雨水却迟迟不肯落下，此时，问题就变得十分棘手。等到印历五月，热风肆虐，井里的水都干了，受到炎热的炙烤，甘蔗渐渐枯萎。起初，河里还有一点水，但是为了打水，人们经常棍棒相见。最后，连河流也完全干涸了。小偷开始到处横行，抢劫之事亦时有发生。整个地区陷入一片混乱。

幸好印历六月里天降大雨，农民们兴奋无比。那一天，村里洋溢着多少喜悦和欢乐！久旱的大地似乎无法得到满足，干渴的农民雀跃欢腾，仿佛自天而降的不是雨水，而是金币。收集吧，尽可能地收集吧！田间热风侵袭过的地方，人们已经开始在那里犁地。成群的孩童跑出家门，四处查看水塘、水池和小水坑。"哎呀！水塘满了一半！"他们一边喊着，一边向小水坑跑去。

然而，不论现在下多大的雨也救不回枯萎的甘蔗，它们每株最多只能长到一只手掌的高度。仅凭玉米、黍子和鸭嫲草根本无法缴清地租，更别提填饱高利贷者的肚皮。还好，牛的饲料有了着落，人也能活下来。

十一月过去了，珀拉还是没有收到钱。有一天，他怒火冲天地闯到霍利家，说道："这就是你的承诺？你可是亲口答应过，榨了甘蔗就把钱还给我，现在，甘蔗已经榨了，钱赶紧拿来给我！"

霍利开始诉说自己的不幸，用尽各种方法苦苦哀求。然而，他并没有成功，珀拉仍旧不肯离开他家。于是，他烦躁地说："老爷，现在我没有钱，也借不到钱。我能去哪里搞钱？家里连一粒粮食都没有。您不信的话，进来搜搜！找到什么，您都拿走呗！"

珀拉冷冰冰地说："我干嘛要去搜查你家？你有没有钱，跟我没有任何关系。你自己说过，榨了甘蔗就还钱。甘蔗榨了，现在把钱给我！"

"那么您说什么，我就做什么？"

"我能说什么？"

"但凭您吩咐！"

"我要牵走你的两头牛。"

霍利惊讶地看着他，仿佛无法相信自己的耳朵。然后，他惶惑不安地低着头。难道珀拉非要把他变成乞丐才肯罢休吗？失去这两头牛，等同于两只手被砍断，往后，他再也没有什么可指望的了。

他可怜兮兮地说："你要把那两头牛都牵走，我就彻底完蛋啦。如果良心过得去的话，你就解开它们牵走吧！"

"我才不管你是死是活。我只想拿回自己的钱。"

"如果我说，钱已经给过你了呢？"

珀拉惊讶得说不出话来。他不相信自己的耳朵。霍利竟然做出如此无耻的事，这是不可能的！

他愤怒地说："如果你捧着装恒河水的壶发誓，你已经给过钱，那么我就接受你的说法。"

"我确实想说，人都要死了，还有什么不能做呢？但是我不会这么说的。"

"你说不出口吧！"

"是的，大哥，我说不出口。刚刚是在开玩笑呢。"

他犹豫了片刻，然后说："珀拉大哥，你干嘛对我充满敌意呢？褚妮娅来我家，我得到了什么好处？我不仅失去了儿子，还得付两百卢比的罚款。如今，我的处境十分艰难，你还要来挖我的老本。老天爷晓得，我之前完全不知道，那个混小子在干什么。我还以为，他是去听歌的呢。直到那天褚妮娅三更半夜来到家里，我才弄明白。那时候，如果我不肯收留她，你想想，她能去哪里？又可以依靠谁？"

褚妮娅躲在外屋的门口，站着偷听他们说话。现在，在她眼里，父亲不再是父亲，而是敌人。她担心，霍利可千万别把牛给父亲。于是，她走过去对卢巴说："快去把妈妈喊来！对她说，有要紧事，别耽搁！"

滕妮娅去田里洒牛粪了。收到媳妇的信息，她立刻赶来，说道："闺女，干啥喊我来呀？搞得我心神不宁。"

"你看到我爸了吗？"

"看到啦，像刽子手一样坐在门口。我懒得跟他说话。"

"他正向公公索要那两头牛呢！"

滕妮娅腹腔里的肠子向内狠狠抽缩。

"他要那两头牛？"

"是呀，他说，要么我们给钱，要么他解开我们的两头牛牵走。"

"你公公怎么说？"

"他说，如果良心过得去的话，你就解开它们牵走吧！"

"解开牵走吧！如果他以后不来这个门口讨饭，你可以随意羞辱我！既然我们的血能够让他感到快活，那就干脆满足他吧！"

她怒气冲冲地走到外面，对霍利说："珀拉老爷在问你要那两牛呢，怎么不给他呢？喂饱他呗，我们自有神灵庇护！难道我们就没有任何出路？以前我们给自己干活儿，以后可以给别人打工呀。只要大神施恩，公牛、阉牛都会有的。使劲干活儿有什么坏处？发大水、干旱、地租这些负担都会消失。过去我不知道，他是我们的敌人，不然怎么会买下他的母牛，给自己惹来这种灾祸？自从那头倒霉的母牛来到家里，一切都完蛋了。"

珀拉一直隐藏着某种武器，如今是时候把它拿出来了。他确信，除去那两头牛，他们俩没有其他任何依靠。为了保住牛，他们什么都愿意做。他像杰出的射击手一样瞄准他们的心灵深处，说道："如果你们想让我丢脸，自己安心过日子，那是不可能的。你总在哭诉自己那一两百卢比的事，而我损失的是价值十万的名誉。你们想好好生活的话，当初怎么把褚妮娅留在家里，现在就怎么把她赶出去，那样一来，我既不会问你们要牛，也不会再追讨卖母牛的钱。她害我丢光了脸，我也想看到她碰钉子。她像皇后一样待在这儿享福，我却名誉受损，整日为她愁眉苦脸，这个我可看不下去。她是我的女儿，在我的怀里长大。大神可以作证，我从来没有把儿子看得比她重。可是，现在如果看到她出去讨饭，在垃圾堆里捡粮食的话，我会非常高兴。作为父亲，我变得如此冷酷无情，你可以想想，我的心受到了多么大的打击。这个下流的姑娘令我家祖宗七代蒙羞，你却把她留在家里，这不是存心折磨我吗？"

滕妮娅十分坚决地说："老爷，你也听我说说吧。你希望的事不可能发生，一百辈子也不可能发生。褚妮娅是我们的心肝宝贝。你说要把牛牵走，就牵走呗！如果这样能挽回你丢失的脸面，保全祖宗的名誉，尽管去做呗！褚妮娅确实做得不好。那天，她一走进我家，我就拿起扫把想要揍她，但是，当眼泪哗啦啦地从她眼睛里流出来的时候，我又开始同情她。老爷，你如今也一把年纪啦，还一门心思打算结婚，而她不过是个孩子。"

珀拉用充满恳求的眼神看向霍利："霍利，你都听到她说的话啦。现在不能怪我，我非把牛牵走不可。"

霍利坚决地说："牵走吧！"

"你可别哭诉，我把牛牵走了。"

"我不哭。"

正当珀拉解开拴牛的绳索时，褚妮娅穿着打满补丁的纱丽，抱着孩子走出来，用颤抖的声音说："爸爸，我会离开这个家，按照你的愿望，靠讨饭养活自己和孩子。如果讨不到饭吃，我就找个地方投河淹死。"

珀拉恼怒地说："从我面前滚开！愿大神保佑，我不要再看到你这张嘴脸。你这个倒霉的女人、败坏门风的家伙，现在你只配投河淹死。"

褚妮娅连一眼都不再看他。她心里升腾起一阵怒火，想要将她吞没。然而，这种怒火中蕴含的不是暴力，而是自我牺牲。倘若大地此时张开嘴巴一口吞下她，那才是她的大福运。她迈步向前。

不过，她还没踏出两步，滕妮娅就跑过来抓住她，用充满爱意的声音粗暴地说："媳妇儿，你要去哪里？回家去！这是你的家，我们活着的时候是，我们死了以后也是。与自己的子孙为敌的人才应该去投河。那个大好人，说出这样的话也不感到害臊。还敢在我面前要威风，真是卑鄙！牵走吧，把牛的血喝干……"

褚妮娅哭着说："婆婆，连我爸都这样咒骂我，你就让我去投河吧！我这个不幸的女人害你受了很多苦。我来到之后，你的家都毁了。这段日子，你爱我，收留我，这份情连亲妈都比不上。希望大神让我再次投胎时，能够投入你的肚子，我只有这一个心愿。"

滕妮娅把她拽到自己身边，说道："他不是你的爸爸，是你的敌人，是个杀人犯。如果你妈妈活着，一定会搞得他身败名裂。让他结婚呗，他老婆不用鞋子揍他，那时再来说吧。"

褚妮娅跟在婆婆后面去往屋内。门外，珀拉来到拴牛的木桩处，解开那两头牛，吆喝着朝家走去，仿佛他受邀赴宴，席上非但没有吃到油炸的薄饼，反而挨了一顿鞋底子。"现在让你耕田，让你安然地生活！你们都想侮辱我，天知道报的是什么时候的仇。不对，这样的姑娘，哪个好人会把她留在自己家里？这些人真不要脸。儿子压根儿没有跟那姑娘结婚。再瞧瞧那荡妇褚妮娅多么无耻，竟然跑来站在我面前！换作别的姑娘，早就羞愧得不敢露面。她真是一点廉耻心都没有。这些人行迹恶劣、愚笨无知，还以为褚妮娅现在是他们家的亲人。他们却不知道，一个姑娘连在自己亲爹家都待不下去，更不可能长久地留在别人家里。可惜如今世道也不好，否则我一定拽住滕妮娅那个泼妇的头发，把她拖到集市中间。她骂了我多少句啊！"

他又看了看那两头牛，心想，它们多么健壮呀！真是一对好牛。无论在哪儿，只要我愿意，卖一百卢比不成问题。我那八十卢比可就回本啦！

他还没走出村子，就看到达咀丁、巴泰西沃里、索帕以及其他一二十个人正从后面跑上来。珀拉感到十分害怕。假如现在跟他们打一架，不仅牛会被抢走，自己也会挨揍。不过，他还是下定决心停下脚步。即使要死，也得先进行一番斗争。

达咀丁走到他近旁说："珀拉，你这是造了什么孽啊？把霍利的牛解下来牵回家？他什么也没说，你就以为自己了不起啦？大家都在忙自己的活儿，没有人知道这件事。要是霍利对大家说点什么，你的头发早就被一根一根地拔光了。你要想过得安生，就赶紧把牛牵走吧！你真是一点人情味儿都没有。"

巴泰西沃里说："这是霍利善良老实的结果。他欠你钱，你可以去法庭告他，跟他打官司。你有什么权力解下他的牛牵走？如果他现在去法庭告你一状，你肯定会被抓起来的。"

珀拉小心翼翼地说："大爷，我并没有强行把牛牵走。牛是霍利自己给我的。"

巴泰西沃里对索帕说："索帕，你把牛牵回去吧！农民是会高兴地把自己的牛送人，还是会把它们套在犁上，让它们去耕地？"

珀拉站在牛前面说："你让他把钱还我，你以为我牵走牛是要干什么？"

"我要把牛牵走。你自己的钱，自己打官司去讨，不让开的话，我揍死你！你给霍利的是现钱吗？当初你硬把一头倒霉的母牛塞给那个可怜的人，现在却把他的公牛牵走了。"

珀拉不肯从那两头牛的前面走开。他沉默地一动不动地坚决地站在原地，仿佛至死都不会让步。他怎么能争辩得过巴泰西沃里？

达咀丁向前迈出一步，挺直自己微驼的腰杆，鼓动道："你们都站着看什么，赶紧揍他一顿，把他赶走！他竟敢从我们村里把牛牵走。"

班希是一个身强力壮的小伙子。他用力地推了珀拉一下。珀拉没有站稳，摔了下去。他正打算站起来，班希又给了他一拳。

霍利正跑着赶来。珀拉朝他走了几步，问道："霍利大爷，你老实说，我有没有强行把牛解下来牵走？"

达咀丁解释说："这人说，霍利是自愿把牛给他的。明显是在欺骗我们嘛！"

霍利犹豫地回答："他跟我说，要么把褚妮娅从家里赶走，要么把钱还给他，不然的话，他就把牛解下来牵走。我告诉他，我不会把媳妇儿撵走，身边也没有钱，如果他的良心过得去，那就把牛牵走吧。就这样，我让他听从自己的良心，结果他就把牛牵走了。"

巴泰西沃里板着面孔说："既然你已经让良心决定一切，那还算得上哪门子的强迫？他的良心说，可以把牛牵走。行吧，老弟，牛是你的啦！"

达呾丁附和道:"是啊,涉及良心的问题,谁又能说什么呢?"

达呾丁等人都用鄙夷的目光看着霍利,惨败而归。获胜的珀拉神气活现地昂着头把牛牵走了。

第十五章

从外表看来，玛尔蒂是一只蝴蝶，但本质上她却是一只蜜蜂。她的生活中不单单只有欢笑。仅靠吃糖，哪有人能够生存下来？即使生存下来，也绝不会过上什么幸福的生活。玛尔蒂时常欢笑，是因为她懂得欢笑的价值。她说笑嬉闹、卖弄风情，并不意味着她把这些当作生活，或者她把个人看得十分重要，认为无论别人做什么都是为了她。与此相反，她之所以说笑嬉闹、尽情享乐，是因为这样可以使责任的重担变得轻松一些。

玛尔蒂的父亲是那种动动舌头就能赚到数十万卢比的奇人。替大地主和达官贵人变卖财产、张罗贷款或者与官员会面，帮助他们赢得官司，这些就是他的营生。换句话说，他是一个代理人。从事这个行业的人都极有能耐。无论什么工作，只要有挣钱的希望，他们都会去做，而且总能找到办法将它做成。比如，撮合某位王公与公主联姻，从中捞取一两万卢比。这些代理人在做小买卖的时候，人们对其深恶痛绝，常将其戏称为牵线人。然而，这些牵线人只要做成了大买卖，就能够跟王公一起打猎，与政府官员在同一张桌子上喝茶。高尔先生正是这样一个幸运儿。他只有三个女儿，本想把她们三个都送到英国接受最高等的教育。与其他许多大人物一样，他认为，一旦在英国接受过教育，人就会变得与众不同。或许那里的水土蕴含着某种力量可以提升人的智慧。不过，他的这个愿望只实现了三分之一。玛尔蒂在英国的时候，他突然瘫痪在床，无法工作。现在，他在两个人的搀扶下才能勉强站立或坐下，舌头也不灵活了。以往得到的一切都是舌头挣来的。舌头丧失功能，收入也就失去了来源。再加上他又没有存钱的习惯，没有规律地挣钱，没有节制地花钱。近几年来，家里的经济状况十分窘困。养家的重任落到了玛尔蒂身上。她每月挣来的四五百卢比如何能够让高尔先生肆意享乐，维持豪华奢侈的生活？不过，至少两个妹妹可以继续接受教育，全家人也可以过上体面的日子。玛尔蒂时常从清早一直奔忙到深夜。她希望父亲过简单朴素的生活，但是他无论如何都改不掉好吃好喝的恶习。手头没钱的时候，他就以自己的房屋作抵押，写一张期票，向高利贷者借一两千卢比。高利贷者是他的老朋友，曾经在他的帮助下做生意赚了数十万卢比，所以碍于情面从未拒绝过他。目前，他欠下的债款数额高达两万五千卢比，只要高利贷者愿意，随时可以申请没收他的房屋，但是高利贷者一直放不下朋友间的情面。自私自利之人所具备的那种无耻，高尔也有。即使经常有人上门讨债，他也不在乎。玛尔蒂对父亲的铺张浪费感到恼怒，不过，她的母亲却是个活菩萨，在这个年代中依旧将侍奉丈夫视作女性生活的主要目标，还总是劝导玛尔蒂。因此，家庭战争才没有爆发。

日近黄昏，空气里仍残留着一丝炎热。天空中昏暗笼罩。玛尔蒂和两个妹妹坐在房屋前面的草地上。由于缺水，那里的铁线草都干枯了，露出里面的泥土。

玛尔蒂问："难道园丁一点水都不浇吗？"

二妹萨罗吉答道："那头猪整天闲待着睡大觉。你要说什么的话，他会找出一大堆借口。"

萨罗吉正在攻读文学学士。她身材高挑，面容苍白，性情冷淡，言辞尖刻，不喜欢任何人说的话、做的事，总是在挑别人的毛病。医生建议她不要操劳，待在山上静养，然而，家里的境况如此，无法将她送上山去。

最小的瓦尔达讨厌萨罗吉，因为全家人都十分娇惯她。假如生病能够得到这样的享受，她希望自己也能得这种病。她是一个肤色白皙、骄傲、健康、眼睛灵动的小姑娘，脸上闪烁着机智的光芒。除了萨罗吉，她对整个世界都充满怜惜之情。与萨罗吉斗嘴是她的天性。她说："爸爸整天打发他去市场，哪儿得空呢？忙得不可开交的，还闲待着睡大觉！"

萨罗吉斥责道："爸爸什么时候打发他去市场？扯的什么谎！"

"每天都打发他去啊，每天！今天刚刚才叫他去过。要不喊他来问问？"

"问呗，我来喊！"

玛尔蒂生怕她们两人纠缠在一起，无法继续安稳地待下去。她赶紧转换话题说："好啦，行啦！今天梅诃达博士到你们学校演讲了吧，萨罗吉？"

萨罗吉皱着鼻子说："嗯，讲是讲了，不过没有人喜欢。他宣称，世界上女人的领域与男人完全不同，女人涉足男人的领域是这个时代的污点。听到这里，所有姑娘都开始鼓倒掌和吹口哨。可怜的博士只能害臊地坐下。他看上去有些奇怪。他甚至还说，爱情只是诗人的想象，在现实生活中没有留下任何痕迹。胡谷夫人狠狠地嘲笑了他一番。"

玛尔蒂斜着眼讽刺地说："胡谷夫人？就这个问题，她也敢发言！你应该从头到尾听完博士的演讲。如此一来，他会在心里怎么看待你们这些姑娘？"

"谁有耐心听完整场演讲？他简直就在往别人伤口上撒盐！"

"那当初为什么请他来？毕竟他对女人没有任何敌意。自己认为正确的事情，我们也会向别人宣传。他不是那种说好话取悦女性的人，更何况现在谁知道，女人们想走的道路就是正确的呢？很可能，向前走过一段之后，我们也必须改变自己的观念。"

她提到法国、德国和意大利女性的生活理想，并且说："梅诃达不久后要在妇女协会发表演讲。"

萨罗吉惊讶不已。

"可你常说，女性和男性应当享有相同的权利。"

"我刚刚也这么说过，但是我们也应该听听，立场不同的人都说些什么。或许，我们是错的。"

妇女协会是城里的新组织，是在玛尔蒂的努力下成立的。城里受过教育的妇女都加入了这个协会。梅诃达之前的演讲在妇女当中引起了很大的骚动，所以协会决定，给予他强有力的回应。这个重任落在玛尔蒂的身上。数日以来，玛尔蒂一直在寻找能够支持自己的理由和证据。还有几位女士在撰写演讲稿。

等到那天傍晚，梅诃达到达协会礼堂时发现，那里人山人海，拥挤不堪。他感到十分骄傲。人们满腔热情地来听他演讲，并且，那种热情不仅仅停留在脸上和眼睛里。今天，所有女士都戴着金首饰，穿着丝绸衣裳，仿佛是来参加婚礼迎亲。为了打败梅诃达，她们竭尽全力地准备。谁又能说，锦衣华服、金光闪闪不是一种力量呢？为了今天，玛尔蒂特意挑选了新式的纱丽，做了新的上衣，还用脂粉和鲜花精心装扮，就像她要结婚一样。妇女协会从来没有举办过这样的盛会。尽管梅诃达博士独自一人，女士们的心却在颤抖。真理的一簇火花足以摧毁虚妄的整座高山。

米尔扎、肯纳和主编先生坐在最后一排。演讲开始之后，拉易老爷来了，站在后面。

米尔扎说："来这儿坐吧，您干嘛一直站着呢？"

拉易老爷说："老哥，不坐啦，坐这儿会让我感到窒息。"

"那我站着，您请坐！"

拉易老爷按住他的肩膀："别麻烦啦，坐着吧。等我累了，再喊您站起来让我坐。好啊，玛尔蒂小姐当上了大会的主席，可得让肯纳先生请客。"

肯纳哭丧着脸说："如今她眼里只有梅诃达博士。我算是栽了个大跟头。"

梅诃达博士的演讲开始：

"女神们，我这样称呼你们，你们不会有任何意见。你们把这种尊重视作自己的权利，但是你们听说过，哪位女士把男人当作神一样对待吗？倘若你们把某个男人称作神，那么他会认为，你们在戏弄他。你们有给予施舍的仁慈、虔诚和奉献精神。对于施舍，男人有什么？男人不是神，而是索取者。他们为了争夺权力不惜使用暴力，挑起争斗，发动战争……"

台下掌声雷动。拉易老爷说："为了取悦女人，他想出了多么好的办法！"

《闪电日报》的主编先生不以为然："没什么新意。这种思想我都不知道表达过多少次！"

梅诃达继续说道："因此，当我发现，我们具有先进思想的女神对那种充满仁慈、虔诚和奉献精神的生活感到不满，转而朝向争斗、战争和暴力的生活奔去，并且认为这才是幸福的天堂时，我无法为她们感到高兴。"

肯纳夫人用骄傲的目光望向玛尔蒂。玛尔蒂低下头。

库尔谢德说："您现在说说看吧！梅诃达倒是个勇敢的人，敢说真话，而且是当面说。"

《闪电日报》的主编先生皱着鼻子说："如今，女神们会落入这种圈套的日子已经过去了。你试试看，一边剥夺她们的权利，一边喊她们女神、拉克希米、母亲。"

梅诃达继续说道："看到女人一心想要装扮成男人的模样，做男人的事，我万分悲痛，就像看到男人装扮成女人的模样，做女人的事一样。我相信，你们不会将这样的男人视作自己信赖和爱慕的对象。我向你们保证，这样的女人也不可能成为男人爱慕和信任的对象。"

肯纳的脸上闪耀着发自内心的喜悦。

拉易老爷嘲弄地说："肯纳先生，您很高兴啊。"

肯纳说："等碰到玛尔蒂，我要问问，她对此有什么想法。"

梅诃达继续说道："我认为，在人类的发展过程中，女性的地位比男人崇高，就像热爱、虔诚和奉献精神比暴力、争斗和战争崇高一样。倘若我们的女神们希望离开创造和养育的神殿，走进暴力和战争的修罗场，这对社会来说没有任何好处。在这个问题上，我十分坚定。由于傲慢，男人非常重视自己檀那婆①的荣光。他抢占兄弟的主权，把他打得头破血流，认为自己取得了莫大的胜利。女神们用鲜血创造和养育孩子，男人却将他们变成炸弹、机关枪和成千上万坦克的牺牲品，并且自诩为征服者。我们的母亲们在他们额前点上番红花的吉祥符志，为他们披上祝福化成的铠甲之后，才将他们送往暴力的战场，令人惊讶的是，男人仍旧把毁灭视作造福世界的东西，暴力倾向与日俱增。今天，我们看到这种邪恶变得极其恐怖，不断地践踏整个世界，蹂躏所有生灵，灼烧绿色的田野，将繁华欢乐的城镇变得荒芜。女神们啊，我想问问，难道你们协助檀那婆的这种行径，降临这种争斗场所，是为了造福世界？我恳求你们，让

---

① 檀那婆，原文为Danavi，在印度神话中指生主迦叶波与妻子陀奴生下的33个恶名昭彰的恶魔。

毁灭者做自己的事，你们请遵守自己的天职。"

肯纳说："玛尔蒂都没抬起过头。"

拉易老爷支持这些观点："梅诃达说的倒是事实。"

《闪电日报》的主编先生有些生气："但他什么也没说。反对妇女运动的人常常借用这些毫无意义的话。我不认同，凭借奉献精神和热爱世界就能获得发展。世界要快速发展，还得依靠英勇刚毅、智慧和力量。"

库尔谢德说："行啦，您是让我们听听演讲呢，还是准备自说自话？"

梅诃达的演讲继续进行——"女神们啊，有些人会说，女人和男人具有相同的力量、相同的脾性，他们之间没有任何差别，我不是这种人。我无法想象还有什么谎言比它更可怕。这种谎言妄想覆盖世世代代积累的经验，如同一片云朵想遮蔽太阳一样。我要提醒你们，千万不要落入这种圈套。女人比男人崇高，就像光明比黑暗崇高。对于人类而言，宽容、奉献和非暴力才是生活的最高理想。女人已经实现了这种理想。男人呢，依靠宗教、哲理和圣人数世纪以来殚精竭虑地想要达到这个目标，但是都没有成功。我要说，他们全部的宗教哲理和瑜伽实践才抵得上女人的奉献。"

台下掌声如雷，震动了整个礼堂。拉易老爷兴高采烈地说："梅诃达说的都是心里话。"

翁迦尔纳特[1]评论道："不过都是些陈词滥调。"

"就算是陈词滥调，只要带着精神力量说出来，就会变成新东西。"

"每个月赚一千卢比，肆意挥霍、追求享受的人是不可能拥有精神力量这种东西的。这只不过是讨好因循守旧之人的一种方式

---

[1] 即《闪电日报》的主编先生。

而已。"

肯纳望向玛尔蒂："她怎么还挺高兴的？应该感到害臊才对。"

库尔谢德怂恿肯纳："现在你也赶紧发表一篇演讲吧，肯纳，不然的话，梅诃达会让你彻底出局。他现在已经赢了半场啦！"

肯纳烦躁地说："别说我啦！这样的女人，我不知道搞到手过多少。"

拉易老爷朝库尔谢德使了个眼色，说道："您最近经常出入妇女协会。说实话吧，捐了多少钱？"

肯纳有些难为情："我才不会给这样的协会捐钱。它们打着艺术的幌子招摇撞骗，传播罪恶。"

梅诃达的演讲继续进行——

"男人常说，那么多的哲学家、科学家和发明家都是男人。那么多的大圣人都是男人。所有战士、政治大师、伟大的航海家以及所有大人物都是男人。然而，这一群群大人物聚在一起干了什么？大圣人和宗教创始人除了点燃仇恨的火焰，让世界上血流成河之外，还干了什么？战士们除了砍断兄弟的脖颈还留下了什么值得纪念的东西？政治家的纪念碑如今只剩下那些早已消亡的王朝的遗迹。还有发明家，他们除了把人类变成机器的奴隶之外，又解决了什么问题？男人创造的这种文明中，何处有和平？何处有合作？"

翁迦尔纳特起身准备离开："从花花公子嘴里听到这些大道理，我浑身不舒服。"

库尔谢德拽住他的手让他坐下："您这个主编先生真是糊涂。如今世界就是这样，谁只要愿意，都可以高谈阔论一番。有些人听完还会鼓掌。如此而已。无数像梅诃达这样的人来了又走，可是世界依旧按照自己的步伐运转。有什么好生气的呢？"

"听到这种谎言，我可忍受不了！"

拉易老爷进一步调侃他："娼妓讲话像贞节烈妇似的，谁听了不生气？"

翁迦尔纳特再次坐下。梅诃达的演讲继续进行——

"我想问问你们，倘若天鹅看见苍鹰猎捕小鸟之后便舍弃玛纳斯湖的幸福宁静开始捕鸟，这会为它增光添彩吗？倘若它变成狩猎之鸟，你们会向它道贺吗？天鹅没有那般尖锐的鸟喙，没有那般尖锐的爪子，没有那般尖锐的眼睛，也不那般渴望鲜血。它需要花费数个世纪去积攒这些武器。然而，值得怀疑的是，它最终能不能变成苍鹰。无论它是否变成苍鹰，它都不再是天鹅——那种啄食珍珠的天鹅。"

库尔谢德评论道："这倒是像诗人的论证。雌鹰也跟雄鹰一样捕猎。"

翁迦尔纳特高兴起来："单凭这种推论，您已经变成哲学家啦。"

肯纳宣泄自己的怨气："不是哲学家，是哲学家的尾巴。哲学家是那样的人，他……"

翁迦尔纳特接过他的话："他决不会违背真理。"

肯纳对这种顶针续线的游戏①不感兴趣："我不懂什么真理。我只将真正的哲学家称作哲学家。"

库尔谢德称赞道："您对哲学家的描述多么精准！好，太好啦！哲学家就是哲学家。谁说不是呢！"

梅诃达继续说："我不是说，女神们不需要知识。你们不仅需要，而且比男人更需要。我不是说，女神们不需要力量。你们不仅需要，而且比男人更需要。不过，你们需要的不是男人用来把世界变成争斗场所的那种知识和力量。倘若你们也获得那种知识和力量，世界将变成一片荒野。你们的知识和权利不在于暴力和毁灭，而在

---

① 顶针续线的游戏，原文为samsya-purti，原指第一个诗人作一首诗后，第二个诗人用前者所作之诗的最后一行作为开头，再作一首诗，然后第三个、第四个诗人依样类推。此处指翁迦尔纳特接续肯纳的话。

于创造和养育。难道你们认为，通过选举人类可以获得救赎？或者，在办公室及法院通过嚼舌头和笔杆子人类可以获得救赎？为了这些虚假的、非自然的、毁灭性的权利，你们就想放弃自然赋予的权利吗？"

萨罗吉为了表示对大姐的尊重，一直克制自己坐到现在。如今，她再也忍不住了，喘着粗气大喊道："我们要选举权，跟男人一样的选举权！"

其他许多女孩也大声呼喊："选举权！选举权！"

翁迦尔纳特站起来高声说："反对女性的人非常可耻！"

玛尔蒂用手拍着桌子说："安静！无论赞成或是反对，大家都有充分的机会发表意见！"

梅诃达说："选举是新时代的幻影，是海市蜃楼，是耻辱，是欺骗，一旦落入它的圈套，你们就会什么事也做不成，两头落空。谁说你们的生活圈子狭窄，身处其中，你们无法获得表达的空间。我们大家首先是人，然后才拥有其他身份。我们的家就是我们的生活。我们在那里出生，在那里成长，在那里开展生活的全部事业。如果那个地方狭窄的话，还有什么地方不狭窄呢？难道是那个时常上演有组织抢掠的争斗场所？难道你们想抛弃创造人类和决定人类命运的工厂，前往那个压榨人、吸人血的工厂？"

米尔扎插嘴道："正是男人的暴虐激发了女性的反抗精神。"

梅诃达说："毫无疑问，男人做了不公道的事，但这不是对他们的报复。请你们消除不公正，但是不要消除自己。"

玛尔蒂说："女性之所以要拥有权利，是因为想正确地使用权利，并且阻止男人滥用权利。"

梅诃达回应道："世界上最大的权利是通过服务和奉献获得的，你们已经得到了。在这些权利面前，选举权根本不值一提。令我感到遗憾的是，我们的姐妹正在模仿西方的范式，而西方的女性早已丧失自己的地位，从女主人沦落为供人玩乐的东西。西方的女性想要自由，是因为她们可以尽情玩乐。我们母亲的理想从来不曾是享乐。她们运用服务的权利，永远在家里操持家务。西方有什么好的东西，你们可以学习。文化的交流总是持续不断地进行着，然而，盲目地抄袭是精神软弱的标志。如今，西方的女性不愿再当家里的女主人，对享乐的迫切渴望使她们变得放荡不羁。为了轻佻的举止和放纵享乐，她们牺牲了自己的体面和矜持，那可是她们最大的财富。当我看到那里受过教育的女性卖弄自己美丽的姿容、展露自己圆润的臂膀以及裸露的身体时，我对她们表示同情。欲望让她们变得如此堕落，甚至无法守护自己的尊严和名誉。女性还能遭遇到什么比这更大的灾难吗？"

拉易老爷拍起手来。礼堂中掌声回荡，仿若多串鞭炮同时作响。

米尔扎老爷对主编先生说："您也无法反驳这个观点吧？"

主编先生冷淡地说："整篇演讲中，他就说了这一句真话。"

"那么，您也变成梅诃达的追随者啦！"

"不，本人不会成为任何人的追随者。我会找到办法反驳他的，以后请看《闪电日报》。"

"这意味着，您并不是在追寻真理，而只是想要为自己辩护。"

拉易老爷讽刺道："这就是您引以为傲的热爱真理？"

主编先生不为所动："律师的工作是关照当事人的利益，不是区别真理或非真理。"

"这么说来，您是女性的律师咯？"

"我是所有弱小无助、孤立无援、受苦受难之人的律师。"

"你太不知羞耻啦，朋友！"

梅诃达继续说："这是男人的阴谋。为了把女性从高高的山峰上拽下来，让她们变得跟自己一样，那些懦弱的男人，那些无法承担婚姻生活责任的男人，那些肆意妄为，沉迷情爱游戏，如同公牛把嘴巴伸进别人绿油油的田地，希望满足自己卑劣贪欲的男人想出了这样的阴谋。在西方，他们的阴谋得逞，女神们都变成了花蝴蝶。说起来我都感到惭愧，在这片充满牺牲奉献和禁欲苦修精神的土地——印度中，这样的风气也开始盛行，尤其是在我们受过教育的姐妹身上，这种魔法的影响正迅速蔓延。她们舍弃了成为家庭女主人的理想，向往花蝴蝶的五彩缤纷。"

萨罗吉激动地说："我们没有向男人征求意见。如果男人在自己的问题上享有自由，那么女人也能够独立决定自己的事。现在，姑娘们不想把婚姻当作职业，她们只有在爱情的基础上才会结婚。"

热烈的掌声响起，尤其是最后一排，那里坐着许多女士。

梅诃达回复说："你称之为爱情的东西是一种骗局，是燃烧着的欲望的变体，就像苦修不过是乞讨的文明形态。倘若这种爱情在婚姻生活中都缺乏的话，纵情享乐中更不会有。真正的欢愉、真正的安宁仅存在于服务和忠贞里。那才是权利的来源，那才是力量的源泉。服务是一种黏合剂，它能够将夫妻与永生的爱和陪伴联系在一起，就算遭受再大的打击也不会受到任何影响。缺少服务的地方就会出现离婚、抛弃、不信任的现象。你们，作为男人生活的舵手，担负着更多的责任。你们只要愿意，就可以驾着小船穿过黑暗和风暴。倘若你们不小心，小船就会沉没，你们也将随之沉没。"

演讲结束。主题内容引起了广泛的争议，许多女士都请求准许回应，但是天色已晚。因此，玛尔蒂向梅诃达表示感谢之后宣布大会结束。不过，她也通知大家，下周日多位女士将就这个主题发表自己的意见。

拉易老爷祝贺梅诃达："您说出了我的心里话，梅诃达先生。您所说的每一个字，我都十分赞同。"

玛尔蒂笑着说："你们都是一丘之貉，您怎么会不热烈祝贺呢！不过，你们为什么把所有教训都强加在可怜的女人头上，又为什么把实现理想、遵守礼法和奉献精神的全部重担都甩给女人？"

梅诃达说："因为她们懂得这些。"

肯纳用大大的眼睛望着玛尔蒂，仿佛在尝试了解她的心事，然后说："我认为，博士先生的这种想法落后了一百年。"

玛尔蒂尖刻地说："什么想法？"

"这些关于服务、责任，等等。"

"既然您认为这些思想落后了一百年，那么请您说说您的新思想。夫妻如何才能保持幸福，对此，您有什么新秘方？"

肯纳显得有些窘迫。本来他说这些话是想取悦玛尔蒂，不料却惹她生气。他说："梅诃达先生肯定知道这种秘方。"

"博士先生已经陈述过啦，您却认为那些想法落后了一百年。那么，您应该说说您的新秘方。您不知道，世界上有许多东西永远不会过时。这种问题，如今在社会上经常出现，以后也将不断出现。"

肯纳夫人已经走到回廊上了。梅诃达来到她身边，向她问好："对于我的演讲，您有什么意见吗？"

肯纳夫人垂下眼睛说："挺好的，非常好！不过，您现在没结婚，所以说女性是崇高的，是女神，是舵手。等您结完婚，我再来问您，女性是什么？您肯定得结婚，因为您说过，逃避结婚的男人是懦夫。"

梅诃达笑着说："我正在为这件事情筹谋准备呢。"

"跟玛尔蒂小姐结婚也挺好的。"

"前提是，她必须匍匐在您脚边，向您学习一段时间为妇之道。"

"自私自利的男人才会说这样的话。您可学习过男人的责任？"

"我正在思考，应该向谁学习。"

"肯纳先生可以很好地教你。"

梅诃达哈哈大笑："不，男人的责任，我也想向您学习。"

"好事啊，那就向我学习吧。第一件事，请您忘记，女人是崇高的，一切责任都由她们承担。崇高的是男人，家庭的所有重担都由他们承担。他们能够在女人身上培养一切服务精神、自制力和责任感，假如他们缺乏这些美德，那么女人也会缺乏。如今，女人之所以会起来反抗，正是因为男人不具备这些品质。"

米尔扎老爷走过来，将梅诃达拥入怀中，说道："祝贺！"

梅诃达疑惑地看着他："您喜欢我的演讲？"

"演讲嘛，内容也就那样吧。不过，挺有成效的。您迷住了一位仙女。您应该赞颂命运，至今为止，她从来不跟任何人来往，现在却把您的话奉若箴言。"

肯纳夫人压低声音说："让他自己疯吧，您说您的。"

梅诃达冷淡地说："女神啊，那位女士会喜欢像我这样的书呆子？我是个彻头彻尾的理想主义者。"

肯纳夫人看见她的丈夫走向汽车，于是也朝那边走去。米尔扎也来到外面。梅诃达从讲台上拿起自己的手杖，打算离开。玛尔蒂走过来抓住他的手，用恳求的目光望着他说："您现在还不能走。去吧，去跟我爸爸见个面，今天留在那里吃饭。"

梅诃达心生恐惧，回答道："不，请原谅。在那儿，萨罗吉会让我心神不宁。我很害怕这些姑娘。"

"不会……不会……，她如果敢开口的话，我负责！"

"好吧，您先去，我一会儿就来。"

"不，这可不行。萨罗吉把我的车开走了。您得送我回去。"

他们两人坐上梅诃达的车。汽车开动了。

过了片刻，梅诃达问："我听说，肯纳先生经常动手打自己的妻子。从那以后，我就非常讨厌他那副嘴脸。那种冷酷无情的家伙，我从不把他当作人来看待。尽管如此，他还总是假装女性的好朋友。您也不劝劝他？"

玛尔蒂不安地说："一个巴掌拍不响，您忘啦！"

"我想象不出，会有什么原因让一个男人动手打自己的妻子。"

"无论妻子如何口出恶语？"

"是的，无论她如何恶语相向。"

"那您是一种新型的男人。"

"如果男人脾气暴躁，您会认为，他应该挨一顿鞭子，对吧？"

"男人永远不可能像女人那样宽容。今天，您自己对这一点也表示赞同。"

"那么，女人的宽容就换来这样的奖赏。我认为，你跟肯纳交好，让他变得愈发得意。他多么尊重你，对你多么忠诚！凭借这一点，你不费吹灰之力就可以纠正他，但是你还为他辩护，自己参与他的犯罪。"

玛尔蒂激动地说："你现在谈论这个问题没有任何意义。我不想说别人的坏话，但是您现在还不了解格温迪女士吧？看到她纯朴、恬静的模样，您就断定她是女神。我可不愿意把她抬到这么高的地位。为了败坏我的名声，她做过多少努力，对我进行过多少打击，如果我把这些讲出来，您肯定会大吃一惊。到那时，您也不得不承认，这种女人活该受到这种待遇。"

"她这么憎恨您，想必是有原因的吧？"

"那你问问她呗！我怎么知道别人心里在想什么！"

"不用问我也能猜得到，那就是——倘若某个男人胆敢插足我和我妻子的婚姻，那么我一定会用枪毙了他。如果杀不死他，我就朝自己胸口开一枪。同样地，假如我想把其他女人带到我和我妻子之间，我妻子也有权做任何她想做的事。关于这个问题，我不可能做出任何妥协。这是一种无法用科学解释的情感，承袭自我们远古的祖先。现在，有人会说它是不文明、反社会的行为，但是迄今为止，我还没能战胜这种情感，也不想去战胜它。在这个问题上，我也不会顾忌律法。我家有我自己的法律。"

玛尔蒂用严厉的口气问道："您是怎么推断出，用您的话说，我想插足肯纳和格温迪的婚姻？您这样的推断，简直是在侮辱我。肯纳在我眼里根本什么也不是。"

梅诃达难以置信地说："玛尔蒂小姐，您说的不是心里话。您把全世界都当成傻瓜吗？大家都知道的事情，如果肯纳夫人也知道了，我可不能责怪她。"

玛尔蒂生气地说："世人总觉得诽谤别人很有趣。这是他们的天性。我如何改变这种天性？不过，那都是毫无依据的侮辱。是啊，我也不是那么无礼的人，看见肯纳到我这里来就立刻把他赶走。我的工作就是如此，我必须得迎接、款待所有来客。如果有人从中悟出了别的意思，那么他……他……"

玛尔蒂激动得说不出话来，转过脸去用手帕擦眼泪。过了一分钟，她说："你也跟别人一起对我……我……感到很难过……我没想到你会这样……"

或许是对自己的脆弱感到悲痛，她又愤怒地说道："您没有权利谴责我。有的人看见女人和男人在一起就非要说闲话不可，如果您也是这种人，那您随便说吧，我一点儿也不在乎。假如有一个女人，她总是以各种理由亲近您，将您视作自己的神明，每件事都向您征询意见，非常尊重您，只要您发出一个暗示，她就甘愿跳进火里，我可以断言，您一定不会轻视她。倘若您可以一脚把她踢开，那您就不是人。无论您拿出多少理由和证据来辩驳，我都不会接受。我想说，别提什么轻视，什么一脚踢开，到时候，您只会对那个女人佩服得五体投地，不用过多少日子，她就会成为您最亲爱的情人。我向您双手合十，请求您以后不要在我面前提起肯纳的名字。"

梅诃达仿佛从玛尔蒂的痛苦中获得了好处。他说："条件是，别让我再看见肯纳和你在一起。"

"我不可能泯灭人性。他来找我的话，我不会直接把他赶走。"

"您跟他说，让他像个正人君子一样善待自己的妻子。"

"我认为，插手别人家的私事是不合适的。我也没有这个权利。"

"那么您就不能封住别人的嘴巴。"

玛尔蒂家到了，汽车停下来。玛尔蒂下车之后，连手都没有跟梅诃达握一下就径直走了。她早已忘记，她之前曾经邀请梅诃达来家里吃饭。此刻，她只想一个人离开，痛痛快快地哭一场。格温迪过去也伤害过她，但是他今天带来的伤害更加深邃、更加沉重、更加刻骨铭心。

第十六章

当拉易老爷获悉他的农庄上发生了一起意外事件，并且村里的长老们已经从霍利那里收缴了罚款时，他立刻把诺凯拉姆唤来问话——为什么不向他通报这件事。这种忘恩负义、背信弃义之徒在他手下决不会有一席立足之地。

诺凯拉姆受到这般责骂，有些恼火地说："又不是我一个人。村里其他的长老也在场。我一个人能干什么呢？"

拉易老爷用尖矛一样锐利的目光盯着他的大肚皮："别胡说！你当时就应该说话。只要政府没有收到通知，我就不会允许长老们收缴罚款。长老们有什么权利干涉我和佃农之间的事情？除了这种罚款，农庄上还有什么其他收入？收来的钱到政府手里去了，剩余的部分佃农们压着不肯交。我要去哪儿要钱？吃什么？你的脑袋？这数十万卢比的花销从哪儿来？你家两代人都做过管事，可遗憾的是，我今天还得跟你讲这个。他们从霍利那里收了多少钱？"

诺凯拉姆忐忑不安地回答："八十卢比。"

"现钱？"

"老爷，他哪里有现钱？给了一些粮食，余下的用自己的房子作了抵押。"

　　拉易老爷撇开自己的私利，转而开始维护霍利："好嘛！您和一帮伪善的长老们联合在一起，把我忠实可信的佃农弄得倾家荡产。我问你，你们有什么权利，在我的农庄上没有通知我就从我的佃农那里收缴罚款？对于这件事，只要我愿意，就可以把您、那个伪造字据的管账人还有骗人的婆罗门学者都送进监牢，让你们在里面待足七年。您以为，自己是这片农庄的王。我可告诉你，今天傍晚之前，把全部罚款送到我这儿来，不然你要倒大霉。我会把你们一个个都关进牢房。去吧，嗯，让霍利和他的儿子到我这儿来。"

　　诺凯拉姆压低声音说道："他的儿子早已逃出村子了，出事那天晚上就跑掉了。"

　　拉易老爷愤怒地说："别说谎！你知道，谎言会让我浑身冒火。至今我还没听说过，哪个男孩把自己的情人从她家领出来之后自己逃跑。如果他要逃跑，干嘛还把那个姑娘带出来？你们肯定在中间捣了鬼。就算你们跳进恒河里证明自己的清白，我也不会相信。为了维护自己喜爱的社会礼法，你们肯定威胁恐吓了那个男孩。那个可怜的孩子除了逃跑，还能怎么样呢？"

　　诺凯拉姆对此无法反驳。东家说的话都是对的。他也不能说，您自己去检验看看我说的是真话还是假话。大人物发怒是希望得到完完全全的臣服，连一句顶撞自己的话也听不进去。

　　长老们听闻拉易老爷的决定后，傲慢的神色彻底消失。粮食现在还原封不动地放着，但是现钱早已瓜分干净。霍利的房子是作了抵押的，不过，村里有谁会打听那个房子？就像印度教的妇女，跟丈夫在一起的时候是家里的女主人，一旦被丈夫抛弃，便再无安身立命之所。同样地，那个房子对于霍利而言价值十万卢比，但实际上一文不值。另一边，拉易老爷没有拿到钱绝不会善罢甘休。很可能，这个霍利去拉易老爷面前哭哭啼啼地告过状。巴泰西沃里这小子是几个人里最害怕的，他的饭碗就快保不住了。

四位绅士一起思考着这个难题，但是他们的脑子都不管用。他们互相指责，接着吵得不可开交。

巴泰西沃里惊恐地摇晃着他的长脖子说："我当时劝过你们，在霍利的问题上，我们应该保持沉默。因为母牛的事，我们都得缴纳罚款。光缴纳罚款恐怕还不能脱身，说不定饭碗都要丢掉。但是，你们死要钱。每个人拿出二十卢比来吧，现在还能保住平安。万一拉易老爷向上面打报告，大家都要被关起来。"

达咂丁摆出婆罗门的架势说："别说二十卢比，我连二十拜沙都没有。请婆罗门吃饭，举行祭祀，难道这些都不用花钱吗？拉易老爷胆敢把我关进监牢？我会化身梵天整得他家破人亡。看来，他还没跟婆罗门打过交道。"

金古里辛格也说了内容大致相同的一番话。他不是拉易老爷的仆人。他们没有杀害霍利，没有殴打他，也没有欺压他。倘若霍利想赎罪，他们也给了他这个机会。对此，没有人可以谴责他们。

然而，诺凯拉姆不可能这样轻易脱身。他在这里怡然自乐、作威作福。虽然每个月工钱不超过十卢比，但是每年的收入却在一千卢比以上。还有成百上千人听他号令，四五个随从常伴身侧。所有工作都有人无偿替他做完，甚至连警察局局长也要给他让座。这种安逸的生活他还能在哪里享受得到？

巴泰西沃里也是因为在地主手下干活才能成为高利贷者。他要何去何从？两三天以来，他一直焦虑不安，时刻都在思索，到底应该如何度过这场灾难。最终，他想出一个办法。他曾经在法院看到过《闪电日报》。倘若他给报纸的主编寄一封匿名信，告发拉易老爷如何向佃农收取罚款，那小子肯定吃不了兜着走。

诺凯拉姆也赞同这种做法。两个人在一起好不容易把信写完，挂号寄了出去。

主编先生翁迦尔纳特长期关注这样的信件。一收到信，他立刻向拉易老爷通报。他得到一则消息，他本人不愿意相信，但是传讯者提供了切实的证据，让人无法完全不信。听说拉易老爷向自己农庄内的一个佃农收取了八十卢比的罚款，只是因为他的儿子将一个寡妇收留在家里，此事是否属实？主编的责任迫使他必须要调查这件事，并且为了人民的利益，他要把这封信刊登出来。关于这件事，拉易老爷有什么想说的，主编先生也可以发表。主编先生衷心希望，这个消息是假的，不过，只要里面有真实的成分，他就不得不公布。友谊不能让他脱离责任的轨道。

拉易老爷得到这个消息之后，懊恼得拼命敲自己的脑袋。最初，他很激动，恨不得跑去狠狠抽翁迦尔纳特五十鞭子，然后告诉他，他必须把他挨打的消息跟那封信刊登在同一个地方。不过，想到这么做的后果，他又冷静下来，立刻动身去找翁迦尔纳特。如果时间耽搁了，翁迦尔纳特把这则消息刊登出去，那么他的好名声将毁于一旦。

翁迦尔纳特散步回来，坐在那里思索今天报纸的社论该如何写。他的心却像小鸟一样来回扑腾。妻子晚上跟他说的那些事，现在就像针一样刺在他心里。说他是穷鬼，说他是倒霉蛋，说他是傻瓜，他都不会见怪，但是说他没有男子气概，他可容忍不了。妻子有什么资格这么说。他还指望着，别人这么抨击他的时候，她会让那个人闭嘴。毫无疑问，他不会公布那些可能给自己招来灾难的消息，也不会撰写这样的评论。他总是谨言慎行。如今这个时代里，违背人民利益的法律盛行，他能做什么？他为什么不冒冒险，把手伸进蛇窟？因为不想给家人带来麻烦。他的容忍难道就换来这样的奖励？这是什么独断专行的做派！他没有钱，怎么购买贝拿勒斯的纱丽？赛特博士、帕迪亚教授还有不知道什么人的妻子都穿贝拿勒斯的纱丽，他有什么办法？他的妻子为什么不能用自己的土布纱丽使那些身穿贝拿勒斯纱丽的女人感到羞愧？他自己有个习惯，每次面见大人物的时候，都要穿上最粗劣的衣服。如果有人说三道四，他就准备予以有力的回击，让对方再也说不出什么。他的妻子怎么没有这种自尊？她为什么看到别人穿金戴银就会动摇？她应该明白，她是一个爱国者的妻子。爱国者除了自己的一片赤诚以外，还会拥有其他什么财产？他正盘算着今天就这个主题写一篇社论，注意力突然转到拉易老爷那件事上。他得看看，拉易老爷会如何回应这个消息。倘若他能成功为自己辩白，那么一切相安无事。不过，他要是认为，他能够通过施加压力、威胁恐吓或者好言相劝的方式迫使翁迦尔纳特逃避自己的责任，他就大错特错了。除了抓住机会揭发这些强盗的"合法"行为，还有什么能够回报他的克制和忍耐呢？他清楚地知道，拉易老爷权势滔天。他本人是议会成员，又与各路官员交往亲密。只要他愿意，他可以随意诬告他，也可以轻而易举地让自己家的流氓揍他一顿。然而，翁迦尔纳特并不惧怕这些。但凡一息尚存，他就不会停止揭发这些暴徒的恶行。

突然听到汽车的声音，他大吃一惊，赶忙拿起纸，开始撰写自己的文章。刹那间，拉易老爷已经迈进他的房间。

翁迦尔纳特没有起身迎接他，没有向他问安，也没有请他坐下。他望着他，仿佛某个罪犯踏入他的法庭，然后威风凛凛地发问："您收到我的信啦？我写那封信完全出于自愿，我有责任亲自调查那件事。不过，讲究礼貌总会损害一些原则。那个消息里到底有没有真实的成分？"

拉易老爷无法否认消息的真实性。尽管迄今为止，他还没有收到罚款，也可以坚决否认自己曾经收取罚款，但是他想看看，这位先生打算如何行事。

翁迦尔纳特有些遗憾地说："那样的话，除了公布这个消息，我没有别的路可以选择。我不得不批评一位极其善良的朋友，这令我感到很难过，但是在职责面前，私人情感算不了什么。身为一名主编，假如不能履行自己的职责，那他就没有权力坐在这个位置上。"

拉易老爷端坐在椅子上，往嘴里塞了一口槟榔，然后说："但是这对您没有任何好处。我要面对什么，那都是以后的事，您立刻就会受到惩罚。如果您不顾及朋友，我也会变成那样的人。"

翁迦尔纳特脸上挂着殉道者的骄傲神情说："我从来不惧怕这些。自我承担报纸主编工作的那天起，我就将生死置之度外。对我来说，一个主编最光荣的死法就是为守护正义和真理而牺牲。"

"说得好！我接受您的挑战。至今，我一直将您视作自己的朋友，但是您现在诚心想跟我作对，那就战斗吧！我究竟为什么花五倍的钱订您的报纸？不过是想把它变成我的奴隶。我能成为富翁是神的恩赐，而不是您的功劳。平常的订阅费才十五卢比，我却给您七十五卢比，就是想让您闭紧嘴巴。每回您因为报纸亏损向我哭诉，请我帮忙，这种事不到三个月就会发生一次，只要您发出请求，或多或少我总要帮帮你，为什么？每逢排灯节、十胜节、洒红节，我都会送上节礼，一年当中请您吃饭的次数也不少于二十次，为什么？您不能一边接受贿赂，一边兼顾责任。"

翁迦尔纳特激动地说："我从来没有接受过贿赂。"

拉易老爷斥责道："如果这种行为不是受贿，什么才是受贿？您给我解释解释！莫非您以为，除您以外，所有人都是蠢蛋？他们会一次又一次无私地帮您填补亏空？拿出您的账簿，跟我说说，您从我的农庄上得到过多少好处？我相信，总有几千卢比吧。您一边高声呼喊支持国货运动，一边在报纸上刊登外国药物和商品的广告，假如您不为这种行为感到羞愧，我向佃农收取罚款和赔偿时为什么要感到害臊？您不要以为，只有您下定决心维护农民的利益。我才与农民同甘共苦，没有人比我对农民更友好，但是我靠什么生活？

拿什么请官员们吃饭？拿什么捐献给政府？如何养活家里那几百个人？我家里花销如何，或许您也清楚，难道我家里能长出钱？还不是得从佃农家里弄来。您大概以为，地主享受着世上的一切福乐，但是您不了解他们的真实状况。如果他们成为大圣人，生存就会变得十分困难。如果不给官员送礼，监牢就会变成家宅。我们又不是蝎子，随意挥舞毒钩乱蜇人。坑害穷人并不是什么令人愉快的工作，但是我们总得维持应有的体面。正如您想利用我的财富一样，其他人也都把我们看成金母鸡。您来我家，我让您看看，从早到晚，有多少矛头指向我。有人带来克什米尔的披肩，有人代售香水和烟草，有人推销书本和杂志，有人兜售人寿保险，有人拿着留声机纠缠不休，还有来贩卖其他东西的。寻募捐款的人更是不计其数。我能坐在大家面前哭诉自己的不幸吗？难道这些人来我家是为了诉苦？他们是来欺骗我，敲诈钱财的。如果现在我不考虑体面，来日他们肯定会拍着巴掌嘲笑我。如果我不给官员送礼，就会被当成叛徒。到那时，您也不会写文章维护我。我加入了国大党，至今还在为此缴纳罚款，名字也被列入了黑名单。我头上压着多少债务，您什么时候问过这个？如果所有债主都提起诉讼，我连手上的这个戒指都要卖掉。您会说，干嘛还要讲究这种排场？您说呗！七代以来，家族都是如此。我在这样的环境中长大，现在已经无法摆脱它。要我去割草，这是不可能的。您没有土地，没有财产，没有维护体面的麻烦事，您本来可以无所畏惧，但您还不是一声不吭地坐着。您可知道，法院里有多少行贿受贿的事，有多少穷人在流血，有多少女性道德败坏？您都能写出来？我可以提供材料和证据。"

翁迦尔纳特的态度稍稍有些缓和。他说："只要有机会，我绝对不会退缩。"

拉易老爷也有所缓和，"是啊，我承认，您在两三件事上展现出自己英勇无畏的气概。不过，您的眼睛一直看着自己的利益，而非人民的利益。您别朝我瞪眼睛，也不用气得脸红脖子粗的。过去每次您挺身而出，都能得到好的结果。您的名望、影响力和收入都有所提高。如果您打算拿这一套来对付我的话，我也愿意好好招待您。我不会给您钱，因为那是行贿。我可以给您的妻子打造首饰。成交？我现在跟您说实话，您得到的消息是假的，不过我还是想说，跟所有地主兄弟一样，我也向佃农收缴罚款，每年能够到手一万多卢比。如果您想从我嘴里把这点钱抢走，您也占不到什么便宜。您想舒舒服服地活在世上，我也想。您打着正义和责任的旗号自欺欺人，搞得我遭受损失，自己也陷入窘境，这对您有什么好处？您说句心里话吧。我不是您的敌人。我跟您在同一个地方、同一张桌上吃过多少顿饭。我也知道，您生活困难。您的状况或许比我还糟糕。嗯，如果您发誓要成为诃利旃陀罗①那样的人，那就悉听尊便吧。我走啦！"

拉易老爷从椅子上站起来。翁迦尔纳特握住他的手，以妥协的语气安抚道："不，不，您得再坐会儿。我想向您解释一下自己的立场。您待我如此亲切，我非常感激您，但是这里牵涉到原则。您知道的，原则比生命更宝贵。"

拉易老爷坐回椅子上，用带点温柔的声音说："行吧，兄弟，你想写什么就写什么吧。我不想破坏你的原则。能怎么样呢？不过是败坏点名声呗！是啊，我怎么可能为了自己的好名声拼死拼活不顾一切？哪里有一点儿也不欺压佃农的地主呢？让狗看守骨头，那它吃什么？我可以保证，以后您不会再收到这样的告状。如果您还对我有点儿信心，这次就包容我吧。遇上别的主编，我会命人当众揍他一顿，不可能这样讨好他。不过，您是我的朋友，所以我只得认

---

① 诃利旃陀罗，原文为 Harishchandra，是印度神话中太阳王朝的国王，以恪守誓言著称。根据"往世书"记载，诃利旃陀罗曾经为了实践他对众友仙人的诺言，放弃了他的整个国家，卖掉了妻子和儿子，自己也变成了奴隶。《摩诃婆罗多》中也记载了他举行王祭的故事，具体参见《摩诃婆罗多》《大会篇》第11章。

输。如今是报纸的时代，就连政府也惧怕它，我又算什么呢？您想怎么样就怎么样吧。好啦，争吵到此结束。说说吧，您的报纸最近发展如何？订阅的人增多了吗？"

翁迦尔纳特不情愿地说："勉强维持吧，在如今这种状况下，我也没有报太大的希望。我没有那么渴望财富和享受，所以也没有什么可抱怨。我是来为人民服务的，而且我一直竭尽全力在做这件事。国家长治久安才是我的期盼。个人的苦乐并不重要。"

拉易老爷更加关切地说："这些全都正确，兄弟！不过，为人民服务也得要能活下去呀！您一心为钱财担忧是不能为人民服务的。订阅的人数一点儿都没有增加吗？"

"是这样的，我不愿意降低这份报纸的标准。假如我刊登电影明星的照片，发布他们的花边新闻，订阅的客户肯定会增多，但这不符合我的原则。还有许多这样的伎俩，靠着它们，办报纸可以赚大钱，不过，我觉得这样很卑鄙。"

"结果就是今天您赢得了大家这样的尊重。我想提出一个方案，不知道您愿不愿意接受。请您以我的名义免费给一百个人寄送报纸，订阅的费用我来出。"

翁迦尔纳特感激地低下头，说道："我怀着感恩的心接受您的捐赠。遗憾的是，人们对待报纸多么冷淡啊！中小学、大学和寺庙并不缺钱，但是至今为止，没有一个愿意慷慨解囊，捐款推广报纸，尽管利用报纸只需要花费很少的钱就能达到教育人民的目的，这点利用其他手段是不可能实现的。如果报社可以像学校一样经常获得各种机构的帮助，那些可怜的报纸主编干嘛还要把那么多的时间和版面留给广告？我非常感谢您！"

拉易老爷离开了。翁迦尔纳特脸上闪过一丝喜悦的光芒。尽管受到如此严厉的斥责，但是拉易老爷没有提出任何条件，没有附加任何约束，翁迦尔纳特无法拒绝他的捐赠。情况已经恶化到如此地步，他却想不出任何改善的方法。报社已经欠发员工三个月的工资，欠下纸商的款项也超过一千卢比。现在他不用四处伸手求人，这怎能不是件大好事？

他的妻子戈默迪走过来，不满地说："难道现在没到吃饭的时间吗？还是有什么规定，不到一点钟不能站起来？人家要在炉子旁边等到什么时候？"

翁迦尔纳特望向妻子，眼里充满伤痛。戈默迪的不满烟消云散。她明白他的难处。有时候，看到其他妇女的华衣美饰，她心里很不痛快，难免对丈夫说几句难听的话。然而，实际上，她生气的对象不是自己的丈夫，而是自己悲惨的命运，不过每次都会有一丝怒火自然而然地蔓延到翁迦尔纳特身上。看到他的禁欲生活，她心里虽然十分反感，但也对他怀有同情。罢了，她只能把他当成一个怪人。见到他脸上忧伤的表情，她问道："干嘛不高兴？肚子难受吗？"

翁迦尔纳特只得摆出一副笑脸："谁不高兴啊？我今天跟结婚那天一样高兴。今天早上我赚了一千五百卢比呢。准是瞅见了某位福星的脸。"

戈默迪难以置信地说："胡说！你从哪里赚来一千五百卢比？要说十五卢比，我还能相信。"

"不，不，我向你发誓，确实赚到一千五百卢比。刚刚拉易老爷来了。他答应以自己的名义为一百个人订阅报纸。"

戈默迪脸色阴沉地说："钱到手了？"

"没呢，拉易老爷是个信守承诺的人。"

"我从没见过哪个地主信守承诺。我爸曾经在一个地主家做工，一年到头领不到工钱。后来，他离开这家人，到另外一家干活。干了两年，一分钱也没拿到。有一回，爸爸发了脾气，就被人揍了一顿赶出家门。他们的承诺绝对不会兑现。"

"我今天就把账单给他送去。"

"送呗！他会说，明天来付钱。不过，明天他又会前往自己的农庄，三个月之后才回来。"

翁迦尔纳特开始担心。确实如此，万一拉易老爷事后赖账，他该怎么办？然而，他还是鼓起勇气说道："这是不可能的。至少，我不认为拉易老爷是这样的骗子。他没有拖欠过我什么。"

戈默迪用那种怀疑的语气说道："正因如此，我才说你是个傻子。只要有人向你表示一点同情，你就高兴得忘乎所以。他可是个大财主，肚子里可以容纳多少这样的承诺。如果他要兑现自己许下的所有诺言，大概会沦落到讨饭的境地。我们村的地主老爷，两三年都不给杂货店老板结账。仆人的工钱更是徒有虚名。他让仆人干了一整年活儿，等到仆人上门讨要工钱的时候，就把他揍一顿，然后赶走。因为拖欠学费，学校把他的儿子开除了好几次。最终，他只能把儿子们都叫回家来。还有一次，他连买火车票都要求赊账。这个拉易老爷跟他是一样的人。走吧，先去吃饭，吃饱后再干那些苦活儿，这是你命中注定的。你要知道，这些大人物时常训斥你，那是好事。假如他们给你一个拜沙，定会从佃农手里收回四个。关于他们，你现在是想写什么就写什么。以后遇到麻烦，你也不得不对他们曲意逢迎。"

学究先生[1]正在吃饭，但是饭食卡在喉咙里，咽不下去。毕竟没有减轻心里的负担，进食是很困难的。他说："如果拉易老爷不付钱，我就公布那个消息，让他终生难忘。他的小辫子还捏在我手里。村里的人不可能传递假消息。传递真消息，他们都吓得要命，怎么会传递假消息？我收到了一封告发拉易老爷的信件。如果我把它刊登出来，那家伙肯定连家门都不敢出。他并不是在做慈善，而是为了欺骗糊弄我才走上这条路。他先威胁恐吓我，后来发现这样不管用，

---

① 此处指翁迦尔纳特。

才丢出这个诱饵。我也想过，仅凭一个人变好，国内的不公正现象不可能完全消除，但是我为什么不接受这笔捐赠呢？我肯定违背了自己的理想，如果这样拉易老爷还要耍我的话，我也可以骗骗他。一个总是抢劫穷人的人，别人打算抢劫他之前根本不需要安抚自己的灵魂。"

第十七章

　　一个消息在村里不胫而走——拉易老爷把长老们唤到跟前狠狠责骂了一顿，并且让他们把收敛的钱财全部吐出来。拉易老爷原本打算把他们都关进监狱，但是他们低三下四地苦苦哀求，向他承认错误，表示悔改，他才放过他们。滕妮娅心里十分欢喜，在村里东奔西跑，到处羞辱各位长老——穷人的呼喊，人没有听到，老天爷听到啦！他们以为，从穷人那里收缴了罚款就可以愉快地吃炸丸子①。老天爷却狠狠地扇了他们一个巴掌，让他们把嘴里的炸丸子吐出来。吃进去一个，得还回来两个。现在把我家的房子也拿去吃了吧！

　　不过，没有牛怎么干农活呢？村里的人家已经开始播种。印历八月，农民要是死了牛，就相当于他的两只手被砍断一样，毫无办法。霍利正是这般无可奈何。所有人都在田里犁地、播种，到处歌声飞扬。霍利的田地一片荒凉，如同孤苦伶仃的寡妇家一样。布妮娅有牛，索帕也有牛，但是她们都在自己家的田地上忙播种，哪里

---

　　① 炸丸子，原文为phulauri，指用三角豆粉或豌豆粉等制成的印度小吃。

有闲暇来帮霍利呢？霍利整天四处游荡，时而坐在这家的田里，时而帮助那家播种，由此获得一些粮食。滕妮娅、卢巴、索娜都在别人家帮忙播种。只要播种的工作没有结束，她们就能得到填饱肚皮的食物，没有遇到什么特别的困难。精神上的痛苦的确不可避免，但是好歹肚子不会挨饿。尽管如此，晚上夫妻间还是经常会发生一些小小的争吵。

印历八月过去了，在村里找活儿干也变得十分困难。如今，所有希望都寄托在田里立着的那些甘蔗上。

夜幕降临，天气很冷。今天，霍利家里没有什么能吃的东西。白天用一点炒豌豆对付过去了，此时却找不到任何办法生火做饭。由于饥饿，卢巴焦躁不安，坐在门口的火坑前面哭个不停。家里连一粒粮食都没有，她能要什么，又有什么可说的。

饿得实在受不了的时候，她打着借火的旗号到布妮娅家去了。布妮娅正在做黍子面饼和藜菜。闻到那股香气，卢巴馋得直流口水。

布妮娅问："哎呀，你家现在还没生火做饭吗？"

卢巴可怜兮兮地说："今天家里什么也没有，拿什么生火做饭？"

"那你干嘛来借火？"

"爸爸要抽烟。"

布妮娅把一块燃烧着的牛粪饼丢给她，但是卢巴不去捡火种，反而走到布妮娅身边，说道："婶婶，你的面饼好香啊！我可喜欢吃黍子面饼啦！"

布妮娅笑着问："你想吃？"

"妈妈会骂我的。"

"谁要告诉你妈妈？"

卢巴饱食完一顿面饼，连嘴都没顾得上擦，就跑回家去了。

霍利心灰意冷地坐着，婆罗门学者达咀丁来喊他。霍利吓得心怦怦直跳，莫非新的灾难即将降临？他赶紧走过去，向达咀丁行触脚礼，然后在火坑前摆了一张小凳子给他坐。

达咀丁坐下来，态度亲切地说："这回你的田都变成荒地啦，霍利。你什么都没跟村里人讲，要不然珀拉怎么敢从你家门口把牛牵走。我们肯定让他尸横当场。我跟你发誓，我没有罚你的款。滕妮娅不应该无缘无故败坏我的名声。这都是那个混蛋巴泰西沃里和金古里辛格的诡计。我是被别人拉进五老会的。那些人原本打算给予你更重的惩罚，我好说歹说，他们才同意少罚一点。不过，如今他们都在抱头痛哭。他们以为，他们可以在这里作威作福，但是他们不知道，村里的王另有他人。那对于田地的耕种，你有什么打算？"

霍利凄惨地说："老爷，有什么可说的呢，继续荒着呗！"

"继续荒着？这可太不幸啦！"

"这是老天爷的旨意，我有什么办法？"

"有我在，你的田怎么会继续荒着呢？明天，我就让人来帮你播种。现在田里还有些潮湿。收成推迟十天而已，除此以外，什么事也不会有。收成我们各占一半。你不亏，我也不亏。今天坐着的时候，我突然想到，开垦过的田地竟然一直荒废着，心里真是特别难过。"

霍利陷入沉思。雨季的整整四个月中，他在田地里完成了施肥和翻耕，今天仅仅为了播种就得交出一半收成，达咀丁还想让他领自己的情。不过，这也比让田地一直荒废要好。即使最后什么也得不到，租子的问题总能解决。如果这次再不付清租子，地主肯定会收回田地，不再允许他耕种。

他接受了这个提议。

达咀丁高兴地说："走吧，我现在称种子，免得明天早上麻烦。你吃饭了吗？"

霍利难为情地告诉他今天家里断炊的事。

达咀丁假装生气地斥责道："哎呀！家里没有生火做饭，你也不告诉我！我又不是你的敌人。这件事你真让我难过。哎呀，大好人啊，这没有什么好难为情，我们都是一样的。你是首陀罗怎样，我是婆罗门又怎样，我们是一家人。大家的日子都坎坷。谁知道明天会有什么灾难降临到我头上，到时候我不向你哭诉，还能找谁说呢？好啦，过去的就让它过去吧。走，赶紧称一两满粮食，给你填肚子。"

半个小时之后，霍利头上顶着竹筐回来了，筐里装着整整一满大麦。家里的磨子重新开始转动。滕妮娅一边哭，一边跟索娜一起磨大麦。老天爷这样惩罚她，不知道她犯了什么罪。

第二天，霍利家开始播种。全家人都身心投入地干活，仿佛一切成果都属于自己。过了几天，浇灌的工作也这样如火如荼地开展。达咀丁总算找到了白干活的工人。现在，他的儿子玛咀丁也时不时跑到霍利家来。玛咀丁是个年青小伙子，整日风流放荡，油嘴滑舌。达咀丁搜刮来的钱财，都被他在品大麻的醉生梦死中挥霍一空。他跟一个遮玛尔种姓的女人关系暧昧，所以至今没有成婚。他们之间的不正当关系从未间断过，尽管全村人都知道这个秘密，但没有人敢说三道四。我们的宗教在于我们的食物①。只要食物洁净，我们的宗教就不会受到任何损害。面饼化作盾牌，保护我们远离一切违背宗教的事物。

现在，由于两家合伙种田，玛咀丁开始寻找跟褚妮娅搭讪的机会。他故意等到褚妮娅一个人在家的时候才过来，有时以这种理由，有时以那种借口。褚妮娅虽然算不上大美人，但是胜在年青，比他遮玛尔种姓的情人要好得多。更何况她在城里住过一些日子，知道如何穿衣，如何打扮，如何说话，如何行事，脸上还带着一丝娇羞的神态，那可是女性最大的吸引力。玛咀丁经常把她的孩子抱在怀

---

① 此处指宗教所要求的、饮食方面的一些禁忌，核心在于饮食的洁净观。

里爱抚逗弄。褚妮娅对此很满意。

有一天，他对褚妮娅说："你究竟看上了戈博尔哪一点才答应跟他在一起，褚娜①？"

褚妮娅害羞地说："这是命中注定的，大爷，我能说什么？"

玛咀丁伤心地说："真是个忘恩负义的男人！他丢下你这样的女财神不知道跑到哪里去碰钉子。他这个人生性放荡，所以我怀疑，他可能在别的地方搞外遇。这样的男人就应该被枪毙。男人的天职是，娶了哪个姑娘，就应该对她负责到底。毁了一个女人的人生，又到另一个女人家门口张望，这算怎么回事？"

女孩开始哭泣。玛咀丁东张西望了一阵子，然后握住她的手宽慰道："褚娜，你干嘛还在意他啊？他走了，就让他走呗。你还缺什么？钱财、衣服、首饰，你需要什么都可以从我这儿拿。"

褚妮娅慢慢地抽出手，往后退了几步，说道："这都是您的仁慈，大爷！我现在没有可以安身的地方，家里容不下我，这里也待不下去。鸡也飞了，蛋也打了。我没有见过世面，不了解世人的行为作风，听了他几句甜言蜜语，就上当受骗了。"

玛咀丁开始指责戈博尔："他是个地地道道的无赖，没有用处的窝囊废！无论何时，他都在跟父母吵架，如果挣到了钱，立马就会找人赌博，还非常喜欢抽大麻。跟流氓泼皮一起闲逛、调戏别人家的媳妇和女儿，这些就是他的日常工作。因为他的恶行，警察先生原本打算把他抓起来移交给法院，但是我们说了很多好话，他才放过他。他还经常到别人家的田地和打谷场偷粮食。我自己都抓到过他好几次，不过，念在同乡的份上，最后还是把他放了。"

索娜来到屋子外面，说道："嫂子，妈妈说，要把粮食拿出去，放在阳光下晒一晒，不然会有很多空壳。婆罗门学者好像往粮仓里

---

① 此处褚娜为褚妮娅的昵称。

注了水一样。"

玛呾丁辩白道:"看样子,你家没有淋到雨。雨季当中,连木头都会受潮,粮食只是粮食嘛。"

他一边说一边往外走。索娜的到来彻底粉碎了他的计划。

索娜问褚妮娅:"玛呾丁来干嘛?"

褚妮娅皱紧眉头说:"他来借拴牲畜的绳子。我告诉他,这里没有拴绳。"

"这只是个借口。他是个大坏蛋!"

"我倒觉得,他是个好人。他有什么坏处?"

"你不知道?他跟一个名叫西莉娅的姑娘关系暧昧。"

"就因为这样,他变成了坏人?"

"那么,什么样的人才是坏人?"

"你哥哥把我带到这里来。他也是坏人咯?"

索娜没有回答她的问题。"他要是再来家里,我就把他赶出去。"她说。

"如果把你嫁给他呢?"

索娜害臊地说:"嫂子,你在拐着弯骂人呢!"

"什么,这怎么是骂人呢?"

"他要敢跟我说话,我烧烂他的嘴!"

"你打算跟什么神仙结婚咯!像他这么英俊、时髦的青年,村子里还有谁?"

"那你跟他走吧,你比西莉娅强十万个等级呢!"

"我为什么要走?我已经跟一个人在一起了,无论他是好是坏。"

"我也一样,跟谁结婚,就会一直跟他在一起,无论他是好是坏。"

"要是跟一个老头结婚呢?"

索娜笑着说:"那我就给他烤软软的面饼,为他研磨药粉、过滤药汤，搀扶他走路，等他死了，我就蒙着脸大哭一场。"

"要是嫁给一个年青人呢？"

"要是你个头，差不多得啦……"

"好吧，说说看，你喜欢老头儿还是年青人？"

"自恋的是年青人，老头儿不自恋。"

"但愿神明安排你嫁给一个老头儿，我倒要看看，你怎么喜欢他。到那时，你肯定会向神祈祷，无论如何让这个讨厌的老鬼死掉吧，我还可以嫁给一个年青人！"

"我会可怜那个老头儿的。"

这一年，此处开办了一个制糖厂。它的管事和经纪人走遍各个村庄，收购农民长在地里的甘蔗。那个糖厂正是肯纳先生创办的。有一天，糖厂的管事也来到了这个村子。农民们跟他讨价还价的时候发现，熬制粗糖没有什么利润。既然在家里压榨甘蔗也是得到这个价格，那还何必这样吃苦受累呢？全村人都乐意卖出自己长在地里的甘蔗，就算少赚一点也没有关系，因为立刻可以拿到现钱！有人要买牛，有人要偿付欠款，有人想摆脱放债人。霍利要买一头母牛。然而，今年甘蔗的收成不好，所以他也担心，熬制不出什么好产品。况且，粗糖的价格和工厂里生产的细白糖的价格一样，有谁还会买粗糖呢？所有人都收下了定金。霍利有希望赚到至少一百卢比。用这些钱肯定能买到一头寻常的母牛，但是放债人那里怎么办呢？达咀丁、蒙格鲁、杜拉利、金古里辛格，这些人天天都在折磨他。倘若用来偿还放债人的欠款，一百卢比连还利息都不够。他又想不到什么好办法，既能获得卖甘蔗的钱，又能不让这些人知道。等到牛进了家门，他们还能干什么？不过，甘蔗装车的时候，全村人都看着呢，称重的时候拿到多少钱，大家也都知道。很可能，蒙格鲁和达咀丁还跟我们站在一起。我这边刚拿到钱，他们就过来催账。

黄昏时分，吉尔特尔问："你的甘蔗什么时候送过去，霍利大叔？"

霍利糊弄他说："现在还没长好呢，兄弟，你什么时候送过去？"

吉尔特尔也骗他说："我的现在也没长好，大叔。"

人们互相哄骗，谁也不相信谁。大家都欠金古里辛格的钱，因此，他们都希望，钱不要经过金古里辛格的手，否则定会被他尽数夺走。等到第二天佃农们再来要钱的时候，就得重新签订契书，重新送礼，重新缴纳缮写费。

第二天，索帕走过来说："大哥，你快想个办法，让金古里辛格染上霍乱，从此一病不起。"

霍利笑着说："那怎么行，他没有孩子吗？"

"你要考虑他的孩子，还是自己的孩子？他舒舒服服就可以养活两个妻子，我们家只有一个老婆，却连干面饼也吃不上。他会把我们赚的钱全部拿走，一分一厘都不让我们带回家。"

"兄弟，我的状况更加糟糕！如果钱被拿走，我就完蛋啦！没有牛，什么都干不成。"

"现在，再过两三天，就要运送甘蔗了。等所有甘蔗运到地方，跟管事的说说，兄弟，你拿点儿去呗，甘蔗赶紧称，钱晚点再给。回头再告诉金古里，目前还没有领到钱。"

霍利思索了片刻，然后说道："索帕，金古里辛格比我们聪明许多倍。他会去找账房先生，直接从他那里把钱拿走。你我只能眼巴巴看着。肯纳先生的工厂，肯纳先生放高利贷的商号，两者是一样的。"

索帕失望地说："不知道有没有可能摆脱这些放高利贷的人。"

霍利说："这辈子是没有希望了，兄弟！我们没有期盼像国王一样作威作福、奢侈享乐，只不过想穿上粗布衣裳，吃上粗茶淡饭，本分体面地生活。可这也不能实现。"

索帕狡猾地说："我嘛，大哥，这次要骗过他们所有人。我打算给管事的一些好处，说服他扣住钱，让我们多跑几趟催款。金古里能跑几趟？"

霍利笑着说："兄弟，这是不可能的！最好的解决办法是向金古里辛格求情。如今我们困在一张网里，越挣扎，被网缠得越紧。"

"你呀，大哥，像老头儿一样说话。落入陷阱就干坐着不动，这是懦夫的行为。没关系，让绳套缠得更紧吧，为了挣脱束缚，必须用力。或许金古里辛格会把我的家当拿去拍卖，卖就卖呗。我倒是希望，他不要给我们钱，任由我们饿死，任由我们挨打，一分钱也不要借给我们，但不把钱借出去的话，他们怎么收利息呢？一个向法院提起诉讼要我们还钱，另一个就降低一些利率把钱借给我们，让我们落入他的圈套。我打算等到金古里外出的日子，再去领钱。"

霍利的心有所动摇："嗯，是这样的。"

"我们先去称甘蔗，钱嘛，等到时机合适再去领。"

"行啦行啦，就这么办吧。"

第二天清晨，村子里不少人开始收割甘蔗。霍利也拿着铡刀来到自家的田里。索帕从另一边赶来帮忙。布妮娅、褚妮娅、滕妮娅和索娜都来到田里。他们有人砍甘蔗，有人削皮，有人把弄好的甘蔗捆成一捆。高利贷者看到人们在砍甘蔗，心里十分焦急，不知如何是好。杜拉利从一边跑来，蒙格鲁大爷从另一边跑来，玛咀丁、巴泰西沃里和金古里的手下也从另一边跑来。杜拉利的手上和脚上戴着粗粗的银镯子，耳朵上挂着金坠子，眼睛上画着黑油烟，明明一把年纪，却打扮成少女的模样。她一边跑一边喊："先把钱还给我，我才准许你们砍甘蔗。我越是忍让，你们倒是越大胆。两年来，一个特拉的利息也没交过，现在我的利息都涨到二十五卢比啦！"

霍利哀求道："大姐，您就让我砍吧，甘蔗的钱您不会亏的。卖出多少钱，我全部都给您。我不会离开村子逃跑，也不会这么快死掉。甘蔗长在田里，难不成会给您变出钱来？"

杜拉利从他手里抢过铡刀说："你们的心眼儿这么坏，所以才发不了财。"

霍利曾向杜拉利借了三十卢比，如今已经过去五年。三年间，三十卢比涨成一百卢比，那时候他们才立下借据。这两年间，这笔钱的利息又滚到五十卢比。

霍利说："大姐，我从来没有动过什么坏心思。只要老天爷保佑，我会一个巴依一个巴依把钱还清的。是啊，眼下手头比较紧，你爱怎么说就怎么说吧！"

女财主刚走没过多久，蒙格鲁大爷到了。他肤色黝黑，挺着一个大肚皮，前面露出两个大大的牙齿，好像要咬人一样，头上戴着一顶帽子，脖子上缠着一条围巾，年龄虽然不超过五十岁，但却要拄着拐杖行走。他身患风湿症，还经常咳嗽。他拄着拐杖站在一边，斥责霍利道："先把钱还给我，还完钱再砍甘蔗！我是把钱借给你，不是施舍给你。三年又三年，一分钱利息也没给。你别以为你能私吞我的钱。就算你进了坟墓，我也会把钱讨回来。"

索帕喜欢开玩笑。他说："老爷，那您干嘛这么着急呢。您就到时候问他的尸首讨钱呗！要不然，等上几年，你们两人一块儿进入天堂，在老天爷面前把这笔账算算清。"

蒙格鲁严厉地斥责索帕道："赖账不还、忘恩负义、大骗子……借钱的时候摇头摆尾，还钱的时候大声咆哮！我要卖掉你的房子，拍卖掉你的牛！"

索帕又逗弄他说："好吧，老爷，您说实话，您当初借给他多少钱，怎么现在变成了三百卢比？"

"你年年不付利息，它自然越变越多。"

"最初你借出多少钱？只不过五十卢比！"

"你也得看看，现在过去多少天了？"

"大概五六年吧。"

"整整十年啦，现在进入第十一年！"

"借出五十卢比，讨要三百卢比，你一点也不害臊！"

"为什么要害臊？我是借钱给你们，难道你们想要的是施舍？"

最后，霍利对他再三恳求，终于把他打发走了。达咀丁与霍利合伙种田，他提供种子，分走一半收成。这种时候出面找茬儿跟他的原则不符。金古里辛格早已说服糖厂的经理。他的工人正把甘蔗搬上大车，往船上运。河离村子有半英里的距离。一辆大车一天往返七八次。船一趟能够装载五十大车的货物。如此一来，大家能够省下不少钱。做出这样便捷的安排，金古里辛格让全农庄的人都对他感恩戴德。

称量一开始进行，金古里辛格就稳稳地坐在糖厂门口。他看着每个人的甘蔗过秤，拿走写着价格的纸条，跑去账房那里领钱，扣除自己应得的份额之后才把剩余的部分交给佃农们。不论佃农们如何哭闹、喊叫，他也不理会他们。这是东家的吩咐，他有什么办法。

霍利总共挣了一百二十卢比。金古里辛格扣除完自己的本金和利息之后，把剩余的大约二十五卢比交给霍利。

霍利沮丧地看着手里的钱说："老爷，拿这点钱我能干什么呢？你干脆把它也拿走吧！我还有挺多活儿可干。"

金古里辛格把那二十五卢比扔在地上，说道："拿走或是扔掉，随你便！因为你，我没少挨东家的骂。如今，拉易老爷下令，要我交出罚款。我看你穷，可怜你，才给你这些钱，不然的话，一个特拉也不会给你。如果拉易老爷强硬起来，回头我还得从家里掏出更多。"

霍利慢慢把钱捡起来，刚走到外面，诺凯拉姆就跑过来朝他一阵嚷嚷。霍利迎上前，把那二十五卢比塞进他手里，什么也没说，就快速跑开了。他感觉一阵头晕目眩。

索帕也拿到这些钱。他一走出来，巴泰西沃里就拦住他。索帕大声呵斥道："我没有钱，你想怎么办就怎么办！"

巴泰西沃里生气地说："甘蔗卖掉了没有？"

"嗯，卖掉了。"

"你答应过，卖了甘蔗就还钱。"

"是呀，答应过。"

"那怎么不还钱！别人的不是都还了吗？"

"是的，都还了。"

"为什么不还给我？"

"我现在剩下的钱要留给孩子们。"

巴泰西沃里气急败坏地说："索帕，你得还钱，必须恭恭敬敬地双手奉上，就今天！嗯，现在随你想怎么信口开河都行。我打份报告，就能让你坐六个月的牢，整整六个月，一天不多，一天不少。你经常赌博，这也会写在报告里。我不是地主或高利贷者的仆人，我是为政府办事的。政府统治着整个世界，是你的债主和地主的主人。"

巴泰西沃里迈步向前走。索帕和霍利一声不吭地跟了一段距离，仿佛巴泰西沃里的责难令他们两人神志不清。后来，霍利说："索帕，把钱还给他吧。你就当有人放了一把火，把甘蔗全烧焦了。我也是抱着这种想法来安慰自己。"

索帕备受打击，痛苦地说："嗯，我会还的，大哥！不还又能逃到哪里去啊？"

前面，吉尔特尔喝过棕榈酒跌跌撞撞地走过来。看见霍利两兄弟，他说："霍利大叔，全部都被金古里亚[1]拿走啦！连吃个鹰嘴豆

---

① 金古里亚，原文为Jhinguriya，为金古里辛格的别称。

的钱都没有留下。从没见过这样的杀人犯！我哭过，哀求过，可这个恶人一点儿也不可怜我。"

索帕说："你喝了棕榈酒吧，还说一个拜沙也没留下？"

吉尔特尔指了指自己的肚子说："到傍晚了。之前要是有一滴水进过喉咙的话，就相当于我吃过牛肉[①]。我把一安那的硬币含在嘴里，用它买了点棕榈酒喝。我想着，吃苦受累了一整年，就这一天喝点棕榈酒。不过，说实话，我没有醉。一个安那的棕榈酒，怎么可能让人喝醉？是的，我走路摇摇晃晃的，那样人们就会认为，我喝了很多。真是太好啦，大叔，所有的债终于还清。借的是二十卢比，却要还一百六十，还有底线嘛！"

霍利回到家，卢巴端着水跑出来，索娜装好了水烟袋，滕妮娅拿出炒三角豆和盐，摆在他面前，所有人都用充满希望的目光注视着他。褚妮娅也走过来站在门口。霍利沮丧地坐下。他该如何洗手洗脸，又该如何吃炒三角豆？他那般羞愧，那般内疚，仿佛刚刚杀过人回来。

滕妮娅问："称了多少？"

"挣了一百二十卢比，但是当场就被抢走了，一个特拉也没剩下。"

滕妮娅浑身上下都被怒火烧成了灰烬。她心里气得想揪自己的脸，说道："老天爷怎么会创造出你这种窝囊废？等哪天见到他，我倒是要问问。跟你在一起，这一辈子痛苦不堪。老天爷既不让我死掉，也不让我摆脱这种苦难。你不听劝，把所有钱都送给了什么姐夫妹夫，现在哪里还有多余的钱能用来买牛？你是打算让我去拉犁耕地，还是准备自己去？我说啊，你真是老了，蠢笨至极，都不知道把买牛的钱留出来。没有人能够从你手里把钱抢走。印历十月，

---

① 印度教徒将母牛视作母亲，吃牛肉在印度教典籍中属于大罪。此处，吉尔特尔用吃牛肉来赌咒发誓，表明自己一天连一口水也没喝过。

天冷得要命，家里人却连破烂的衣服也穿不上。去吧，把所有人都拖到河里淹死吧！一天之内快速死去总好过受尽折磨慢慢死掉。钻进稻草堆里过夜的日子要熬到什么时候？就算晚上可以钻进稻草堆，平日总不能靠吃稻草维持生活吧。你愿意的话，可以吃稻草，我们可吃不了。"

说着说着，滕妮娅突然笑起来。过了这么久，她才明白，当放债人步步紧逼，纠缠不休的时候，一旦你手上有了钱，而且放债人也知道你手上有钱，那么，一个佃农如何能够拯救自己？

霍利正低着头哀叹自己命途多舛，没有看到滕妮娅的笑。他说："会找到活儿干的。干完活儿就能填饱肚子啦。"

滕妮娅问："这村子里哪儿还有什么活儿？你能够腆着脸去干活儿？人们不是都喊你大老爷嘛！"

霍利吸了几口水烟，说："做工又不是什么罪过。工做完了，就回来干农活。农活干不成，便再去做工。如果不是命中注定要给人做工，我为什么会遭受这些灾难？牛为什么会死？儿子又为什么会变得这般愚蠢又无用？"

滕妮娅望着媳妇和女儿说："你们干嘛全部围在这里，忙自己的事儿去吧！别人从市集上回来的时候都会给孩子们带几个拜沙的礼物，可他呢，吝啬至极，怎么舍得把大额钱币破开？最好一分钱也不花。所以，他也挣不到什么大钱。懂花钱的人才能挣到钱。不舍得吃喝的人，赚钱来干嘛？难道是为了埋在地里？"

霍利笑着说："在哪儿呢，那些埋起来的钱财？"

"藏在哪儿，就在哪儿呗。可悲的是，明知如此，还是为了钱拼死拼活。花几个拜沙买点东西带回来，放在孩子手里，你也不会受到什么损害。如果你跟金古里说，'你给我留一个卢比，否则我一个拜沙也不会给你，你就去法院打官司吧'，他一定会给的。"

霍利感到十分羞愧。倘若他没有一气之下把那二十五卢比全部还给诺凯拉姆，诺凯拉姆又能怎么样？至多不过在剩余的款项上加几个安那利息，但是现在已经做错了。

褚妮娅走进来，对索娜说："我非常同情爸爸。这个可怜的人辛辛苦苦劳累了一天回到家，妈妈就开始责骂他。高利贷者坑害人，可怜的他有什么办法。"

"那么，牛从哪儿来？"

"放债人只想讨回自己的钱。你家的悲惨遭遇对他来说有什么意义？"

"要是妈妈在场的话，一定会让放债人尝点厉害。那个倒霉鬼非哭天喊地不可。"

褚妮娅戏谑地说："家里哪儿缺钱呀？你就笑着跟放债人说说，看看他会不会将所有债务一笔勾销。说实话，那样一来，爸爸的所有麻烦都能得到解决。"

索娜双手按住她的嘴巴，说道："够啦，别说啦！不然，我可警告你，我现在就去妈妈面前揭露玛咀丁的所有伪装，到时候，你就哭吧。"

褚妮娅问："你要跟妈妈说什么？说得煞有介事似的。他找了个借口来到家里，难道我得叫他滚蛋？莫非他从我这里得到了什么好处？赔本的人是他。除了甜言蜜语，他从我褚妮娅这里什么也不可能得到。我也懂得如何以高价出售自己的甜言蜜语。我又不是笨蛋，会上当受骗。是啊，如果我发现，你哥哥在其他地方跟别的女人有染，那就另当别论了。那时，我将不再受任何人约束。现在，我相信，他是我的男人，因为我，他在外面四处碰壁。说说笑笑是另外一回事，不过，我是不会背叛他的。见一个爱一个的人，最终谁也得不到。"

索帕来到家里，呼唤霍利。他把欠巴泰西沃里的钱放在霍利手中，说道："大哥，你去把钱还给老爷吧，那时候，我不知道自己怎么了。"

霍利接过钱，正准备起身，耳朵里突然响起法螺^①的声音。村子的另一头，住着一位名叫特扬辛格的刹帝利绅士。他在步兵营里做事。离家十年之后，数天以前，他请假回到村里。他曾游历四方，巴格达、雅典、新加坡、缅甸这些地方他都去过。如今，他一心想要结婚，因此，念诵经文，敬神祷告，希望以此取悦婆罗门。

霍利说："看来七章经文已经念诵完毕，现在要开始行阿尔迪礼^②啦。"

索帕说："嗯，好像是的，走吧，我们也去行行阿尔迪礼。"

霍利焦虑地说："你先去吧，我待会儿就来。"

回来的那一天，特扬辛格给所有人家里都送了满满一赛尔的甜食和糖果。每次在路上遇见霍利，他也会向他问安。接受他的邀请去参加阿尔迪仪式，自己却什么也不给，这是一件羞耻的事情。

他手里应该端着阿尔迪礼的铜盘吧。在他面前，霍利如何能够两手空空地行礼？不去参加仪式或许更好一些。这么多人里，他哪里能想起，霍利没有来。何况，又没有人登记，谁来了，谁没有来。于是，霍利走到床边躺下来。

然而，他心里感到一阵阵悲痛。他连一个拜沙也没有，连一个拜沙的铜币也没有。阿尔迪礼的圣洁和庄严，他一点儿也不在乎。他关注的是处世之道。参加绅士老爷的阿尔迪仪式，他当然可以只献上自己的一片虔诚之心，但是，他怎么能够不顾体面，成为大家眼里那个卑贱的人？

---

① 法螺，原文为shankh，为印度教举行仪式时吹奏的一种唇振气鸣乐器，吹响法螺即号召众人进行祈祷。

② 阿尔迪礼，原文为arati，为印度教敬神的一种仪式，通常于诵经部分结束后开始行礼。诵经者用手托着放有酥油灯的铜盘在神像面前画圈，表达敬意，之后依次传递给在场的人。人们行完阿尔迪礼后，将钱放在盘内，再将两只手掌放在象征神力的酥油灯的火苗上，然后再触摸自己的眼睛和脸。

他突然坐起来。为什么要成为体面的奴隶？为什么要舍弃体面背后阿尔迪礼的圣洁？人们要笑，就让他们笑吧。愿神灵庇佑，他不会犯下任何罪行，其余的他什么也不想要。

他朝绅士老爷家走去。

第十八章

　　肯纳和格温迪之间的关系并不融洽。至于为什么相处不融洽，原因也很难说清楚。尽管谈论婚嫁的时候他们已经请人合过星盘，不过，依据星相学的观点，他们的行星的确有些相冲。从性学的角度来看，这种不和谐的背后可能存在别的秘密。当然，我们还可以从心理学的角度挖掘其中的缘由。然而，我们目前知道的就是他们相处不来。

　　肯纳家财万贯，言谈风趣，待人亲和，英气逼人，受过良好的教育，在城里算得上一位响当当的人物。格温迪虽然不如仙女那般美艳，但确实长得漂亮——皮肤不黑不白，呈现小麦色；一双羞答答的眼睛在你面前抬起来，又立刻垂下去；脸颊上没有红晕，但却不失光泽。她体态轻盈，身形匀称，臂膀圆润，脸上带着一种冷漠的神情，其中显露出一丝骄傲的痕迹，仿佛世间的一切行为活动在她看来都无足轻重。肯纳向来不缺优质的享乐工具，一等的洋楼，一等的家具，一等的汽车以及无穷无尽的钱财。

　　不过，在格温迪眼中，这样的东西毫无价值。在这个令人厌恶的世界里，她未曾感到过满足。对她而言，养育孩子和料理琐碎的家务就是一切。她整天忙于这些事情，根本无暇顾及享乐。魅力是什么，如何能够产生魅力，她也从来没有朝这个方向思考过。她不是男人的玩物，也不是供他们享乐的东西，又为什么要努力保持魅力呢？倘若丈夫不去发现和关注她真正的美，整天跟在那些淫荡的女人后面四处游荡，这是他的不幸。她始终如一地带着那份热爱和忠诚侍奉丈夫，仿佛早已战胜了嫉恨、迷恋这类情感。那些无穷无尽的财富好像一直在践踏、压抑她的灵魂。她的心时时渴望摆脱这些虚饰和伪善。她经常会梦到，在简单而自由的生活中，她可以生活得多么幸福快乐。玛尔蒂为什么要来挡她的道？为什么会有妓女唱那些淫词艳曲？这些猜疑、造作和不安为什么会变成她人生道路上的针刺？

　　许久以前，当她还在女子学校念书的时候，疯狂地喜爱诗歌。诗歌中，悲伤和痛苦才是生命的真谛，财富和寻欢作乐之所以会被烧成灰烬，是因为它们会把人类带向虚假和焦虑。她现在偶尔也会写诗，但是能够念给谁听呢？她的诗歌不仅仅是心绪的波动或情感的飞舞，诗里的每一个词都饱含她生活的苦痛，充满她泪水冰冷的火焰——她渴盼去往某个地方定居，那里远离一切虚伪和欲望，她可以在自己安宁的小屋中享受简单纯朴的欢愉。肯纳每次读到她的诗，都会嘲笑她，有时候还会把它撕碎丢掉。于是，财富筑起的这座墙越来越高，夫妻二人也渐行渐远。肯纳对待自己的客户有多么甜蜜和温柔，在家里就有多么刻薄和粗鲁。他经常一生气起来就对格温迪恶言相向。对他来说，文雅仅仅是欺骗世人的一种手段，而非心灵的净化。每逢这种情况，格温迪都会回到自己冷清孤寂的房间，整夜哭泣。肯纳则在客厅听妓女唱歌，或者去酒吧买醉。不过，尽管发生了这些事，肯纳依旧是她的全部。尽管被践踏、被侮辱，她仍然是肯纳的女仆。她会跟他斗争，会生气，会憎恨，会哭泣，但她永远是他的人。她无法想象离开他以后的生活。

这一天，肯纳先生一起床就开始倒霉。清晨，他打开报纸，发现好几支股票的价格都在下跌，导致他亏损了数千卢比。糖厂的工人举行罢工，准备大闹一场。他先前怀着赚取利润的期盼购买白银，可是白银的价格今天跌得更惨。与拉易老爷正在进行的那笔交易，原本他有希望从中获得丰厚的利润，如今看来也似乎得拖延一些日子。再加上，前一天晚上喝了很多酒，现在，他感觉头昏昏沉沉的，浑身酸痛无力。司机又来告诉他，汽车的引擎出了一些故障。此外，他还收到一个消息，他在拉合尔的银行卷入了一场民事诉讼。他正满心烦闷地坐着，格温迪突然走过来说："今天，毗什姆的烧还没退，你去请个医生来呗！"

毗什姆是他们最小的儿子。由于生来羸弱，他几乎天天都在闹病。今天咳嗽，明天感冒；有时候肋骨痛，有时候腹泻。他虽然已经满了十个月，但是看上去只有五六个月大。肯纳认为，这个孩子长不大，所以对他漠不关心。然而，正因如此，格温迪对他的疼爱超过其他所有孩子。

肯纳一边展露自己的父爱，一边说道："让孩子养成吃药的习惯是不对的，你却有给他喂药的坏毛病。有一点儿不对劲就要请医生来。再观察一天吧，今天才第三天嘛。或许今天自己就退烧啦！"

格温迪坚持道："三天以来烧就没退过。家里的药都吃了，可是不管用。"

肯纳问："好吧，我去请，但是，请谁来呢？"

"请纳格医生来吧。"

"好的，我去请他。不过，你要明白，有名望的医生不一定是好医生。无论纳格收取多少诊金，人们吃了他的药都不见好转。他可是出了名地善于把病人送去天堂。"

"那你想请谁就请谁吧。我之所以说纳格，是因为他来过几次。"

"为什么不请玛尔蒂小姐呢？不但收的诊费少，而且女医生对于孩童病情的了解总比男医生多。"

格温迪愤怒地说："我不认为玛尔蒂小姐是医生。"

肯纳用锐利的目光瞪着她，说道："那么，她去英国是白费气力？她至今救活了成千上万个人，这都不算什么？"

"或许吧，反正我不相信她。她就治治男人的心吧，别人的病她是治不好的。"

两个人就这样闹翻了。肯纳大声吼叫，格温迪不断地斥责。在他们之间，玛尔蒂的名字仿佛是战争前的最后通牒。

肯纳把所有报纸都扔在地上，说道："跟你在一起，这辈子真是没好日子过。"

格温迪尖刻地说："那你去跟玛尔蒂结婚呗！如果你能在她那儿讨到好处，现在干嘛发这么大脾气？"

"你把我当成了什么人？"

"这个玛尔蒂只想把像你这样的男人变成自己的俘虏，而不是丈夫。"

"在你眼里，我就这么下贱？"

肯纳开始罗列各种证据来反驳格温迪的说辞。玛尔蒂尊敬他超过所有人。对拉易老爷和拉阇老爷[①]，她连理都不理，但是对他，只要一天没见，她就会伤心抱怨……

"那是因为她认定你是天下第一号大傻瓜，别人不可能这么轻易被她愚弄。"格温迪一下子就把这些证据彻底驳回。

肯纳吹嘘说，只要他愿意，今天就能跟玛尔蒂结婚。今天，现在……

然而，格温迪根本不相信。她说："你即使苦苦哀求七辈子，她

---

① 拉阇老爷，原文为 Raja sahab，为英国统治者授予印度富人的一种称号。

也不会跟你结婚。你就是她的小马，她会给你喂草，时不时还摸摸你的脸，拍拍你的屁股。不过，她做这一切都是为了骑在你背上。像你这样的傻瓜，她的口袋里有一千个。"

格温迪今天变得十分厉害。看样子，她今天有备而来，打算跟他大战一场。请医生只不过是一个借口。肯纳如何能够容忍她这样强烈抨击自己的才能、聪敏和男子汉气概。

"你认为，我是个傻瓜、笨蛋。那么，为什么成千上万的人上门来求我？有哪一位拉阇老爷和大地主不向我行跪拜礼？我可愚弄过许多人，又成功把他们甩开。"

"那些摆明想欺骗女人的男人，玛尔蒂一定会让他吃尽苦头。这正是她的特殊本领。"

"无论你说玛尔蒂多少坏话，你都比不上她脚上的尘土。"

"在我看来，她连妓女都不如，因为她总是偷偷摸摸、遮遮掩掩地干那些勾当。"

两个人相互投掷自己最厉害的武器。倘若肯纳对格温迪说的是其他一些刻薄的话，格温迪不至于如此生气，但是，他把她和玛尔蒂进行这种卑劣的比较，让她忍无可忍。同样地，如果格温迪对肯纳说些别的，肯纳也不会愤怒至此，但是，他无法容忍她这样侮辱玛尔蒂。两个人都清楚对方的弱点，一击必中。结果，两个人都气得头晕目眩。肯纳双眼充血，格温迪的脸涨得通红。肯纳一怒之下站起来，揪住格温迪的耳朵，用力地拧着，而且还打了她三个耳光。格温迪哭着跑进里屋。

过了一会儿，纳格医生来了，政府医师达德先生来了，通晓《阿育吠陀》的印医尼尔甘特·沙斯德利也来了。然而，格温迪一直抱着孩子坐在自己房间里。谁说过什么话，作出什么诊断，她一概不理。她所预想的灾祸今天已经降临在她身上。肯纳今天仿佛要跟她断绝关系，把她从家里驱逐出去，然后紧锁大门一样。那个搔首弄姿、卖弄风情的女人，格温迪甚至不愿让她的影子落在自己身上……如今也能在背后支配她？这绝对不行。肯纳是她的丈夫，他有权教训她，她也可以接受他的责打，但是玛尔蒂的支配？不可能。不过，只要孩子的烧不退，她就不能动摇。在责任面前，自尊也得低头让步。

第二天，孩子的烧退了。格温迪雇了一辆马车，离开了家。她在这里饱受屈辱，现在再也无法继续待下去。她遭受的伤害如此严重，甚至让她不惜斩断母亲对孩子的眷恋。对他们的责任和义务，她已履行完毕，剩余的事都归肯纳负责。当然，抱在怀里的那个孩子，她无论如何也无法舍弃。他与她的生命联系在一起。她只会带着自己的生命离开那个家，其他任何东西都不属于她。肯纳总是对外宣称，她得靠他养活。格温迪却要让他瞧瞧，离开他的庇护，她也可以活下去。那时，三个孩子都出去玩耍了。格温迪本想，再抚爱他们一次。不过，那样一来，她或许就真的逃不掉了。孩子们爱她，会去找她，到她家玩耍。她认为有必要的时候，也会亲自回来看望他们。她只是不愿意接受肯纳的庇护。

黄昏降临。公园里非常热闹。人们躺在青青的草地上，享受和风的吹拂。格温迪来到哈吉拉德甘吉①，拐弯转向动物园的时候，突然看见，玛尔蒂和肯纳坐在迎面驶来的一辆汽车上。她感觉，肯纳指着她说了些什么，然后玛尔蒂微微一笑。不，或许这是她的幻觉，肯纳不会在玛尔蒂面前诋毁她，不过，她多么无耻啊！听说她的业务很好，家庭富裕，即便如此，她还是到处兜售自己。天知道她为什么不结婚，但是，有谁愿意娶她？不，不见得。男人当中也有很多蠢货，认为得到她是自己的幸运。然而，玛尔蒂会喜欢别人？结婚又有什么幸福可言？不结婚倒是做得非常对。现在，所有男人都

---

① 哈吉拉德甘吉，原文为 Hazratganj，为印度北方邦首府勒克瑙市区的主要购物中心，除了集市外，它还包含购物中心、餐馆、旅馆、剧院、咖啡馆和办公室。

是她的奴隶。结婚以后，她将永远变成一个男人的女仆。她做得很对。现在，这位先生也对她阿谀奉承，百般殷勤。不过，只要她嫁给他，他就会开始控制她，她干嘛要跟他结婚？社会上有几个这样的女人也挺好，她们可以惩罚男人。

今天，格温迪心里对玛尔蒂生出无限同情。她谴责玛尔蒂是不公平的。难道看到我的惨状，她还不能醒悟？如果是因为亲眼目睹婚姻生活的不幸，才不愿落入这个圈套，那么，她又做错了什么！

动物园里，四周笼罩着一片寂静。格温迪让马车停下，抱起孩子走向绿绿的草地。然而，她才走出几步，拖鞋就泡在水里。不久前，草地上刚浇过水，水在草叶下方缓缓流淌。匆忙之中，她没有向后退，反而往前迈了一步。于是，她的脚上沾满了污泥。她看了看自己的脚，现在要到哪里去弄点水来洗脚？她心里所有的痛苦都消失了，取而代之的是一个新生的烦恼，如何洗干净脚。她的各种思绪也停顿下来。只要没有洗脚，她就无法考虑任何事情。

突然，她看到草丛里藏着一条长长的水管。通过这条管子，水正不断地向外流出。她走过去，洗脚，洗拖鞋，洗脸，洗手，又用手掌捧着水喝了一点，然后走到水管另一边干燥的土地上坐下。沮丧之中，她很快想到死亡。倘若她就坐在这里死去，那会如何？马车夫会立刻跑去告知肯纳吧。肯纳听到这个消息定然十分欢喜，不过，为了演给世人看，他还是会用手帕去擦眼睛。对孩子们来说，玩具和表演比母亲更珍贵。这就是她的生活，没有人会为之流下几滴眼泪。她回想起过往那些日子，她的婆婆尚在人世，肯纳也没有变得放荡不羁。那时候，她特别讨厌婆婆因为各种琐事大发脾气，今天，她却感觉婆婆的愤怒中蕴藏着爱的味道。那时候，她对婆婆生气，婆婆会宠着她，安慰她。今天，她生了几个月的气，谁会来关心她？

突然，她的心飞到母亲脚边。哎！如果今天母亲还在，她怎么会沦落到这样悲惨的境地。母亲虽然一无所有，但是她有充满慈爱的怀抱，有爱意满满的衣襟，她可以把脸埋进去大哭一场。不，她不会哭，她不能让母亲在天堂感到悲伤。为了她，母亲做了自己力所能及的一切。她为什么要哭？她现在不依附于任何人。她可以赚钱养活自己。从明天起，她打算去甘地慈善院领点东西出来卖。有什么好害羞的？很可能，人们会指手画脚地说："走过去的那个是肯纳的老婆。"不过，我为什么要继续留在这座城市里，为什么不去另一个城市？那里没有人认识我。挣个十几卢比有什么困难的？我靠自己的血汗钱吃饭，谁还可以对我颐指气使？这位先生之所以高傲自大，正是因为他养活我。现在，我要自己养活自己。

突然，她看见梅诃达正朝她走来。她感到有些慌乱。此时此刻，她只想一个人待着，不愿意跟任何人说话。然而，这里有一位先生正在慢慢靠近。孩子也跟着哭闹起来。

梅诃达来到他跟前，惊讶地问："这个时间，您怎么会来这里？"

格温迪一边安抚孩子，一边回答："跟你一样呗。"

梅诃达笑着说："别提我啦！我现在连一个安身的地方都没有。我来哄哄孩子吧。"

"您什么时候学了这门本领？"

"我想练习一下，可能要考试呢。"

"好啊！快到考试的日子啦？"

"我正在准备呢。等准备好，就可以去应试啦。为了一个小小的学位，我们拼命读书，读得眼睛都快瞎了。这可是影响人生的考试呢。"

"挺好的，我也想看看，您能以什么等级的成绩通过考试？"

说到这里，她把孩子送入梅诃达怀中。梅诃达抱着孩子上下摇晃了几次，孩子就安静下来。他像孩童一样自吹自擂地说："您看到了吧，我是怎么用魔法让他不哭的。现在，我也想弄个孩子来养养。"

格温迪开玩笑说："弄个孩子回来，也把孩子的妈妈弄回来。"

梅诃达逗趣地装出一副失望的表情，摇摇头说："我去哪里找这样的女人？"

"怎么没有，玛尔蒂小姐不是吗？她美丽、有文化、品德高尚、优雅迷人，您还想要什么样的？"

"我希望在自己妻子身上看到的美德，玛尔蒂小姐一点也没有。"

玛尔蒂受到这种指责，格温迪十分高兴。她说："她有什么缺点，您说给我听听。许多追求者总是像大黑蜂一样围绕在她身边。我听说，近来，男人都喜欢这样的女子。"

梅诃达一边阻拦孩子的手揪自己的胡子，一边说："我的妻子可不能是这样的。她得是值得我膜拜的女人。"

格温迪忍不住笑起来，"您想要的不是妻子，而是一尊雕像。您在哪儿都不可能找到这样的女子。"

"不，这座城市里就有这样的女神。"

"真的？我也想见见她，想努力变成她那样的女子。"

"您很了解她。她是一位大富翁的妻子，但却认为享乐微不足道。她包容丈夫的轻视和侮辱，坚定不移地履行自己的义务。她在母性的祭坛上献出自己的生命。对她而言，奉献是最大的权利。她值得人们为她塑一尊雕像，诚心敬拜。"

格温迪的心因为欢喜而不断颤抖。她明知梅诃达的意思，却装作不知道地说："您赞美这样的女性。我却认为，她值得同情。"

梅诃达惊讶地说："值得同情！您这是在侮辱她。她是女性的典范。可以成为典范的女人也一定可以成为模范的妻子。"

"可是，这个时代不认同这样的典范。"

"这种典范是永恒的、不朽的。人类改变它，定会招来自身的灭亡。"

格温迪心里乐开了花。她的内心从来没有这样颤抖过。在她所认识的男人之中，梅诃达的地位最为崇高。从他的嘴里听到这番鼓励的话语，格温迪感觉有些飘飘然。

她陶醉地说："走吧，带我去见见她。"

梅诃达用孩子的脸颊挡住自己的嘴，说道："她就坐在这里。"

"哪里？我没看到呀。"

"我正在跟那位女神说话。"

格温迪哈哈大笑起来，"您今天打定主意要戏弄我，是吧？"

梅诃达恭敬地说："女神啊，您这样说对我不公平，对您自己更不公平。世界上，我发自内心敬佩的人很少。您正是其中之一。您的忍耐、牺牲、忠贞和仁爱无与伦比。我能够想象得到的人生中最大的幸福就是匍匐在您这样的女神脚下，为您服务。我所认为的理想女性，您就是她的活化身。"

喜悦的泪水从格温迪眼里流淌出来。穿上这身崇敬制成的铠甲，还有什么灾祸是她不能抵抗的呢？她的毛孔中仿佛飘出一阵阵温柔、悦耳的乐音。

她压抑住自己内心的狂喜，说道："您为什么要成为哲学家，梅诃达先生？您应该成为诗人。"

梅诃达憨厚地笑了笑，然后说："您知道吗，即使不成为哲学家，也可以成为诗人。哲学只是中间过渡的台阶。"

"那么说，您正走在诗意的道路上。不过，您也应该知道，诗人在世上得不到幸福。"

"对诗人来说，世人称之为痛苦的东西就是幸福。财富与权力，美貌与力量，知识与智慧，无论这些宝物令世人多么着迷，对于诗人而言，它们没有任何吸引力。能够吸引诗人、让他留恋的只有破灭的希望、逝去的记忆以及碎裂的心灵流下的眼泪。等到哪一天，他不再热爱这些珍品，那么他也就不再是个诗人。哲学对生活的这些奥秘只是抱着娱乐的态度，而诗人却和它们融为一体。我曾拜读过您的几首诗，其中蕴含着多少激情，多少颤抖，多少甜蜜的痛苦，多少令人落泪的疯狂，这些只有我知道。大自然对待我们是多么不公平啊，竟然没有创造出第二位像您这样的女神。"

格温迪用悲伤地说："不，梅诃达先生，这是您的错觉。这样的女人您在这儿的大街小巷都能看到，我只是她们当中最不起眼的那个。一个女子，无法令自己的丈夫保持愉悦，无法让自己成为丈夫的心爱之人，她还是一个女人？我时常想，得去向玛尔蒂学习这种艺术。我做不成的事，她能做成。我无法让自己家的人跟我亲近，她却能把外人变成自己人。这难道不是她的卓越之处吗？"

梅诃达板起脸说："难道因为酒可以使人疯狂，我们就要认为酒比水好？水才能解渴，予人生命，让人安宁。"

格温迪假装开玩笑地说："不管怎样，我看到的是，水四处流淌，无人问津，但是为了酒，人们可以变卖家产。并且，酒越烈，越容易醉人，越好。我可听说，您也很喜欢喝酒呢。"

格温迪失望透顶。一旦失望到那种地步，人们对真理和宗教也会开始产生怀疑。然而，梅诃达没有关注到这一点。他的注意力还停留在那句话的最后一部分。由于纵饮无度，他今天感到的羞愧和不安远远超过之前聆听长篇训诫的时候。跟别人理论，他总是知道如何应对，如何还击，但是面对这种温柔的挖苦，他想不出任何回应的方法。他很后悔，自己怎么会用酒来说明问题。他把玛尔蒂比作酒，结果搬起石头砸自己的脚。

他不好意思地说："是啊，夫人，我承认，我有这种爱好。我不想借口说自己有这方面的需求，或者证明酒精能够激发思维，不想否认自己的过错，这比过错本身更恶劣。今天，我当着您的面发誓，今后再也不会让一滴酒滑落喉咙。"

格温迪惊讶地说："梅诃达先生，您这是干什么呀？我对神明发誓，我不是这个意思，十分抱歉。"

"不，您应该高兴，您拯救了一个人。"

"我拯救了您？我还打算请求您来拯救我呢。"

"请求我？荣幸之至。"

格温迪悲伤地说："是的，除了您，我没有遇到过这样一个人，可以向他倾吐自己的遭遇。您瞧，这件事请您千万保密，尽管没有必要这样提醒您。现在，我觉得自己的生活忍无可忍。至今为止，我能吃多少苦，全都吃了。现在，再也无法忍耐下去。玛尔蒂毁了我的一切。无论我用什么武器，都无法战胜她。您对她是有影响的。她尊敬您，或许超过其他任何男人。倘若您能想办法帮我脱离她的魔爪，那么我一生都感激您的恩情。她正在亲手夺走我的幸福。如果您能的话，请保护我。我今天离开家，就没有打算再回去。我花费了很大的气力才打破爱恋的枷锁，然而，女人的心十分脆弱，梅诃达先生。爱恋就是她的生命。活着的时候彻底消除爱恋，对她来说是件不可能完成的事。至今为止，我一直把痛苦深藏在自己心里，但是今天，我求求您，带我离开玛尔蒂，救救我。我快要被这个女骗子整死了……"

她痛哭起来，声音淹没在泪水里。

梅诃达从来没有觉得自己的地位如此崇高，就连法兰西科学院赞扬他的作品是本世纪最优秀的杰作，并向他表示祝贺的时候，他也没有这样认为。那个他真心敬拜的偶像，他在心里视作女神的人，他在生活无边的黑暗中希望从她身上找到理想的人，她今天在他面前苦苦哀求。他感觉自己内心拥有无限的力量，能够劈裂高山，游过大海。他陶醉其中，仿佛一个孩子骑在木马上，却以为自己在空中飞翔。他完全没有意识到，这项工作有多么困难，也完全没有注意到，这有多么违背他的原则。他用宽慰的语气说："您不用担心玛尔蒂。她不会阻挡您的道路。我不知道她让您这么难过。这都怪我没有智慧，没有眼睛，缺乏想象力。我还能说些什么？若非如此，您怎么会忍受这么多痛苦。"

格温迪怀疑地说："您要知道，从母狮子那里夺走猎物并不容易。"

梅诃达坚定地说："女人的心就跟大地一样，可以生出甜蜜，也可以生出苦涩。一切都取决于其中种下的种子。"

"日后，您可能会后悔，今天怎么会跟她见面。"

"如果我说，今天我切切实实体会到了生活的快乐，或许您不会相信吧。"

"我给您增添了这么大的一个负担。"

梅诃达用恭敬而甜美的声音说："夫人，您让我感到十分羞愧。我之前说过，我是您的仆人。就算为您献出自己的生命，我也认为这是一种幸运。千万不要认为这是诗人的情感冲动，这是我人生的真理。我的生活理想是什么，我情不自禁地想要跟您聊聊这个话题。我崇拜大自然，希望看到人们与生俱来的模样，希望看到他们因为喜悦而欢笑，因为悲伤而痛哭，因为愤怒而打人。那些压抑痛苦与幸福，把哭泣当作软弱，把欢笑当作轻浮的人，与我无法和谐相处。生活对我来说是一场欢乐的游戏，简单、透澈，没有责难、嫉妒和仇恨。我不害怕过去，也不关心未来。对我来说，现在就是一切。忧虑未来会让我们变得怯弱，过去的重担会让我们气馁。我们所拥有的生命的力量本来就不多，倘若再让它分散在过去和未来当中，它就变得更加微弱。我们背负着毫无意义的重担，被压在传统、信仰和历史的瓦砾下面。我们没有提过要站起来，也没有能力站起来。有些力量和激情，本应用来履行人生的职责，用来合作，用来加深兄弟情谊，最终却沦为报复古老仇怨、清偿祖辈债务的礼物。还有那些神灵和解脱的陷阱，我感到非常可笑。这种解脱和膜拜不过是极端的自私自利，它会毁灭我们的人性。哪里有生活，有游戏，有欢声笑语，有爱恋，哪里就有神明。让生活变得幸福就是对神明的膜拜，就是解脱。所谓的智者说，嘴边不要留有微笑，眼中不要充满泪水。我却要说，如果你不能笑，不能哭，那你就根本不是一个人，而是一块石头。那种折磨人的知识不是知识，而是压榨机。哎呀，不好意思，我又在发表长篇大论。现在时候不早啦，走吧，我送您。孩子也在我怀里睡着了。"

格温迪说："我雇了马车来的。"

"我去把马车打发走吧。"

梅诃达付了车钱，走回来。格温迪说："不过，您要带我去哪里？"

梅诃达惊讶地问："怎么，送你回家呀。"

"那里不再是我家，梅诃达先生。"

"那是肯纳先生的家吧？"

"这问的是什么话？现在，那个家不再是我的。我在那里受尽羞辱和谴责，我不能把那个地方称作自己家，也不能把它当作自己家。"

梅诃达用充满痛苦的声音说："不，夫人，那个家是您的，而且永远都属于您。那个家是您创造的，那个家里的人也是您创造的。您操持那个家，就像生命操纵身体一样。假如生命逝去，身体会变成什么样呢？母亲的地位非常崇高。居于如此崇高的地位，怎么可能不受到一些羞辱、责难和轻视？母亲的职责就是赐予生命。一个人手里掌握着这种无与伦比的力量，她还为什么要关心，谁对她恼火，谁在发脾气。失去生命，身体便无法存活。同样地，对生命而言，身体才是最适合的地方。在职责和牺牲的问题上，我怎么能教导您呢？您就是它们的活化身啊！我想说的是……"这些话一字一句都来自梅诃达的内心深处。

格温迪激动地说："我不仅是母亲，也是一个女人。"

梅诃达沉默了一分钟，接着说："是的，您是一个女人。不过，我认为，女人就是母亲。除此以外，无论她是什么，都是在为母亲的身份做准备。母道是世界上最大的成就，最严格的苦修，最残酷的牺牲和最伟大的胜利。我想用主旋律这一个词来概括它——它是生命、人性以及妇德的主旋律。关于肯纳先生，您就把他当作一个头脑不清醒的人吧。无论他说什么，做什么，都是在失去理智的情况下说的、做的。然而，这种疯狂的状态恢复正常不需要花费很多时间。总有一天，他会将您视作自己崇拜的女神，那一天很快就会来临。"

　　格温迪没有回答，只是缓缓地走向车子。梅诃达走上前，拉开车门。格温迪坐进车里。汽车向前驶去，但是两个人都没有说话。

　　孩子们从家里跑出来，一边喊着"妈妈！妈妈"，一边紧紧抱住格温迪。格温迪的脸上闪耀着母性明亮而骄傲的光辉。

　　她对梅诃达说："麻烦您啦，非常感谢。"然后，她低下头，一滴眼泪顺着她的脸颊滑落下来。

　　梅诃达的眼睛也充满泪水——身处这种富贵荣华和奢侈享乐之中，这个女人的心灵该有多么痛苦。

第十九章

米尔扎·库尔谢德的围场既是一个俱乐部，也是一个审判机关和摔跤场。整天都有很多人聚集在那里。附近的街区里，原本没有地方可以进行摔跤。米尔扎让人搭了一间草棚，当作摔跤场。每天都有上百个人来到这里摔跤。米尔扎也会跟他们一起比拼。街区的五老会设立在这里。夫妻、婆媳和兄弟之间的矛盾都在这里进行调解。这个地方既是街区社会生活的中心，又是政治运动的中心，经常举办大大小小的会议。志愿服务团①的成员驻扎在这里，制定他们的计划，指导城市的政治活动。上一次集会中，玛尔蒂被选为本城国大党委员会的主席。自那时起，这个地方的光彩增添不少。

戈博尔在这里住了整整一年。如今，他不再是那个耿直、单纯的农村少年。他见过许多世面，对世人的处事方式也多少有些了解。在本质上，他依旧是一个农村人，爱财如命，绝不舍弃自己的利益，干活儿从不偷懒，遇事从不胆怯。然而，城市的风气也对他造成了

---

① 志愿服务团，原文为Swayamasevak，指印度国民志愿服务团（Rashtriya Swayamasevak Sangh，简称RSS），1925年成立，总部设立在马哈拉施特拉邦的那格浦尔，是目前最有影响的印度教教派组织，带有军事色彩。

一些影响。第一个月，他只给别人干苦工，每天吃得半饱，省下一些钱。后来，他摆了一个摊，开始卖拌土豆①、豌豆和奶酪丸子。发现这样有利可图之后，他干脆放弃了原本的活计。夏天，他还开过果汁和冷饮店。他诚实守信地做买卖，所以积累了不错的名声。冬季来临，他结束了果汁的生意，改卖热奶茶。现在，他每天的收入不少于两三个卢比。他把头发理成英国流行的样式，穿上精美的围裤和浅口皮鞋。他还买了一条红色的羊毛披肩，养成嚼槟榔叶和抽烟的爱好。由于经常参加会议，他掌握了一些政治知识，懂得国家和阶级的意义。社会传统的威望以及公众批评的恐惧在他心里已经所剩无几。时常召开的五老会议让他变得无所顾忌。因为那件事，他远离家乡来到这里，躲躲藏藏，不敢见人，但是同样的事，甚至比那更丢脸的事情这里每天都在发生，并且，涉事人无一逃跑。那么，他干嘛要这么害怕，干嘛要躲起来？

这段日子里，他一分钱也没有寄回家。他认为，在钱的问题上，他的父母不怎么精明。他们只要一挣到钱，就巴不得飞到天上去。父亲迫不及待地想去加耶②朝圣祭祖，母亲一门心思想让人给她打首饰。他没有钱来做这些毫无意义的事情。现在，他是一个小小的放债人。他把钱借给邻近的马车夫、司机和洗衣工，向他们收取利息。在这十来个月中，他凭借努力、节俭、勤奋和勇敢为自己搭建了一个安身立命的场所。如今，他在思考把褚妮娅接到这里的事情。

下午，他在路边的水管旁洗完澡回到家，正在煮晚上吃的土豆时，米尔扎·库尔谢德来到他家门口。尽管戈博尔如今不再是他的仆人，他还是像以前一样尊敬米尔扎，愿意为他献出自己的生命。戈博尔走到门口，问道："老爷，您有什么吩咐？"

米尔扎站着回答："你有钱的话，借我一点吧。三天没喝酒啦，

---

① 拌土豆，原文为kacalu，指在煮熟的土豆中加入盐、辣椒等调料拌匀之后的食物。
② 加耶，原文为gaya，比哈尔邦的著名朝圣之地，人们常在这里祭祖。

心里非常不安。"

在此之前，戈博尔借过两三次钱给米尔扎，但至今没能收到还款。他不敢上门要债，米尔扎借了钱也不知道归还。米尔扎手里存不住钱。这边刚拿到钱，那边就花得一干二净。戈博尔还不能说，"我不借给你"，或者"我没有钱"。他只能开始说酒的不是："老爷，您为什么不把酒戒掉？喝酒有什么好处？"

米尔扎走进戈博尔的小房间，坐在床上说："你以为，我喜欢喝酒，不愿意戒酒。没有酒，我根本活不下去。别担心你的钱。我会分毫不差地统统还给你。"

戈博尔不为所动地说："老爷，我说的是实话。我现在要是有钱，还能拒绝您吗？"

"两个卢比也拿不出来？"

"现在没有。"

"拿我的戒指作抵押吧。"

戈博尔心里起了贪念，但是如何改口呢？

他说："老爷，您这说的是什么话？有钱的话，肯定会给您，哪要什么戒指呀！"

米尔扎可怜兮兮地请求道："戈博尔，我以后再也不会问你借钱。我是站不起来了。因为这个酒，我败光了几十万卢比的家产，变成一个乞丐。现在，我下定决心，就算要去讨饭，也绝不戒酒。"

这一次，戈博尔拒绝借钱，米尔扎老爷只能失望沮丧地离开。城市里，他有成千上万个熟人。多少人托他的福功成名就，多少人在困难的时候得到过他的帮助，但是他却不喜欢跟这些人见面。他认为这些人装腔作势、矫揉造作，因为他们，他时不时要花费一大堆卢比。不过，在他看来，钱并不重要。他手里的钱就是这样花出去的。找各种借口大肆挥霍之后，他的心才能恢复平静。

戈博尔开始剥土豆皮。令人惊讶的是，不到一年的时间里，戈博尔变得如此狡猾，如此善于积累财富。他居住的小屋子，是米尔扎老爷给的。如果把这间屋子和露台租出去，米尔扎老爷很容易就能得到五个卢比。戈博尔在里面住了差不多一年，但是米尔扎老爷从来没有向他收取过房租，他也没有主动交过。或许，他根本就没意识到，米尔扎老爷可以通过这个小屋子赚取租金。

过了一小会儿，一个马车夫前来借钱。他名叫阿拉丁，头发剃得光光的，胡须花白，瞎了一只眼睛。他的女儿马上就要离开家了，因此，他需要五个卢比。戈博尔把钱借给他，利息按一个卢比一个安那计算。

阿拉丁感激地说："兄弟，现在该把老婆孩子接过来啦！你还打算亲手干家务干到什么时候？"

戈博尔开始哭诉城里的花销："就这么点收入，怎么养家？"

阿拉丁点燃了一根土烟①，然后说："兄弟，阿拉会赐予你所有的花销。你想想，那时你会有多么舒服。我告诉你，你一个人的花销足够养家。女人的手里能生出财富。我跟神发誓，以前我一个人住在这里的时候，无论挣多少钱，吃吃喝喝就花光了，连买烟的钱都剩不下。这事儿令我非常苦恼。你累得半死，还得喂马、遛马，还得跑到铺子里买面饼，真是烦人。自从我老婆来了，收入还是那么多，但是够她吃的，日子也过得舒坦。毕竟人是为了享福才挣钱的嘛。如果拼命干活还享不到福，那么人生也就完蛋了。我跟你说，兄弟，你的收入肯定会增加。你有时间煮土豆和豌豆，还不如卖几杯奶茶。奶茶嘛，一年十二个月都很畅销。夜晚躺在床上，老婆给你按按脚，所有疲惫都会消失。"

这些话戈博尔铭记于心。他感到十分烦闷。现在，他一定要把褚妮娅接过来。土豆还在炉子上烹煮，他却开始收拾行囊准备回家。

---

① 土烟，原文为bidi，指印度用叶子卷成的烟卷。

不过，他突然想起，洒红节即将来临，所以还得带点过节的东西回去。吝啬之人只有在过节的时候才愿意放开手脚花钱，现在他也有同样的心态。他一点一点、辛辛苦苦地攒钱，说到底，正是为了这样的日子。他要给母亲、妹妹和褚妮娅各买一套纱丽，给霍利买一条围裤和一条毯子，还要给索娜买一小瓶发油和一双凉鞋，给卢巴买一个日本娃娃，给褚妮娅买一个装有发油、朱砂粉和镜子的梳妆盒，给孩子买一顶帽子和一件外衣，市场上有现成的。他拿着钱去市场。还没到黄昏，这些东西都买回来了，床铺也打包捆好了。街坊邻里都得到戈博尔准备回家的消息，男男女女都来跟他告别。戈博尔把自己的家交托给他们时说："拜托你们啦！神明保佑的话，我会在洒红节第二天回来。"

一个女孩笑着说："不把老婆带回来，就别回来啦！回来了也不让你进家门。"

另一个老妇人教育他说："是啊，还想怎么样呢，自己生火做饭做了这么久。好好安顿下来，一日三餐才有着落。"

戈博尔念颂罗摩，与众人告别。他们之中有印度教徒，也有穆斯林，但是大家都友好相处，同甘共苦。穆斯林遵守斋戒，印度教徒在每半月的第十一天不进饮食。有时候，他们会相互开玩笑，相互调侃。戈博尔说阿拉丁的每日祈祷是白忙活，阿拉丁把菩提树下安放的数百个大大小小的湿婆林伽当作砝码秤砣。然而，他们之间不存在任何宗教仇恨。戈博尔即将回家，大家都想高高兴兴地来跟他告别。

这时候，普雷赶着马车来了。他刚刚结束了一整天的忙碌奔波。一得到戈博尔要走的消息，他立刻把马车赶来这里。马儿疲累不肯听话，挨了他好几皮鞭。戈博尔把行李放在马车上，马车向前驶去，送行的人一直把他送到巷子的转弯口。戈博尔念颂罗摩，向众人告别，随后坐上马车。

马车一路飞快地奔驰。戈博尔沉醉在归家的喜悦中，普雷陶醉在送他回家的欢喜里。马儿雄健威武，疾驰如飞。不一会儿，火车站到了。

戈博尔高兴地从腰间掏出一个卢比递给普雷，说道："拿去给家里人买点甜食吧。"

普雷望着戈博尔，既感激，又委屈。"你把我当成外人啦，兄弟！你坐了一下马车，我就要跟你收钱？只要你有需要，我愿意为你赴汤蹈火。我不是那么小心眼的人。如果我收了你的钱，老婆也不会让我好过。"

戈博尔没有再多说什么。他羞愧地把行李从马车上卸下来，然后拿着车票走了。

第二十章

印历十二月①用小口袋装着一片欣欣向荣的繁茂景象降临人间。芒果树毫不吝啬地分发花朵的香气，杜鹃鸟藏在芒果树的枝桠间，送出自己神秘的礼物——歌曲。

村子里，人们开始栽种甘蔗。现在，太阳还没出来，但是霍利已经来到田里。滕妮娅、索娜和卢巴三人从水塘里把一捆捆湿漉漉的甘蔗拉出来，运往田里。霍利正用铡刀把甘蔗砍成一段一段的。如今，他开始替达咀丁干活儿。他不再是农民，而是一个工人。达咀丁跟他的关系也不再是婆罗门祭司与家主，而是东家和工人。

达咀丁来到地里斥责道："霍利，你干活可以更悠闲一点儿！照这样，你一天也砍不完这些甘蔗。"

霍利的自尊心大受打击。他说："老爷，我一直在干活呢，没有偷懒。"

达咀丁惯于压榨工人，拼命使唤他们。因此，没有工人愿意长时间留在他身边。霍利虽然了解他的为人，但他还能去哪儿呢？

----

① 印历十二月，原文为phagun，相当于公历二、三月份，正值春天。

婆罗门站在他面前说:"干活和干活之间也是有差别的。一种干活是一个小时之内干完所有活,另一种干活是一整天也砍不完一捆甘蔗。"

霍利只能忍气吞声,更加卖力地干活。数月以来,他都有吃顿饱饭。通常来说,炒三角豆可以对付一顿饭,至于另一顿,有时候吃个半饱,有时候干脆什么也不吃。他多想手抬得更快一点,可是手不听使唤。达咀丁又站在一旁寸步不离。倘若可以休息片刻,身体自然会恢复过来,但是哪里能休息呢?他害怕挨骂。

滕妮娅和两个姑娘各顶着一捆甘蔗来到地里。她们的纱丽被水浸湿,上面还沾满污泥。她们把甘蔗扔在地上,正准备喘口气,达咀丁就开始大声斥责道:"滕妮娅,你在这儿看什么表演呢?去,干活儿去!钱可不会白来。整整三个小时,你就运了一趟。照这样的速度,甘蔗一天都运不完。"

滕妮娅皱紧眉头,愤怒地说:"大爷,连口气都不让喘吗?我们也是人啊,不会因为给你家做工就变成牛。你试试用头顶着一捆甘蔗过来,你就知道那是什么状况了。"

达咀丁大发脾气,吼道:"我花钱是让你来干活的,不是让你来休息的。你要休息,就回家休息去。"

滕妮娅正准备回嘴,霍利大骂起来:"你干嘛不走呀,滕妮娅?在这里争论什么?"

滕妮娅下定决心说:"我是准备走呀,不过,他不应该用尖棍揍正在干活的牛。"

达咀丁生气地瞪着红红的眼睛说:"看样子,你的怒气还没有消呢。活该你穷得吃不上饭。"

滕妮娅哪里还能保持沉默。她说:"那我也没有到你家门口讨饭。"

达咀丁用尖细的声音说:"如果眼下这种状况没有改善,你迟早得去讨饭。"

滕妮娅正准备回击，索娜拽着她往水塘方向走去，否则事态会变得一发不可收拾。走到达咀丁听不到的地方，滕妮娅一口气把心中的怒火倾吐干净："你去要饭吧，你生来就是个要饭的！我们好歹是工人，只要愿意干活儿，总能挣到几个卢比。"

索娜指责她道："妈妈，算了吧。你也不看时机，事事都要与人争吵。"

霍利好像疯了一样，不断把铡刀高举过头顶，砍好的甘蔗段垒成一堆又一堆。他的心中仿佛有一团火正在燃烧，迸发出一股不可思议的力量。他身体里长久以来储蓄的水分，此刻全部变成蒸汽，为他提供机械般的蛮力。他的双眼被黑暗遮蔽，脑袋里仿佛有个陀螺在旋转。然而，他的手还是持续地、快速地抬起，如同机器一般，不知疲倦，没有停歇。汗水汇聚成一股细流从他身上缓缓淌下。他的嘴里吐出一些白沫，脑袋里响起嗡嗡的声音，但是他就像被鬼怪控制住一样。

忽然间，他眼前一片漆黑，仿佛正在往地里面钻。他向空中伸出双手，想要努力保持平衡，然后就失去意识了。铡刀从他手中滑落，他脸朝下倒在地上。

那时，滕妮娅刚好顶着一捆甘蔗回到田里。她发现几个人围在霍利身边。一个农民对达咀丁说："老爷，您不该说这种招人生气的话。磨平人的棱角总是需要一个过程。"

滕妮娅把甘蔗摔在地上，像疯子一样跑到霍利身边，把他的头放在自己腿上，然后哀嚎起来："你扔下我要去哪里？哎呀，索娜，跑去拿点水来，再去告诉索帕，他哥哥昏死过去了。老天爷啊！现在我要去哪里？有什么人可以依靠？谁还会唤我滕妮娅……"

巴泰西沃里老爷飞奔而来，用充满爱意但严厉的语气说："滕妮娅，你在干嘛呢？保持清醒。霍利没怎么样，只是因为中暑晕过去了，马上就会醒过来的。你胆子这么小，怎么能把事办成呢？"

滕妮娅抓住巴泰西沃里的脚，一边哭一边说："老爷，我该怎么办？我不甘心啊！老天爷夺走了我的一切。我一直在忍耐。但现在忍不下去了。哎呀，我的宝贝！"

索娜拿着水过来。巴泰西沃里把水洒在霍利脸上。几个人用自己的小手巾给霍利扇风。霍利的身体慢慢变凉。尽管巴泰西沃里也很担心，不过，他还是不停地鼓励滕妮娅。

滕妮娅冷静下来，说道："他从来没有这样，老爷，从来没有。"

巴泰西沃里询问道："晚上吃东西了吗？"

滕妮娅回答："嗯，晚上烙了饼子。我们最近遭受的苦难对您有什么可隐瞒的？这几个月以来，我们连顿饱饭都没有吃过。我都劝过他多少回，不要那么拼命干活，但我们哪里有享福的命呢？"

霍利突然睁开眼睛，漫无目的地四处张望。

滕妮娅仿佛活过来一样。她担忧地搂住霍利的脖子，说道："现在感觉怎么样啦？真把我急坏了！"

霍利胆怯地说："挺好的。不知道刚才怎么回事。"

滕妮娅用充满爱意的语气指责道："身体里没有力气，还那样拼命工作。幸亏孩子们命好，否则肯定会受你连累。"

巴泰西沃里笑着说："滕妮娅刚刚还在嚎啕大哭呢。"

霍利激动地问："你真哭啦，滕妮娅？"

滕妮娅把巴泰西沃里往后一推，然后说："你且听他胡说八道吧！你问问，他为什么丢掉账单从家里跑过来？"

巴泰西沃里调侃她说："她刚刚一边喊你宝贝一边哭呢，现在却害羞不肯认账。她刚刚捶胸顿足，哭得可伤心啦！"

霍利的眼里盈满泪水。他看着滕妮娅说："疯了呗，还有啥。也不知道她在期待什么幸福，那么想把我救活。"

两个人搀扶着霍利把他送回家，让他躺在床上。达咀丁心怀不满，一直在抱怨，栽种的活儿要耽搁了。不过，玛咀丁没有那么冷酷无情。他拿着热牛奶从家里跑过来，还用小玻璃瓶装了一点玫瑰花水带来。喝完牛奶，霍利感觉身体似乎恢复了一些活力。

就在那时，戈博尔朝家里走来。后面跟着一个工人，头上顶着他的行李。

村子里的狗起初一边叫着一边朝他奔去，后来又开始摇尾巴。卢巴一边大喊："哥哥回来啦，哥哥回来啦"，一边拍着手跑过去。索娜也向前跑了几步，但是她把那份欢喜压抑在自己心里。这一年里，她已从小姑娘成长为少女，变得更加矜持。褚妮娅也摘下面纱，站在门口。

戈博尔先向父母行了触足礼，然后把卢巴抱在怀里哄逗。滕妮娅向他祝福，把他的头贴在自己胸前，仿佛自己付出的母爱得到回报一样。她的心里充满骄傲。今天，她就是女王。即使家里一贫如洗，她依然是女王。瞧瞧她的眼睛，瞧瞧她的脸，瞧瞧她的内心，瞧瞧她走路的仪态！真正的女王也会自愧不如。戈博尔长得多么高大，穿得多么像一个绅士！滕妮娅心里完全没有想过什么不吉利的事情。她总是抱有希望，戈博尔一定平安健康、幸福快乐。今天再次亲眼看见他，滕妮娅感觉，自己仿佛找回了遗失在生命尘埃中的宝石。然而，霍利却转过脸去不理睬他。

戈博尔问："妈妈，爸爸怎么啦？"

滕妮娅不想把家里的境况告诉他，怕他难过。她说："孩子，没什么，只是有点头疼。走吧，把衣服脱下来，洗洗手，洗洗脸吧！这段时间你去哪里啦？哪里有人这样从家里跑出去？连一封信也不写？如今，离开整整一年才想起家来。我盼你回来盼得眼睛都快瞎了。我一直期望，有一天能再次见到你，但是那一天又不知道什么时候才能到来。有人说，你跑去毛里求斯了，有人又说安达曼群岛。听到这些，我吓得要命。这段时间，你到底去哪儿啦？"

戈博尔羞愧地说:"妈妈,我没有逃得很远,就在勒克瑙这里。"

"住得这么近也不写封信?"

另一边,索娜和卢巴在里面忙着打开戈博尔的行李,给大家分发礼物。然而,褚妮娅只是远远地站着。今天,她的脸上洋溢着浓厚的、愠怒的色彩。戈博尔对她的所作所为,她今天要报复回来,就像高利贷者看到佃农定会迫不及待地向他讨回欠款,尽管那已经是一笔收不回的烂账。孩子朝那些东西扑过去,想把它们都放进嘴里,但是褚妮娅抱着他不肯放下。

索娜说:"嫂子,哥哥给你买了梳子和镜子。"

褚妮娅轻蔑地说:"我不需要梳子和镜子。你留着吧。"

卢巴拿出给孩子买的、闪闪发亮的帽子,说道:"哎呀!这是仲奴的帽子。"说完,她把帽子戴在孩子头上。

褚妮娅摘下帽子丢在一边。忽然间,她看见戈博尔向里屋走来,于是立刻抱着孩子走回自己房间。戈博尔发现,所有行李都被打开了。他本来打算,先与褚妮娅见面,请求她原谅自己的过错,但是他没有勇气走进来。他原地坐下,一样一样地把礼物掏出来,分给每一个人。卢巴不高兴,因为她没有收到凉鞋。索娜嘲讽她说:"你要凉鞋干什么,玩你的娃娃吧。我们看到你的娃娃都没有哭,你看到我的凉鞋哭什么?"滕妮娅主动承担起分发甜食的任务。时隔多日,儿子平安健康地回到家。她要给全村人送甜食。对卢巴来说,一个玫瑰奶球简直不够塞牙缝。她想把那个罐子端过来放在自己面前,痛痛快快地吃个饱。

现在,戈博尔打开箱子,拿出里面的纱丽。所有纱丽都镶了边,像巴泰西沃里老爷家女眷穿的一样,但是质地非常轻薄。这种精细的纱丽究竟能穿多少日子?大人物家里无论穿多么精细的纱丽都没有问题。他们的女眷只用坐着和躺着,哪里还要其他活儿。这个家的女人种田耕地什么都得干。给霍利的礼物除了一条围裤,还有一条头巾。

滕妮娅开心地说："儿子，这件事你做得真好！他的头巾都破得稀烂了。"

到那时为止，戈博尔对家里的状况已经做出一个大致判断。滕妮娅的纱丽上打了许多补丁。索娜的纱丽包着头的部分有一个破洞，里面露出根根头发。卢巴的围裤褴褛不堪，四周就像吊着穗子一样。所有人的脸都干巴巴的，身上也没有油脂。不管从哪个角度看，这里都是灾难和不幸统治的帝国。

女孩们沉醉在得到新纱丽的喜悦中。滕妮娅却为儿子的吃饭问题发愁，家里只剩下一点点为晚饭预留的大麦粉。通常这个时间都是用炒三角豆对付过去的。然而，如今戈博尔不再是以前那个戈博尔。他还能吃得下大麦粉吗？不知道他在外面都吃什么、喝什么。她去杜拉利的店里赊了些小麦粉、大米和酥油。数月以来，这个女财主一个拜沙的东西都不肯赊，但今天却连一次也没有问过什么时候还账。

她问："戈博尔挣了大钱回来吧？"

滕妮娅回答："现在还不太清楚呢，大姐。我说什么也不太合适。是的，他给大家都带了镶边的纱丽。托您的福，他平安回来了，这对我来说就足够了。"

杜拉利祝福道："愿神保佑，他不管在哪里都平安健康。除此之外，父母哪里还会想要其他什么东西。你的儿子很懂事，不像别的小子那样败家。你借我的钱现在还不上，那就先付点利息吧。不然的话，这副担子越变越重啊。"

家里，索娜给仲奴穿上新买的上衣和鞋子，戴上新帽子，把他打扮得像个小皇帝。比起穿上这些东西，孩子更喜欢把它们拿在手里玩耍。房间里一场大戏拉开帷幕，男主角戈博尔正在安慰生气的女主角褚妮娅。

褚妮娅用充满责备的目光看着戈博尔，说道："你把我带过来就丢下不管，自己还跑到外面去了。之后，一点消息也没有，甚至不知道你是死是活。过了整整一年，你才醒悟过来。你就是个大骗子。我以为，你会一直跟在我后面，不曾想，你却跑得飞快，整整一年以后才回来。男人哪里值得相信？你或许在什么地方看上别人了吧，或许还在想，一个女人留在家里，一个女人养在外面。"

戈博尔辩白道："褚妮娅，我向神发誓，我从来没有打量过其他女人。我的确因为羞愧和害怕逃跑，但是我心里时时刻刻都在想念你。现在，我下定决心，要把你接过去，所以我回来了。你家里人大概也气坏了吧？"

"爸爸准备要我的命。"

"真的？"

"三个人都来过这里。妈妈把他们一顿痛骂，他们才灰溜溜地跑了。对啦，他们把我们家的两头牛牵走了。"

"这么霸道！爸爸没有说什么吗？"

"爸爸一个人能跟谁打架？村里的人过来不允许他们把牛牵走，可是爸爸大发善心，别人还能说什么？"

"那这段时间农活怎么干呢？"

"农活彻底完蛋。跟那个婆罗门大爷合伙干了一些。不过，甘蔗还没种下去呢。"

这时，戈博尔的腰间装着二百卢比。同样地，他的火气也不小。听闻这种状况，他的身体里燃起熊熊怒火。

他说："我先去跟他们理论理论。他们怎么敢在我家门口把牛牵走。这是抢劫，赤裸裸的抢劫。他们每个人都该去坐三年牢。如果还是不肯还给我们的话，我就把他们告上法院，定要挫挫他们的锐气。"

戈博尔一时冲动想要夺门而去，褚妮娅拽住他，说道："去就去呗，干嘛这么着急？先休息一下，吃点东西，喝点水吧。还有一整天呢。上回在这里召开了一次盛大的长老会，罚了我们八十卢比和三满粮食。这样一来，家里的状况变得更加糟糕。"

索娜给孩子穿好衣服鞋子，带到戈博尔面前。经过一番打扮，孩子看上去就像一个小皇帝。戈博尔把他抱在怀里，但是此时，他没有心情享受与孩子亲热的快乐。他浑身的血液都在沸腾，腰间的卢比让他心里的怒火燃烧得更加剧烈。他要一个一个地报复他们。长老们有什么权力罚他的款？有什么人可以对他的事情指手画脚？他只不过跟一个女人在一起，对长老们有什么损害？如果他把这件事告到法庭上，那些人肯定会被抓起来。家里的生活毁于一旦。他们把他当作什么人？

孩子在他怀里微微一笑，然后大声叫喊起来，仿佛看见了什么可怕的东西。

褚妮娅从他怀里抱过孩子，说道："现在去洗个澡吧。琢磨什么呢？在这里，你跟他们所有人作对的话，一天都过不下去。谁有钱，谁就是大人物，是好人。没有钱，大家都会对他颐指气使。"

"以前从家里逃跑，是我太蠢。不然的话，我倒要看看，谁敢罚我们家一个特拉的款。"

"你是受了城里风气的影响，所以才会想到这些事，要不然，当初怎么会逃跑。"

"我真想拿根棍子，把巴泰西沃里、达呾丁、金古里这些货揍趴下，从他们肚子里把钱掏出来。"

"有了点钱，你就神气活现的。拿出来看看，这些日子你挣了多少钱？"

她把手伸进戈博尔腰间。戈博尔站起来说："这才挣了点什么呀，嗯，如果你现在跟我走，我肯定能挣更多。这一年都在忙着熟悉城里人的行事风格。"

"妈妈得让我们走吧？"

"妈妈为什么不让？这跟她有什么关系？"

"哇！没有妈妈的允许，我不会去。你当时丢下一切自己逃跑，我在这里可以依靠谁？如果妈妈不让我进家门，我能去哪里？只要我活着，我就会对她感恩戴德。你难道准备一直待在外面？"

"留在这里干什么呢？除了挣钱和死亡，这里还能剩下什么？只要稍微有点头脑，又不惧怕劳苦的话，在城里就不会饿死。在这里，头脑一点用也没有。爸爸为什么对我板着脸？"

"你应该庆幸，爸爸只是板板脸就算了。你闯了这么大的祸，换作当时他在气头上，准保狠狠给你一耳光。"

"那他把你大骂了一顿咯？"

"从来没有，就算我犯了错，他也没有骂过我。妈妈起初发了顿脾气，但是爸爸从来没有说过什么。唤我进门的时候，也是带着浓浓的爱意。我头痛的时候，他会着急不安。再看看我的亲爹，我更愿意把他当作保护神。他经常劝妈妈，别责怪媳妇。对你，他生过上百回气，总是责备你把我留在家里，自己不知道跑到哪里去了。最近家里很缺钱。卖甘蔗的钱在外面就被要走了，现在他只能替别人干活。今天，可怜的他还在地里晕倒了。我们都在一旁失声痛哭。自那时起，他就一直躺着。"

戈博尔洗完手和脸，精心地梳理好头发之后就出门去村里征服四方了。他先去两位叔叔家里问安，然后去见了一些朋友。村里没有什么特别的变化。嗯，巴泰西沃里修了一间新的会客室，金古里在自家门口新挖了一口水井。戈博尔心中的反抗欲望变得愈发强烈。无论遇到谁，戈博尔都以礼相待，男孩们把他视作自己的英雄，愿意跟随他去勒克瑙。经过一年，他已经跟原来大不相同。

忽然，戈博尔碰见金古里在自己的水井前洗澡。他走过去，但是没有问好，也没有说话。他想让那位老爷瞧瞧，在我看来，你什么也不是。

金古里主动询问道："戈博尔，什么时候回来的，过得还愉快？在勒克瑙什么地方做工？"

戈博尔不客气地回答："我可不是去勒克瑙给人当奴隶的。给人做工就是当奴隶。我做的是生意。"

这位老爷用好奇的目光把他从头到脚打量了一遍，然后说道："一天能挣多少钱？"

戈博尔把言语变成锋利的武器投向金古里："两三个卢比吧。有时候运气好，可以挣到四个。再多就挣不到啦。"

金古里到处强取豪夺，最多也就挣个二三十卢比。而这个愚昧无知的乡下男孩却能挣一百卢比。金古里低下头，现在他有什么资格在这个男孩面前耀武扬威？他的种姓确实高一些，但是谁看种姓？现在不是嫉妒他，非要跟他一争高下的时机，还不如恳求他，让他满足自己的要求。于是，金古里说道："挣得不少呢，孩子，足够满足一家人的花销啦。村子里的人连三个安那都挣不到。你要是能给婆瓦尼亚①（他长子的名字）在哪里找份工作，我就把他送过去。他不读书也不写字，整天闯祸。哪里管账的工作缺人，你就说一声，要不然，干脆带着他一起去吧。他可是你的朋友。薪金少一点也没有关系。嗯，最好还能赚点外快。"

戈博尔傲慢地笑着说："想要赚外快的贪念会让人变坏，大爷！不过，我们大家的习气已经败坏至此，只要老老实实地生活，就填不饱肚子。在勒克瑙确实能够找到管账的工作，但是每一个放债人都愿意雇佣诚实、谨慎的人。我可以把婆瓦尼介绍别人，不过，万一他以后手脚不干净，人家还是会来找我算账。"

戈博尔用这些话狠狠扇了金古里一记耳光之后，扬长而去。金

---

① 婆瓦尼亚，原文为 Bhavaniya，为金古里辛格长子婆瓦尼的昵称。

古里只能把一切别扭压抑在心里。这个男孩说话多么傲慢，仿佛他就是正法神的化身。

戈博尔也以同样地方式教训了达咀丁一顿。那时，达咀丁正赶回家吃饭。看到戈博尔，他欢喜地说："戈博尔，过得还好吗？听说你在城里找到了一份好工作。要不也帮玛咀丁找份差事呗？在这里，除了喝土酒和睡大觉，他还能干什么事？"

戈博尔奚落他说："老爷，您家还缺什么呀？随便到哪位家主门口站一站，多多少少总能捞到些好处。有人家的孩子出生、亲属亡故、举办婚礼或葬礼时，您都会上门捞点，此外，还忙着种田、放债、给人当中间人。倘若有人犯了错，您就打着罚款的旗号把他家抢劫一空。赚了这么多钱，您还填不饱肚子吗？您积累这么多财富打算干什么呢？难道您想出了什么计策，死后可以把这些钱带走？"

达咀丁发现，戈博尔说话多么粗鲁无礼，仿佛把礼貌和尊重忘得一干二净似的。他或许还不知道，他的爸爸如今在我手下干活。的确，小河容易泛滥。然而，达咀丁没有让满心厌恶的情绪表现在脸上。就像孩子拔大人胡子的时候大人会笑一样，他对戈博尔的指责一笑置之，还开玩笑地说："感受过勒克瑙的风气之后，你变得十分狡猾。拿来，赚了多少钱，拿出来看看。说实话，戈博尔，我十分想念你。这次准备在家待一段时间吗？"

"是啊，打算待些日子。我要把那些以罚款为借口侵吞我家一百五十卢比的长老们告上法庭。我倒要看看，谁要跟我断绝关系，宗族又如何把我驱逐出种姓？"

发出这种威胁之后，戈博尔向前走去。这份傲慢让他那群年青的追随者对他佩服得五体投地。

其中一人说："戈博尔大哥，告他们！那些老家伙都是黑蛇，一旦被他们咬伤，什么咒语都不管用。你骂得好！再去教训教训巴泰西沃里！那位大爷老奸巨猾，经常挑拨别人家父子和兄弟的感情。

他跟地主老爷的狗腿子勾结在一起欺压佃农，让他们先耕他家的田，再耕自己家的，先给他家的地浇水，再浇自己家的。"

戈博尔洋洋得意地说："你对我说什么呢，兄弟！过去整整一年里，我从来没有忘记。我是不用待在这里，要不然，定要让他们一个个地对我服服帖帖的。这一次的洒红节，我们要热热闹闹地庆祝，还要上演一出洒红的滑稽戏，让他们浑身湿透。"

他们开始制订洒红节的计划。他们打算研磨许多大麻叶，调配奶白色和彩色的颜料，并且把黑色的油烟与这些颜料混合在一起，要让那些大人物出尽洋相。反正大家都在庆祝洒红节，谁又能说些什么呢？接着，滑稽大戏即将上演，定会把这些长老们狠狠羞辱一番。钱的问题无需担心。戈博尔大哥赚来了许多钱。

吃完饭之后，戈博尔去见珀拉。只要没把自己家那对牛牵回来绑在门口，他的心就没有片刻安宁。他甚至做好跟人动手的准备。

霍利胆怯地说道："孩子，别把事情搞大啦！珀拉把牛牵走，自有老天爷给他好看。不过，这也抵消了当初欠他的钱。"

戈博尔激动地说："爸爸，你别掺和这件事。他的牛只值五十卢比。我们的牛却是花一百五十卢比买来的，就算为我们耕了三年地，怎么也值一百卢比吧。为了他的钱，他可以去告状，可以跟我们打官司，他想干什么都行，为什么要从我们家门口把牛牵走呢？还有，我该怎么说您呢？这边刚刚失去牛，那边又得交一百五十卢比的罚款。这就是胆小怕事的结果。他要敢在我面前把牛牵走，看我怎么收拾他，我定会把他们三个人打趴在地上。跟那些长老更没什么好说的。我倒要看看，谁能把我赶出宗族，但是你就一直坐着干瞪眼。"

霍利像罪人一样低下头，不过，滕妮娅怎么能眼看着这种违背伦理的事情发生？她说："孩子，你这也是乱来。如果被驱逐出种姓，在村子里该怎么活下去？家里还有个年青的姑娘，要不要给她安排一门亲事？活着也好，死去也罢，人都离不开宗族……"

戈博尔打断她的话，说道："当初宗族、种姓我们都有，在族里也受人尊敬，那么我为什么没有结成婚？您说说看！还不是因为家里没饭吃。只要我们有钱，这些宗族关系、种姓关系都没有用。世人只关注金钱，没有人过问你的种姓宗族。"

听到孩子啼哭，滕妮娅走向里屋，戈博尔也打算出门。霍利坐着陷入沉思。儿子仿佛突然头脑开窍似的，说出来的话多么直白啊！他非凡的智慧彻底战胜了霍利坚守的宗教正法和道德准则。

忽然间，霍利问他："我也一起去呗？"

"我不是去打架的，爸爸，别害怕。我这边有法律支持，为什么要去跟人打架呢？"

"我一起去也没什么关系吧？"

"有，有很大的关系。你会把顺理成章的事情搅和得一塌糊涂。"

霍利不再说话，戈博尔走出家门。

不到五分钟，滕妮娅就抱着孩子走出来，说道："戈博尔走了吗？一个人？我说，老天爷到底有没有给你长脑子？珀拉难道会这么轻易把牛给他？他们父子三人会像老鹰一样扑向他。但愿老天爷保佑他平安无事。现在，你赶紧跑去喊个人，把戈博尔抓回来。我真是败给你了。"

霍利从角落里拿起一根棍子，跑去追戈博尔。赶到村子外面，他四下张望，发现一个细长的轮廓与地平线交汇在一起。这么短的时间，戈博尔怎么走了这么远？霍利受到自己灵魂的谴责。他当时为什么没有阻止戈博尔？倘若他训斥几句，叫他别去珀拉家，戈博尔是不会去的。现在，他跑又跑不动，只能挫败地坐在那里自言自语："英勇的尊主啊，愿您保佑他！"

戈博尔来到珀拉的村子，看到几个人坐在榕树下赌博。望见戈博尔，他们以为他是警察，于是迅速地把钱收拢，准备逃跑。正在这时，瞻吉认出他来，说道："哎呀，这不是戈博尔兄弟嘛！"

戈博尔看见瞻吉躲在大树后面望着他。他说："别害怕，瞻吉兄弟，是我。愿罗摩保佑你！我今天刚过来，一直想着要跟大家碰个面，以后不知道什么才能回来呢。兄弟，托你的福，我过得很愉快。我在一个老爷手下干活，他对我说，看到有合适的人，带几个回来。他需要一个看门的人。我回答，老爷，我会给您找个这样的人，即使放弃自己的生命，也绝不临阵脱逃。如果你愿意的话，就跟我走吧。那是份好差事。"

瞻吉看到他讲究的衣着，心里十分服气。他想要双印度皮底鞋都不太容易。然而，戈博尔却穿着一双亮锃锃的皮靴。干净整洁的条纹衬衣，梳得光亮的头发，完全是一副有钱老爷的模样。这个装扮一新的戈博尔和过去贫穷的戈博尔之间有着天壤之别。瞻吉粗暴的脾性随着时间的流逝渐渐变得柔和，如今剩余的一点躁动也宁息下来。他喜欢赌博，还染上了抽大麻的恶习，平日在家里很难拿到钱。他流着口水说："为什么不去？我待在这里整天也就躺着赶赶苍蝇①。可以赚到多少钱？"

戈博尔非常自信地说："钱的问题，完全不用担心。一切都掌握在自己手里。你想怎么样，就能怎么样。我在想，既然家里有人，为什么不去外面闯闯？"

瞻吉迫不及待地问："要做什么样的工作？"

"工作嘛，你喜欢的话，可以去看门，也可以去催债。催债的工作是最好的。你可以跟佃农串通在一起，回来对东家说，人不在家。只要你愿意，每天都能搞到一个半个卢比。"

"有住的地方吗？"

---

① 躺着赶赶苍蝇，原文为pada pada makkhi mar raha hum，是一句印地语俚语，字面意思是躺着赶苍蝇，引申为闲着没事干的意思。此处，译者认为，按照字面翻译也可以表达出引申的意思，而且富有农村生活的气息，故此保留字面意思翻译。

"怎么会没有住的地方？整整一幢房子立在那儿呢。自来水、电灯都有，什么都不缺。迦姆达在吗，还是去别的地方啦？"

"他去送牛奶了。他们都不让我去集市，说我会去抽大麻。我现在抽得很少，兄弟，但是一天也得抽个两拜沙。你什么也别对迦姆达说。我跟你走。"

"好的，好的，放心大胆地走！过完洒红节就出发。"

"那就说定啦！"

两个人一边聊天一边走到珀拉家门口。珀拉正好坐在那里搓绳子。戈博尔急忙跑过去对他行触足礼。这一次，戈博尔表现出万分激动的模样，哽咽地说："大叔，请您原谅我犯下的种种过错！"

珀拉停下手里的活，语气生硬地说："戈博尔，就你干的那些破事，即便把你的头砍下来，我也不觉得自己有罪。不过，你既然主动上门道歉，我还能说什么呢？算了吧，你对我做的那些事，留给老天爷处罚吧。什么时候回来的？"

戈博尔添油加醋地讲述了自己时来运转的故事，然后恳求珀拉准许他带走瞻吉。珀拉仿佛意外得到天降的恩赐一样。瞻吉待在家里总是闯祸，去外面闯荡一下，还能赚几个卢比。就算他不能给家人带来什么好处，至少能养活自己吧。

戈博尔说："不，大叔，如果神明保佑，他又能安守本分的话，过个一两年，他就能成长为顶天立地的男人啦！"

"是啊，只要他安守本分。"

"事到临头，人自会解决。"

"打算什么时候出发？"

"过完洒红节就走啦。要是能把家里的那一系列农活安排好，我就不用担心啦！"

"你跟霍利说，以后他就坐着念诵罗摩就行啦！"

"我跟他说过，但是也要他坐得住。"

"你在城里也认识几个医生吧？咳嗽一直折磨我，让我痛苦不堪。有可能的话，给我寄点药呗。"

"我隔壁就住着一位知名的医生。我先跟他说说您的情况，让他开点药，然后我给您寄回来。您晚上咳得比较厉害，还是白天？"

"不，孩子，晚上咳得比较厉害，觉都睡不着。如果城里有机会的话，干脆我也去那里生活，反正在这里也挣不到钱。"

"大叔，在城里做买卖才有盼头呢，这里没法儿比。在这儿卖牛奶，一个卢比十赛尔都无人问津，最后不得不勉强卖给做糖果的人。在城里，以一个卢比五六赛尔的价格，只要你愿意，一个小时可以卖掉好几满。"

瞻吉去为戈博尔准备牛奶甜饮。珀拉看到四下无人，赶忙说道："老弟，我对目前这种困难的境况感到厌烦。瞻吉的情况你也知道。迦姆达去送牛奶了。拌饲料啦、放牛啦，这些全得我来做。我要这样拼命干活干到什么时候？两兄弟天天争吵不休，我该偏袒谁？晚上咳嗽发作的时候，我难受得起不来床，也没有人给我端一壶水。系牲畜的绳子断了，但根本没有人关心，非得等到我去弄才行。"

戈博尔亲切地说："您去勒克瑙吧，大叔！卖一个卢比五赛尔的牛奶，赚的都是现钱。我认识许多大富豪，包管让您每天卖掉一整满的牛奶。我还有间卖奶茶的铺子，一天也得买个十赛尔。您不会有任何麻烦。"

瞻吉端着牛奶甜饮走进来。戈博尔喝完一杯饮料，说道："您就算每天早晚都悠悠闲闲地在奶茶铺里坐着，也至少可以赚到一个卢比。"

珀拉停顿了片刻，然后迟疑地说："孩子，人生气的时候，都会失去理智。我之前把你家的牛牵回来了，你牵走吧。这里又没有人干农活。"

"大叔，我打算重新买头牛。"

"不，不，干嘛要重新买？把这头牵走。"

"那我叫人把钱给您送来。"

"钱又没给外人，都是自家人。我以前是受了宗族那些人的蒙蔽，要不然，你和我之间有什么分别？说实话，我应该感到高兴，褚妮娅嫁进了一户好人家，生活过得很舒坦。亏我原来还想弄死她呢。"

黄昏降临，戈博尔离开珀拉家。他牵着牛走在前面，瞻吉拎着两罐酸奶跟在后面。

第二十一章

在农村，人们一年有六个月都在敲锣打鼓地庆祝节日。洒红节的欢庆活动通常会从节日前一个月持续进行到后一个月为止。四月一到，歌颂阿尔哈英雄的颂歌①就开始此起彼伏地在村里响起。五六月的时候，迦吉利②的旋律四处飞扬。迦吉利曲之后，罗摩赞歌成为人们歌唱的主角。赛姆里村也不例外。放债人的威胁和地主管事的责骂也不能阻碍人们举办这场欢腾盛事。家里没有粮食，身上没有衣服，口袋里没有钱，都没有关系。生命的欢乐本质是压抑不住的，没有欢笑，人类就无法存活。

洒红节时，村里敲锣打鼓、唱歌欢庆的主要场所是诺凯拉姆家的凉棚。人们在那里准备大麻饮料，在那里互相喷洒颜料，也在那里跳舞。每逢这个节日，管事先生总要花费好几个卢比。除了他，还有谁能在自家门口举办这么盛大的集会？

然而，这一次，戈博尔把村里的年轻小伙子都吸引到自己家门

---

① 歌颂阿尔哈英雄的颂歌，原文为Alha，阿尔哈是北方邦马霍巴（Mahoba）与地王（Prthviraj）同时代的一位英雄，其英雄事迹至今仍在北方邦一带被人们以英雄赞歌传颂。

② 迦吉利，原文为Kajali，指北方邦和比哈儿邦一带雨季时唱的一种歌曲。

口，诺凯拉姆的凉棚显得空空荡荡的。他们在戈博尔的门口研磨大麻叶、制作槟榔包、调配颜料、铺地毯、唱欢歌，凉棚里却笼罩着一片寂静。大麻叶已经摆好，谁来研磨？锣鼓铙钹已经敲响，谁来唱歌？无论看到谁，都是在朝戈博尔家跑去。戈博尔家的大麻饮料里加了许多玫瑰露、番红花和巴旦木。是的，是的，戈博尔自己带了整整一赛尔巴旦木回来。这种饮料喝下去非常尽兴，眼睛也会睁得大大的。他还带回了上等的比斯万①特制烟草。颜料里也放入了露兜树花制成的香水。戈博尔如今懂得赚钱，也懂得花钱。把钱埋在地下藏起来，谁会知道？这才是财富带来的光彩。不仅是大麻饮料，他还邀请所有唱歌的人来吃饭。村里不缺跳舞的人、唱歌的人和演戏的人。索帕模仿瘸子惟妙惟肖，其他人望尘莫及。他还善于模仿别人说话，村里也没有人可以跟他匹敌。无论让他学谁——人或动物，他都没有问题。吉尔特尔的模仿能力同样卓绝。他可以模仿律师，模仿巴泰西沃里，模仿警察局长、信差、富商——模仿什么人都不在话下。哎，这个可怜的家伙没有表演的道具，不过，这次戈博尔全部都给他买来了。如此一来，他的模仿表演就有看头了。

村里到处都在议论这件事。从傍晚开始，看表演的人就逐渐聚集起来，还有一群群观众从邻近的村子赶来。不到十点钟，已经有三四千人聚集在那里。当吉尔特尔装扮成金古里辛格的模样跟自己的同伴站在一起时，人们挤得连站的地方都没有。一样的秃头，一样的大胡子，一样的肥肚皮。他坐在那里吃饭，他的大老婆坐着为他摇扇子。

老爷用色眯眯的眼睛望着大老婆，说道："你现在还是那样年轻貌美，小伙子看见你也会心生渴盼。"大老婆高兴地说："那你还娶了个年轻姑娘。"

---

① 比斯万，原文为 Biswan，是印度北方邦锡达普尔（Sitapur）县的一个城镇。

"我把她娶回来是为了服侍你的。她怎么能跟你平起平坐？"

小老婆听到这番话，绷着脸气呼呼地走了。

第二幕，老爷躺在床上，小老婆坐在地上，把脸扭向一边，不理他。老爷一次又一次地尝试让她把脸转向自己，但是都失败了。老爷说："我的小宝贝，为什么生我的气呀？"

"你的小宝贝在哪里，你就去哪儿吧！我只是个女仆，来到这个家是为了服侍其他人的。"

"你是我的女王！那个老女人才要服侍你呢。"

大老婆听到这番话，拿起扫帚冲进屋里，狠狠地揍了他几下。老爷为了保命逃得飞快。

接下来是另一场表演。老爷让人写了一张十卢比的借据，实际却只借出五个卢比，其余的部分用来抵扣送人情的礼品、缮写费、酬金和利息。

一个农民走过来抓住老爷的脚开始大哭。他好不容易才让老爷答应借钱，但是写完借据之后，拿到手的只有五个卢比。他惊讶地问：

"东家，这里只有五个卢比呢！"

"不止五个卢比，十个。回家数数。"

"不，老爷，五个。"

"一个卢比用来送礼，对吧？"

"是的，老爷。"

"缮写费一个卢比？"

"是的，老爷。"

"纸张得要一个卢比？"

"是的，老爷。"

"一个卢比的酬金？"

"是的，老爷。"

"一个卢比的利息？"

"是的，老爷。"

"加上五个卢比的现金，是不是十个？"

"是的，老爷。现在，从我手里把这五个卢比也拿去吧！"

"说什么疯话呢？"

"不是的，老爷。一个卢比送给二太太，一个卢比送给大太太。一个卢比给二太太买槟榔包，一个卢比给大太太包。剩下一个卢比，留给您当作丧葬费。"

就这样，诺凯拉姆、巴泰西沃里和达咀丁都轮流受到教训。尽管这些讽刺表演中没有什么创新，而且模仿的内容也比较老套，不过，吉尔特尔的模样非常好笑，观众们的内心又是那样的单纯质朴，所以，吉尔特尔随便说些什么，都能引得他们哈哈大笑。滑稽诙谐的表演持续了整整一晚，饱受折磨的心灵，即使在想象中起义反抗，也得到了莫大的欢愉。最后一场表演结束的时候，乌鸦正在叫个不停[①]。

清晨时分，无论看到谁，嘴上都在哼唱昨晚的歌曲，谈论昨晚的表演，重复那些讽刺的台词。村里的头人沦为众人戏弄嘲笑的对象。不管他们走到哪里，总会有三四个男孩跟在后面，大喊那些嘲讽的话。金古里辛格喜欢开玩笑，对这些讽刺一笑置之。然而，巴泰西沃里容易生气。婆罗门达咀丁心胸狭窄、冷酷无情，甚至准备动人打人。他惯于受人尊敬，不用说管事，就连拉易老爷看到他也要低头行礼。遭人这样嘲笑，而且是在自己村子里，这对他来说是无法容忍的事情。倘若他有婆罗门的神力，一定会把这群坏蛋烧成灰烬。尽管他诅咒所有这些人都将变成灰烬，不过，在这个迦利时代，诅咒不会发挥任何作用。因此，他举起迦利时代的武器，来到

---

① 按照自然规律，乌鸦一般不会在晚上啼叫，此处作者以乌鸦开始啼叫暗示清晨天快亮了。

霍利家门口，愤怒地瞪大眼睛说："难道你今天也不打算去干活？你现在都好了。你就不想想，我损失了多少。"

戈博尔睡得很晚。此刻，他刚刚起床，正揉着眼睛向外走去，耳边突然传来达咀丁的声音。别说向达咀丁行礼，恰恰相反，他愈发粗鲁地说道："现在，他不再替人干活儿。我们自己也要种甘蔗。"

达咀丁一边把烟叶往嘴里扔，一边说："为什么不替我干活儿？一年还没过完，不能丢下活儿不干。等到印历三月，想不干就不干，想继续干也行。在那之前，不能不干。"

戈博尔打了个哈欠，说道："他又没有跟你签卖身契，非要给你当奴隶。之前他乐意，所以给你干活。现在不乐意，就不干了呗。没有人可以强迫他。"

"那么，霍利不打算干活啦？"

"不干。"

"那么，把钱连本带利还给我。三年的利息一百卢比，加上本金一共二百卢比。我原来还想，每个月给你们减少三个卢比的利息，不过，既然你不乐意，那就算了。把钱还给我。要装有钱人，就得像有钱人一样行事。"

霍利对达咀丁说："老爷，我什么时候拒绝过为您效劳？但是我们家的甘蔗也得种啊！"

戈博尔训斥爸爸说："什么效劳，为谁效劳？这里谁也不是谁的仆人。大家都是平等的。真是太可笑了。借给别人一百卢比，却要人终生替你干活来抵扣利息。本金一分不少。这不是放债，而是吸血。"

"那就把钱还给我，老弟，吵什么架呢？我一个卢比只收一个安那的利息，看在你是同乡的份上，一个卢比就付半个安那的利息吧。"

"一百卢比，我们只付一个卢比的利息。想多要一分钱也没有。

你要就要，不然就去找法院要。一百卢比收一个卢比的利息也不算少。"

"看样子，有几个臭钱，你就神气活现的。"

"神气的是那些借出一个卢比，却要收回十个卢比的人。我们只是干苦工的人。我们的神气都随着汗水流掉了。我记得很清楚，当初你只借给我们三十卢比买牛，后来变成一百卢比，现在一百卢比又变成两百卢比。正是这样，你们对农民强取豪夺，最终把他们变成自己的工人，你们却摇身一变成为他们土地的主人。三十卢比变成两百卢比。这才过去多少天呀，爸爸？"

霍利怯懦地回答："已经过去八九年了。"

戈博尔把手放在胸前，说道："九年时间里三十卢比就变成两百卢比。按照一百卢比收一卢比的利息来算，应该是多少钱呢？"

他一边用一块碎陶片在地上算账，一边说："十年的利息是三十六卢比，加上本金一共六十六卢比。你就收七十卢比吧。多一分钱我也不会给的。"

达咀丁把霍利牵扯进来，说道："霍利，你听到戈博尔的决定了吗？我得放着自己的两百卢比不要，收他的七十卢比，否则，我就得去法院告状。大家都这样做事，世界还能维持几天？你就干坐在那里听他说。你要知道，我是一个婆罗门，侵吞我的钱财，你不会得到安宁。我不要这七十卢比，也不会去法院告状，你们走吧！如果我是一个婆罗门，就一定要收回自己的两百卢比让你瞧瞧，而且你们得亲自上门，恭恭敬敬地把钱给我。"

达咀丁气鼓鼓地往回走。戈博尔一动不动地坐在原地。然而，宗教却在霍利肚子里掀起一场声势浩大的革命。如果是刹帝利地主或吠舍老板的钱，他不会十分担心，但这是婆罗门的钱。婆罗门的钱，你就算私吞一个巴依，也会得到粉身碎骨的下场。但愿神明保佑，不要让婆罗门的愤怒降临在任何人身上，否则，家族里连一个端茶倒水、点灯燃烛的人都不会剩下。他那颗对宗教充满敬畏的心变得惊惶不安。他跑出去抓住婆罗门的脚，凄惨地说："老爷，只要我活着，就一定会一个巴依一个巴依地把钱还给您。孩子的话，您千万别计较。这是您和我之间的事情。他算什么呢？"

达咀丁的态度显得稍稍温和一些。他说："你看看，戈博尔多么强硬！他说，让我放弃两百卢比，收他七十卢比，要不然我就只能去法院告状。他现在还没感受过法院的氛围，难怪会这么说。如果有人给他点教训，他就不敢再这样张扬跋扈。他才在城里待了几天，就这样独断专行。"

"老爷，我刚刚说过，您的每一个巴依，我都会还清的。"

"那你从明天起，得来我这儿干活。"

"老爷，我自家的甘蔗也得种啊，要不然，肯定会来给您干活的。"

达咀丁走了。戈博尔用谴责的目光看了霍利一眼，然后说道："去劝那位大爷了吧。就是你们这些人把他们惯得无法无天。借出三十卢比，现在却要收回两百卢比。不仅如此，他还骂骂咧咧的，非要让你们给他做苦工，直到把你们累死。"

霍利抱着维护真理的想法说道："孩子，人不应该违背道德准则，要对自己的所作所为负责。我们借钱时答应给多少利息，现在就必须给。况且，他毕竟是个婆罗门啊！他的钱岂是我们能够据为己有的？这种东西只有他们才能享受。"

戈博尔生气地皱紧眉头说："谁说要违背道德准则？谁又叫你侵吞婆罗门的钱？我只是说，不用付这么多利息。银行里一百卢比才收十二安那的利息，你就付一个卢比呗。怎么就成你抢别人钱啦？"

"如果他不高兴呢？"

"随他便吧。难道因为害怕他不高兴，我们就要挖个洞钻进去？"

"孩子，我活着的时候，让我走自己的路吧。等到我死了，你想干什么就干什么。"

"那你自己给吧！我不会搬起石头砸自己的脚。我真是蠢，才会去管你的事——你自作自受。我干嘛费心费力？"

说完这句话，戈博尔朝里屋走去。褚妮娅问："这一大清早的，干嘛跟爸爸吵架呀？"

戈博尔把事情的来龙去脉讲了一遍，最后说："照这样，他担负的债务会越来越重。我能替他还多少？他赚了一点钱就送给别人家。我为什么要跳进他挖好的坑里？他借钱的时候没有问过我，钱也不是为我借的。我没有必要替他还钱。"

另一边，那些头人正在密谋策划，想要让戈博尔出丑。如果不把这个小子制服，他肯定会在村子里捣乱。小卒子一旦变成将相①，定会忘乎所以、趾高气昂。天知道他从哪里学来这么多规矩？他还说，一百卢比只付一个卢比的利息，多了绝对不给。要收就收，不收就去法院告状吧！那天晚上，他把全村的小伙子召集在一起惹出了多大的麻烦。不过，这些头人之间也不缺乏相互猜忌，对于同伴遭人嘲笑，他们都喜闻乐见。巴泰西沃里和诺凯拉姆正在讨论这件事。巴泰西沃里说："大伙儿对各家的状况多少都是了解一些的。他们那样攻击金古里辛格，别提有多痛快啦！听完那两位夫人说的话，人们笑得前仰后合。"

诺凯拉姆放声大笑。他说："不过，模仿得真是像。我好几次看见，他的小老婆站在门口，跟一群小伙子调侃逗趣。"

"大老婆总是在眼睛上涂黑油烟，在额头上点朱砂痣，在脚上画花纹，把自己打扮得跟年轻姑娘似的。"

"两个人日日夜夜争斗不休。金古里真不知羞耻。要是换作别

---

① 此句是印度俚语，意为被迅速提升、飞黄腾达、小人得势。

人，早就疯掉了。"

"听说，他们也很拙劣地模仿你的样子，讲你被关在一个遮玛尔种姓的女人家里，挨了一顿打。"

"我要去告这个家伙拖欠地租，好好教训他一顿。那样他才会记得，他在跟谁打交道。"

"他不是已经付清地租了吗？"

"但是我没有给他收据。他怎么证明，他交过地租？这里谁会来查我的账？我今天就派下人去把他叫来。"

霍利和戈博尔两个人在田里浇水，准备种甘蔗。他们本来以为，这回没有什么希望能种上甘蔗，所以田地一直荒着。现在牛回来了，为什么不种甘蔗呢？

然而，两个人看上去十分疏远，既不说话，也不看对方一眼。霍利吆喝牛往前走，戈博尔拎着皮水桶。索娜和卢巴也在浇水，浇着浇着，两人突然吵起架来。争论的主题是，金古里辛格的小老婆是自己吃完饭才给丈夫吃，还是先把丈夫喂饱再自己吃。索娜说："她先自己吃饱。"卢巴的想法恰恰相反。

卢巴质问道："如果她先吃，她为什么不胖呢？那个老爷为什么那么胖？如果老爷倒在她身上，肯定会把她压扁的。"

索娜辩驳道："你以为，吃得好，人就会发胖？吃得好会让人变得强壮，而不是肥胖。吃那些乱七八糟的东西人才会胖。"

"那么，小老婆比老爷强壮咯？"

"要不然呢？前不久，他们两个人打了一架，小老婆狠狠地推了老爷一把，老爷的膝盖都摔破了。"

"那你以后也是自己先吃完再给姐夫吃吗？"

"要不然呢？"

"妈妈都是让爸爸先吃。"

"所以，无论什么时候，你看到的都是爸爸在骂妈妈。我要变得强壮，管住自己的男人。否则，你的男人会打你，会把你的骨头打断。"

卢巴带着哭腔说："为什么要打我，我才不会干那种要挨打的事。"

"他不愿意听你说话。但凡你说点什么，他就会打你，打得你皮开肉绽。"

卢巴气急败坏地试图用牙齿撕咬索娜的纱丽，但是没有成功，紧接着，她又开始用手掐索娜。

索娜继续戏弄她："他也会咬你的鼻子。"

听到这话，索娜用牙齿咬了姐姐一口。索娜的手臂流血了。她用力地推了卢巴一把。卢巴摔在地上，旋即爬起来嚎啕大哭。索娜看了一眼手臂上的齿痕，也跟着一起哭。

听见她们俩的叫喊声，戈博尔气冲冲地走过来，每个人揍了两拳。两个人一边哭一边朝家里走去。浇水的工作停滞下来。就此，两父子又争吵起来。

霍利问："现在谁来浇水？你跑过去把她们俩都赶走了。现在还不去劝劝她们，把她们带回来？"

"你把她们都惯坏了。"

"照这样经常挨打，她们会变得更加不知羞耻。"

"饿她们两餐，自然就好了。"

"我是她们的爸爸，不是刽子手。"

走路的时候，只要脚踢过一次石头，往后就会一次又一次地踢到石头。有时候，大脚趾还会受伤化脓，给人带来数个月的麻烦。今天，他们父子之间的和谐融洽就这样受到破坏，而且被破坏了三次。

戈博尔回家把褚妮娅带来给田地浇水。褚妮娅带着孩子来到地里。滕妮娅和她的两个女儿坐在一旁直勾勾地看着他们。母亲也不喜欢戈博尔的肆无忌惮。她不怪他揍了卢巴，但是动手打年轻姑娘这件事对她而言是无法容忍的。

当天晚上，戈博尔决定返回勒克瑙。如今，他无法继续待在这里。既然家里没有人关心他，他为什么还要留在这里呢？关于借债的问题，他说不上话。稍微揍了妹妹两下，大家都勃然大怒，仿佛他是个外人。在这样的房子里，他住不下去。

吃完饭，父子两人刚走到门外，诺凯拉姆派来传信的人就跑过来说："走吧，管事老爷喊你呢！"

霍利骄傲地说："大晚上的，干嘛喊我？剩余的钱，我已经付清了。"

传信的人说："我是奉命来喊你的。你有什么话，去到那边再说吧。"

霍利不想去，但是不得不去。戈博尔冷淡地坐着。过了半个小时，霍利回来，装好水烟开始抽起来。戈博尔再也沉不住气，问道："喊你去干吗？"

霍利声音嘶哑地回答："每一个巴依的地租我都付清了。他却说，你还有两年的没付。卖掉甘蔗的那天，我当场给过他二十五卢比，他今天还提出两年的欠款。我说，我连一个特拉也不会给你。"

戈博尔问："你有收据吧？"

"他哪里给过收据？"

"你为什么不拿收据就给钱？"

"我哪里知道他们会这样阴险狡诈。这都是你任性妄为的结果。你昨天晚上嘲笑戏弄他们，这就是惩罚。正所谓，生活在水里不能与鳄鱼为敌。他提出，加上利息，地租总共还欠七十卢比。我要向谁家借这笔钱？"

戈博尔辩解说："你要是拿了收据，就算嘲笑他十万次，他也不能动你分毫。我不明白，你为什么不小心对待借钱还钱的事？他不给收据，你可以去邮局汇款啊，只要花几个卢比的邮费而已。这样他就不能要赖啦。"

"你要是不点这把火，什么事也没有。现在，头人们全都生气了。他们威胁说，不再让我们种田。天知道，怎样才能度过这一关。"

"我去问问他。"

"你是去多放一把火的吧。"

"如果必须要放火，那就放呗。他不让我们种田，随便！我会让他在法院手里捧着恒河水起誓的。你坐在这里别吭声，我去跟他们拼命。我不想压榨别人的钱财，但是也不愿意失去自己的钱。"

他立刻站起来，走向诺凯拉姆的凉棚。到达那里之后，他发现，头人们都坐在那里开会。看见戈博尔，他们都警惕起来。空气里充满密谋那种令人窒息的味道。

戈博尔激动地问："管事老爷，这是怎么回事，爸爸已经向您付清迄今为止的全部地租，您却提出，他还有两年的欠款？这是有意找茬吧！"

诺凯拉姆躺在沙发上，神气活现地说："只要霍利在，我就不想跟你谈银钱往来的事。"

戈博尔备受打击地说："那么，我在家里什么也不算？"

"你在自己家里或许能说得上话，但是在这里，你什么也不算。"

"说得好！请您赶紧去告状，剥夺我们耕地的权利。我在法庭里一定会让你先捧着恒河水赌咒发誓，然后再把钱给你。单从这个村子里，我就可以找到一百个证人，证明您不给收据。他们都是单纯正直的农民，从来没有说过什么，你就以为大家都是傻瓜。王公老爷跟我一样住在城里。或许村里的人都觉得他是个可怕的魔王，我却不这么想。我要详细地把这些情况告诉他，看看到时你还怎么收我两次钱。"

他的话语中蕴含着真理的力量。当然，在怯懦的人手里，真理也发挥不了任何作用。如同水泥，糊在砖头上可以结成石头，跟泥土和在一起，只能沦为泥土。戈博尔毫无畏惧的坦诚直言戳穿了诺凯拉姆用胡作非为编织的盔甲。他脆弱的灵魂躲在这副盔甲后面一直认为自己非常强大。

诺凯拉姆仿佛在努力回忆什么似的。他说："你干嘛发这么大火？这里有什么可生气的事？如果霍利给过钱，那我一定在什么地方做过记录。我明天把票据都拿出来看看。现在，我好像慢慢想起来，霍利可能确实付过钱。你放心，只要钱到过我这里，就不可能去别的地方。你绝对不会为了这么一点儿小钱撒谎，我也不能凭借这几个卢比发家致富。"

戈博尔从凉棚回到家，狠狠地责骂了霍利一顿："你呀，还不如那些听到猫叫都会大喊的孩子。我究竟要护你护到什么时候？我给你七十卢比，达咀丁来要的话，你就给他，记得让他写张收条。如果你敢多给他一个拜沙，以后就别想从我这儿拿到钱。你老是任由别人巧取豪夺，我在外面辛苦挣钱，并不是为了给你还债。我明天就走啦，但是我要给你说，不要跟别人借钱，也不要把钱送给别人。蒙格鲁、达咀丁——你向这些人借一个卢比，就得还一百个卢比的利息。"挨完这顿骂，那个自私又胆小的可怜老头儿几乎要哭出来了。

滕妮娅吃完饭，走到外面说道："孩子，干嘛这么快走，再待几天，把甘蔗种下地，把银钱往来算清楚再走呗。"

戈博尔神气十足地说："你也知道，我在这里每天都要亏损两三个卢比。我在这里干活，一天最多赚两三个安那而已。我要把褚妮娅带去。我在城里吃喝都不方便。"

滕妮娅战战兢兢地说："随你喜欢吧，不过，她一个人在那里怎么料理家务？怎么带孩子？"

"我是要管孩子呢，还是管自己过得舒服？我不会生火做饭。"

"我不是阻止你把她带去，但是拖家带口地住在外面，前后也没有人照应，你想想，这该有多么麻烦！"

"妈妈，外面也有一些朋友！这是一个自私自利的世界。你跟别人在一起吃几个安那的亏，他就是你的亲人。如果两手空空，爸爸妈妈都不会搭理你。"

滕妮娅听懂了他话语中的嘲讽意味，浑身上下气得冒火。她说："你把爸爸妈妈也当作你那些唯利是图的伙伴？"

"我亲眼看着呢。"

"不，你没有看到，爸爸妈妈的内心并不是那样冷漠无情。是啊，倒是孩子们，一赚到几个钱，就瞧不起父母。这样的例子村里不是一两个，我可以给你举出十几二十个。父母借债是为了谁？为了儿女还是为了自己享福？"

"天知道你为了什么借债？我连一个拜沙也没有见到。"

"没有我们养你，你能长这么大？"

"养我你花费了什么？小时候，你确实喂我喝过奶。后来，你就把我像孤儿一样丢在一边不管不顾。大家吃什么，我就吃什么。没有牛奶喝，也没有黄油吃。现在你希望，爸爸也希望，我能清偿家里所有债务，缴付所有地租，并且为两个妹妹安排婚事，仿佛我的人生就是为了替你还债似的。我也有妻子儿女吧？"

滕妮娅沉默不语。她的人生美梦仿佛在顷刻间支离破碎。迄今为止，她的内心都十分欢喜，她现在终于摆脱了贫困和痛苦。自从戈博尔回到家，她的脸上就一直绽放着灿烂的微笑。她的声音里充满柔和与甜美，行为举止中饱含宽容与慷慨。即使神明怜悯她，她也应该低着头走路。内心安宁，外在言行自然随之变得仁慈与和善。这番话如同炙热的沙子一样落进滕妮娅心里，像烤鹰嘴豆似的把她全部的愿望灼烧殆尽。她的骄傲彻底瓦解。听完这些话，如今她的生活还有什么滋味？她本想可以搭乘一艘小船渡过人生的苦海，但是，现在小船破了烂了，她活着还有什么乐趣？

然而，不可能是这样。她的戈博尔不会如此自私。他从来没有驳斥过妈妈的话，也从来没有因为任何事情执拗不听劝。家里的粗茶淡饭，他总会欣然吃下。那个单纯质朴、亲切和善的楷模今天为什么会说出这番令人心碎的话？并没有人说过违背他心意的话呀！平时，爸爸妈妈都是看着他的脸色行事。他自己提到银钱往来的事，否则，谁会叫他帮父母还债呀。他像绅士一样挣钱吃饭，受人尊敬，美名远扬，难道这对父母来说不是莫大的幸福吗？如果他有能力，可以帮帮父母，就算帮不到，父母也不会让他为难。想把褚妮娅带走，那就高高兴兴地带走呗！滕妮娅也为他考虑，想让他过得好一些才会说，把褚妮娅带去，他所遭遇的麻烦会远远超过享受到的舒适。这里面有什么刺耳的话惹得他如此愤怒？很可能，这把火是褚妮娅放的。她闲着无聊，整天在他面前挑拨是非。她在这里没有华衣美服，没有安逸享受，还得干一些家务活。在城里，她手里会有一些钱，可以愉快地吃香喝辣，穿讲究的衣服，安安稳稳地睡大觉。煮两个人的饭需要花费什么功夫，那里有钱就行。听说，市场上买得到烙好的面饼。这一切乱子都是她闹腾出来的，她在城里住过一段时间，对那里的情况十分了解。她以前在这里根本没有人理睬，偏偏遇到这个笨蛋，被她迷得七荤八素。当初，她挺着五个月的肚子来到这里，害怕得连话都不敢大声说。如果那时候他们没有收留她，她今天可能还在某个地方讨饭呢。这就是她对仁善的回报。为了这个妖妇，他们不得不缴纳罚款，在宗族里变得声名狼藉，农田也荒废了，各种倒霉事都落在他们头上。然而，今天，这个妖妇却恩将仇报。看到戈博尔的钱，她的眼睛闪闪发光。从那时起，她就自高自大地到处转悠，傲慢得不成样子。现在，他们的儿子不是赚了几个钱嘛！以前那段日子，没有人搭理她，她经常拿着油跑来给婆婆按摩脚。如今，这个妖妇却想把她生命中最珍贵的宝贝从她手里抢走。

滕妮娅难过地说："孩子，谁唆使你这么说话，你以前不是这样的。爸爸妈妈是你的，妹妹是你的，家也是你的。这里谁是外人？难道我们整天游手好闲地坐在家里吗？维持家里的体面，你才能享受幸福。人挣钱，究竟是为了自己家里人还是其他什么人？连猪都知道先喂饱自己的肚子。我没料到，褚妮娅会变成毒蛇反咬我们一口。"

戈博尔生气地说："妈妈，我不是蠢货，任由褚妮娅在我面前挑拨是非。你这样指责她，真是一点依据也没有。我不可能包揽你家里的所有负担。我有能力的话，肯定会帮助你，但是，我也不能把铁镣往自己脚上拴呀！"

褚妮娅也从房间里走出来，说道："妈妈，请不要把气胡乱撒在我身上。戈博尔又不是个孩子，能让我轻易说动。大家都很清楚自己的利益得失。人降生于世，不是为了一辈子承受苦难和折磨，等到那一天，再两手空空地死去。大家都想享受人生的幸福，都渴盼手里有几个钱。"

滕妮娅咬牙切齿地说："好啦，褚妮娅，别卖弄学问啦！你现在也配考虑利益得失？当初，你来到这里，把头靠在我脚上痛哭流涕的时候，你怎么不衡量自己的利益得失？如果那一刻我们也为自己的利益得失着想，你今天还不知道待在哪里呢。"

此后，家庭战争爆发。讽刺挖苦、争吵谩骂、羞辱诉谇，恶言恶语一句不落。戈博尔也时不时在中间说几句刺耳的话。霍利干坐在客厅里，听着这一切。索娜和卢巴低着头站在院子里。杜拉利、布妮娅和其他妇女前来劝架。正所谓，雷声轰鸣，大雨欲来。吵架的两个人一边哭诉命途多舛，一边咒骂神明不公，一边证明自己的清白。褚妮娅翻出陈年旧账。她今天特别同情希拉和索帕，滕妮娅一直都很厌恶他们。到目前为止，滕妮娅跟任何人都无法和睦相处，怎么可能跟褚妮娅关系融洽呢？滕妮娅努力为自己辩白，但是不知道怎么回事，大家都站在褚妮娅那边。或许是因为褚妮娅始终没有丧失理智，而滕妮娅却克制不住自己，大发脾气。也可能因为褚妮娅的男人现在能挣钱，讨好她能够获得更多好处。

就在那时，霍利走到院子里，说道："我求求你，滕妮娅，别吵啦！别往我脸上抹黑！好吧，如果你还不满意，那就继续吵吧！"

滕妮娅气呼呼地跑过去，说到："你也开始找靠山。我只是个女奴，她会尊敬我吗？"

战场位置转移。

"跟小孩子吵架斗嘴的人，本身就是小孩子。"

滕妮娅有什么理由要把褚妮娅当作小孩子？

霍利用烦闷的腔调说："行吧，她不是小孩子，是大人才对。对于不想待在这里的人，你为什么非要绑着他，强行让他留下来？父母的责任是把孩子抚养长大。这个我们已经做到了。他们有手有脚。现在你想要什么，他们带着饭菜来喂你？父母的责任是把一切都奉献给孩子，但是孩子对父母却没有任何义务。孩子想要离开，你应该祝福他，跟他告别。我们自有神明做主。命中注定要遭受的苦难，我们就受着呗，四十七年都这样哭哭啼啼地熬过去了，未来十几年也可以这样度过。"

另一边，戈博尔正在准备出发的行囊。对他来说，这个家里的水都是罪恶的。作为母亲，她却对他说出那样一些话，现在他连她的面都不愿意见。

没多久，他的铺盖就捆好了。褚妮娅换上红底白点的纱丽，仲奴也戴上帽子，穿上新衣服，打扮得像一个小皇帝。

霍利哽咽地说："孩子，我没有脸对你说些什么，但是心里又忍不住。你妈妈也是个苦命的人，你去摸摸她的脚吧，这对你有什么坏处呢？你从她肚子里生出来，喝她的血长大，难道为她做这点事都不行吗？"

戈博尔转过脸说："我没把她看作自己的母亲。"

霍利眼中盈满泪水。他说："随你便吧！不管住在哪里，都要幸福。"

褚妮娅走到婆婆身边，用裙裾轻轻触碰她的脚。滕妮娅不仅连一句祝福的话也没有说，甚至都没有抬眼看看她。戈博尔抱着孩子走在前面，褚妮娅夹着被褥跟在后面。一个遮玛尔种姓的女孩拎着箱子。村里的一些街坊邻里把戈博尔一直送到村外。

滕妮娅坐在家里哭泣，仿佛有人用锯子把她的心锯成碎片。她的母爱如同一幢失火的房子，里面的一切都被烧成了灰烬，连一个坐着哭泣的地方都没有给她留下。

第二十二章

数日以来，拉易老爷一直在为女儿商议婚事。与此同时，选举的日子也即将来临。然而，比这些事情更加急迫的是，他要提起一项民事诉讼。光诉讼费就高达五千卢比，其他的费用还要另外计算。拉易老爷的妻弟原本独自拥有一片庄园，但是他年轻的时候被汽车撞死了。拉易老爷试图通过法律途径让自己未婚的儿子继承这片庄园。但他妻弟的堂兄弟们占据了这片庄园，并且不准备从中分出任何份额给拉易老爷。拉易老爷很想与他们协商，希望他们得到应有的份额之后能够让步，甚至他愿意放弃庄园的一半收入。然而，这些堂兄弟们不但不接受任何妥协，并且凭借棍棒的力量开始在庄园里征收税款。除了寻求法院的庇护，拉易老爷没有其他出路。尽管打官司要花费十多万卢比，不过，庄园的产业价值绝不少于两百万卢比。律师们信誓旦旦地告诉他："法院肯定会作出对您有利的判决。"如此良机，谁能轻易放弃？目前的困难是，这三件事同时砸到头上，他无论如何也应付不来。女儿已经年满十八岁，正是因为手里没钱，婚事才耽搁至今。婚礼的费用预计需要十万卢比。之前，无论跟谁谈亲事，对方都狮子大开口，漫天要价。然而，最近有一个大好机会。贡瓦尔老爷①迪格维杰辛格的妻子死于肺结核，贡瓦尔老爷想尽快娶个女人回家填房。两位老爷的交易以低廉的价格确定下来。为了避免到手的猎物逃跑，拉易老爷觉得，非常有必要就近选个良辰吉日完成婚事。

贡瓦尔先生有很多不良的习惯。酒、印度麻、鸦片、玛德格②、大麻烟，这类麻醉品他无不吸食。骄奢淫逸更是大财主的荣光。如果不放荡享乐，他还算什么财主，钱又该怎么花掉呢？即便身上有这么多坏毛病，他依旧光芒四射，许多优秀的学者都在他面前甘拜下风。音乐、戏剧、看相、占星、瑜伽、舞棒、摔跤、射击等技艺方面，没有人比得上他。同时，他又是个桀骜不驯、无所畏惧的人。他曾大力赞助民族运动，当然，一切都是暗中操作。尽管这件事瞒不住政府官员，但是他在当地极具名望，总督先生每年都会到他家拜访一两次。他现在年纪不过三十多岁，身体非常健康，一个人吃完一整头羊，也不会出现消化问题。

拉易老爷认为，这真是从天而降的意外之喜。因此，还没等贡瓦尔先生完成妻子的葬仪，拉易老爷就迫不及待地开始与他商谈婚事。对贡瓦尔先生来说，婚姻只不过是提升自己威望和力量的工具。拉易老爷不仅是议会成员，也是非常有影响力的人物。民族斗争中，他通过展现自己的牺牲精神，赢得了人们的信任与尊敬。这桩婚事的商谈不存在任何障碍，于是很快就确定下来了。

目前剩下的是选举的问题。这是一桩进退两难的事情，进也不好，退也不好。迄今为止，他已经当选过两次，每次都要损失十万卢比。然而，这一回，他的选区里冒出来一位拉阁老爷，打算参加

---

① 贡瓦尔老爷，原文为 Kunwar，为印度封建时期有钱有权之人的一种称号，意为"地主之子"或"贵族之子"（son of Thakur）。此外，拉杰普特人和西尼泊尔的塔库里王室也采用这个称号。

② 玛德格，原文为 madak，指用鸦片与槟榔叶混合制成的一种麻醉物。

竞选。这位老爷公开宣称，哪怕要给每位选民送一千卢比，哪怕价值五百万的庄园化为尘土，他也不会让拉易老爷阿摩尔巴尔辛格入选议会。官员们也都向他保证，一定会帮忙。拉易老爷是一个善于思考、聪慧机智的人，懂得权衡自己的利益得失，但他同时也是一个拉其普特人[①]，出身高贵。一旦接受挑战，他如何能够退出战场？假若拉阁老爷苏利耶普勒达浦辛格走过来对他说："兄弟，您已经两次当选议员啦，这回就让让我呗"，或许拉易老爷会对他表示欢迎，因为他现在对议会没有任何留恋。然而，挑战摆在面前，除了摩拳擦掌准备迎战，他无路可选。当然，还有一个权宜之计。邓卡先生向他保证："您就参加竞选呗，暗地里向拉阁先生索要十万卢比再退出。"他甚至还说："拉阁老爷会非常高兴地把钱给你，我跟他说好啦。"不过如今，拉阁先生似乎不愿意放弃打败拉易老爷的荣耀，主要原因是，拉易老爷的女儿与贡瓦尔老爷订了亲。他认为，这两个权势显赫的家族联姻会损害他的名望。再加上，拉易老爷有希望获得岳父家的财产。这件事像刺一样扎在拉阁先生心里，令他极其痛苦。万一他得到那笔财产——万一法律支持拉易老爷的请求——那么他将成为拉阁先生的有力竞争对手。因此，他笃定信念，要把拉易老爷踩在脚下，让他名誉扫地。

可怜的拉易老爷陷入巨大的危机中。他忍不住怀疑，邓卡为了实现自己的目的欺骗了他。他还得到一则消息，邓卡如今转向支持和拥护拉阁先生。这无疑是在拉易老爷的伤口上撒了一把盐。他曾多次邀请邓卡来家里，但是邓卡要么不在家，要么答应过来，转眼又忘了。最后，拉易老爷打算亲自登门拜访。碰巧，他到达邓卡家的时候，邓卡在家。然而，他却被迫干等了整整一个小时。这就是那个邓卡先生，那个过去每天都要往拉易老爷家跑一趟的邓卡先生，

[①] 拉其普特人，原文为rajput，源自拉其普塔纳地区，以骁勇善战著称，属于刹帝利种姓。

现在却变得如此狂妄自大。拉易老爷烦闷地坐着。因此，当邓卡先生嘴里叼着根雪茄烟、衣冠楚楚地走进房间，向他伸出手时，他立刻发动了一场狂轰滥炸："我在这儿坐了整整一个小时，你说马上就来，结果现在才来。我认为这是对我的侮辱。"

邓卡先生坐在沙发上，心安理得地一边吐着烟圈，一边说："很抱歉，我刚刚去处理一项紧急工作了。您应该先打个电话，跟我约好时间再来。"

邓卡的一席话犹如火上浇油，但拉易老爷压制住自己的愤怒。他不是来吵架的，目前这种场合，最好还是忍受这份屈辱。他说："是啊，是我不对。最近，您或许很少有空吧。"

"是啊，很少，不然，我肯定会上门拜访您。"

"我是来问您那件事的。看样子，想要达成协议真是希望渺茫。那边的人正在非常卖力地准备战斗。"

"您也了解拉阇先生，刚愎自用，性格非常古怪。总有各种各样的执念盘踞在他心里。最近，他一门心思想要打败您，让您受尽侮辱。只要执着于什么事，他就不会听取任何人的意见，无论那样做会造成多大的伤害。他身上背负着大约四百万卢比的债务，却依旧那样光鲜亮丽、放纵享乐、挥金如土。他完全不把钱当回事。尽管拖欠仆人们六个月的工钱，他自己却在修建宝石宫殿。地板是大理石的，镶嵌的图案耀眼夺目，让人无法直视。他每天都给众官员送果篮。据说，他准备聘用一个英国人当经理。"

"那您为什么说，您能让他与我达成协议？"

"但凡力所能及之事，我都做了。除此之外，我还能做什么？如果一个人愿意挥霍掉自己的几十万卢比，我有什么办法？"

拉易老爷现在再也无法控制心中的愤怒。他说："尤其是，您有希望从那几十万卢比中捞到几万。"

如今，邓卡先生为什么还要小心翼翼地行事？他说："拉易老爷，别逼我把话说得那么明白。这里，我不是苦行僧，你也不是。您想找有钱的笨蛋，我也想找。我确实提议过，让您参与竞选。不过，您是因为贪图那十万卢比才参选的。如果计划顺利实现，您现在不但拥有十万卢比，而且不用借任何外债就可以与贡瓦尔老爷攀上关系，法院也会支持您的案子。然而，您运气不好，那个办法没有成功。就算您现在遭受挫折仍不动摇，那么我能得到什么？最终，我不得不投靠他、依附他。不管用什么方法，我总得渡过这条冥界河①啊。"

拉易老爷情绪非常激动，恨不得一枪把这个恶棍打死。先前，这个坏蛋用甜言蜜语哄骗他参加竞选，如今却在为自己辩解，不愿落人口舌，遭人鄙夷。然而，迫于形势，拉易老爷不便多说些什么。

"那么，现在您也无能为力？"

"您可以这么认为。"

"只要有五万卢比，我就愿意妥协。"

"拉阇老爷不管怎样都不会同意的。"

"两万五，他能同意吗？"

"没什么希望。他已经说得很清楚啦。"

"他说过，还是您在说？"

"您认为，我在撒谎？"

拉易老爷温和谦恭地说："我没有觉得您在撒谎。不过，我确实认为，只要您愿意，事情就能办成。"

"那么，在您看来，是我没有让您二位达成协议？"

"不，我不是这个意思。我是想表达，只要您愿意，事情就能办成，我也不会陷入这样的困境。"

---

① 冥界河，原文为 Vaitarani，在印度神话传说中，指阳间与地府之间的一条河，河中满是血污、头发和遗骸，喝水滚烫，善者能安然渡过，罪恶之人则会落入河中长期受苦。此处作者用渡过冥界河来表达要想办法克服各种生活中的困难、想办法过日子的意思。

邓卡先生看了看时钟，然后说："拉易老爷，如果您非要我把话说明白，那么请您听着——如果当初您把一万卢比的支票放在我手上，那么您今天肯定已经获得十万卢比。您或许是想，等从拉阖先生那里拿到钱以后，再分给我一两万。不过，我不干这种傻事。万一您从拉阖老爷那里拿到钱之后，立刻把它锁进保险箱里，拒绝分给我，我能对您怎么样？您说说看？那可真是满心苦怨无处诉啊！"

拉易老爷用受伤的眼神看着他说："在您眼里，我就这么不值得信赖？"

邓卡先生从椅子上站起来，说道："谁会把这种行为视作背信弃义？如今，这叫做机智。不管怎样，只要把别人要得团团转，就是成功的计策。您可是这方面的大师。"

拉易老爷攥紧拳头说："我？"

"是的，您！您第一次参选时，我全心全意地支持您、拥护您，您好不容易哭着给了我五百卢比。第二次参选时，您也敷衍了事，随便送了一辆破破烂烂的汽车给我。我现在是一朝被蛇咬十年怕井绳。"

他走出房间，命人把汽车开过来。

拉易老爷气得浑身血液都在沸腾。这种无礼总该有个限度。邓卡不仅让他干等了整整一个小时，现在又如此粗鲁地对待他，还要强行把他赶走。如果他相信，自己能够击倒邓卡先生的话，他一定不会放过他，但是，邓卡先生身型比他魁梧。当邓卡先生鸣响喇叭时，他只能走过去坐进自己车里，直接去往肯纳先生家里。

尽管快到九点钟了，肯纳先生依旧沉浸在甜美的梦乡中。他晚上从来不早于两点睡觉，早上自然得睡到九点才会醒。拉易老爷不得不在那里等了半个小时。因此，大约九点半，肯纳先生笑着走出来的时候，拉易老爷斥责道："好啊！大老爷现在才睡醒，都九点半啦！有大笔积蓄的人才能这样无忧无虑。您要跟我一样是个地主，想必现在您也会在别人家门口站着。在这儿等得我头晕脑胀的。"

肯纳先生一边把香烟盒递给他，一边满脸堆笑地说："我晚上睡得晚。这个时间，您是从哪儿过来的？"

拉易老爷简略地讲述了自己遭遇的所有困难。他经常在心里咒骂肯纳，因为肯纳虽然是他的同学，但却时时刻刻盘算着如何欺骗他，不过，嘴上说的仍然是一些奉承巴结的话。

肯纳摆出一副十分担忧的表情，说道："我建议，您干脆放弃这次竞选，专心去跟您妻子的那些堂兄弟们打官司。至于女儿的婚礼，那不过是三天的热闹而已。没必要为了这个搞得自己生活拮据。贡瓦尔老爷是我的朋友，向他借点钱不成问题。"

拉易老爷讽刺地说："肯纳先生，您可能忘了，我不是银行家，而是个地主。贡瓦尔老爷没有向我索要嫁妆，神明已经赐予他想要的一切。您也知道，她是我唯一的女儿，她的母亲早就去世了。如果她今天还活着，或许赔上所有家产都不能令她满意。那样我可能还会要求她节制一点。然而，现在我既是她的母亲，也是她的父亲，就算要我取出自己的心头血给她，我也会愉快地答应。这种鳏居生活中，我只能依靠对子女的爱来缓解灵魂的饥渴。只有热爱这两个孩子，我才能实现对妻子许下的诺言。遇到如此良机，我不可能不实现自己内心深处的愿望。我可以宽慰自己的心，但是我认为，这是妻子的嘱托，所以无法释怀。另外，要我从竞选的战场上逃跑也是不可能的。我知道我会输，我斗不过拉阇老爷。不过，我想让他看看，阿摩尔巴尔辛格不是一个软弱的家伙。"

"官司也非打不可？"

"一切都靠这场官司。您现在说说，您能帮我什么忙？"

"您知道，关于这个问题，我那些董事下达过什么命令。拉阇老爷是我们的董事，这个您也了解。为了收回先前的欠款，他们一次又一次地催我、逼我。您再想借新的款项，恐怕是绝无可能的。”

拉易老爷耷拉着脑袋说：“您是打算让我完蛋，肯纳先生。”

“我所有的私人财产，都归您所有，但是银行的事务，我还是得听老板们的指示呀！”

“如果能得到这份财产，而且我很有希望得到，那么我会把每一个巴依都还清的。”

“您能说说，您现在欠了多少债？”

拉易老爷迟疑地说：“大概五六十万吧，可能会少点儿。”

肯纳不相信地说：“要么您不记得了，要么您故意隐瞒。”

拉易老爷强调说：“不，我没有忘记，也没有隐瞒。我现在至少拥有价值五百万卢比的财产，岳父岳母家的财产难道会少于这个数？在这么多财产面前，那百把万卢比的负债算不得什么啊。”

“那么，您凭什么说，岳父岳母家没有欠债？”

“据我所知，那份财产没有任何瑕疵。”

“我却得到一个消息，那份财产上绑缚的债款不少于一百万卢比。现在，那份财产剩不下多少钱可捞，并且在我看来，您自己的财产至少也要给出去一百万。如今，这些财产加起来也值不了五百万卢比，顶多就值二百五十万。这种情况下，任何一家银行都不会向您提供贷款。您要知道，您目前站在火山口上，只要轻轻一推，就会掉进万丈深渊。情势如此，您行事可千万得小心谨慎。”

拉易老爷拽过他的手，说道：“朋友，这些我都明白！但是，人生的悲剧莫过于，您不得不违背自己的灵魂去干那些不情愿的事。这一次，您至少得替我张罗二十万卢比。”

肯纳深吸了一口气，说道：“我的天！二十万！不可能，绝对不可能！”

“那我就在你家门口一头撞死，肯纳，你最好相信我的话。正是因为相信你，我才制订了这一整套计划。如果你让我失望，我只有选择服毒自尽，反正我不能在苏利耶普勒达浦辛格面前跪拜臣服。现在，女儿的婚事可以往后推几个月，打官司也有足够的时间，但是竞选迫在眉睫，我最担心的正是这个。"

肯纳吃惊地说："您打算在竞选上花二十万卢比？"

"兄弟，这不是选举的问题，而是名誉和声望的问题。难道您认为我的名誉和声望不值二十万？即使卖掉整个庄园，我也不在乎，但是，我绝不能让苏利耶普勒达浦辛格轻易获得胜利。"

肯纳吐着烟圈，停顿了一分钟才说："银行的情况，我已经清清楚楚地摆在您面前。在某种程度上，银行已经停止向外贷款。我尽力试试，看能不能对您特殊照顾。不过，生意就是生意，这个您是知道的。我能拿到多少佣金？尤其是我还得为您说情保荐。您也清楚，拉阇老爷对其他董事的影响有多大。我得拉拢一帮人来反对他。您要明白，由我负责，这件事一定能办成。"

拉易老爷感到十分沮丧。肯纳是他的挚友。他们是老相识，曾经一起读过书。如今，肯纳却希望他支付佣金，如此不讲情面？长久以来，他时时巴结奉承肯纳，究竟是为了什么日子？园子里的果实成熟，菜蔬丰收，他首先会送一篮给肯纳。逢年过节，晚宴聚会，他最先邀请的也是肯纳。这就是肯纳的回报？拉易老爷忧伤地说："随你便吧，不过，我以前是把你当作兄弟的。"

肯纳感激地说："这是您的仁慈。我过去一直把您视作兄长，现在也一样。我从来没有对您藏着掖着，但是生意是另外一回事。在生意场上，谁也不是谁的朋友，谁也不是谁的兄弟。在佣金这件事上，我不会因为兄弟的关系要求您比别人多付一些，同样地，您也不应该要求我退让。我向您保证，我会尽可能地照顾您。明天您在办公时间来一趟呗，咱们立个字据。行啦，生意谈完啦！您还听说了其他一些消息吧。梅诃达先生最近对玛尔蒂非常着迷。所有哲学都变得无足轻重。他白天肯定会上门拜访一两回，黄昏时分，两个人还经常一起散步。我懂得自重，从来不去玛尔蒂家请安问好。或许，现在她正通过这样的方式报复我吧。按照以往的情形，无论她想到什么，都是肯纳先生；无论有什么事，她都会跑来找肯纳先生；需要用钱的时候，她也会给肯纳先生写张字条。哪里像现在，看见我，立刻把脸转向一边。我特意为她从法国订购了一块手表，兴致勃勃地拿去给她，她却不肯收。昨天我又给她送去一篮苹果——那是从克什米尔买来的——结果她也退了回来。我觉得十分奇怪，人怎么能变得这么快？"

对于肯纳颜面扫地这件事，拉易老爷心里暗暗感到欢喜，但却表现出一副同情的样子，说道："就算大家都知道，她爱慕梅诃达，她也没有任何理由做出违背常情的事呀。"

肯纳痛苦地说："这才是令我难过的地方。我从一开始就知道，她不可能属于我。跟您说实话，我从来没妄想过玛尔蒂会爱上我。我也从来没有期盼过，能从玛尔蒂那儿得到爱情这种东西。我只是倾慕她的美貌。明知蛇有毒，我们仍然会用牛奶喂养它。还有什么动物比鹦鹉更无情？然而，因为迷恋它的样貌和声音，人们依旧愿意养它，把它关进金丝笼里。对我来说，玛尔蒂跟鹦鹉一样。遗憾的是，我以前为什么不多警惕一点？为了她，我白白浪费了数千卢比，兄弟！只要一收到她的字条，我便立刻把钱送过去。我的汽车，她现在也还在开。为了她，我亲手摧毁了自己的家，兄弟！心里有多少甘露，全部都飞快地流向那片荒野，导致另一边的花园久旱干枯。这么多年以来，我始终没有敞开心扉与格温迪交谈。我对她的照顾、热爱与牺牲感到厌烦，就像消化不良的病人嫌恶甜食一样。玛尔蒂随意摆布我，如同耍把戏的人摆布猴子似的，而我也乐于被她戏耍。她羞辱我，我却高兴地大笑。她命令使唤我，我就温顺地低下头。我承认，她从未与我亲近。她也未曾给过我任何激励，这也是事实，但是我仍像飞蛾扑火一般甘愿为她的容颜献出自己的生命。如今，她连对我以礼相待都做不到。不过，兄弟，我跟您说，肯纳绝不是任人欺辱、沉默不言的人。我还留着她的字条，我要一个巴依一个巴依地把钱都收回来。至于梅诃达博士，我非把他赶出勒克瑙不可。我会让他在这儿待不下去……"

就在那时，外面传来汽车喇叭的声音。顷刻间，梅诃达先生走进来，站在他们面前。他皮肤白皙，脸颊上闪耀着健康的红晕，穿着紧身上衣和紧身裤，戴着金边眼镜，看起来仿若一尊吉祥美丽的神祇。

肯纳站起来与他握手："进来，梅诃达先生，我们刚刚才提到您呢！"

梅诃达与两位先生握手之后说道："今天出门真是赶上了好时候，在同一个地方见到了你们两位。你们或许也在报纸上看到了，这里正组织建造一座女子体育馆。玛尔蒂小姐是筹备委员会的主席。据估计，建这座体育馆需要花费二十万卢比。城里对这座体育馆的需求有多么迫切，这点你们比我清楚。我希望，您二位的名字能排在所有人之上。玛尔蒂小姐原本打算亲自拜访，但是今天她父亲身体不舒服，所以无法前来。"

他把捐款的名单交到拉易老爷手里。第一个名字是拉阇老爷苏利耶普勒达浦辛格，前面写着捐款金额五千卢比。紧随其后是贡瓦尔老爷迪格维杰辛格，捐款三千卢比。他们后面还有一些人的名字，他们的捐款都不多于这个数。玛尔蒂捐了五百卢比，梅诃达博士捐了一千。

拉易老爷沉闷地说："你们这就搞到差不多四万卢比啦。"

梅诃达骄傲地说："多亏你们的仁慈。这不过是短短几个小时的劳动成果。拉阇老爷苏利耶普勒达浦辛格从来不参与任何公共活动，但是今天什么也没说，什么也没问，直接写了张支票。我们的国家已经觉醒。但凡有益的事业，人们都愿意给予帮助，只要他们相信，他们的捐赠会用在合理的地方。我对您寄予厚望，肯纳先生。"

肯纳淡漠地说："我不参与这种无意义的活动。不知道你们这些人要受西方人奴役到什么程度。正是因为这样，妇女们才对家里的事情毫无兴趣。如果她们一门心思扑在体育上，以后还有哪里能让她们容身。专注操持家事的女人不需要体育，而那些不干家务、沉迷享乐的女人，我认为，大家为她们的体育事业捐款是不道德的。"

梅诃达有些沮丧地说："既然如此，我也不强求您做些什么。事实上，对于自己完全不看好的方案，我们给予任何形式的帮助都是不道德的。拉易老爷，您不会也赞同肯纳先生的话吧？"

拉易老爷陷入深深的担忧中。苏利耶普勒达浦捐出的五千卢比让他的情绪变得十分低落。他惊慌失措地说："您跟我说什么了吗？"

"我说，您是否也觉得，为这项事业提供帮助是不道德的？"

"您参与的项目，我并不关心它是不是道德的。"

"我希望，您自己好好想想。如果您觉得这项事业对社会有益，那就帮帮忙。我非常讨厌肯纳先生的行事方式。"

肯纳说："我一贯说话直白，所以才会招来不好的名声。"

拉易老爷勉强地微微一笑，说道："我本人没有思考的能力。我认为，与君子同行就是我的道德。"

"那么，请您写个漂亮的数额。"

"您说多少，我就写多少。"

"随您喜欢。"

"您说多少，我就写多少。"

"总不能比两千少吧？"

拉易老爷受伤地说："在您眼里，我就只有这点儿财力吗？"

他拿起钢笔，写下自己的名字，然后在名字前面加上五千卢比。梅诃达从他手中接过名单，但是他觉得非常愧疚，甚至忘了向拉易老爷致谢。他把名单给拉易老爷看，确实犯下了大错，这种锥心的疼痛让他十分苦恼。

肯纳先生望向拉易老爷，目光中既有同情的色彩，又有嘲讽的意味，仿佛在说，你多么愚蠢啊！

忽然，梅诃达抱着拉易老爷，放声高喊："为拉易老爷欢呼三声，万岁，万岁，万岁！"

肯纳不满地说："毕竟这些人都是大老爷，他们不为这些事业捐钱捐物，还有谁捐呢？"

梅诃达说："在我看来，您是大爷中的大爷。您可以支配他们所有人。他们的小辫子可都攥在您手里呢。"

拉易老爷变得高兴起来："梅诃达先生，您说的这点非常重要。我们只是名义上的大爷，真正的大爷是我们的银行家。"

梅诃达选择奉承肯纳："肯纳先生，我对您没有任何埋怨。您现在不想参与这项事业，不打紧，您以后总会过来看看的。多亏各位财主帮忙，我们这些规模宏大的机构才得以顺利运营。谁在两三年的时间里将民族运动发展到如此声势浩大的地步？谁让人建造了这么多福舍和学校？今天，操控世界的绳索掌握在银行家手里。政府只是他们手中的玩物。我没有对您感到失望。对于一个愿意为了国家坐牢的人来说，花费几千卢比并不算是什么大事。我们决定，邀请格温迪女士亲手安放这个场馆的奠基石。我们两个人很快会去拜见总督先生，我相信，他也会帮助我们。威尔逊夫人有多么热爱妇女运动，您是知道的。拉阁老爷和其他先生都建议，邀请她来放置奠基石。不过，最终我们还是决定，这项吉祥的工作应当由我们自己的姐妹亲手完成。您至少得来参加那个仪式吧？"

肯纳嘲讽道："是啊，如果威尔逊勋爵去的话，那我必须得去。这样一来，您就可以蒙骗许多有钱人。你们这些人很懂得如何装腔作势地说话。我们这些富人也活该上当。你们可以随意愚弄他们，骗取财物。"

"当财富多过人的需求时，它就会为自己寻找出路。即使不这样花出去，也会花在赌博上、赛马上、砖石上①，或者淫荡享乐上。"

十一点，肯纳先生的办公时间到了。梅诃达离开那里。拉易老爷刚站起来，肯纳就抓住他的手，让他坐下。肯纳说："不，您再坐会儿吧。您也看到，梅诃达多么恶劣地给我下套，我真是无路可逃。他们打算请格温迪来放奠基石。在那种情形下，我一个人待在旁边岂不是很可笑？我不明白格温迪怎么会答应；玛尔蒂怎么会这般容忍她，我更难理解。这件事您怎么看，里面是不是有什么秘密？"

拉易老爷表现出很亲密的样子，说道："关于这种事情，女人都应该征询男人的意见。"

肯纳感激地看着拉易老爷："因为这件事，我对格温迪非常生气，结果，人们又说我的坏话。您想想看，我怎么会关注这些麻烦的事。只有那些有余钱、有闲暇、热衷名利的人才会参与其中。还不就是，几位先生当上部长、副部长、主席、副主席之后想宴请各路官员，博取他们的恩宠，然后召集大学的女学生开一场运动会。体育锻炼不过是个幌子。这种机构中类似的事情经常发生，而且也会继续发生。被愚弄的只有我们和我们那些被称作财主的兄弟。而这一切的罪魁祸首就是格温迪。"

他一度从椅子上站起来，然后又坐下去。他对格温迪的愤怒愈发强烈。他用两只手抱着头说："我不知道我该做什么。"

拉易老爷谄媚地说："什么也不用做，您就清楚地告知格温迪，让她给梅诃达写封回绝信，事情就解决啦！我是因为竞选才落入这个圈套，您又是为了什么呢？"

就这个提议，肯纳思索了片刻，然后说："不过，您想想，这是多么艰巨的任务啊！他们或许已经跟威尔逊夫人谈过这件事，或许

---

① 此处把钱花在砖石上指的是花钱让人修建房屋。

这个消息早就传遍全城，或许今天的报纸还刊登了相关内容。这一切都是玛尔蒂的鬼主意，她想出了这样的办法，把我逼进死胡同。"

"嗯，看起来确实如此。"

"她就是想羞辱我。"

"您可以在奠基仪式前一天离开这里。"

"很难啊，拉易老爷。那样的话，我就再也没有脸面出来见人啦！那天就算得了霍乱，我也必须得去。"

拉易老爷满怀希望地承诺明天再来，接着转身离开。他刚一走，肯纳就走进去斥责格温迪道："你为什么要答应主持体育馆的奠基仪式？"

格温迪该如何向他讲述，得到这份殊荣，她心里有多么高兴；为了那个仪式，她正在多么专注地撰写自己的发言稿；她还创作了一首多么富有充满感染力的诗歌。她本以为，接受这个提议能够让肯纳开心。她受到尊重就等于她的丈夫受到尊重。她从来没有想过，这件事会对肯纳造成困扰。因此，这几天，每当看到肯纳的脸色稍稍和缓，她的精神就开始振奋起来。她幻想着，自己的演讲、自己的诗歌会让人们着迷。

听到这个问题，看到肯纳的表情，她的心怦怦直跳。她像罪人一样回答："梅诃达博士求我，所以我就答应了。"

"梅诃达博士叫你去跳井，或许你不会这样愉快地答应吧。"

格温迪不再说话。

"既然神明没有赐予你智慧，你为什么不问问我？梅诃达和玛尔蒂要这种花招，就是为了敲诈我几千卢比。我决定，一分钱也不给。你今天赶紧给梅诃达写封回绝信。"

格温迪想了片刻，然后说："那你写吧。"

"我为什么写？你惹的祸，我来写？"

"要是博士先生问起原因，我该怎么回答？"

"随便说点什么。这种伤风败俗的场所，我连一个特拉都不想给。"

"谁叫你给？"

肯纳咬着嘴唇说："你在说些什么糊涂话？你在那主持奠基仪式，却一点儿钱也不给，世人会怎么议论你？"

在肯纳的胁迫下，格温迪说："好吧，我写。"

"今天必须写。"

"都说了，我会写的。"

肯纳走到外面，开始拆看信件。只要他上班迟到，听差就会把信件送到他家。获悉糖价上涨，肯纳面露喜色，继续拆开第二封信。为了稳定甘蔗的价格而成立的委员会确定，这种管控是不可能实现的。去你的！他之前一直主张这个观点，但是那个阿耆尼霍德里非要叫嚣着成立这个委员会。最终，这小子脸上挨了一个巴掌。这是工厂主和农民之间的纠纷，政府怎么会出手干涉？

忽然，玛尔蒂小姐从车里走出来。她如同莲花一般美丽绽放，如同明灯一般闪闪发亮，如同热情与欢乐的化身一般大胆无畏、心平气和，她仿佛坚信，世间通往尊荣与幸福的大门早已为她敞开。肯纳来到回廊，向她问好。

玛尔蒂问："梅诃达来过这里吗？"

"是的，来过。"

"他说过，他要去哪里吗？"

"这个倒没说。"

"不知道他躲在哪里，我到处都跑遍了。您为体育馆捐了多少钱？"

肯纳愧疚地说："我现在还搞不清楚，这是怎么回事。"

"这有什么好搞清楚的，以后迟早都会明白，现在的重点是，您得捐点钱。我硬逼着梅诃达来这里。那个可怜蛋害怕，不知道您会怎么回复他。您可知道，您这样吝啬会带来什么后果？这里的商业团体什么都不会捐。您或许已经下定决心要让我难堪。大家原本都建议，请威尔逊夫人主持奠基仪式。不过，我支持格温迪女士，为此，我还跟他们大战一场，才让他们改变主意。现在，您却说，您不明白这件事。银行那些复杂棘手的问题，您都搞得清清楚楚的，这么点儿小事您却弄不明白？我看这句话的意思就是，您想羞辱我，别无其他。好啊，就这样吧。"

玛尔蒂气得满脸通红。肯纳惊慌失措，心中的傲气逐渐消散。不过，与此同时，他也知道，假如说他掉进荆棘丛，那么玛尔蒂陷入的是一大片泥沼；假如说他的钱包危在旦夕，那么玛尔蒂的声望同样岌岌可危，声望可比钱包珍贵得多。对于玛尔蒂的艰难处境，他为什么不在心里幸灾乐祸一下？毕竟是他将了玛尔蒂一军。尽管他早已丧失向玛尔蒂发火的勇气，但是他并不愿意放弃这个坦白直言的机会。他也想让她看看，我不是一个彻头彻尾的蠢蛋。他拦住她的去路，说道："你竟然对我这么仁慈，真让我大吃一惊，玛尔蒂。"

玛尔蒂皱着眉头说："我不明白，这是什么意思。"

"你现在对我的态度跟几天之前一样吗？"

"我没看出，其中有什么区别。"

"但是我却看到天壤之别。"

"好吧，就算你的推断正确，那又怎么样？我来这里的目的，是求你资助一项善事，而非考察我的行为。如果你认为，通过捐款，除名誉和感谢外，你还可以得到其他什么东西，那你真是大错特错。"

肯纳彻底认输。他困在一个狭小的角落里，没有丝毫动弹的余地。他怎么敢鼓起勇气对她说，迄今为止，我任你巧取豪夺了成千上万卢比，难道这就是你的回报？他羞愧难当，整个脸仿佛收缩成一团似的。他难为情地说："我不是这个意思，玛尔蒂，你完全理解错啦！"

玛尔蒂开玩笑地说："幸得神保佑，我想错了。如果我把这一切当真，那么以后就要对你避而远之啦！我天生丽质，你不过是我众多追求者中的一位。别人的礼物，我一概退回不收，但是，你送来的，即使是最普通的东西，我也怀着感恩之心收下，有需要的时候，还会向你借钱，这就是我的善意。倘若你因为痴迷财富，从中领会出其他的意思，那么我可以原谅你。这是男人的天性，无一例外。不过，你要明白，钱财至今都没有赢得任何一个女人的心，以后也不会。"

每听到玛尔蒂说一个词，肯纳就感觉自己仿佛往地下沉陷了一码①。如今，他没有勇气再去承受更多的打击，只能羞愧地说："玛尔蒂，我恳求你，别再侮辱我啦！别的都不打紧，至少得让我们的友情继续下去吧。"

他一边说着这些，一边从抽屉里拿出支票簿，写了一张一千卢比的支票，战战兢兢地递给玛尔蒂。

玛尔蒂接过支票，无情地讽刺道："这是我行为的价值还是体育馆的捐款？"

肯纳泪眼汪汪地说："饶了我的命吧，玛尔蒂。你为什么一直在羞辱我呢？"

玛尔蒂哈哈大笑起来，"你瞧，我臭骂了你一顿，却还收来一千卢比。你以后都不会再耍这种花招吧？"

"不会，只要我活着，永远不会。"

"你发誓！"

"我发誓。不过，现在你发发慈悲，赶紧走吧，让我坐下来，一

---

① 码，原文为gaj，英美制长度单位，一码等于三英尺，约0.9144米。

个人好好想想，痛哭一顿。你今天把我生活中的所有快乐……"

玛尔蒂笑得愈发大声，"瞧，你也在狠命地羞辱我。你心里知道，美貌是不能忍受羞辱的。我对你的善心，你却认为是恶意。"

肯纳用反叛的目光望着她，说道："你究竟是一心对我好，还是用刀背割我的脖子[①]？"

"怎么，我以前的确是一次次地蒙骗你，把你的钱都抢回自己家。不过，以后不会有人掠夺你啦！"

"为什么非要往人家伤口上撒盐呢，玛尔蒂？我也是个人！"

玛尔蒂看着肯纳，仿佛想要作出决断，他到底是不是个人。

"我现在没有看到任何人的特征。"

"你真是一个谜，今天这点已经得到证实。"

"是啊，对你来说，我是个谜，以后也一直都是个谜。"

说完这些话，玛尔蒂像小鸟一样拍着翅膀飞走了。肯纳双手抱头，陷入沉思，这是她闹着玩的一场游戏，还是她的真实面目呢？

---

① 此处意指折磨我，使我痛苦。

第二十三章

戈博尔和褚妮娅离开之后，家里一片寂静。滕妮娅一次又一次地忆想起仲奴。尽管孩子的母亲是褚妮娅，抚养照顾他的却是滕妮娅。她为孩子涂抹油膏，在他的眼圈上画油烟，哄他睡觉，干完活空闲的时候，还会爱抚他，跟他亲热。对孩子的慈爱之情令她如痴似醉，不再记得自己遭遇的苦难。看到孩子天真纯洁、如奶油一般细腻柔软的脸庞，她将一切烦恼和忧虑抛诸脑后。正是因为这份爱，她心中充满骄傲，喜不自胜。如今，她生活的依托不复存在。每当看到他空荡荡的小床，她都会忍不住痛哭起来。为她抵御所有烦扰和失望的铠甲已经被人夺走。她反反复复地思考，她究竟对褚妮娅做了什么坏事，要受到这样的惩罚。这个妖精进门之后毁掉了她好端端的一个家。戈博尔以前从来不跟她顶嘴，都是这个娼妇把他教坏了。她还把他从家里拐走，往后不知道准备如何摆布他呢。她哪里会关心孩子？整天忙着涂脂抹粉、梳妆打扮，一点空闲都没有，怎么可能照顾孩子？那个小可怜肯定独自躺在地上哇哇大哭，一天幸福的日子也过不上。有时候咳嗽，有时候腹泻，不是生这个病，就是得那个病。想到这些，她对褚妮娅十分生气。时至今日，她心里对戈博尔仍然留有那份慈爱。这个妖精给他喂了些什么东西，牢牢把他掌控在自己手里。倘若她不是精怪，怎么能施展这种妖法？过去在娘家，没有人理睬她，嫂子们还经常揍她。后来，遇到戈博尔这个笨蛋，现在居然摇身一变成了女王。

霍利不满地说："只要想起这件事，你就怪罪褚妮娅。你总搞不明白，这是自己的金子不纯，金匠有什么过错？如果戈博尔不带她走，难道她会自己离开？吃了点城里的粮食，喝了点城里的水，这小子的态度跟以前完全不同，这点你怎么就不能理解呢？"

滕妮娅怒吼道："行，别说啦！都是你一直宠着惯着那个妖精，要不然，我第一天就用扫帚把她赶出家门了。"

打谷场上堆放起一垛垛粮食。霍利套好牛，准备去给粮食脱粒。临走前，他转过脸，对滕妮娅说："就算媳妇儿把戈博尔教坏了，你干嘛这么愤恨？戈博尔不过做了世人都会做的事。现在，他有了自己的妻子儿女。为什么还要为了我的儿女们吃苦受累，为什么要把我们头上的重负压在自己头上？"

"你就是这场骚乱的根源。"

"那你也把我赶出去呗。你牵着牛，去给粮食脱粒。我要吸水烟啦！"

"你去推磨子，我就去给粮食脱粒。"

戏谑逗弄之间忧伤消弭殆尽。这是他们的良药。滕妮娅高兴地坐下来替卢巴梳理缠乱打结的头发。霍利动身去往打谷场。

迷人的春天张开双手，敞开胸怀，散发着浓重的芬芳和喜悦，带来生命蓬勃的力量，任人享受。杜鹃藏在芒果树枝头，用自己多情婉转、甜美悦耳、动人心魄的啼鸣唤醒希望。成群的八哥栖息在雾冰藜树的枝桠上，仿佛组成了一支迎亲队。楝树、合欢树①和醋栗树迷失在自己的香气里，像喝醉了一样。霍利来到芒果园，树下众花齐放，如同点点繁星一般②。他那忧郁、沮丧的心灵似乎沉醉在这片广袤的光辉和热情中。他兴奋地唱起歌来：

> "日日夜夜心灼烧，
> 芒果枝头杜鹃叫，
> 不得安宁心儿焦。"

前方，女财主杜拉利穿着粉红色的纱丽朝他走来。她的脚上戴着粗粗的银环，脖子上套着粗粗的金环，面容虽然憔悴，内心却十分欢愉。曾经有段时间，霍利在田里和打谷场上经常调侃她。她是嫂子，霍利是小叔子，因此，两个人经常开玩笑。自从丈夫去世以后，杜拉利就不再随意走出家门，整天坐在商店里，打听村里的消息。哪里有人吵架，女财主必定会赶往那里进行调解。她放债的利息是一个卢比收一个安那，少于这个数目，她绝对不会把钱借出去。尽管因为贪求利息，她时常连本金也收不回来——借钱的人赖账不还——她的利息却始终保持不变。这个可怜的女人该如何讨债？她既不向法院起诉，也不去警察局告状，能够依靠的只有三寸不烂之舌的力量。然而，随着年龄的增长，她的口舌功夫越来越厉害，造成的伤害却越来越小。如今，对于她的责骂，人们总是嗤之以鼻，还跟她开玩笑说："大婶，把钱拿回去干嘛呀？人离开的时候，一个子儿也带不走。还不如请穷人吃吃喝喝，尽可能地多积点儿福。这

---

① 合欢树，原文为 Siras，通 Shirish，拉丁学名为 Acacia (or Mimosa) sirisa，为印度的一种香木，其树胶可制香药，又常音译为尸利沙树、尸利洒树、师利沙树、舍离沙树，意译为合昏树、夜合树。

② 芒果花盛开时花穗受重力影响会向下低垂，加上花朵外形较小，数量众多，所以看上去树下就像布满繁星一样。

个到了地府才管用呢。"听到人们提起地府，杜拉利定会怒火中烧。

霍利调侃说："大嫂，你今天看起来真年轻！"

女财主高兴地说："今天是星期二①，别用那种眼神看我。正是因为这样，我平时才不愿意梳妆打扮。你从家里一出来，所有人都死死地盯着你看，好像从来没有见过女人似的。巴泰西沃里到现在都没改掉这种老毛病。"

霍利停下脚步。一场有趣的对话就此展开。牛自己向前走去。

"他最近变成了一个虔诚的信徒。你是没看到，每逢满月，他都要聆听那罗延或毗湿奴大神的故事，并到庙里参拜两回。"

"有多少这样的好色之徒，都是年纪大了才变得虔诚。他们必须得为自己的恶行赎罪。你去问问，我都是个老太婆了，他干嘛还要拿我寻开心。"

"嫂子，你怎么会是个老太婆？我现在也……"

"行啦，别说啦，否则你会挨我一顿臭骂。你儿子开始在外面挣钱，但却没有请我去吃过一顿饭，你就愿意白白让人当嫂子。"

"嫂子，如果他挣的钱，我动过一个拜沙，你让我怎么发誓都行。天知道他带了多少钱来，花在什么地方，这些我一概不知。我得到的不过是两条围裤和一块缠头巾。"

"好啦，总归开始赚钱了，今天不行就明天，迟早会替你养家的。愿神明保佑他幸福长久。你也该一点一点地把钱还给我啦。利息越滚越多呢。"

"嫂子，你的每一个巴依我都会还的，不过你得先让我手里有点儿钱！就算我把钱花掉没有还你，那我也不是什么外人，而是你的亲人啊！"

女财主被这种俏皮的奉承话彻底征服。她微笑着继续向前走去。

---

① 根据印度教传统，星期二是属于哈奴曼的日子，在这一天，为了取悦哈奴曼，人们应该穿着红色的衣衫虔诚敬拜哈奴曼。

霍利迅速地追上自己的牛，把它们拉到打谷场，牵着它们开始绕圈。村里就这一个打谷场。场上，有人在给粮食脱粒，有人在簸扬去糠皮，有人在称量粮食。理发匠、花匠、木工、铁匠、祭司、吟游歌者①、乞丐，所有人都聚在一起，等待领取自己的份粮②。大树下，金古里辛格坐在一张小床上，收取农民买种子时借债的利息③。一些商人站在那里洽谈粮食的价格。整个打谷场就像市集一样热闹。一个卖水果的妇女在兜售李子和灯笼果，一个小贩顶着装满油炸苹果和糖面圈的托盘四处叫卖。婆罗门达咀丁也来到这里瓜分霍利的粮食，此刻，他与金古里辛格一起坐在小床上。

达咀丁一边搓着烟叶，一边说："听说，政府也在告诫放债人，要降低借款利息，否则他们得不到法院的支持。"

金古里往嘴里放了一把碎烟叶，然后说："先生，我就知道一件事。但凡你有需要，自然会五次三番地上门找我们借钱，我们想收多少利息，就收多少。只要政府不安排向佃农放贷，这条法令就不会对我们产生任何影响。我们可以把利率写低一些，但是每借出一百卢比，可以先从中扣除二十五卢比嘛。对此，政府能有什么作为？"

"这倒也是，不过，政府对这些事情也非常了解。他们肯定会采取一些措施来阻止这些事情，你且瞧着吧！"

"这些事情阻止不了。"

"嗯，好吧，万一政府规定，只要文书上没有村长或者地主管事的签字，就不作数，那该怎么办？"

---

① 吟游歌者，原文为bhat，过去指为帝王歌功颂德的诗人，现今指以歌颂施主的家世、业绩为职业的种姓。

② 份粮，原文为jevara，通jyora，指村里收成的时候，分配给理发匠、皮匠等的粮食，作为他们的工作回报，性质相当于工资。

③ 农民买种子时借债的利息，原文为sava'i，字面意思为四分之一，此处指农民播种时向金古里辛格借债买种子，丰收时要以当时借款的四分之一为利息偿还给他。

"佃农时不时就需要借款，他们会去苦苦哀求村长，把他喊来签字。我们还是先扣掉四分之一呀！"

"那你就有麻烦咯！做假账要去坐十四年牢。"

金古里辛格放声大笑："先生，你说什么呢？难道那时候世界会变？法律和正义都属于有钱人。法律规定，放债人不能苛责农民，地主不能虐待佃户，那又如何呢？你每天都可以看到，地主让人把佃农的手臂捆起来用力殴打，放债人与农民对话的方式就是拳打脚踢。至于态度强硬的农民，地主不会去招惹他，放债人也不会。我们常常跟这样的佃农联合在一起，依靠他们的帮助，坑害其他农民。你欠拉易老爷五百卢比，但是诺凯拉姆敢对你说什么吗？他知道，与你保持友好关系，他才有利可图。哪个农民有力气天天往法院跑？所有事情还会跟现在一样进行下去。法院站在有钱人这一边。我们没什么好惊慌的。"

说完这些，他绕着打谷场转了一圈，然后又回来坐在小床上，说道："对啦，玛咀依①的婚事怎么样啦？我建议你啊，赶紧让他结婚。现在，他的名声不大好。"

达咀丁仿佛被黄蜂蛰了一样，坐立不安。这种批评意味着什么，他心里非常清楚。他生气地说："人们要在背后胡说八道，就让他们说吧，如果他们敢当着我的面瞎说，我一定把他们的胡子揪下来。说说看，谁像我们这样严格遵守宗教的规定。我知道有许多人，他们从不在黄昏的时候做祷告，既不关注宗教，也不在意自己的行为，既不念诵神的故事，也不聆听往世书的内容。这些人也把自己称作婆罗门。怎么还有人敢笑话我们？一生之中，我们从来没有缺席过每月十一日的斋戒，从来没有在沐浴和敬神之前喝过水。遵守宗教规定是非常困难的。如果谁能指出，我们吃过市场上售卖的食物，

---

① 玛咀依，原文为Mata'i，为达咀丁之子玛咀丁的昵称。

或者喝过别人手里的水，那我甘愿认输，从他胯下钻过去。西莉娅从来没有跨越过我家的门槛，她连门都进不了，更别说碰到家里的锅碗瓢盆。我不是说，玛咀丁做的这件事很棒，但是事情一旦发生，再把女人抛弃，这是流氓恶棍的行径。我可以坦坦荡荡地说出这些话，没有什么好隐瞒的。女性是圣洁的。"

达咀丁自己年轻的时候一直十分风流，不过，他从来没有在敬神、祷告等宗教活动上犯过错。玛咀丁也像所有好儿子一样，时刻遵循着父亲的足迹向前迈进。宗教的根本要素是敬神祷告、聆听神迹、遵守斋戒以及保持饮食洁净。只要父子二人牢牢把握这些根本要素，谁敢说他们误入歧途。

金古里辛格信服地说："兄弟，我嘛，只是把听到的话告诉你。"

达咀丁从《摩诃婆罗多》和"往世书"中罗列了一长串婆罗门占有其他种姓女子的名单，并且证明，他们所生的子孙依旧被称作婆罗门，今天的婆罗门正是他们的后代。这种制度从远古时代流传至今，其中没有什么可耻的地方。

金古里辛格拜服于他的博学多闻，说道："那么，为什么现在人们常常因为自己是瓦杰帕伊或修格尔家族①的一分子而夸夸其谈？"

"每个时代有每个时代的习俗，如此而已。人嘛，得有那种力量。吞下毒药，他就必须吸收化解。那是圆满时代的事情，早已随着圆满时代消逝。现在，人得跟自己的宗族团结在一起才能生存下去。不过，我能怎么办？有女儿的人都不到我家来。我跟你说过，也跟其他人说过，但是没有人肯答应，难道我要自己变个姑娘出来？"

金古里辛格斥责道："先生，别说假话！我曾连哄带骗地拉过两个人来，但是你贪心不足，要价太高，人家不由得提高警惕，飞奔

---

① 瓦杰帕伊（Vajpa'i）和修格尔（Shukla）皆为印度北方邦婆罗门种姓中常见的副种姓。

而逃。你究竟凭什么本事向别人索要成百上千卢比？除去十比卡田地和乞讨之外，你还有什么？"

达咀丁的自尊心受到打击。他用手捋了捋胡子，说道："就算我没有什么财产，要靠乞讨度日，但是每个女儿出嫁的时候，我都给了五百卢比的嫁妆。如今，儿子结婚，我为什么不能要五百卢比？如果有人不要嫁妆就跟我女儿结婚，那么儿子结婚的时候，我也不要任何嫁妆。接下来是身份地位的问题。你把祭主布施的钱财视作乞讨，我却认为那是地产，是银行。地主会消失，银行会破产，但是祭主布施的钱财可以持续到时间的尽头。只要印度教和种姓制度存在，婆罗门就不会消失，祭主施舍的钱财也一样。遇上适宜嫁娶的吉日，坐在家里舒舒服服地就能赚来一两百卢比。有时候运气好，甚至可以搞到四五百卢比。这还不包括衣服、器皿和饭食。每天总有某些地方举行宗教活动。即使没赚到钱，也能拿到几盘饭食和几个安那的施舍。地产也好，高利贷也好，都不能给人带来这样的安逸。更何况，婆罗门的姑娘怎么可能像西莉娅一样拯救我？她成为新媳妇儿以后，只会整天坐在家里，顶多就是做做饭。而西莉娅在家一个人能干三个人的活儿。除了面饼，我还要给她什么？最多一年送她一条围裤。"

达咀丁家打谷的地盘在另一棵树下。四头牛正在来回绕圈给谷物脱粒。遮玛尔种姓的滕纳在赶牛，西莉娅从地上把脱好粒的粮食捡起来，簸去糠皮。玛咀丁坐在另一边，给自己的手杖抹油。

西莉娅是个皮肤黝黑、招人喜欢、窈窕纤细的姑娘，虽然算不上大美人儿，但也颇具魅力。她的笑容、目光和肢体的娇媚中蕴藏着强烈的欢愉和激情，这令她浑身上下不停舞动，从头到脚沾满细碎的草屑，汗流浃背，衣衫沁湿，头发凌乱，半束半散。她就这样来回跑动着簸扬粮食，仿佛身心投入地进行某种游戏。

玛咀丁说："西莉娅，今天黄昏要弄完所有粮食。你要是累的话，就换我来。"

西莉娅高兴地说:"先生,你干嘛要来弄?傍晚之前,我会簸完所有粮食的。"

"好吧,那我来搬运和摆放粮食。你一个人怎么弄?"

"你干嘛那么着急?粮食嘛,我会簸完,也会搬放好。到晚上九点,这里不会留下一粒粮食。"

女财主杜拉利今天奔走各处,收取债款。洒红节的时候,西莉娅从她店里赊了两个拜沙的玫瑰色颜料,迄今为止,分文未给。她来到西莉娅身边,说道:"西莉娅,怎么回事,你都拿走颜料整整一个月啦,到现在还没付账?每次问你要钱,你都搔首弄姿地走了。今天拿不到钱,我是不会离开的。"

玛咀丁悄无声息地溜走了。他就算夺走了西莉娅的身体和心灵,仍然不愿意付出任何东西作为回报。如今,在他眼里,西莉娅只不过是一个干活的机器,别无其他。他极其娴熟地将她的爱恋玩弄于鼓掌之上。西莉娅抬起眼睛,发现玛咀丁不在那里。她说:"女财主,你别大喊大叫,你把这些拿走吧,用四个拜沙的粮食顶替那两个拜沙。难道你还要我的命?我压根儿没打算死呀。"

她估摸着从谷堆里取出大约一赛尔的粮食,放入女财主张开的衣摆中。就在那时,玛咀丁气冲冲地从大树背后跑出来,抓住女财主的衣摆,说道:"女财主,赶紧把粮食放下,这又不是我们抢来的。"

接着,他满眼通红地瞪着西莉娅,呵斥道:"你干嘛把粮食给她?经过谁同意了吗?你算什么东西,随意把我的粮食送给别人。"

女财主把粮食放回谷堆,西莉娅惊慌失措地望着玛咀丁的脸。她似乎感觉,自己赖以无忧无虑栖息的树枝完全断裂,如今,她无依无靠,正不断地向下坠落。她面露难色、双目含泪地对女财主说:"夫人,你的钱,我以后一定会还。今天,你就可怜可怜我吧。"

女财主用怜悯的目光看了看她，又鄙夷地看了玛咀丁一眼，然后走了。

西莉娅一边簸扬粮食，一边用有些傲慢，又带着些许哀伤的语气问道："你的东西，难道我没有权力动吗？"

玛咀丁生气地瞪着眼睛说："没有，你没有权力。你在这里干活，填饱肚子不成问题。不过，你既想吃饭，又想拿东西，那是不可能的。如果你觉得待在这里吃亏上当，可以到别的地方去。劳力多的是。更何况，我们给吃给穿，从不让人白白干活儿。"

西莉娅望向玛咀丁，像一只被主人折断双翼赶出笼子的小鸟。很难说清，她的目光中究竟是痛苦多一些，还是厌恶多一些。然而，她的心与那只小鸟一样，尽管用力地拍打翅膀，却没有力量飞上高高的枝头，去往自由的天空，所以仍旧希望回到原来的笼子里栖息，就算没有食物，没有水，就算会在笼子的铁网上碰得头破血流，最终死去。西莉娅陷入沉思，现在，对她而言，还有什么其他容身之所。虽然没有正式举行婚礼，但是她在仪轨、行为和心理情感上都处于已婚的状态。无论玛咀丁打她还是骂她，她都没有别的指望、别的依靠。她想起那些日子——距今还不到两年——那时候，眼前这个玛咀丁爱抚她的脚底；那时候，他手执圣线对她说："西莉娅，只要一息尚存，我就把你当作妻子一样对待"；那时候，他深深地爱恋着她，时常在林间、花园和河边，像疯子似的跟着她四处徘徊。现在，他的行为举止如此无情，为了这么一丁点儿粮食，这样羞辱她。

她没有回话，感觉喉咙里仿佛堵着一个大盐块。随后，她带着满是伤痕的内心，继续用疲劳的双手开始干活。

那一刻，她的父亲、母亲、两个兄弟以及其他一些遮玛尔人不知道从哪里跑出来，将玛咀丁团团围住。西莉娅的母亲一走过来就从她手里把装粮食的篮子夺过去丢在一边，接着斥责她道："贱货，既然你要干苦力活儿，为什么不管家里的活儿跑到这儿来？既然你跟婆罗门住在一起，就要像婆罗门一样生活。难道你丢尽整个宗族的脸，只是要当个遮玛尔种姓的女子？你来到这里只是为了领一块酥油？你干嘛不捧一捧水把自己淹死？"

金古里辛格和达咀丁两人跑过来，看到一众遮玛尔人的满脸怒容，开始努力安抚他们。金古里辛格问西莉娅的父亲："怎么回事，大爷，为什么事争吵呀？"

西莉娅的父亲赫尔库是一个六十岁的老头儿，皮肤黝黑，身材瘦削，像干辣椒一样枯瘪，也像干辣椒一样呛人。他说："没有吵什么，老爷，我们今天要么把玛咀丁变成遮玛尔种姓的人，要么跟他拼个你死我活。西莉娅是一个女孩儿，以后总得嫁到谁家去。对此，我们没什么要说的。不过，无论谁要娶她，都必须得变成我们的人。你不能把我们变成婆罗门，但是我们可以把你变成遮玛尔种姓的人。你把我们变成婆罗门呗，我们整个宗族都乐见其成。既然你没有这种能力，那么你也变成遮玛尔种姓的人吧。跟我们一起吃饭，一起喝水，跟我们友好交往。你羞辱我们，就得拿自己的宗教来偿还。"

达咀丁挥了挥手杖，说道："说话当心点儿，赫尔库！你女儿就站在那里，你想把她带到哪儿去，就带到哪儿去。我们又没有把她绑起来。她在这里干活，赚取工钱。我这儿可不缺劳工。"

西莉娅的母亲指手画脚地说："精彩，精彩，先生！你真是公平得很呀！如果你的女儿跟一个遮玛尔种姓的人跑了，你还能说出这样的话，那时我可得瞧仔细！我们属于遮玛尔种姓，所以没有什么声望可言。我们不仅要带走西莉娅，也要把败坏她名声的玛咀丁一并带走。你可真是严格遵守宗教的规定呀！你跟她一起睡觉，却不喝她手里的水。只有那个蠢女人才会忍受这一切，换作是我，早把这种人毒死了。"

赫尔库鼓动自己的同伴："你们听到这些人的鬼话了吧？干嘛都

站在这里眼巴巴地看着不动手哇？"

听到他这番话，两个遮玛尔人立刻冲上前抓住玛咀丁的手，第三个人猛扑过去扯断了他的圣线。达咀丁和金古里辛格还没来得及举起自己的手杖，两个遮玛尔种姓的人就已经把一大块骨头塞进玛咀丁嘴里了。虽然玛咀丁紧紧咬住牙关，但是那个令人憎恶的东西牢牢贴着他的嘴唇。他感到一阵反胃，自然张开了嘴巴，骨头顺势滑到他的喉头。这时，打谷场上的人全部都聚拢过来，然而，令人惊奇的是，没有一个人去阻止这些亵渎宗教的人。大家都厌弃玛咀丁的所作所为。他经常不怀好意地盯着村里的少妇和姑娘，因此，看到他的凄惨遭遇，所有人都在心里窃喜。当然，表面上，人们还是要对那些遮玛尔人抖抖威风。

霍利说："好啦，赫尔库，今天闹得够大啦！如果你还想安生过日子的话，就赶紧离开这儿吧！"

赫尔库毫无畏惧地回答："霍利大爷，你家里也有几个姑娘，这点请你理解。如果村里的礼法就这样遭到破坏，那么谁的面子都保不住。"

进攻者们认为，瞬间彻底击垮敌人获得全胜之后，及时从那里撤离才是正确的做法。人们的意见迅速发生转变。避免卷入这场纷争才是最佳的选择。

玛咀丁在呕吐。达咀丁抚摩着他的背说："我不把他们一个个地送进牢里关五年，随便你怎么骂我！我定会让他们在这五年中吃苦受累、饱受折磨。"

赫尔库粗鲁地回答："这算不得什么痛苦。谁像你们一样整天坐着享清福？我们无论在哪里工作，都只能吃个半饱。"

玛咀丁吐完之后软弱无力地瘫在地上，仿佛腰椎被人打断^①，又像是在寻找一捧水，想把自己淹死^②。过去，他依靠宗教的礼法和家族的体面风流成性、傲慢自大、耀武扬威，耍一副大男人的派头。如今，这种荣耀已经消失殆尽。那块骨头玷污的不是他的嘴，而是他的灵魂。他的宗教正是依靠这种饮食洁净和接触禁忌的思想才得以维持，今天它的根基被彻底摧毁。现在，他即使赎十万次罪、吃十万次牛粪、喝十万次恒河水、施舍积德十万次、朝拜十万次圣地，逝去的宗教也不会复生。如果事发当时只有他一个人在场，那么这件事尚且可以隐瞒起来，然而，他的宗教是在这里、在所有人面前被破坏的。现在，他永远都不能再抬起头做人。从今往后，就算在自己家里，他也会被视作不可接触者。原本慈爱的母亲也会憎恶、嫌弃他。世人对宗教如此漠视，这么多人只是站在旁边看热闹，没有一个人站出来提出异议。不久前，一见面就会朝他鞠躬敬礼的人们，现在看到他都会转过脸不理睬他。他不能再踏进任何一间寺庙，不能再碰触任何器皿。而这一切之所以会发生，都是因为那个西莉娅。

西莉娅低着头站在原地簸扬粮食，仿佛遭遇不幸的人是她。忽然间，她的母亲走过来责骂道："站在这里看什么呢？赶紧回家去，要不然我把你剁成肉块。你已经为祖先增添了这么多光彩，还打算干什么呢？"

西莉娅如雕像一般久久站立。她对父母和兄弟感到愤怒。这些人为什么要对她的事情说三道四？她想怎么生活，就怎么生活，与

---

① 腰椎被人打断，原文为 kamar tut ga'i，为印地语俗语，可引申为（受到精神打击后）灰心丧气或失去依靠之意。这里，作者用这个俗语，实有一语双关之妙，一方面用字面意思形容出他呕吐之后瘫软的模样，另一方面也用引申之意描绘出他受到打击一蹶不振的精神状态。

② 印地语中，找一捧水把自己淹死为俗语，形容十分惭愧，羞愧得无地自容，与中文想找一个地洞钻进去意思类同。

别人有何关系？他们说，你在这里受尽屈辱，难道有哪一位婆罗门会吃他们做的食物？会喝他们手里的水？不久前，她的心还因为玛咀丁的冷漠无情感到忧伤，然而，家人和族人的这种暴虐行径使她内心的忧伤转变为强烈的爱恋。

她心里充满反叛的情绪，说道："我哪儿也不去。难道你不准我在这儿活下去？"

老妇人用尖锐刺耳的声音说："你不走？"

"不走！"

"赶紧走！"

"不走！"

两个兄弟立刻抓住她的手，拽着她向前走。西莉娅坐在地上不动，但是，兄弟们并没有放过她，依旧不停地向前拖拽她。她的纱丽磨破了，背上和腰部的皮肤擦伤了，她却依旧不肯妥协离开这里。

那时，赫尔库对儿子说："行啦，别管她啦！我们就当她死了吧。以后无论何时，她要再敢走到我家门口，我一定狠狠地揍死她。"

西莉娅不顾安危地说："行，只要我走到你家门口，你就揍死我吧！"

盛怒之下，老妇人踢了西莉娅好几脚。若非赫尔库拉着她，恐怕她非要把西莉娅踢死才会罢休。

老妇人再一次冲向西莉娅，赫尔库一边把她向后推，一边说："迦莉娅，你这女人真凶残！难道你要把她打死吗？"

西莉娅搂住父亲的脚说："打死我吧，爸爸，大家一起打死我吧！哎呀，妈妈，你多么残忍啊！你当初喂我喝奶，把我养大，就是为了这个？那为什么不在产房里把我掐死呢？哎呀！为了我，你毁掉了婆罗门先生。让他失去自己的宗教，你能得到什么好处？现在，他再也不会搭理我，但是，无论他理不理我，我都会跟他待在一起。他让我挨饿也好，挨打也罢，我都不会离开他。害他经受这么多折磨，我要如何弃他于不顾？我可以去死，但绝对不可能那样做。我一旦成为谁的女人，就会永远属于他。"

迦莉娅咬牙切齿地说："让这个贱货走吧！她还以为，那个家伙会养她。如果他今天不把她揍一顿，然后赶出去，我就再也不出去见人。"

兄弟们也对她也心生怜悯。他们把她留在那里，自己走了。她缓缓地站起来，一瘸一拐地，一边呻吟一边走回打谷场上，席地而坐，用衣摆遮住脸，开始哭泣。达咀丁把一肚子怒气都宣泄在西莉娅身上："怎么不跟他们一起走呢，西莉娅？如今，你还打算让我们做什么？毁掉我还不能让你满足？"

西莉娅抬起噙满泪水的双眼，里面闪烁着热情的光芒。

"为什么要跟他们一起走？谁要了我，我就跟谁在一起。"

婆罗门先生威胁道："你如果敢踏进我家，我一定用拳打脚踢招待你。"

西莉娅不服地反抗道："他让我待在哪里，我就待在哪里，无论是树下，还是房子里。"

玛咀丁坐在原地，仿佛失去知觉一般。午时即将来临。阳光透过树叶洒在他的脸上。汗珠顺着额头不断滑落。然而，他依旧静默地、一动不动地坐着。

突然，他好似回过神来，说道："爸爸，现在，你有什么要对我说的吗？"

达咀丁把手放在他头上，安慰他说："孩子，现在我要对你说什么才好呢？先去洗个澡，吃顿饭吧，之后祭司们有什么安排，我们都得照做。"

玛咀丁用血红的眼睛盯着西莉娅说："我以后再也不想看到她的脸。不过，赎罪仪式结束之后，我就没有任何罪过了吗？"

"举行完赎罪仪式，任何罪过都不会存在。"

"那你今天就去找祭司吧！"

"我今天就去，孩子！"

"万一祭司们说，这种罪过无法获得救赎，那又该怎么办？"

"随他们所愿吧！"

"你会把我赶出家门吗？"

达咀丁深深地爱着儿子，因此，他不由得激动地说："这绝不可能，儿子。我可以失去财富，失去宗教，失去世俗的尊荣，但是，我不可能抛弃你。"

玛咀丁拾起手杖，跟在父亲后面朝家走去。西莉娅也站起来，瘸着腿跟在他后面。

玛咀丁转过身，冷冰冰地说："别跟着我！我跟你没有任何关系。让我受了这么多罪，你还不满足？"

西莉娅不顾矜持地抓住他的手，说道："怎么没有关系？这个村里，比你有钱、比你英俊、比你值得尊敬的人俯拾即是。我为什么不去抓他们的手？你今天为什么会沦落到这样的惨状？套在脖子上的绳索，无论你的意愿有多么强烈，你也没有办法弄断它。我不会离开你到别的地方去。我可以做苦工，可以讨饭，但是绝对不会离开你。"

说完这些话，她放开玛咀丁的手，走回打谷场上开始簸扬粮食。霍利还在那里给粮食脱粒。滕妮娅过来喊他回去吃饭。霍利把牛牵出脱粒的地方，绑在一棵树上，然后对西莉娅说："你也来吧，来吃点儿喝点儿。滕妮娅在这儿坐着呢。你背上的纱丽都被血染红了。回头伤口可别化脓啦！你的家人真是狠心啊！"

西莉娅悲伤地望着他说："大爷，这个地方，谁不狠心？我从来没有发现，什么人有恻隐之心。"

"婆罗门先生怎么说？"

"他说，我跟他没有任何关系。"

"行吧！他竟然这么说。"

"他或许认为，这样可以维持自己的体面，可是，世人皆知的事情要如何隐瞒？他不愿意养活我，那就不养呗，这对我又算什么？我现在做苦工，以后继续做呗！我就问你要巴掌大的地方睡觉，难道你都不肯给吗？"

滕妮娅同情地说："哪儿会缺地方睡觉呢，姑娘，你来我家待着吧！"

霍利胆怯地说："你可以喊她来，但你不了解婆罗门先生吗？"

滕妮娅大胆无畏地说："他如果生气，大不了多吃我们一块面饼呗，还能怎么样？难道我还怕他？他欺辱她，害她被赶出宗族，现在却说，我跟她没有任何关系。他是人还是刽子手？他存心不良，今天总算得到报应。他先前没料想到这种结果，只顾成天纵情享乐。现在却说，我跟她没有任何关系。"

在霍利看来，滕妮娅在犯错。西莉娅的家人那样强迫玛咀丁背弃自己的宗教，并不是什么好事。他们可以揍西莉娅一顿，把她带回去，或者好言相劝，哄她回去，毕竟她是他们的女儿。为什么非要破坏玛咀丁的宗教呢？

滕妮娅斥责道："好嘛，算了吧，你可真是讲求正义。男人全都一个样。玛咀丁让她违背自己的宗教时，没有人觉得有什么不妥。今天，玛咀丁的宗教被人践踏，你为什么要觉得不对呢？难道西莉娅的宗教就不是宗教？他霸占了一个遮玛尔种姓的姑娘，还要装出一副笃信宗教的模样。赫尔库大爷做得真好！这种恶棍活该得到这种惩罚。你来我家吧，西莉娅！天知道那是怎样铁石心肠的父母，把可怜的闺女的背伤得皮破血流。你去把索娜喊来。我带她回家。"

霍利朝家走去。西莉娅扑倒在滕妮娅脚边，大哭起来。

第二十四章

索娜已经年满十七，今年是时候该结婚了。两年以来，霍利一直在为这件事操心，奈何两手空空，什么办法都行不通。然而，今年不管怎样，她的婚事必须操办，就算要去借债，就算得抵押田产。倘若这是霍利单方面能决定的事，那么两年以前婚事就已办妥。他原本想着，节俭一点，把事办了，滕妮娅却说，无论如何节省，至少得花两三百卢比。随着褚妮娅的到来，他们在宗族里的地位变得愈发低下，不给出一两百卢比的嫁妆，根本找不到体面人家的新郎。去年正月，春熟作物丰收，霍利一无所获。尽管婆罗门达咀丁与他五五分成，然而，关于种子和劳力的计算，那位先生提出了一种特殊的方案，因此，霍利到手的粮食不超过总量的四分之一，地租却必须全部付清。再加上，甘蔗和苎麻几乎绝收，苎麻是由于雨水过多，甘蔗是由于白蚁成灾。不过，今年正月，春熟作物的收成不错，甘蔗也长得很好。操办婚事的粮食业已备齐，如若再有两百卢比的进账，他就能彻底摆脱这笔女儿债。假如戈博尔能帮忙出一百卢比，凑齐剩余的一百卢比对于霍利来说不会太难。金古里辛格和蒙格鲁老爷的态度如今比较温和。只要戈博尔在外地挣到钱，他们放出去的债就不会成为呆账。

有一天，霍利提议，他们去戈博尔那里待两三天。

不过，滕妮娅至今仍然没有忘记戈博尔那些尖刻、无情的话语。她连一个拜沙也不愿意问戈博尔要，无论如何都不愿意。

霍利烦躁地说："事情该怎么办，你说说看？"

滕妮娅摇摇头说："假如戈博尔没有去外地，你打算怎么办？现在就那样办呗！"

霍利无言以对。片刻之后，他说："我是在问你。"

滕妮娅推脱道："考虑这些是男人的责任。"

霍利有一个现成的答复。他说："假如我不在人世，留下你一个人，你打算怎么办？就那样办呗！"

滕妮娅望着他，眼睛里充满鄙夷和谴责："那样的话，即使我嫁女儿的时候什么都不准备，也没有人会笑话我。"

霍利也可以什么妆奁都不准备，直接把女儿嫁出去。这样对他有好处，但是家族的荣耀如何能够舍弃？他的姐妹们结婚时，每次都有三百个人前来家里迎亲。陪嫁的妆奁也十分丰富。舞蹈、把戏、乐器合奏、大象、马，样样俱全。时至今日，他的名头在宗族里依旧是响当当的。许多村子的人都与他有交往。不准备妆奁就把女儿嫁出去的话，他以后有什么脸面见人？与其这样，还不如死掉更好。再说，他为什么不给女儿准备嫁妆？他有树木、土地和一点儿好名声。只要他卖掉一比卡土地，就能挣到一百卢比。不过，对农民来说，土地比生命更珍贵，比家族荣耀更值得爱惜。他总共只有三比卡土地，倘若其中卖掉一比卡，庄稼还怎么种？

霍利在这种踌躇两难的思想斗争中度过了数日，依旧没能做出任何决定。

十胜节的假期来临。金古里辛格、巴泰西沃里和诺凯拉姆三位先生的儿子放假回到家里。他们三个人都在学习英语，尽管现在已经二十岁了，却对上大学的事绝口不提，因为每念一个年级都需要花费两三年的时间。他们皆已结婚，巴泰西沃里的好儿子宾泰斯利还生有一个儿子。这三个人整天打牌、喝大麻饮料、打扮成一副花花公子的模样四处闲逛。他们每天都会东张西望地经过霍利家门口好几次。奇怪的巧合是，他们经过时，索娜总是站在门口干活儿。这段日子，她一直穿着戈博尔买回来的那件纱丽。看着孩子们的这些小把戏，霍利心里惶恐不安，仿佛天空中黄云①翻涌而至，即将降下一场冰雹摧毁他的农田。

一天，霍利在一口井旁边用皮水桶打水浇灌甘蔗，索娜也拿着一个皮水袋。他们三个人恰好来到那里洗澡。霍利气得周身血液都在沸腾。

那天傍晚，霍利跑去找女财主杜拉利。他想，女人富有同情心，或许她心一软，就能降低利息，把钱借给他。不料，杜拉利却向他哭诉起自己的不幸遭遇。村里没有一户人家没有向她借过钱，甚至连金古里辛格都向她借过二十卢比，但是这些人提都不提还钱的事。可怜的她要去哪里筹钱呢？

霍利哀求道："大嫂，行行好，借我点儿钱，解开套在我脖子上的枷锁吧！金古里和巴泰西沃里一直想将我的农田据为己有。我心想，祖辈只留下这么些遗产，如果把它弄丢了，那么我要去哪里？一个好儿子能够增添家里的财富，难道我就如此不肖，非要把祖辈攒下的家底败个精光？"

杜拉利发誓道："霍利，我摸着神尊的脚跟你讲，现在我真的没有钱。借钱的人，他们迟迟不肯还债，我能怎么办？你不是外人，索娜也相当于我的女儿，但是你说说，我能怎么办？你的兄弟希拉，

---

① 黄云，原文为 pile badal，黄云为冰雹天的预兆，中国也有"黄云翻，冰雹天，雹打一条线"的说法。

借了五十卢比买牛。他如今不知所踪，去问他老婆要的话，她就准备跟你干架。索帕嘛，看上去十分老实忠厚，就是不知道还钱。事实上，大伙儿手头都没有钱，拿什么还？大伙儿的这种状况我都看在眼里，所以只能默默忍着不去催讨。大家养活自己都不容易，还能怎样呢？我可不会劝人卖田卖地。即使什么都没有，也得顾及体面啊！"

接着，她又悄声说："巴泰西沃里老爷的儿子经常在你家附近转悠。他们三个人那副模样，你可得小心警惕。他们现在都变成城里人了，哪里懂得乡亲之间的亲善友爱？男孩子嘛，村里也有，但是他们多少会顾忌礼义廉耻，懂得尊重他人，心里有所畏惧。他们三个人肆无忌惮，就像无人管束的公牛。我的考萨莉娅从公婆家回来，我看到他们的行为做派，立刻把她公公喊来，带她回去。这种人，真是防不胜防。"

看到霍利满脸笑容，她佯装生气，娇媚地斥责道："就算你觉得好笑，霍利，我也还是要啰嗦几句。过去，你的淘气顽皮难道比谁少吗？每天总是找各种借口，来我店铺门口转悠二十几次，不过，我瞧都懒得瞧你。"

霍利亲昵地驳斥道："你说的是假话，大嫂！没有一点儿乐趣，我才不来呢。小鸟只有感受到亲近，才会再一次到院子来。"

"滚，你这个骗子！"

"你没有用眼睛瞧，但是你的心不仅盯着我，还呼唤我呢。"

"行了吧，装得好像自己知道别人心事似的！看到你一次又一次地在附近徘徊，我才对你生出怜悯之心，要不然，谁搭理你啊，你又不是什么英俊潇洒的少年。"

胡赛尼来买一个拜沙的盐，这场玩笑就此结束。胡赛尼拿着盐走了以后，杜拉利说："干嘛不去找戈博尔？看看也好呀，说不定还能赶上好日子，有所收获。"

霍利沮丧地说："他什么也不会给的。儿子赚到几个钱，态度就变了，不再搭理我们。我倒是愿意不顾脸面地去找他，可是滕妮娅不同意。没有她的允许，我擅自去的话，她会让我在家里待不下去。她的脾气，你也知道。"

杜拉利嘲笑他说："你就像老婆的奴隶一样。"

"你对我不理不睬，我能怎么办？"

"你当初要是答应当我的奴隶，我肯定会跟你立个契约，真的！"

"现在立也无妨啊，干嘛不立呢！只要两百卢比，我就跟你立。这个价格不贵。"

"你不会告诉滕妮娅？"

"不会，你想的话，我可以发誓。"

"要是说了呢？"

"那你就剪掉我的舌头。"

"好，去吧，把家安顿好，我会给你钱的。"

霍利眼中噙满泪水，一把抱住杜拉利的脚，激动得说不出话来。

女财主抽回脚，说道："我现在可不喜欢这套把戏。我发誓，一年之内，一定会连本带利把钱收回来。虽然你不是那么可靠，但是我相信滕妮娅。听说，婆罗门先生对你十分生气。他扬言，不把你赶出这个村子，他就不是婆罗门。你为什么不把西莉娅赶出家门？无缘无故给自己惹麻烦。"

"滕妮娅留她在家里，我能怎么样？"

"听说，婆罗门先生去迦尸①了。那里有一位非常著名的婆罗门学者。他要五百卢比，才肯替他儿子举行赎罪仪式。好嘛，你问问看，哪里有这样糊涂的事儿？一旦宗教遭到破坏，别说一次，就算

---

① 迦尸，原文为Kasi，通Kashi，即现印度北方邦城市瓦拉纳西。

举行一千次赎罪仪式，又有什么用？谁也不会喝你的手碰过的水，无论你赎多少次罪。"

霍利离开杜拉利那里回家的时候，心里十分欢喜。一生当中，他从来没有过这样愉悦的感受。途中，他顺路走到索帕家里，邀请他来参加订婚仪式。接着，两个人一同去找达咀丁，询问订婚的良辰吉日，回来之后，又在门口商讨起订婚的准备工作。

滕妮娅从外面走来说："晚上九点啦，还不该吃饭吗？吃完再坐着慢慢谈吧！还有整整一个晚上可以闲谈呢！"

霍利请求她加入他们的商讨，说道："婚期已经定在这个吉日。你说说，应该准备些什么东西？我完全不知道。"

"既然什么都不知道，那你坐在这里商讨什么呢？究竟是找到了赚钱的门路，还是自个儿空想？"

霍利骄傲地说："你管这事儿干嘛？你只要说说，需要买什么东西？"

"我可不作这样的空想。"

"你说说，咱姐妹们的婚礼上都用到些什么东西？"

"你先说说，钱有着落啦？"

"是的，有着落了，不然的话，干嘛像醉鬼一样胡言乱语？"

"先去吃饭吧，吃完再商量。"

然而，当滕妮娅听说，霍利跟杜拉利谈过钱的问题，她皱着鼻子生气地说："向她借钱的人，有谁还清了债？这个妖妇定的利息多高啊！"

"但是我能怎么办？其他人谁肯借钱？"

"干嘛不说，你是打着这个幌子，跑去跟她说说笑笑？人一把年纪了，这个坏毛病却改不掉。"

"滕妮娅，你啊，有时候说话像孩子一样。她会跟像我这样的穷光蛋说说笑笑？她的态度可傲慢啦！"

"除了像你这样的人，谁还会去找他？"

"有很多大人物都到她家里去请她帮忙，滕妮娅，你知道什么！财富女神常伴她身边。"

"她稍微答应一下，你就带着这个好消息四处奔走。"

"她不是答应，而是信誓旦旦地承诺。"

霍利去吃晚餐，索帕也返回自己家中。那时，索娜跟西莉娅一起走到外面。之前，她站在门口，听到了他们的所有对话。因为她的婚礼，父亲要问杜拉利借两百卢比。这件事让她内心焦灼不安，就像生石灰落入水里一样。门口点着一盏油灯，壁龛上面的墙都被熏黑了。两头牛正在大罐中吃饲料，一条狗蹲在地上，期待有人赏点吃食。两个少女走到牛的饲料罐旁边站着。

索娜说："你听到了吗？为了我结婚，爸爸要问女财主借两百卢比。"

西莉娅清楚地知道家里的状况。她说："家里没有钱，那该怎么办？"

索娜凝望着面前黑乎乎的树林，说道："如果爸爸妈妈必须得问别人借钱，那么我不想结这样的婚。你说，可怜的他们要怎样还钱？之前，债务的重担已经压得他们喘不过气来。再借两百卢比的话，负担不是会变得更加沉重吗？"

"疯子，不准备嫁妆的话，怎么能嫁给体面的人？没有嫁妆，只能找个老头儿。你想嫁给老头儿吗？"

"我为什么要嫁给老头儿？哥哥把褛妮娅娶回家，难道他是老头儿吗？谁给了他多少钱当作嫁妆？"

"这样一来，祖宗三代的脸都丢光了。"

"我会跟那个索纳里[①]人说，哪怕你只收了一个拜沙的嫁妆，我

---

① 索纳里，原文为Sonari，即索纳里村，为印度北方邦的一个农村，距离首都勒克瑙大约69公里。

也不会跟你结婚。"

索娜已经与索纳里村一户富农的儿子定下亲事。

"如果他说，我有什么办法，你爸爸给的，我爸爸收的，我哪有什么选择权？"

如今，索娜发现，自己眼中相当于罗摩之箭的厉害武器，只不过是一根细竹竿。她沮丧地说："我曾一度想跟他说说看，如果他说，他没有选择权的话，我还不如淹死，难道戈默蒂河离这里很远吗？爸妈辛辛苦苦抚养我长大，我出嫁的时候，却要让他们背上更加沉重的债务，难道这就是我对他们的回报？神明赏赐的东西，他们高兴给女儿多少，我都不会拒绝，但是，他们的手头非常拮据。今天放债人向法院告状要拍卖家里的财产，明天他们就得去做苦工。这种时候，女儿应该做的事就是找条河淹死自己。如此，家里的田地财产得以保留，一日三餐的饭食才会有着落。爸妈哭喊几天我的名字，心情会慢慢平复。总不至于，我结婚之后，他们要哭一辈子。过几年，两百卢比的债务就会翻倍，爸爸要去哪里弄钱来还？"

西莉娅感觉，索娜的眼睛里似乎闪烁着一种新的光辉。她情不自禁地抱住索娜，说道："索娜，这种智慧你从哪里学来的呀？看起来你挺老实的呢。"

"傻姑娘，这里哪儿有什么智慧。究竟是我不长眼睛，还是我疯了？因为我的婚事，他们要借两百卢比，过个三四年，金额就翻倍了。到时候卢比娅结婚，还要再借两百卢比。现有的田产要被拿去拍卖，他们只能挨家挨户到处要饭。不是吗？与其这样，还不如我送掉自己的一条命。你明天一大早去索纳里村，把他喊来。不过，还是不要啦，喊来也没用。跟他说话，我会感到害羞。你就把我这个讯息传给他，看看他怎么回答。哪里会很远？就在河对岸而已。他经常赶着牲口过来这边。有一回，他的母水牛跑到我的田里，我狠狠地骂了他一顿，他双手合十连连告饶。对啦，告诉我，你还有跟玛呾依见过面？听说，婆罗门不肯让他回归宗族。"

西莉娅鄙夷地说："那些人为什么不同意他回归宗族，啊，老爹不想花钱呗。只要能够赚到钱，他甚至不惜对着恒河水发假誓。结果，这段时间，儿子只能在回廊上烙饼子。"

"你为什么不愿抛弃他？找个自己宗族里的人结婚，然后舒舒服服地过日子。他绝对不会羞辱你。"

"是啊，为什么不呢，因为我，那个可怜人的境况变得如此凄惨，现在我怎么能抛弃他？往后他变成婆罗门也好，变成神明也罢，对我来说，他就是那个时常匍匐在我脚边、对我讨好奉承的玛呾依。就算他是婆罗门，以后会跟婆罗门的女子结婚，但是，我对他的付出，任何一个婆罗门女子都做不到。尽管现在因为贪求荣耀和体面，他抛弃了我，不过，你等着瞧，他迟早会跑回我身边。"

"早该来了。他要是找到你，一定会把你活活吞下去。"

"那么，谁去把那个索纳里人喊来？各人有各人的宗教。他要毁掉他的宗教，我为什么跟着要毁掉我的？"

清晨，西莉娅准备出发前往索纳里村，但是霍利拦住了她。滕妮娅头痛欲裂。她得顶替滕妮娅，去挖小渠引水灌溉农田。西莉娅无法拒绝，只能等到中午忙完那里的活儿，有空再去索纳里村。

午后，霍利再次来到水井边，却发现西莉娅不知所踪。他生气地说："西莉娅跑到哪里去啦？让她待在这里，待在这里，她却不知道到哪里去了，似乎干什么事都不上心啊！索娜，你知道她去哪里了吗？"

索娜找借口掩饰道："我什么也不知道。她之前说，要去洗衣工那里取衣服，可能去那里了吧。"

滕妮娅从床上爬起来，说道："走，我去挖小渠。谁雇她来干活儿的，你干嘛发脾气呀？"

"她不是住在我们家吗？我们在村里声名败坏，不正是因为她吗？"

"行啦，算了吧，她就待在一个角落里，你还要问她收房租？"

"不是待在一个角落里，而是占据了整个房间。"

"那个房间的租金大概要五十卢比一个月咯。"

"房租一个拜沙也不收。她住在我们家，要去哪里，总要说一声再去。今天等她回来，我得教训教训她。"

汲水灌溉的工作开始进行。霍利不让滕妮娅过来。现在，卢巴负责挖小渠，索娜负责用皮桶打水。卢巴在用潮湿的泥土做炉灶和器皿，索娜忧心忡忡地注视着索纳里村的方向。她心里有担忧，也有希望，担忧的成分多，希望的成分少。她在想，那些人已经拿到钱，为什么还不肯放手？有钱人对钱的喜爱往往更加疯狂。高利大爷是一个贪婪的人。玛图拉虽然富有同情心，德行兼备，但是对于父亲的愿望，他不得不服从。不过，索娜也要敲打敲打这个小子，让他牢牢记在心里。她要明明白白地告诉他，去跟其他富人家的小姐结婚吧，我没法跟你这样的男人在一起过日子。如果高利大爷同意，她以后都会对尊敬他，侍奉他，甚至超过自己的亲爹。她会请西莉娅饱食一顿甜食。戈博尔给她的钱，她一直存留至今。幻想着这些美好的事情，她双眼绽放光芒，脸颊上漾起一圈红晕。

然而，西莉娅为什么到现在还没有回来？路途又不是很遥远。或许那些人不让她回来。哎呀！她来啦，不过走得很慢。索娜心灰意冷。大概那些倒霉鬼不同意吧，要不然西莉娅准会跑着回来。那么，要跟索娜结婚，别痴心妄想！

西莉娅确实回来了，不过，她没有来井边，而是去到田里，开始挖小渠。她害怕霍利会问，之前去哪里啦，那时她该如何作答。索娜好不容易挨过这两个小时。汲水的工作一结束，她立刻飞奔赶到西莉娅身边。

"你是死在那里了吗？望你望得眼睛都要穿啦！"

西莉娅不悦地说："难道我在那里睡觉？谈这种事一点儿都不容易，必须瞅准合适的时机。玛图拉去河边放牧了。我四处寻摸，才找到他，把你的讯息告诉他。他那副高兴的模样，我都不知道该怎样跟你形容。他扑倒在我脚边说：'西萝①，自从听说索娜要嫁到我家来，我就一直睡不着觉。她的那些责骂能说动我，但是我该怎么跟爸爸说呢？他谁的话都不听。'"

索娜插嘴道："那就别听。索娜也是个固执的人。说过的话，她就要做出来给他们看看。他们肯定会后悔的！"

"行啦，他当即就把牲口丢在那里，带着我去找高利大爷。大爷有四个皮桶可以汲水。水井也是他们家的。甘蔗田有十比卡。看到大爷，我忍不住笑出来，他的打扮就像割草的人一样。是啊，他的运气可真好。两父子交谈了很久。高利大爷说：'我拿不拿嫁妆，跟你有什么关系？你是谁啊，胆敢在这儿说话。'玛图拉说：'如果你非要讨嫁妆，就别给我办婚事啦！我自己的婚事，想怎么办就怎么办。'结果，事态激化了。高利大爷脱下鞋子，对着玛图拉一顿猛打。换成其他男孩，挨了这样一顿毒打早就气急败坏。只要玛图拉揍他一拳，那位大爷保证再也爬不起来，但是那个可怜的人挨了几十下鞋底板，什么也没有说。他眼泪汪汪地看着我，凄凉得像穷困潦倒的人一样，然后走了。接着，大爷开始对我大发雷霆，狠狠地骂了我千百句，不过，我干嘛要挨他的骂？难道我会怕他？我清楚地告诉他：'大爷啊，两三百卢比算不得什么大钱。因为这点钱，霍利大爷不会变卖家产，你也不会变成富人。最终，这笔钱会在歌舞和各种把戏中挥霍一空。当然，这样的好媳妇你就得不到啦！'"

索娜眼中噙满泪水，问道："为了这么点事，大爷竟然动手揍他？"

---

① 西萝，原文为Sillo，为西莉娅的昵称。

西莉娅对她隐瞒了一件事。她原本不想让这种侮辱人的事情传入索娜耳中，但是听到这个问题，她就再也克制不住自己。她说："这都是戈博尔大哥惹的事。大爷说：'人只有尝到甜头，才会吃别人剩下的食物。污点和丑事只有用银子才能洗净。'就此，玛图拉说：'爸爸，哪家没有一点丑事？嗯，只不过，有的家丑外扬，有的家丑内藏。'高利大爷以前也跟一个遮玛尔种姓的女子有染，还跟她生过两个儿子。这些话一从玛图拉口中说出，那老头就像鬼附身一样，勃然大怒。他有多么贪婪，就有多么生气。这一回，他不拿点嫁妆，是不会善罢甘休的。"

　　两个姑娘朝家走去。索娜头上顶着沉重的皮水桶、粗绳和牛轭，但是此刻，她觉得它们比鲜花还轻。她的心中好似迸发出一股欢愉与激情的溪流。玛图拉的飒爽英姿出现在她眼前，仿佛她让他安坐在自己心间，用泪水洗濯他的双脚，仿佛天上的女神将他揽入怀中，带着他穿行在漫天红霞之间。

　　那天晚上，索娜发起高烧。

　　第三天，高利大爷派理发匠送来一封信。

　　"无比尊贵的霍利大爷，高利拉姆向您致敬，祝您吉祥安康！关于先前我们讨论的嫁妆问题，我们怀着审慎的心再三思考，认为这种银钱往来会令新郎和新娘双方的家人陷入窘境。既然你我已经结为姻亲，那么我们的所作所为就不应该让对方产生困扰。你不用操心嫁妆的事，我们向你发誓。家里有什么简单的饭食，都可以用来招待迎亲的人。我们对此没有什么要求，我们也准备了一些膳食。是的，无论你高兴用什么款待我们，我们都会俯首领受。"

　　霍利读完信，飞快地跑进里屋，念给滕妮娅听。他高兴地跳起来，滕妮娅却若有所思地坐着。过了一会儿，她说："这是高利大爷的仁慈，不过，我们也得维护自己的体面。否则，世人会怎么说？

钱财算不得什么了不起的东西，不能为了它放弃家族的荣耀。嫁妆嘛，我们尽力而为，高利大爷也不得不收。你就这样回复。父母挣来的钱，难道女儿没有权力花吗？不，写什么信啊，走吧，我直接让理发匠带个口信回去。"

霍利惶惑不安地站在院子里。高利大爷的仁善激起了滕妮娅慷慨的回应，现在，她正带着这种心情向理发匠传递讯息。接着，她又招待理发匠喝果汁，客客气气地把他送走。

理发匠离开之后，霍利说："滕妮娅，你这是干嘛呀？时至今日，我也摸不透你的脾气。你一会儿向前走，一会儿向后退。之前，你吵着说，不准向别人借哪怕一个拜沙，陪送嫁妆什么用也没有。等到高利鬼使神差地写了这封信，你却开始高唱家族荣耀的调子。你心里的想法，只有神明知道。"

滕妮娅说："做事要懂得察言观色，知不知道啊？之前，他在我们面前抖威风，现在却向我们表达善意。就算我们一贯对别人以牙还牙，但是如果别人向你致敬，你绝不能回之以辱骂。"

霍利皱着鼻子说："那你表达表达自己的善意呗。我倒要看看，钱从何而来。"

滕妮娅使了个眼色，说道："筹钱不是我的事，是你的。"

"我就问杜拉利借。"

"向她借呗，反正大家都要收利息。既然要投河淹死，还分什么湖泊，什么恒河？"

霍利走到外面，抽起水烟来。好不容易从困境中脱身，多么令人愉快啊！不过，只有滕妮娅放过他，他才能获得真正的解脱。等着瞧吧，她做事总是颠三倒四的，就像有鬼怪附在她身上一样。即使看到家里的境况如此，她也不肯睁开自己的眼睛。

第二十五章

珀拉结了第二次婚。没有女人，他的生活了然无趣。褚妮娅在家的时候，常常给他装烟倒水，按时喊他吃饭。现在，这个可怜的人孤苦无依，无人照应。儿媳妇整天忙于家务，不得空闲，哪里顾得上服侍他。因此，找个女人结婚迫在眉睫。碰巧，他遇上了一个年轻的寡妇，她的丈夫刚刚离世三个月，还有一个儿子。珀拉对她垂涎欲滴，立刻展开攻势，围捕猎物。只要她不答应结婚，他就把她家的门槛踏破。

在此之前，他家里的一切都归儿媳妇掌管。她们想做什么，就做什么，想怎么生活，就怎么生活。自从瞻吉带着媳妇去往勒克瑙，迦姆达的妻子就成了家里的女主人。短短五六个月的时间，她手里已经攒了三四十卢比。她常常偷偷地卖掉一赛尔半赛尔的牛奶和酸奶。如今，她的继婆婆变成了女主人。儿媳妇不喜欢婆婆的管束，于是，两个人天天斗嘴，甚至因为这两个女人，珀拉与迦姆达也发生过争吵。他们之间的矛盾不断激化，最终闹到了分家的地步。分家的时候必然会有一场打闹，这种习俗自古流传至今，珀拉家也照样奉行。

迦姆达是个年轻人。珀拉之所以能够对他产生些许威慑，是因为他是他的父亲。不过，娶回新夫人之后，他就再也没有权力要求儿子尊敬他。至少，迦姆达是不肯承认的。他把珀拉推倒在地，狠狠地踢了他几脚，然后把他撵出家门，不让他碰触家里的东西。乡亲之中，没有人支持珀拉。再婚让他广遭非议。当天晚上，他在一棵大树底下凑合过夜。第二天一大早，他就去到诺凯拉姆家，向他诉苦和求救。珀拉的村子在他管辖的领地范围内，并且整片领地的主人正是诺凯拉姆。诺凯拉姆对珀拉哪有什么怜悯之心，不过，看到珀拉身边跟着一位曼妙多姿的女子，他立刻答应收留珀拉。他拴母牛的地方有一间小屋，他安排珀拉住在那里。他忽然感觉，自己需要一个有知识的人来帮忙照顾牲畜，给它们添料喂草。于是，他以每个月三卢比、每天一赛尔粮食的薪资雇请珀拉来干这些活儿。

诺凯拉姆身材矮小，体型臃肿，头顶光秃，鼻子狭长，眼睛很小，皮肤黝黑，常常包着一块偌大的头巾，穿着长长的印式衬衫在外面来回走动，冬天还会裹上一条厚毡子。他很享受别人为他的身体抹油和按摩，因此，他的衣服总是脏兮兮、油腻腻的。他家里人口众多，七个兄弟以及他们的孩子都依靠他生活。此外，他有一个儿子，在九年级读英语，要维持儿子那副少爷派头并非易事。他从拉易老爷那里领到的工钱仅仅十二卢比，但是日常的花销却要一百卢比，一个子儿也少不了。结果，无论由于何事，佃农一旦落入他的魔爪，不被他好好剥削一番绝不可能脱身。以前，工钱只有六个卢比的时候，他对佃农的剥削还不这么厉害，自从工钱涨到十二卢比，他的贪欲变得愈发强烈，所以拉易老爷一直不肯给他升职加薪。

村里的人多多少少都有些怕他，甚至连达咀丁和金古里辛格也奉承他、讨好他，只有巴泰西沃里随时准备向他发出挑战。如果说，诺凯拉姆狂妄自大，认为自己是婆罗门，可以随意摆布迦耶斯特种姓①的人，那么巴泰西沃里也同样傲慢不逊，认为自己是迦耶斯特种姓的人，是笔杆之王，在这个领域内没有人能够超过他。况且，他不是地主的仆人，而是政府的雇员，在这个政府的统治下，太阳永不坠落。倘若诺凯拉姆在每个月的第十一日奉行斋戒，宴请五位婆罗门，那么巴泰西沃里就会在每个满月日聆听那罗延的神话故事，宴请十位婆罗门。自从巴泰西沃里的长子当上征税官，诺凯拉姆就一直期盼，他的儿子好歹读完十年级，那样他就可以在某个地方帮他谋份书记员的差事。因此，他时常带着时鲜花果去拜访那些官员。还有一件事上，巴泰西沃里也比他强。众所周知，他跟一个卡哈尔种姓②的寡妇姘居。如今，诺凯拉姆似乎觅得良机，有望弥补这个有损自己体面的缺陷。

他安慰珀拉说："珀拉，你就安心住在这里，什么都不用担心。需要什么东西，就过来跟我讲。你的妻子，总会有适合她干的活儿。粮食进仓、出仓、簸扬、抖筛，怎么可能缺活儿呢？"

珀拉恳求道："老爷，请你把迦姆达喊过来问问，难道儿子应该这样对待自己的父亲？家宅是我让人建的，母牛、水牛都是我买的。现在，他不仅夺走了家里的一切，还把我赶了出来。这不是为非作歹，还是什么？能为我做主的人只有你，你必须对此做出裁决。"

诺凯拉姆劝解道："珀拉，你斗不过他的。他做出的事情，神明自会降下惩罚。迄今为止，有谁干了这种不忠不义的事，最终还能得到好结果？如果世间不存在为非作歹，人们为什么把它称作地狱？在这里，谁关心正义和道德？这一切，神都看在眼里。世间的各种小事，他都了解得清清楚楚。此刻你心中所想之事，有什么能瞒得住他？正因如此，他才被称为洞察内心者。离开他，人还能够去往哪里？你就安安静静地等着吧。如神所愿，你在这里过得不会

---

① 迦耶斯特种姓，原文为 Kaystha，指印度一个以写文书为职业的种姓。
② 卡哈尔种姓，原文为 Kaharin，指印度一个以挑水、抬脚为职业的种姓。

比在家里差。"

珀拉离开这里，去找霍利哭诉自己的不幸。霍利向他讲述自己的遭遇，说道："珀拉大哥，现在别再问孩子们的事啦！你拼死拼活地抚养他们，等到他们长大，反倒变成你的敌人。瞧瞧我的戈博尔！跟妈妈吵完架就走了，过去几年，没有写过信，也没有捎来任何消息。在他看来，爸妈都死了吧。妹妹马上要举行婚礼，但是他一点儿也不关心。我们只好抵押田产，借来两百卢比，总得顾全体面和尊严啊！"

迦姆达虽然把父亲撵出了家门，但是他现在也知晓，老父亲是一个多么勤劳的人。大清早起床给牲畜添料喂水，然后挤牛奶，只过了半个月，他的面容就变得十分憔悴。夫妻俩还经常吵架。妻子说："我嫁到你家，不是来送命的。你要是不愿意养活我，我就回娘家去。"迦姆达害怕，万一她走了，一日三餐就没有着落，他得自己动手做饭。最终，他们雇了一个佣人，可是这也行不通。佣人偷偷地贩卖牲畜的草料。辞退佣人之后，夫妻俩又开始吵架。妻子生气地跑回娘家。迦姆达的手手脚脚肿得老大。无奈之下，他只能认输投降，来找珀拉，恳切地请求道："爸爸，原谅我犯的错吧！现在，请您回家掌管家事。您怎么安排，我就怎么过。"

珀拉原本就不喜欢待在这里，像劳工一样生活。过去一两个月他受到的优待，现在已经荡然无存。诺凯拉姆时不时还会指使他装水烟或铺床。那时，可怜的珀拉只能忍气吞声地照办。尽管自己家里争吵不休，但他不需要伺候别人。

他的妻子诺诃莉听到这个提议，傲慢地说："之前被人家从那里踢出来，现在又打算回去？你不感到害臊？"

珀拉说："那么，我在这里稳居什么高位？"

诺诃莉搔首弄姿地说："你要回去就回去吧，反正我不回去。"

珀拉心里明白，诺诃莉会提出反对。个中原因，他也多少知道一些，看到一些，这同样是他想逃离这里的一个原因。在这里，没有人搭理他，诺诃莉却备受优待，甚至连仆从和管事都对她特别尊敬。听到她的回复，珀拉勃然大怒，但是，他又能做什么呢？倘若他敢不顾诺诃莉，自行离开，诺诃莉也不得不哭哭啼啼地跟着他走。诺凯拉姆没有单独收留她一个人的勇气，他只擅于偷偷摸摸地行事。不过，诺诃莉对珀拉的脾性了解得非常透彻。

珀拉请求道："诺诃莉，你瞧，别找麻烦。现在，媳妇们都不在家里。一切都掌握在你手上。在这里做工，我们在宗族里会落下多么不好的名声，你自个儿想想。"

诺诃莉拒绝道："你要走就走，我不会拦你。或许你喜欢儿子的拳打脚踢，我可不喜欢。我更愿意自食其力。"

珀拉不得不留下来，迦姆达对妻子百般殷勤讨好，总算把她哄回家来。这边，人们私底下对诺诃莉议论纷纷——诺诃莉今天穿了件粉红色的纱丽。这有什么可问的？只要她愿意，每天都能换一件纱丽。警察局长①成了她的情人，现在，她还害怕谁？珀拉的眼睛瞎了吗？

索帕极其喜爱开玩笑。对于全村人来说，他是小丑，也是那罗陀仙人②。村里发生的每一件事，他都会打探得清清楚楚。有一天，他在家里碰到诺诃莉，随意跟她开了几个玩笑。事后，诺诃莉悄悄向诺凯拉姆告了他一状。结果，索帕被传唤到议事棚，挨了劈头盖脸一顿臭骂，这顿骂令他终身难忘。

有一天，巴泰西沃里老爷也灾祸临头。那时，适逢夏日。老爷正在芒果园里指挥仆人摘芒果。诺诃莉浓妆艳抹地从那里经过。老

---

① 警察局长，原文为kotavala，字面意思为城市警察局长，这里引申为有权势之人，实则指诺凯拉姆。

② 那罗陀仙人，原文为Narada，在印度神话中，那罗陀仙人在天上传递信息，喜爱拨弄是非。此处，用那罗陀仙人来形容索帕，意指他既是全村人的开心果，也爱在人前搬弄是非，为人招惹麻烦。

爷呼唤她道："诺诃莉夫人，来这儿，带点儿芒果走吧，很甜的！"

诺诃莉误以为，老爷在嘲笑她。她现在变得狂妄傲慢，希望人们把她当作地主夫人，对她尊敬有加。高傲自大的人总爱猜疑，心里有鬼的时候，疑心病就变得更加严重。他为什么看着我笑？人们看到我，为什么会眼红妒忌？我从来不问别人索要什么东西。谁是贞洁烈女？来我跟前，让我瞧瞧。这段日子里，诺诃莉已经探清村里的各种秘事。这位老爷，自己与一位卡哈尔种姓的女子姘居，谁也没有说他什么。居然敢来笑话我。他不是大人物嘛！诺诃莉家境贫寒、出身卑贱，所以大家都嘲笑她。有其父，必有其子。他的儿子罗梅斯利整天疯疯癫癫地跟在西莉娅后面。他们像秃鹰一样扑向遮玛尔种姓的女人。就这样，他们还敢当众宣称："我们很高贵"。

她站在原地说："老爷，你什么时候变得这么乐善好施？以前一旦逮着机会，你就去别人盘子里偷面饼，今天倒变成愿意送人芒果的大好人啦！我可告诉你，调戏我，你不会捞到什么好处！"

啊哈！这个阿希尔女人①的脾气这么坏！她是怎么迷惑诺凯拉姆的？她以为，全世界都在她的管控之下。巴泰西沃里说："诺诃莉，你发这么大的火，仿佛不想让人在村子里待下去一样。说话得小心一点，别这么快就忘记自己是谁！"

"莫非我到你家门口讨过饭？"

"如果不是诺凯拉姆收留你，你肯定得讨饭。"

诺诃莉顿时火冒三丈，想到什么就骂什么——"不要脸的东西、好色之徒、卑鄙龌龊的小人"，不知道还骂了些什么。她气冲冲地回到屋子里，把自己的随身行李一件一件都搬出来摆在外面。

诺凯拉姆听说这件事之后，急急忙忙地跑回来，问道："诺诃莉，这是在干什么呀？干嘛把衣服什么的都搬出来？有人说了什么吗？"

---

① 阿希尔女人，原文为ahirin，指属于阿希尔种姓的女子。在印度社会中，阿希尔种姓指以养牛、卖（送）牛奶为生的种姓集团。

诺诃莉精通操控男人的技艺。一生之中，她只学会了这一门本领。诺凯拉姆是个有知识的人。他深谙法律条文，读过很多宗教书籍，也曾在许多大律师面前献过殷勤，然而，眼下却沦为这个愚蠢的诺诃莉手中的玩物。她皱紧眉头说道："时运不济，我才来到这里，但是我绝对不会丢掉自己的尊严。"

婆罗门警惕起来，吹胡子瞪眼地说："谁敢盯着你，我就把他的眼睛挖出来。"

诺诃莉火上浇油，说道："巴泰西沃里老爷只要看到我，就会对我讲些不三不四的话。我又不是妓女，谁都可以花钱买我。村子里有那么多女人，却没有人跟她们说话。无论什么人看到我，都要来挑逗一番。"

诺凯拉姆怒火中烧，像中邪一样拿起一根粗棍，如风暴般呼呼地狂奔到芒果园，破口大骂："是个大老爷们儿就滚出来！我要揪掉你的胡子，挖个洞把你埋起来。滚到我面前来！如果你以后再敢调戏诺诃莉，我定会吸干你的血，彻底消灭你这管账人的威风。你这纯属以小人之心，度君子之腹。你有什么了不起的？"

巴泰西沃里老爷低下头，面无表情地站着，一句话也没有说。他一开口就会遭殃。一生之中，他从来没有遭受过这样的侮辱。尽管有一回晚上，众人在池塘边把他团团围住，狠狠地揍了一顿，不过，村子里没有人知道这件事，也没有人找到任何相关证据。然而，今天，当着全村人的面，他颜面尽失。昨天才来村里寻求庇护的女人，今天却让全村人心生恐惧。现在，谁敢调戏她？既然巴泰西沃里都无力反抗，其他人还有什么能耐。

如今，诺诃莉俨然成为村里的女王。看见她走过来，农民都会给她让道。只要对她稍稍逢迎讨好，就能从诺卡拉姆那里获得巨大的好处，这是一个公开的秘密。谁家要分割财产、延期交租、索地建房，不到诺诃莉跟前顶礼膜拜，是不可能办成的。时不时地，她还会斥责那些受人尊敬的佃农。不仅是佃农，如今对待管事老爷，她也同样趾高气昂、不可一世。

珀拉不愿依靠她生活。在他看来，没有什么事比花女人挣来的钱更加无耻。他每月总共能挣到三个卢比，这些钱却到不了他手上。诺诃莉一声不吭就把钱夺走了。他想抽烟草，身上连一个特拉也没有，诺诃莉每天却要花两个安那吃槟榔。无论谁看到他，都对他颐指气使的。甚至诺凯拉姆的仆人也能对他发号施令，让他装填烟草、伐木劈柴。可怜的珀拉整日劳累，疲惫不堪地回到家里，躺在门口树下的破旧的小床上，连个端茶倒水的人也没有。晚上只能就着盐巴或者白水，吃中午剩下的面饼。

最后，他迫于无奈，决定回家跟迦姆达住在一起。就算什么也没有，总能弄到块面饼充饥，那毕竟是自己的家。

诺诃莉说："我不会去那里给别人当奴隶。"

珀拉鼓起勇气说："我没有叫你回去。我说的是自己。"

"你打算撇下我自己回去？说这种话，不感到害臊？"

"我早已不把羞耻心放在眼里。"

"但是我还没有丢掉我的羞耻心。你不能撇下我自己回去。"

"你心里只有你自己，我为什么要当你的奴隶？"

"我会去五老会告状，让你丢脸，这点你可得明白。"

"难道现在丢脸还丢得少吗？难道你现在还想继续欺骗我吗？"

"你在这里逞什么威风，好像你天天叫人给我打首饰似的。在这里，诺诃莉不会忍受任何人耍威风。"

珀拉生气地站起来，从床头拿起手杖，准备动身离开。这时，诺诃莉飞快地跑过去拦住他。珀拉难以挣脱她那对有力的手掌，只能沉默地坐下来，像奴隶一样。曾几何时，他将女人玩弄于股掌之上，今天却困在女人的臂弯之中，无论如何都脱不了身。他不愿用力甩开她的双手，揭开自己的秘密。他估算过自己的极限。然而，他为什么不能大胆地对她说，"你不适合我，我要跟你离婚。你用五老会威胁我。难道五老会是什么可怕的怪物？如果你不害怕五老会，我为什么要害怕？"

然而，心中的这种情感，他不敢用言语表达。诺诃莉仿佛在他身上施展了某种魔法，让他老老实实地屈服于她。

第二十六章

在管账人的社群中，巴泰西沃里老爷是优良品德的活化身。他看不得，佃农侵占自己兄弟哪怕一英寸的土地；也看不得，佃农私吞放债人的钱款。保护村里所有人的利益是他最重要的责任。他不相信合约或者友好交往，这些是软弱无能的标志。他是斗争的推崇者，因为斗争才是生命的象征。他每天都在努力尝试为这种生命增添一些刺激，总是不断地在各个地方挑拨一些是非。这段日子，他对蒙格鲁老爷格外关照。蒙格鲁老爷是村子里最富裕的人，但是他完全没有参与地方的政治活动。他不贪求名望和权势。家宅也坐落在村子外面，他让人在那里建了一座花园、一个单独的水井和一间小小的湿婆神庙。他没有孩子，所以对外银钱往来不多，大部分的时间都花在敬神念经上。许多佃农私吞了他的借款，但是他从来没有去法院告过谁。霍利连本带利欠他大约一百五十卢比，但霍利不操心还债，他也不着急催讨。以前他上门要过几次账，也责骂过霍利，但是看到他的生活状况就不再说话。今年，碰巧霍利的甘蔗是全村最好的。人们猜想，不出意外的话，他轻轻松松就能赚到两三百卢比。巴泰西沃里老爷建议蒙格鲁，假如他这次去法院起诉霍利的话，所有钱都能收回来。蒙格鲁确实没有那么慈悲，但是他很懒，不愿意给自己惹麻烦。但当巴泰西沃里主动揽过一切责任，保证他一天也不用去法院，不会遭遇任何其他麻烦，只需坐在家里等待判决即可时，他欣然同意打这场官司，并把诉讼所需的费用全部交给巴泰西沃里。

霍利完全不知道，他们在秘密谋划什么。诉讼什么时候提起的，判决什么时候生效的，他一概不知。直到法院执行判决的官员来拍卖他的甘蔗，他才明白过来。全村人都聚集在农田附近。霍利跑去找蒙格鲁老爷，滕妮娅对着巴泰西沃里破口大骂。天生的直觉告诉她，这一切都是巴泰西沃里的诡计。不过，蒙格鲁老爷在拜神，霍利没有找到他。尽管滕妮娅的咒骂如暴雨般猛烈，巴泰西沃里却一点也不生气。另一边，甘蔗以一百五十卢比的价格拍卖出去，出价者打的正是蒙格鲁老爷的名号。其他人都不敢叫价，连达咀丁也没有勇气承受滕妮娅的谩骂。

滕妮娅怂恿霍利道："坐着干嘛，为什么不去问问巴泰西沃里，难道这就是他对待乡亲的正确方式？"

霍利可怜兮兮地说："你也有脸去问！莫非他没有听到你的咒骂？"

"谁做了招人骂的坏事，就该挨骂！"

"你又要骂人，又要维护乡亲之间的亲善友爱。"

"我倒要看看，谁敢靠近我家田地。"

"糖厂的人会把甘蔗砍下来拉走，你能做什么，我又能做什么？你愿意的话，可以去骂骂人，免得你的舌头发痒。"

"只要我活着，有人敢来我的地里砍甘蔗？"

"是啊，是啊，只要你我活着！全村人齐心合力也拦不住啊。现在，那些东西不是我的，而是蒙格鲁老爷的。"

"蒙格鲁老爷可曾拼死拼活地在三月①的正午去地里浇过水、松过土？"

"这一切都是你做的，但是现在，那些东西都是蒙格鲁老爷的。我们不是欠他钱嘛？"

甘蔗拍卖了，然而，随之产生了一个新的问题。杜拉利是因为这些甘蔗才愿意借钱。如今，她还能得到什么保障？早前，霍利已经问她借了两百卢比。她原本想着，等到霍利卖掉甘蔗偿还旧债之后，他们再来计算新账。在她眼里，霍利的信誉只值两百卢比。借给他的钱，只要超过这个数值，都具有危险性。婚礼近在眼前，日子早已商定。高利大爷一切准备妥当。现在，婚礼绝不可能延期。霍利怒不可遏，恨不得冲过去掐死杜拉利。他竭尽所能，在杜拉利面前苦苦哀求，但是这位铁石心肠的女士丝毫没有心软。他走过去，恳求道："杜拉利，我拿了你的钱又不会逃跑，也不会这么快死掉。我家有田地，有树木，有房子，还有年轻力壮的儿子，不会赖掉你的钱。如今，我就快颜面尽失，请你帮忙保住我的体面吧！"不过，杜拉利不同意把仁慈和生意混为一谈。如果能给生意披上仁慈的外衣，她倒是不会遭受什么损失，但是她从未学过，如何让仁慈变成生意。

霍利回到家对滕妮娅说："现在怎么办？"

滕妮娅把心里所有的怨气都发泄在霍利身上："这正是你想要的。"

霍利忧伤地看着她说："都是我的错？"

"不管是谁的错，一切都如你所愿。"

"你希望把土地抵押出去？"

"把土地抵押出去，你准备干嘛？"

---

① 三月，原文为jeth，指印历三月，大约相当于公历五月至六月，属于印度的夏季，天气炎热。

"做苦工。"

不过，土地对于他们两人而言同样珍贵。他们的体面和荣耀都依靠土地来维持。没有土地的人就不是家主，不是农民，而是劳工。

霍利没有得到任何回应，于是，继续问道："那你说怎么办？"

滕妮娅委屈地说："有什么可说的。高利即将带着迎亲队上门，好歹得请他们吃顿饭，第二天清晨再把女儿送走。世人要笑，就让他们笑吧！神明希望我们出丑，希望我们丢脸，我们能做什么？"

忽然间，诺诃莉穿着红底白点的纱丽从他们面前经过。看到霍利，她立刻稍稍放下面纱罩住脸，表明她对这段姻亲关系的认同。

她与滕妮娅相识已久。滕妮娅呼喊道："亲家母，今天去哪里啦？来呗，坐会儿呗！"

诺诃莉曾经威震四方，如今，她正在努力笼络人心。她走过来站在他们面前。

滕妮娅用批判的目光，把她从头到脚打量了一遍，说道："今天怎么突然逛到这里来啦？"

诺诃莉胆怯地说："我是特意来找你们的。女儿的婚礼什么时候举行？"

滕妮娅模棱两可地说："什么时候举行，取决于神明啊！"

"我听说会在最近这个吉期举办。日子定下来了吗？"

"嗯，日子定下来了。"

"可得邀请我啊！"

"她就是你的女儿，说什么邀请？"

"陪嫁的东西置办好了吗？让我帮忙看看？"

滕妮娅不知所措，该如何回答呢？霍利连忙替她解围，说道："目前什么也没买。为什么要买东西？我们只嫁女儿，不陪嫁妆。"

诺诃莉难以置信地看着他说："大爷，为什么只嫁女儿，不陪嫁妆？大女儿嘛，不要吝啬，大操大办一下啊！"

霍利笑了，仿佛在说，或许在你看来，四处郁郁葱葱，一片繁荣，可是，我这里干旱肆虐，遍地枯木。

"没有钱，怎么大操大办？这有什么好对你隐瞒的？"

"儿子在挣钱，你也在挣钱，怎么会缺钱？谁信呢？"

"儿子能干的话，我还用在这儿哭穷？他连一封信都没有寄回来过，怎么会给我们寄钱？这已经是第二年啦，一封信都没有。"

正在这时，索娜头上顶着一捆喂牛的青草走过来。她用纱丽的末端遮掩住翘挺的乳房，浑身散发出孩童般的天真。她把草扔在那里，旋即走向里屋。

诺诃莉说："女儿真是长大啦！"

滕妮娅说："女孩的成长就像蓖麻一样快。才过了多少日子呀！"

"新郎不错吧？"

"是的，新郎还不错。如果能筹到钱的话，这个月就准备办婚礼啦。"

诺诃莉是个小心眼的人。此刻，她积攒的那点钱在她的肚子里上下翻滚。倘若她出点钱给索娜办婚礼，那么她会赢得多么美好的名声。全村人都会讨论她。人们会惊讶地说："诺诃莉出了这么多钱，真是个女神！"霍利和滕妮娅两个人会去各家各户称颂她的仁善。村子里人们对她的尊敬将会大大增加。她要让那些指手画脚的人闭上嘴巴。以后，谁还敢笑话她，或者讽刺挖苦她？现在在全村人都是她的敌人。到那时，全村人都会变成她的朋友。幻想着这些画面，她的脸上浮现出喜悦的笑容。

"多少都可以的话，就从我这儿拿吧。等你们手里有钱，再还给我。"

霍利和滕妮娅两个人都望着她。不，诺诃莉不是在开玩笑。两个人的眼里有惊讶，有感激，有怀疑，也有羞愧。看来诺诃莉并不像人们认为的那样坏。

诺诃莉接着说："你的颜面和我的颜面是一体的。人们嘲笑你，难道不嘲笑我吗？无论如何，你现在是我的亲家。"

霍利犹疑地说："你的钱就放在家里，有需要的时候再向你借。人是要依赖自己的亲人，不过，如果能在外面筹到钱，为什么要动家里的呢？"

滕妮娅对此表示赞同："是啊，那还用说！"

诺诃莉强调他们之间的亲密关系，说道："家里有钱，干嘛偏要向外人伸手？不仅要付利息，还要写借据，要找证人作证，要给酬金，还要送礼。当然，如果你觉得我的钱不干净，那又是另外一回事。"

霍利连忙辩解说："不，诺诃莉，不是的。确实，如果家里能够解决，我们为什么要向外人伸手？不过，这是互惠互利的事情，不是靠农田庄稼抵押的。万一不久之后你有什么急事，我们却筹不到钱，那时你会不高兴，我们的处境也会变得十分艰难。因此，我才会那样说。可女儿还是你的女儿。"

"我现在没有那么着急用钱。"

"那我们就向你借点儿。嫁女儿的喜气干嘛要让外人白沾呢？"

"需要多少钱？"

"你能借多少？"

"一百卢比行不行？"

霍利心中贪念骤起。既然神明突然给予恩赐，为什么不尽可能多要一点呢？

"一百可以，五百也可以，你愿意给多少，就给多少吧。"

"我总共有两百卢比，都给你吧。"

"有这么多钱，办起事来就手头非常宽裕啦！粮食家里有。不过，夫人，今天我要跟你坦白，我过去从未想过，你竟是这样一位吉祥天女。这年头，谁愿意帮助别人？谁愿意与人亲近？多亏你救我脱离苦海。"

灯火初明，黄昏降临。寒意渐浓。大地盖上一层蓝色的布单。滕妮娅走进去端来一个火炉，大家开始围着烤火。稻草燃烧的火光中，美丽、多姿、妖娆的诺诃莉如天降神恩一般坐在他们面前。此时此刻，在他们眼里，她是多么仁善，她的脸颊显得多么娇羞，嘴上说着多么善良的话语。

随意闲聊了一会儿之后，诺诃莉站起来准备回家。临走前，她说道："时间不早啦！大爷，你明天来拿钱吧！"

"走吧，我送送你。"

"不用，不用，你坐吧，我走啦！"

"我真希望，把你扛在肩上，送你回家。"

诺凯拉姆的家位于村子的另一头，通向外面的大道一路平坦。他们两个人走在这条大路上。四周一片寂静。

诺诃莉说："你稍微劝劝我的夫君吧。为什么总要跟大家作对呢？他要跟这些人住在一起，身边总得有几个自己人吧。现在，他跟所有人打架，跟所有人争吵。既然你不能把我藏在家里，我就得去给别人做工。那样一来，我怎么能够保证，不跟别人说说笑笑，不让别人看我、笑话我？这只有躲在家里，不与外人来往才能做得到呀。你问问他，别人要看我、盯着我，我能怎么办？又不能去把他的眼睛弄瞎。再说啦，通过友好交往，人们能够办成许多事情。你应该识时务，然后顺时行事。过去，你家非常阔气，讲究排场，现在那些虚头巴脑的东西对你有什么用？现在，你给人做工，一个月只能赚到三个卢比。以前，我家养着一百头水牛，可现在，还不是得去给别人做工。他什么事也不明白，一会儿考虑搬去跟儿子一起住，一会儿盘算去勒克瑙生活。我真是烦透了。"

霍利讨好她说："这个珀拉真是太愚蠢啦！那么一大把年纪，现在也该懂事啦。我去劝劝他。"

　　"那么，早上过来，我把钱给你。"

　　"要写借条……"

　　"你不会赖我的账，我知道。"

　　诺诃莉的家到了。看她走进大门，霍利返回自己家中。

第二十七章

    回到城里，戈博尔发现，另一个小贩霸占了他原先坐着摆摊卖东西的地方，而且现在顾客也把他忘得干干净净。如今，他还觉得自己住的房子像个鸟笼。褚妮娅时常独自坐在里面哭泣。过去，儿子习惯整天在院子里或门口玩耍。这里没有他玩耍的地方。他能去哪儿？门口有一条小路，顶多一码宽。臭味四处飘散，夏天连在外面躺一躺、坐一坐的地方都没有。儿子一刻都离不开母亲。既然没有什么好玩的，除了吃东西和喝牛奶，他还能干什么？以前在家里，有时候滕妮娅陪他玩，有时候卢巴，有时候索娜，有时候霍利，有时候布妮娅，大家都会陪他玩。这里，只有褚妮娅一个人，她还得负责家里的所有家务。

    戈博尔陶醉在青春的激情中不可自拔。他那不知满足的欲望期盼整日沉浸在欢爱的海洋之中。无论干什么工作，他都不能集中精神。拿着卖东西的托盘出去，不到一个小时就回来了。身边没有什么可供娱乐的东西。隔壁的工人和马车夫整夜整夜地打牌和赌博。先前，他也玩得很多，但是现在，对他而言，跟褚妮娅说笑调情是唯一的娱乐方式。没过多久，褚妮娅就对这种日子感到厌烦。她本来想找个僻静的地方，一个人无忧无虑地躺着好好睡一觉，但是，她根本享受不到这种清静。现在，她对戈博尔感到愤怒。他曾经将城市生活描绘成一幅迷人的图景，然而，这里除了这个黑暗、窄小的囚笼之外，别无其他。她也生儿子的气。时不时地，她恨不得痛揍他一顿，把他赶出去，然后从里面锁紧大门，任凭那孩子哭得死去活来。

还有一件不幸的事，她的第二个孩子即将降生。可是，家里连个可依靠的人都没有。她经常头疼欲裂，没有食欲，整个人昏昏沉沉的，只能安静地躺在角落里，希望没有人搭理她。然而，戈博尔那无情的爱总是不断地敲门，要求她给予回应。乳房里没有一点奶水，但是孩子一直赖在怀里，缠着要喝奶。跟随身体一起，她的心灵也变得虚弱无力。她所下定的一切决心，只要孩子稍微坚持一下，就会被彻底粉碎。她躺在那里，孩子定会跑过来，非要坐在她怀里，把乳头放进嘴巴慢慢吮吸。他现在已经两岁了，牙齿长得很快。只要吸不到奶，他就会生气地用牙齿咬乳头，但是现在褚妮娅连把他从怀里推开的力气都没有。她常常看见死神站在面前。丈夫和孩子，她哪个都不爱。他们都是自私自利的家伙。雨季来临，孩子腹泻拉稀，从此不再吃奶，褚妮娅感觉自己终于躲过了一场大灾难。然而，一个星期之后，孩子死了。那时，因为母爱，她心中对孩子的思念与回忆变得无比鲜活，这让她忍不住嚎啕痛哭。

孩子死后一个星期，戈博尔再次要求与她缠绵。她不由得怒火中烧，忿忿地说："你简直是个禽兽！"

现在，相比起孩子，褚妮娅更喜欢自己对孩子的回忆。孩子活在跟前的时候，她从孩子那里得到的麻烦和痛苦远比幸福要多。如今，孩子走进她的心里，脸上带着笑容，变得那么平和、安静、善良。幻想孩子的幸福中虽然包含苦痛，但却没有一丝肉眼可见的黑影。外面死去的孩子只不过是她心中孩童的一种映射。映射是不真实、不稳定的，不会出现于眼前。真实的形体藏于她的内心之中，依靠她的希望和祝愿存活。她不用乳汁，而是用自己的鲜血喂养它。如今，那间封闭的小屋、那种难闻的空气以及一日两顿烟火的熏烤，这些事物她似乎已经不再记得。对孩子的忆想驻留在她心里，仿佛源源不断地为她提供力量。孩子活着的时候是她生活的负担，死后却填满了她的整个生命。她把所有爱恋都放入心底，因此对外部世界毫无兴趣。戈博尔回家是早是晚，是否有胃口吃饭，是高兴还是沮丧，如今，这一切她丝毫不关心。戈博尔挣了多少钱，如何开销，她也不在意。她生活的全部重心都在心里，外在的她只不过是一个没有生命的机器。

倘若戈博尔愿意分担她的哀痛，进入她的内心生活，他完全可以靠近她，成为她生活的一部分。然而，刚走到她外部生活那个干涸的河岸，他就焦渴难耐地原路折返。

一天，他冷漠地说："为了这个孩子，你要哭到什么时候？已经过去四五个月了。"

褚妮娅深深地叹了一口气，说道："你不能理解我的痛苦。管好你自己的事，让我这么待着吧！"

"你整天哭就能让孩子回来啦？"

褚妮娅无言以对。她站起来，把土豆拿到小铜锅里去煮，准备凉拌。她没想到，戈博尔竟然如此铁石心肠。

戈博尔的冷酷无情使孩子的形象在她心里变得更加鲜活。孩子是她一个人的，没有人能够分享，没有人能够插手。迄今为止，在某种程度上，孩子有一部分游离在她内心之外，戈博尔的心里也闪耀着他的点点光辉。不过，现在他完完整整只属于她。

戈博尔对摆摊卖东西的生意失望透顶，于是去糖厂谋了一份差事。肯纳先生开办第一家糖厂大获成功，受此鼓舞，最近他又开了第二家。戈博尔大清早就得去那里上工，忙完一整天，点灯时分回到家时，他的身体里一点气力也不剩。尽管在家乡他干的苦活儿不比这里少，他却丝毫也不觉得疲累。干活儿的间隙，他还能说说笑笑。在那片空旷的平原上，在那片自由的天空下，仿佛他的所有辛劳都能得到补偿。在那里，无论他的身体干了多少活儿，但是心灵是自由自在的。在这里，虽然身体没有那么辛苦，但是城市的那种喧嚣、那样快速的生活节奏和暴风骤雨般的痛苦如同沉重的包袱压在他身上。他时常忧虑不安，生怕不知道什么时候会挨别人一顿臭骂。所有劳工的处境都是如此。大家都用土酒或洋酒麻痹自己，以缓解身体的疲累和内心的沮丧。戈博尔也养成了喝酒的嗜好。他每天醉醺醺地回到家时，已经晚上九点钟了。并且，他每次回来，总要找各种理由斥责褚妮娅，把她赶出家门，有时候还会动手打她。

褚妮娅现在开始怀疑，因为她是姘妇，所以戈博尔才会这样羞辱她。如果他们正式成过婚，戈博尔怎么敢这么对待她。宗族准会惩罚他，与他断绝关系，把他逐出种姓。跟这个骗子私奔，她犯了多么大的错误。不仅全世界的人都在嘲笑她，而且她什么也没有得到。她开始把戈博尔视作敌人，既不关心他的饮食，也不关心自己的。戈博尔动手打她的时候，她气得想用小刀割断戈博尔的脖子。随着胎儿越长越大，她的担忧与日俱增。她一定会死在这个家里。谁来照顾她，谁来扶持她？假如戈博尔一直这样打她骂她，那么她的生活将如地狱一般恐怖。

一天，她在水龙头那里装水，隔壁的一个女人询问道："几个月啦？"

褚妮娅害羞地说："天知道呢，大姐，我没有算过。"

那个女人体型臃肿，皮肤黝黑，身材矮小，样貌丑陋，一对乳房十分丰满。她的丈夫是赶马车的，她自己开了一间木柴铺。褚妮娅在她的店里买过几次木柴，因此跟她相识。

她微笑着说："我倒是看得出来，已经足月了。这两天就要生啦。接生婆找好了吗？"

　　褚妮娅惊恐不安地说："我在这里谁都不认识。"

　　"你家那个混账男人怎么回事，对这件事不闻不问？"

　　"他哪里会关心我？"

　　"嗯，我帮你看看。你就快生产了，需要有个人来帮帮忙吧？你有婆婆、姑子或者妯娌吗？随便喊谁来呗！"

　　"对我来说，她们都死了。"

　　她把水提回家，动手擦洗用过的器皿。分娩的恐惧令她的心怦怦乱跳。她想，神啊，未来会发生什么？哼！大概我会死掉吧，这样也好，终于可以摆脱这些麻烦。

　　黄昏时分，她的肚子开始隐隐作痛。她知道，灾难降临的时刻到了。她一只手捂着肚子，大汗淋漓地点燃炉灶，放上豆子饭，后来因为痛不堪忍，她直接躺倒在地上。大约晚上十点，戈博尔回到家，浑身散发着难闻的酒气。他结结巴巴语无伦次地说："我不在乎任何人。谁有迫切需要就留下来，要不然就滚蛋。我受不了别人作威作福。亲生父母撒气我都不愿忍受，为什么要忍受别人撒气？工头整天对着我吹胡子瞪眼，我才不会被他吓唬住。若不是人们拉住，我非狠狠揍他一顿不可。明天再去教训那小子。大不了判个绞刑呗。我要让他们瞧瞧，男子汉是如何英勇赴死的。我要面带微笑、昂首阔步、神气活现地走上绞刑架，就这样吧！女人这个物种，多么忘恩负义！把豆子饭放在炉子上，自己腿一伸睡着了。别人吃没吃饭，她才不管哩。自己美滋滋地吃小薄饼，留给我的只有豆子饭。你就尽己所能，拼命折磨我吧，反正神明是公平的，他会折磨你。"

　　他没有唤醒褚妮娅，也没有多说什么，自己安安静静地把豆子饭舀出来装在盘子里，草草几口吞下，然后走到回廊里睡下。过了两三个小时，他感觉很冷，于是起身去房间拿毛毯。这时，他听到褚妮娅痛苦呻吟的声音。酒已经完全醒了，他问道："褚妮娅，你感觉怎么样？哪里疼吗？"

"嗯，肚子很疼。"

"你之前怎么不说？这个时间，我去哪里找人？"

"我跟谁说？"

"难道我死了？"

"你哪里关心我的死活？"

戈博尔惊慌失措。他该去哪里找接生婆？这个时间，人家愿意来吗？家里什么也没有。假如这个婆娘早点告诉他，他还可以去问别人借几个卢比。以往，他手里常常留有几十个卢比，许多人巴结他、讨好他。这个不祥的女人一来，吉祥天女好像生他气似的，让他变得穷困潦倒。

忽然间，有人呼喊："这是你家媳妇儿在呻吟吗？莫非开始疼啦？"

这就是那个今天跟褚妮娅交谈过的胖女人。她起来喂马，听到褚妮娅的呻吟，所以过来问问情况。

戈博尔走到回廊里说："她肚子疼，疼得翻来覆去的。这里能找到接生婆吗？"

"我今天看到她，就知道会这样。接生婆住在那个泥巴房子里。赶紧跑去把她喊来。你要跟她说，赶紧来。我会一直坐在这里等你回来。"

"我没见过什么泥巴房子，在哪里？"

"行吧，你给她摇扇子，我去喊。难怪人们都说，笨蛋一点用都没有。老婆足月了，却不知道接生婆在哪儿。"

说完，她就走了。人们当面叫她茉希娅，这是她的名字，背后却称呼她为胖婆娘。每次听到别人喊她胖婆娘，她都会气得把他的祖宗八代骂个遍。

戈博尔坐了不到十分钟，她就跑回来嚷嚷："现在这个世道，穷人怎么活？那个贱妇说：'给我五个卢比，我才去。往后每天加收八个安那，到第十二天还要送我一件纱丽。'我说：'我要烧烂你的嘴巴！你见鬼去吧！我自己看着办，十二个孩子的母亲不是白当的。'戈博尔，你出去吧，我来处理这一切。必要的时候，人们总得帮帮别人。她才接生过四个孩子，居然敢扮作一副接生婆的模样。"

　　她走到褚妮娅身边坐下来，把她的头放在自己腿上，一边抚摩她的肚子，一边说："今天一看到你，我就知道。说实话，因为这事儿，我今天一直提心吊胆的，觉都没睡着。你在这里有什么亲人吗？"

　　褚妮娅疼得咬紧牙齿，发出嘶嘶的声音，说道："大姐，我这下活不成啦！哎，我并没有祈求天神赐我这个孩子。以前养过一个，却被他夺走了，如今再给我这一个有什么用？我要死啦，妈呀，请你可怜可怜这个孩子，把他养大。天神会保佑你的。"

　　茱希娅满怀爱意地抚摸着她的头发说："镇定点，孩子，镇定点。再过一小会儿，所有疼痛都会消失。你之前什么也不说，这有什么好害羞的？你要是早点告诉我，我会去找穆斯林老爷要张符咒护身。就是住在这个院子里的米尔扎老爷。"

　　之后，褚妮娅晕了过去。直到早上九点钟，她才苏醒过来。那时，她看见茱希娅抱着孩子坐在旁边，自己穿着干净的纱丽躺在床上。她极其虚弱，仿佛身体里一点血也没有。

　　茱希娅每天早上都会来给褚妮娅煮干果牛奶[①]和甜食，白天也会过来几次，给孩子抹油膏、喂牛奶。今天已经第四天了，但是褚妮娅还没下奶。孩子哭得声嘶力竭，因为他消化不了喝下去的牛奶，所以没有片刻安宁。茱希娅把自己的乳头塞进他的嘴里。孩子吮吸

---

　　① 干果牛奶，原文为harira，指牛奶煮沸后加入麦糁、白糖、小茴香以及干果做成的一种饮料，多为产妇饮用。

了片刻，但是吸不出奶，随即又大哭起来。等到第四天黄昏，褚妮娅依旧没有奶，茉希娅着实慌了。孩子日渐消瘦。市场附近住着一位退休医生。茉希娅把他请来。医生诊视之后说："她身体里连血都没有，怎么会有奶？"问题变得十分棘手。褚妮娅得吃几个月的药才能补养好身体里的血液，才能下奶。恐怕到那时，这团小肉球早已一命呜呼。

晚上九点，戈博尔喝了棕榈酒，躺在露台上。为了安抚孩子，茉希娅把自己的乳头放进孩子嘴里。忽然间，她感觉，自己的乳房正在出奶。她高兴地说："褚妮娅，现在你的孩子能活下去啦，我有奶啦！"

褚妮娅惊讶地说："你有奶了？"

"可不是嘛，真的！"

"我不相信。"

"你瞧！"

她挤压自己的乳房给褚妮娅看，果然从中缓缓溢出一股乳汁。

褚妮娅问："你的小女儿今年应该不止八岁了吧。"

"是啊，八岁，但是当年我的奶水很充足。"

"那以后你就没有再生过孩子？"

"她是最后一个孩子。我的奶早就回干净了，不用说，这一切都是神迹。"

从此以后，茉希娅每天都会来给孩子喂四五次奶。孩子生下来很虚弱，但是喝过茉希娅健康的乳汁，也在慢慢茁壮成长。一天，茉希娅去河边沐浴。孩子饿得焦躁难安。等她十点钟回去的时候，褚妮娅正把孩子靠在肩上来回摇晃，孩子哭个不停。茉希娅本想把孩子抱过来喂奶，然而，褚妮娅生气地斥责她道："别管他！这个倒霉鬼死掉更好。我们也不用再承别人的情。"

茉希娅苦苦哀求，褚妮娅才极其傲慢地把孩子递到她的怀里。

如今，褚妮娅和戈博尔的关系依旧十分恶劣。褚妮娅想，这个人自私自利、冷酷无情，只把我当作享乐的工具。无论我是死是活，但凡能够满足他的愿望，他就不会在意。他或许在想，这个死了，我就再娶一个。别痴心妄想啦，小子！是我年轻不懂事，才会掉进你的圈套。那时候，他拜倒在我脚边，低声下气地求我，一来到城里，不知道为什么，他的脾性完全变了个样。冬天来了，家里没有铺的，也没有盖的。省吃俭用存下的几个卢比，他全部挥霍在棕榈酒上。有一床旧棉被，虽然两个人同衾而眠，但是他们之间的距离却有一百柯斯那么远。他们各自转向一边，度过整个夜晚。

　　戈博尔心里一直渴望抱着孩子逗他玩耍。时不时地，他会半夜爬起来看看孩子那可爱的面容，然而，他非常厌恶褚妮娅。同样地，褚妮娅既不跟他讲话，也不服侍照顾他。随着时间的推移，两个人之间的壁障如铁锈一般越变越厚，越变越硬，越变越坚固。他们互相曲解对方说话的意图，这样一来，彼此间的憎恨与恼怒进一步加深。他们甚至把对方说的每一句话都放在心里，悉心滋养数日，随时准备就此向对方发起猛攻，如同猎狗一般。

　　另一方面，最近戈博尔的工厂里每天总会发生一些骚乱。在今年的预算中，政府开始对食糖征税。各个工厂的老板找到了绝佳的借口，可以减少工人的薪酬。倘若征收糖税会造成五个卢比的损失，那么减少工人薪水就能带来十个卢比的盈利。数月以来，戈博尔的工厂也面临这个问题。工会准备发动罢工。这边酬金减少，那边工人立刻举行罢工。酬金哪怕只减少一个特拉，他们也不会接受。既然物价飞涨的日子里工资没有增加过一个特拉，现在他们为什么要支持减薪呢？

　　米尔扎·库尔谢德是工会的主席，《闪电日报》的主编翁迦尔纳特先生担任秘书。两个人准备发动一场让工厂老板长久铭记的罢工。因为这场罢工，工人也将遭受损害，甚至成千上万人会丢掉自己的饭碗，关于这点，他们完全不关心。所有罢工的人当中，戈博尔走在最前列。他生性凶暴，只需别人稍加怂恿，就会变得英勇无畏，不惧死亡。一天，褚妮娅鼓起勇气劝他说："你是有孩子的人，这样跳进火坑里是不行的。"为此，戈博尔勃然大怒，说道："你是谁啊，有什么资格对我指手画脚？我又没有征求你的意见。"事态激化，戈博尔狠狠地揍了褚妮娅一顿。茱希娅赶过来护住褚妮娅，然后开始责骂戈博尔。戈博尔像被鬼附身一样失去理智，瞪着通红的眼睛说："茱希娅，你别老来我家，你来一点用也没有。"

茱希娅讽刺道："不来你家，我的生活怎么维持得下去？我得从你这里讨点东西，才能架起锅做饭。如果没有我，大老爷，这个妹子今天绝不可能坐在这里挨你的打。"

戈博尔握紧拳头说："我说过，不要老来我家！都怪你，让这个臭婆娘变得狂妄自大。"

茱希娅一动不动、大胆无畏地站在原地，说道："好嘛，现在闭嘴吧，戈博尔！这个可怜的女人为了生孩子弄得自己半死不活，你打她算不得什么英雄好汉。你为她做过什么，她非要忍受你的拳打脚踢？难道因为你喂她吃过一块饼？你应该感到庆幸，娶到这么温顺的老婆。要是换作别人，早把你羞辱一顿，然后逃之夭夭咯！"

街坊邻居围聚过来，四面八方响起人们对戈博尔的斥责。那些每天在家责打妻子的人，此刻化身为正义和仁慈的代表。茱希娅变得愈发勇猛，开始控诉戈博尔："这个胡子被烧的混蛋说，别老到我家来。他要娶妻生子，却不知道养妻育儿是多么需要勇气和胆量的事。你们问问他，如果没有我，今天这个像小牛犊一样嬉戏玩耍的孩子会在哪里？他就会打老婆显示自己的青春活力。我不是他的老婆，否则，我一定举起拖鞋啪啪地打他的脸，再把他推进小房间，从外面锁上门。让他在那儿嗷嗷待食。"

戈博尔怒气冲冲地离开，去忙自己的活儿。假若茱希娅不是女人而是男人，他一定会让她尝尝自己的厉害。他怎么能对一个女人动粗呢？

工厂里，不满的乌云越积越浓密。工人们口袋里揣着《闪电日报》四处行走，只要一有空闲，就三三两两地聚在一起读报。报纸的销量猛然增长。工人的领导者们坐在《闪电日报》的办公室商讨、制定罢工的方案，直至半夜。第二天清晨，报纸就用大字刊印了这则消息，人们纷纷前来抢购，报纸的售价暴涨了两三倍。

另一边，公司的董事也在等待时机。举行罢工对他们是有利的。工厂从来不缺干活的人。失业率增加，他们只需付一半薪水就可以轻易招到一样的工人。商品的成本一下子就可以节约一半。生产或许会耽搁几天，不过没什么关系。最后，他们决定正式宣布减少工人的薪酬，并且定下宣布的日期和时间，然后通知了警察。工人们没有听闻任何消息。他们还在等待时机，想等到仓库里余货很少，但是需求紧迫的时候再发起罢工。

忽然有一天黄昏，工人们下班准备离开的时候，董事会宣布了这则消息。那时，警察来了。工人们不得不违背自己的心愿，当即举行罢工，尽管仓库的存货十分充足，就算市场需求量激增，六个月也消耗不完。

米尔扎·库尔谢德听说此事后微微一笑，仿佛一个理智的战士在欣赏敌人的战术。沉思片刻之后，他说："好事啊！如果董事们希望这样，那就这样呗！情况确实对他们有利，不过，我们拥有正义的力量。那些人想招揽新的工人来替他们干活，我们应该努力让他们连一个新人都招不到。这样我们才能取得胜利。"

众人当即在《闪电日报》的办公室里紧急召开一场危机会议，组建了执行委员会，并选举出相关负责人。晚上八点，工人排成一条长队举行游行示威。晚上十点，第二天的日程全部商定。会议提出警示，要求避免一切形式的暴乱和冲突。

然而，所有努力最终都付诸东流。罢工的人看到工厂门口站着一大群新来的工人，心里突然冒出一股强烈的暴力倾向。他们本来以为，每天只会有百把五十个人来填补空缺，好言相劝也好，威胁恐吓也罢，都能把他们赶走。看到罢工的人数，新来的人自己也会吓跑。不过，现场的图景与想象迥然不同。倘若这些人全部补充进去，那么罢工的人就没有任何协商的希望。他们决定，不能让新来的人进入工厂。除了动用武力，别无他法。新来的人也准备与他们决一死战。这些人大部分过着食不果腹的生活，因此，他们无论如何都不愿意放弃这次机会。与其自己饿死，或者亲眼看着自己的妻子儿女饿死，倒不如在这种情况下拼死斗争。两群人打斗起来。《闪电日报》的主编早就逃得不知所踪，留下可怜的米尔扎先生任人围殴。为了保护他，戈博尔也受了重伤。米尔扎先生是个摔跤能手，熟谙舞棍弄棒，不会让自己遭受多么严重的打击。戈博尔是个乡下人，只知道挥着木棍一个劲儿往前冲，完全不懂保护自己。打架的时候，保护自己比攻击他人更加重要。结果，他被人打得手断了，头破了，最后趴倒在地上动弹不得。肩膀上也挨了无数棍棒，导致他的身体就像散了架一样。罢工的人看到他倒下，纷纷落荒而逃，只剩下十几个受过训练的保镖围着米尔扎。新来的人高举胜利的旗帜进入工厂，战败的罢工者扶起自己受伤的伙伴去往医院，但是医院没有办法容纳这么多人。米尔扎先生留下住院，戈博尔在伤口上药包扎完之后就被送回家了。

　　褚妮娅看到戈博尔那副有气无力、奄奄一息的模样，女性的特质突然觉醒。迄今为止，她见过的他是一个孔武有力的男子，常常控制她、骂她、打她。如今，他身残体虚，孤立无援，值得同情。褚妮娅趴在床上，泪眼婆娑地看着戈博尔。想到家里的境况，她又不由得对他生出几分怨恨和愤怒。戈博尔清楚，家里没有钱。他也知道，从其他地方弄到钱的希望十分渺茫。尽管他明知如此，尽管她三番五次地劝诫，他还是把这样的祸事揽在自己身上。她说过多少次——你不要卷入这样的纷争。纵火的人放火之后可以全身而退，火烧的只会是穷人。然而，他什么时候听过她的话？她是他的敌人，那些现在兴高采烈地坐着汽车兜风的人才是他的朋友。这种愤恨中隐藏着一丝满足，就像我们看着一个几经劝诫不肯听话非要站在高处的孩子从椅子上摔下来，然后大喊："摔得好，摔得好，你的头怎么没有摔成两半呢！"

不过，听到戈博尔凄惨的哀嚎，她的所有神经瞬间颤抖起来。浸透着痛苦的话语不断从戈博尔嘴里冒出："哎呀，哎呀！浑身上下的骨头都碎啦！大家一点儿也不同情我！"

她就那样久久凝视着戈博尔的脸，心里怀揣着越来越渺茫的希望，想要从中找到一丝生命的迹象。然而，她的耐心如同落日一般，每时每刻都在不断向下沉坠，未来黑暗终会将其吞没。

忽然间，茱希娅走过来喊道："妹子，戈博尔怎么样啦？我刚刚一听说，就从店子里赶来啦。"

褚妮娅强忍的泪水开始翻滚。她什么也说不出来，只是用惊恐地眼神望着茱希娅。

茱希娅看了看戈博尔的脸，把手放在他的胸膛上，安慰褚妮娅说："他过几天就会好。别着急！没事儿的。你很有福气，丈夫会一直陪着你。这次骚乱中死了不少人呢。家里还有钱吗？"

褚妮娅羞赧地摇摇头。

"我拿来给你。买点牛奶热给他喝。"

褚妮娅匍匐在她脚边，说道："大姐，你就是我的母亲。除了你，我什么人也没有。"

冬季阴郁的黄昏今天显得更加哀伤。褚妮娅点燃炉灶，开始热牛奶。茱希娅在走廊上抱着孩子，逗他玩。

突然，褚妮娅语气沉重地说："大姐，我真是个不祥的女人。我心里一直萌发出一种念头，似乎是由于我，他才沦落到这幅光景。因为生气和怨恨，心里十分痛苦，所以责骂的话脱口而出，甚至还发出各种诅咒。谁知道，我的咒骂……"

她没能继续说下去，声音淹没在奔流而下的泪水中。茱希娅一边用纱丽的末端为她擦拭眼泪，一边说："妹子，你在瞎想什么呀。多亏你有福气，他才能逃过这一劫。不过，嗯，确实，两个人吵架，无论嘴上胡说些什么，心里都不能怀有仇恨。种子一旦种下，就一定会生根发芽。"

褚妮娅用颤抖的声音问："大姐，现在我该怎么办？"

茱希娅宽慰道："妹子，什么也不用做。念诵神的名字吧！他会保护穷人的。"

那一刻，戈博尔睁开双眼，看见褚妮娅陪在跟前，痛苦地用虚弱的声音说："褚妮娅，我今天伤得很重。我没有对谁说过什么，得罪过谁。大家忽然无缘无故都来打我。请你原谅我的鲁莽言行。我让你吃尽苦头，才会遭受这样的报应。我活不了多久啦，现在救也救不成。全身上下疼得像要裂开一样。"

茱希娅走进来说："安安静静地躺着，别说话！你不会死的，我保证。"

戈博尔脸上闪露出一丝希望的光芒。他说："你说的是真的，我不会死？"

"是的，你不会死。你怎么回事？不过是头上受了点轻伤，手上关节脱臼而已。这样的小伤，男人每天都会碰到。没有人因为这点伤死掉。"

"我以后再也不会动手揍褚妮娅。"

"你是害怕褚妮娅揍你吧。"

"就算她揍我，我也不会说什么。"

"等你好了，就会忘得一干二净。"

"大姐，不会的，我绝不会忘。"

这一次，戈博尔说完一些孩子气的话，又像失去知觉似的躺了十几分钟。他的心不知道飞到什么地方盘旋不停。有时候，他看见自己快要在河里淹死，褚妮娅跑来河边救他；有时候，他看见恶魔骑在他胸口上，一位长得跟褚妮娅一模一样的女神正在保护他。他一次又一次地从迷蒙中惊醒，然后慌乱地询问："褚妮娅，我不是快要死了吧？"

持续三天，他的状况皆是如此。褚妮娅晚上不睡，白天也站在他跟前，仿佛是在保护他免受死亡的威胁。孩子由茱希娅帮忙照顾。第四天，褚妮娅雇来一辆马车，大家一齐把戈博尔抬到车上，送往医院。出院回到家，戈博尔才感觉，自己确确实实可以活下去了。他眼中噙满泪水，对褚妮娅说："褚娜，原谅我吧！"

短短几天之内，褚妮娅借来的三四个卢比就花光了。如今，褚妮娅不好意思再问茱希娅借钱，毕竟她也不是什么有钱人。卖木柴的钱她都借给褚妮娅了。考虑再三，最后褚妮娅认为，自己应该出去找点工做。现在，戈博尔仍需要个把月才能康复。他们要吃要喝，还要买药治病。她去做点工总能解决吃喝问题。她从小学的是养牛和割草。这里哪儿有牛呢？是啊，她可以割草。街坊里有许多男男女女经常去城外割草，每次可以赚到十个八个安那。清晨，她帮戈博尔洗完脸，把孩子交给他，便出门去割草。她忍饥挨饿，一直割到下午三点，然后把草拿到市场上去卖，黄昏才能回家。

晚上，戈博尔睡着，她才能睡，戈博尔醒来，她也得醒。然而，尽管干活如此辛苦，她的内心却无比愉悦，就像坐在秋千上放声高歌一样。一路上，她跟同行的男女有说有笑。割草的时候，大家也相互寻开心。没有人哀叹命途多舛，也没有人抱怨时运不济。在有意义的人生之中、为亲人做出的最艰巨的牺牲之中以及自主自愿的服务之中所蕴含的欢愉之光，时刻闪耀在她身体的每一个部位。宛若一个刚刚学会独自站立的孩子拍着巴掌喜不自胜，如今，她正切身体验着这份欢愉，仿佛她的生命中喷涌出一股快乐的源泉。心灵健康，身体怎么生病？那一个月当中，她就像返老还童一样。现在，她浑身上下不再感到疲惫和倦怠，四肢变得十分灵巧、强韧和柔软。面容也不再苍白，脸上闪烁着血色的红晕。她的青春，原本在这个逼仄的房间中受尽屈辱和纷争的折磨早已枯萎，如今仿佛得到新鲜空气和阳光的滋润，重新焕发新生。她不再为任何事情恼火生气。从前，孩子只要稍微哭一两声，她就会感到厌烦，现在，她的耐心和慈爱仿佛没有尽头。

与此相反，戈博尔虽然身体慢慢好转，心情却有些沮丧。倘若我们亏待过自己的亲人，等到灾难降临的时候，我们就会产生一种力量，希望体验他们经历过的剧痛。我们的灵魂会因此觉醒，甘愿为自己的错误行为忏悔赎罪。戈博尔正为这种赎罪焦虑不安。如今，他的生活形态将发生根本性转变。他要用温和代替刻薄，用谦逊代替傲慢。他现在知晓，得到为别人服务的机会乃是人生之大幸，往后他不会再错失这种良机。

第二十八章

　　肯纳先生认为，工人举行这次罢工是绝对错误的。他总是努力与人民团结在一起，将自己视作人民的支持者。上一次的民族运动中，他表现出极大的热忱，不仅一直担任地区的主要领导人，而且进过两次监狱，遭受过数千卢比的损失。现在，他依旧很乐意倾听工人的不满，但是他也不可能完全不考虑糖厂股东的利益。他或许甘愿放弃自己的利益，倘若他高尚的情操受到触动，但是不保护股东的利益，这是不符合道德准则的。这是生意，不是可以与所有工人共享的救济品。他向股东保证过，这桩生意可以赚到百分之十五、二十的利润，如此才从他们那里筹到钱。假如他们连百分之十的利润都得不到，那么他们一定会认为董事会，尤其肯纳先生是个骗子。再说，他怎么能削减自己的薪水？对比其他公司，他给自己定的薪水并不算高，一个月只拿一千卢比。此外还有一些佣金。不过，他拿了这么多钱，就必须管理好工厂。

　　工人只用手干活，董事们用的却是自己的智慧、知识、才能和影响力。两种力量的价值不可等同。工人为什么不知足，现在是经济萧条的时代，失业的现象遍及各处，所以人变得十分廉价。就算工资减少四分之一，他们也应该满足。说实话，他们确实心满意足。他们没有什么过错，只是蒙昧、愚笨。捣乱的是翁迦尔纳特和米尔扎·库尔谢德。他们贪求一点金钱和名望，把这些可怜的工人当作扯线木偶一般随意操纵。他们就不想想，因为他们的一时兴起，多少家庭会惨遭破灭。翁迦尔纳特的报纸销量不好，可怜的肯纳能怎么办？倘若今天他的报纸有十万个订户，能够为他赚来五十万卢比，他会只拿取基本的生活用度，把剩余的钱都分给工作人员？这是哪儿的话！还有那个修道士米尔扎·库尔谢德，曾经也是位富翁，雇佣过成千上万个工人。他能只留生活所需，将余下的一切分给工人？凭借那一点生活用度，他能跟欧洲姑娘嬉笑调情，能够大肆宴请各位高官，能够每个月花几千卢比喝酒，每年去法国和瑞士旅行？今天，他却为工人的境况感到悲痛！

肯纳对这两位领导毫不关心。他们的动机是否单纯，非常值得怀疑。拉易老爷也对他们满不在乎，这两个人经常跟在肯纳后面随声附和，对他的每一项举措都大力支持。在所有认识的人当中，肯纳只对一个人的中正见解完全信服，那就是梅诃达博士。不过，当他与玛尔蒂之间的亲密友谊不断增进时，在肯纳眼中，他的威信大大降低。数年以来，玛尔蒂一直是肯纳心中的女神，但是他只把她视作玩物。毫无疑问，他对这个玩物极为珍视。一旦它丢失、损坏或者被人夺走，他就会嚎啕大哭，而且他确实哭过。然而，她只是一个玩物，他从来没有相信过玛尔蒂。玛尔蒂也没有能够劈开他表面玩乐的盔甲抵达他的内心深处。倘若她自己向肯纳提议结婚，他肯定不会接受，找个理由就搪塞过去了。

与其他众人一样，肯纳的生活是双重的，或者说具有两面性。一方面，他笃信牺牲、仁善和为人民服务；另一方面，也崇尚个人利益、奢侈享乐、霸道横行。至于哪一个才是他的真实面目，这个很难说得清。或许他的灵魂中崇高的一半由服务和仁善构成，卑微的一半充满自私和享乐。不过，这崇高的一半和卑微的一半之间经常发生争斗，卑微的一半凭借自己的凶暴和固执总能战胜温柔、平和的崇高的一半。以前，卑微的一半令他向玛尔蒂靠拢，崇高的一半让他贴近梅诃达，但是如今，崇高的一半与卑微的一半合二为一。他不明白，像梅诃达这样的理想主义者怎么会迷恋如玛尔蒂那般轻浮、放荡的年轻女子。尽管费尽诸般努力，他仍然无法将梅诃达定性为欲望的猎物，甚至时不时地怀疑，玛尔蒂还有另一副面孔，只是他看不到，或者他没有能力看到。

思考过正面和反面的所有因素之后，他得出结论，在这种情形下，只有从梅诃达那里，他才能觅得一丝光亮。

梅诃达博士是个醉心工作的人，经常半夜才睡，天还不亮就爬起来。无论遇到什么样的工作，他都会想方设法挤出时间来处理。不管是打曲棍球，参加大学辩论，还是组织农村工作，受邀出席婚礼，对于一切工作，他都充满热忱，并且愿意投入时间。他还在报纸上写文章，几年以来一直在努力撰写的哲学巨著现在即将完成。此时此刻，他正在进行一项科学游戏——坐在自己家的小花园里，用植物幼苗测试电力传输反应。近日，他在一个学术委员会得到证实，通过电力，庄稼能够在短时间内丰收，不仅产量可以得到提升，一些不合时令的东西也可以生长。最近，每天早上他都要花两三个小时进行这项实验。

听完肯纳先生的陈述，他表情严肃地望着他说："是否有必要因为缴纳税款而扣减工人的薪水？您应该向政府投诉。就算政府不予理睬，为什么要把这种惩罚加诸工人身上？难道您认为，您发给工人的薪水很多，即使从中扣减四分之一，也不会对他们造成困扰？您的工人住的是贫民窟——又脏又臭的贫民窟，那种地方，您只要待上一分钟，便会感到恶心想吐。他们身上穿的衣服，您连用来擦鞋都不乐意。他们吃的食物，您的狗都不会吃。我曾经跟他们一起生活过。您却想把他们的面饼抢过来填饱股东们的肚子……"

肯纳不安地说："然而，我们的股东并不全是富人……许多人都是倾尽所有家当投资这个工厂，除了从中获得利润，他们的生活没有其他任何依靠。"

在梅诃达眼里，这些理由似乎没有任何价值。带着这种情感，他回答道："但凡投资入股某项生意的人，绝不会穷困潦倒，甚至把生意的利润当作生活的依靠。很可能，因为利润的减少，他们不得不少雇一个佣人，或者削减奶油和水果的花销，但是，他们不至于光着身体，饿着肚子。与那些只投入资本的人相比，付出艰苦劳动的人才拥有更大的权利。"

这些话，翁迦尔纳特先生说过。米尔扎·库尔谢德也给过他类似的建议，甚至连格温迪都支持工人。然而，肯纳先生对那些人丝毫不在意。如今，听到梅诃达嘴里说出这些话，他才有所触动。在他看来，翁迦尔纳特自私自利，米尔扎·库尔谢德不负责任，格温迪碌碌无能。梅诃达的话语中蕴藏着美德、才学和仁善的力量。

忽然，梅诃达问道："关于这件事，你向自己的妻子征询过意见吗？"

肯纳难为情地说："嗯，问过。"

"她有什么看法？"

"跟您的看法一样。"

"在我的意料之中。您却认为那样的才女平庸无能。"

正在那时，玛尔蒂来了。看到肯纳，她说："好呀，您大驾光临啦！今天，我请梅诃达先生吃饭。所有东西都是我亲手做的。现在也邀请您一起来，我会请求格温迪夫人原谅您的过错。"

肯纳大吃一惊。现在，玛尔蒂开始亲手烹煮饭食了？玛尔蒂，那个玛尔蒂，从来不自己穿鞋，从来不自己按下电灯的开关，寻欢作乐、奢侈享受才是属于她的生活。

肯纳笑着说："如果是您煮的饭食，当然要吃啦！我简直无法想象，您也精通厨艺。"

玛尔蒂毫不犹豫地说："还不是他强迫我。他的命令，我怎么能推托？毕竟男人是神啊！"

肯纳很欣赏这种讽刺，他一边朝梅诃达挤眉弄眼，一边说道："对您而言，男人并不值得这样尊重呀！"

玛尔蒂没有感到难为情。洞悉到这种暗示背后的意图，她用充满激情的声音说："嗯，但是现在他们值得。相比起我之前在熟识的男人身上看到的男性特质，他要美好得多。男人如此美好，内心如此柔软……"

梅诃达可怜兮兮地望向玛尔蒂，说道："别啊，玛尔蒂，求你发发慈悲吧，否则，我要从这里逃跑啦！"

这段日子，无论谁来找玛尔蒂，玛尔蒂都会在他面前大肆赞扬梅诃达，如同一个刚刚启蒙的教徒到处敲锣打鼓，宣扬自己的信仰。至于别人是否有兴致倾听，她完全不在意。而可怜的梅诃达心里十分惭愧。他非常乐意聆听严苛、尖刻的批评，但是听到别人对自己的赞美，他就好像变得呆呆傻傻的，脸色有点难看，仿佛人家在挖苦他似的。玛尔蒂不是那种内向型的女人。她喜欢外在的表现，以前是，现在也是，在行为上是，在思想上也是。她不懂得如何将事情藏在心底。比如说，买到一件新纱丽，她迫不及待地想穿上它，同样地，一旦心里萌发出某种美妙的情感，不把它表达出来，她就无法获得安宁。

玛尔蒂走近了一些，把手放在他的背上，仿佛在保护他一样。她接着说："好啦，别跑，现在我什么也不说。似乎你更喜欢别人的谴责呢。那就听听批评你的话吧——肯纳，这位先生朝我投下爱的罗网……"

糖厂的烟囱从这里能看得清清楚楚。肯纳望着那个方向。烟囱昂首挺立，耸入云霄，犹如一座歌颂肯纳功德的丰碑。肯纳的眼中闪耀着骄傲的光芒。此刻，他应该到工厂的办公处去，在那里召开一场紧急董事会，向他们说明现在的状况，提出解决问题的方法。

然而，烟囱附近这股烟是从哪里升起的？渐渐地，整个天空如同气球一般，弥满烟雾。众人担忧地望向那边。是不是哪里着火了？看样子是失火。

忽然间，前方的道路上，成千上万个人朝工厂的方向跑去。肯纳站起来大声问道："你们跑哪儿去呀？"

一个人停下来回答："哎呀，糖厂着火啦！您没看到嘛！"

肯纳望向梅诃达，梅诃达也望向他。玛尔蒂飞快地跑回房子里，穿上鞋子。如今不是痛惜和埋怨的时候。谁都没有说话。危急时刻，我们的知觉和意识会收向自己的内心。肯纳的车子停在外面。三个人焦急忙慌地坐进车里，驶向工厂。到达十字路口，他们发现，全城的人都在往工厂涌去。大火之中蕴藏着一股吸引人的魔力。车子无法继续前行。

梅诃达问："工厂投了火险的吧？"

肯纳长叹了一口气，说道："哪儿啊，兄弟！合同还在起草呢。谁知道，灾难即将降临。"

三个人把车扔在路口，径自穿过人群，来到工厂前面，看到一片火海熯天铄地，不断朝天空翻涌。疯狂的火浪一个连着一个，咬牙切齿，舔着舌头，仿佛想把整个天空一口吞下去似的。那片火海下方，烟雾弥漫，如同五月①的乌云经过黑色油烟的洗涤沉落到地面。它的上方，一座炽火叠成的喜马拉雅山烈焰腾腾、颤颤巍巍地耸立着。院子里，数十万人挤得水泄不通，有警察，有消防员，也

---

① 五月，原文为savan，指印历五月，相当于公历七、八月，此时正值印度的雨季。

有志愿者协会的志愿者。但是，面对凶猛的火势，大家似乎都吓得浑身发软。消防员喷洒的水进入火海就像瞬间蒸发了一样。砖头在燃烧，铁梁在燃烧，白糖融化成一股股小溪，流向四面八方。更有甚者，地面上也冒出点点火星。

离得很远时，梅诃达和肯纳感到十分惊奇，这么多人为什么站在那里看戏，而不帮忙灭火？不过，现在他们知道，除去看戏，他们什么也做不了。从工厂的围墙往里走五十码都需要冒着生命的危险。墙砖和石头噼噼啪啪地碎裂，残片不停向外崩落。每当风转向这边，惊慌的人们就狼狈地四处逃窜。

这三个人站在人群后面，不知道该做些什么。火究竟是怎么着的！怎么会蔓延得如此迅速！难道最初没有人看见？抑或看到却没有努力尝试灭火？他们心中萌生出这样的疑问，但是那样的场合，他们能去问谁？厂里肯定有工作人员，不过在那样拥挤的人潮里很难找到他们的踪迹。

忽然间，疾风骤起，火焰向下翻滚，迅速朝这边侵袭，宛若海里潮水涌涨一般。人们撒腿就跑，相互挤绊，相互推搡，仿佛一只雄狮扑将过来。火焰就像有生命似的，活泼又灵动，如同蛇王湿舍[①]从自己的一千张口中向外喷火。这一场推挤中，不知道有多少人惨遭踩踏。肯纳脸朝下跌倒在地，若不是梅诃达双手拽住玛尔蒂，她肯定也遭人踩踏。三个人走到院墙附近一棵罗望子树下停住脚步。肯纳若有所失地痴痴注视着工厂烟囱的方向。

梅诃达问："您受伤不严重吧？"

肯纳没有回答，仍旧凝望着那个方向。他的眼中满是空洞，那是疯狂错乱的标志。

---

① 蛇王湿舍，原文为 Shesha-naga，即千头蛇王，在印度教神话中，它住在地下，用头托着大地。亦有"往世书"将其描绘为毗湿奴大神的龙床，称毗湿奴的睡态形象正是躺在千头蛇王湿舍的身上，漂浮于无边的原初之海。

梅诃达握住他的手，再一次询问："我们站在这里没有什么意义。我担心您受了重伤。来吧，我们回去吧。"

肯纳望着他，仿佛发狂似的说："谁干的坏事，我非常清楚。如果这样能够让他们满意，那愿神保佑他们。我一点也不在乎，一点也不在乎！一点也不在乎！今天，只要我愿意，我可以再建一座一模一样的新工厂。没错，再建一座全新的工厂。这些人把我当作什么？不是工厂塑造我，而是我建设工厂。我可以再建一座，但是这些干坏事的人，我会彻底毁灭他们。我全都知道，一点一滴知道得清清楚楚。"

梅诃达看看他的脸，又看看他的举动，惊慌地说："走吧，我送您回家。您的身体状况不太好。"

肯纳哈哈大笑，说道："我身体不好，因为工厂失火？这样的工厂，我动动手指就能开办起来。我的名字叫肯纳，旃陀罗伯勒迦什·肯纳。我把自己的一切都投入这个工厂里。第一家工厂，我们分给股东百分之二十的盈利。受此鼓舞，我才开办了这家工厂。这里面有一半的钱都是我的。我把从银行借来的二十万卢比全投进去了。一个小时，不，半个小时以前，我还是个百万富翁。是啊，百万，但是现在，我就是个安于贫困的穷光蛋——不，是个一无所有的破产者。我得偿还二十万卢比给银行。我住的房子，如今不再属于我。吃饭用的餐具，如今也不是我的。银行会把我撵出来。以前那个令人望而生妒的肯纳，现在已经彻底完蛋。我在社会上不会再有什么地位，朋友们不会再信任我，只会把我当作怜悯的对象。我的敌人不会再嫉恨我，而会嘲笑我。梅诃达先生，您不知道，我践踏了自己多少原则，行过多少次贿，又受过多少次贿。称量农民的甘蔗时，我雇的是什么样的人，用的是什么样的假称。听完这些，您打算怎么办？不过，肯纳为什么要继续活下去，让自己遭这份罪？该发生的事就让它发生吧。世人想怎么笑，就怎么笑。朋友们想怎么哀叹，就怎么哀叹。人们想怎么骂，就怎么骂。肯纳不会活着亲眼去看，亲耳去听。他不是不顾脸面、恬不知耻的人。"

说着说着，肯纳开始用两只手捶打自己的头，放声大哭起来。

梅诃达一把搂住他，用痛苦的语调说："肯纳先生，您稍稍放宽心吧。您是个聪明人，只不过现在有点沮丧。通过财富获得的尊重，不是对人的尊重，而是对财富的尊重。就算您一无所有，依旧可以成为朋友们信赖的对象，甚至敌人信赖的对象。到那时，您就不会再有任何敌人。来吧，回家吧。稍微休息一下，您的心绪就会平复下来。"

肯纳没有回答。三个人走到十字路口。车停在那里。十分钟后，他们回到肯纳的大宅。

肯纳走下车，平静地说："车子您开走吧。我现在不需要它。"

玛尔蒂和梅诃达也下了车。玛尔蒂说："你去躺着休息吧！我们坐下聊会儿。没有那么着急回家。"

肯纳感激地望着她，忧伤地说："玛尔蒂，我以前犯下的过错，请你多多包涵！你和梅诃达，除了你们，我在这个世界上没有其他亲人。我希望你们不要看低我、轻视我。或许，用不了五天十天，我就会被迫搬离这座大宅。命运多么欺骗人啊！"

梅诃达说："肯纳先生，我跟您说实话，在我看来，您从来没有像今天一样值得尊敬。"

三个人走进房间。一听到开门的动静，格温迪立刻从里面跑出来，说道："你们从那里过来的吗？大爷刚刚带来一个非常糟糕的消息。"

肯纳心里涌起一股如暴风雨一般强烈的无法阻挡的冲动，恨不得匍匐在格温迪脚下，用眼泪为她洗脚[①]。他哽咽着说："嗯，亲爱

---

① 此处，用眼泪为她洗脚意即匍匐在格温迪脚边，纵情痛哭。

的，我们破产啦！"

他那软弱无力的、绝望的、受伤的灵魂焦虑不安，渴望得到慰藉，期盼得到浸透着真实爱意的慰藉——如同一个病人，尽管已经命若悬丝，仍旧用充满希望的双眼注视着医生的面庞。正是那个格温迪，他总是苛待她，欺侮她，背叛她，总是把她当作生活的累赘，总是盼望她早点死去。此时此刻，她仿佛用衣摆装着祝福、吉祥和无畏来为他献身，仿佛他的脚边才是她生活的天堂，仿佛她只要把手放在他不幸的额头上，就能使血液在他那生命枯竭的血管中再次流动。当他的心灵如此脆弱，当他面临严酷的灾难，她仿佛站在那里，时刻准备将他拥入怀中。坐在船上戏水的时候，我们认为，水里的岩石很危险，希望有人把它们挖出来丢在一边，但是小船一旦破损沉没，我们就会紧紧抱住它们。

格温迪扶他坐到一个沙发上，用充满爱意的声音温柔地说："你干嘛这么垂头丧气？为了钱财吗？那是所有罪恶的根源。我们能从那些钱财当中获得什么幸福？从早到晚总有麻烦事——简直是灵魂的毁灭！儿子渴望跟你说说话，你却连给亲人写封信的空闲都没有。是不是很体面？是啊，确实体面，因为现今世人都崇拜金钱，而且一直如此。你对他们来说没有任何意义。只要你有钱，他们就会在你面前摇尾乞怜。第二天，这些人又会怀着同样虔诚的心情去别人门口磕头问安，连瞧都不屑瞧你一眼。正人君子不会向钱财低头。他们会观察你是什么样的人。如果你真诚、公正，具有牺牲精神，男子气概十足，他们才会敬拜你，否则，他们会把你当作社会的匪徒，转过脸不理睬你，而且会成为你的敌人。梅诃达先生，我没有说错吧？"

梅诃达仿佛从美梦中惊醒，回答道："说错？您刚刚说的话，世间的那些伟人切身体悟过生活的精髓之后也讲过。生活的真实本质正是如此。"

格温迪对梅诃达说："有钱人是什么，谁都没有思考过这个问题。无非就是那些能够靠自己的手段愚弄别人的人……"

肯纳打断她的话，插嘴说："不，格温迪，要赚钱，自己得有教养。单凭手段是赚不到钱的。为此，你必须学会牺牲和苦修。或许，通过这种修行，你连神都可以证悟。我们所有精神、智慧和身体力量的总和叫作金钱。"

格温迪没有直接驳斥他，而是采用折中的方式说道："我同意，为了赚钱，需要付出的不是一点努力。然而，我们把它当作生活中非常重要的东西，实际上，它没有那么重要。我很高兴，你终于摆脱了这种负担。现在，你的孩子将成为一个真正的人，而不是自私和高傲的化身。生活的幸福来源于使别人幸福，而不是掠夺。你别见怪，迄今为止，你生活的全部目的就是为自己服务以及奢侈享乐。命运剥夺了你的这种财富，为你开拓了更加高尚和神圣的生活道路。如果实现这种成就需要经历一些磨难，请你高兴地迎接它吧！你为什么要把它当作一种灾难呢？为什么不能认为，自己得到了一次与社会不公斗争的机会？在我看来，承受压迫比压迫别人更高贵。如果失去钱财能让我们找回自己的灵魂，那么这种代价并不昂贵。一个维护正义的斗士在战斗过程中有多么骄傲，多么兴奋，难道你这么快就忘了吗？"

格温迪苍白、干枯的脸上闪烁着智慧的光芒，仿佛她的身体里萌生出一种非凡的力量，仿佛她默默坚持的所有修行终于展露于世人面前。

梅诃达用崇敬地目光注视着她，肯纳低下头，努力尝试把她的话当作神明的启示，玛尔蒂心中羞愧难当。格温迪的思想如此高尚，她的心胸如此宽广，她的生活如此光明。

第二十九章

诺诃莉不是那种施恩不图报的女人。她做了好事，不仅要敲锣打鼓大肆宣扬，还要竭尽一切所能，获得更多好名声。通常，这种人求来的不是赞誉，而是别人的唾骂，搞得自己声名狼藉。不做好事并不会招来恶名。可能自己没有意愿，或者无能为力。没有人会因此说我们的坏话。但倘若我们做了好事之后要求别人对自己感恩戴德，那么我们帮助过的那个人就会变成我们的敌人，并且想要抹消我们的恩情。善举，倘若留在施善者的心里，是善举，一旦表露出来，就成了恶意。诺诃莉四处对人讲："可怜的霍利遇到大麻烦。为了女儿的婚事，他打算把土地典当出去呢。看到他这种状况，我心里万分同情。对滕妮娅，我非常不满，那个泼妇傲慢自大，走起路来趾高气昂、神气活现。可怜的霍利整天忧心忡忡，身心交瘁。我心想，得帮他渡过这个难关。毕竟人总得对人有点作用。霍利现在又不是什么外人，不论你们接不接受，他都是我们的亲家。我这才拿出钱来，要不然，闺女现在还在家待着呢。"

滕妮娅什么时候能任由她说这种大话？这些钱是无偿施舍的

吗？多伟大的乐施者！放债的人要收利息，你也要收。这算哪门子恩情？借钱给别人，别说利息，连本金都收不回来。我们向你借，等手头一有钱就马上还回去。我们在你家吃了亏，上了当，却从来没有跟别人提起过。原来没有人允许你站在他家门口。是我们维护了你的尊严，保住了你的面子。

晚上十点。印历五月的乌云布满天空。霍利吃完饭，抽过水烟，正打算睡觉，珀拉突然登门造访。

霍利问："珀拉大爷，最近过得怎样呀？既然要待在这个村子里，为什么不另外建一个屋子？村里的人经常说这样那样的坏话，难道你喜欢听？你别见怪，正是因为跟你有亲戚关系，所以才听不得别人败坏你的名声，不然，我要干什么呀？"

那时，滕妮娅拿着一小罐水走过来，放在霍利床头。听到他们的对话，滕妮娅说："换成其他男人，早把这种女人的头砍掉啦！"

霍利斥责道："干嘛说些不三不四的话？放下水就去睡觉吧！要是你今天走上歪路，我就把你的头砍下来？你会让我砍？"

滕妮娅洒了他一滴水，说道："走上歪路的是你妹妹，我为什么会这样做？我在说大家都认可的事情，你却来骂我。现在你大概尝到了什么甜头吧。无论老婆选择什么样的道路，一个男人只会在旁边眼巴巴地看着。这种男人，我不把他称作男人。"

霍利心里十分难过。珀拉到这里来，可能是想找他倾诉自己的痛苦。然而，她却反过来攻击他。霍利有些生气地说："你这个人，整天凭着自己的意愿，想干啥就干啥，我对你有什么不满吗？我不过说了几句话，你就发这么大火，气势汹汹地教训我。这种想法！"

滕妮娅没有学会如何讨好别人，说道："如果女人只是打翻盛酥油的陶罐，让家里失火，男人还可以忍受。不过，没有哪个男人能够忍受自己的老婆走上歪路。"

珀拉用悲伤的语调说："滕妮娅啊，你说得很对！我确确实实应该把她的头砍下来，但是现在，我不再像原来那样勇武。你去劝劝她吧，我什么办法都试过了，一点用也没有。"

"既然没有本事管住女人，为什么要再婚？为了这样在人前出丑吗？难道你认为，她会来给你按脚，为你装水烟，等你生病的时候，照顾服侍你？这些事情，只有跟你相亲相爱、白头到老的女人才能做得到。我不明白，你怎么一见到她就被迷住了呢？总得考察考察她的性格脾气怎么样，举止作风怎么样。你呀，像饥饿的豺狼一样扑上去。现在用铡刀把她的头砍下来，才是你的正道。你或许会被处以绞刑。绞刑也比这样丢脸要好啊！"

珀拉的血液有些沸腾。他说："你这样建议？"

滕妮娅说："是啊，我这样建议。现在，你也活不了五十年、一百年。你就当作自己只能活到这个年岁呗。"

这一次，霍利大声地训斥道："闭嘴！你在那儿装作一副贞洁烈女的模样，好像很伟大似的！连一只小鸟，人们都无法强行关在笼子里，更何况是人？珀拉啊，你别理她！你就当作老婆死了，舒舒服服地去跟孩子们一起生活吧！每天吃两顿饼子，念诵罗摩的名号。年轻夫妻的恩爱现在已经不复存在啦。那个女人太轻浮，除了名声败坏和嫉妒怨恨，你从她那里什么幸福也得不到。"

珀拉抛弃诺诃莉，这绝不可能！此时此刻，诺诃莉仿佛正满目凶光地瞪着他。然而，不管怎样，珀拉如今都要抛弃她。自己种的因，自己品尝它结的果。

珀拉眼中噙满泪水，说道："霍利大哥，我为这个女人受了多少苦，我自己知道。为了她，我不惜跟迦姆达吵架。活该我一把年纪，还要蒙受这样的耻辱。她每天都挖苦我，说你的女儿私奔啦！我的女儿私奔了也好，逃跑了也罢，她总归是跟自己的男人待在一起，是他同甘共苦的伴侣。我从来没有见过像她一样的女人。她跟别人在一起有说有笑，看到我就板起面孔。毕竟我是个穷人，每天干苦力只能赚到三四个安那的工钱，从哪儿买牛奶酸奶、大鱼大肉、炼乳和酸奶油！"

珀拉倾吐完自己的不幸之后离开这里，回自己家去了。他发誓，他已经吃过太多苦头，现在要跟儿子们住在一起。然而，第二天清晨，霍利看到珀拉正拿着烟卷走出女财主杜拉利的商店。

霍利觉得喊他不合适。人一旦陷入迷恋之中，就会不受自己控制。从那里回来，霍利对滕妮娅说："珀拉还赖在这儿呢。诺诃莉真是对他施了某种魔法。"

滕妮娅皱着鼻子说："那女的不害臊，这男的也一样不要脸。这种男人就应该拿捧水淹死自己，还有什么脸面出门见人？现在，他那种傲慢和狂妄不知道到哪里去了。当初，褚妮娅来到这里，他拿着大棒追着她到处跑，非说败坏了家里的体面。现在，他家的体面没有受到影响。"

霍利对珀拉心生怜悯。可怜的他落入这个荡妇的圈套，毁掉了自己的人生。抛下她独自离开，又能怎样？像这样抛下妻子自己走掉难道是件容易的事吗？即使在那边，这个妖妇也不会让他安安心心地坐着。她要么会到五老会去告状，要么会问他讨要吃食和衣物。目前，只有村里的人知晓这件事，大家都不大好意思当面指责他，顶多不过在窃窃私语罢了。如果那样做的话，全世界的人都会说珀拉的坏话。人们会说，这个可怜、无助的女人惨遭丈夫抛弃，往后她该怎么办呢？一个坏男人会坑害自己的妻子，一个坏女人会令自己的丈夫颜面尽失。

两个月之后，有一天，这个消息在村里不胫而走——为了一双鞋子，诺诃莉狠狠地揍了珀拉一顿。

雨季结束，人们开始准备播种新一季的作物。尽管霍利的甘蔗被拍卖了，他却没有赚到钱买种子，所以没有种甘蔗。另一方面，拉犁时走在右侧的那头牛也因体衰无法继续耕地，不新买一头牛，农活儿根本进行不下去。布妮娅的一头牛又不慎跌落水沟里，摔死了。如此一来，处境变得愈发艰难。他们只能一天在布妮娅的田里犁地，一天在霍利的田里。最终，两家的地都没有犁到应有的样子。

霍利扛着犁去往田里，心里却一直在担心珀拉。一生之中，他从来没有听说过，哪个女人用鞋子狠揍自己的丈夫。别说用鞋子，就算用巴掌或拳头打丈夫的事，他都想不起来。今天，诺诃莉用鞋子殴打珀拉，所有人都在旁边欣赏好戏。那个倒霉蛋如何才能摆脱这个女人？眼下，珀拉就应该找个地方淹死。一个人，倘若除了耻辱和不幸之外，生活中别无其他，那么死去反而是更好的选择。有谁会哭喊珀拉的名字呢？就算儿子们会为他举办葬礼，但那也是害怕在人前丢脸，谁的眼里都不会有泪水。受到欲望的驱使，一个人就这样毁掉了自己的人生。倘若最终连个为他哭泣的人都没有，那么生有何恋，死有何惧？

一个是这个诺诃莉，一个是那个遮玛尔女人西莉娅。无论是外貌还是言谈，西莉娅都比诺诃莉强十万倍。假如她愿意，完全可以轻轻松松地养活他们母子二人，还可以风流潇洒地四处游玩。然而，她宁可给别人干苦活，饿得半死。她将自己的全部希望寄托在玛咀依身上，他却连一句无情的话也不问她。谁知道呢，说不定滕妮娅死了，霍利今天也会沦落到这样的境地。想到滕妮娅的死，霍利吓得浑身汗毛竖立。滕妮娅的形象浮现在他的心目之中——代表服务与牺牲的女神。她虽然嘴巴尖利，但是心肠如蜡一般柔软，虽然嗜钱如命，但是为了维护家族的体面，甘愿献出自己的一切。年轻的时候，她也不失为一个美人。在她面前，诺诃莉算什么东西？她走起路来像个女王，无论谁看到她，都无法收回自己的视线。那时候，巴泰西沃里和金古里都还年轻。他们两个人看到滕妮娅以后心痒难耐，在她家门口兜了无数个圈子。霍利埋伏在一旁窥视他们，但却没有找到任何值得动怒的理由。那段日子，家里的吃喝非常紧张。

打过霜，田里连根稻草都没长出来。人们只能靠吃野枣度日。霍利不得不去饥荒灾民营干活，每天能挣六个拜沙。滕妮娅一个人留在家里，可是没有人见过，她盯着某个花花公子看。有一回，巴泰西沃里挑逗了她几句，结果被她狠狠教训了一通。那个场面，他至今也无法忘怀。

忽然间，他看到玛咀丁朝自己走来。他这样残酷无情的人真是前所未见，额上点什么吉祥痣，仿佛真是神的虔诚信徒一样。好一个伪君子！这样的婆罗门，谁会尊敬他？

玛咀丁来到近旁，说道："霍利啊，你拉犁时走在右边的那头牛太老了，这一次连浇水的活儿也干不动啦！买那头牛大概有五年了吧？"

霍利把手放在右边那头牛的背上，说道："兄弟！怎么是五年，现在都快八年啦。我倒是想让它退休，但是农民和农民的牛，只有阎王爷让他们退休，他们才能退休。每次把轭套在它脖子上的时候，我的心里都感到一阵阵刺痛。那个可怜蛋或许在想，现在还不让我休息，难道要让我这把老骨头去耕地吗？可是，我没有任何办法呀！你过得怎么样？身体恢复了吗？"

一个月以来，玛咀丁一直身染疟疾，高烧不退。有一天，他的脉搏一度停止跳动。人们把他从床上抬下来。自那时起，他的心里萌生出一个念头，正是因为他虐待过西莉娅，所以才会得到这样的惩罚。当初，他把西莉娅赶出家门的时候，她还怀着孩子。他对她没有一丁点怜悯之心。即使挺着大肚子，她也不停地在干苦活儿。倘若不是滕妮娅同情她，她早就死了。她承受了多少苦难才活下来，那种状况下，她甚至连苦活儿都没法干。现在，他心软意活，感到羞愧，才来求霍利转交给西莉娅两个卢比。倘若霍利同意转交那些钱的话，他会非常感念他的恩德。

霍利说："你为什么不自己去给她？"

玛咀丁沮丧地说："霍利大爷，别打发我去找她！我有什么脸面过去？我也害怕，她可别一见到我破口大骂。你就可怜可怜我吧！现在我还走不了多远，但是为了这些钱，我跑了足足一柯斯的路去找一个老主顾。自己造的孽，我已经遭够了报应，现在再也承担不起婆罗门的重任。无论你偷偷摸摸地干多少坏事，没有人会说话。不过，当着别人的面，你什么都不能干，不然就会给家族抹黑。大哥，请你跟她解释解释，请求她原谅我的罪过。宗教的束缚实在太过严苛。出生和成长在这样的社会里，你就得遵守它的礼法。对于其他种姓的人来说，宗教遭到亵渎并不会造成什么特别的损失。如果婆罗门失去自己的宗教，他就真是无地自容。他的宗教是先辈们辛苦挣来的荣耀，是他吃饭的依靠。为了赎罪，我们花了三百个卢比。既然非要失去自己的宗教，那么以后无论干什么，都可以光明正大地干。如果说，人对社会有一些责任，那么他对人类也有一些责任。履行社会的职责固然能够得到社会的尊重，但是履行人的职责却可以取悦天神。"

傍晚时分，霍利战战兢兢地把钱交给西莉娅。那一刻，她仿佛感觉，自己的苦行终于换来神的恩赐。她可以独自背负沉重的苦难，却无法一个人承受幸福的重担。她要把这个好消息告诉谁？她不能对滕妮娅倾诉自己的心事。村子里也没有其他人与她亲近。她心神不宁，不知道怎么办才好。她只有索娜这一个伙伴。西莉娅迫不及待地想去找索娜。这一整晚要怎样熬过去？她的心里仿佛掀起一阵风暴。现在，她不再是孤苦伶仃的可怜人。玛咀丁又愿意保护她了。人生的路途中，如今她眼前出现的不是黑天墨地、面容狰狞的深渊，而是枝繁叶茂、郁郁葱葱的平原，上面溪流淙淙有声，鹿群欢腾嬉戏。她那因为愤怒早已熄灭的爱情今天又变得无比狂热。她曾在心里无数次不停地咒骂玛咀丁。今天，她想请求他的原谅。她在全村人面前羞辱他，确实是她犯下大错。她只是一个出身卑贱的遮玛尔女人，能遭受多大的损失呢？今天，她只要花十几二十个卢比，请宗族里的人吃饭，他们就会重新接纳她。可怜的他却永远失去了自己的宗教，再也找不回往日的荣光。盛怒之下，她是多么盲目，竟然在所有人面前敲锣打鼓，大肆宣扬自己的爱情。他的宗教遭到亵渎，自然会勃然大怒，她为什么那样鬼迷心窍？她乖乖回到自己家去，有什么坏处？家里又没有人会绑住她。村里的人之所以敬重玛咀丁，是因为他遵奉宗教的规定。如今，信仰的宗教被彻底毁灭，他为什么不会想宰了她？

之前，在她眼里，所有过错都是玛咀丁的，而现在，一切都该归咎于她。仁善方能招来仁善。她把孩子抱在怀里，久久地抚爱。如今，看到孩子，她不再感到羞愧和悔恨。他不仅仅是她怜悯的对象，也是她全部母爱和骄傲的主人。

印历八月，银白色的月光铺满大地，如同一曲甜美的音乐。西莉娅走出家门。她要去找索娜，把这个充满幸福的好消息告诉她。现在，她再也等不下去了。暮色刚刚降临，应该还能寻到小船。她加快脚步向前走，来到河边发现，小船停靠在对岸，船夫也不知所踪。月亮仿佛溶化在河里，正顺水流向远方。她站在原地，思索了片刻，然后踏进河里。河里哪儿会有那么多水呢？跟她心中幸福的海洋相比，这条小河算得了什么。最初，河水只浸到她的膝盖，接着漫过她的腰，最后淹到她的颈部。西莉娅十分担忧，生怕自己会淹死，或者掉进某个坑里。然而，她还是冒着生命危险，向前迈开脚步。现在，她走到河中间。死神在她面前跳舞，她却一点也不慌乱。她会游泳，年少时，不知道在这条河里游过多少个来回，每次很快就能到达对岸。不过，她的心还是怦怦直跳。水位开始下降。现在她不再害怕，迅速地涉水过河，抵达岸边，拧干衣服上的水，一边打着寒颤，一边向前走去。四周一片寂静，连豺狼嚎叫的声音也听不到。与索娜见面的甜美幻想带着她飞一般地朝前迈进。

然而，到达那个村子以后，她却开始犹豫，要不要去索娜家。玛图拉会说什么？他的家人又会说什么？索娜也会生气，深更半夜，你来干什么？乡野之地，忙碌整日、疲惫不堪的农民大都会在傍晚入睡。整个村子的人都睡着了。玛图拉家大门紧锁。西莉娅不能喊人给她开门。人们看到她这副装扮会说什么？那里，门口的火堆还闪耀着点点光芒。西莉娅靠着火烘烤起自己的衣服。忽然，大门打开，玛图拉走出来，问道："哎呀！谁坐在火堆旁边？"

　　西莉娅迅速地把纱丽的末端拉过头顶，走到他身旁，说道："是我呀，西莉娅！"

　　"西莉娅！这么晚了，你怎么来啦？家里一切都还好吧？"

　　"嗯，一切都好。我心里焦虑不安，想着，走吧，去见见大家。白天没有空闲。"

　　"那么，你是淌水过来的？"

　　"不然还能怎么来。水不算深。"

　　玛图拉把她引进门。过道里一片漆黑。他抓着西莉娅的手，把她拽向自己身边。西莉娅猛然一甩，用力挣脱他的手，怒气冲冲地说："当心点儿，玛图拉，你要再调戏我，我就告诉索娜。你要搞清楚，你是我的妹夫。看起来，你跟索娜的关系并不融洽。"

　　玛图拉把手搭在她的腰上，说道："西萝①，你干嘛这么无情？这个时间，谁会看到？"

　　"难道我比索娜漂亮？娶到这样一位貌美如花的仙女，你不庆幸自己命好，反而想变成一只大黑蜂，四处沾花惹草。我要告诉她，她准保不会再搭理你。"

　　玛图拉不是一个淫乱好色之徒，他也很爱索娜。这一次，在黑暗和寂静中，看到西莉娅的青春美貌，他的心突然躁动失控。受到

---

① 西萝，原文为Sillo，为西莉娅的昵称。

西莉娅的一番警告，他清醒过来，放开西莉娅，说道："我拜倒在你脚下，求求你，西萝，不要告诉她。无论你想怎么惩罚我，都随你。"

西萝对他动了恻隐之心。她轻轻地扇了他一巴掌，说道："这就是对你的惩罚，以后不要再对我做这样的坏事，也不要对别人做。要不然，你会失去索娜的。"

"我发誓，西萝，今后再也不会发生这样的事。"

他的声音里包含着一丝苦痛。西萝的心开始动摇，她的怜悯之情变得愈发浓烈。

"万一做了呢？"

"那就随你处置。"

西萝的脸贴近他的脸，两个人的呼吸、声音和身体都在颤抖。突然，索娜大喊："你在那里跟谁说话呢？"

西萝赶忙退后。玛图拉向前走到院子里，说道："西萝从你老家来啦！"

西萝也紧随其后，来到院子里。她发现，索娜在这里过得多么舒适。露台上摆着一张小床，床上铺着厚实、柔软的垫褥，与玛咀丁床上铺的一模一样，还有枕头和棉被。床下放着一小罐水。院子里，月光铺洒下来，如镜子一般。一个角落里有一个花坛，里面种着罗勒，另一边靠墙摆放着几捆印度黍，中间还有几捆稻草。不远处有一个石臼，旁边放着一些舂捣过的稻米。瓦盖的顶棚上爬满南瓜的藤蔓，上面还有几个南瓜闪闪发光。另一边的露台上拴着一只奶牛。这片区域是玛图拉和索娜睡觉的地方，其他人或许睡在另一边。西莉娅心想，索娜的生活过得多么幸福啊！

索娜爬起来，走到院子里，但是没有扑上去与西莉娅热情拥抱。西莉娅明白，大概因为玛图拉站在旁边，索娜不大好意思。或者，谁知道呢，她现在变得傲慢自负——认为与西莉娅这个遮玛尔女人拥抱是她的耻辱。她所有的热情彻底冷却。这次会面并没有给她带来喜悦，反而令她心生嫉妒。索娜的皮肤多么白净，身体怎么像黄金一样漂亮！她的体态优美婀娜，脸上洋溢着主妇的荣光和少女的欢愉。刹那间，西萝像着了魔一样站在那里，目不转睛地凝视着她。这就是那个索娜，那个拖着干枯的身体，头发散乱，东奔西跑的索娜。过去，她几个月都不给头发抹油，裹着破烂的衣衫四处游荡。今天，她是自己家的女王，脖子上戴着颈饰和项链，耳朵上挂着金耳环，手上戴着银镯子，眼睛上画着黑油烟，发缝中涂撒着朱砂粉。西莉娅人生的天堂不过如此，看到索娜生活在这里，她心有不悦。索娜变得多么傲慢啊！以往，她用手搂着西莉娅的脖子，两个人一起去割草，今天，她甚至没有用正眼瞧西莉娅一下。西莉娅本以为，索娜会抱着她哭一会儿，然后尊敬地请她坐下，呈上吃食，询问村里和家里发生的各种事情，讲述自己新生活的感受——那会是一个美妙的夜晚和一场甜蜜的会面。不过，索娜一句话也没有说。来到这里，她非常懊悔。

终于，索娜淡漠地说："西萝，干嘛这么晚来这里？"

西萝努力抑制住泪水，说道："我很想见你一面。时隔这么多天，我是来见你的。"

索娜的语气变得更加冷酷："但是去拜访别人家，是该选择白天还是这样的深夜？"

实际上，索娜对她的造访感到厌烦。这个时间，她本该与丈夫同赴巫山，共享欢愉。西萝成了他们的阻碍，就像从她面前把一盘摆好的美食夺走一样。

西萝失神地盯着地面。大地为什么不裂开一条缝，让她跳进去。这是多么大的羞辱！人生这么多年，尽管她遭受过许多羞辱，看到过诸般苦难，从来没有任何一件事话像今天这件事一样深深刺痛她的心。倘若红糖用陶罐装着封存在家里，无论暴雨如何倾盆，都不会造成什么损害，但是，如果红糖铺在外面太阳底下晾晒，这时，哪怕只下一滴雨，也能将它彻底毁坏。此时此刻，西莉娅内心所有柔软的感情都张开嘴巴，渴盼天空降下一场甘霖。等来的是什么，不是甘霖，而是毒药。这些毒药迅速钻进西莉娅的每一个毛孔。西莉娅就像被毒蛇咬伤一样，感到一阵阵的疼痛。在家里饿着肚子睡觉是一回事，但是，如果被人从筵席上强行撵走，还不如跳河淹死更好。西莉娅在这里一刻也待不下去，仿佛有人掐着她的喉咙。她什么也不能问。她在揣测，索娜心里想的是什么。那条蛰伏在洞穴里的毒蛇千万别跑出来，她本想在事情发生之前逃离那里。不过，要怎么逃，要编什么借口？她为什么还不死去！

玛图拉拿起厨房的钥匙，打算去拿些点心给西莉娅吃，但是，他突然不知所措地站在原地。这边，西萝紧张得喘不过气来，仿佛有一把宝剑悬在她的头顶。

在索娜眼里，世间最大的罪恶莫过于男人偷看其他女人、女人偷看其他男人。对于这种罪过，她是绝对不能宽恕的。偷盗、谋杀、伪造、欺骗，任何一种罪都没有那么严重。相互打趣寻开心，只要做得光明正大，她并不觉得是什么恶事。不过，她极其厌恶偷偷摸摸地开玩笑。她从小就了解和掌握了许多关于风俗礼法的事。每当霍利从市场回家晚了，滕妮娅就知道，他去过女财主杜拉利的店铺，就算只是去买烟草，她也会连续几天，既不跟霍利说话，也不做家务。有一回，因为这件事，她还跑回了自己娘家。这种认知在索娜心里更为强烈。她待字闺中的时候，这种认知还没有那么鲜明，然而，结婚之后，它简直变成了一种誓言。这种男女，即使被人揍得皮开肉绽，她也不会可怜他们。在她看来，除夫妻关系之外，爱情不应该存在于其他任何地方。她认为，男女之间相互的责任和义务就是爱情。她把西萝当作妹妹，宠爱她，信任她。今天，那个西萝竟然背叛了她。玛图拉和西萝之间肯定早有苟且之事。或许，玛图拉经常跟她在河边的田地里碰面。正因如此，她今天才会大半夜渡河过来。倘若不是听到他们两人的对话，她还对此浑然不知。玛图拉可能认为，家里四下无人，正是爱侣幽会的绝佳时机。她的心焦虑不安，她想知道一切，想揭穿所有的秘密。这样，她才能想出一个万全之策保护自己。玛图拉为什么站在这里？难道他连话都不准她说吗？

她生气地说："你干嘛不出去，难道要在这里站岗放哨吗？"

玛图拉一言不发地走了出去。他十分害怕，西萝千万别把所有事情都说出去。

西萝也吓得魂不附体，现在，她恨不得悬在头顶的那把利剑掉落下来。

这时，索娜用非常严肃的口吻问西萝："听着，西萝，你明明白白地告诉我，否则，我就在你面前，在这里用铡刀砍断自己的脖子。之后，你再来当他的小老婆，接管家里的一切吧！你瞧，铡刀就放在眼前。一个剑鞘里装不下两把剑，一个男人不能同时有两个老婆。"

她疾步走到前面的院子里，拿起铡刀，握在手中，说道："你别以为，我只是在吓唬你。生起气来，我有什么不能做，有什么不能说！你明明白白地告诉我！"

西莉娅浑身瑟瑟发抖。字一个一个地从她嘴里蹦出来，如同留声机里传出来的声音。她一个字也不敢隐瞒，索娜的脸上露出可怕的表情，仿佛她已下定决心，要跟人血战到底。

索娜用如匕首一般尖锐的目光望向她，仿佛想用那把匕首捅伤她一样。索娜说："说的都是实话？"

"绝对是真的！我可用孩子发誓。"

"没有隐瞒什么？"

"如果我有丝毫隐瞒，那么我的眼睛就会瞎掉。"

"你为什么不用脚踹那个罪人？为什么不用牙咬他？为什么不杀

死他？为什么不大声呼救？"

西萝该如何作答。

索娜像疯子似的瞪着一双通红的眼睛，愤怒地说道："为什么不说话？你为什么不用牙齿把他的鼻子咬下来？为什么不用双手掐住他的脖子？那样的话，我会拜倒在你脚下，敬奉你，崇拜你。现在，你在我眼里就是一个娼妇，一个彻头彻尾的妓女！假如你要这么做，为什么要玷污玛咀丁的名声，为什么不随便找个人姘居在一起，为什么不回自己家去？这是你家里人的希望呀。你可以拿干牛粪饼和稻草去市场上卖，赚到钱拿回去。你爸爸坐在家里，可以用这些钱弄点土酒喝。为什么非要让他去侮辱那个婆罗门呢？为什么非要让他身败名裂呢？为什么要装成贞节烈女呢？既然一个人过不了，为什么不找个人结婚？为什么不找条河，找个水塘把自己淹死？为什么要破坏别人的生活？今天，我告诉你，如果我发现这类事情再次发生的话，那么我们三个人当中没有一个人可以活下去。行啦，脸都丢光啦，现在带着你的耻辱走吧！从今往后，我跟你再也没有任何关系。"

西萝慢慢地站起来，勉强稳住自己没摔倒。她看上去那么孤苦无助。有一瞬间，她想鼓起勇气，但却想不到该说什么来为自己辩白。她感到头晕目眩，眼前一片黑暗，喉咙干得生烟，整个身体没有任何知觉，仿佛生命正逐渐从她的毛孔和缝隙中溜走。她就这样一步一步地向前走去，仿佛前方是个无尽的深渊。之后，她来到外面，朝河边走去。

玛图拉站在门口，说道："西萝，这个时间，你要去哪里？"

西萝没有回答。

此时此刻，那片银色的月光依旧铺满大地。河里的水浪依旧在月光下翻翻起舞。西萝如梦中幻影一般朝河里走去，疯癫、无助、惊慌失措。

第三十章

　　工厂几乎完全烧毁，但是同样的工厂又会重新建立起来。为了这件事，肯纳先生投入了自己的所有努力。工人的罢工仍在持续，不过，如今，这对工厂的老板们不会造成什么特别的损失。他们以低廉的工资雇佣到新的工人，并且这些工人都在拼命干活，因为他们所有人都饱尝过失业的痛苦，现在只要他们有能力，就不会愿意做出任何阻碍他们维持生计的事情。无论要干多少活，无论休息的时间多少，他们都没有一丁点怨言，只是低着头认真干活，像牛一样。斥责、恐吓，甚至用大棒敲打，都不会令他们沮丧灰心。如今，对于原先的工人来说，没有什么道路可供选择，除非他们愿意接受缩减的工资回来干活，并且巴结奉承肯纳先生。现在，他们对翁迦尔纳特先生毫无信任可言。倘若他单独落在他们手里，说不定会被他们狠狠地揍一顿，不过婆罗门先生非常谨慎。点灯以后，他就躲在办公室不出来，并且对各路官员大行阿谀奉承之事。米尔扎·库尔谢德的名望没有受到影响，不过，目睹这些可怜人的痛苦，发现自己没有办法解决这些问题，他只能衷心希望，所有人都恢复原职。

然而，与此同时，他又想到新工人的困难，所以常常对前来征询意见的人说，你们愿意怎么办就怎么办吧！

肯纳先生发现，旧工人想重新回来工作，于是变得愈发神气，尽管他从心里觉得，领同样的工钱，旧工人比新工人好得多。新工人即使竭尽全力，也做不到跟旧工人一样的活儿。大部分旧工人从小就习惯在工厂里干活，非常熟练。新工人大部分是来自乡村的贫苦农民，习惯在开阔的天空和田野上用老旧的木制农具干活。他们在工厂里感到窒息，对机器高速运转的零部件感到畏惧。

最终，旧工人彻底缴械投降，肯纳先生答应他们重新复工。然而，新工人宁愿领更少的工钱，也要留在工厂干活。现在，这个问题摆在董事会面前，他们究竟是让旧工人复工，还是继续雇佣新工人。董事会里一半的成员支持削减工资，留用新工人；另一半主张按照现在的工资，雇佣旧工人。钱势必会多花一点，但是能完成许多工作。肯纳是工厂的灵魂，从某种程度上来说，是至高无上的主事者。董事会只不过是他手中的牵线木偶。决定权在肯纳一个人手里，就这个问题，他不仅向自己的朋友，也向敌人征询意见。首先，他听取了格温迪的建议。自从他对玛尔蒂失望透顶，而格温迪得知，像梅诃达那样阅历丰富、知识渊博的学者多么尊重自己，希望自己能获得某种成就，夫妻两人的爱情又重新复燃。即使不能将其称之为爱情，起码也是相依相伴的深情厚谊。他们对彼此的怨恨和不满早已烟消云散，两人中间竖立的高墙随之崩裂坍塌。

玛尔蒂的行为做派也发生了根本性的改变。迄今为止，梅诃达的生活一直是在钻研和思考中度过的。他博览群书，又对唯心主义和唯物主义进行了细致的研究。最终，他得出以下结论：出世和入世之间存在一条"服务之路"，不管你是不是把它称作"业瑜伽"[①]，唯有它才能使人生富有意义，才能将人生变得崇高而神圣。他不相信什么全知全能的神。尽管他从不公开宣扬自己的无神论思想，因为关于这个问题，他认为自己不可能确切无疑地创立某一种理论，不过，这个观念在他心里根深蒂固——万物的生死、苦乐、罪恶与功德无关任何神灵的旨意。他认为，因为傲慢与自大，人类不断地抬高自己，将自己做每一件事的动因都归结到神的身上。以此类推，数以亿计的蝗虫在跨越大海的途中死去，它们似乎也可以判定，一切都是神灵的责任。但是，假如神灵的旨意神秘高深，人类无法理解，那么遵从这些旨意，人类又能得到什么满足？在他看来，人们想象神灵只有一个目的，那就是实现人类生活的和谐统一。针对不二论、泛灵论或非暴力思想的核心理论，他不是从唯心，而是从唯物的角度进行考察，尽管这些理论没有在历史上的任何一个时期占据主导地位，它们却对人类文明的发展具有非常重要的意义。

梅诃达把人类社会的和谐统一当作自己坚定的信仰，不过，他认为，坚持这种信仰不一定要接受有神论的思想。他对人类的热爱不是建立在众生有灵、本质同一的基础之上。在他看来，二元论和不二论，除了在实践中具有一定的意义之外，别无他用。对他来说，实践的意义就是使人类相互亲近，消弭彼此间的分歧，巩固兄弟般的情谊。这种和谐、这种亲密无间深深扎根在他的灵魂里，甚至对他来说，在他眼里，任何建立在超验基础上的世界都没有意义。一旦掌握了这种真理，他就不可能悠闲地坐着什么事也不干。他必须撇开个人利益，做更多的工作。若非如此，他的心灵无法得到安宁。追名逐利或者完成任务的想法从来没有在他心里出现过。这些东西

---

① 业瑜伽，原文为karmayoga，亦译作羯磨瑜伽、业修，意思是信徒通过净心修习经典规定的"业"，认真履行经典规定的责任与义务，不计较结果如何，最后达到解脱的境界。

没有价值，微末渺小，足以让他避犹不及。如今，为他人服务是他唯一的愿望。他这种高尚的情操对玛尔蒂产生了潜移默化的影响。迄今为止，她所遇见的男人都在鼓励她释放自己的享乐天性，她的牺牲本能日渐衰微。与梅诃达交往以后，她的牺牲精神才再次觉醒过来。一切有智慧的生命体中都蕴藏着这种精神，一旦获得阳光，它就会光芒闪耀。一个人倘若追逐名或利，你就当作他还没有接触过任何纯净的灵魂。

玛尔蒂现在经常去穷苦人家，免费给病人看病。她对待病人和颜悦色。当然，她还对世俗玩乐和穿着打扮颇有兴趣。她感觉，抛弃胭脂水粉比改变自己的内心要难得多。

这样，他们两个人经常去往乡村，花几个小时跟农民待在一起，时不时还在他们的茅草屋里过夜，享用他们的粗茶淡饭，觉得自己无比幸运。有一天，他们走到赛姆里村，然后逛着逛着又来到贝拉里村。霍利正坐在门口抽水烟，玛尔蒂和梅诃达突然站在他面前。梅诃达一看到霍利就认出他来，说道："这是你的村子？还记得，我们上次去拉易老爷家，你在折弓庆典的本事剧里扮演一个花匠。"

霍利的记忆苏醒过来。他认出梅诃达，于是打算去巴泰西沃里家借几把椅子。

梅诃达说："不用椅子啦，我们可以坐在这张小床上。我们不是来找椅子坐，而是来向你学习的。"

两个人坐在小床上。霍利惶惑不安地站着。应该如何招待这些人呢？都是些大人物。他有什么东西适合拿出来招待他们呢？

最终，他开口问道："要喝水吗？"

梅诃达说："嗯，确实挺口渴的。"

"再来点儿甜食吗？"

"来点儿呗，如果家里有的话。"

霍利去屋子里拿甜食和水。那时，村里一些孩子跑过来，将这两个人团团围住，仔细打量，仿佛来到此处的是什么动物园的珍禽异兽。

西萝有事，正准备抱着孩子出门。看到这两个人，她好奇地停下脚步。

玛尔蒂走过来，把她的孩子抱入怀中，一边抚爱，一边说："孩子多大啦？"

西萝正好也没弄明白。旁边一个女人说："大概一岁，对吧？"

西萝表示赞同。

玛尔蒂开玩笑说："孩子真可爱！把他送给我们吧！"

西萝骄傲地说："那就当作是您的吧！"

"那我把他带走咯？"

"带走吧！跟您生活在一起，他肯定能长大成人。"

村里其他的女人来了。她们把玛尔蒂领到霍利屋子里。这里，在男人面前，她们没有机会跟玛尔蒂聊天。玛尔蒂看到，屋里放着一张铺好的床，上面盖着粗线毯子，那是从巴泰西沃里家借来的。玛尔蒂走过去坐在床上，开始谈论起看护孩童和抚养婴儿的问题。女人们专心致志地在旁聆听。

滕妮娅说："小姐，这些清洁和养生的事情在这里怎么可能办到？连饭都没有着落呢。"

玛尔蒂解释道："清洁卫生不需要花钱。只要勤劳一点，注意一点，就可以啦！"

女财主杜拉利问："小姐，这些事情你是怎么知道的，自己现在都还没结婚吧？"

玛尔蒂笑着问："你怎么知道我没有结婚？"

所有人都转过脸笑起来。布妮娅说："哎呀，这还能瞒得住啊，小姐，看看你的脸就知道啦！"

玛尔蒂难为情地说："确实是还没有结婚，不然怎么为你们服务呀！"

大家异口同声地说："祝你幸福，小姐，祝你幸福！"

西莉娅开始为玛尔蒂按摩双脚。她说："小姐，来的时候走了很多路，一定累坏了吧。"

玛尔蒂把脚抽回来，说道："不，不，我不累。我是坐汽车来的。我希望，你们把自己的孩子带过来，给我瞧瞧，这样我就可以告诉你们，怎样才能让孩子身体健康，无病无灾。"

没过多久来了二十几个孩子。玛尔蒂为他们仔细检查。几个孩子的眼睛红肿，她为他们点上眼药。大部分孩子骨瘦体弱，因为父母没有办法弄到好的吃食。得知只有极少数人家有牛奶喝的时候，玛尔蒂感到非常惊讶。至于酥油，那更是成年累月连见都见不到。

如同之前在其他村子一样，玛尔蒂也在这里向她们讲述了做饭的重要性。这些人为什么不能做一些好的饭菜？为此，她十分痛心。她对这些村民感到愤怒。难道你们生下来就是为了拼命挣钱？种出来的东西不能自己吃掉？你们能够喂饱好几头耕牛，就没有办法养一两头奶牛？为什么这些人没有把饭食视为生活中最重要的事物，而仅仅把它当作维持生命的东西？他们为什么不请求政府，以低额的利息贷款给他们，帮助他们脱离高利贷者的魔爪？无论问谁，她获悉的状况都是，他们挣来的大部分钱都用来偿还高利贷者的债务了。分家的恶劣风气越来越盛行。大家相互敌视，甚至没有哪两个兄弟能够住在一起。他们之所以沦落到这么悲惨的境地，多半是因为他们心胸狭窄、自私自利。玛尔蒂一直在跟妇女们讨论这些话题。看到她们对自己的崇敬，她心中为他人服务的念头变得愈发强烈。与这种充满牺牲精神的生活相比，纵情享乐的生活多么渺小，多么虚伪！今天，那件金线绣边的丝衣、散发着香气的身体以及经过脂粉修饰的面容令她羞愧不已。手腕上戴着的金表仿佛目不转睛地瞪着她。脖子上闪闪发亮的宝石项链仿佛想要把她勒死。

在这些富有牺牲精神、虔诚纯洁的女神面前，她觉得自己十分卑劣。相比起这些农村妇女，她对许多事情具有更加充分的了解，对时局的发展具有更加深刻的认知。然而，这些妇女尽管穷困潦倒，却能使生活富有意义，同样的环境，她是否能够待上一天？她们没有丝毫的傲慢，整天不停地劳作，忍饥挨饿，痛哭流涕，但是她们仍旧这样笑颜如花。她们把别人当作自己人，甚至会到无私忘我的地步。她们的自我存在于她们的孩子、丈夫和亲人身上。倘若这种精神能够得到保护——它所覆盖领域能够不断扩大——未来女性典范的塑造也就可以完成。那些所谓有觉悟的女人不具备这种精神，她们心中萌生的全是自私自利的想法——一切皆为自己，为自己的奢侈享乐——这样，她们还不如继续沉睡。即使我们承认，男人确实冷酷无情，但他们也是母亲的儿子。母亲为什么不教育他，要求他尊崇母亲和女性？正是因为母亲没有这样教育他，正是因为她抹杀了自己的存在，她的形象才会败坏，她的人格才会毁灭。

不，抹杀自我是行不通的。正如这些农民为了保护自己不得不放弃一些纯良的品性，为了社会的福祉，女性也必须以同样的方式捍卫自己的权利。

夜幕降临。那些妇女依旧围着玛尔蒂，仿佛她们还没有听够她的话。许多妇女请求她留在这里过夜。玛尔蒂非常喜欢她们简单、纯朴的热爱，所以接受了她们的邀请。晚上，妇女们唱了一些当地歌曲给玛尔蒂听，玛尔蒂充分利用自己的时间，去往每个人家中，了解她们的状况。对那些农村妇女来说，她的正直、亲善和真挚的同情不亚于女神的恩赐。

另一边，梅诃达先生坐在床上观看农民摔跤。他后悔为什么没有带米尔扎先生来，否则，现在可以跟他成为搭档。他感到十分惊讶，那些所谓受过教育的人怎么能如此残忍地对待这群体格壮硕、与世无争、没有文化的老实人？与愚蠢的人一样，聪明人也会做简单、真挚和美好的梦。他对人性的信仰如此坚定、如此鲜活，在他看来，所有违背这种信仰的行为都是野蛮的、不人道的。他不记得，狼永远用利爪和獠牙回应小羊的恭顺无争。他创造了一个属于自己的理想世界，让理想的人类住在里面，他自己也沉浸其中，不可自拔。现实多么深奥难懂，多么复杂精妙，多么矫揉造作，他很难想象得到。此时此刻，梅河达先生坐在这些农村人中间，正在试图解答一个问题，为什么他们的处境这么凄惨？他无法鼓起勇气正视这个事实——纯良的品性正是他们处境凄惨的原因。假如他们多一些人性，少一些神性，就不会被欺辱到这种程度。无论国内发生什么事，哪怕是爆发革命，都跟他们没有关系。任何一个政党，只要声势强盛地出现在他们面前，他们都愿意向它屈服低头。他们的与世无争已经到了麻木的地步，只有严酷的打击才能激发他们的活力。他们的灵魂仿佛对周遭的一切失去希望，于是折断双腿，停歇在自己的内部世界里。他们对生命的感知似乎也完全消失。

夜幕降临。在田里忙碌到现在的人们赶着回家。那时，梅河达看见玛尔蒂怀里抱着一个孩子，全情投入地跟众多妇女待在一起，仿佛她也是她们当中的一员。梅河达的心充满喜悦，怦怦乱跳。从某种程度上来说，玛尔蒂为梅河达奉献了自我。对于这一点，如今，梅河达没有丝毫怀疑。但他心中对玛尔蒂仍旧没有产生那种强烈的感情。对他来说，没有这种情感，谈婚论嫁是十分可笑的。玛尔蒂如同一个不速之客，来到他家门口，梅河达也欢迎她。然而，这无关爱情，只不过是男人顾及体面。即使玛尔蒂认为，他值得她的青睐，梅河达也不能接受她的好意。与此同时，他希望玛尔蒂不要妨碍格温迪。他清楚，玛尔蒂只要前脚没有踏稳，就绝对不会迈出后脚。他知道，欺骗玛尔蒂会展现出自己的卑劣。为此，他的灵魂时常不停地谴责他。然而，他越近距离地观察玛尔蒂，他的心就越强烈地受到玛尔蒂的吸引。美色的魔力不会对他产生任何影响，这是美德的魅力。他明白，人们称之为真爱的东西，只有受到一种羁绊的束缚才能产生。在此之前萌发的爱情不过是对美色的迷恋，不稳定，也不会长久。但是，在此之前，你必须确定，将要放在车床上的这块石头，它是否有能力经受打磨。不是所有石头都能经受车床的打磨，成为美丽的雕像。这些日子，玛尔蒂将自己点点光辉洒在他心里的各个角落，不过，它们现在还没有凝聚起来，爆发出熊熊烈火，燃烧他的整个心灵。今天，玛尔蒂消除了所有偏见，跟农村妇女们融为一体，仿佛把这些光辉统统聚合。今天，梅诃达第一次感觉自己跟玛尔蒂灵魂相通。等到玛尔蒂在村里绕行完一圈，返回霍利家时，梅诃达立刻带她动身去往河边。他们决定在那里过夜。今天不知为何，玛尔蒂的心怦怦直跳。今天，梅诃达的脸上闪烁着一种奇异的光彩和愿望。

河岸边，月光铺满大地。河流戴着镶满宝石的首饰，一边用甜美的声音唱着歌，一边向月亮、星星和低头沉睡的树木表演自己的舞蹈。梅诃达仿佛陶醉在大自然令人着迷的美景之中，童年仿佛伴随着各种游戏回到他的身边。他在沙滩上跳来跳去，然后跑进河里，站在及膝的河水中。

玛尔蒂说："不要站在河里，可别着凉啦！"

梅诃达一边向上泼水，一边说："我想游到河对岸去。"

"不，不，赶紧从水里出来吧！我不准你去！"

"你不跟我一起去吗，到那个静谧的乡村，那个梦想的国度？"

"我不会游泳。"

"好吧，来，我们造一艘小船，坐船去。"

他从水里走出来。周围是一片三春柳林，一直绵延到很远的地方。梅诃达从口袋里掏出一把小刀，砍下许多枝条，把它们堆在一起。河的高岸上长着一片芦苇。他爬上去砍下一捆拿回来，随即坐在那里的沙地上把它们搓成绳子。他如此高兴，仿佛在为升入天堂做准备。好几次，手割破了，血流出来。玛尔蒂非常生气，一遍又一遍地要求他返回村里，但是他一点也不在意。他如孩童一般，那样欢喜，那样任性，那样固执。哲学和科学统统随着这股激流漂向远方。

绳子准备妥当。他用三春柳的枝条拼成一个大木筏，两端用绳子牢牢捆住，有缝隙的地方都用柳条填满，这样水就不会往上溢。小船做好了。夜色变得更加梦幻。

梅诃达把小船放入水中，然后握着玛尔蒂的手说："来吧，坐下！"

玛尔蒂怀疑地问："它能承受两个人的重量？"

梅诃达面带哲学家的微笑，对她说："玛尔蒂，我们在人生的旅途中乘坐的小船比这个单薄得多，脆弱得多吧？干嘛要害怕呢？"

"跟你在一起，有什么好害怕的。"

"你说的是实话？"

"迄今为止，我没有任何人帮忙，自己也战胜了许多障碍。而现在，我跟你在一起。"

两个人坐上三春柳的木筏，梅诃达用一根粗柳枝当作桨，开始划船。木筏摇摇晃晃地在水中前进。

为了将注意力从木筏上移开，玛尔蒂问："你一直生活在城市里，怎么会习惯乡村的生活？我就不可能造出这样的木筏。"

梅诃达满怀爱意地望着她说："这可能是上辈子留下来的本能吧。一接触到大自然，我就好像重获新生，浑身上下充满激情。一只只飞禽，一只只走兽，仿佛都在邀请我共享欢乐，仿佛都在帮助我想起遗忘已久的幸福。这种欢愉我在其他任何地方都得不到，玛尔蒂，音乐如泣如诉的旋律中没有，哲学高远的思想飞跃中也没有。它似乎让我找回了自我，如同一只小鸟飞回自己的窝巢。"

木筏摇摇晃晃地向前移动，时而斜行，时而直走，时而原地打转。

忽然间，玛尔蒂悲伤又胆怯地问："我从来没有进入过你的生活吗？"

梅诃达抓住她的手，说道："进来过，进来过一次又一次，如同一阵芬芳，如同一缕梦影，转眼就不见踪影。我跑过去，想把你紧紧地抱在怀里，但是每次都落得两手空空。你也消失得干干净净。"

玛尔蒂激动地说："你没有思考过其中的原因？想弄清楚吗？"

"不，玛尔蒂，我仔细想过，想过很多次。"

"那么，想明白什么啦？"

"想明白，我的人生如同一座房屋，长久以来，我希望把它建造在某个地基上，但是那个地基并不牢固。尽管它不是一座宏伟的大厦，只是一间窄小、安宁的茅屋，它也需要一个稳定的地基。"

玛尔蒂把手抽回来，好像有点生气。她说："这简直就是含沙射影地埋汰人嘛！你总是用考察的眼光看我，从来不带爱意。女人想要爱情，不想要考察，难道你连这点都不知道？考察这种东西会把美德变成罪恶，把俏丽变成丑陋，而爱情能将罪恶变成美德，将丑陋变成俏丽。我爱慕你，所以无法想象你有什么缺点。但是，你考察我，认为我善变、轻浮，不知道把我当成什么人，总是迫不及待地从我身边逃走，跑得远远的。不，让我说完我想说的话。我为什么善变、轻浮？因为我没有遇到那种可以让我变得坚定、矜持的爱情。如果你能像我一样，将自己完全奉献给我，那么今天你就不会这样抨击我、嘲讽我。"

梅诃达很享受玛尔蒂的恼怒。他说："你从来没有考察过我？说的是实话？"

"从来没有。"

"那你做错了。"

"我不在意。"

"别感情用事，玛尔蒂！爱上一个人之前，我们都会对其进行全面的考察。你也考察过我，尽管是在无形之中进行的。今天，我清清楚楚地告诉你，我从前看待你，就像平时看待其他千千万万的女性一样，仅仅是抱着玩乐的态度。如果我没有搞错，你也把我当作一个寻开心的新玩物。"

玛尔蒂插话道："你说得不对！我从来没有用这样的眼光看待你。从第一天开始，我就把你当作神放在自己心里……"

梅诃达打断她的话，说道："又是那样感情用事。我不喜欢在这种重要的事情上面感情用事，如果你从第一天就认为我值得你的好感，那么原因可能是，我比你更擅长伪装，否则，根据我对女人脾性的观察，她们通常会在爱情的问题上进行深入的分析。以前不就有通过自主选婿的方式考察男人？现在，这种观念依然存在，尽管形式发生了些许改变。自那时起，我一直在努力，将自己的方方面面全部展现在你面前，同时也一直在尝试触碰你的灵魂。我就这样进入你的内心深处，觅得珍宝。我原本是来寻开心的，今天却变成了你的忠实追随者。你在我心中找到了什么，我不知道。"

木筏抵达河的另一边。两个人走下船，坐在沙滩上。梅诃达接着上面的话题说："今天我把你带来这里，就是要问你这个问题！"

玛尔蒂用颤抖的声音问："你现在还有必要问我这个问题吗？"

"有，因为我今天要向你展示自己的另一面，迄今为止，你或许从未见过，而我也在极力隐藏。行啦，假设我今天跟你结婚，第二天就对你不忠，那么你会怎样惩罚我？"

玛尔蒂惊讶地望着他。她没有理解他的意思。

"为什么会问这种问题？"

"对我来说，这是很重要的事。"

"我认为，这件事不可能发生。"

"世界上没有什么是不可能的。最伟大的圣人也会有堕落的时刻。"

"我会找出根源，避免事情发生。"

"假设，我改不掉这个坏毛病。"

"那么，我说不准我会干什么。或许会服毒自尽吧。"

"但是，如果你问我这个问题，我会给出不一样的答案。"

玛尔蒂难以置信地问："你说说看！"

梅诃达坚定地说："我会先杀了你，再自杀。"

玛尔蒂突然哈哈大笑起来，浑身上下不停地颤抖。她的笑只不过是身体颤抖的掩饰。

梅诃达问："你为什么笑？"

"因为你看起来不像是这么残暴的人。"

"不，玛尔蒂，在这个方面，我就是个禽兽。对此，我不认为有什么理由需要感到羞愧。精神上的爱、富有牺牲精神的爱以及无私无我的爱——因为它们，人们要抹杀自我，仅为爱人而活，要因为爱人的欢乐而喜悦，要把自己的灵魂奉献在爱人脚边——它们对我来说就是毫无意义的词语。我在书里读到过这样的爱情故事，里面的男主人公因为爱人有许多新欢，所以终结了自己的生命。我可以将那种情感称为忠诚，称为成全，但那绝不是爱情。爱情不是胆小温顺的母牛，而是凶猛嗜杀的狮子，自己的猎物，别人连瞧都不许瞧一眼。"

玛尔蒂看着他的眼睛，说道："如果爱情是凶猛嗜杀的狮子，那我要离它远一点。我一直认为，爱情是温顺的母牛。现在，我还认为，它是不容置疑的。它不属于身体，而属于灵魂。爱情之中没有任何余地留给怀疑，暴力正是怀疑的结果。爱情是完全地奉献自我。在爱情的庙宇中，你不能变成考察者，只有成为虔诚的信徒才能获得神恩。"

她站起来，疾步朝河流的方向走去，仿佛重新寻回自己迷失的道路。她从来没有感受过这样汹涌澎湃的激情。她发现，虽然过着独立自主的生活，自己还是十分软弱。这种软弱令她来回摇摆，常常无法做到坚定不移。她的心仿佛一直在寻找一个可以让它停留、可以帮它对抗世界的依靠。她没有在自身当中找到这种力量。看到智慧与优良品德的力量，她就会心怀渴望，朝它走去。她像水一样，能够适应每一种容器的形态。她本身没有任何形状。

迄今为止，她的心态跟待考的学生一模一样。学生对书本可以喜爱，也确实喜爱，但是他往往会更加关注书本中考试可能会涉及的地方。他的首要目的是通过考试，其次才是获取知识。倘若他获悉，主考官非常仁慈，或者非常糊涂，随随便便就让学生及格，他或许根本不会看书。玛尔蒂所做的一切都是为了哄梅诃达开心。她追寻的目标是获取梅诃达的爱恋与信任，成为他梦想的女郎，但是她得像那个学生一样，相信自己的才能。只要有才能，主考官自然会对他满意。然而，玛尔蒂没有这样的耐心。

不过，今天，梅诃达仿佛踢了她一脚，促使她的灵魂力量觉醒过来。自从第一次见到梅诃达，她就倾心于他。她认为，他是自己认识的人里最有才能的那个。在他圣洁的生活中，最崇高的东西是敏锐的智慧和坚定的思想。她看待权力和财富，就像男孩看待玩具，玩过之后就可以随便弄坏。现在，美貌对她来说也没有什么特别的吸引力，尽管她还是厌恶丑陋。如今，唯有智慧的力量能够吸引她。这种力量可以唤醒她的灵魂，激励她向前进步，不断为她输送力量，让她认识到生活的意义。梅诃达的智慧、机敏和毅力在她身上留下了深刻的烙印，从那时起，她就不停地修炼、完善自己。她已获得自己需要的激励力量，并且这种力量正在不知不觉中推动她前进，给予她力量。新的生活理想出现在她面前，她努力地朝它靠近。她感觉成功近在咫尺，于是开始幻想她与梅诃达灵魂合一的那一天。这种想象令她变得更加坚定，更加忠诚。

然而，今天，梅诃达把她带到希望的门口，将爱情的理想摆在她的面前。那种理想让爱情从灵魂和奉献的高空跌落至世俗的地面，在那种理想中，猜疑、嫉妒和享乐主宰着一切。那时，她纯洁的智慧受到重创。她对梅诃达的崇拜遭受冲击，如同一个弟子亲眼目睹自己的师尊在做卑劣的恶事。她发现，梅诃达敏锐的智慧不断地从爱情中汲取兽性的成分，却对自己的神性不予理睬。看见这些，她感到十分沮丧。

梅诃达有些害羞地说："来，我们再坐一会儿吧。"

玛尔蒂说："不，现在该回去啦！时间不早啦！"

第三十一章

拉易老爷最近吉星高照。他的三个愿望皆已实现。女儿的婚礼热热闹闹地办完了；官司打赢了；选举不仅获得胜利，而且他顺利加入内政部。周围的人纷纷向他表示祝贺，汽车在他家门口排成长队①。赢下这场官司，他立刻在第一流大地主的行列中觅得一席之地。过去，他的荣耀就不比任何人少，但是如今，它的根基更加深厚，更加稳固。各种报刊接连刊登他的照片和事迹。尽管债台高筑，不过，现在拉易老爷并不在意。他把刚刚到手的财产随意卖掉一小部分，就能还清欠债。幸福远远超乎他的想象。迄今为止，他只在勒克瑙有一处房产。如今，他必须要在奈尼塔尔、穆索里和西姆拉各建一座别墅。倘若他去这些地方，还要住在酒店或其他权贵家的别墅里，那可不会为他增光添彩。苏利耶普勒达浦辛格在这些地方都有别墅，假如拉易老爷没有，那么这对他来说是一件极其丢脸的事情。

---

① 此处不同版本的印地语原文略有不同，如苏密德拉出版社（Sumitra Press）的版本为 karom ki tanda，意思是小汽车的长队，而娑罗斯伐底出版社（Sarsvati Press）的版本为 tarom ki tanta，意为电报的长队，用来形容祝贺的电报纷至沓来。

幸运的是，他不需要费心劳神去修建房屋，直接以低廉的价格买到了现成的。他还为每栋别墅雇佣了花匠、守卫、管家和厨子等。最幸运的是，这一次，在英皇陛下生辰之际，他被授予"拉阇"的封号。如今，他的夙愿完全达成。那一天，拉易老爷举办了隆重的庆祝活动，宴会场面的盛大甚至打破了以往的所有记录。省督阁下授予他封号的时候，他感到无比骄傲，同时，他心里涌起一股汹涌的爱国热潮，浸没了他身上的每一根汗毛。这才是生活！不，他以前受到叛逆者的蒙骗，白白落下个坏名声，还进过监狱，在达官显贵面前颜面尽失，遭人看轻。上一次逮捕他的副警长此刻毕恭毕敬地站在他面前，或许正打算请求他原谅自己的过错。

　　然而，直到他的老对头、手下败将苏利耶普勒达普辛格给他写了一封信，想把自己的女儿许配给他的长子楼陀罗巴尔辛格，他才觉得自己收获了人生中最大的胜利。赢了官司，当选部长，拉易老爷都没有这么愉快。那些事情都在他的想象之中，但是这件事他没有料到，也难以想象。那个苏利耶普勒达普辛格，数月以来一直把他看得比自己的狗还低贱，今天却想把自己的女儿嫁给他儿子。多么不可思议的事情啊！楼陀罗巴尔此刻正在攻读文学硕士，是个大胆无畏、坚信理想主义、凡事依靠自己又狂妄傲慢、风流、懒惰的青年。他厌恶自己的父亲贪恋财富和名望。

　　此时，拉易老爷在奈尼塔尔。收到这封信时，他高兴坏了。尽管他不愿意在婚姻问题上向儿子施加任何压力，但是他相信，无论他做出什么决定，都不会给楼陀罗巴尔带来灾难。更何况，与拉阇老爷苏利耶普勒达普辛格结为姻亲是件非常幸运的事情，他无法想象，楼陀罗巴尔会反对。他迅速回复了拉阇老爷，同时又给楼陀罗巴尔打了个电话。

　　楼陀罗巴尔回答："我不同意。"

　　拉易老爷生平从来没有如此失望，如此愤怒过。他问："什么原因？"

"时机成熟，你自然会知道。"

"我现在就想知道。"

"我不想说。"

"你必须听从我的命令。"

"我的灵魂接受不了的事情，即使有您的命令，我也不能接受。"

拉易老爷极其温和地解释道："孩子，你追求理想主义，无异于搬起石头砸自己的脚。你就没想过，这种姻亲关系能帮助你在社会上爬到多么高的位置？你要知道，这可是天作之合。哪怕娶到那个家族里地位低下的穷女孩，我也会赞叹自己命好。那可是我们尊贵的拉阇老爷苏利耶普勒达普的亲闺女。我每天都能见到她，你可能也见过。迄今为止，我从来没有见过这样容貌、品德、气质、性格俱佳的女孩。我行将就木，你面前还有整个人生。我不愿意向你施加压力。你知道，在婚姻问题上，我的看法有多么开明。不过，如果看到你犯错，我也必须提醒你，这是我的责任。"

楼陀罗巴尔回答道："在这个问题上，我很早就已经做了决定。现在不可能更改。"

拉易老爷再次对儿子的愚昧感到愤怒。他大声吼道："看起来，你又精神错乱了。回来跟我见一面！别耽搁，我已经回复拉阇老爷了。"

楼陀罗巴尔回答："很遗憾，我现在没空。"

第二天，拉易老爷亲自到访。两个人都装备好自己的武器，站在那里。一方是终生积累的老到经验，富有妥协精神；另一方面是稚嫩的理想主义，固执、任性、冰冷无情。

拉易先生直接进攻要害部位："我想知道，那个女孩是谁？"

楼陀罗巴尔不为所动地说："如果您这么迫不及待的话，那您听我说，她是玛尔蒂女士的妹妹萨罗吉。"

拉易老爷备受打击，跌倒在地："好啊，她！"

"您也许见过萨罗吉吧？"

"见过很多次。你见过那位千金小姐吗？"

"是的，见过很多次。"

"那么……"

"我不把美貌当回事。"

"我为你的愚蠢感到悲哀。你知道，玛尔蒂是什么样的女人吗？她的妹妹难道会有什么不一样？"

楼陀罗巴尔瞪着眼睛，生气地说："关于这个问题，我不想跟您继续讨论下去，但是，如果我要结婚，只会跟萨罗吉结。"

"只要我活着，这事就绝无可能。"

"那就等您死后再办。"

"好啊，你是这样打算的。"

拉易老爷的眼里噙满泪水。他的整个人生仿佛毁于一旦。部长、领地和封号，所有这一切仿佛变得跟腐败的花朵一样，干枯、无趣。一生的辛劳失去了原有的意义。他的妻子去世时，他还不到二十六岁。他本可以再婚，乐享鱼水之欢。大家都劝他再婚，但是他看到孩子们的面孔，便决定接受鳏夫的艰苦生活。为了这几个孩子，他牺牲了自己人生的所有欢乐。

迄今为止，他一直全心全意地爱着这些孩子。今天，儿子竟然如此无情地跟他说话，仿佛跟他没有任何关系。那么他为什么还要拼命追求财富、名望和权利？他做这一切，都是为了这几个孩子，既然儿子对他没有丝毫尊重，那么他干嘛还要这么辛苦？他哪里还能在世界上活很久？他也懂得舒舒服服地躺着过日子。成千上万跟他一样的兄弟都在神气活现地享受人生，逍遥自在地四处闲逛。他为什么不去快活快活？

此时此刻，他不再记得，他付出的那些辛劳不仅是为了孩子，也是为了自己，不仅是为了名望，也是因为他是一个闲不住的人，需要找点事做才能活下去。倘若他整天贪图享乐、游手好闲，那么他的灵魂无法获得满足。他不明白，有些人天性如此，不能接受慵懒享乐的生活。他们生来就是要折磨自己，至死方休。

然而，这种创伤迅速引发了一系列反应。我们一旦为别人做出牺牲，尽管不会希望他给予回报，却总是想去控制他的内心。虽然这种控制是为他的利益着想，但我们往往会把这种利益当作自己的，以至于最后它成为我们的利益，而不是他的。牺牲的东西越多，这种控制的欲望就越强烈，当我们不得不面对突如其来的反抗时，难免会感到激动和恼怒，这种牺牲仿佛也蒙上了复仇的色彩。拉易老爷固执地坚持，楼陀罗巴尔不能跟萨罗吉结婚，就算为此他必须求助于警察，或者违背伦理道德。

他摆出剑拔弩张的气势，说道："好啊，等我死了再结吧，那还要等许多日子呢！"

楼陀罗巴尔如同朝他开了一枪，回嘴道："愿神保佑，您长命百岁。我和萨罗吉已经结完婚了。"

"骗人！"

"绝对没有骗人，有证书为凭。"

拉易老爷遭到严重的打击，跌倒在地。他从来没有用如此凶残狰狞的眼神打量过自己的敌人。敌人顶多只能危害到他的利益、身体或威望，但是这种打击直插心底，那里积存着生命的全部动力。这如同一场风暴，将他的生命连根拔起、完全摧毁。现在，他彻底无能为力，尽管手里握着警察的力量，他仍然无能为力。动用武力是他最后的王牌。如今，这张王牌也起不到什么作用。楼陀罗巴尔是个成年人，萨罗吉也是个成年人，楼陀罗巴尔拥有一个农庄。他对他施加不了任何压力。天啊！早知道这个臭小子会这样叛逆，他还何必奋力去争取那个农庄？为了打这场官司，他花掉了二十几万卢比，生活也变得一团糟。现在，为了维护自己的尊荣，他还得讨好这个臭小子，只要稍加阻拦，便会颜面尽失。他奉献了自己的人生，却不能当家作主。天啊！整个人生都毁了，整个人生！

楼陀罗巴尔走了。拉易老爷雇了一辆车，去见梅诃达。倘若梅诃达愿意，他可以去劝劝玛尔蒂。萨罗吉也不会忽视他的话。假若损失一两万卢比可以阻止这场婚事，他倒是乐于支付。他沉浸在自己的私心中，完全没有想到，他将要向梅诃达提出的问题，绝对不会得到梅诃达的同情。

听完事情的整个经过，梅诃达开始戏弄拉易老爷。他摆出一副严肃的表情，说道："这个问题关乎您的荣耀。"

拉易老爷没能猜透他的意图，激动得跳起来说："是啊，就是荣耀的问题！拉阇老爷苏利耶普勒达普辛格，您是知道的吧？"

"我见过他的女儿。萨罗吉连她脚边的尘土也比不上。"

"但是那个混小子的脑袋被石头砸坏了！"

"那就一枪崩了他！您要做什么呀，他自己会后悔的。"

"天呐！我看不下去呀，梅诃达先生！快要到手的荣耀，我可不会放弃。为了这份荣耀，我甘愿牺牲自己的一半产业。您劝劝玛尔蒂小姐，事情就能解决啦。如果她这边拒绝，楼陀罗巴尔也只能捶头哀叹，过个五天、十天，这种冲动就会烟消云散。这不是什么爱情，而是一种执念。"

"但是，不捞点好处，玛尔蒂是不会同意的。"

"无论您说什么，我都愿意给。如果她愿意，我可以让她当上德芙林医院的主管。"

"假如她想要您，您也同意？自从您当上部长，她对您的看法肯定会有所改变。"

拉易老爷望着梅诃达的脸。梅诃达脸上露出一抹微笑。他终于醒悟过来，于是用痛苦的语气说道："您可算逮着机会奚落我。我之所以来找您，是因为我相信，您会体谅我的状况，给我提出合适的建议。不料您竟然戏弄我，真是饱汉不知饿汉饥[①]。"

梅诃达严肃地说："非常抱歉！我认为，严肃思考您带来的这个问题是一件十分可笑的事。您可以负责自己的婚姻，为什么要把儿子的婚姻重任揽到自己头上？尤其是，您的儿子已经成年，懂得衡量自己的利益得失。至少在我看来，像结婚这样的大事中，荣耀没有任何分量。如果荣耀可以用钱财买来，那么拉阇老爷干嘛要像奴隶一样，在那个赤身露体的修行者面前毕恭毕敬地站几个小时？不知道是不是真的，据说拉阇老爷还对自己领地内的警察局长行礼？您称这个为荣耀？您在勒克瑙随便找个商店的老板、机关的工作人员或者路人问问，是不是谁听到他的名字都会咒骂几句？您称这个为荣耀？去悠悠闲闲地坐着吧！您很难找到比萨罗吉还好的儿媳。"

拉易老爷哀伤地说："她可是玛尔蒂的妹妹。"

梅诃达恼怒地说："身为玛尔蒂的妹妹难道是一种耻辱吗？您不了解玛尔蒂，也不想了解。过去，我也抱有这种想法，但是，现在我知道，她是真金，丢进火里能够发光。她跟那些英雄一样，只在合适的时机展现自己的英勇，平时不会挥舞着利剑到处行走。您知道肯纳最近怎么样吗？"

拉易老爷摇了摇头，同情地说："我听说了，好多次都想去看看他，但是没有时间。因为那家工厂失火，他的所有家当都毁于一旦。"

"是啊！现在，从某种程度上来说，他是靠着朋友的怜悯维持生活。此外，数月以来，格温迪一直在生病。她为肯纳献出了自己的一切，那个禽兽却总是折磨她。现在，她命不久矣。玛尔蒂时常彻夜守在她的床边照顾她——那个玛尔蒂，即使达官贵人给她五百卢

---

① 此处为意译，原文字面意思为，牙齿不疼的人，怎么会知道牙疼的滋味。

比，她也不会整夜守着他们。养育肯纳家小孩的重任也落到玛尔蒂身上。不知道她身上的这种母性以前在哪里沉睡？看到玛尔蒂的这种本性，我心里不由得对她萌生出虔敬的感觉，虽然您知道，我是一个坚定的唯物主义者。随着内心的升华，她的外表开始显露神圣的光辉。我切身体会到，人性如此多彩，如此强大。如果您想见她，就去吧。我也可以打着这个幌子一起过去。"

拉易老爷怀疑地说："既然您都不能理解我的痛苦，玛尔蒂女士知道什么？自取其辱罢了，没有什么意义。不过，您想去见她，为什么需要找个借口？我一直以为，您把她迷得团团转。"

梅诃达满脸苦笑，回答道："那不过是一场黄粱美梦。现在，我连她的面都见不到。她一直没空。我去找过她几次，但是我感觉，跟我见面，她一点也不高兴。从那以后，我就不好意思再去。嗯，我记起来啦，今天关于筹建女子体育馆的问题有一场集会，您去吗？"

拉易老爷苦恼地说："不去啦，我没有空。我还在犯愁，该怎么回复拉阇老爷。我都答应他了。"

说完，他站起来，缓缓地朝大门走去。他原本是来解决难题的，然而，那个难题变得更加复杂。黑暗变得更加深沉。梅诃达一直将他送到他汽车跟前才跟他道别。

拉易老爷直接返回自己的别墅。他刚拿起日报，就收到邓卡先生的名帖。他憎恨邓卡，不愿看到他的脸。然而此刻，他的心灵十分脆弱，正在寻求别人的同情。即使别的什么也做不了，只要能对他表示同情就行。于是，他马上命人把邓卡喊来。

邓卡哭丧着脸，蹑手蹑脚地走进房间，深深地鞠躬行礼，头几乎要磕到地面。然后，他说："我本来准备去奈尼塔尔拜见老爷。今日能够在此得见，实乃三生有幸。老爷的气色还挺好的。"

接下来，他完全忘记了自己过去的所作所为，开始用动听的话语赞美拉易老爷："内政部长这样的高位，别人怎么能担任？无论走到哪里，人们都在议论老爷。这个职位确实能为老爷增光添彩呢。"

拉易老爷心想，这个人多么卑鄙啊，为了达到自己的目的，甚至可以喊驴子叫爸爸，真是太愚蠢、太无耻啦！不过，拉易老爷没有生他的气，反而有点同情他。拉易老爷问："您最近在忙什么呢？"

"没忙什么，老爷，整日赋闲在家。因此，今日特地前来侍奉您，希望您能关照关照自己的老仆人。老爷啊，最近我过得十分艰难。拉阁老爷苏利耶普勒达普辛格，老爷您是知道的，他瞧不起任何人。有一天，他在那里指责您。我听不下去，于是跟他说，'老爷，到此为止吧，拉易老爷是我的主人，我不能听您批评他'。就因为这件事，他大发雷霆。我向他行了礼，然后回家去了。我清清楚楚地告诉他，'无论您如何讲排场显阔气，您都不可能有拉易老爷那样高的威望'。讲排场不能树立威望，必须得有才华。您的才华，世界皆知。"

拉易老爷虚伪地说："您这等于直接往自己家里放了一把火。"

邓卡得意地说："老爷，我说话向来坦率，哪管别人喜不喜欢。只要紧紧跟随老爷您的步伐，我为什么要害怕其他人？听到您的名字，他就妒火中烧，还时常在背后说老爷您的坏话。自从您当上部长，他就更加眼红。他明目张胆地侵吞了我所有的工钱。老爷，这人根本不知道什么叫与人方便，更不用说他对佃农的苛待。没有人能够保全自己的体面。大白天女人被他吓得哇哇乱叫……"

外面传来汽车的声音，拉阁老爷苏利耶普勒达普辛格走下车。拉易老爷赶忙从房间里跑出来迎接他，随后恭敬地低下头，说道："我本来打算去侍奉您的。"

这是拉阁老爷苏利耶普勒达普辛格第一次亲自登门造访，整个家蓬荜增辉。真是人生之大幸！

邓卡先生吓得不敢吭声，默默地坐在一边。拉阁老爷竟然来到这里！难道这两位大爷成了朋友？他本来想煽起拉易老爷的炉火，自己从中捞点好处。不过，没关系，即使拉阁老爷上门拜会，但是他们心中的怨恨宛若陶匠的火窑一般，不会因为表面抹了一层水泥，就彻底熄灭。

拉阁老爷点燃雪茄烟，用严厉的目光看着邓卡说："你好久没露面啊，邓卡先生。你从我这儿收了上次宴请宾客的钱，最后连一个巴依都没给酒店的人。他们现在一直纠缠我，让我很伤脑筋。我认为这是背信弃义的行为。如果我愿意，现在就可以把你交给警察。"

说完，他转向拉易老爷，对他说："拉易老爷，我从没见过这样不忠不义的人。说实在话，我并不想跟您竞争。但是，这个坏蛋诱骗我，让我白白浪费了十万卢比。结果，他买了豪宅，买了车，还跟一个妓女暧昧不清。现在，他倒成了一个正儿八经的富翁，开始到处兴风作浪。维持富人的派头需要相当的产业。他老人家的财产都是靠欺骗自己的朋友赚来的。"

拉易老爷轻蔑地望着邓卡，说道："您为什么不说话，邓卡先生！给点回应啊！拉阁老爷扣住您的全部薪资，不肯给您，对此，您有什么回应？现在麻烦您赶紧离开，注意，请您以后不要再到这里来。挑唆两个好人相互争斗，自己从中坐收渔利，的确是一桩不花本钱的买卖。不过，您要知道，无论这桩生意是亏本还是盈利，您都会有生命危险。"

邓卡把头缩进脖子里，再也抬不起来。他慢慢地走出去，如同一只偷吃的野狗，等到主人进门，只能悄悄逃走。

他离开以后，拉阁老爷问："说了我不少坏话吧？"

"是啊，但是我好好地愚弄了他一番。"

"坏蛋！"

"十足十的坏蛋！"

"挑唆父子相争，煽动夫妻打架，他是这方面的行家。算啦，今天那个倒霉鬼已经受到很好的教训了。"

接下来，他们谈起楼陀罗巴尔的婚事。拉易老爷吓得魂不附体，仿佛有人举着枪瞄准他似的。他能躲到哪里去，该如何告诉拉阇老爷，他掌控不了楼陀罗巴尔。然而，拉阇老爷已经知悉事情的状况。拉易老爷自己用不着说什么，顺利过关。

他问："您怎么会知道这件事？"

"刚刚楼陀罗巴尔给我女儿写了一封信，让我转交。"

"现在的男孩子没有什么别的本事，只知道任性妄为，一门心思追求自由。"

"任性妄为就任性妄为，反正我这里有治他的办法。我会偷偷把那个女孩弄走，让他找不到她的踪迹。过个十天半个月，这种执念就会淡化。单靠劝说是不会有结果的。"

拉易老爷浑身发抖。他心里也曾掠过这种念头，但是，他没有将它付诸行动。两个人的德性一模一样。两个人的身体里都生活着一个穴居野人。拉易老爷假模假式地给他穿了一点衣服，拉阇老爷却任由他一丝不挂。这个证明自己高尚伟大的机会，拉阇老爷不能放过。

他仿佛感到难为情，说道："不过，这是二十世纪，不是十二世纪。楼陀罗巴尔会对此做出什么反应，我不好说，但是在玛尔蒂看来……"

拉阇老爷打断他的话，插嘴道："您整天奉行人道主义，却没看到，今天在这个世界上，人类的兽性依旧能够战胜人性。不然的话，国家之间为什么会发生战争？五老会为什么要解决纠纷？只要人类存在，他的兽性就一定存在。"

就此，他们之间发生了一点小小的口角，后来升级为激烈的辩论，最终演变成一场无谓的争吵。拉阇老爷气冲冲地走了。第二天，拉易老爷也动身前往奈尼塔尔。一天以后，楼陀罗巴尔带着萨罗吉踏上通向英国的去路。如今，他们不再是父子关系，而是死对头。邓卡先生现在是楼陀罗巴尔的顾问兼追随者，他代表楼陀罗巴尔就账目结算问题对拉易老爷提起了诉讼。按照法院判决，拉易老爷必须支付十万卢比。法院的判决虽然让他感到悲痛，但是不如他所遭受的侮辱。比之更胜的是，一生的夙愿终归化为灰烬。然而，给他带来最大痛苦的是，亲生儿子背叛了自己。身为孝子之父的那种骄傲，被人无情地从他手里夺走了。

可是，如今承载着他痛苦的杯盏仿佛还没有装满。他女儿女婿的关系破裂正好填补了剩余的空缺。与寻常的印度教女孩一样，米娜克希没有什么话语权。父亲让她嫁给谁，她就跟谁一起走，但是夫妻之间没有爱情。迪戈维杰辛格是个浪荡公子，也是个酒鬼。米娜克希心里满怀怨恨，时常通过阅读书籍和报刊消愁解闷。迪戈维杰辛格不到三十岁，受过教育，但却非常傲慢，整天吹嘘自己的家族荣耀，性情残暴，心胸狭窄。他总是勾引村里低等种姓的女孩，交往一些卑劣下贱的人。这些谄媚的人令他更喜欢别人奉承巴结。米娜克希打心底里无法尊敬这种人。再加上，她从报刊上读到过人们针对妇女权利的讨论，眼界渐渐打开。她开始参加妇女俱乐部。那里来了多少受过教育、出身高贵的女性！她们热烈地探讨选举、权利、独立和妇女觉醒等问题，仿佛在密谋反对男性。她们大部分都是妇女，这些妇女跟自己的丈夫貌合神离，因为接受过新式教育，所以想要推翻陈旧的礼法。还有许多年轻姑娘，她们业已取得学位，认为婚姻生活会伤害自尊，目前正在找工作。其中有一位苏尔达娜小姐，她在英国获得律师执业资格才回国，目前从事的工作是为那些深居闺中的妇女提供法律意见。正是在她的建议下，米娜克希对丈夫提起诉讼，索要赡养费。如今，她不想住在他家里。实际上，米娜克希不需要赡养费。在娘家，她可以过得舒舒服服的，但是，她想先往迪戈维杰辛格脸上抹点黑，再搬离那里。不料，迪戈维杰辛格却反告她品行不端、道德败坏。拉易老爷尽了自己最大的努力去平息这场纷争。然而，米娜克希如今不想看到丈夫的脸。尽管迪戈维杰辛格的诉讼被法院驳回，米娜克希向他索要赡养费的要求得到支持，不过，这种侮辱深深刺入她的灵魂。她独自住在一个房子里，集体活动中扮演重要角色，但是那种怨恨始终不能平息。

有一天，她气冲冲地拿着鞭子跑到迪戈维杰辛格的别墅。一群流氓聚集在那里，一个妓女正在跳舞。她像战斗女神一样冲进这群流氓里，掀起一场骚乱。人们挨了鞭子，四处乱窜。在她的强大威力面前，这些卑贱的流氓怎么敢逗留？等到房子里只剩下迪戈维杰辛格一个人的时候，她开始用鞭子噼噼啪啪地抽打他，打得这位贡瓦尔老爷失去知觉。妓女一直躲在角落里。现在轮到她了。米娜克希正打算抡起鞭子用力地抽打她，那个妓女突然跪倒在她脚边，哭着说："夫人，今天您饶了我的贱命吧！往后，我再也不会到这里来啦！我是无辜的。"

米娜克希憎恶地瞪着她说："是啊，你是无辜的！你知不知道我是谁？滚吧，今后不许再来。我们女人活该成为供人玩乐的工具，你没有错！"

妓女把头放在她的脚上，激动地说："愿神保佑您幸福！我之前听说过您的美名，今日一见，真是人如其名。"

"你说的幸福是什么意思？"

"随您怎么理解，夫人！"

"不，你说说！"

妓女吓得六神无主。为什么要说这句祝福的话呢？好不容易保住了性命，就应该静悄悄地离开，偏要多嘴给人送祝福。现在要怎么脱身？

她战战兢兢地说："愿夫人的运势越来越好，地位越来越高，名声越来越大。"

米娜克希微笑着说："嗯，挺好！"

她走过来，坐进自己车里，先去地区行政长官家，向他报告了这件事，随即返回自己的房子。自此之后，夫妻两人恨不得杀死对方。迪戈维杰辛格揣着手枪，四处寻找她的踪迹，她也雇了两个彪形大汉，随身保护自己。拉易老爷不得不在活着的时候亲眼看着自己建造的幸福天堂化为废墟。现在，他对人世彻底失望，他的灵魂逐渐回归自己的内心世界。迄今为止，他一直从各种各样的愿望中获取生命的动力。如今，通往那里的道路已经封闭，他的心灵自动转向对神的虔敬，那是比愿望更加真实的存在。他曾用那笔新到手的财产作抵押，借了一笔债，债务没有清偿，财产却从手里溜走了。于是，还债的重担落在他的头上。担任部长肯定能拿到丰厚的薪酬，但是那些钱都要用来保住这个职位。为了维持自己豪华奢侈的排场，拉易老爷必须提高佃农的税收，剥夺他们的土地，要求他们送礼，尽管他很厌恶这些。他不想给这些庶民增添麻烦。他同情他们的处境，但是他也因为自己的需求甚感苦恼。

不幸的是，他无法从祈祷和敬神中获得安宁。他想摒弃世俗的贪念，但是那些贪念不肯放过他。这场争斗中，他依旧没有摆脱耻辱、沮丧和狂躁。既然灵魂不得安宁，身体怎么能保持健康？尽管他尝试过各种方法不让自己生病，不过，总会有某种疾病降临在他身上。厨房烹煮了各种各样的菜肴，他却只吃青豆汤和小薄饼。他看着自己的其他弟兄，发现相比起自己，他们欠的债更多，遭受的侮辱更大，心里的悲哀更深沉，但是他们从来不缺纵情享乐、奢侈摆阔。然而，他没有办法放任自己沦落为这样的无耻之徒。他心里的崇高理想还没有坍塌成废墟。他不能把欺压、诱骗、虐待别人和不顾颜面称作地主的荣光和威望，以此来满足自己的灵魂。这就是他最大的失败。

第三十二章

　　出院以后，米尔扎·库尔谢德开始进行一项新事业。无忧无虑、游手好闲不符合他的天性。这项事业是什么呢？将城里的妓女组编成一个剧团。以前过好日子的时候，他纵情享乐，极其放荡。这段日子，他在医院独自承受伤病的痛楚，灵魂变得忠实又虔诚。想起过往的生活，他感到深深的悔恨。假如那个时候能够醒悟，他可以为世人做多少好事，可以帮多少人减轻哀痛和穷困的重负，但是那些钱都花在声色犬马上了。我们的灵魂在困境中觉醒，这不是什么新鲜事。迟暮之年，谁不为自己年轻时犯下的过错感到懊恼？天啊，假如他把那些时间用来蕴存知识或力量，用来填充善德的宝库①，那么今天心灵将会得到多大的安宁！在医院，他痛苦地体会到，他在世上没有亲人，没有人会为他的死亡伤心落泪。他时不时想起人生中的一件往事。他在巴士拉附近的村庄露营时，不幸感染了疟疾，一个农村姑娘多么全心全意地照顾他。痊愈之后，他想用金钱和首饰报答她的恩惠，但是她两眼噙满泪水，低着头，无论如何也不肯

———————

① 此处意指多多行善积德。

收那些礼物。

这些护士看护病人都是依照规章，依照制度，虽然态度真诚，但是那个没有受过训练的、笨手笨脚的姑娘照顾别人时展现出来的爱意在哪里？专注在哪里？她的可爱形象早就从他心里消失得干干净净。他答应过她，以后会回去找她，但是他再也没有回去。沉迷于疯狂的享乐，他根本没有想起过她。即使偶尔忆及，他对她只有怜悯，没有爱。不知道那个姑娘过得如何？不过近日，她焦急、温顺、宁静和诚挚的面孔时常徘徊在他眼前。天啊，如果把她娶回家，今天他该生活得多么有滋有味啊！他亏待了那个姑娘，心里十分痛苦。这种痛苦令他把所有跟她一样的姑娘都当成自己的服务对象。河里洪水泛滥的时候，浑浊、汹涌、带着泡沫的湍流将阳光一缕缕冲得稀散。现在，水流平稳、安宁下来，光线直入水底。

春季一个清凉的黄昏，米尔扎老爷坐在自己家的走廊上，跟两个妓女一起聊天。梅诃达先生忽然到访。米尔扎非常热情地跟他握手，说道："我准备好招待您的东西，正在恭候您大驾光临呢！"

两个美丽的女孩莞尔一笑。梅诃达有点难为情。

米尔扎示意她们两人离开，然后让梅诃达坐在软垫上，说道："我还打算亲自去拜访您哩。我感觉，我正要进行的事业，没有您的帮助是完成不了的。您只需要把手放在我背上，不停地鼓励我——行啊，米尔扎！往前走，壮小伙！"

梅诃达笑着说："您着手要干的事业，不需要像我这样的书呆子。您比我年长，阅历十分丰富。面对各路卑微的小人物，您也能影响他们。假如我有这种能力，天知道我会干些什么。"

米尔扎寥寥数语向梅诃达讲述了自己的新规划。他认为，那些女人之所以来情色市场卖笑，要么是出于某种原因，她们在自己家里没有找到体面的归宿，要么是迫于经济困难。倘若这两个问题能够得到解决，以后鲜有女人会堕落至此。

梅诃达像其他有思想的绅士一样，仔细思考过这个问题。在他看来，主要是心灵的天性和贪图享受的欲望将女人牵引至这个方向。就这个问题，两个朋友发生了激烈的争论。两个人都坚持自己的观点。

梅诃达握紧拳头，朝空气用力一挥，说道："您没有冷静地思考这个问题。生计问题还有许多其他方法能够解决，但是贪图荒淫嬉乐的欲望不是用面饼可以满足的，它需要世间最好的东西。只要社会秩序不发生天翻地覆的改变，你的剧团不会产生什么良效。"

米尔扎吹胡子瞪眼地说："要我说，这只是一个生计问题。是啊，这个问题对每个人来说都是不一样的。对于工人，这仅仅是面粉豆子汤和一间茅草屋的问题。对于律师，这就是汽车、别墅和仆从的问题。人不止需要面饼，还需要很多东西。如果在女人面前，这个问题呈现出多种多样的形态，那么她们有什么错呢？"

倘若梅诃达博士稍微仔细想想，他就会发现，他和米尔扎的观点没有什么区别，只是用词不同而已，但是在激烈的争吵中，哪能静下心认真思考呢？他生气地说："不好意思，米尔扎先生，只要世界上有富人，就会有妓女。即使您的剧团可以办成功，尽管我对此非常怀疑，您也最多只能拉到十几二十个女人参加，而且它维持不了多久。不是所有女人都有演戏的才能，正如不是所有男子都能成为诗人。就算妓女们长久地待在您的剧团里，市场上她们的位置不会一直空缺。只要斧头没有把树根砍断，光摘几片叶子会有什么成果？时不时地，富人当中的确会出现那么几个人，他们放弃一切，虔心敬神。然而，富人统治的王国依旧如初，并未改变，甚至没有一丝一毫的衰落。"

米尔扎为梅诃达的固执感到痛心。这样博才多学、思想深邃的人竟然说出这种话！社会秩序怎么可能轻易改变？那是需要历时几个世纪的大事。在此之前，难道就要任由这种不幸发生？难道不去阻止它，任由这些弱小的女人成为男人贪欲的牺牲品？为什么不把狮子关进牢笼？这样，即便它们拥有尖牙和利爪，也不能伤害任何人。难道只要狮子不立下誓言，再也不杀生，我们就要沉默地坐着，什么事也不做？富人们想怎么挥霍自己的财富就怎么挥霍，米尔扎并不关心。他们淹死在酒里也好，把汽车串成项链挂在脖子上也罢，修建城堡也好，创办福舍或清真寺也罢，他都不在意，只要他们不去破坏女人的人生。这是米尔扎看不过去的。他要清空整个情色市场，让富人们花钱也找不到人啐他一口唾沫。以前卖酒的商店门口有纠察队巡逻的时候，那些有钱的酒鬼还不是靠喝白水压制心中的欲火？

梅诃达嘲笑米尔扎的愚蠢，说道："您应该知道，世界上也有一些国家没有妓女。不过，在那些地方，富人依然可以根据自己的喜好，用钱创造各种各样的玩物。"

米尔扎也嘲笑梅诃达的愚昧："我知道，劳您费心啦，我知道！托您的福，我还是见过一些世面的。不过，这里是印度，不是欧洲。"

"全世界人类的本性都一样。"

"可是您也得知道，每个民族都有一样东西，您可以将其称为那个民族的灵魂。贞洁就是印度斯坦文化的灵魂。"

"您就在那儿自吹自擂吧！"

"您这样谴责、贬低财富，但又不知疲倦地维护肯纳。您说说这是为什么！"

梅诃达的怒火渐渐平息。他温和地说："我那时候维护肯纳，是因为他脱离了财富的魔爪。如果您最近看到他的处境，您也会心生怜悯。再说，我能怎么维护他呢？整天忙于读书和学校的事情，不得空闲，顶多就讲几句干巴巴的、表示同情的话。真正维护肯纳的人是玛尔蒂小姐，是她拯救了肯纳。在人类的内心深处，牺牲和奉献精神中蕴藏着多少力量，我到现在还没有体悟。您也找一天去看看肯纳吧！他一定会非常高兴。如今，他最需要的东西就是同情。"

米尔扎仿佛违心地说道："既然您开口，那我肯定要去。有您陪同，就算去地狱，我也不会拒绝。您快要跟玛尔蒂小姐结婚啦？这可是个大新闻。"

梅诃达羞赧地说："我正在努力修行呢。您看着吧，不知道什么时候能得到她的垂怜。"

"什么！她可是非常喜欢您的呀。"

"我过去也曾这样幻想，但是当我想伸出手抓住她的时候，却发现，她早已飞入苍穹。那样的高度，我怎么能够得到？我不断地祈求，希望她下来。最近，她连话都不跟我说。"

说到这里，梅诃达一边痛哭，一边大笑。接着，他从垫子上站起来。

米尔扎问："下次什么时候再见？"

"这次得麻烦您，一定去看看肯纳。"

"一定去。"

米尔扎透过窗户看着梅诃达离开。他步履缓慢，仿佛沉浸在某种忧思中。

第三十三章

梅诃达博士从主考官变成了应试生。自从玛尔蒂对他敬而远之，他就开始担忧，生怕自己会失去她。一连好几个月，玛尔蒂都没有来找过他。等到他着急忙慌地跑去她家，还是没能见到面。楼陀罗巴尔和萨罗吉谈论婚嫁的日子，她每天都会来一两次，征询他的意见。但是他们两个人去往英国之后，她就不再跟他来往。去她家里也难见到她。看样子，她似乎刻意躲着他，想强行将自己的心从他那里收回来。这段时间他在撰写的那本书，迟迟没有任何进展，仿佛他已失去集中精神的能力。

他向来不擅长管理家事。每个月的收入总共有一千多卢比，但是最后连一个特拉也剩不下。除了面饼和豆子汤，他没有吃什么珍馐美馔。倘若说有什么可炫耀的，那就是他有一辆自己开的车。他的钱一部分花在购书上，一部分花在捐款上，一部分用来资助贫困学生，一部分用来装点自己钟爱的花园。他用高价从国外买来各种各样的幼苗和植物，把它们养在花园里——这是他的精神盛宴，人们也将其称为精神狂欢。然而，近几个月，他对那个花园也有些兴致索然，家里的安排变得愈发混乱。每天吃两个小薄饼，花销却超过一百卢比。紧身长袍破旧不堪，他却穿着它熬过一个寒冬，身上连做一件新长袍的钱都没有。他时不时还得吃没有放酥油的豆子汤。他不记得，那桶酥油是什么时候买来的，就算去问厨师，又能怎么样呢？难道厨师不会认为，他不信任他？最终，有一天，经历过三次失望之后，第四次他总算见到了玛尔蒂。玛尔蒂看到他的模样，忍不住说："莫非你就是这么过冬的？穿着这件长袍，你不感到害臊？"

玛尔蒂虽然不是他的妻子，但是跟他关系非常亲密，所以很自然地提出这个问题，就像问自己的亲人一样。

梅诃达没有丝毫难为情，说道："我怎么办呢，玛尔蒂，钱省不下来啊！"

玛尔蒂大吃一惊："你每个月能赚一千多卢比，连做件衣服的钱都没有吗？我的收入不超过四百卢比，但是应付完家里的所有开销之后，还能有一些盈余。你究竟做了什么？"

"我没有多花哪怕一个拜沙。我没有乱花钱的喜好。"

"行吧，从我这儿拿点钱吧，去做一件新长袍。"

梅诃达不好意思地说："这次我一定会做。我说真的。"

"下次再来的话，得打扮得像个人样。"

"这真是个苛刻的条件。"

"苛刻就对啦！跟你这种人在一起，不苛刻是不行的。"

然而，家里钱箱空空如也。没有钱，他不敢去逛商店。那么，他有什么脸去玛尔蒂家？他心里焦虑不安，十分难过。一天，新的灾难降临。他好几个月没有付过房租，租金每个月上涨了七十五卢比。房东多次催讨，仍旧没有把钱收回来，只能给他发出最后通牒。可是，最后通牒并不是生钱的妙方。规定的期限过了，钱还是没有收回。那时，房东迫于无奈，向法院提起诉讼。他知道，梅诃达先生是一个谦谦有礼、乐善好施的君子，但是他已经宽限忍耐了六个月，还要如何大发善心呢？梅诃达完全没有进行辩护，法院做出偏向对方的判决。房东立刻要求执行判决。法院执行官赶来梅诃达家，提前通知他一声，因为他的儿子正在读大学，曾经受到过梅诃达的资助。恰巧，那时候，玛尔蒂坐在那里。

她说："没收什么财物？为什么？"

执行官说："关于那笔租金，法院做出了判决。我是说，要来告知老爷一声。四五百卢比的案子，哪里是什么大数目呢？只要您在十天以内把钱还清，就没什么关系。我会努力说服债主宽限十天。"

执行官走了以后，玛尔蒂轻蔑地问："你现在竟然沦落到这样的境地。我非常惊讶，你是怎么写得出这么大部头的书。房租拖欠了六个月，你竟然什么也不知道？"

梅诃达羞愧地摇摇头，说道："怎么会不知道，但是钱省不下来啊。我没有乱花过哪怕一个拜沙。"

"没有记过账？"

"怎么没有记账！但凡有进账，我都会记录下来。要不然，税务官不会放过我的。"

"花销的部分呢？"

"那倒没有记下来。"

"为什么？"

"谁来记呀？太麻烦啦！"

"这么厚的书是怎么写出来的？"

"这不会特别费事，拿起笔坐下来就可以啦。我又不可能每时每刻都打开账簿等着。"

"那你打算怎么还钱？"

"问谁借一点吧。你要是有的话，就借给我呗！"

"我可以借你，但是有一个条件。你的收入都交给我，花销也由我安排。"

梅诃达高兴地说："太棒啦！如果你愿意承担这个重任，那还有什么可说的，我真是高兴极啦！"

玛尔蒂清偿了法院追缴的钱款。第二天，梅诃达被迫搬离那个房子。玛尔蒂在自己家里腾出两个大房间给他住。他的饮食等问题也在她的家庭生活中有了妥善的安排。梅诃达的行李不多，但是书却有好几车。他那两个房间被书本塞得满满当当的。放弃自己的花园着实令他感到难过。然而，玛尔蒂将自己的整个庭院都留给他，随便他栽花种草。

梅诃达乐得逍遥自在，玛尔蒂在管理他的收支账目时却不得不面对巨大的困难。她发现，收入确实超过一千卢比，但是全部都花在匿名捐赠上。二十几个男孩得到他的资助，正在读大学，受惠寡妇的数量不会比这个少。如何减少这笔开销，她还没有想出办法。所有罪过都会归结到她头上，所有恶名也会由她来背负。她有时候生梅诃达的气，有时候生自己的，有时候又对那些请求资助的人表示愤怒，他们把自己沉重的负担甩给一个纯朴、慷慨的人，居然没有一点犹豫，没有一点羞耻。当她发现，这些接受捐款的人里有一些根本不应该获得资助，她的怒火烧得更加旺盛。一天，她把梅诃达狠狠地奚落了一顿。

梅诃达听到她的指责，毫不在意地说："想给谁就给谁，不想给就不给，你有权做决定。没有必要问我。当然，答复也得由你来给。"

玛尔蒂生气地说："哼，那还用说！好名声属于你，骂名落在我头上。我不明白，你有什么理由支持这种捐赠制度。这种制度会使人类变得好逸恶劳、好吃懒做，它对人类自尊的伤害甚至超过社会不公。我认为，社会不公能够激起人类的抗争精神，反而对社会有巨大的好处。"

梅诃达表示赞同:"我也这么认为。"

"你不这么认为。"

"不,玛尔蒂,我说的是实话。"

"为什么思想和实践之间有这么大的差别?"

第三个月,玛尔蒂让许多人感到失望。有些人她直接拒绝,有些人她表示无奈,有些人狠狠斥责。

梅诃达先生的财务状况渐渐恢复正常,不过,这却给他带来某种烦恼。当第三个月玛尔蒂向他炫耀自己省下的三百卢比时,他什么也没有说,只是在他眼中,玛尔蒂的荣光确实变得有些黯淡。女人应该懂得施舍和牺牲。这是她们的财富和力量。在此基础上,社会的大厦才能屹立不倒。他认为,商业才能必然是一种缺陷。

那一天,梅诃达的新衣服做好了,新手表也买来了。他却因为羞愧,接连好几天都不肯出门。在他眼里,没有什么罪过比自私自利更恶劣。

然而,令人费解的是,玛尔蒂想用偿还账款来约束梅诃达。她希望封锁梅诃达捐款的大门,自己却为了拯救别人的生命慷慨地双手奉上自己的时间和善意。她去富人家看病,一定要收诊金,去穷人家看病,不仅分文不收,还会免费送药。两人的差别在于,玛尔蒂既要照料家里,也要顾及外面,而梅诃达只关注外面,家对他而言无足轻重。两个人都想消除自私自利的天性。梅诃达的道路非常平坦。除了他本人,他不需要承担任何责任。玛尔蒂的道路十分崎岖,她身上有责任,有羁绊,这些她无法挣脱,也不想挣脱。正是在那种羁绊中,她找寻到生命的动力。如今,近距离观察过梅诃达之后,她获得了一种感悟,她不可能把游荡在广阔森林中的野兽关在笼子里。即使关进去,它们也会拼命啃咬、揪扯,最后逃出去。就算在待在笼子里可以享受各种幸福,它们的灵魂永远迫不及待地想回到森林。对于梅诃达来说,家庭是一个陌生的世界,其中的风俗习惯他并未了解。

以前，他从外部观察这个世界，觉得它充满欺骗和狡诈。无论他看向何处，那里都会出现不好的事物。然而，深入社会进行考察之后，他发现，这些不好的事物下面隐藏着牺牲、爱情、勇气和忍耐。同时，他也看到，这些固然是财富，但是稀有难得。因此，当他在这种怀疑和忧虑中看到玛尔蒂以女神的姿态突破黑暗时，他失去了所有耐心，迫不及待地冲向她，想要尽一切努力将她藏起来，不想让别人看见。他没有注意到，这种迷恋正是毁灭的根源。难道人们可以用恐惧将爱情这种残酷的东西牢牢困住？它需要充分的信任，需要充分的自由，需要充分的责任感。它的内部蕴藏着成长的力量，需要的只是阳光和空间。它不是一堵墙，人们可以在上面堆叠砖块。它拥有生命，拥有无限扩张的力量。

自从梅诃达住进这个家，每天都有几次机会跟玛尔蒂见面。他的朋友都以为，他准备结婚，举办仪式只是时间问题。梅诃达也一直做着这个美梦。倘若玛尔蒂蔑视他、不接受他，为什么会在他身上投入这么多爱？或许她是在给他机会，让他好好想想。思虑再三，他得出一个结论，没有玛尔蒂，他就缺少一半，唯有她能引领他走向完整。从外表来看，她是一个贪图享乐的漂亮姑娘，从内里来说，那种心理倾向正是力量的源泉。然而，情况发生了转变。原先玛尔蒂心有所盼，如今梅诃达饥渴难耐。他遭受过一次拒绝，所以没有勇气再次向玛尔蒂提出那个问题，尽管现在他心里没有一丝疑虑。近距离观察玛尔蒂之后，他觉得，她的魅力与日俱增。如同书本上的文字，远看模糊一片，走近才能看得清楚字里行间包含的内容和意味。

在此期间，玛尔蒂雇了戈博尔当园丁，照料她的花园。一天，她外出看完病归来，途中车子的汽油耗尽了。她自己开的车，所以忧心忡忡，要去哪里加点汽油呢？那时正值十一月①的冬天，晚上九点。路上一片寂静，连想找个人帮忙把车推去加油站都办不到。她一遍又一遍地埋怨她的佣人，这个好吃懒做的家伙，粗心大意，什么都不知道！

碰巧戈博尔从那里经过。看到玛尔蒂，他知道车子出了状况，于是，帮忙把车推到两弗隆②外的加油站。

玛尔蒂高兴地问："愿意到我那里工作吗？"

戈博尔怀着感恩的心情应诺下来。工资谈定每个月十五卢比。他喜欢园丁的工作。那些活儿他之前干过，非常熟练。虽然在工厂做工，领到的薪酬更高，但是那份工作对他来说太过繁重。

第二天，戈博尔开始在玛尔蒂家干活。他分到一间小屋，赖以栖身。褚妮娅也跟来了。每当玛尔蒂走进花园的时候，褚妮娅的孩子都在灰尘和泥土里玩耍。有一天，玛尔蒂给了他一颗糖果。自那天起，孩子就跟她十分亲近，一看到她，便跟在她身后，只要不拿到糖果，绝不放过她。

一天，玛尔蒂来到花园，没有看见孩子。问完褚妮娅，她才知道，孩子发烧了。

玛尔蒂着急地说："发烧啦？为什么不带来找我？我去看看！"

孩子发着高烧，躺在床上昏睡不醒。那个小瓦房如此潮湿，如此昏暗。这样天寒地冻的日子，依旧有那么多蚊子，玛尔蒂在那里连一分钟也待不下去。她立刻回去把温度计拿过来一测，一百零四③。玛尔蒂担心孩子感染的是天花。他到目前为止还没有种过牛痘。倘若继续住在这个潮湿的房间里，恐怕体温会继续上升。

---

① 十一月，原文为magha，指印历十一月，相当于公历一、二月份，正是印度最冷的时候。

② 弗隆，原文为pharlang，英国长度单位，一弗隆等于八分之一英里，即201.167米。

③ 此处原文没有标注数量单位，但是按照常理推测，应为104华氏度，等于40摄氏度。

忽然间，孩子睁开双眼，发现玛尔蒂站在身边，于是用可怜兮兮的眼神望着她，伸出双手想要她抱。玛尔蒂把他抱在怀里，轻轻地拍着他，哄他入睡。

孩子躺在玛尔蒂怀里，仿佛感受到某种巨大的幸福。他伸出滚烫的手指，抓住玛尔蒂脖子上的珍珠项链，往自己这边拉扯。玛尔蒂取下项链，戴在他的脖子上。即便在这样的状况下，孩子自私的天性依旧能释放出来。得到项链之后，现在他觉得没有必要继续待在玛尔蒂怀里。他害怕项链会被抢走。此时此刻，褚妮娅的怀抱更加安全。

玛尔蒂满心欢喜地说："太狡猾啦！看他拿了东西怎么跑！"

褚妮娅说："拿来，孩子，这是小姐的。"

孩子双手抓住项链，愤怒地看着母亲。

玛尔蒂说："你戴着吧，孩子，我不要了。"

然后她回到房子里，把自己的会客室腾出来。褚妮娅立刻搬进了那个新房间。

蒙戈尔用充满好奇的眼神地打量着那个天堂。屋顶上有电扇，有彩色的灯泡，墙上挂着画。他目不转睛地盯着这些东西看了许久，直到玛尔蒂亲热地唤了一声："蒙戈尔！"

蒙戈尔微笑着望向她，仿佛在说："我今天笑不出来，小姐！该怎么办呢？如果可能的话，您帮帮我吧！"

玛尔蒂向褚妮娅交代了诸多事项，临走前又问道："你家里还有其他女人的话，跟戈博尔说说，把她喊过来帮几天忙吧。我担心孩子得的是天花。你家有多远？"

褚妮娅告诉她自己村子的名字和家里的地址。距离估计有十八、二十柯斯吧。

玛尔蒂想起贝拉里村。她说："是不是有一个村子，在它西面半英里的地方有一条河？"

"是啊，是啊，小姐，确实有那个村子。您怎么知道的？"

"有一回，我们去过那个村子，住在霍利家。你认识他吗？"

"他是我的公公，小姐！我的婆婆，您也见过吧？"

"是的，是的，她看上去是一个非常聪明的女人，跟我说了许多话。叫戈博尔回去，把他妈妈喊来吧！"

"他不会去喊她来。"

"为什么？"

"有一些原因。"

褚妮娅得清扫厨房、刷锅洗碗、收拾屋子、烧饭汲水，家里的一切都由她料理。白天，夫妻两人吃点三角豆和炒米对付过去。晚上，玛尔蒂回来，褚妮娅才煮饭。那时，玛尔蒂就坐在孩子身边。褚妮娅多次想守护孩子，玛尔蒂却不准她过来。晚上，孩子烧得更加厉害，时常不安地举起双手。玛尔蒂把他抱在怀里，在房间里来来回回地走了数个小时。第四天，他的天花发出来了。玛尔蒂给全家人接种牛痘，自己也种了，还有梅诃达。戈博尔、褚妮娅、厨子、无一例外。第一天，斑疹很小，一个一个相互分离，看上去像小小的天花。第二天，疹子仿佛突然膨胀起来，变得像葡萄一样大，再往后，一些疹子连成一起，宛如一棵棵巨大的随风子树。

蒙戈尔浑身发烫，疼痒难耐。他焦躁不安，不断用凄惨的声音呻吟，用可怜、无助的目光看着玛尔蒂。他的呻吟声听起来像一个成年人，目光中也饱含成熟的韵味，他仿佛瞬间长大。这种难以忍受的痛苦似乎将他天真无邪的幼年时光全部抹杀。他稚嫩的头脑好像变得十分精明，知道只有玛尔蒂的努力才能让他痊愈。玛尔蒂一有事走开，他就开始大哭。玛尔蒂一回来，他就安静下来。晚上，他愈发焦躁，玛尔蒂几乎整夜都得守在他身边，但是她没有怨怒，也没有感到厌烦。当然，她有时候会对褚妮娅生气，因为她愚昧无知，总是随意做些不该做的事。

戈博尔和褚妮娅更相信念咒祛病的术法，但在这里，他们没有找到合适的机会。此外，尽管褚妮娅是两个孩子的母亲，却不知道应该如何抚养孩子。只要蒙戈尔惹她心烦，她就大肆责骂；只要有点空闲，她就躺在地上呼呼大睡，天亮以前绝不起床。戈博尔嘛，似乎害怕走进那个房间。玛尔蒂坐在那里，他怎么好过去？只能向褚妮娅询问孩子的状况，然后吃过饭，早早睡去。自从那次受伤，他还没有完全康复，稍微干一点活儿就会感到疲累。那段日子，褚妮娅卖草为生，他舒舒服服地躺着休养，身体多少有所好转。但这几个月他干的都是扛包袱、抹水泥的累活儿，状况又急剧恶化。后来，来到这里，工作也很繁重。他得提水浇灌整个花园、给花圃松土、修剪杂草、喂牛和挤奶。不过，主人如此仁慈，他怎么能在工作的时候偷懒？这种感恩之情让他不敢有片刻的停歇。再加上梅诃达亲自拿着小锄头在花园里干活，一干数个小时，他要如何休息？结果，他越来越憔悴，花园却焕发着无限生机。

梅诃达先生也对孩子非常关爱。一天，玛尔蒂把他抱在怀里，逗他去扯梅诃达的胡子。那个小坏蛋使劲地揪住胡子，差点把整个儿连根拔起。梅诃达疼得两眼噙满泪水。

梅诃达生气地说："这小孩儿太坏啦！"

玛尔蒂斥责他："你怎么不把胡子刮干净？"

"胡子对我来说比生命还要珍贵。"

"他下次再揪到，一定会把它扯掉。"

"那我把他的耳朵揪掉。"

蒙戈尔觉得揪扯梅诃达的胡子特别有趣。他高兴得哈哈大笑，愈发使劲地扯胡子。梅诃达或许也体会到让他揪胡子的快乐，因为他每天都会叫他跟自己玩两次争夺胡子的游戏。

自从蒙戈尔的天花发出来，梅诃达也十分担心。他常常走进房间，悲痛地看着蒙戈尔。想到孩子遭受的苦楚，他柔软的心忍不住颤栗起来。倘若他四处奔忙，能让孩子好起来，那么他愿意走到世界的另一头；倘若花钱能让他恢复健康，那么就算被迫去乞讨，他也要让他痊愈。但他对此无能为力。每次触碰到他，他的手都在发抖，生怕那如随风子一般的疱疹会破裂。玛尔蒂多么温柔地用手把他抱起来，靠在肩上，在房间里来回踱步，又怀着多么深厚的爱意哄逗他，喂他喝奶。这份慈爱让玛尔蒂的形象在他心里不知道提升了多少个等级。玛尔蒂不仅仅是一个美丽的女郎，也是一位母亲。她不是寻常的母亲，而是真正意义上的女神和母亲，是生命的赐予者，把别人的孩子当作自己的。她仿佛一直在积蓄母亲的情感，今天才慷慨地双手将它奉献出来。她浑身上下充满母性，好像这才是她的真实面目。平日的卖弄风情、贪图享乐、浓妆艳抹只不过是她母性的遮掩，为了保护那笔珍贵的财富。

晚上一点钟，听到蒙戈尔的哭声，梅诃达从梦中惊醒。他心想，可怜的玛尔蒂肯定熬到半夜才睡，这时候起床该有多么痛苦啊！如果门还开着的，我可以去哄哄孩子，让他安静下来。他立刻爬起来，走到那个房间门口，透过玻璃向内张望。玛尔蒂抱着孩子坐在那里，孩子不由自主地哭泣。或许他做了噩梦，或许他对什么东西感到害怕。玛尔蒂低声哄他，轻轻地拍他，指着墙上的图片让他看，把他抱在怀里来回踱步，但是孩子就是不肯停止哭泣。看到玛尔蒂这坚不可摧的慈爱、这难以压抑的母性，他不禁热泪盈眶，内心激动万分，恨不得冲进房间，将玛尔蒂的双足贴在自己胸前。一组浸透着爱意的话语在他心底盘旋——我的爱人、我天国的女神、我的女王、亲爱的……

在那股狂热的爱情中，他呼唤道："玛尔蒂，开开门吧。"

玛尔蒂走过来，打开门，用好奇的目光凝望着他。

梅诃达问道："褚妮娅没有起来？他哭得这么凶。"

玛尔蒂用充满同情的语气说："今天是第八天，他大概更疼吧，所以才哭得这么凶。"

"那给我吧，我抱着他溜达一会儿，你累了吧。"

玛尔蒂笑着说："你过一小会儿就会发脾气。"

话是实话，但是谁愿意承认自己的缺点呢？梅诃达坚持道："你就这样看轻我？"

玛尔蒂把孩子递到他的怀里。一入他怀中，孩子立刻安静下来。孩子都有一种直觉，它告诉他，你现在哭泣没有什么好处。新来的这个人不是女人，是个男人，男人容易生气，而且冷酷无情。他可以放你躺在床上，或者让你睡在外面的黑暗中，然后自己走得远远的，还不让别人靠近。

梅诃达带着胜利的骄傲说："看见了吧，我怎么让他安静下来的。"

玛尔蒂打趣道："是的，你很擅长这门手艺嘛！在哪儿学的？"

"跟你学的。"

"我是女人，不可信。"

梅诃达难为情地说："玛尔蒂，我求求你，忘掉我那些话吧！这几个月，我有多么后悔，多么羞愧，多么痛苦，或许你根本无法估计。"

玛尔蒂坦率地说："说实话，我已经忘了。"

"我凭什么相信你的话？"

"证据就是，我们两个人住在同一个屋檐下，一起吃饭，一起说笑，一起聊天。"

"你能允许我向你乞求一些东西吗？"

他把蒙戈尔放在床上，蒙戈尔缩在一个角落里睡着了。他用恳切的目光望向玛尔蒂，仿佛他拥有的一切都取决于她的允准。

玛尔蒂含着泪水哽咽地说："你知道，对我来说，世界上没有谁比你更亲近。许久以来，我始终将自己供奉在你脚边。你是我的引路人，我的神，我的师尊。你不需要向我乞求什么，只需要对我示意。在我没有见到你，还不认识你的时候，纵情享乐和自私自利就是我人生的最高追求。你给我的人生带来了启迪和安宁。你的恩情，我从来未敢忘怀。你在河边说的话，我都牢牢记在心里。令我难过的是，你也跟其他男人一样想我，这是我没有料到的。这个责任在我，我知道，但是你认为，我得到你的爱之后仍旧不知悔改，这对我很不公平。你无法理解，我此刻感到多么骄傲。得到你的爱和信任，现在我没有任何遗憾。这个恩赐足以让我的生活富有意义。如此，我的人生已经圆满。"

说着说着，玛尔蒂的心中燃起浓浓的爱意，她跑过去抱住梅诃达。内心的情感喷涌而出，仿佛变得更加真实。她激动得全身上下的汗毛都竖立起来。这种幸福，她原本以为很难才能获取，现在却近在眼前，得来全不费工夫。心中的欢愉映在脸上，使她变得璀璨耀眼，梅诃达甚至在她身上看到了神性的光芒。她究竟是个女人，还是吉祥、圣洁以及牺牲的化身？

正在那时，褚妮娅睡醒，爬起来坐着。梅诃达返回自己的房间。此后两个星期，他都没有找到机会跟玛尔蒂说话。玛尔蒂总是不肯跟他单独见面。她的话语一直在他心里回响。那些言辞多么恳切，让他多么沉醉，又给他带来多少安慰。

过了两个星期，蒙戈尔痊愈了。当然，脸上的天花疹也没有留下疤痕。那一天，玛尔蒂请周围的孩子饱食了一顿糖果，还了之前在神灵面前许下的誓愿。她现在能够体会到，这种为别人牺牲的生活多么令人愉悦。褚妮娅和戈博尔的欢喜仿佛倒映在心里。为别人消灾解难所带来的幸福和欢愉，她从来没有在纵情享乐中体验过。如今，那种贪念宛若结出硕果的花朵一般枯萎凋零。世人常将物质享受视作无上的幸福，她现在已经超越了那个等级。在她看来，那种幸福不仅轻贱，而且可憎，会带她走向没有意义的堕落。当周围简陋的泥屋好像在哀嚎痛哭的时候，她住在偌大的豪宅里又能得到什么幸福？现在，坐车不能令她感到骄傲。而像蒙戈尔一样的孩子却照亮了她的生活，在她面前打开了真正的幸福的大门。

一天，梅诃达头疼欲裂。他紧闭双眼躺在床上，浑身发抖。玛尔蒂走过来，把手放在他的头上，问道："从什么时候开始这样疼的？"

梅诃达感觉，那双柔软的手仿佛带走了所有痛苦。他坐起来，说道："从中午开始疼的。我的头从来没有疼得这样厉害。不过，你的手一放上来，它就轻松了不少，好像之前没有疼过似的。你的手有这样的神通。"

玛尔蒂拿来一种药给他，再三叮嘱，吃过药好好躺着休息。说完，她立刻打算离开房间。

梅诃达请求道："干嘛不多坐两分钟？"

玛尔蒂站在门口，转过身说："这个时候聊天，恐怕头疼又会发作。好好躺着吧。最近，我总是看到你在读书或者写东西。这几天不要读书写作啦！"

"你不多坐一分钟？"

"我要去看一个病人。"

"好的，那你去吧！"

梅诃达的脸蒙上一层沮丧的暗影。玛尔蒂只好回到他面前，说道："行吧，说说你想聊什么？"

梅诃达漫不经心地说："没什么特别的事。我想说，这么晚了，你还要去看什么病人？"

"那个拉易老爷的女儿。她的状况十分糟糕，不过，现在有所好转。"

她一走，梅诃达又继续躺着。很长一段时间，他都没有想明白，为什么玛尔蒂的手一放上来，疼痛就消失了。她肯定拥有某种神通，这是她洁身修行得到来的恩赏，也是她勤勉仁善的回报。玛尔蒂实现了女性的崇高理想，看上去宛如一颗闪闪发亮的星星。如今，她不再是他人爱慕的对象，而是值得膜拜的女神。如今，她可望而不可及。这种不可及对于坚定的灵魂来说是一种神秘的推动力。梅诃达想象的爱情的幸福，虔诚令它变得更加深邃，更加富有激情。爱情之中尚有些许傲慢和自私，虔诚却能消除自我，让人渴望牺牲自己。爱情想要占有，付出一些就想索要一些回报。虔诚的最大快乐是自我奉献，通过自我奉献，自私自利的堡垒就会彻底崩塌。

梅诃达的那部鸿篇巨著终于完成。这本书他写了整整三年，其中融合了世界所有哲学流派的要义和精髓。他把这本书献给玛尔蒂。印刷好的册子从伦敦寄来的那一天，他赠送给玛尔蒂一本。玛尔蒂看到，书竟然是献给自己的。她又惊喜又难过。

她说："你这是干什么？我认为，自己配不上这种礼遇。"

梅诃达骄傲地说："但是我认为你配得上。这不算什么。倘若我有一百条生命，我愿尽数奉献在你脚边。"

"对我？那个除了自私自利，什么也不知道的人！"

"你的牺牲精神，如果我能得到一点点，那么我也会认为自己幸运无比。你是女神。"

"石头雕的女神，你为什么不加上这个？"

"你是富有牺牲精神的、能够带来吉祥如意的、圣神纯洁的女神。"

"以前你挺了解我的呀！我和牺牲精神。我跟你说实话，我心里从来没有产生过为人服务或牺牲的想法。我的所作所为都是为了直接的或者间接的私利。我唱歌，并不是因为想要牺牲自己，或者想用自己的歌声安慰哀伤的灵魂，仅仅是因为唱歌能够让我的内心感到快乐。同样地，我把药送给穷人，也只是为了自己内心的欢愉。或许这样能够满足我心中的傲慢与自负吧。你不管我愿不愿意，非要把我当作女神，现在就差焚香点灯来敬拜我了。"

梅诃达用悲伤的语气说："玛尔蒂，多年以来，我一直在这么做。只要没有得到你的恩赏，我就永远做下去。"

玛尔蒂挖苦道："获得恩赏之后，怕是要把女神赶出神庙，丢在一边。"

梅诃达振作起来，说道："到那个时候，我将不再是一个独立的存在。敬拜者和敬拜的对象会融为一体。"

玛尔蒂严肃地说："不，梅诃达，这几个月，我总在思考这个问题。最终，我确定，当朋友比做夫妻幸福得多。你爱慕我，信任我，依赖我。今天，如若必要，你甚至愿意用生命保护我。在我看来，你不仅是我的领路人，也是我的守护者。我同样爱慕你，信任你，为了你，我没有什么不能牺牲。我向无上的神明祈愿，求他让我在这条道路上坚定不移地走到生命的尽头。我们想要获得圆满，灵魂想要升华，难道还需要其他东西吗？难道我们组建自己小小的家庭，将自己的灵魂关进小小的牢笼，把自己的苦乐放在自己身上，我们就能接近永恒？它会成为我们人生旅途中的障碍。也有极少数人，即使脚上戴着这种镣铐，依旧能够行走在前进的道路上，并且正在不停地往下走。我也知道，对于人生的圆满来说，家人之间的爱、牺牲与奉献具有非常重要的意义，不过我发现，我的灵魂没有那么坚定。只要没有私有的观念，没有亲密的关系，人就不会对生活产生妄念，也不会受到个人利益影响。如果哪天，心灵沉溺于妄念，我们受困于羁绊，那么我们人性的范围就会缩小，各种新生的责任就会落到我们头上，我们的全部力量就会消耗在完成这些责任上面。像你这样思想深邃、才华横溢的人，我不愿意将你的灵魂囚禁在这种监牢中。迄今为止，你的生活犹如一场献祭，其中留给个人利益的位置很少。我不能拉低它的水准。你将自我的范围无限扩大，将全天下人都视作自己的亲人，世界需要像你一样的智者。如今，世间不公不法、恐怖主义、群体恐慌声威大震，迷信盲从、宗教欺骗、自私自利肆虐横行，铺天盖地。你听到过人们悲苦的呼唤。如果以后连你也不听，那么还有谁会去听？你不能像那些伪君子一样，对人们封闭自己的耳朵。你必须承担那种生活的重任，带着自己的知识和智慧，带着自己觉醒的人性，带着自己的热情和力量，在那条道路上不断前行吧！我会在你身后，跟随你的步伐。请你让自己的，同时也让我的生活过得更有意义，这就是我对你的恳求。如果你的心流于世俗，但凡我能力所及，一定会将你带离那里。如果神明不佑，我没能成功，那么我一定会为你掉两滴眼泪，然后放你自由。我无法预言，我会有什么样的结局，会找到什么样的归宿。可是，无论那是什么归宿，都不可能是这段羁绊的归宿。说说吧，你对我还有什么吩咐？"

梅诃达一直低着头仔细聆听。她的字字句句仿佛令他睁开了心灵的眼睛，似乎此前它们从未睁开。到目前为止，那些想法如同梦中的图景一般浮现在他面前，如今却转变为人生的真理，活力四射。他感觉自己的每一根汗毛都充满光明，得到升华。面对人生的重大抉择，我们往往会忆起自己的童年。童年甜美的回忆栩栩如生地呈现在梅诃达眼前，那时，他经常坐在故去的母亲怀里，享受着世间最伟大的幸福。母亲，你在哪里？快来看看儿子得到的赞誉，为我祝福吧！你执拗的儿子今天重获新生。

他双手握住玛尔蒂的脚，用颤抖的声音说道："我接受你的指示，玛尔蒂。"

两个人不再说话，紧紧地拥抱在一起，眼里淌落一行清泪。

第三十四章

西莉娅的孩子拉穆今年快满两岁了，整天在村子里到处乱跑。他自己发明了一种奇怪的语言，而且总是用那种语言讲话，无论对方是否听得懂。那种语言中，字母ţ、l和gh特别多，s、r等字母完全消失。因此，按照那种语言，roţi叫oţi，dhuth叫tut，sag叫chag，kauḍi叫dauli。他模仿动物的叫声，往往让人忍不住捧腹大笑。倘若有人问："拉穆，狗狗怎么叫的呀？"拉穆会严肃地回答："汪！汪！"说完还会跑过来咬你一口。"猫咪怎么叫的呀？"拉穆一边发出喵喵的叫声，一边瞪大眼睛四处张望，同时伸出小手在空中抓挠。多么天真快乐的男孩！他经常沉浸在玩耍中，不记得吃饭，也不记得喝水。他不喜欢别人抱。对他来说，最幸福的时刻就是，在门口的楝树下，把一大堆泥土聚拢在一起，然后在里面打滚，或者往头上抹泥巴，或者将泥土堆起来造小房子。他跟同年龄的孩子玩不到一起。或许他认为，他们不配跟他玩。

有人问："你叫什么名字呀？"

他立刻回答："拉穆！"

"你爸爸叫什么名字？"

"玛咀丁！"

"妈妈呢？"

"奇（西）莉娅！"

"达咀丁是谁呀？"

"他是喔（我）的啾啾（舅舅）①。"

不知道谁告诉他，他跟达咀丁有这层关系。

拉穆和卢巴相处甚欢。他是卢巴的宠儿，卢巴给他涂抹油膏，画黑油烟，替他洗澡、梳头，亲手一口一口地喂他吃饭，有时候晚上还抱着他睡觉。滕妮娅斥责她，说她碰了不该碰的东西。然而，她谁的话都不听。以前，一个破布做的洋娃娃教会她如何当别人的母亲。现在，找到一个活蹦乱跳的孩子，那个洋娃娃如何还能满足她的母爱？

霍利家的后面曾经有一个牛棚，西莉娅在它的残迹上盖了一座茅草屋，自己住了进去。她总不能在霍利家住一辈子。

玛咀丁花了几百卢比，迦尸②的宗教大师们终于同意他恢复婆罗门的身份。那一天，他家举行了隆重的祭祀仪式，宴请了众多婆罗门，念诵了大量咒语和颂诗。玛咀丁被迫吃下神圣的牛粪，喝下纯净的牛尿。牛粪可以让他的心灵重回圣洁，牛尿能够消灭他灵魂中污秽的元素。

然而，从某种程度上来说，这场赎罪仪式确确实实令玛咀丁变得圣洁。祭祀仪式上，他的人性在火盆熊熊燃烧的烈焰中得到净化，透过炽火的光辉，他也对宗教信仰的基石进行了彻底的考验。自那天起，一提到宗教，他就感到厌烦。他把身上的圣线摘下来丢到一

---

① 此处原文的重点是表现孩童说话时稚嫩的奶音，例如，hamara（我们的）发音为amara，sala（舅舅）发音为chala。由于中文和印地语的语言差异，这里只能试图模仿原文的表现方式，利用发音相近的汉字还原作者的创作本意。

② 迦尸，原文为Kashi，为印度教圣地瓦拉纳西的旧称。

边，把祭司的职业淹没在恒河水里。如今，他是一个彻头彻尾的庄稼汉。他也发现，尽管这些宗教大师承认他的婆罗门身份，可是人们依旧不肯喝他的手碰过的水。人们会向他卜问良时，与他商讨黄道吉日，逢年过节也对他行施舍之事，不过，他们绝不允许他碰触自己的器皿。

西莉娅的孩子出生的那天，他喝下平日两倍分量的大麻酒，好似骄傲地挺起胸脯，手指反反复复地梳捋胡子。孩子怎么样？长得像他吗？怎样才能见到他？他的心拧成一团，十分难过。

第三天，他在田里遇到卢巴。他问："卢比娅，你见过西莉娅的儿子吧？"

卢比娅说："怎么没看过。粉扑扑、胖嘟嘟的，头发挺浓密，长着一双大眼睛，整天眨也不眨地盯着你看。"

那个孩子仿佛走进玛咀丁心中，时而伸伸胳膊，时而蹬蹬腿。玛咀丁的眼睛里流露出一丝迷醉的神情。他把卢巴那个小姑娘抱在怀里，扛在肩上，又把她放下来，在她的面颊上亲了一口。

卢巴一边梳理头发，一边毫无畏惧地说："走吧，我让你远远地瞧一瞧。他就躺在走廊上，西莉娅姐姐不知道为什么总是在哭。"

玛咀丁把脸转向一边。他眼里盈满泪水，嘴唇不停地颤抖。

那天晚上，当全村人都安然睡去，树木浸没在黑暗中的时候，他来到西莉娅门前，全心投入地聆听孩子的哭声，那里面包含着全世界最美妙的音乐，充满幸福与甜蜜。

西莉娅经常让孩子在霍利家的小床上睡觉，自己去干活。玛咀丁总是找各种借口来霍利家，偷偷瞧看孩子，抚慰自己的眼睛、心灵和生命。

滕妮娅笑着说："干嘛不好意思，抱抱他，跟他亲热亲热，你多么铁石心肠啊！孩子长得跟你一模一样。"

玛咀丁扔下几个卢比给西莉娅，随即离开。跟随孩子一起，他的灵魂在不断地成长，不断地升华，不断地闪耀。现在，他的生命有一个目标，要完成一个誓约。他自己也开始懂得克制，变得严肃，富有责任感。

有一天，拉穆躺在小床上。滕妮娅外出不在家。卢巴听到小伙伴们的嬉闹喧哗声也出门去玩耍。家里只有拉穆一个人。那时，玛咀丁到访。孩子注视着蔚蓝的天空，小手胡乱挥舞，小脚用力蹬踹——带着他鲜活的生命的喜悦。他看到玛咀丁突然笑起来。慈爱之情泛滥，玛咀丁难以自抑。他抱起孩子，搂进怀里。他的整个身体、心灵和生命欣喜若狂，宛若缕缕阳光在水波上不停颤动。他在孩子深邃无垠、纯洁明净、充满欢乐的眼睛里觅得人生的真理。他感到一丝恐惧，仿佛孩子的目光能穿透他的心灵——他多么肮脏，他怎么能触碰神灵的恩赐？怀着忧虑的心情，他又将孩子放回小床上。那时，卢巴从外面回来，他立刻离去。

有一天，下了很大的冰雹。西莉娅拿着干草去市场上售卖。卢巴沉醉在自己的游戏中。如今，拉穆能够自己坐着，也会摇摇晃晃地向前爬①。他看见院子里遍地散落的如棉花籽一般的冰雹，以为地上铺满糖果。他捡起许多，大口吃掉，又在院子里玩了很久。晚上，他发起高烧，第二天转为肺炎。第三天黄昏，在西莉娅怀里，孩子咽下了最后一口气。

然而，孩子尽管死去，他依旧是西莉娅的生活核心。她的乳房里，奶汁如沸腾一般不断涌出，浸湿了她的衣襟。那一刻，她的眼泪潸然落下。以前，干完一天的活儿，晚上每当她把拉穆抱在怀里喂奶，她的生命里仿佛充满了孩童的光辉。那时，她唱起美妙的歌曲，做着甜蜜的梦，创造出一个全新的世界，那个世界的国王正是

_____

① 此处疑似与本章开头部分情节矛盾。一则，本章开头部分交代，拉穆现在快满两岁，能满院子乱跑，年龄明显大于此处；二则，依据后续情节推断，拉穆在这一天玩耍之后，没过多久就因病去世，故而此时拉穆的年龄应与本章开头部分一致，所以此说法矛盾。

拉穆。现在，干完一天的活儿，她只能待在寂寥的茅草屋里独自哭泣，她的生命备受煎熬，想要飞去另一个世界，此刻，她的孩子一定在那里快乐嬉戏。全村人都对她的苦难表示同情。拉穆多么活泼伶俐，但凡有人召唤，他就跑进那人怀里。他去世以后，大家再也摸不着、碰不到，他反而显得更加可爱。他留下的影子比他本人更美好，更机灵，更迷人。

那天，玛咀丁挣脱所有束缚，彻底释放自我。平日人们挂上布帘挡风，一旦暴风雨袭来，就会把布帘卷起来，以免它随着暴风雨飞走。他双手捧着孩子的尸体，独自将他送到河边。那条河原先有一米宽，如今只剩下一条细细的水流。此后整整八天，他的手都伸不直。那天，他却没有丝毫羞怯，没有丝毫犹豫。

谁也没有说他的不是，反而大家都在赞扬他的勇敢和坚定。

霍利说："男人行事就该如此。怎么能把自己娶回家的女人抛弃？"

滕妮娅挤眉弄眼地说："别夸啦，真让人讨厌！他还算个男人？我说这种男人就是个胆小鬼。难道他跟西莉娅在一起的时候，还没有断奶，所以认为西莉娅是个婆罗门？"

一个月过去了。西莉娅又开始照常干活儿。夜幕降临。一轮圆月带着笑意钻出天际。西莉娅在一片收割过的大麦田里拾捡麦穗。正当想要回家的时候，她忽然抬头看见月亮，那些充满痛苦的记忆仿佛破闸而出。乳汁浸湿了她的衣襟，脸上挂满泪水。她垂着头恸哭，好像在享受哭泣的快乐。

突然间，她听到有人的脚步声，大吃一惊。玛咀丁从后面走过来，站在她面前，说道："西莉娅，你要哭到什么时候？哭也不能让他回来啊。"

说着说着，他自己也哭了起来。

西莉娅喉咙里涌出的责骂之辞瞬间消融。她稳住自己的声音，说道："你今天怎么会来这里？"

玛咀丁胆怯地说："我正好路过，看到你坐在这里，就走过来了。"

"你没跟他玩过？"

"不，西莉娅，有一天我跟他玩过。"

"真的？"

"真的！"

"我去哪儿啦？"

"你去市场了吧？"

"在你怀里，他有没有哭？"

"没有，西莉娅，他在笑。"

"真的？"

"真的！"

"好吧，就只玩过一天？"

"是啊，就只玩过一天，但是我每天都会去看他。看到他躺在小床上玩耍，我才不得不压抑住心里的不舍离开。"

"他长得像你。"

"我很后悔，那天无缘无故地把他抱在怀里。这一切都是对我罪孽的惩罚。"

西莉娅的眼里流露出宽恕的神情。她把篮子顶在头上，朝家走去。玛咀丁也跟她一起走。

西莉娅说："我现在睡在滕妮娅婶婶家的走廊上。我不愿回自己家。"

"滕妮娅总是劝说我。"

"真的？"

"是啊，真的！只要一见面，她就开始劝我。"

来到村子附近，西莉娅说："好啦，从这儿回家去吧！别让婆罗门老爷瞧见啦！"

玛咀丁抬起头，说道："我现在谁也不怕。"

"如果被赶出家门，你要去哪里？"

"我已经组建了自己的家庭。"

"真的？"

"是啊，真的！"

"在哪里，我倒是没看到。"

"走，我带你去看！"

两个人继续往前走。玛咀丁走在前面，西莉娅跟在后面。两个人走到霍利家。玛咀丁直奔他家的后院，站在西莉娅的茅草屋门口，说道："这就是我家。"

西莉娅难以置信地说："这是西莉娅，那个遮玛尔女人的家。"语气中充满饶恕、嘲讽和痛苦。

玛咀丁掀开门帘，说道："这是我的女神庙。"

西莉娅的眼中泛起光芒。她说："如果是神庙的话，那你在神像面前倒完一罐水，就会径自离开。"

玛咀丁取下她头上的篮子，用颤抖的声音说："不，西莉娅，只要我活着，我就甘愿活在你的庇佑中，日日向你跪拜。"

"撒谎！"

"不，我可以摸着你的脚，对你发誓。听说，巴泰西沃里的儿子普内斯里缠着你不放。你狠狠地骂了他一顿。"

"你听谁说的？"

"普内斯里自己说的。"

"真的？"

"是啊，真的！"

西莉娅用火柴点亮油灯。屋里一边放着一个陶罐，另一边是炉灶，附近摆着几个擦洗得干干净净的铜铁器皿。中间铺着一层稻草，那是西莉娅的床铺。靠近床头的方向，拉穆的小床仿佛在哭泣。床的侧边躺着几只泥巴做的大象和马，早已残缺破损。主人不在人世，谁还会去照看它们呢？玛咀丁坐在草垫上，心中感到一阵剧痛，真想好好恸哭一场。

西莉娅把手放在他的背上，问道："你会不会偶尔想起我？"

玛咀丁抓住她的手，贴在自己心口，说道："你时时刻刻都在我眼前徘徊。你也会想起我吗？"

"以前，我对你非常不满。"

"没有同情过我？"

"从来没有。"

"那么普内斯里……"

"好啦，别骂我！我担心，村里的人会说三道四。"

"如果是好人，他会说，我就该如此行事。如果是坏人，我不在意他的想法。"

"那么，谁做饭给你吃？"

"我的女王，西莉娅！"

"那你还怎么继续当婆罗门？"

"我不想当婆罗门，只想成为遮玛尔。恪守自己宗教的人是婆罗门，不理会宗教规定的人是遮玛尔。"

西莉娅紧紧地抱住他。

第三十五章

霍利的状况一日不如一日。在与生活的斗争中，他总是遭遇失败，不过，他从来没有失去勇气。每一次失败似乎都能给予他更多的力量去与命运抗争。然而，如今，他已经走到最坏的境地，连自己都不再相信。倘若他能够坚守自己的信仰，或许还能得到些许安慰，但是事情并非如此。他产生过邪恶的念头，做过不道德的行为，没有什么坏事是他没有参与过的。然而，他人生的愿望无一实现，并且美好的日子像海市蜃楼一样，离他越来越远。现在，他不再抱有这样的幻想，甚至连那种虚假的希望散发出来的活力和光芒也彻底消失。

他像战败的国王一样，把自己关在那个三比卡的堡垒中，像保护生命一样守卫它。他宁可忍饥挨饿，背负骂名，辛苦劳作，也不肯舍弃城堡。然而，如今这个城堡也快从他手中溜走。他欠下三年的地租，现在诺凯拉姆老爷向法院告状，要求收回他的租佃权。从别处筹钱的希望极其渺茫。他即将失去土地，人生剩余的日子只能依靠做苦工度过。神意如此！怎么能怪罪拉易老爷？他也得靠佃农维持生计。村子里有超过半数的人家都快要失去租佃权，那就失去呗！别人会沦落到什么境地，他也一样。假如命中注定有福享的话，儿子怎么会这样从他身边逃跑？

黄昏降临。他若有所思地坐着，婆罗门老爷达咀丁忽然到访。达咀丁说："怎么啦，霍利，失去租佃权是怎么回事？这些天，我没有跟诺凯拉姆讲过话，什么也不知道。听说，最终期限只剩下十五天。"

霍利为他置放了一张小床，然后说："他是东家，想怎么做就怎么做。如果我有钱，怎么会过得这么惨？我没有大吃特吃，也没有挥霍浪费。如果收成不好，或者收获的一点东西，几个小钱就卖出去了，农民能怎么办？"

"自己的产业得保全啊！不然，以后怎么过日子？祖辈就留下这么些遗产，失去它，你打算住哪里？"

"这都是神的旨意，我有什么办法？"

"有一个办法，你可以试试。"

霍利仿佛找到救命稻草。他抓住达咀丁的脚，说道："您功德无量，大老爷！除了您，我还能指望谁？我原本已经彻底绝望。"

"用不着绝望。你只要明白，身处顺境，人们遵循一套道德准则，身处逆境，又会奉行另一套。在顺境中，人们慷慨布施；在逆境中，甚至不惜去乞讨。那个时候，这就是人们的天职。身体健康的时候，我们不沐浴不祈祷，就连水也不喝；但是生病的时候，不洗漱，不更衣，照样坐在床上吃病号饭。这是那个时候的天职。虽然在这里你我有很大的差别，但是在毗湿奴大神的庙宇中我们是一样的。无论出身高贵还是低贱，大家都坐在一排吃饭。遭受苦难的日子里，尊贵的罗摩也曾吃下舍薄哩①碰触过的果子，躲在暗处杀死波林②。危难之时，大人物尚且突破礼法的约束，你我又有什么顾忌呢？你知道拉姆瑟沃格大爷吧？"

霍利无精打采地说："嗯，怎么会不知道？"

"他是我的老主顾。日子过得可好啦！不仅有田地，还放债。我从没见过这么威风神气的人。他的妻子去世好几个月了，也没有孩子。如果你愿意把卢比娅嫁给他，我可以劝他接受。我说的话，他一般不会推托。姑娘长大了，日子却不好过。万一出点什么事，最后还落个名声扫地的下场。这是个很好的机会。姑娘能嫁人，你能保住自己的田地，所有花销也可以省下来。"

拉姆瑟沃格只比霍利小几岁。提议把卢巴嫁给这样的人是件多么羞辱人的事。一边是如花似玉的卢巴，一边是步态龙钟的老翁。一生中，霍利遭受过许多重大打击，但是这次的创伤最深。今天，他的日子衰败至此，竟然有人叫他卖女儿，而且他没有勇气拒绝。他难过得低下头。

等了一分钟，达咀丁问："你怎么说？"

霍利没有给出明确的答复，只是说："我想想再跟您讲。"

"这有什么可想的。"

"也要问问滕妮娅。"

"你同不同意？"

"让我想想吧，老爷！至今为止，家族中还没有出现过这种事。我得顾全家族的体面啊。"

---

① 舍薄哩，原文为Shabri，大仙人摩登迦的女仆，是罗摩的虔信者。依据印度神话传统，罗摩在寻找悉多的途中，收服了罗刹迦磐陀。在迦磐陀的指引下，罗摩和罗什曼那去往位于般波湖西岸的净修林，在那里受到了舍薄哩的虔诚膜拜和细心讲解（3.69~3.70）。参见《季羡林文集》（第19卷），南昌：江西教育出版社，1995年，第429~442页。

② 波林，原文为Bali，猴王妙项的哥哥，也是他的敌人，罗摩与妙项结盟后，让妙项假意与波林叫阵，自己躲在大树后面，用暗箭射死波林（4.12~4.16）。参见《季羡林文集》（第20卷），南昌：江西教育出版社，1995年，第73~102页。

"五六天之内给我答复！要不然，你一直想，租佃权就要被收回去了。"

达咀丁走了。他不担心霍利，反而担心滕妮娅。她很爱面子，什么都可以失去，就是不能丢掉面子。倘若霍利答应，她大哭大闹一阵之后也会勉强接受。毕竟失去田地，体面也保不住。

滕妮娅走过来，问道："婆罗门老爷怎么来啦？"

"没什么，只是谈谈租佃权收回的事。"

"大概是来安慰你，给你擦眼泪的吧。他不可能借你一百卢比。"

"我也没脸问他借。"

"那他来这里干嘛？"

"来谈卢巴的婚事。"

"对象是谁？"

"你知道拉姆瑟沃格吗？就是他。"

"我什么时候见过他？当然，名字很早就听说过。他年纪很大吧。"

"不大，嗯，中年。"

"你没有责骂那个婆罗门？他要是敢跟我说，我一定好好地教训他一顿，让他永远记得。"

"骂倒没骂，但是我拒绝了。他说，婚事用不着花钱，田地还能保得住。"

"他为什么不明明白白地说，他是在叫你卖女儿？这个老头儿怎么这么大胆？"

不过，霍利越是深思这个问题，他的坚持就越松懈。他对家族体面的顾虑并没有减少，然而，一个患上不治之症的人哪里还会在意什么能吃，什么不能吃？霍利在达咀丁面前的表现，虽然不能称作同意，但却说明，他已经从心底动摇。年龄不是什么问题。生死掌握在命运手里。有些老人还活着，年轻人却走了。倘若卢巴命中注定要享福，嫁去那边也能享福；命终注定要受苦，在哪里都得不到幸福。卖女儿亦是没有的事。霍利从他那里拿到的钱，都算是借的，只要手头宽裕，立刻就会归还。这没有什么好感到羞愧或者耻辱。毫无疑问，假如他有本事，当然愿意把卢巴许配给年轻小伙子，让她嫁进一个好人家，为她准备丰厚的嫁妆，慷慨地花钱请迎亲队大吃大喝。然而，神明没有赋予他这种能力，除了送出一个待嫁姑娘，他还能做什么？人们会笑话他，但是那些人只会笑，什么忙也帮不上，他为什么要在意他们的笑呢？困难的是，滕妮娅不会同意。她就是个蠢蛋，非要背负那种老掉牙的体面。现在不是维持家族名誉的时候，这是拯救自己生命的良机。她这么爱面子，那倒是拿来，拿五百卢比出来。钱放在哪里？

两天过去了，他们没有再谈论过这件事。不过，两个人总是用暗示性的语言讲话。

滕妮娅说："夫妻要般配，婚姻才能幸福。"

霍利回答："结婚不意味着幸福，疯子，婚姻是一种修行。"

"去你的！是修行？"

"没错，就是我说的。无论神明安排什么样的境遇，人都要幸福地生活，这不是修行，还是什么？"

第二天，滕妮娅想出了婚姻幸福的另一个要素。倘若家里没有公婆，没有妯娌，那么嫁进夫家有什么幸福可言？女孩子至少得享受几天当新媳妇儿的快乐。

霍利说："那不是婚姻生活的幸福，而是惩罚。"

滕妮娅恼火地说："你的话倒是挺奇特。孤孤单单的新媳妇儿，怎么在夫家生活？连个可以依靠的人都没有。"

霍利说："你嫁进这个家的时候，不止有一个，而是有两个小叔子，也有公公，有婆婆。你享受到什么样的幸福，说说！"

"难道每家每户都有这样的人？"

"如果不是这样，难道是天国的女神降下凡尘？媳妇孤孤单单一个人，全家人都要对她指手画脚。可怜的她必须取悦每个人。她不听谁的指挥，谁就会跟她作对。最好的状况就是家里只有她一个人。"

争论到这里戛然而止，但是滕妮娅越来越占下风。第四天，拉姆瑟沃格老爷亲自来访。他骑着一匹骏马，身边跟着一个理发匠和一个仆人，宛如一个大地主一般。年龄大约四十多岁，头发斑白，但是脸上容光焕发，身体十分健壮。在他面前，霍利显得十分衰老。他要去为一桩官司辩护，中午想在这里落个脚。阳光多么炙热，热风刮得多么猛烈。霍利去女财主的商店里买来面粉和酥油，做了小面饼。三个客人饱食一顿。达咀丁也赶来为他们祝福。几个人开始聊天。

达咀丁问："老爷，官司进展如何？"

拉姆瑟沃格神气活现地说："大爷，官司嘛，一个接着一个，没有停歇。这个世道，胆小怕事可行不通。你越屈服，人们越容易欺负你。警察、法院，都是为了保护我们而设立的，但是保护之事谁也不做。到处都是强取豪夺。谁贫穷，谁无依无靠，大家就愿意欺负谁，掐谁的脖子。神明不希望，有人背信弃义、不诚实。这是大罪，但是不为自己争取权利和公正是更大的罪。你想想，人能退让到什么份儿上。这里有一个农民，他对所有人都逆来顺受。不给管账人送点礼物和酬金，他很难在这个村子里待下去。不把地主的仆人和管事的肚子填饱，日子也没法儿过。警察和巡官像他的女婿一样。只要他们到村里巡逻，农民就有义务殷勤地接待他们，给他们送礼，否则他们打一个报告，全村人都得坐牢。财务稽核员、税务官、代理人、助理法官、地方行政长官、专员、特派员轮番到访。农民必须毕恭毕敬地待在他们面前，为他们准备食物、饲料、鸡蛋、母鸡、牛奶和酥油。大爷，你也经历过这样的事。每天都会有一些新官员加入这个行列。一个医生来往井里投药，另一个医生时不时来给牲畜看病，还有给孩子们考试的巡查员，以及不知道什么部门的官员。水利部的是一拨儿，林业部的是一拨儿，管酒水的是一拨儿，负责农村改革的是一拨儿，农业部的又是一拨儿，这要数到什么时候？即便传教士来了，农民也得给他弄吃的，否则他就会去告状。按理说，这么多部门、这么多官员应该能给农民带来些许好处，实际上一点也没有。现在，地主经过计算，要求村里每个人捐两个卢比，因为他大摆宴席，招待了某位大官。农民拒绝交钱。结果，他提高了全村人的地租。官员也支持他。他们没有考虑到，农民也是人，也有老婆孩子，也要顾及脸面和荣誉。这都是我们软弱、顺从的结果。我曾敲锣打鼓，向全村人呼吁，'大家都别多交地租，都别放弃田地，谁要能说服我们，我们愿意多交，但是你要想欺负压榨这些默默忍受的农民，这是不可能的。'村民们听了我的话，全部拒绝多交地租。地主看到全村人团结一致，再也无计可施。要是强行把土地的租佃权收回去，谁来耕种呢？这个年头，你不强硬一点，谁也不会搭理你。孩子不哭一哭，连妈妈的奶都喝不到。"

下午两三点，拉姆瑟沃格动身离开。他给滕妮娅和霍利留下了难以磨灭的影响。达咀丁的咒语奏效了。

达咀丁说："霍利，你现在怎么说？"

霍利指指滕妮娅，说道："问她。"

"我问的是你们两个人。"

滕妮娅说："年龄是挺大的，不过，你们的意见我也赞同。命中注定的事情总会到来。不过，人蛮好的。"

霍利信任拉姆瑟沃格，就像弱者相信勇敢的人一样。他开始幻想虚无缥缈的空中楼阁。倘若跟这样的人结为姻亲，他就有望渡过眼前的难关。

婚礼的良辰吉日确定下来。现在得把戈博尔叫回来。霍利这边肯定要写封信，来不来由他选择。这样，他就没有脸面再说，你什么时候叫过我？索娜也得喊回来。

滕妮娅说："戈博尔原本不是这样的人，不过，万一褚妮娅不让他回来。他去了外地，就把我们忘得干干净净，连封信都没有寄回来过。不知道他们现在怎么样？"说着说着，她的眼里盈满泪水。

戈博尔收到霍利的来信，准备回去。褚妮娅不愿意去，但是这种场合，她也不能说什么。妹妹结婚，哥哥怎么可能不去？没有参加索娜的婚礼，丢脸丢得还少吗？

戈博尔哽咽地说："疏远父母不是什么好事。现在，我们能够自食其力，可以随意疏远他们，甚至跟他们吵架。不过，他们毕竟生我养我，抚养我长大。现在，即使他们要说我们几句，我们也应该忍受。这段时间，我经常想起爸妈。那时候，我不知道为什么会生他们的气。因为你，我连爸妈都抛弃了。"

褚妮娅火冒三丈："不要把这项罪名加在我头上，嗯！是你自己想要吵架。我跟妈妈住在一起这么久，连话都不敢多讲几句。"

"吵架是因为你。"

"行吧，就算是因为我。我也同样为你抛弃了自己的家庭。"

"你家有谁爱你？哥哥跟你不和，嫂嫂折磨你。珀拉要是找到你，肯定会把你生吞到肚子里。"

"还不是因为你。"

"现在我们活着，就要让他们也享受享受人生的幸福，不要再做什么忤逆他们的事情。爸爸是个好人，从来没有责骂过我。妈妈虽然揍过我几回，但是她每次揍完我，都会拿点吃的哄我。揍归揍，过后只要我没有对她笑，她就不得心安。"

他们两个人将这件事告诉玛尔蒂。玛尔蒂不仅准许他们休假，还送给新娘一架纺车和一对手镯当作礼物。她本想亲自去道贺，但是有几个病人需要她医治，一天也离不开她。不过，她许诺，婚礼当天她会到场，而且送给孩子一大堆礼物。她一遍又一遍地亲吻孩子，爱抚孩子，仿佛想要预先支取未来的全部份额。孩子对她的亲热毫不在意，反而因为即将回家感到欢喜——那个家他从来没有见过。在他那稚嫩的想象中，家是一个比天堂还要美好的东西。

戈博尔回到家，看见家里的状况，感到十分失望，恨不得立刻返回勒克瑙。一部分房屋摇摇欲坠，似乎马上就要坍塌。门口只拴着一头牛，而且是半死不活的。滕妮娅和霍利两个人满心欢喜，乐不可支，可是戈博尔的心情异常烦闷。如今，这个家还有什么希望能支撑下去？虽然他像奴隶一样拼命干活，但是至少能填饱肚子，而且他只伺候一个主人。在这里，无论见到谁，都是耀武扬威、趾高气昂的。即便拼命干活，到头来也没有什么用。你卖力种粮食，赚来的钱都得交给别人，你自己就坐着念诵罗摩吧！父亲心性如此，才能默默忍受这一切，他却连一天也忍不了。更何况，不仅霍利家的状况沦落至此，全村人都在遭受这种灾难。村里没有一个人不哭丧着脸，仿佛苦难占据了生命的位置，像操纵扯线木偶一样控制他们。他们四处游荡，拼命干活，吃苦受累，遭受折磨，因为吃苦受累、遭受折磨是他们命中注定的。生活中没有希望，没有激情，仿佛他们生活的泉源早已干涸，所有青葱的草木随之凋零。

时值印历三月。目前，粮食都堆放在打谷场上，不过没有人的脸上显露出欢喜的色彩。大多数粮食在打谷场上称量之后就被放债人和地主管事夺走了，剩余的一点点也属于别人。他们眼前的未来如同一片黑暗。身处其中，他们想不到任何出路。他们的所有知觉都变得十分迟缓。这就如同门口堆满垃圾，臭味四处飘散，但是他们的鼻子闻不到味道，眼睛看不到光亮。自黄昏起，豺狼一直在门口嚎叫不停，但是没有人试图逃跑。无论面前有什么残羹冷炙，他们都会拿起来吃掉，就像发动机吞食燃煤一样。没有碎米和糠麸，他们的牛尚且不愿把嘴伸进大食罐中，但是他们只需要往肚子里塞点东西。对他们来说，味道没有意义，因为他们的舌头业已死亡，味道从他们的生活中彻底消失。你尽可以让他们为了一点小钱背信弃义，为了一小撮粮食对别人棍棒相向。人们一旦忘却羞耻和荣耀，那就是堕落的终点。

从少年时代开始，戈博尔就看到各个村庄的境况皆是如此。他早已习惯这一切。然而，四年后的今天，他仿佛看到了一个新世界。跟那些品德高尚的人待在一起，他的头脑慢慢开悟。他曾参加政治集会，站在后排听过几场演讲，演讲的内容深深渗入他身体的各个角落。他听别人说过，自己也明白，自己的命运应当由自己创造，他必须运用自己的智慧和勇气战胜这些灾难，没有什么神灵或者神秘力量会来帮助他。同时，他对人萌生出深沉的同情。如今，他不再像之前那样刚愎自用、自命不凡，变得谦逊、勤奋。你们为什么要受到私利和贪念的驱使让自己所处的境况变得更加恶劣？苦难把你们捆在一根线绳上。你们干嘛要为了自己的一点蝇头小利去破坏兄弟情谊这种神圣的羁绊？让这种羁绊变成团结的羁绊吧！这种情感仿佛给他的人性装上了一对翅膀。

全面考察过这个世界之后，正人君子心中会产生崇高的情感，如今，这种情感好像在不停地扇动翅膀，试图飞上天空。现在，他看到霍利在干活，就会把他赶走，自己接手，仿佛想要为以前的错误行为赎罪。他会说："爸爸，你别担心，把所有负担都交给我吧，以后每个月我都会给你们寄生活费。拼死拼活地忙了这些年，好好休息一段日子吧！我真该死，有我在，却让你们遭受这么多痛苦。"霍利的每一根汗毛都散发出对儿子的祝福。他感觉，自己衰老的身体里有一股非凡的活力。此刻，他为什么要说出欠债的消息，在儿子飞扬的青春上降下一道忧愁的闪电。他就悠悠闲闲地吃吃喝喝，享受人生的幸福吧！他甘愿吃苦受累，这就是他的生活。倘若天天坐着念诵罗摩的名字，他会活不下去的。他需要铲子和锄头。嘴里念罗摩，手上数念珠的日子无法让他的心灵获得安宁。

戈博尔说："你开口的话，我会让他们同意分期还款，我按月支付。总共欠了多少钱？"

霍利摇摇头说道："不，孩子，你干嘛要自找麻烦呢？你哪儿赚到很多钱？我会看着办的。日子不会一直这样。卢巴快要出嫁了。现在只剩下还债的问题。你不用担心。吃喝要有节制。现在养好身体，以后才能舒舒服服地过日子。我怎么啦？我早就习惯拼命地干活。现在，我不想让你耕田，孩子！你碰到了一个好东家。侍奉她一段日子，你也会变成一个好人。她来过这里，是个活生生的女神。"

"她说，婚礼那天她会再来。"

"我们热烈欢迎。跟这样品德高尚的人待在一起，即使钱赚得少一点，但是可以增长知识，开阔眼界。"

那时，婆罗门老爷达咀丁招手叫霍利过去，把他带到远处，从腰间掏出两张一百卢比的钞票，说道："你听从了我的建议，做得非常好！真是一举两得，既尽到对女儿的责任，又保全了祖辈的遗产。力所能及的事，我都为你做了。现在，剩余的事，你自己做主吧！"

霍利接过钱，手在不停颤抖。他抬不起头，一句话也没有说，仿佛掉进屈辱的无尽深渊，一直往下坠落。他跟生活斗争了三十年，今天以失败告终，而失败得那么凄惨，他就像在城门旁罚站，路过的人都会朝他脸上吐一口唾沫。他嘶声大喊："兄弟！我值得你们同情！我不知道，三月怎么会刮热风，十一月怎么会下雨。你们剖开这具身体瞧瞧，里面还剩下多少生机，因为多少伤口变得支离破碎，又遭受过多少拳打脚踢、践踏蹂躏？你们问问它，你是否见识过安逸的生活，是否坐在树荫下乘过凉？现在竟然遭受这般侮辱！"可是，他依然活着，胆小怯懦，贪心不足、品行不端。他的信仰，他那坚定到愚昧、盲目的信仰，如今被彻底粉碎。

达咀丁说："我要走啦！要不然，你现在赶紧去找一下诺凯拉姆！"

霍利对达咀丁说："大爷，我现在就去。不过，我的体面握在你手里。"

第三十六章

村里连续热闹了两天。器乐齐奏，歌舞连天，卢巴哭哭啼啼地告别娘家。然而，没有人看见霍利从家里走出来。他就这样躲着藏着，仿佛丢脸丢得不敢见人似的。因为玛尔蒂的到访，气氛变得更加欢愉、热闹。其他村子的女人也来了。

戈博尔和蔼可亲的态度赢得了全村人的赞赏，村里没有一户人家不对他和善的行为印象深刻，珀拉也拜倒在他脚下。珀拉的妻子招呼戈博尔吃槟榔。临别时，不仅送给他一个卢比，还打听他在勒克瑙的地址，说是以后有机会过去一定要去看他。她借给霍利的那笔钱，她没有向戈博尔提起。

第三天，戈博尔准备启程的时候，霍利眼里含着泪水，在滕妮娅面前承认自己犯下的过错。数日以来，那个过错一直不停地折磨他的灵魂。他哭着说："孩子，因为贪恋这块土地，我犯了大罪。不知道天神会怎么惩罚我。"

戈博尔一点儿也不生气，脸上没有丝毫愤怒的痕迹。他带着敬意说："爸爸，这里谈不上什么罪过。当然，拉姆瑟沃格的钱应该还回去。毕竟，你能做什么呢？都怪我没本事，田里没有收成，债款筹措不到，家里的粮食连一个月都撑不住。这样的状况下，你还能做什么呢？不保住田产，以后怎么生活？当人走投无路的时候，只能把自己交给命运。不知道这种纷乱的日子还要持续到什么时候？一个人如果连填饱肚子的面饼都搞不到，对他来说，体面和荣耀都是骗人的玩意儿。你要是跟那些人一样去坑害别人，骗取他们的钱财，你早就是一个贵人。你不肯放弃自己的原则，所以才会受到这样的惩罚。如果我是你，我宁愿去坐牢，或者被绞死。我无法忍受把自己辛辛苦苦挣来的钱送给别人，自己却带着妻子儿女干坐在家，缄口不言。"

滕妮娅不同意儿媳妇跟戈博尔一起过去。褚妮娅也想在这里多待几天。他们商定，戈博尔一个人先走。

第二天清晨，戈博尔告别众人，动身前往勒克瑙。霍利一路将儿子送到村外。他从来没有这么爱戈博尔。当戈博尔弯下腰向他行触足礼时，霍利忍不住哭起来，仿佛他以后再也见不到儿子。他的内心十分欢喜，十分骄傲，也十分坚定。儿子对他的尊敬和热爱令他充满活力，变得豁达大度。数日以前，他周围仿佛笼罩着浓浓的忧伤，笼罩着一片黑暗。在这片忧伤和黑暗中，他迷失了自己的去路，现在。那里尽是喜悦和光明。

卢巴在夫家生活得很快乐。在她童年生活的环境中，钱是最珍贵的东西。无论心里有多少愿望，都只能扼杀在心里。如今，她的愿望正在慢慢变成现实。拉姆瑟沃格虽然人至中年，但是婚后变得十分年轻。对卢巴来说，他是夫君，她对他的忠贞和感情不会因为他是年轻人、中年人或者老年人而有所不同。她的这种情感不依赖于丈夫的肤色、外貌或者年龄，它的根基直接插入永恒的、古老的传统底层，远比这些深厚，只有地震才能撼动。她的青春只为自己陶醉，她只为自己梳妆打扮，自得其乐。在拉姆瑟沃格面前，她有另一副面孔。她会变身为家庭主妇，专心料理家务。她不愿意在他面前展露自己的青春，不愿意让他感到惭愧或者忧虑。她的心中从来没有感觉缺少什么。谷仓堆满粮食，田地延伸至村子的边缘，门口牲畜成群，她还能有什么不满足的呢？

她最大的愿望就是，看到自己的家人过得快乐。怎么能消除他们的贫困呢？时至今日，那头母牛的回忆在她心里依旧鲜活如初。它像客人一样来到家里，又匆匆离去，留下大家痛苦悲泣。经过这些日子，这份回忆变得愈发柔和。如今，她还没有完全融入这个新家庭。以前的那个家是她自己家。那里的人是自己的亲人，他们的痛苦就是她的痛苦，他们的幸福也是她的幸福。她在这个家门口看到成群的牲畜，远没有她在自己家门口看到一头母牛那样高兴。她父亲的这个心愿从来没有实现过。母牛来到家里的那天，他多么欣喜若狂，仿佛某位女神从天而降。他没有能力再买一头母牛，不过她知道，今天这个愿望在霍利心里仍然如当初一般强烈。等她下次回家，一定要带一头白色的母牛过去。不，她为什么不遣人送去呢？她犹豫了很久才去问拉姆瑟沃格。他同意了。第二天，卢巴让一个牧人把牛送去。她对牧人说："你告诉爸爸，这是送来给蒙戈尔喝奶的。"霍利也在操心买母牛的事。尽管原先他不着急买母牛，但是蒙戈尔在家里，不喝奶，他怎么活下去？赚到钱，他准备做的第一件事就是买母牛。蒙戈尔现在不仅是他的孙子，是戈博尔的儿子，也是玛尔蒂女士的宠儿。对他的养育应该到达相应的水准。

然而，钱从哪里来？碰巧那一天，一个包工头开始在村子附近的荒地上挖掘铺路用的砂石。听到这个消息，霍利立刻跑到那里，干起挖砂的活儿，每天能挣八个安那。如果这份工作能持续两个月，他就可以凑够买牛的钱。在热浪和阳光下干完一整天活，回到家的时候，他累得像死人一样，但却丝毫没有感觉疲惫和倦怠。第二天，他又怀着同样的热忱去干活，晚上吃完饭还坐在煤油灯前搓绳子，直到半夜十二点、一点才去睡觉。滕妮娅也几近疯狂，看到他这样卖力地干活，不但不阻止他，反而跟他一起坐着搓绳子。母牛要买，拉姆瑟沃格的钱也要还。戈博尔说过这件事，他一直很担心。

晚上十二点，两个人坐在那里搓绳子。滕妮娅说："你要是困了，就去睡觉吧！大清早还要去干活儿。"

霍利抬头望向天空，说道："我一会儿再去。现在才十点吧。你去睡吧！"

"我中午眯了一会儿。"

"我吃完炒三角豆也在树下睡了一觉。"

"这样容易中暑。"

"怎么会中暑？那里可阴凉呢。"

"我担心，你会生病。"

"算了吧，只有那些闲着没事做的人才会生病。我满心希望，下次戈博尔回家的时候，该还给拉姆瑟沃格的钱我们已经凑足半数。他也会带点钱过来。如果今年能够摆脱这笔债务，那么我们就能过上另一种生活。"

"我现在总是想起戈博尔，他变得多么谦逊，多么文雅。"

"临走的时候，他还拜倒在我脚边。"

"蒙戈尔从那边回来的时候，长得多么健壮！来到这里，瘦了很多呢。"

"那边有牛奶，有奶油，什么买不到呢？这里能吃到面饼都算不错的啦。等从包工头那儿领到钱，我就去买母牛。"

"假如当初你听我的话，母牛早就买回来了。自己家的田地都管不好，还去把布妮娅的担子揽到自己身上。"

"那有什么办法？人多少要对得起自己的良心。希拉干了那么愚蠢、卑劣的事，但他的老婆孩子总得有人照顾。你说说，除了我，还有谁。你想想，如果我不帮忙，他们现在会沦落到什么境地？我做了这么多，蒙格鲁还是把她告到法院去了。"

"她把钱都埋地下藏起来，不然怎么会吃官司？"

"说什么胡话！种那么些庄稼，能填饱肚子就不错啦！能埋什么，藏什么呢？"

"希拉就像从世界上消失了似的。"

"我心里在想，他会回来的，早晚肯定会回来。"

两个人沉沉睡去。黎明时分，霍利起床看见，希拉站在面前，头发长得很长，衣服破破烂烂的，面容十分憔悴，身上没有一丝血色，形销骨立，没有一点肉，个子仿佛也变矮了。他跑过来，扑倒在霍利脚边。

霍利抱着他说："希拉，你瘦得不成样子啊！什么时候回来的？最近，我总是一遍遍地想起你。你生病了吗？"

今天，在他眼里，希拉不是那个把他的生活搞得乌烟瘴气的希拉，而是一个无父无母的小小孩童。中间这二十几年仿佛消失得干干净净，没有留下一丝痕迹。

希拉没有回答，站在原地不停地哭泣。

霍利握住他的手，激动得断断续续地说："弟弟，为什么要哭呢？人都会犯错。这段时间你待在哪里？"

希拉忧伤地说："大哥，该怎么说呢？你就当作我命中注定要见你一面，所以死到临头又活了下来。我常常感觉，那头牛站在我面前，每时每刻，无论我是睡着还是醒着，它从来没有从我眼前消失过。我得了失心疯，在精神病院住了五年六个月才出院。后来，我到处游荡，靠讨饭过日子，始终不敢回到这里。我哪有什么脸见人？最终，我克制不住自己，还是鼓起勇气回来了。你对我的老婆孩子……"

霍利打断他的话："你不该跑掉。哎，给警察局长送几个卢比，让他把事情摆平不就行了嘛！"

"亏欠你的，我一辈子也还不清。"

"弟弟，我不是什么外人啊。"

霍利喜不自胜。生活中的所有苦难、所有绝望仿佛都在他脚边打滚，受到他的控制。谁说在与生活的斗争中，他彻底败北？难道这种喜悦、这种骄傲、这种激动是失败的标志？那么，他正是在这些失败中获得胜利。他破旧的武器就是他胜利的旗帜。他骄傲地挺起胸膛，脸上容光焕发。在希拉的感恩中，他实现了人生的所有成就。假若他的谷仓里装着一两百满粮食，他的罐子里堆着千儿八百卢比，他就能够从中找到这种来自天堂的幸福？

希拉从头到脚打量了霍利一番，说道："大哥，你也瘦啦！"

霍利笑着说："这样的日子，难道我会长胖？只有那些不用考虑还债，不用担心家族体面的人才会发胖。这年头，发胖是件可耻的事。要让一百个人瘦下来，才能养胖一个人。这样长胖有什么幸福可言？大家都过得幸福，你才能幸福。见过索帕了吗？"

"昨天晚上已经跟他碰过面。你不仅照看自己的家人，也看顾那些跟你作对的人，这样才保全了自己的体面。他卖掉了所有田产，现在天知道他该怎么维持生活！"

今天，霍利去挖砂的时候，感觉身体很沉重。晚上的疲惫还没有消除，然而，他的步履非常轻快，行动中流露出悠然恬淡的自信。

今天，热浪十点就席卷而来，临近中午的时候，天上仿佛降下一团团炽火。霍利把一筐筐砂石从石坑扛到马路，再把它装在车上。中午休息的时候，他感到筋疲力尽。他从来没有觉得这么劳累过，甚至连脚都抬不起来。身体里面仿佛有火在燃烧。他没有洗澡，也没有吃饭，就带着那样的疲惫，铺开自己的毛巾，躺在树下睡觉。但因为口渴，他的喉咙干得冒烟。空腹喝水对身体不好。他试图压抑口渴的感觉，但是体内灼烧的痛苦时时刻刻都在加剧，实在忍不下去。一个工友装了一桶水，正在吃炒三角豆。霍利爬起来，从桶里舀出一小罐，咕咚咕咚地喝到肚子里，然后走回树下，继续躺着。不过，没到半个小时，他就开始呕吐，脸上笼罩着死亡的阴影。

那个工人说："霍利兄弟，你怎么样？"

霍利感觉天旋地转，头晕得厉害。他说："没什么，我挺好的。"

说着说着，他又呕吐起来，手脚开始发凉。头怎么会这么晕呢？眼前仿佛笼罩着一片黑暗。他闭上眼睛，一生的回忆全部鲜活地投影在他的心幕上，但是前后颠倒，错乱无序，如梦中的映画一般不合逻辑、扭曲变形、支离破碎。首先出现的是幸福的童年，他时常在村子里游耍闲荡，在母亲怀里睡觉。接下来，他仿佛看见戈博尔走过来，扑倒在他脚边。旋即，影像变换，滕妮娅成为他的新娘，搭着红底白点的披巾，伺候他吃饭。随后，一头母牛的画面映入眼帘，跟如意神牛长得一模一样。正当他挤了牛奶喂给蒙戈尔喝的时候，母牛突然变为一位女神……

那个工人呼唤道："午休时间快结束啦，霍利，走吧，去搬石头！"

霍利没有说话。此刻，他的灵魂不知道在哪个世界里飞翔。他的身体发烫，手脚冰凉。他中暑了。

有人跑去通知他的家人。不到一个小时，滕妮娅匆匆忙忙赶到那里。索帕和希拉弄了一副担架，跟在后面。

滕妮娅摸了摸霍利的身体，大吃一惊，脸上顿时失去了光彩。

她用颤抖的声音问："你觉得怎么样？"

霍利不安地望着她说："戈博尔，你怎么来啦？我为蒙戈尔买了一头母牛。它就站在那里，你瞧！"

滕妮娅仿佛看见死神的面孔。她认得他，见过他蹑手蹑脚地靠近，也见过他如暴风雨般袭来。在她面前，她的公公、婆婆、两个孩子，还有村里数以百计的人相继离世。她的灵魂仿佛受到一阵猛烈的冲击。她生命的支柱好像正在慢慢坍塌。可是，不，现在需要镇定。这种怀疑毫无依据，因为中暑，他才会不省人事。

她忍住不断溢出的泪水，说道："看看我，是我啊，认不出我吗？"

霍利的意识恢复过来。死神已然靠近，火葬的柴堆即将点燃。黑雾渐渐散开。霍利用哀愁的眼神望着滕妮娅，两滴泪珠从两个眼角悄然滑落。他用虚弱的声音说："请你原谅我的过错，滕妮娅！现在，我要走啦！买牛的心愿还没有实现。这里挣到的钱现在要用来办我的后事。别哭，滕妮娅，你能让我多活几年呢？所有苦难我都经历过，现在让我死吧！"

他又闭上眼睛。正在这时，希拉和索帕抬着担架来了。他们把霍利抬到担架上，朝村子的方向走去。

这个消息像风一样迅速传遍整个村庄。全村人都聚集在霍利家。霍利躺在床上，好像什么都看得见，什么都想得明白，但是，他一句话也说不出来。嗯，只有从他眼里簌簌落下的泪水一直在说，想要突破世俗贪恋的束缚多么困难啊！由自己不能实现的一切所带来的痛苦就叫做世俗贪恋。业已履行的责任和处理完毕的工作怎么会带来贪恋？引起贪恋的是抛弃孤苦弱小的行为，因为我们没能履行自己对他们的责任，还有那些未尽的心愿，因为我们再也无法实现。

尽管知晓一切，滕妮娅依旧紧紧抓着不断消散的希望的幻影不肯松手。她眼里流着泪水，但却像机器一样来回奔忙，一会儿将芒果烤熟做成酸甜饮料，一会用麸皮给霍利的身体按摩①。有什么办法呢，家里没钱，否则可以叫人去请个医生来。

希拉一边哭一边说："嫂嫂，你要坚强起来。去准备献牛礼②吧，哥哥要走啦！"

---

① 这两者都是印度民间治疗中暑的偏方。

② 献牛礼，原文为 Godan，即本书的标题。从字面上来看，go 指牛，dan 指施舍、献礼。因此，godan 的意思是献牛，指按照经典规定，举行完各种仪式，尤其是一些吉祥的以及赎罪的仪式之后，家主需要赠送给婆罗门一头牛或者相当的钱。

滕妮娅用鄙夷的眼神望向他。现在，她要变得如何坚强？她对丈夫需要尽到什么责任，还需要别人来告诉她？他是她的人生伴侣，难道她该做的仅仅是为他哭一场？

旁边传来其他一些人的声音，"是啊，准备献牛礼吧，现在是时候啦！"

滕妮娅像机器一样站起来，拿出今天卖绳子赚到的二十安那，放在丈夫冰凉的手里，然后对站在面前的玛咀丁说："大爷，家里没有母牛，没有小牛，也没有钱。只有这几个安那，这就是他的献牛礼。"

说完，她昏倒在地。

后　记

　　王尔德曾说:"作品一半是作者写的,一半是读者写的。"那么,译者呢? 曾经读到过一个有趣的比喻:如果说作者是神灵,读者是人类,译者就是巫师,负责将神灵的谕旨传递给人类。这个时候,巫师或多或少得用人类的方式委婉指点,否则,神谕艰深难懂,高不可攀,人类听得云里雾里,无法领会。译者介于神与人之间,既要通天意,又得说人话,真是左右为难。翻译《献牛》的时候,这种感觉更为强烈。

　　普列姆昌德熟谙乌尔都语和印地语,是名副其实的语言大师,连当年的英国殖民政府都害怕他那"富有感人力量的""煽动性言论"。《献牛》是他最重要的长篇小说,具有强烈的民族特色和浓郁的乡土气息。因此,动笔之时,每每想到,读者只能通过译者的口吻,去想象原作者的意境,便感觉肩上的责任无比沉重,唯恐笔下的"一面之词"无法还原原著美感之万一。妙译有赖于才学和两种语文上的醇厚修养,只能寄望于少数白袍巫师。吾等灰袍巫师,确实难以企及,只求达到准确、少错的"稳境",已经是功德无量。加之自小长在城市，对农村生活所知甚少，传达神谕的过程反倒成为增长见识的经历，实乃大幸。尽管振奋精神、小心翼翼地走到结尾，如今搁笔反观自己的文字，仍然深感汗颜，期盼各位看官多多包涵。

这部译作的问世实非我一人之功，在此必须对那些在幕后默默奉献的人表达自己衷心的感激。首先，想要感谢的是我的恩师姜景奎教授。十多年以来，师父无微不至的关怀、醍醐灌顶的点拨、春风化雨的启发、语重心长的批评，循循善诱的教导让愚笨的我在治学和做人上都受益匪浅。此次之所以能够参加这个互译项目，能够翻译这部巨著，也是多亏师父的保荐和鼓励，更不用说在选题、翻译和修改的过程中，师父付出的无数心血和精力。其次，想要感谢的是薛克翘、刘建和黎跃进老师。自从项目开始以来，三位师长在各次会议以及审阅稿件时对译文提出的宝贵意见，对于本书最终顺利完成多有助益。再次，想要感谢中国大百科全书出版社的大力支持，尤其是各位工作人员在组织会议、购买图书、校稿审定、排版印刷等方面的辛苦付出。最后，还要感谢我的父母和先生。正是有了家人的支持，我才能够安心地做自己喜欢的事情。为期十天的静默管理，注定会成为这部译著最甜蜜的故事。

任婧

广州 金碧

2022 年 10 月